Andreas Franz

Das Todeskreuz

Ein Julia-Durant-Krimi

Knaur Taschenbuch Verlag

Besuchen Sie uns im Internet:
www.knaur.de

8   10   9   7

Für meine Schwestern
Andrea und Dori

Sonntag, 23. April 2006 _____

Julia Durant hatte trotz Bereitschaftsdienst ein ruhiges, wenn auch nicht geruhsames Wochenende hinter sich. Sie hatte geputzt, nachdem am Dienstag ihre neuen Möbel eingetroffen waren, die sie nach dem Desaster mit dem »Mann ihrer Träume«, der ihr die große Liebe vorgegaukelt, ihr aber nur die Welt in Form materieller Güter zu Füßen gelegt hatte, ausgesucht und schließlich gekauft hatte. Sie konnte auf einmal das ganze Zeug nicht mehr sehen, die Couch, den Tisch, den Teppichboden, die Gardinen, selbst das Schlafzimmer und das Bad hatten ihr nicht mehr gefallen. Seit gut zwölf Jahren lebte sie in dieser herrlich geschnittenen Altbauwohnung in Sachsenhausen, und genauso alt war der überwiegende Teil der Einrichtung. Julia hatte sich im Laufe der Jahre einiges zusammengespart und am ersten Advent spontan beschlossen, einen Teil davon für die neue Einrichtung auszugeben, nicht ohne vorher die Wände und Decken neu streichen und den Fußboden mit Wildkirschlaminat auslegen zu lassen. Das Einzige, was sie behielt, war die Essgruppe, die sie vor vier Jahren bei einem Schreiner in Hattersheim-Okriftel in Auftrag gegeben hatte. Und obwohl sie nur sehr selten kochte, hatte sie auch eine neue Küchenzeile ausgesucht, die am vergangenen Freitag aufgebaut worden war. Fast zwanzigtausend Euro hatte sie der ganze Spaß gekostet, einschließlich des LCD-Fernsehers, der wie ein Bild an der Wand hing, und der Hi-Fi-Anlage, die direkt darunter ihren Platz gefunden hatte.

Alles strahlte in neuem Glanz, helle Pastellfarben dominierten, weil sie das Blau und Grau nicht mehr ertrug. Gestern und heute hatte sie die Fenster geputzt und den Boden gewischt und gewienert, die Schränke mit einer speziellen Politur behandelt und den Teppich zweimal gesaugt.

Nun, nachdem der größte Teil geschafft war (nur eine Maschine Wäsche musste noch gewaschen werden), stand sie mitten im Wohnzimmer und ließ ihren Blick durch den Raum schweifen, und ein zufriedenes Lächeln umspielte ihre Lippen. Kein großes Doppelbett mehr im Schlafzimmer, nur noch ein Futonbett, in dem zwar notfalls auch noch eine zweite Person Platz finden würde, aber sie hatte nicht vor, in der nächsten Zeit jemand andern, schon gar keinen Mann, in ihr Bett zu lassen. Wenn sie einen brauchte, dann würde sie es machen wie etliche Male zuvor. Sie würde sich etwas Schickes anziehen, zu ihrer Bar in der Innenstadt fahren und mit jemandem, der ihr gefiel, in einem Hotelzimmer verschwinden, ein paar Stunden mit ihm dort verbringen und so anonym, wie sie ihn kennengelernt hatte, auch wieder verlassen. Keine Namen, keine Adressen. Das Letzte, was sie wollte, war, noch einmal eine Beziehung einzugehen und wieder enttäuscht zu werden. Sie war Single, und sie würde es bleiben, auch das war ein Entschluss, den sie gefasst hatte. Für Kinder war es ohnehin zu spät, und sich für einen Mann zu verbiegen, dazu war sie nicht bereit. Konzessionen schon, aber auch dies genügte den Männern, mit denen sie es in der Vergangenheit zu tun hatte, offenbar nicht. Sie hatte es oft genug versucht und war jedes Mal kläglich gescheitert. Ab sofort würde sie ihr Leben nur noch genießen, auch wenn es immer wieder diese Momente gab, in denen sie sich unendlich einsam fühlte, in denen sie glaubte etwas ganz Wesentliches verpasst zu haben und ihr die Decke auf den Kopf zu fallen schien. Dann machte sie entweder einen langen Spaziergang oder ging ins Fitness-Studio oder telefonierte mit ihrem Vater – oder stürzte sich wie wild in Arbeit.

Doch im Augenblick fühlte sie sich nur wohl, konnte sich kaum sattsehen an all dem Neuen, und sie bereute nicht eine Sekunde, so viel Geld auf einmal ausgegeben zu haben. Als sie im Vorfeld mit ihrem Vater über ihren Entschluss der Veränderung gesprochen hatte, hatte er ihr nur zugeraten und gesagt, sie solle bloß kein schlechtes Gewissen haben. Und er hatte wie so oft recht, ihr Konto war nicht überzogen, selbst auf ihrem Sparbuch waren noch immer über zwanzigtausend Euro, und außerdem hatte sie einen Beruf, in dem sie unkündbar war, ein Privileg, das sie in der heutigen Zeit als einen Segen empfand.

Aber die Wohnung war nicht alles, was sie verändert hatte. Sie war am Freitag zum zweiten Mal in diesem Jahr beim Friseur gewesen, um sich helle Strähnchen in das dunkelbraune Haar ziehen zu lassen, und hin und wieder erschien sie im Rock und einer Bluse oder einem weichen Pulli zum Dienst (wobei sie mit einem gewissen Vergnügen und Stolz registrierte, wie viele Kollegen sich die Köpfe nach ihr verdrehten, obwohl sie bereits zweiundvierzig war), auch wenn sie weiterhin die meiste Zeit Jeans und Tennisschuhe oder Sneakers trug, weil diese Kleidung bei der Ermittlungsarbeit einfach bequemer war. Nur waren es nicht mehr ausschließlich Bluejeans, sondern auch schwarze oder beigefarbene, sogar eine dunkelgrüne war darunter, denn sie hatte auch ihren Kleiderschrank ausgemistet und sich in den vergangenen Monaten allmählich komplett neu eingekleidet; lediglich ein paar wenige Sachen hatte sie behalten, Dinge, von denen sie sich nicht trennen wollte oder konnte.

Sie gönnte sich zudem den Luxus, einmal im Monat eine Kosmetikerin aufzusuchen, und war sie in den letzten Jahren faul gewesen, was ihre körperliche Fitness betraf, so hatte sie sich im Januar in einem Fitness-Studio speziell für Frauen angemeldet und besuchte es, sooft es ihre Zeit erlaubte, und das war in der Regel dreimal in der Woche.

Es tat ihr einfach gut, sie hatte die Veränderung gewollt und durchgezogen. Nur die Haare hatte sie sich nicht abschneiden lassen wie so viele Frauen, nachdem sie Enttäuschungen mit ihren Partnern erlebt hatten. Ihre Frisur war noch immer die gleiche, nur eben mit ein paar Strähnchen versehen.

Nach ihrem letzten Fall, der ihr – und nicht nur ihr – enorm an die Nieren gegangen war, musste sie den Vorschriften gemäß in einigen Sitzungen mit einer Polizeipsychologin über das Geschehene sprechen, wobei diese ihr immer wieder einzureden versuchte, dass sie bestimmt schwer traumatisiert sei. Doch Julia fühlte sich weder traumatisiert noch in irgendeiner anderen Weise schlecht, sie war nicht depressiv oder melancholisch und hatte nach der fünften Sitzung genug von dem sinnlosen Gequatsche und brach die sogenannte Therapie ab, nicht ohne vorher jedoch die Zustimmung von Berger eingeholt zu haben. Sie hatte überlegt, eine Kur zu beantragen, um einmal aus Frankfurt herauszukommen und sich verwöhnen zu lassen, aber dieser Gedanke war zu flüchtig, als dass sie ihn zu Ende gedacht hätte. Eine Kur, womöglich mit alten Leuten, die nichts anderes zu tun hatten, als über ihre Wehwehchen zu klagen, das war nichts für sie. Doch vielleicht hatte sie auch nur das Klischee einer Kur vor Augen, denn sie hatte noch nie eine Kurklinik oder ein Kurhotel von innen gesehen. Trotzdem, sie würde es nicht machen, eventuell in zehn oder fünfzehn Jahren. Es war die Wohnung und vor allem ihr Leben, das eine Kur brauchte, und dafür musste sie sich nicht allen möglichen ärztlichen Behandlungen unterziehen und sich einem geregelten Tagesablauf unterwerfen.

Ihre Kollegen waren erstaunt über die Verwandlung, aber keiner von ihnen hatte bisher eine abwertende oder gar abfällige Bemerkung darüber gemacht. Im Gegenteil, alle schienen begeistert von der neuen Julia Durant zu sein, obwohl diese Verwandlung nur äußerlich war. Innerlich hatte sie sich kaum verändert. Sie hatte über einiges nachgedacht, angefangen Tagebuch zu schreiben, und sie hatte sich gefragt, warum sie solches Pech mit Männern hatte. Antworten hatte sie jedoch keine gefunden. Und sie hatte sich zu Silvester vorgenommen, ihren Zigarettenkonsum allmählich zu reduzieren, auch in Stresssituationen nicht gleich zur Zigarette zu greifen, was ihr bislang erstaunlich gut gelungen war. Die letzte Schachtel hatte sie sich vor vier Tagen gekauft, und noch immer befanden sich drei Zigaretten darin. Und sie war sicher, in den nächsten Tagen oder Wochen ganz ohne Nikotin auszukommen. Sie war stolz, diesen Vorsatz so gut umgesetzt zu haben, und sie hatte nicht vor, noch einmal in das alte Verhaltensmuster zu verfallen. War das vergangene Jahr zum Ausklang ziemlich schlecht verlaufen, so hatte das neue mit dem genauen Gegenteil begonnen. Und sie hatte sich noch etwas vorgenommen. Sie würde nie wieder den Fehler begehen und auf Gedeih und Verderb einen Mann suchen, sondern die Dinge nur noch auf sich zukommen lassen. In einem langen Gespräch an Weihnachten mit ihrem Vater in ihrem Heimatort bei München hatte sie zum ersten Mal begriffen, dass es ihr nichts brachte, mit dem Kopf durch die Wand zu wollen. Sie war nicht der Typ dafür, denn auch bei ihren Ermittlungen ließ sie sich sehr oft von ihrer Intuition leiten. Nur im Privatleben hatte sie diese Intuition meist unterdrückt, diese innere Stimme, die ihr gleich zu Beginn sagte, was gut und was schlecht für sie war. Sollte sie eines Tages doch noch den Richtigen finden, dann würde sie ihn auch erkennen.

Sie war fast fertig mit der Arbeit und beschloss, den Pflanzen auf dem Fensterbrett noch ein bisschen Wasser zu geben und sich danach ein Bad einlaufen zu lassen. Anschließend würde sie etwas Leckeres essen, ein oder zwei Bier trinken und die Nachrichten und den Tatort schauen. Sie nahm die Kanne in die Hand und war bereits am Wasserhahn, um sie zu füllen, als das Telefon klingelte.

»Ja?«

»Fritsche, KDD. Sorry für die Störung, aber wir haben eine Tote in Berkersheim.«

»Hm. Wie …«

»Komm her und mach dir selbst ein Bild. Wir haben alles so

11

gelassen, wie es vorgefunden wurde. Ist kein schöner Anblick, das kann ich dir gleich sagen.«

»Gib mir mal die Adresse, ich bin in spätestens einer halben Stunde da.« Sie schrieb mit und fragte dann: »Ist schon jemand anders benachrichtigt worden? Spurensicherung, Arzt und so weiter?«

»Nein, ich dachte, du würdest dir das vielleicht erst mal anschauen und …«

»Okay. Wer hat in der Rechtsmedizin Bereitschaft?«

»Dr. Sievers.«

»Verständige sie bitte. Und die Spusi soll sich auch schon mal bereithalten. Bis gleich.«

Sie legte den Hörer auf, stellte die Blumenkanne wieder zurück und rief Hellmer an. Nadine war am Apparat. Ihre Stimme klang nicht gut, wie so oft in den letzten Monaten. Traurig, resigniert, und Julia Durant kannte den Grund dafür, aber sie konnte ihr nicht helfen. Mit ihr reden schon, allerdings hatte es in der letzten Zeit kaum eine Gelegenheit gegeben, sich auszutauschen. Nadine war zu oft mit Marie-Therese unterwegs. Im Februar und März war sie ganze sieben Wochen in einer Spezialklinik in den USA gewesen und mit der Hoffnung zurückgekehrt, dass der Kleinen doch geholfen werden könnte. Es würde mehrere hunderttausend Dollar kosten, vielleicht sogar mehr als eine Million, einiger Operationen und sehr vieler Therapien bedürfen, um dem blinden, tauben und stummen Mädchen mit Hilfe modernster Medizintechnologien wenigstens einen Teil ihres Augenlichts, ihres Gehörs und damit auch ihrer Sprache zu geben. Das hatte Nadine ihr erzählt, und es war einer der wenigen Momente, in denen ihr Gesicht wieder jenen lebensbejahenden Ausdruck hatte, den Julia von ihr gewohnt war und um den sie sie beneidete – strahlende Augen, ein Lächeln um ihren schönen Mund. Sie hatten zwei Stunden zusammengesessen, aber sich in dieser Zeit fast ausschließlich über Marie-Therese unterhalten. Dabei hätte

Julia gerne auch über Frank mit ihr gesprochen, doch sie hatte gespürt, dass Nadine dazu nicht bereit war. Noch nicht. Ihre ganze Konzentration galt Marie-Therese und auch Stephanie, und je mehr ihr Mann sich von der Familie entfernte, desto stärker opferte sich Nadine für die Kinder auf. Frank und Nadine lebten noch in einem Haus, aber wenn es so weiterging, würde einer von beiden über kurz oder lang an der Situation zerbrechen. Und wie sie Frank und Nadine kannte, würde es Frank sein, der in absehbarer Zeit in einen tiefen Abgrund stürzen würde. Er war ein eher labiler Mensch, einer, der seine Ordnung brauchte, dem das Chaos, in dem er sich befand, zunehmend über den Kopf wuchs, der es aber nicht fertigbrachte, seine alte Ordnung wiederherzustellen. Manchmal wünschte sie sich, sie wäre irgendwo allein mit ihm und er hätte keine Chance, ihr zu entkommen, bis sie ihm klargemacht und er begriffen hatte, wo sein Zuhause war. Aber natürlich würde dieser Moment nie eintreten, weshalb sie diese Gedanken auch immer schnell wieder verwarf. Er war alt genug, um über sein Leben selbst zu bestimmen.

Frank Hellmer war nicht mit in die Staaten geflogen, obwohl Berger es ihm nicht nur angeboten, sondern geradezu ans Herz gelegt hatte, er könne Urlaub nehmen, bezahlten oder unbezahlten (was er sich leicht hätte leisten können), doch nur Julia Durant kannte den wahren Grund, warum er in Frankfurt geblieben war. Sie verstand ihn nicht und würde es nie tun, war Nadine doch nicht nur eine äußerst attraktive und schöne Frau, sondern auch eine, die immer zu ihm gehalten hatte, die als junge, aber schwerreiche Witwe einen vergleichsweise armen Polizisten geheiratet hatte, der jeden Monat zwei Drittel seines Gehalts an seine Ex und die drei gemeinsamen Kinder überweisen musste. Für Julia waren sie lange Zeit das Traumpaar schlechthin gewesen. Nadine liebte Frank aus tiefstem Herzen, und auch bei ihm hatte sie all die Jahre hinweg geglaubt, es wäre ebenso. Und dann kam Marie-Therese und mit ihr eine Veränderung, die das Leben der Hellmers aus den Fugen geraten ließ. Nadines ganze Aufmerksamkeit richtete sich nur noch auf die Kleine, und Frank fühlte sich seitdem offenbar aus Nadines Leben ausgeschlossen. Zumindest hatte er dies Julia gegenüber so angedeutet, doch für sie klang es nur wie eine laue Rechtfertigung für sein Verhalten. Viola Richter – zugegeben eine Frau, die die meisten Männerherzen nicht nur höherschlagen ließ, die nicht nur vom Äußeren mehr hergab als die meisten Frauen, sondern auch intelligent war, und doch, so fand Julia Durant, einem Vergleich mit Nadine nicht standhielt. Viola Richter und Frank Hellmer passten einfach nicht zusammen, was er jedoch nicht zu merken schien oder es nicht wollte. Aber seit er die Affäre begonnen hatte, war er nicht mehr der Frank Hellmer, den sie kennengelernt und mit dem sie über so viele Jahre hinweg gerne zusammengearbeitet hatte. Er war verschlossener geworden, oft ungerecht in seinen Beurteilungen und noch viel öfter mit seinen Gedanken nicht bei der Arbeit. Ob und inwieweit Nadine von dieser Affäre wusste, entzog sich Julias Kenntnis, aber sie hoffte noch immer inständig, dass dieser Spuk bald ein Ende hatte. Wenn nicht, würde sie in absehbarer Zeit ein sehr ernsthaftes Gespräch mit ihm führen und ihm deutlich zu verstehen geben, dass sie unter diesen Umständen nicht länger mit ihm zusammenarbeiten könne. Außerdem hatte er, wie sie schon befürchtete, wieder angefangen zu trinken, ein Zeichen für das schlechte Gewissen, das ihn plagte. Er war hin und her gerissen zwischen diesen zwei Frauen, zwischen zwei Welten, und er war überfordert, denn er war unfähig, eine klare Entscheidung zu treffen. Julia war der festen Überzeugung, dass Viola Richter nur mit ihm spielte, dass sie seine Schwachstelle erkannt hatte und ihre eigene unbefriedigende Ehe mit dem überaus erfolgreichen und angesehenen Psychiater und Therapeuten Prof. Alfred Richter durch ihn kompensierte. Für Julia war es eine rein sexuelle Beziehung, nicht mehr und nicht weniger, denn wäre es anders, hätte Hellmer nicht wieder zur Flasche gegriffen.

Ich werde Nadine einladen, mich zu besuchen, dachte Durant, während sie darauf wartete, dass Hellmer ans Telefon kam, ich muss ihr schließlich meine neue Wohnung zeigen.

»Was gibt's?«, fragte er mürrisch.

»Wir haben eine Tote in Berkersheim. Wann kannst du dort sein?«

»Halbe Stunde«, antwortete er nach kurzem Überlegen, ließ sich die Adresse geben und legte auf. Kein Tschüs oder Ciao wie noch vor einigen Monaten. Sie waren zwar noch Kollegen, mehr aber auch nicht, was allein an Hellmer lag, der sich immer mehr in sein Schneckenhaus zurückzog. Sie hatte versucht ihm zu helfen, sie hatte etliche Male versucht mit ihm zu reden, aber er ließ nicht einmal sie mehr an sich heran. Dennoch hegte sie die Hoffnung, er würde eines Tages aufwachen und erkennen, welch gravierenden Fehler er begangen hatte und immer noch beging, denn sie mochte Hellmer, auch wenn er im Moment unausstehlich war.

Julia zog sich eine khakifarbene Jeans und ein flauschiges Oberteil an. Der Tag war sonnig gewesen, aber es wehte ein kühler Ostwind, und für die kommende Nacht hatte der Wetterbericht Tiefsttemperaturen zwischen fünf und null Grad vorhergesagt. Nach einem langen und erbärmlich kalten Winter ließ der Frühling auf sich warten. Es hatte viel geregnet in den letzten Tagen und Wochen, und man konnte nur darauf hoffen, dass bald eine wärmere Zeit anbrach. Ein letzter Blick durchs Wohnzimmer, ein Lächeln, dann nahm sie ihre Tasche und schloss hinter sich ab. Die Stufen knarrten auf dem Weg nach unten. Sie überquerte die Straße und setzte sich in ihren Corsa. Der Wind hatte noch etwas aufgefrischt, und ihr war kalt. Sie startete den Motor und stellte die Heizung auf die höchste Stufe. Nach knapp fünf Minuten wurde es im Wageninnern warm. Sie hatte keine Lust auf eine CD, sondern stellte FFH an. Peter Illmann präsentierte Oldies, momentan lief »Kids in America« von Kim Wilde aus den Achtzigern. Erinnerungen an ihre erste große Liebe kamen in Julia Durant hoch, einen Jungen aus der Dreizehn, eine Liebe, die so schnell endete, wie sie begonnen hatte. Julia war siebzehn und er fast zwanzig. Zwei Jahre später hatte sie ihr Abi in der Tasche, bewarb sich für die Polizeischule und wurde angenommen. Tausend Gedanken auf einmal schossen ihr durch den Kopf, auch solche, die mit ihrem geschiedenen Mann zu tun hatten. Sie wollte Kinder, er trieb sich lieber in fremden Betten rum. Und nun war sie in Frankfurt, und ihr Leben hatte einen Verlauf genommen, den sie sich so nie vorgestellt hatte. Der Moderator gab nach dem Song noch einen Kommentar zu Kim Wilde ab, ein paar Sätze über ihre Laufbahn und dass sie vorhabe, ein neues Album zu produzieren.

Die Straßen waren wie üblich am Sonntagabend relativ leer, so dass sie bereits nach zwanzig Minuten an der angegebenen Adresse eintraf. Am Bürgersteig parkten zwei Streifenwagen und ein Alfa Romeo. Es war ein großes villenähnliches Haus im Norden von Frankfurt, weiß mit einem glänzenden dunkelblauen Dach, der Vorgarten gepflegt, vom Tor zum Eingang waren es etwa zehn Meter. Sie wies sich aus und wurde durchgelassen. Fritsche, ein großgewachsener, sehr schlanker, fast asketisch wirkender etwa vierzigjähriger Mann mit Dreitagebart und einer Nickelbrille auf der langen, schmalen Nase, kam an die Tür und reichte Durant die Hand. Sie kannten sich schon seit Jahren und lächelten sich an, auch wenn es bei ihm stets etwas verkniffen aussah. Er war einer der führenden Köpfe beim Kriminaldauerdienst, geschieden, drei Töchter, die jüngste gerade einmal drei Jahre alt. Die Ehe war, wie Durant erfahren hatte, an Fritsches Arbeit kaputtgegangen. Seine Frau hatte irgendwann die Nase voll von den ewigen Überstunden, dem Alleinsein, dem Warten und der Angst, ihr Mann könnte eines Tages nicht mehr zurückkehren. So hatte sie den für sie befreienden Schritt getan und sich von ihm getrennt. Aber Fritsche war nur einer unter vielen Kollegen, denen es so erging. Und wenn Hellmer nicht aufpasste, würde er sich in der Reihe der im Privatleben gescheiterten Polizisten wiederfinden.

»Sie liegt im ersten Stock, im Schlafzimmer. Ich hoffe, du hast einen guten Magen«, sagte er mit sonorer Stimme.

»So schlimm?«

»Na ja, für Zartbesaitete nicht gerade das ideale Unterhaltungsprogramm«, bemerkte er trocken.

»Ich bin einiges gewohnt«, entgegnete sie lapidar und musste unwillkürlich an den erst kürzlich abgeschlossenen Fall denken, wo der Mörder seine Opfer auf geradezu bestialische Weise abgeschlachtet hatte. Seitdem gab es nichts mehr, was sie erschüttern konnte.

Sie zog sich die obligatorischen Handschuhe und die blauen Plastikgamaschen an, betrat mit Fritsche das Schlafzimmer, in dem es unangenehm roch, nach einsetzender Verwesung, und Durant wusste, was Fritsche gemeint hatte, als er fragte, ob sie einen guten Magen habe. Die Rollläden waren heruntergelassen, die Vorhänge zugezogen, ein Kronleuchter mit vielen verspielten Details spendete helles Licht. Es war ein etwa dreißig Quadratmeter großer Raum, das Bett war überdimensional groß, wie eine Spielwiese für ausgefallene Spielchen, dicker fast weißer Teppichboden schluckte jeden Schritt, ein mindestens vier Meter breiter und etwa zweieinhalb Meter hoher weißer Schrank mit feinen Intarsien in den Spiegeln und an den Umrandungen war die zweite Auffälligkeit, die dritte ein Glastisch mit zwei champagnerfarbenen Ledersesseln daneben. Auf dem Tisch standen zwei Champagnergläser, eine Flasche Dom Perignon in einem eigens dafür vorgesehenen Kübel, das Eis darin war längst geschmolzen. Im Aschenbecher waren ein paar ausgedrückte Zigarettenkippen, auf den beiden Nachtschränkchen Fotos, unter anderem von vermutlich der Frau auf dem Bett und zwei weiteren Personen. An der Wand links von der Tür hing ein überdimensionaler Plasmafernseher, der ein halbes Vermögen gekostet haben musste, und darunter befand sich in einem offenbar eigens dafür angefertigten Regal eine hochwertige Hi-Fi-Anlage. Erst jetzt bemerkte Durant auch die auf dem von ihr aus gesehen rechten Nachtschränkchen liegenden Fernbedienungen für die Geräte.

Die Tote lag genau in der Mitte des Betts auf dem Bauch. Sie war bis auf ein Paar halterlose blaue Strümpfe nackt, die Beine eng aneinandergelegt, die Arme jedoch ausgestreckt im rechten Winkel zum Körper. Sie hatte fast schwarze, glatte und schulterlange Haare, ihr Gesicht war nicht zu erkennen. Die Fingernägel waren in dezentem Rot lackiert, die Haut unnatürlich weiß, aber durch die vermutlich längere Lagerung marmoriert und von roten und bläulichen Stellen übersät. Das Auffälligste jedoch war das überdimensionale Kreuz, das in ihren Rücken vom unteren Nacken bis zum Steißbein geritzt worden war. Das Blut aus der Wunde war längst geronnen und verkrustet. Was Durant jedoch stutzig machte, war, dass das Kreuz nach unten zeigte, wie es in der Regel von Okkultisten, die sich mit schwarzer Magie befassten, oder Satanisten benutzt wurde.

»Wer hat sie gefunden?«, fragte Durant, die die Tote aufmerksam betrachtete.

»Ihre Tochter. Sie ist unten und heult sich die Augen aus, halt das Typische. Das Einzige, was ich von ihr erfahren habe, ist, dass sie gestern und heute mehrfach versucht hat ihre Mutter telefonisch zu erreichen, und als das nicht geklappt hat, ist sie schließlich hergefahren. Du kannst dir vorstellen, was das für ein Schock war, die eigene Mutter so zu sehen. Dazu noch dieser üble Geruch.«

»Hat sie sonst noch was gesagt?«

Fritsche schüttelte den Kopf. »Nee, die ist völlig durch den Wind. Vielleicht kommst du an sie ran.«

»Ist jemand bei ihr?«

»Sandra Kohler, meine Kollegin, kümmert sich um sie.«

»Und es wurde wirklich nichts verändert?«, fragte Durant, ohne auf das Gesagte einzugehen.

»Von uns nicht. Und ich glaube kaum, dass die Tochter sie angefasst hat.«

»Wer außer dir und der Tochter war noch hier drin?«

»Nur Sandra und die beiden Beamten, die als Erste hier waren, nachdem der Anruf in der Zentrale eingegangen ist.«

»Okay. Dr. Sievers und die Spurensicherung sind informiert?«

»Ja.« Und nach kurzem Schweigen: »Was hältst du davon?«

»Schwer zu sagen«, murmelte Durant, trat näher an das Bett heran und beugte sich weiter nach vorn.

»Ein Ritualmord?«, fragte Fritsche, der hinter Durant stand und auf sie hinabsah.

Durant zuckte mit den Schultern und meinte: »Möglich, das Kreuz und auch die Aufbahrung könnten dafür sprechen. Ich meine, das schaut aus, als wäre sie selbst gekreuzigt worden, symbolisch natürlich. Trotzdem ist das nur eine von vielen Theorien, und festlegen werde ich mich in einem so frühen Stadium ganz bestimmt nicht.« Sie sah Fritsche an und fuhr fort: »Würdest du mich bitte für einen Moment allein lassen, aber wenn Hellmer kommt, schick ihn bitte sofort rein.«

»Bin schon da«, sagte er in einem Ton, den Durant aus den vergangenen Monaten nur zu gut kannte – zu aufgekratzt und beschwingt, um echt zu sein, was wohl daran lag, dass er wieder getrunken hatte. Er trat ein, nickte Fritsche zu, der die Tür hinter sich zuzog. »Sauber«, bemerkte Hellmer nach einem Blick auf die Leiche.

»Was meinst du mit ›sauber‹?«

»Na ja, das alles hier. Wann kommen die andern?«

»Wieso, hast du noch was Dringendes vor?«, fragte Durant ironisch, die zurzeit mit ihrem Kollegen nicht viel anzufangen wusste. Da war eine Barriere zwischen ihnen, fast eine Mauer, die nur Hellmer einreißen konnte. Sie hatte ihr Möglichstes versucht, aber er hatte sich immer weiter abgeschottet. Dabei machte es sie traurig, Hellmer so zu erleben, und gleichzeitig war sie auch wütend auf ihn und seine Unfähigkeit, sich von den Fesseln, die ihn umgaben, zu befreien. Und diese Fesseln hatten nur einen Namen – Viola Richter.

»Nee«, antwortete Hellmer und kam näher. Er hatte eine Alkoholfahne, die er mit reichlich Eau de Toilette zu übertünchen versuchte, was natürlich nichts brachte, auch wenn er, wie sie inzwischen wusste, nur Wodka trank.

Durant sah ihn nicht an, als sie sagte: »Hast du in Parfum gebadet?«

»Nee, nur'n Spritzer. Wieso, gefällt's dir nicht?«

»Nicht besonders. Was ist deine Meinung?«

»Keine Ahnung. Sieht aus, als hätte da jemand ein seltsames religiöses Verständnis. Wie lange ist sie schon tot?«

»Woher soll ich das wissen? Bin ich Rechtsmedizinerin?«, erwiderte Durant unwirsch, obgleich sie ahnte, dass Corinna Sittler schon mindestens einen, wenn nicht gar zwei Tage tot war. »Außerdem hat das, wenn du genau hinschaust, mit Religion recht wenig zu tun, es sei denn, du bezeichnest Satanismus als solche.«

»Satanismus ist auch 'ne Religion. Und außerdem, was ist los mit dir? Ist dir 'ne Laus über die Leber gelaufen?«

»Frank, tu mir einen Gefallen und lass uns einfach unsere Arbeit machen. Okay? Also, was ist deine Meinung?«

»Die Dame wurde umgebracht, und ihr wurde ein seitenverkehrtes Kreuz in den Rücken geritzt. Was soll ich schon groß davon halten? Da hat jemand seiner Phantasie freien Lauf gelassen«, antwortete er emotionslos, als würde ihn das alles nicht berühren.

»Sie wurde aufgebahrt. Ich glaube nicht an einen religiösen Fanatiker oder Spinner. Ich würde sie ja gerne umdrehen, aber wir müssen warten, bis die Fotos im Kasten sind.«

Sie hatte es kaum ausgesprochen, als die Tür aufging und Andrea Sievers hereinkam. Sie hatte ihren Koffer in der Hand, in dem sich alle Utensilien befanden, die sie für die erste vorläufige Leichenschau benötigte, ehe sie in der Rechtsmedizin die Obduktion vornehmen würde.

»Hi, ihr beiden. Wie geht's?«, fragte sie gutgelaunt wie meist und stellte den Koffer neben der Tür ab. Sie trug eine hellblaue Jeans, einen Sweater und ebenfalls Handschuhe und blaue Plastikgamaschen über den Schuhen.

»Geht so«, antwortete Durant, während Hellmer nichts sagte, sondern sich im Zimmer umsah.

»Wie heißt die Werteste?«, fragte Sievers und warf einen langen Blick auf die Tote.

»Corinna Sittler, Anwältin. Von irgendwoher kommt mir der Name bekannt vor, ich kann nur nicht sagen, woher. Ich meine den Namen schon mal gehört zu haben.«

»Ich nicht«, sagte Sievers, drückte ein paarmal auf den toten Körper, nickte und runzelte die Stirn. »Es ist doch erstaunlich, was sich die Leute so alles einfallen lassen, wenn sie jemanden ins Jenseits befördern. Das ist kein normaler Mord, das war geplant.«

»Und was bringt dich zu dieser Vermutung?«

»Ganz einfach, der Mörder hat sich Zeit gelassen. Ich meine, das sieht ein Blinder mit Krückstock, dass das alles inszeniert ist oder war. Ich tippe auf einen Ritualmord. Vielleicht hat sie sich in Kreisen bewegt, die nicht zimperlich sind, wenn jemand aus der Reihe tanzt.«

»Willst du bei uns anfangen?« Durant sah Sievers vielsagend von der Seite an.

»Nein, danke, ich liebe meinen Job. Ist ja auch nur 'ne Vermutung.«

»Kannst du schon was sagen?«, fragte Durant.

»Geduld, Geduld. Komm, gehen wir raus und lassen den

Fotografen ran«, meinte sie, als sie die Männer und Frauen von der Spurensicherung kommen hörte, ergriff ihren Koffer und verließ mit Durant und Hellmer das Zimmer. Sie warteten im Flur, während sie unten die Stimmen von zwei Frauen vernahmen.

»Wer ist die junge Frau da unten?«, fragte Sievers, die sich an die Wand lehnte.

»Die Tochter.«

»Hast du schon mit ihr gesprochen?«

»Mach ich gleich. Ich will erst das hier hinter mich bringen und dein erstes Urteil hören.«

Hellmer hatte sich nach unten begeben, stand vor dem Haus, rauchte eine Zigarette und unterhielt sich mit Fritsche.

»Was ist eigentlich mit Frank los? Der ist in letzter Zeit ziemlich seltsam geworden«, sagte Andrea Sievers leise, so dass keiner der andern es mitbekommen konnte. »Versteh mich nicht falsch, aber irgendwas stimmt mit ihm doch nicht.«

Durant zuckte mit den Schultern und schwindelte: »Keine Ahnung. Frag ihn selbst.«

Sievers runzelte die Stirn. »Habt ihr Stress?«

»Bitte, nicht jetzt. Wenn du Lust hast, kannst du ja mal zu mir kommen, dann kannst du gleich meine neue Bude kennenlernen und wir können ungestört ratschen. Oder wir gehen was essen.«

»Du bist umgezogen?«

»Quatsch, nur neu eingerichtet. Ich hab den ganzen alten Mist rausgeschmissen.«

»Wow, klingt nach Neuanfang. Hat das was mit deinem Verflossenen zu tun?«

»Schon möglich. Wie läuft's denn zwischen dir und meinem Offenbacher Kollegen?«, fragte Durant grinsend.

Es entstand eine winzige, aber bedeutungsvolle Pause, bevor Andrea antwortete: »Geht so.«

»Hör ich da einen Unterton?«

»Julia, wir haben beide unsere Probleme, und deshalb mein Vorschlag: Ich nehme dein Angebot an und komm zu dir. Dann können wir quatschen, bis uns nichts mehr einfällt.«

»Das würde Wochen dauern. Wann?«

»Sag du.«

»Freitag? So um sieben?«

»Okay, ich hab's gespeichert. Wenn nichts dazwischenkommt«, fügte Sievers schmunzelnd hinzu.

»Es kommt was dazwischen«, murmelte Durant kaum hörbar und betrachtete ihre Hände.

»Warum so pessimistisch?«

Sie zuckte mit den Schultern und antwortete: »Das ist so Gesetz bei mir. Immer wenn ich mir was vornehme, passiert irgendwas. Aber wir halten den Termin trotzdem fest.«

»He, so kenn ich dich gar nicht. Was ist los?«, fragte Sievers und legte eine Hand auf Durants Schulter.

»Nichts weiter. Ich hab's vielleicht einfach nur über, dauernd mit solchem Dreck konfrontiert zu werden«, sagte sie und deutete mit dem Kopf auf die Tür, hinter der der Fotograf alles auf Film und Band festhielt.

»Es ist dein Job, genau wie es meiner ist, diese Leute auf meinen Tisch zu kriegen. Ich hab mich dran gewöhnt, und ich bin ein paar Jährchen jünger als du.«

»Schon gut. Ich hatte mir nur den Abend ein klein wenig anders vorgestellt«, sagte Durant und schaute auf die Uhr. »Der Tatort fängt gerade an, ich wollte vorher ein Bad nehmen, was essen und früh schlafen gehen. Wird wohl nichts draus, ich meine, das mit dem früh schlafen gehen.«

»Sieh's gelassen, ich muss mir auch den Abend, vielleicht sogar die Nacht um die Ohren schlagen. Wir sind eben keine Buchhalter«, fügte Sievers lapidar hinzu. »Es sei denn, du gönnst mir noch ein bisschen Ruhe und gibst mir Zeit, die Dame morgen zu untersuchen.«

Durant verzog den Mund. »Ich hätte ganz gerne schnellstmöglich gewusst, wie sie gestorben ist. Muss ja nicht gleich …«

»Schon verstanden. Aber mach dich drauf gefasst, dass ich dich mitten in der Nacht anrufe und dir das Ergebnis mitteile«, erwiderte Sievers grinsend.

»Okay. Hast du sonst irgendwas zu tun gehabt?«

»Jetzt am Wochenende?«

»Hm.«

»Zum Glück nicht. Aber noch lieber wär's mir gewesen, ich hätte erst morgen früh wieder in die Gruft steigen müssen. Gehen wir's an«, sagte Sievers und deutete mit dem Kopf zur Tür, die gerade geöffnet wurde. Der Fotograf hatte seine Tasche umgehängt und kam auf Durant und Sievers zu.

»Ihr könnt rein. Die Fotos liegen in einer Stunde auf deinem Schreibtisch«, sagte er zu Durant.

»Danke …«

»Augenblick«, mischte sich Sievers ein. »Hast du sie von allen Seiten fotografiert?«

»Nein, nur das Standardprogramm, den Rest macht ihr doch sowieso selbst.«

»Wir brauchen auch noch Fotos, nachdem wir sie umgedreht haben.«

»Ihr kriegt das schon hin«, entgegnete er augenzwinkernd, wandte sich um und wollte bereits nach unten gehen, als Sievers ihn zurückhielt.

»Bitte noch ein paar Fotos, du bist in fünf Minuten entlassen.«

»Zu Befehl.«

Andrea Sievers ging voran, Durant und der Fotograf folgten ihr.

»Du willst doch bei uns anfangen«, meinte Durant trocken.

»Quatsch«, winkte Sievers ab, »aber irgendwas in meinem Bauch sagt mir, dass sie auch Verletzungen vorne, möglicherweise auch im Gesicht hat.«

»Das werden wir gleich sehen.«

Sie betraten das Zimmer und schlossen die Tür hinter sich. Hellmer war noch immer im Erdgeschoss. Durant vermutete, dass er sich entweder mit Fritsche oder der Tochter der Ermordeten unterhielt. Schweigend beobachtete sie Andrea, wie sie die Tote begutachtete. Kaum eine Minute war vergangen, als Andrea sagte: »Sie ist seit etwa zwei Tagen tot. Die Leichenflecken sind nicht mehr wegdrückbar, die Totenstarre beginnt sich allmählich zu lösen. Ich schätze, sie wurde am Freitagabend umgebracht. Dafür spricht auch der doch etwas unangenehme Geruch. Hilfst du mir, sie umzudrehen? Aber vorsichtig.«

Corinna Sittlers Augen starrten an die Decke, der Mund war ein wenig geöffnet. Im Gesicht, im Brust- und Bauchbereich befanden sich mehrere Hämatome, eines davon so groß wie eine Männerhand.

»Wie ich vermutet hatte«, bemerkte Andrea Sievers lakonisch. »Da hat jemand ein paarmal ordentlich zugeschlagen. Jetzt kannst du die Fotos machen«, sagte sie zum Fotografen.

Als er fertig war, meinte er: »Bin ich entlassen?«

»Sicher.«

»Das heißt, es war ein langer und schmerzhafter Tod«, sagte Durant kopfschüttelnd. »Wer macht so was und warum?«

»Keine Ahnung. Aber ob die Schläge allein die Todesursache waren, wage ich zu bezweifeln.« Andrea Sievers holte aus ihrem Koffer ein Thermometer, mit dem sie zunächst die Raum- und anschließend die Körpertemperatur maß.

»Was meinst du damit?«

»Ich hab schon etliche Tote auf den Tisch gekriegt, die voller Hämatome waren, aber die Todesursache waren fast nie die Schläge, die sie abbekommen haben. Entweder wurden sie erschossen, erstochen, erwürgt, erdrosselt …« Sie drehte den Kopf von Corinna Sittler und fuhr fort: »Keine Gewalteinwirkung mit einem stumpfen Gegenstand, auch kein Genickbruch. Und es sieht auch nicht so aus, als hätte sie sich gewehrt.« Sie zuckte mit den Schultern. »Na ja, vielleicht ist sie an inneren Verletzungen gestorben, an inneren Blutungen, möglicherweise im Bauchraum, aber das erscheint mir nach der ersten Leichenschau eher unwahrscheinlich. Es ist ziemlich warm hier drin, zweiundzwanzig Grad, und ihre Temperatur beträgt immerhin noch knapp dreiundzwanzig Grad.«

»Hat die was in ihrem Mund?«, sagte Durant mit gerunzelter Stirn und beugte sich ein wenig weiter nach vorn. »Kannst du mal gucken? Ich glaub, da ist was drin.«

Andrea nickte wortlos, nahm eine Pinzette – die Kieferstarre hatte sich bereits gelöst –, drückte den Unterkiefer hinunter und zog ein sauber gefaltetes Stück Papier heraus. Sie sah Durant an und sagte: »Soll ich oder willst du?«

»Mach du.«

Andrea faltete das Papier auseinander, schüttelte kaum merklich den Kopf und reichte es gleich darauf Durant. Sie las und murmelte: »Confiteor – Mea Culpa. Kannst du mir das mal übersetzen?«

»Wieso? Kein Latein gehabt?«, fragte Andrea mit regungsloser Miene.

»Schon, ist aber 'ne Ewigkeit her. Mea Culpa, meine Schuld, das ist ein gängiger Begriff. Aber Confiteor?«

»Confiteor heißt ›Ich bekenne‹. Hat eine christliche Bedeutung, aber frag mich um Himmels willen nicht nach Details, ich hab seit Ewigkeiten keine Kirche betreten. Auf dem Zettel steht aber wortwörtlich ›Ich bekenne – meine Schuld‹. Ich frag mich nur, warum das mit Bindestrich geschrieben wurde. Na ja, mehr kann ich dir dazu leider nicht sagen. Aber wenn wir die Aufbahrung und das seitenverkehrte Kreuz auf dem Rücken hinzunehmen, muss es einen christlichen oder zumindest religiösen Bezug haben, wobei sie allem Anschein nach aber ein böses Mädchen gewesen war. Fragt sich nur, was dieses böse Mädchen getan hat, wofür es sich mehr unfreiwillig bekennt, und was seine Schuld ist. Aber darüber muss ich mir ja zum Glück nicht den Kopf zerbrechen, das überlass ich deinen kleinen grauen Zellen.«

»Na sauber! Wer vollzieht ein solches Ritual und warum?« Durant sah Andrea Sievers fragend an.

»Kein Kommentar. Lass mich meine Arbeit zu Ende bringen, und dann ab mit ihr in die heiligen Hallen der Ruhe und des Friedens.«

»Okay. Aber die Sittler hat Besuch gehabt, und es muss jemand gewesen sein, den sie kannte …«

»Na ja, ich würde nicht jeden in mein Schlafzimmer lassen«, meinte Sievers ernst, »es sei denn, es ist jemand, den ich kenne oder von dem ich möchte, dass er in mein Schlafgemach kommt. Und sie scheint sich mit jemandem verabredet zu haben. Dafür sprechen die Gläser, die Flasche Champagner und ihre Aufmachung. Es sollte wohl ein höchst erotischer Abend werden. Auch ist es eher ungewöhnlich, dass sich jemand in ihrem Alter im Intimbereich komplett rasiert. Ob sie wenigstens vorher noch ein bisschen Spaß hatte, werde ich dir mitteilen.«

Durant betrachtete die beiden Gläser mit zusammengekniffenen Augen und sagte: »An einem ist Lippenstift, und aus dem andern wurde, wenn ich das richtig sehe, nicht getrunken. Oder es wurde ausgewaschen und wieder hingestellt.«

Hellmer kam mit einem Mal herein und blieb vor dem Bett stehen. »Wieso hat mir keiner gesagt, dass wir weitermachen?«, fragte er vorwurfsvoll, eine Hand in der Hosentasche.

»Wir dachten, du hättest mitbekommen, wie unser Fotomensch das Haus verlassen hat«, erwiderte Durant nur.

»Hab ich nicht, weil ich mich mit der Tochter der Verblichenen unterhalten habe. Zumindest hab ich's versucht.«

»Ohne mich?«

»Ohne dich.«

»Und was heißt, du hast es versucht?«

Hellmer winkte ab. »Die ist nur am Flennen. Du kannst ja gleich mal dein Glück versuchen.«

»Vielleicht mag sie dein Eau de Toilette nicht«, bemerkte Durant ironisch.

Ohne darauf einzugehen, fragte Hellmer: »Und was gibt's hier Neues?«

»Sie ist seit etwa zwei Tagen tot, die Todesursache«, sagte Andrea Sievers und schüttelte den Kopf, »die kann ich noch nicht bestimmen. Wie immer sie auch umgekommen ist, das werden wir wohl erst bei der Obduktion feststellen.«

»Was bleibt denn noch? Gift?«, fragte Durant.

»Vielleicht«, hielt sich Andrea Sievers bedeckt. »Es gibt etliche Möglichkeiten, jemanden ins Jenseits zu befördern, ohne dass es äußere Spuren hinterlässt. Vielleicht hat ihr jemand was ins Glas getan.« Sie untersuchte die Tote mehrere Minuten lang, bis sie den Kopf schüttelte und sagte: »Ich kann auf den ersten Blick auch keine Einstiche erkennen.« Doch nach einer kurzen Pause: »Moment, hier haben wir was. Eine winzig kleine Punktion, kaum sichtbar. Hier, sieh selbst«, sagte sie zu Durant und deutete auf eine kleine Stelle in der Leistengegend. Das werd ich mir mal genauer anschauen. Ich gehe ganz stark davon aus, dass ihr etwas injiziert wurde.«

»Also doch Gift?«

»Es muss nicht immer gleich Gift sein, eine Überdosis Insulin würde es auch schon tun. Was glaubst du, wie viele Morde mit Insulin oder Digitalis oder Strophanthin begangen werden? Viel mehr, als du denkst.«

»Und der Arzt stellt den Totenschein aus und vermerkt eine natürliche Todesursache. Richtig?«

»Korrekt. Das ist eine ganz perfide Methode. Einfaches Beispiel Digitalis. Herzkranke nehmen es unter anderem bei Rhythmusstörungen, aber stark überdosiert wirkt es absolut tödlich. In der Regel kommt der Hausarzt, weiß von den Herzbeschwerden, und wieder das alte Spiel. Jährlich sterben bei uns Tausende von Menschen durch Fremdeinwirkung, ohne dass die Polizei was davon weiß.« Sievers holte tief Luft. »Okay, dann ab mit ihr, ich schau nach, ob ich was finde, und geb dir Bescheid. Sollten wider Erwarten innere Blutungen die Todesursache sein, ist der Fall klar.«

»Nee, ist er nicht. Der ist so was von unklar.«

»Ciao, ich mach mich auf die Socken, alles andere ist euer Problem«, sagte Andrea Sievers und winkte Durant und Hellmer zu. Sie nahm ihren Koffer und ging nach draußen, Durant folgte ihr.

»He, mach dir nicht zu viel Stress, es reicht, wenn ich das Ergebnis morgen im Lauf des Tages hab.«

»Lass mich mal machen, der Abend ist sowieso gelaufen. Aufschneiden kann ich sie eh erst, wenn Bock, Morbs oder einer der andern dabei ist. Du kennst ja das Procedere. Ich entnehm ihr nur ein bisschen Blut und untersuch's auf Fremdstoffe. Und du solltest dir am besten auch nicht die ganze Nacht um die Ohren schlagen, du hast die nächsten Tage bestimmt noch eine Menge zu tun. Ich bin dann mal weg.«

Durant sah ihr nach. Hellmer stand plötzlich wie ein Geist neben ihr und wollte sich eine Zigarette anzünden, doch Durant riss sie ihm aus der Hand.

»Nicht hier, okay?!«, fuhr sie ihn an. »Wenn du eine qualmen willst, musst du wohl oder übel rausgehen. Im Prinzip sind wir sowieso fertig, ich möchte mich jetzt mit der Tochter unterhalten.«

»Schon gut, schon gut«, wiegelte er ab. »Brauchst du mich noch?«

»Kannst nach Hause fahren, wir treffen uns morgen früh wie gewohnt im Büro.«

»Na denn, schönen Abend noch«, sagte er und verabschiedete sich.

»Dito.«

Sie warf noch einen Blick ins Badezimmer, einem ebenfalls großen Raum mit einer halb in den Boden eingelassenen ovalen Wanne, die genügend Platz für vier Personen bot und auch eine Whirlpoolfunktion hatte, einem gleichfarbigen Bidet, einer Toilette und einem Doppelwaschbecken, über dem ein riesiger beleuchteter Spiegel angebracht war. Auf einer Extraablage befanden sich unzählige Parfumflakons, die in perfekter Ordnung nebeneinander standen. Selbst ein Fernseher sowie ein Sessel und ein kleiner Tisch am Fenster fehlten nicht. Alles war in hellen, doch unterschiedlichen Farbtönen gehalten, ein Bad, das zum Verweilen, Entspannen und Ausruhen einlud. Doch die Frau auf dem Bett würde nie mehr Gelegenheit haben, dieses exklusive Bad zu betreten.

Durant ließ die Tür offen und begab sich nach unten. Im Wohnzimmer, das an Luxus den anderen Zimmern in nichts nachstand, saß die Tochter der Toten auf der hellbraunen Ledercouch. Sie hatte ein Glas Rotwein vor sich stehen, die Flasche daneben war fast leer. Durant nahm in dem Sessel neben der jungen Frau Platz, die die Kommissarin aus verweinten Augen ansah. Sandra Kohler vom KDD erhob sich auf ein kaum merkliches Zeichen von Durant hin, verließ den Raum und machte die Tür hinter sich zu.

»Frau Sittler, ich bin Hauptkommissarin Julia Durant und werde diesen Fall bearbeiten. Ich werde alles in meiner Macht Stehende tun, um dieses Verbrechen aufzuklären. Dazu benötige ich aber Ihre Hilfe. Sind Sie in der Lage, mir ein paar Fragen zu beantworten?«

Sie sah Durant stumm an und nickte. Sie hatte ein hübsches, ebenmäßiges Gesicht mit langen dunklen Haaren, nicht ganz so dunkel wie die ihrer Mutter, ungewöhnlich blauen Augen, die einen starken Kontrast zu den Haaren bildeten. Ihre Haut hatte einen natürlichen Braunton, die Lippen waren voll und rot, ohne dass mit Lippenstift nachgeholfen wurde oder werden musste.

Eine junge Frau, die keinen Ring am Finger trug und offenbar solo war.

»Würden Sie mir bitte Ihren Vornamen verraten?«

»Leslie-Joan, aber alle nennen mich nur Les«, antwortete sie kaum hörbar.

»Das ist ein schöner Name, vor allem ungewöhnlich.«

»Mein Vater ist Amerikaner, aber ich kenne ihn gar nicht. Meine Mutter war neunzehn, als ich geboren wurde, und er war ein Soldat, mehr weiß ich nicht.«

»Verstehe. Ich weiß, es ist schrecklich, einen Angehörigen auf eine solche Weise zu verlieren, aber Sie würden mir sehr helfen, wenn Sie …«

»Ich bin so gegen sechs hergekommen«, sagte Leslie leise, »doch das hab ich schon Ihrem Kollegen erzählt.«

»Herrn Fritsche oder Herrn Hellmer?«

»Fritsche.«

»Und weiter?«

»Ich habe seit gestern versucht meine Mutter zu erreichen, aber sie hat nicht abgenommen. Das war völlig ungewöhnlich für sie, denn wir haben jeden Tag miteinander telefoniert, auch wenn die Gespräche meist nur ein paar Minuten dauerten und alles andere als tiefschürfend waren. Das Telefon war außer dem Internet ihre einzige Verbindung zur Außenwelt.«

Julia Durant stutzte, zog die Stirn in Falten und fragte: »Was meinen Sie damit? Wieso waren das Telefon und das Internet die einzige Verbindung zur Außenwelt? Hat Ihre Mutter das Haus nicht verlassen?«

Leslie schüttelte den Kopf und lächelte zum ersten Mal an diesem Abend, ein Lächeln, das so schnell wieder verschwand, wie es aufgetaucht war. Sie nahm das Glas, trank einen Schluck und sah Durant mit leerem Blick an.

»Nein, sie hat seit etwa zehn Jahren nur hier im Haus gelebt. Agoraphobie, falls Ihnen das etwas sagt.«

»Sicher, Angst vor großen Plätzen oder überhaupt sich im Freien aufzuhalten.«

»Nicht nur das, auch Menschenansammlungen machten ihr Angst. Das hatte aber eine Ursache. Sie wurde mehrfach massiv bedroht, einmal sogar in einer Tiefgarage überfallen und bis zur Bewusstlosigkeit gewürgt, da war ich erst fünfzehn. Seitdem hatte sie allein bei dem Gedanken Panik, auf die Straße gehen zu müssen. Sie kennen vielleicht den Film *Copykill* mit dieser etwas durchgeknallten Psychologin, die auch nie ihre Wohnung verlassen hat. So ähnlich war es bei meiner Mutter. Sie hat sich vollständig von der Außenwelt abgekapselt.«

»Und wovon hat Ihre Mutter gelebt? Ich meine, wenn ich mich hier umschaue, das alles war bestimmt nicht billig.«

»Sie hat gearbeitet, aber nur von zu Hause aus. Sie war Rechtsanwältin und hat Fälle bearbeitet, bei denen sie nicht mit Mandanten sprechen musste, das haben andere in der Kanzlei für sie übernommen.«

»Für welche Kanzlei war sie tätig?«

»Frantzen und Partner. Sie war einer der Partner. Sie hat sehr gut verdient, was wohl leicht untertrieben ist. Sie hat Geld wie Heu.«

»Und diese Agoraphobie, hatte diese Krankheit etwas mit einem früheren Fall zu tun?«

»Ich kann mich nicht mehr genau daran erinnern, denn das mit ihrer Krankheit kam sehr plötzlich. Ich weiß nur, dass sie damals noch als Staatsanwältin in Darmstadt gearbeitet hat, und da hat wohl jemandem etwas nicht gefallen, so viel habe ich mitbekommen. Sie hat mir aber nie etwas Konkretes erzählt, aus welchen Gründen auch immer. Alle Informationen habe ich von meinen Großeltern, doch die haben sich auch sehr bedeckt gehalten. Vielleicht dachten sie, ich würde die Wahrheit nicht verkraften. Sie sagen nur, dass es mit einem unseligen Prozess zu tun hat, bei dem sie die Anklage vertreten hat. Ja, sie haben das Wort unselig benutzt. Und nicht lange danach wurde sie überfallen, aber das habe ich ja schon erzählt. Kennen Sie meine Mutter vielleicht?«

»Ich hatte nie mit ihr zu tun, aber ich hatte vorhin schon das Gefühl, dass mir der Name von irgendwoher bekannt vorkommt. Jetzt kann ich ihn natürlich etwas besser zuordnen, auch wenn ich mir noch weitere Informationen besorgen muss. Und nach diesem Prozess fingen die Drohungen an?«

»Wie gesagt, meine Mutter hat nie darüber gesprochen. Wir haben uns überhaupt fast nie über ihren Beruf unterhalten.«

»Und was war in den letzten Jahren? Gab es da immer noch Drohungen?«

Leslie schüttelte den Kopf. »Nicht, dass ich wüsste. Sie ist ja auch bald nach ihrem Klinikaufenthalt hierher gezogen.«

»In dieses Haus?«

»Hm.«

»Das heißt, sie hat das Haus gekauft oder gebaut?«

»Gekauft und so umbauen lassen, dass sie bis an ihr Lebensende …« Leslie stockte, Tränen stahlen sich aus ihren Augen, die sie mit dem Handrücken wegwischte. »Entschuldigung, aber ich werde das wohl nie begreifen. Wie kann jemand so etwas tun? Sie hat doch nie jemanden ins Haus gelassen, mich und Frau Cornelius ausgenommen. Ab und zu kam auch mal Dr. Frantzen, aber sonst …«

»Wer ist Frau Cornelius?«

»Entschuldigung, das ist die Frau, die sich um meine Mutter gekümmert hat. Sie hat den Haushalt geführt und ihr Gesellschaft geleistet.«

»Und Ihre Großeltern?«, fragte Durant zweifelnd.

Leslie lachte kurz auf und antwortete: »Nein, für die war dieses Haus tabu. Es gab schon vor einer halben Ewigkeit einen Bruch, der nicht mehr zu kitten war. Fragen Sie mich aber nicht, was vorgefallen ist, denn weder meine Mutter noch meine Großeltern haben je mit mir darüber gesprochen. Und jetzt ist es sowieso zu spät dafür. Ich hätte mir jedenfalls sehr gewünscht, dass sie sich irgendwann versöhnen, aber dann passiert so etwas, und nichts geht mehr.«

»Wenn Ihre Mutter nur Sie, Frau Cornelius und hin und wieder Dr. Frantzen ins Haus gelassen hat, wie kam sie dann an die Lebensmittel und all die andern Dinge, die man täglich so braucht? Hat Frau Cornelius die eingekauft?«

»Nein. Es gibt einen Supermarkt, von dem sie wöchentlich beliefert wurde. Die kamen aber immer nur, wenn Frau Cornelius da war, die dann alles in Empfang genommen hat. Ich war einmal hier, als so eine Lieferung eintraf, und ich kann Ihnen sagen, das waren immer sehr große Lieferungen.«

»Hat Ihre Mutter selbst gekocht?«

Leslie schüttelte den Kopf und wischte sich mit der Hand über die Augen. »Um Himmels willen, nein, die wusste nicht mal, wie man ein Rührei zubereitet. Ab und zu hat Frau Cornelius gekocht, meist hat sie aber das Essen bestellt.«

»Und wo?«

»Italiener, Chinesen, halt alles, was einen Lieferservice hat.«

»Dann gab es also doch noch wesentlich mehr Personen, die Zugang zum Haus hatten.«

»Nein, meine Mutter ist nie an die Tür gegangen, das hat immer Frau Cornelius erledigt. Und wenn die nicht da war, hat sie sich irgendein Fertiggericht gemacht.«

»Verstehe. Sie sagen, Ihre Mutter litt unter Agoraphobie. Kam dazu eventuell auch noch etwas anderes? Vielleicht Verfolgungswahn oder Paranoia?«

Leslie lachte erneut auf. »Wie würden Sie es denn bezeichnen, wenn sich jemand für den Rest des Lebens von der Außenwelt abkapselt, aus Angst, jemand könnte sie verfolgen oder ihr nach dem Leben trachten? Ja, sie muss paranoid gewesen sein, sie hat wohl in allem und jedem eine Gefahr für ihr Leben gesehen. Und sie war hysterisch, manchmal.«

»Hatte sie einen Therapeuten oder eine Therapeutin?«

»Um Himmels willen, meine Mutter doch nicht! Ich hab ihr einmal in einem Anflug von Mut auf den Kopf zugesagt, dass ich sie für paranoid halte. Daraufhin hat sie mich wie eine Furie angeschrien und beschimpft, ich würde sie nicht ernst nehmen. Tja, danach herrschte für einige Tage Funkstille. Sie konnte sehr jähzornig werden. Sie hat sich dann irgendwann mal wieder bei mir gemeldet und so getan, als wäre überhaupt nichts gewesen.«

Durant überlegte und sagte: »Frau Sittler …«

»Nennen Sie mich ruhig Les.«

»Gut, Les. Wie oft haben Sie Ihre Mutter besucht?«

»So einmal die Woche, und das war mir schon zu viel. Ich wohne nur zwanzig Minuten mit dem Auto von hier, aber ich studiere noch, und mich hat das Haus immer irgendwie erdrückt. Sehen Sie die Fenster?«

Durant nickte und machte ein fragendes Gesicht. »Ja, und?«

»Gehen Sie mal hin und hauen Sie mit aller Wucht dagegen. Es wird nichts passieren, außer, dass Sie sich vielleicht die Hand brechen. Alles Panzerglas, weil meine Mutter wohl fürchtete, jemand könnte sie durchs Fenster erschießen, obwohl sie das nie so gesagt hat. Aufgemacht hat sie die Fenster jedenfalls nur, wenn die Rollläden unten waren. Sie hat ein paar Schlitze aufgelassen, damit frische Luft reinkam. Ansonsten gab es die Klimaanlage für den Sommer und ein besonderes Belüftungssystem. Auch die Schlösser sind das Modernste, was es gibt. Sie hat sie fast jährlich austauschen lassen. Hört sich wirklich spinnert an, aber sie hat sich quasi ihr eigenes Gefängnis gebaut.«

»Darf ich fragen, woher Ihre Mutter das Geld hatte, sich diesen Luxus zu leisten, denn ich weiß in etwa, wie teuer Panzerglas ist.«

»Ich sagte doch, sie hat gut verdient.«

»Aber dieses Haus mitsamt der Einrichtung hat doch bestimmt weit über eine Million Euro gekostet.«

»Hören Sie, ich weiß es nicht, ich habe sie auch nie danach gefragt«, fuhr Leslie Durant etwas unwirsch an und warf ihr gleich darauf einen entschuldigenden Blick zu, verzog den Mund und lächelte gequält. »Sie hatte es eben.« Sie nahm das Glas und trank einen Schluck, drehte es zwischen den Fingern und fuhr fort: »Ich verstehe das alles nicht. Dieses Haus war eine Festung, aber trotzdem war irgendwer hier und hat meine Mutter umgebracht. Das will einfach nicht in meinen Kopf rein.« Sie sah Durant hilfesuchend an, als könnte diese ihr eine Antwort geben.

»Vielleicht gibt es Dinge, von denen Sie nichts wissen, weil Sie davon nichts wissen durften oder sollten. Denn wie es aussieht, hat Ihre Mutter am Freitagabend Besuch erwartet.«

Leslie sah Durant an, als wäre diese eine Außerirdische, und schüttelte energisch den Kopf. »Wie kommen Sie denn auf diese absurde Idee? Sie hat nie einen Fremden ins Haus gelassen, und schon gar nicht abends, das müssen Sie mir glauben. Am Abend wollte sie nur allein sein und ihre Ruhe haben. Na ja, sie wollte ja eigentlich immer nur allein sein, obwohl sie das Alleinsein gar nicht ertrug und es am liebsten gehabt hätte, wenn jemand Vertrautes ständig in ihrer Nähe gewesen wäre. Aber das war ja nicht möglich. Sie war eine sehr gespaltene Persönlichkeit, wenn Sie mich fragen.«

»Sind Sie da so sicher, dass sie abends immer allein sein wollte?«

»Mehr als das. Nicht einmal ich durfte sie abends besuchen, und das will schon was heißen.«

»Ich will Ihnen jetzt nicht alle Illusionen rauben, aber im Schlafzimmer stehen eine Flasche Champagner und zwei Gläser. Ich glaube kaum, dass Ihre Mutter aus zwei Gläsern getrunken hat. Wie genau haben Sie Ihre Mutter vorhin angeschaut?«

Leslie sah Durant fragend an, kaute auf der Unterlippe und antwortete schließlich: »Ich bin gleich wieder rausgerannt, weil

ich sofort gesehen habe, dass sie tot ist. Ich musste mich übergeben und habe gleich danach die Polizei angerufen.«

»Wie sind Sie überhaupt hier reingekommen?«

»Ich habe einen Schlüssel.« Leslie zuckte mit den Schultern
und fuhr nach einem Moment fort: »Ganz ehrlich, ich weiß auch
nicht, warum ausgerechnet ich einen von ihr bekommen habe.«

»Und Sie sind nie auf die Idee gekommen, mal ganz unangemeldet vorbeizuschauen?«, fragte Durant zweifelnd.

»Nein, ich musste immer vorher anrufen. Außerdem hatten
wir feste Termine, zu denen wir uns sahen. Eigentlich haben sich
die meisten unserer Gespräche am Telefon abgespielt. Ich hab's
hier drin nie lange ausgehalten. Ich hab mir immer vorgestellt,
wie es wohl ist, wenn hier ein Feuer ausbricht und man nicht
mal die Scheiben einschlagen kann. Nein, das ist nichts für
mich.«

»Spielten Männer im Leben Ihrer Mutter eine Rolle?«

»Um Gottes willen, nein! Männer waren für sie Ausgeburten
der Hölle. Na ja, seit zehn Jahren etwa.«

»Aber es deutet alles darauf hin, dass sie doch einen Gast erwartet hatte. Und nicht nur das, sie muss ihn auch hereingelassen
haben, denn ich gehe nicht davon aus, dass sich jemand gewalt-
sam Zutritt zum Haus verschafft hat. Das ist ja, wie Sie selbst
sagen, unmöglich.«

Es entstand eine Pause, während der Leslie nervös die Haut
am rechten Daumen abpulte. Sie schüttelte immer wieder den
Kopf und meinte schließlich: »Es ist für mich einfach unvorstellbar, aber wenn Sie es sagen. Andererseits glaube ich auch, dass
sie eine Menge Geheimnisse vor mir hatte.«

»Können Sie mir das näher erklären?«

»Es gab bestimmte Themen, die ich nicht anschneiden durfte.
Sie wurde dann sofort fuchsteufelswild.« Leslie sah zu Boden
und fuhr schließlich fort: »Ich kann es nicht beschreiben, aber
manchmal hatte ich richtig Angst vor meiner Mutter. Dann wie-

der war sie total nett und großzügig und, na ja, sie war oft total aufgekratzt, als hätte sie irgendwas genommen. Man hätte einfach mal einen Tag in ihrem Leben auf Video aufnehmen müssen, dann würden Sie wissen, wie sie war.«

»Haben Sie sich gut verstanden?«, fragte Durant, obwohl sich diese Frage nach Leslies Schilderungen im Prinzip erübrigte.

Es dauerte einen Moment, bevor Leslie antwortete: »Es ging. Eigentlich eher nicht. Sie war ja nie wirklich für mich da. Ich wurde von meinen Großeltern großgezogen, weil sie immer viel beschäftigt war. Und nachdem das mit dem Überfall passierte, wurde der persönliche Kontakt immer weniger. Meine Mutter hat sich die Liebe durch Geld erkauft, zumindest hat sie es versucht. Aber sie war nie eine Mutter, wie man sie sich vorstellt oder wünscht. Irgendwie war sie mir fremd und unnahbar. Sie hat auch nie körperliche Nähe zugelassen.«

»Haben Sie sich häufiger gestritten?«

Leslie sah Durant mit zusammengekniffenen Augen an und antwortete: »Ja, wir haben oft gestritten, aber ich habe sie nicht umgebracht, falls das Ihre Frage gewesen sein sollte.«

»Nein, tut mir leid, das war nicht beabsichtigt. Ich glaube nicht, dass Sie sie umgebracht haben.«

»Obwohl, manchmal hätte ich ihr schon ganz gerne den Hals umgedreht. Aber meine Großeltern haben immer gesagt, dass sie meine Mutter ist und ich ohne sie nicht auf der Welt wäre. Das stimmt, sie hat mich geboren, das ist aber auch schon alles. Sie war nie eine Mutter, sie war seit ich denken kann immer nur auf sich und ihre Karriere fixiert.«

»Wenn Sie sich mit Ihrer Mutter so schlecht verstanden haben, warum sind Sie dann so oft hergekommen?«

Leslie zuckte mit den Schultern. »Das hab ich mich auch oft gefragt. Vielleicht, weil sie meine Mutter ist oder weil sie mein Studium und meinen Lebensunterhalt finanziert. Das hört sich bestimmt nicht nett an, aber ich muss doch auch an mich denken.

Sie hat das Geld und … Egal. In den letzten Jahren kam ich auch des Öfteren, weil ich dachte, ich könnte ihr helfen. Aber ihr war nicht zu helfen, weil sie sich nicht helfen lassen wollte. Manchmal ist sie so in Selbstmitleid zerflossen, dass es einfach nur wehtat.«

»Hatte Ihre Mutter noch andere Probleme, Alkohol oder Drogen zum Beispiel?«

Leslie sah zu Boden und nickte. »Es stand immer eine Flasche Cognac auf dem Tisch, und die war nie voll. Und ein Glas stand auch immer daneben oder sie hielt es in der Hand. Ich hab mir aber keine Gedanken deswegen gemacht, weil ich sie nie betrunken erlebt habe, was eigentlich komisch ist, denn sie hat sich immer nachgeschenkt. Aber nachdem ich mich ein bisschen schlau gemacht habe, was diese Krankheit betrifft, habe ich erfahren, dass viele Angstpatienten früher oder später zur Flasche greifen oder Medikamente nehmen.«

»Kommen wir zurück zum eigentlichen Thema. Wer also hatte alles Zugang zum Haus?«

»Ich, Frau Cornelius und hin und wieder Dr. Frantzen. Sonst fällt mir keiner ein. Außerdem ist das ganze Haus videoüberwacht.«

»Und trotzdem hat es jemanden gegeben, der Ihre Mutter am Freitagabend besucht hat. Wann und wie oft kommt Frau Cornelius?«

»Täglich, manchmal auch samstags und sonntags, aber am Wochenende nur, wenn meine Mutter sie braucht.«

»Haben Sie ihren Namen und die Adresse?«

»Alina Cornelius, Eschersheimer Landstraße. Die Nummer fällt mir jetzt nicht ein. Das ist alles zu viel für mich. Ich weiß, dass sie aus Norddeutschland kommt und ledig ist.«

»Und eine Telefonnummer?«

»Hab ich in meinem Handy gespeichert.« Leslie blätterte durch das Telefonbuch und sagte schließlich: »0177-777…«

Durant notierte es und fragte: »Haben Sie schon Kontakt zu ihr aufgenommen?«

»Wann denn? Ich …«

»Schon gut. Und was war, wenn Ihre Mutter krank wurde oder zum Zahnarzt musste?«

»Die Ärztin kam ins Haus, und Zahnarzt … Keine Ahnung.«

»Also gab es doch noch mehr Personen, die Zugang zum Haus hatten«, meinte Durant lapidar.

»Ich bin völlig durcheinander, aber jetzt, wo Sie das sagen.«

»Ich gehe davon aus, dass Ihre Mutter am Freitag Männerbesuch erwartete und …«

»Das ist unmöglich, sie hatte mit Männern nichts am Hut, wie ich schon erwähnt habe«, widersprach Leslie. »Wie kommen Sie überhaupt darauf?«

»Durch ihre Bekleidung.«

»Sie war doch nackt, als ich sie fand«, entgegnete Leslie mit gerunzelter Stirn.

»Nein, nicht ganz, sie hatte blaue Nylonstrümpfe an. Dazu der Champagner, die beiden Gläser. Ohne Ihnen zu nahe treten zu wollen, aber ich fürchte, Sie wissen nicht sehr viel vom Leben Ihrer Mutter.«

»Schon möglich«, erwiderte Leslie zaghaft. »Wenn es wirklich so war, dass sie Männerbesuch hatte, dann hat sie mir immer etwas vorgelogen. Na ja, vielleicht hat sie sich ein bisschen Spaß gegönnt. Ist mir auch egal, soll sie doch ihren Spaß gehabt haben.«

»Würden Sie mir bitte auch Ihre Adresse und Telefonnummer geben, falls ich noch Fragen habe? Und außerdem hätte ich noch gerne die Adresse Ihrer Großeltern. Vielleicht erfahre ich von ihnen ja mehr als Sie«, sagte Durant augenzwinkernd. »Und dann kann ich Ihnen ja unter Umständen die eine oder andere Information zukommen lassen.«

Leslie lächelte verschämt, diktierte, und Durant schrieb mit.

»Sind Sie Alleinerbin?«, wollte Durant wissen. »Ich meine, haben Sie noch Geschwister oder andere Verwandte?«

»Nur meine Großmutter. Mein Großvater ist vor zwei Monaten gestorben. Krebs.« Leslie holte tief Luft und fuhr fort: »Sie schrieb keine Karte, schickte keinen Kranz oder ein Gesteck, und auf der Beerdigung war sie natürlich auch nicht. Dabei war es ihr Vater. Tja, so war sie. Aber um auf Ihre Frage zurückzukommen, im Prinzip ist es mir egal, ob ich das ganze Zeug allein erbe oder ob sie das alles einer Stiftung oder wem auch immer vermacht hat. Wir haben jedenfalls nie über ein Testament oder irgendwas Ähnliches gesprochen. Aber sie hatte bestimmt noch nicht vor, so bald zu sterben, und deshalb kann ich mir nicht vorstellen, dass sie schon ein Testament aufgesetzt hat.«

»Wie alt ist Ihre Mutter?«

»Vierundvierzig, und das ist wahrlich noch kein Alter zum Sterben. Da denkt man noch nicht mal dran.«

»Stimmt. Wissen Sie, wo wir die Überwachungsbänder und das Aufzeichnungsgerät der Videoanlage finden?«

»Nein, es hat mich ehrlich gesagt nicht interessiert. Vielleicht im Keller, wir können ja mal runtergehen.«

»Machen Sie sich keine Mühe, die Spurensicherung wird sich drum kümmern. Die stellen sowieso das ganze Haus auf den Kopf. Haben Sie erst mal vielen Dank für Ihre Hilfe. Soll Sie jemand nach Hause bringen?«

Leslie schüttelte den Kopf. »Nicht nötig, es war nur der erste Augenblick. Ich komm schon klar.«

»Hier ist meine Karte, falls Ihnen noch etwas einfällt, was für uns wichtig sein könnte.«

Leslie nahm sie, warf einen Blick darauf und steckte sie ein. »Ich glaube kaum, dass ich Ihnen weiterhelfen kann. Mir ist gerade eben klargeworden, dass ich so gut wie nichts von meiner Mutter weiß. Schade, nicht?«

»Ja. Und jetzt kommen Sie, meine Kollegen von der Spurensicherung mögen es nicht sonderlich gern, wenn man ihnen im Weg steht.«

Leslie erhob sich zusammen mit Durant, verließ das Haus und zündete sich draußen eine Zigarette an, während die Kommissarin noch ein paar Worte mit dem Leiter der Spurensicherung wechselte.

»Ihr wisst Bescheid, alles, was mit Adress- und Telefonbüchern zu tun hat, sofort auf meinen Schreibtisch. Und versucht mal rauszukriegen, ob ihr in den Computer kommt. Auffällige Dateien et cetera bitte auch schnellstmöglich ausdrucken und …«

»Julia«, sagte Platzeck mit einem Lächeln und legte dabei eine Hand auf ihre Schulter, »wir wissen schon, was wir zu tun haben. Jetzt hau ab und lass uns in Ruhe arbeiten, umso schneller sind wir fertig. Aber wenn ich mir diese Hütte anschaue, wird's wohl 'ne ganze Weile dauern, bis alle Spuren gesichert sind.«

»Okay. Bis bald«, erwiderte sie ebenfalls mit einem Lächeln, das jedoch leicht gequält wirkte, und winkte im Hinausgehen Platzeck zu. In der Tür drehte sie sich noch einmal um und sagte: »Habt ihr eigentlich schon irgendwelche Einbruchspuren entdecken können?«

»Nein, hier wurde definitiv nicht eingebrochen. Das ist auch praktisch unmöglich, die Schlösser sind nämlich das Modernste vom Modernen. Entweder hatten der oder die Täter einen Schlüssel, oder die Dame hat unbedarft die Tür geöffnet, und was das heißt, kannst du dir denken. Ich gehe davon aus, dass sie ihren Mörder kannte.«

»Und was ist mit der Überwachungsanlage?«

»Fehlanzeige. Ist zwar eines der neuesten Modelle mit digitaler Aufzeichnung, aber das Gerät wurde mitgenommen. Im Keller haben wir ein älteres Archiv mit Videos und DVDs sichergestellt, alles fein säuberlich archiviert, mit Datum et cetera, doch da wird der Täter kaum drauf sein, sonst hätte er das mit

Sicherheit auch mitgehen lassen. Also, wer immer hier war, er hat sich ausgekannt.«

»Und wie kommst du darauf?«

»Nenn's Intuition, aber über die verfügst du ja bekanntlich auch in reichlichem Maße«, bemerkte er mit einem Augenzwinkern.

»Wie alt ist die Anlage?«

»Es handelt sich um ein Gerät, das erst Mitte letzten Jahres auf den Markt kam. Muss einen Batzen Geld gekostet haben. Doch ohne Aufzeichnungsgerät ...« Er zuckte bedauernd mit den Schultern.

»Schon gut, aber was hätten wir auch schon anderes erwarten sollen? Wer immer hier reinspaziert ist, die Sittler hat ihn gekannt und ihm arglos die Tür geöffnet, weil sie nichts von ihm befürchtete. Übrigens, sämtliche Fenster bestehen aus Panzerglas.«

»Was? Wieso das denn?«, fragte Platzeck stirnrunzelnd. »Hab ich noch gar nicht bemerkt.«

»Sie hatte Angst. Wovor und vor wem, das werden wir noch rauskriegen. Ihre Tochter konnte es mir auch nicht sagen. Ich will dich jetzt aber nicht länger aufhalten, außerdem muss ich noch ins Präsidium.«

»Viel Erfolg bei der Suche«, sagte Platzeck und wandte sich wieder seiner Arbeit zu, die vielleicht die ganze Nacht, vielleicht sogar noch den ganzen Montag andauern würde.

Durant ging nach draußen, wo Leslie an den Torpfosten gelehnt stand und die Kommissarin aus traurigen Augen anblickte.

»Kann ich Sie noch was fragen?«

Durant nickte.

»Was für Menschen sind das, die einfach so einen andern umbringen? Sie haben doch Erfahrung mit so was?«

»Ich kann Ihnen darauf leider keine Antwort geben. Manche

sind verrückt, manche handeln im Affekt, manche aus Habgier. Ich bin seit gut zwanzig Jahren bei der Polizei und weiß bis heute nicht, was das für Menschen sind. Aber das ist unwichtig, viel wichtiger ist, den Mörder Ihrer Mutter zu fassen und herauszukriegen, was sein Motiv war.«

»Ich würde ihm gern von Angesicht zu Angesicht gegenüberstehen und in seine Augen sehen. Wäre das möglich?«

»Mal schauen. Machen Sie's gut und melden Sie sich, falls Ihnen doch noch etwas einfällt, das für unsere Ermittlungen wichtig sein könnte. Ach, eine Frage hätte ich noch. Was studieren Sie?«

Leslie ließ sich mit der Antwort Zeit und sah Durant dabei in die Augen. Schließlich sagte sie leise, als würde sie sich dafür schämen: »Jura. Irgendetwas bekommt man doch immer vererbt.«

»Es ist ja keine Schande, sich auf die Seite des Gesetzes zu schlagen.«

»Sicher nicht. Aber wenn ich's rückgängig machen könnte, würde ich lieber Architektur studieren.«

»Tun Sie's doch, Sie sind noch jung.«

»Nein, ich zieh das jetzt durch. Mal sehen, was die Zukunft bringt.«

Leslie entfernte sich. Durant sah ihr nach und stieg in ihren Wagen. Sie fuhr zum Präsidium, das sie nach nicht mal einer Viertelstunde erreichte. Nur hinter wenigen Fenstern brannte Licht, Kollegen von der Bereitschaft.

Sie nahm die Treppe in den vierten Stock, denn sie brauchte jetzt diese Bewegung, auch wenn sie das ganze Wochenende über nur wenig gesessen oder geschlafen hatte. Aber sie war wie aufgedreht. Am liebsten wäre sie eine Runde gejoggt, etwas, das sie all die Jahre über verpönt hatte, doch im Februar hatte sie sich kurzentschlossen entsprechende Kleidung und Schuhe zugelegt und es tatsächlich bis heute geschafft, fast jeden Tag etwa eine

Stunde zu laufen. Und dazu noch das Fitness-Studio. Sie fühlte sich körperlich so fit und gut wie seit Jahren nicht mehr.

Die Büros des K 11 waren verwaist. Sie drückte den Lichtschalter und begab sich hinter ihren Schreibtisch, auf dem bereits die Fotos vom Tatort lagen. Sie setzte sich und breitete sie vor sich aus.

Eine Frau, die seit zehn Jahren scheinbar in völliger Isolation von der Außenwelt gelebt und nur über das Telefon und den Computer Kontakt zu andern Menschen hatte. Und doch gab es unzählige Fragen, die es zu klären galt. Eine der wichtigsten war, ob sie nicht doch ein Doppelleben führte, von dem niemand etwas wusste oder wissen durfte, nicht einmal ihre Tochter. Und je länger Durant die Fotos betrachtete, desto sicherer wurde sie, dass Corinna Sittler diese Isolation für einen oder sogar mehrere Personen zumindest hin und wieder aufgegeben hatte. Aber für wen und warum?

Sie lehnte sich zurück und griff nach ihrer Tasche, in der sich die Zigaretten befanden. Ich brauch jetzt eine, dachte sie, ich habe den ganzen Tag nicht geraucht. Und ich werde bestimmt auch nicht wieder richtig damit anfangen. Ganz bestimmt nicht. Sie nahm einen tiefen Zug, schloss für einen Moment die Augen und dachte nach. Confiteor – Mea Culpa; Ich bekenne – Meine Schuld. Was zum Teufel soll das bedeuten? Was bekennst du oder sollst du bekennen? Was hast du getan, dass man dich umbringt? Deine Angst war also nicht unberechtigt. Hat sich irgendwer dein Vertrauen erschlichen und zugeschlagen, als du am wenigsten damit gerechnet hast? Im Augenblick scheint es mir die einzige sinnvolle Antwort zu sein. Und warum warst du so aufreizend gekleidet, wenn man die Strümpfe überhaupt als Bekleidung bezeichnen kann? Und mit wem hattest du am Freitagabend eine Verabredung? Ein Mann? Oder gar eine Frau? Wenn du Männer verabscheut hast, dich aber nach körperlicher Nähe gesehnt hast, warum also nicht eine Frau? Ein Mann oder eine Frau? Ich werd's schon noch erfahren. Zwei Gläser und eine Flasche Champagner, aber nur du hast getrunken, oder die andere Person hat ihr Glas hinterher gespült. Wen hast du in deine Festung gelassen, ohne auch nur den geringsten Schimmer zu haben, dass du damit dein Todesurteil unterschrieben hast?

Durant drückte die Zigarette im Aschenbecher aus, stand auf und holte sich eine Cola aus dem Automaten. Sie trank und überlegte und kam wieder auf die Frage zurück, die sie im Moment am meisten beschäftigte. Du warst noch relativ jung, gerade mal zwei Jahre älter als ich, und hast bestimmt sexuelle Bedürfnisse gehabt. Hattest du nun einen Lover oder nicht? Und wenn, hatte oder hat er vielleicht sogar einen Schlüssel zu deinem Haus? Oder sie, wenn du lesbisch warst? Es wäre eine Erklärung. Aber wer könnte das sein? Deine Tochter behauptet, dass du einen Hass auf Männer hattest. Ich wette, du hast die Seiten gewechselt und warst mit einer Frau verabredet. Eine lesbische Beziehung, in der normalerweise du die Regeln bestimmt hast?

Durant schüttelte den Kopf und nahm einen Schluck von ihrer Cola. Irgendwie passt das auch nicht, denn die Schläge, die dir zugefügt wurden, müssen sehr heftig geführt worden sein. Allerdings hatten wir schon mal einen solchen Fall, wo eine Frau … Und Frauen können sehr gewalttätig sein, vor allem, wenn sie hassen. Welches Geheimnis hast du mit ins Grab genommen? Ganz sicher etwas, von dem unter gar keinen Umständen irgendwer etwas wissen durfte. Auf jeden Fall warst du keine einfache Frau, wenn ich deine Tochter so reden höre. Agoraphobisch, paranoid, jähzornig, mit deinen Eltern verfeindet und vermutlich eine Egomanin, wie sie im Buche steht.

Sie ging um den Tisch herum und sah immer wieder auf die Fotos. Was hat es mit dem Kreuz auf sich? Deine ganze Aufbahrung ist wie bei einer Kreuzigung. Ich bekenne – Meine Schuld. Oder: Ich bekenne meine Schuld. Welche Schuld hast du auf dich geladen, die dich schließlich in die fast völlige Isolation getrieben hat? Du warst früher Staatsanwältin, und danach bist du als Partner in eine ziemlich renommierte Kanzlei eingestiegen. Frantzen und Partner. Die machen auch Strafverteidigungen, ich musste erst letztes Jahr einem von euch vor Gericht Rede und Antwort stehen. Ihr habt nur die besten Anwälte beschäftigt. Aber warum wurdest du Partner, wenn du doch vorher bei der Staatsanwaltschaft warst? Dazu noch ein Partner, der nie das Haus verlassen hat? Welche Arbeiten hast du für Frantzen erledigt, und zwar so gut, dass du dafür weit überdurchschnittlich bezahlt wurdest? Warum hast du überhaupt die Seiten gewechselt? Na ja, ich werde es herauskriegen, nicht heute, aber morgen oder übermorgen.

Durant warf einen Blick auf die Uhr, fünf nach zehn. Sie dachte unwillkürlich an ihren Vater, einen Pfarrer, der bestimmt wusste, welche Bedeutung und welchen Hintergrund dieser lateinische Spruch hatte. Da er selten vor Mitternacht zu Bett ging, griff sie zum Telefon und wählte seine Nummer.

»Ja«, meldete er sich bereits nach dem zweiten Läuten.

»Hi, Paps, ich bin's. Stör ich?«

»Nein, ganz und gar nicht. Ich lese ein gutes Buch und habe ein Glas Rotwein neben mir stehen. Was kann ich für dich tun?«

»Woher weißt du, dass du was für mich tun kannst? Bist du unter die Hellseher gegangen?«

»Ich kenne dich lange genug, um deinem Ton zu entnehmen, dass du etwas auf dem Herzen hast. Also, was ist es?«

Julia Durant musste lachen. »Dir kann man wohl auch nichts vormachen. Sei's drum, ich komme gerade von einem Tatort, scheint eine ziemlich komplizierte Angelegenheit zu werden. Es geht um eine Frau, in deren Rücken ein großes seitenverkehrtes Kreuz geritzt wurde, und in ihrem Mund steckte ein gefalteter Zettel, auf dem steht Confiteor, Bindestrich, Mea Culpa. Andrea Sievers hat mir schon übersetzt, was confiteor heißt, aber trotzdem hätte ich gerne noch gewusst, ob das im kirchlichen Bereich eine ganz spezielle Bedeutung hat?«

Für einen Moment herrschte Stille. Durants Vater atmete schwer am andern Ende der Leitung. Schließlich sagte er: »Das ist das allgemeine Schuldbekenntnis in der katholischen Kirche. Eigentlich ist es ein Gebet. Nur werden die drei Worte ohne Bindestrich geschrieben, denn es heißt wortwörtlich ›confiteor mea culpa‹ oder auf Deutsch ›Ich bekenne meine Schuld‹. Wenn du einen Augenblick Zeit hast, kann ich dir den vollständigen Text vorlesen.«

»Ich weiß nicht, ob mir das was nützt.«

»Es ist ein relativ kurzes Gebet.«

Er legte den Hörer zur Seite und kehrte nach etwa zwei Minuten zurück. »Ich hab's schon. Hier:

›Ich bekenne Gott, dem Allmächtigen,

und allen Brüdern und Schwestern,

dass ich Gutes unterlassen und Böses getan habe

– ich habe gesündigt in Gedanken, Worten und Werken –

durch meine Schuld,

durch meine Schuld,

durch meine große Schuld.

Darum bitte ich die selige Jungfrau Maria,

alle Engel und Heiligen

und euch, Brüder und Schwestern,

für mich zu beten bei Gott, unserem Herrn.‹«

Er machte eine kurze Pause, nahm einen Schluck von seinem Wein und fuhr fort: »Das war's schon. Während dieses Gebets schlägt man sich bei den Worten ›durch meine Schuld, durch meine Schuld, durch meine große Schuld‹ jeweils einmal an die Brust.«

»Könntest du das Ganze bitte wiederholen, aber langsam, damit ich mitschreiben kann?«

»Natürlich.«

Nachdem sie das letzte Wort notiert hatte, sagte sie: »Und was könnte der Bindestrich bedeuten?«

»Keine Ahnung, aber meiner Meinung nach hat er keine besondere Bedeutung. Letztendlich kommt es auf die Worte an, und die sind eindeutig. Vielleicht hat der Mörder sich auch nicht weiter damit befasst.«

»Das glaub ich nicht«, widersprach Durant. »Ich glaube eher, dass da eine ganz heiße und brisante Geschichte dahintersteckt und … Was, wenn der Täter bewusst die beiden Begriffe voneinander getrennt hat? Zum einen ›Ich bekenne‹ und dann ›Meine Schuld‹?«

»Ich komm nicht ganz mit.«

»Na ja, sie bekennt etwas, das aber nicht so schlimm ist, dafür ist aber die Schuld, die sie auf sich geladen hat, umso gravierender. Ach was, das ist totaler Blödsinn, vergiss den Schwachsinn, den ich von mir gegeben habe.«

»Nein, nein, du könntest schon recht haben, aber prinzipiell gehören die drei Worte zusammen. Sie sind eine Einheit innerhalb des allgemeinen Schuldbekenntnisses. Nur, die Tote hat ja diese Schuld nicht bekannt, weshalb sie im eigentlichen Sinn laut katholischer Lehre in Sünde gestorben ist. Und du hast auch was von einem seitenverkehrten Kreuz erzählt.«

»Das kommt noch dazu. Und wenn ich dir verrate, dass sie bis vor zehn Jahren als Staatsanwältin tätig war und danach als Rechtsanwältin, kannst du dir vorstellen, dass dieser Fall aller Voraussicht nach eine ziemlich harte Nuss wird, die es zu knacken gilt. Jedenfalls danke für deine Hilfe. Mal sehen, ob uns dieses Schuldbekenntnis weiterbringt. Apropos Schuldbekenntnis – hat das auch was mit bereuen zu tun?«

»Natürlich. Wenn ich meine Schuld bekenne, setzt dies voraus, dass ich sie auch bereue und Wiedergutmachung leiste. Das eine geht ohne das andere nicht. Aber jetzt zu dir. Wie geht's dir denn? Ist deine Wohnung fertig?«

»Aber hallo, die ist so was von fertig. Du musst unbedingt mal herkommen und sie dir anschauen, du wirst sie nicht wiedererkennen. Alles neu. Und ich hab inzwischen mein Idealgewicht erreicht. Sechs Kilo in sechs Monaten, das kann sich doch sehen lassen, oder?«

»Übertreib's aber nicht, bitte.«

»Keine Sorge, ich werde schon nicht magersüchtig, wenn du darauf anspielst. Ich kenne meine Grenzen, doch im Augenblick fühle ich mich rundum wohl.«

»Und Hellmer?«

»Der ist ein Kapitel für sich. Sein Leben ist völlig aus den Fugen geraten. Und das Schlimmste ist, dass er es weiß, aber es trotzdem nicht wahrhaben will. Mein Gott, der bringt sich noch um, wenn er so weitermacht. Er säuft und denkt wohl, wir andern merken es nicht, weil er sich permanent mit Eau de Toilette eindieselt, aber inzwischen weiß jeder in der Abteilung, dass er die Kontrolle über sich verloren hat. Am meisten tut's mir um seine Frau und die Kinder leid. Ich würde ihm so gerne helfen, aber er lässt nicht mal mehr mich an sich heran.«

»Julia, es gibt Menschen, die rennen offenen Auges in ihr Unglück und lassen sich dabei von nichts und niemandem aufhalten. Wenn er nicht von selbst zur Besinnung kommt, bist du machtlos. Denk dran, du bist weder seine Frau noch seine Mutter. Hat er noch diese Affäre?«

»Leider ja. Ich könnte diese Frau erwürgen, denn sie benutzt ihn nur für ihre Zwecke. Das ist keine Liebe, das ist nur Sex. Ich bin ganz ehrlich, ich kann so nicht mehr mit ihm zusammenarbeiten. Wir reden kaum noch miteinander, und sollte dieser Fall sich wirklich als sehr kompliziert herausstellen, werde ich Berger bitten, mir jemand anderen zur Seite zu stellen. Frank dürfte eigentlich in seinem gegenwärtigen Zustand gar nicht ermittlerisch tätig sein.«

»Mach dir sein Problem nicht zu deinem, er ist alt genug. Von wo aus rufst du eigentlich an, ich hab deine Nummer nicht auf meinem Display?«

»Aus dem Büro. Ich fahr aber gleich nach Hause. Danke, und ich meld mich morgen oder übermorgen noch mal bei dir. Schlaf gut.«

»Du auch. Und wenn du Hilfe brauchst, sag Bescheid. Tschüs.«

Julia Durant legte auf, stellte sich ans Fenster und schaute hinunter auf die Eschersheimer Landstraße, wo auch jetzt um diese Zeit noch reger Verkehr herrschte. Sie trank ihre Cola aus und verließ das Büro, nicht ohne vorher die Fotos wieder in den Umschlag gesteckt zu haben. Um halb zwölf langte sie zu Hause an, ließ sich Badewasser ein, machte sich eine Scheibe Brot mit Salami und zwei sauren Gurken und holte eine Dose Bier aus dem Kühlschrank. Im Fernsehen lief nichts, was sie interessierte, und so legte sie eine CD von Beautiful South ein, die sie bei gedämpfter Lautstärke hörte.

Nach dem Essen, es war fast halb eins, nahm sie das Telefon und ging ins Bad, denn sie traute Andrea Sievers zu, dass sie noch anrief. Erst als sie in die Wanne stieg, merkte sie, wie anstrengend das hinter ihr liegende Wochenende gewesen war. Schön anstrengend. Alles war schön, aber nur in ihren eigenen vier Wänden. Der Mord an Corinna Sittler war hässlich, und sie spürte instinktiv, es würde ein langer und sehr steiniger Weg werden, den Mörder zu finden.

Sie blieb eine halbe Stunde in der Wanne, wobei sie viel nachdachte, und trocknete sich gerade ab, als das Telefon klingelte. Andrea Sievers.

»Ich hab dir versprochen, dich auch mitten in der Nacht anzurufen.«

»Nein, du hast mir gedroht«, wurde sie von Durant lachend unterbrochen.

»Okay, gedroht. Ich will's aber kurz machen. Die werte Dame

wurde mit einer ziemlich hohen Dosis Strychnin ins Jenseits befördert.«

»Und wie wirkt Strychnin?«

»Es wirkt auf die Nerven. Letztlich tritt der Tod durch Atem-
lähmung ein. Und in der Dosierung, wie es ihr verabreicht wurde, war es absolut tödlich. Damit hättest du einen Elefanten umbringen können. Das Gift wurde ihr jedenfalls fachmännisch in
die Leistenvene injiziert, was natürlich sehr schnell gewirkt haben muss.«

»Warum in die Leistengegend und nicht in den Arm?«

»Frag den Mörder, wenn du ihn hast.«

»Aber sie hat sich doch nicht gewehrt, oder?«

»Nein, sieht nicht so aus. Sie wurde vorher mit K.-o.-Tropfen
betäubt, die sie allem Anschein nach mit dem Champagner zu
sich genommen hat. Danach wurde sie meiner Meinung nach im
bewusstlosen Zustand mehrfach geschlagen, bevor ihr das
Strychnin injiziert wurde. Morbs ist übrigens bereits informiert,
er wird mit mir zusammen gleich morgen früh die Autopsie
vornehmen.«

»Okay, das ist doch schon mal was. Wann kriegen wir das
Ergebnis?«

»Vielleicht am Nachmittag, vielleicht auch erst am Dienstag.
Ciao und bis bald, ich mach mich nämlich vom Acker, ich bin
müde.«

Julia Durant ließ das Wasser ablaufen, spülte die Wanne
aus, putzte die Zähne und bürstete sich das Haar, löschte das
Licht und legte sich ins Bett. Noch lange kreisten ihre Gedanken um Corinna Sittler. Sie wurde also mit einem Gift umgebracht. Einen ähnlichen Fall hatte sie schon einmal bearbeitet, vor sechs, sieben oder acht Jahren, genau konnte sie sich
nicht mehr daran erinnern. Damals hatten sie es mit einem
Zyankalimörder zu tun. Es war fast zwei Uhr, als sie endlich
einschlief.

Julia Durant wurde von ihrem Wecker aus dem viel zu kurzen Schlaf gerissen. Sie knurrte und drehte sich noch einmal um und zog die Bettdecke über den Kopf. Sie hatte keine Lust, aufzustehen, nicht nach fünf Stunden Schlaf und mit der Aussicht, den ganzen Tag auf Achse zu sein. Eine Menge Personen mussten befragt werden, doch im Vordergrund stand die Suche nach dem Motiv des Täters. Und dieses Motiv, da war sich Durant beinahe sicher, lag möglicherweise lange zurück. Die Frage war nur, vorausgesetzt, ihre Vermutung stimmte, warum der Mörder so viel Zeit verstreichen ließ, bis er sein Opfer tötete.

Sie stand auf, erledigte ihre Morgentoilette, legte etwas Make-up auf und frühstückte wie seit Jahren schon eine Schale Cornflakes und trank dazu Kaffee. Allmählich kam sie auf Touren, im Hintergrund lief das Radio, FFH. Sie mochte den Moderator, auch wenn sie ihn noch nie gesehen hatte, aber er hatte einen Wortwitz, dem sich kaum einer entziehen konnte. Jeden Morgen von fünf bis neun moderierte er die Sendung, und Durant nippte gerade an ihrem Kaffee, als Matthias Mahler sagte: »Da ist mir doch gerade was auf den Tisch geflattert, das vor allem die Damen interessieren dürfte. Laut einer Studie sollen blonde Männer die besten Liebhaber sein. Das wird natürlich ein Schock für alle Italiener, Spanier, Latinos und so weiter sein, aber so ist es nun mal. Oder nicht. Nun, ob das stimmt, würde ich gerne von Ihnen, meine lieben Hörerinnen, erfahren. Also rufen Sie an, und in der nächsten Stunde werden hier einige von Ihnen zu Wort kommen, auch Männer, sofern sie sich trauen. Also noch mal: Sind blonde Männer wirklich die besseren Liebhaber, oder haben Sie ganz andere Erfahrungen gemacht? Und jetzt ran ans Telefon, weil mich Ihre Meinung brennend interessiert, denn ich bin blond und denke, die haben nicht ganz unrecht. Also bitte, enttäuscht mich nicht. Und als Einstimmung gibt's einen der größten Hits von

Blondie, ›Maria‹. Gleich kommen die News, danach der schnellste Verkehrsservice im Rhein-Main-Gebiet und das Wetter mit unserm Wettergott Martin Gudd, der uns heute einen richtig tollen Tag beschert, vorausgesetzt, seine Vorhersage stimmt. Ich hol mir jetzt einen Kaffee, und wir hören uns dann wieder so gegen acht mit Shakira, Three doors down und Rosenstolz. Bleiben Sie dran, es lohnt sich.«

Als ob's auf die Haarfarbe ankommen würde, dachte Durant. Ich habe Charakterschweine aller Haarfarben kennengelernt. Aber es geht ja nicht um den Charakter, sondern nur um Sex. Sie trank aus, stellte die Schale und den Kaffeebecher in die Spüle, besah sich noch einmal im Spiegel, machte das Radio aus, nahm ihre Tasche und das Handy von der Ladestation und verließ die Wohnung. Sie schloss hinter sich ab, holte die Zeitung aus dem Briefkasten und ging zu ihrem Wagen. Der Wetterbericht hatte recht behalten, es würde ein sonniger und warmer Frühlingstag werden. Noch war es kühl bei einem leichten Ostwind, aber spätestens gegen Mittag würde das Thermometer an die zwanzig Grad zeigen.

Auf der Fahrt ins Präsidium, die wie jeden Montag etwas länger dauerte, vor allem jetzt, da die Stadt sich mit Macht auf die bevorstehende Fußballweltmeisterschaft vorbereitete und überall Baustellen eingerichtet waren, dachte sie an die Dienstbesprechung. Und auch an Hellmer. Sie war sicher, dass er die letzte Nacht entweder wieder bei seiner Geliebten verbracht hatte oder sich zu Hause volllaufen ließ. Und sie war entschlossen, diesmal keine Gnade mehr walten zu lassen, sondern Berger einzuweihen und ihn zu bitten, ihr einen neuen Partner zur Seite zu stellen. Doch vorher würde sie noch ein ernstes Wort unter vier Augen mit Hellmer wechseln und ihn vor die Wahl stellen – entweder die Arbeit oder der Alkohol. Diese letzte Chance wollte sie ihm noch geben, dazu kannte sie ihn zu lange und zu gut, und eigentlich mochte sie ihn auch viel zu gern, als dass sie ihn einfach so hätte fallenlassen. Aber sie hätte auch zu gerne verstanden, was bei ihm schiefgelaufen war.

Sie hatte gerade die Untermainbrücke überquert, Rosenstolz hatten ihren Hit »Ich bin ich« geträllert, als Matthias Mahler sich wieder meldete. Fünf Hörerinnen und ein Hörer durften ihre Meinung mitteilen, und alle betonten, dass die Haarfarbe keinerlei Aufschluss darüber gebe, wie gut ein Mann im Bett sei. Sag ich doch, dachte Durant und war froh, als sie endlich auf der Eschersheimer Landstraße war, wo der Verkehr einigermaßen fließend voranging. Um zwanzig Minuten vor neun erreichte sie schließlich das Präsidium, stellte ihren Corsa auf den für sie reservierten Parkplatz und fuhr mit dem Aufzug nach oben. Sie war verwundert, dass ihre Kollegen alle schon im Büro waren, einschließlich Hellmer.

»Morgen«, begrüßte sie die Anwesenden und ging dicht an Hellmer vorbei, der wieder extrem viel Eau de Toilette aufgelegt hatte. Ihr entging dennoch nicht die Alkoholfahne, obwohl er sein Gesicht zur Seite drehte.

»Wir haben bereits vernommen, was passiert ist«, sagte Berger. »Können Sie schon neue Erkenntnisse vorweisen?«

»Immer mit der Ruhe«, erwiderte Durant, stellte ihre Tasche neben den Stuhl und nahm Platz.

»Herr Hellmer meint, dass es sich um einen Mord handelt, der von einem oder mehreren Tätern aus dem satanistischen Bereich begangen wurde«, begann Berger.

»Aha, damit wäre der Fall ja so gut wie geklärt«, entgegnete Durant spöttisch. »Aber Frank kennt nur einen Bruchteil der Fakten.«

»Julia, ich war gestern auch dort und habe die Leiche gesehen.«

»Ja, aber nur kurz. Es hat nichts, aber auch rein gar nichts mit Satanismus zu tun, dafür lege ich meine Hand ins Feuer. Doch bevor ich ins Detail gehe, würde ich gerne mit Frank kurz unter vier Augen reden. Kommst du?« Eigentlich wollte sie sich aus seinem Leben heraushalten, aber etwas zwang sie gerade jetzt dazu, noch einen allerletzten Versuch zu unternehmen und ihm wenigstens zu sagen, dass er jederzeit mit ihrer Hilfe rechnen könne. Und vielleicht geschah ja ein Wunder und er ließ sie diesmal an sich heran.

»Um was geht's?«

Sie gingen in Durants Büro, sie machte die Tür hinter sich zu und deutete auf den Stuhl vor ihrem Schreibtisch. »Setz dich.«

»Scheint ja eminent wichtig zu sein, aber bitte«, sagte er, ohne sie anzuschauen, blieb jedoch vor dem Stuhl stehen.

»Bitte«, forderte sie ihn ein weiteres Mal auf.

»Okay, okay, du bist der Boss. Oder die Bossin«, sagte er grinsend und ließ sich auf den Stuhl fallen, schlug die Beine übereinander und knetete den Kaugummi zwischen seinen Zähnen.

Sie setzte sich ebenfalls, legte die Fingerspitzen aneinander und sagte: »Frank, ich bin niemand, der um den heißen Brei rumredet. Also komme ich gleich zur Sache. Ich möchte wissen, was mit dir los ist. Sprich mit mir, hier und jetzt, sonst bin ich gezwungen, mir einen andern Partner zu nehmen.«

»Mach doch«, meinte er scheinbar gelangweilt und wollte bereits wieder aufstehen, doch Durant hielt ihn zurück.

»Du bleibst jetzt hier und hörst mir zu. Nur dieses eine Mal noch, dann lass ich dich in Ruhe.«

»Was kann ich für Sie tun, Madam?«, fragte er wieder mit diesem Grinsen, das Durant gar nicht lustig fand, weil es ein Grinsen war, das er nur zeigte, wenn er unter Alkoholeinfluss stand.

»Bist du dir eigentlich im Klaren, dass du gerade dabei bist, deine Karriere aufs Spiel zu setzen, deine Familie zu verlieren, vor allem aber deine Würde? Wie lange willst du das noch durchziehen?«

»Ich weiß überhaupt nicht, wovon du sprichst. Es ist doch alles bestens. Was stört dich an mir?«

»Willst du's wirklich wissen?«

»Wie ich dich kenne, wirst du's mir so oder so sagen.«

»Alles. Du bist nicht mehr der Frank, den ich kennengelernt habe. Und wenn du nüchtern wärst, würdest du mich verstehen. Aber du hast ja schon wieder getrunken.«

»Und weiter?«

»Und weiter?!« Durant beugte sich nach vorn, die Ellbogen auf die Schreibtischplatte gestützt, und sah Hellmer in die Augen. »Hör zu, ich trink auch gerne mein Bier am Abend, aber ich war noch nie betrunken, harte Sachen lass ich sowieso nicht an mich ran. Aber du kannst offensichtlich gar nicht mehr ohne Alkohol. Du hast die Wahl. Vor etwas mehr als zehn Jahren hab ich dir schon mal aus der Scheiße geholfen, und da war ich noch ziemlich neu in Frankfurt, aber du warst der Einzige, mit dem ich mich sofort anfreunden konnte, weil wir auf einer Wellenlänge funkten. Du warst so tief unten, dass du sogar an Selbstmord gedacht hast, wenn du dich erinnerst. Aber inzwischen solltest du eigentlich kapiert haben, dass Saufen keine Lösung ist.«

»Julia, lass mich einfach zufrieden, okay?! Schmeiß mich doch raus, ich hab diesen Scheißjob sowieso nie wirklich gemocht. Bullshit!«

»Frank, ich bitte dich, mir nur noch einmal, nur noch ein einziges Mal richtig zuzuhören. Geht das? Und unterbrich mich bitte nicht.«

»Okay«, erwiderte er nach kurzem Überlegen und mit einem gelangweilten Schulterzucken.

»Ich bin nach wie vor deine Freundin, du kannst mit mir über alles reden, ich schwöre dir hoch und heilig, nie irgendjemandem etwas davon zu erzählen. Aber du weißt es, und ich weiß es auch, dass diese Viola dein Untergang ist.«

»Lass Viola aus dem Spiel, sie hat damit nichts zu tun!«, brauste er auf, und sein Gesicht wurde knallrot.

Durant schüttelte den Kopf. »Das ist genau der Punkt. Sie ist der Grund für deine Veränderung. Weißt du noch, wie ich dich im November gewarnt habe, die Finger von ihr zu lassen? Ich habe dir auf den Kopf zugesagt, dass du wieder zur Flasche greifen würdest, und genauso ist es eingetreten. Deine Viola Richter ist eine Femme fatale. Sie sieht zugegebenermaßen phantastisch aus, aber sie hat sich und ihr Leben nicht im Griff. Und aus diesem Grund versucht sie auch dein Leben zu ruinieren. Du bist für sie wie ein Opfer.«

»Das ist doch verrückt! Du hast doch keine Ahnung, wer sie ist!«, schrie Hellmer.

Durant legte einen Finger auf den Mund und zischte: »Sei leise, oder willst du, dass die andern von unserm Gespräch was mitbekommen?«

»Du kennst sie nicht ansatzweise, verdammt noch mal!«

»Nein, ich habe nie mit ihr geschlafen, aber das scheint die einzige Ebene zu sein, auf der ihr kommuniziert.«

»Quatsch! Mit ihr kann ich mich toll unterhalten, und sie hat mir vor allem gezeigt, was Leben bedeutet.«

»Du kannst dich auch mit Nadine toll unterhalten, das weiß ich, ich hab's oft genug miterlebt, wenn ich bei euch war. Mein Gott, du hast in Nadine eine Frau, die wahrlich genug Probleme hat. Ihr Leben ist auch nicht gerade schön verlaufen. Das Beste, was ihr je passiert ist, bist du. Das Geld bedeutet ihr relativ wenig. Sie hat auch einen hohen Preis dafür bezahlt durch all die Demütigungen, Schläge und Vergewaltigungen durch ihren ersten Mann. Aber dann kamst du, nachdem ihr euch lange aus den Augen verloren hattet, ihr wart immer noch verliebt ineinander, ihr habt geheiratet und wart für mich das Traumpaar schlechthin. Du bist der Mann, den sie liebt, und das Wichtigste für sie ist nun mal die Familie. Verrat mir, was hat Viola, das Nadine nicht hat? Kann sie besser bumsen? Oder hast du dich mit ihr eingelassen, weil sie keine Kinder hat?«

»Du hast doch überhaupt keine Ahnung.«

»Lass mich ausreden. Ich weiß, es steht mir nicht zu, ein Urteil zu fällen, aber diese Frau ist dein Untergang. Du säufst dir doch nur die Birne zu, weil dein schlechtes Gewissen dich plagt. Aber wenn du betrunken bist, ist auch das schlechte Gewissen nicht mehr da, stimmt's? Gib dir eine Chance. Kapierst du, was ich damit meine?«

Hellmer schloss die Augen und krampfte die Hände ineinander, bis die Knöchel weiß hervortraten. Er schluckte schwer und schüttelte den Kopf. Mit einem Mal platzte es aus ihm heraus: »Ich weiß doch selber nicht, was in mich gefahren ist! Aber ich komm da nicht mehr raus«, schluchzte er plötzlich und vergrub sein Gesicht in den Händen. »Das ist so eine scheißverfahrene Situation, ich könnt mich ja selber dauernd ohrfeigen, aber … Was soll ich bloß machen?«

»Die Antwort kennst du selbst. Als Erstes musst du mit dem Trinken aufhören, damit du wieder klar im Kopf wirst. Dein ganzes Verhalten hat sich geändert, ich kann's nicht erklären, du bist einfach anders als sonst. Und das schon seit fast einem halben Jahr. Und dann solltest du dir überlegen, was wirklich in deinem Leben zählt. Viola oder Nadine und die Kinder.«

»Viola hat mich in der Hand«, flüsterte er. »Sie sagt, sie würde sich umbringen, sollte ich sie verlassen.«

»Das glaubst du ernsthaft? Soll ich dir sagen, was ich davon halte? Frauen können unglaublich gemein sein, geradezu perfide, wenn es darum geht, einen Mann an sich zu binden. Sie braucht dich nicht, sie missbraucht dich. Und sie hat dich genau da, wo sie dich haben wollte. Sie sagt spring, und du springst. Wie ein Hündchen. Hat Nadine in den letzten Monaten auch nur einmal gesagt, dass sie dich verlassen will? Oder dass sie sich umbringen würde, solltest du sie verlassen?«

Hellmer schüttelte den Kopf.

»Siehst du, das ist der Unterschied. Nadine hat Charakter. Sie braucht dich mehr denn je, und ich weiß, dass sie nur darauf wartet, wieder den alten Frank zu haben, den sie so liebt. Aber der ist im Augenblick leider nicht verfügbar. So trägt sie alles auf ihren schmalen Schultern.«

»Hast du mit ihr gesprochen, oder hat sie dich gar beauftragt, mit mir zu reden?«

»Nein, ich mische mich grundsätzlich nicht in Eheangelegenheiten ein. Aber bei dir hat das alles auch noch Auswirkungen auf den Job. Ich möchte dich auch nicht als Partner verlieren, andererseits kann es so nicht weitergehen.«

»Und was soll ich deiner Meinung nach tun?«

»Weiß Nadine von Viola?«, fragte Durant.

»Nein, sie weiß nur, dass da wohl eine andere ist. Aber sie hat nie was gesagt. Nicht mal andeutungsweise spricht sie mit mir darüber. Ja, sie spricht überhaupt nicht mehr mit mir. Seit Marie da ist, komm ich mir nur noch wie ein überflüssiges Anhängsel vor.«

»Meinst du nicht, dass das mit Marie auch für sie ein Schock war und vielleicht noch immer ist? Und die Kleine braucht nun mal gerade jetzt von euch allen in der Familie die meiste Aufmerksamkeit.«

Hellmer holte tief Luft und seufzte. »Sicher, aber wir reden ja nicht mal mehr miteinander. Nur noch das übliche Blabla. Ich halte dieses eisige Schweigen einfach nicht aus. Ich hätte nie was mit Viola angefangen, wenn Nadine sich nicht so abgekapselt hätte. Marie hier, Marie da. Und wo bleib ich?«

»Hör zu, du bist der Mann im Haus. Sprich mit ihr über deine Probleme, sag ihr, was dich stört, hau von mir aus auf den Tisch.«

»Das kann ich nicht, das konnte ich noch nie. Ich kann nicht streiten, das weißt du auch. Im Job schon, aber zu Hause.« Er schüttelte den Kopf. »Nee, das funktioniert nicht.«

»Doch, es wird funktionieren, wenn du es willst. Die Sachen müssen einfach mal ausgesprochen werden. Und du wirst merken, dass Nadine dich versteht. Und falls doch nicht, dann tut es mir leid für sie. Aber bitte, tu es erst, nachdem du mit Viola Schluss gemacht hast. Außerdem flehe ich dich an, hör auf zu trinken, und wenn du das nicht alleine schaffst, dann geh in den Entzug und mach eine Kur, damit dein Körper, vor allem deine Leber sich erholen kann. Schaffst du's allein?«

Hellmer zuckte mit den Schultern. Und plötzlich fing er an zu weinen wie ein kleines Kind. Durant stand auf, legte einen Arm um seine Schulter und sagte: »Es wird alles gut, wenn du es willst. Willst du?«

Er nickte unter Tränen.

»Gut, dann fängst du heute damit an.«

»Womit?«

»Erst Viola, dann Nadine, dann der Alkohol. Ich weiß, das wird nicht leicht, im Gegenteil. Aber denk dran, wenn du nicht sofort dein Leben änderst, gerätst du immer tiefer in die Scheiße. Und denk auch dran, ich bin immer für dich da, großes Ehrenwort. Und ich kann verschwiegen sein wie ein Grab.« Sie hielt inne und fuhr kurz darauf fort: »Soll ich dir was verraten? Ich wünschte, ich hätte eine Familie wie du. Früher wollte ich einen Mann haben und Kinder, aber dieser Traum wird sich für mich nie erfüllen, und ich habe mich inzwischen damit abgefunden. Das ist mein Leben, mit dem ich mich arrangiert habe. Und du hast auch alles, was das Herz begehrt, und wenn du und Nadine zusammenhaltet, dann werdet ihr auch das mit Marie-Therese schaffen und all die andern Probleme aus der Welt räumen. Ihr müsst es nur gemeinsam tun.«

»Julia, ich habe ein behindertes Kind.«

»Ja, und die Ärzte haben große Hoffnung, dass alles gut wird. Mensch, Frank, Marie ist eine Herausforderung, an ihr kannst du beweisen, wie … großartig du bist.«

»Ich und großartig! Dass ich nicht lache! Ich hab mein ganzes Leben versaut, ich hab alles kaputt gemacht, was überhaupt nur kaputt zu machen geht! Ich bin ein gottverdammter Versager, nichts als ein versoffener, gottverdammter Versager!«, jammerte er.

»Bist du nicht. Und in Selbstmitleid zu versinken lässt dich nur noch mehr saufen. Du bist stark, sonst hätte Nadine dich niemals als Mann ausgesucht. Sie hätte auch viel bessere Partien machen können. Damit meine ich Männer, die ebenfalls ordentlich Kohle haben, aber nein, sie wollte unbedingt dich. Denk mal drüber nach. Noch ist es nicht zu spät. Red mit Berger. Du musst ihm ja nicht alles auf die Nase binden, doch was den Alkohol angeht, da hat er auch eine Karriere hinter sich. Aber er hat's geschafft. Er wird Verständnis für deine Situation haben, und er würde nur sehr ungern einen seiner besten Männer verlieren. Verbann diesen Teufel Alkohol aus deinem Leben. Bitte.«

Hellmer lächelte gequält, sah Durant von unten herauf an und wischte die Tränen aus seinem Gesicht. »Du bist wirklich eine Freundin. Scheiße, in was hab ich mich da bloß reingeritten? O Mann, ich dachte, mir könnte so was nie wieder passieren. Aber ich pack's an. Ich werde mit Viola sprechen, und das andere krieg ich auch in den Griff.«

»Willst du heimfahren?«

»Was denken die andern von mir?«, fragte er zaghaft.

»Weiß nicht, wir haben nie über dich gesprochen. Ehrenwort. Aber du kannst dir denken, dass auch sie sich Sorgen machen, denn du kannst deine Alkoholfahne nicht verbergen, egal, wie viel Parfum du dir ins Gesicht sprühst oder wie viele Kaugummis du kaust oder Pfefferminz du lutschst. Aber ich versichere dir, wir sind alle auf deiner Seite.«

»Okay, ich fahr. Ich regle das mit Viola sofort. Und dann geh ich das andere an.«

»Alles klar. Aber sag vorher Berger, dass du dich nicht gut fühlst und zum Arzt musst. Und denk dran, ich bin immer für dich da – Partner.«

»Hm.« Er hatte wieder Tränen in den Augen. Hellmer war ganz tief unten, das merkte Durant, und sie war froh, auf ihre innere Stimme gehört und den Moment genutzt zu haben, mit ihm zu sprechen. Es war das erste Mal überhaupt in dieser schwierigen Zeit, dass er Durant an sich herangelassen hatte.

Hellmer erhob sich und umarmte sie. »Ich weiß, ich hab verdammt viel Mist gebaut, aber ich bieg's wieder grade. Danke für deine Freundschaft.«

»Mach, dass du hier rauskommst. Und richte Nadine einen lieben Gruß von mir aus, aber nur, wenn es passt. Du schaffst es, ganz bestimmt.«

Durant blieb noch einen Augenblick in ihrem Büro. Beinahe eine Dreiviertelstunde war vergangen, und Berger, Kullmer und Seidel warteten schon ungeduldig im Nebenraum. Sie ließ noch zwei Minuten verstreichen, bis sie nach drüben ging, wo Hellmer sich gerade von den andern verabschiedete, nachdem er kurz mit Berger unter vier Augen gesprochen hatte.

Ein letzter Blick zu Durant, ein gemurmeltes »bis morgen«, und er verließ das Büro.

»Was ist los mit ihm?«, fragte Kullmer.

»Es ist alles okay«, sagte sie, während sie sich setzte, auch wenn etwas ihr zuflüsterte, dass noch längst nicht alles in Ordnung war. Halt durch, Frank, dachte sie, halt nur durch. »Kommen wir zum Fall Corinna Sittler. Gibt es irgendwelche Neuigkeiten? Oder hat die Spusi was gefunden, das uns weiterhelfen könnte?«

»Eine Menge Material, das ausgewertet werden muss«, antwortete Berger. »Unter anderem ein sehr umfangreiches Adress- und Telefonbuch, das sie auf dem PC gespeichert hatte. Die drucken das Zeug aus und schicken's uns so schnell wie möglich. An den andern Dateien sind sie noch dran. So, und jetzt kommt hoffentlich endlich Ihr Bericht.«

»Ich muss noch die Fotos von drüben holen.« Durant stand

wieder auf und kehrte nur wenige Sekunden später mit dem Umschlag zurück. Sie breitete die Fotos auf Bergers Schreibtisch aus und sagte: »So wurde Frau Sittler von ihrer Tochter aufgefunden.«

Berger, Kullmer und Seidel betrachteten die Fotos lange und ausgiebig, bis Berger sagte: »Das sieht doch aber sehr nach einem Mord mit einem religiösen oder satanistischen Hintergrund aus.«

»Auf den ersten Blick schon, aber nach dem Gespräch mit der Tochter bin ich anderer Meinung. Die Sittler war früher Staatsanwältin in Darmstadt und hat in den letzten zehn Jahren für Frantzen und Partner gearbeitet.«

»Wow, das ist eine große Kanzlei mit mehreren Dependancen«, bemerkte Kullmer.

»Richtig. Und sie hat nicht nur für Frantzen gearbeitet, sie war sogar einer der Partner. Interessant, nicht? Allerdings hat sie ihr Haus in diesen zehn Jahren laut Aussage der Tochter nicht mehr verlassen, das heißt, sie hat alle Arbeiten von zu Hause aus erledigt. Ihr müsstet euch das anschauen, das ist kein Haus, das ist eine Festung mit modernster Überwachungstechnik, die Fenster sind aus Panzerglas, die Schlösser das Sicherste vom Sicheren. Das alles so herzurichten muss ein Vermögen gekostet haben. Nachdem wir die Sittler umgedreht hatten, fanden wir einen Zettel in ihrem Mund. Hier«, sagte sie und legte ihn zu den Fotos.

»Was hat das zu bedeuten?«, fragte Kullmer.

»Ich habe gestern Abend noch mit meinem Vater telefoniert, der mir erklärte, dass dieses ›Confiteor – Mea Culpa‹ das Schuldbekenntnis in der katholischen Kirche ist. Es ist ein Gebet, bei dem man um Vergebung für die Sünden bittet. Den genauen Wortlaut habe ich ebenfalls mitgebracht.« Sie legte auch diesen Zettel auf den Tisch. »So, und jetzt soll noch einer behaupten, der Mord habe einen satanistischen Hintergrund. Wenn ich es recht sehe, dann hat die Sittler irgendwas getan, das nicht recht war. Ihre Tochter erzählte mir, dass ihre Mutter vor zehn Jahren nicht nur mehrfach massiv bedroht, sondern einmal sogar bis zur Bewusstlosigkeit gewürgt wurde. Das war noch zu ihrer Zeit als Staatsanwältin. Nach der Klinik ist sie nach Frankfurt gezogen, wo sie sich das Haus gekauft und umgebaut hat und als Partner bei Frantzen eingestiegen ist.«

»Moment«, wurde sie von Kullmer unterbrochen, der erst jetzt die Worte von Durant richtig zu begreifen schien, »wie konnte sie als Rechtsanwältin arbeiten, wenn sie nie das Haus verlassen hat? Das geht doch gar nicht. Du musst mit Mandanten sprechen, du musst vor Gericht auftreten und …«

»Das werden wir hoffentlich noch heute erfahren. Die Tochter sagt, dass ihre Mutter ausschließlich von zu Hause aus gearbeitet hat und Unterredungen mit Mandanten von Kollegen übernommen wurden.«

»Ich kapier das trotzdem nicht«, warf Kullmer ein. »Als Anwalt hole ich mir doch keinen Partner, den ich nie zu Gesicht bekomme.«

»Wir fragen Frantzen, denn Spekulieren bringt uns nichts. Außerdem gehörte Frantzen neben der Tochter und einer gewissen Frau Cornelius, die wohl so etwas wie die Haushälterin war, zu den einzigen Personen, die Zutritt zum Haus hatten. Die Sittler litt unter Agoraphobie und war laut Tochter auch paranoid. Die beiden haben sich nicht sonderlich gut verstanden, auch wenn sie regelmäßig telefoniert haben und die Tochter ihre Mutter etwa einmal die Woche besucht hat. Sie hat mir erzählt, dass die Drohungen gegen ihre Mutter und auch der Überfall wohl nach einem Prozess begannen, bei dem die Sittler die Anklage vertreten hat. Jetzt gilt es herauszufinden, um was es bei diesem unseligen Prozess ging, denn als solchen hat ihn die Tochter bezeichnet. Er kann, muss aber nicht der Schlüssel sein. Auf jeden Fall hat sie danach die Seiten gewechselt.«

»Du sagst, nach dem Überfall hat sie sich zurückgezogen. Wie alt war sie da?«

»Vierunddreißig.«

»Verdammt jung, um sich vom normalen Leben zu verabschieden. Und wie alt ist die Tochter?«

»Fünfundzwanzig.«

»Was? Dann hat die Sittler sie ja mit neunzehn bekommen«, stieß Seidel überrascht hervor, nachdem sie kurz nachgerechnet hatte.

»Richtig. Allerdings lebte sie fast ausschließlich bei ihren Großeltern. Der Vater ist Amerikaner und wieder drüben in den Staaten. Erwähnenswert ist auch, dass die Sittler seit langem mit ihren Eltern zerstritten war. Sie hat nach dem Tod ihres Vaters vor zwei Monaten nicht einmal eine Kondolenzkarte oder gar einen Kranz geschickt. So viel zu den Familienverhältnissen. Das Bild, das ich bis jetzt von ihr habe, lässt sie nicht gerade in einem sonderlich freundlichen Licht dastehen.«

»Welche Bedeutung hat das Kreuz auf ihrem Rücken?«

Durant zuckte mit den Schultern und sagte: »Es soll wohl nur ein weiterer Ausdruck dafür sein, dass sie ein böses Mädchen war. Und es deutet außerdem darauf hin, dass der Mord von langer Hand geplant war. Jemand hatte es auf sie abgesehen, und sie wusste das, und deshalb die Abschottung von der Außenwelt. Ihre Angst war also berechtigt. Dazu kommt, dass der Mörder die Tat inszeniert hat. Alles war akribisch durchdacht und geplant, vor allem der richtige Zeitpunkt. Und hingelegt hat er sie, als hätte er sie symbolisch gekreuzigt. Aber lasst mich noch mal kurz auf dieses Schuldbekenntnis eingehen. Ich habe es mir vergangene Nacht noch ein paarmal durchgelesen, und dabei sind zwei Zeilen für mich von großer Bedeutung. Nämlich: ›dass ich Gutes unterlassen und Böses getan habe – ich habe gesündigt in Gedanken, Worten und Werken‹. Das könnte darauf hindeuten, dass sie während ihrer Zeit als Staatsanwältin Dinge getan hat, die eine Staatsanwältin nicht tun sollte beziehungsweise nicht tun darf. Sie hat möglicherweise Gutes unterlassen und Böses getan. Fragt sich nur, was das gewesen sein könnte.« Sie stand auf, holte sich einen Kaffee und stellte sich ans Fenster. »Sie war eine noch sehr junge und vielleicht engagierte Staatsanwältin, die gar nichts Böses getan hat, aber irgendjemand sieht das anders. Wir wissen doch alle, wie häufig gerade Staatsanwälte unter Beschuss geraten. Eine falsche Anklageerhebung, ein zu niedrig gefordertes Strafmaß, wir lesen doch beinahe jeden Tag in der Zeitung davon. Es kann natürlich auch sein, dass es sich bei dem Täter um einen Stalker handelt, denn die Sittler war nicht gerade ein hässliches Mauerblümchen. Er ist nicht an sie rangekommen, aber dann hat sich durch irgendeinen dummen Zufall doch die Gelegenheit ergeben. Das ist natürlich reine Spekulation und nicht mal ein Stück Hundedreck wert.«

»Moment mal«, meldete sich Berger zu Wort. »Wenn sie, wie Sie sagen, niemanden außer drei Personen ins Haus gelassen hat, wieso ist sie dann auf den Fotos bekleidet, als hätte sie Besuch erwartet? Was man eben so Bekleidung nennt.«

Durant lächelte vor sich hin und antwortete: »Genau diese Frage habe ich mir auch schon gestellt, nur, ich habe keine Antwort gefunden. Wenn Sie sich die Fotos anschauen, sehen Sie auch, dass auf dem Tisch eine angebrochene Flasche Champagner und zwei Gläser stehen. Aus einem wurde definitiv getrunken, denn es befindet sich Lippenstift daran. Bei der Untersuchung des Glases wird man feststellen, dass die Sittler daraus getrunken hat. Für meine Begriffe hat sie ein Doppelleben geführt, von dem niemand etwas wissen durfte. Sie hatte vermutlich sexuelle Bedürfnisse, und diese immer nur allein zu befriedigen dürfte ihr auf Dauer gesehen langweilig geworden sein.«

Kullmer grinste, Seidel boxte ihn leicht in die Seite.

»Kommen wir zur Todesursache. Wie auf den Fotos zu erkennen ist, gibt es etliche Hämatome im Brust- und Bauchbereich.

Woher sie stammen, werden wir von Dr. Sievers erfahren, sobald die Obduktion abgeschlossen ist. Gestorben ist sie jedenfalls durch eine hohe Dosis Strychnin, das ihr intravenös verabreicht wurde. Dr. Sievers, die noch gestern Abend eine Blutuntersuchung vorgenommen hat, sagt, dass man damit einen Elefanten hätte töten können. Merkwürdig ist nur, dass ihr das Gift in die Leistenvene injiziert wurde.«

»Die muss sich doch gewehrt haben«, meinte Seidel.

»Nein, denn der Täter hat ihr laut Dr. Sievers K.-o.-Tropfen unter den Champagner gemischt, so dass sie gar nichts mehr von dem mitbekommen hat, was danach geschah. Sie war also bereits bewusstlos, als sie starb. Das ist zumindest die vorläufige Einschätzung von Dr. Sievers.«

»Also, wenn ich das bis jetzt richtig verstanden habe, dann hat die Sittler am Freitagabend Besuch gehabt. Und sie hat sich für diesen Besuch etwas Schickes angezogen«, sagte Kullmer wieder grinsend.

»Wenn du ein Paar Strümpfe schick findest. Ich gehe aber stark davon aus, dass der Besuch einen sexuellen Hintergrund hat. Nicht nur die spärliche Bekleidung deutet darauf hin, sondern auch die frisch lackierten Finger- und Fußnägel, der Lippenstift, der Champagner. Und die Tat geschah im Schlafzimmer, das Licht war, wie Fritsche mir berichtete, gedämpft, eben so, wie man es bei einem erotischen Abend gern hat, und so war das Licht auch noch, als ich kam. Ich habe aber noch eine zweite Theorie. Die fehlenden Kampfspuren und die K.-o.-Tropfen könnten auch auf eine Frau als Täterin hindeuten. Die Sittler war zwar nicht sonderlich groß und auch sehr schlank, aber Frauen, die morden, tun es in der Regel eher auf eine subtile Art, wenn sie nicht zufällig eine Pistole dabeihaben und das ganze Magazin leerschießen. Da es aber keine Schussverletzungen gibt, scheidet das aus. Also würden wir in unserm Fall das alte Klischee der Giftmörderin strapazieren.«

»Und wohin tendierst du?«, fragte Kullmer.

»Kein Kommentar. Ich will erst das Obduktionsergebnis abwarten und vor allem wissen, welche Fälle die Sittler in ihrer Zeit als Staatsanwältin bearbeitet hat. Besonders die letzten Fälle dürften dabei von Bedeutung sein. Wer kümmert sich darum?«

»Ich übernehm das«, sagte Berger und lehnte sich zurück, die Hände hinter dem Kopf verschränkt. »Bleiben noch die Kanzlei, die Haushälterin und die Mutter der Verstorbenen. Wer übernimmt was?«

»Doris und ich fahren in die Kanzlei, wenn's recht ist«, sagte Kullmer.

»Und Sie beehren die beiden andern?«, fragte Berger Durant.

»Dazu müsste ich erst wissen, wo ich die Haushälterin finde. Wo ist das Adressbuch?«

»Hier.« Berger reichte es ihr.

»Sie heißt Alina Cornelius. Na, da ist sie ja schon. Eschersheimer Landstraße. Der Hausnummer nach dürfte das in der Nähe der Haltestelle Weißer Stein sein. Die Großmutter lebt in Mörfelden, Adresse hab ich. Falls es keine Fragen mehr gibt, bin ich weg.«

»Sollen wir Frantzen irgendwelche besonderen Fragen stellen?«, wollte Kullmer wissen.

»Besonders eine: Warum er eine hysterische, paranoide Agoraphobikerin als Partner eingestellt hat und was ihre Aufgabe war. Und natürlich das übliche Programm, Alibi und so weiter. Ist ja immerhin möglich, dass er ihr heimlicher Lover war. Ach ja, fragt ihn auch, warum sie die Seiten gewechselt hat. Auf die Antworten bin ich gespannt.« Und zu Berger: »Was hat die Spusi eigentlich alles sichergestellt?«

Berger hob die Schultern und antwortete: »Ich hab nur das Adressbuch bekommen und den Bericht. Die restlichen Unterlagen schicken sie uns im Laufe des Tages. Sie sind immer noch im Haus.«

Durant rief Platzeck an, der sich mit müder Stimme meldete.

»Hi, Julia hier. Warum bist du nicht daheim?«

»Weil dieses verdammte Haus mich festhält. Was willst du?«

»Nur wissen, was ihr bis jetzt alles rausgefunden beziehungs-weise gefunden habt.«

»Sie hat vier PCs, drei Notebooks, Webcams, einen riesigen Kellerraum voller Wein- und Cognacflaschen. Die muss gesoffen haben wie ein Loch. Dazu noch eine ganze Hausapotheke, wobei die hauptsächlich aus Valium und allen möglichen Schmerzmit-teln besteht. Also, wenn du mich fragst, war sie Alkoholikerin und medikamentenabhängig. Und eine ganze Sammlung Pornos haben wir auch noch sichergestellt, sowohl lesbische als auch normale, sowie alle möglichen Hilfsmittel wie Dildos und so'n Kram. Aber das kannst du dir alles selber noch anschauen. Die Dame liebte es für meine Begriffe abwechslungsreich und auf die harte Tour. Noch was?«

»Ja. War eine gewisse Frau Cornelius schon da?«

»Du meinst diese überaus schicke und attraktive Frau? Die stand vor 'ner guten Stunde vor der Tür. Wir haben sie wieder heimgeschickt und ihr gesagt, dass sie zu Hause bleiben soll, weil bestimmt noch jemand von euch bei ihr vorbeischaut. Die war ziemlich runter, als wir ihr vom Tod ihrer Chefin berichteten.«

»Kann ich verstehen. Wann kommt die Ablösung?«

»Müsste jeden Moment eintreffen. Meine Leute und ich sind fertig, im wahrsten Sinn des Wortes. Ich will nur noch in mein Bett. Ciao.«

Durant legte auf, wartete einen Moment, fuhr sich mit der Zunge über die Lippen und sagte: »Also, ich korrigiere mich, was die Sittler angeht. Sie war eine hysterische, paranoide, sex-süchtige, alkohol- und valiumabhängige Agoraphobikerin. Eine sehr interessante Frau, wenn ihr mich fragt.«

»Hä?«

»Hat Platzeck gesagt. Na ja, nicht ganz, aber die haben Unmengen an Cognac, Wein und Beruhigungsmitteln gefunden. Und Pornos und Sexspielzeug ohne Ende. So, jetzt bin ich endgültig weg.«

Julia Durant ging zum Parkplatz, stieg in ihren Wagen und fuhr zu Alina Cornelius. An dem Klingelschild standen acht deutsche und zwei ausländische Namen. Alina Cornelius lebte in einem fünfstöckigen Gebäude im fünften Stock. Im Treppenhaus roch es nach Gekochtem und Gebratenem und nach Bohnerwachs. Auf den Fensterbänken zwischen den einzelnen Stockwerken standen Grünpflanzen, alles war hell und einladend, und doch war es kein Haus, in dem Durant wohnen wollte. Sauberkeit überall, keine überquellenden Briefkästen, das Blatt mit der Hausordnung für jeden sichtbar direkt neben dem Eingang, dazu die Namen jener, die in welcher Woche für den Treppendienst verantwortlich waren, und schließlich der Name und die Mobilfunknummer des Hausmeisters.

Als Durant gegen halb zwölf oben ankam (längst nicht mehr so aus der Puste wie noch vor wenigen Wochen – der Sport und kaum noch rauchen machten sich eben bemerkbar), stand eine Frau von höchstens Mitte dreißig mit schulterlangen blonden Haaren in der Tür und sah die Kommissarin aus tiefblauen Augen an. Sie hatte ein Taschentuch in der Hand, als hätte sie geweint.

»Frau Cornelius?«, fragte Durant obligatorisch und hielt ihren Ausweis hoch. »Durant, Kripo Frankfurt. Darf ich reinkommen?«

»Bitte, ich habe Sie bereits erwartet«, sagte die Angesprochene mit leiser Stimme, ließ Durant an sich vorbeitreten und schloss die Tür. Auch hier war alles sauber und gepflegt, ein langer Läufer erstreckte sich über den ganzen Flur. Das Wohnzimmer war modern und doch sehr einladend und gemütlich eingerichtet, mit einer weinroten Stoffgarnitur, einem runden Marmortisch, einem breiten Bücherregal voller Romane und Sachbücher, einem Breitbildfernseher und einer Stereoanlage, dazu mehrere Blüh- und Grünpflanzen am Fenster und ein hochgewachsener Ficus Benjamini auf dem Boden, und in einer Glasvitrine standen unzählige Nippesfiguren.

»Bitte, nehmen Sie doch Platz«, sagte Frau Cornelius in reinstem Hochdeutsch, wie es in der Regel nur in der Gegend um Hannover gesprochen wurde, aber Leslie hatte ja gesagt, dass Frau Cornelius aus Norddeutschland stammte. Eine ungewöhnlich attraktive Frau mit einem markanten Gesicht, die ein knielanges rotes Kleid und einen Seidenschal trug. »Darf ich Ihnen etwas zu trinken anbieten?«

»Nein, danke, machen Sie sich keine Umstände. Ich habe nur ein paar Fragen zu Frau Sittler.«

»Natürlich«, erwiderte Alina Cornelius und setzte sich in einen Sessel gegenüber der Kommissarin. Ihre Bewegungen hatten etwas Elegantes, Geschmeidiges, genau wie ihre Stimme, die sanft und einfühlsam klang. »Es ist schrecklich, was passiert ist, einfach schrecklich. Ich bin ganz normal wie jeden Morgen zu ihr gefahren und dann sagt man mir, dass sie tot ist. Sie können sich gar nicht vorstellen, was das für ein Schock war. Ich kann es noch immer nicht fassen.«

»Das glaube ich Ihnen. Wie lange haben Sie schon für Frau Sittler gearbeitet?«

»Seit Mai 96.«

»Also seit ziemlich genau zehn Jahren. Was für ein Mensch war sie?«

»Sie war eine seltsame Frau, ich meine, schauen Sie sich doch nur im Haus um.«

»Das habe ich gestern schon getan.«

»Dann wissen Sie ja, wie sie war. Sie hatte Angst. Angst vor Menschen, Angst vor draußen, Angst vor dem Alleinsein. Sie hat mich manchmal mitten in der Nacht angerufen, wenn es ihr wieder schlechtging.«

»Wenn es ihr schlechtging? Können Sie mir das näher erläutern?«

»Sie litt unter Panikattacken und war der festen Überzeugung, dass sie verfolgt wird, auch wenn das natürlich pure Einbildung war. Und wenn sie nicht schlafen konnte, rief sie mich an. Ein paarmal bin ich auch zu ihr gefahren und dort geblieben. Sobald ich da war, war die Angst weg, wie ein Vogel einfach davongeschwebt. Nun, dafür hat Frau Sittler mich auch sehr gut bezahlt.«

»Aber Sie waren doch bestimmt nur ein paar Stunden täglich bei ihr.«

»Wer hat Ihnen denn das gesagt? Leslie?« Alina Cornelius schüttelte den Kopf und fuhr fort: »Ich war nicht selten den ganzen Tag bei ihr, die Gründe kennen Sie. Ich habe das Haus in Ordnung gehalten, während sie gearbeitet hat, und wenn sie nichts zu tun hatte, dann haben wir uns unterhalten oder ferngesehen oder etwas gespielt. Sie liebte Schach, konnte es jedoch nicht ertragen, wenn sie verlor. Aber sie hat trotzdem immer gute Miene zum bösen Spiel gemacht, außer sie war besonders schlecht drauf.« Ein Seufzer, ein Putzen der Nase, dann: »Sie war einsam, und sie wurde von Tag zu Tag einsamer. Sie hat mir leidgetan. Ich kann mir nicht vorstellen, wie es ist, in einem solchen Zustand zu leben, und das tagaus, tagein.«

»Sie kommen aus Norddeutschland, wie ich von Frau Sittlers Tochter erfahren habe.«

»Aus Lüneburg. Ich lebe seit zehn Jahren in Frankfurt. Frau Sittler hatte eine Anzeige geschaltet, dass sie eine Hausdame sucht.«

»Hausdame?«

»Ja, Hausdame. Ich habe natürlich auch den Haushalt geführt, ich habe ab und zu gekocht, ich habe saubergemacht, aber Frau Sittler wollte vor allem jemanden zur Gesellschaft haben.«

»Und ich dachte, sie wären nur die Haushälterin.«

»Ich weiß zwar nicht, wie Sie darauf kommen, aber ich war weit mehr als das. Es war so, wie ich gesagt habe.«

Durant betrachtete Alina Cornelius für einen Moment und sagte: »Hatten Sie das Kleid auch an, als Sie vorhin zu Frau Sittler gefahren sind?«

Ein Lächeln zeichnete sich auf Alina Cornelius' Gesicht ab, als sie antwortete: »Ja. Sie legte großen Wert auf das äußere Erscheinungsbild, auch wenn wir fast immer allein waren.«

»Hat sich Leslie gestern gar nicht mit Ihnen in Verbindung gesetzt? Sie waren doch die einzige Ansprechpartnerin, die sie hatte.«

»Hat sie, aber ich war gestern nicht zu Hause. Ich bin erst so gegen Mitternacht heimgekommen und hatte ausnahmsweise mein Handy ausgeschaltet. Ich habe die Mailbox erst zu Hause abgehört. Leslie hat aber nicht gesagt, um was es ging, ich sollte sie nur anrufen. Ihre Stimme klang allerdings etwas aufgeregt. Soll ich's Ihnen vorspielen?«

»Nein, nicht nötig.«

Julia Durant betrachtete Alina Cornelius unauffällig und stellte sich die Frage, ob zwischen den beiden Frauen mehr als nur ein Arbeitsverhältnis bestand. Die Sittler war attraktiv und die Cornelius nicht minder. Sie hatte etwas, das Durant nicht zu beschreiben vermochte, aber es war eine Ausstrahlung, die wahrscheinlich jeden in den Bann zog, Männer und Frauen. Nein, nicht nur die charismatische Ausstrahlung, sondern eine ganz besondere Aura, die sie umgab.

»Wer außer Ihnen und Leslie hatte noch Zugang zum Haus?«

»Niemand. Es sei denn, es gibt jemanden, von dem ich nichts weiß.«

»Haben Sie einen Schlüssel?«

Alina Cornelius zögerte einen Moment und erwiderte: »Ja, natürlich, aber das durfte niemand außer Leslie wissen. Eigentlich sollte nur Leslie einen haben, doch vor etwa drei Jahren bekam auch ich einen. Corinna, ich meine Frau Sittler, hatte wohl Vertrauen zu mir.«

»Das heißt, Sie hätten jederzeit in das Haus gekonnt?«

»Ja, aber nur angemeldet. Wäre ich einfach so gekommen, hätte sie mich zur Schnecke gemacht. Und glauben Sie mir, sie konnte sehr wütend werden. Sie hat oft mit Ausdrücken um sich geworfen, die ich besser nicht wiedergebe. Sie war eben extrem launisch, geradezu exzentrisch.«

»Wo haben Sie den Schlüssel?«

»In meiner Handtasche in einem Geheimfach. Die Tasche hat mir Frau Sittler geschenkt, sie ist eine Spezialanfertigung. Sie wollte nämlich nicht, dass jemand den Schlüssel findet, falls mir die Tasche abhanden kommt. Hier«, sagte sie und holte den Schlüssel heraus, »das ist er.«

Durant nahm ihn in die Hand und betrachtete ihn von allen Seiten. Ein Spezialschlüssel für ein Spezialschloss. »Und von dem wusste niemand außer Ihnen und Frau Sittler?«

»Nein, niemand. Außer, sie hat es jemandem erzählt.«

»Frau Sittler war Partner einer großen Anwaltskanzlei. Ist Ihnen bekannt, in welchem Bereich sich ihre Tätigkeit bewegte? Ich meine, von zu Hause aus anwaltlich tätig zu sein, das stelle ich mir ziemlich kompliziert vor.«

»Darüber hat sie nie mit mir gesprochen, und ich habe sie auch nicht danach gefragt.«

»Wo waren Sie am Freitagabend zwischen zwanzig Uhr und Mitternacht?«

Alina Cornelius lächelte spöttisch, als sie antwortete: »Zu Hause. Ihrer Frage nach zu urteilen, gehe ich davon aus, dass ich damit zum Kreis der Verdächtigen zähle, richtig?«

»Ich muss diese Frage stellen, vor allem, da Sie einen Schlüssel zum Haus haben. Gibt es Zeugen?«

»Wofür? Dass ich zu Hause war und ferngesehen habe? Nein, gibt es nicht.«

»Was lief denn im Fernsehen?«

»*Wer wird Millionär?* Danach habe ich gebadet und um zehn die Talkshow im Dritten geguckt, Herman und Tietjen. Mir fallen jetzt spontan nur Senta Berger und dieser Drogeriekönig Rossmann als Gäste ein. Zwischendurch hab ich auch noch etwas in der Wohnung gemacht. Gegen Mitternacht bin ich zu Bett gegangen. Ist schon merkwürdig, wie schnell man zum Kreis der Verdächtigen gehört«, entgegnete sie ironisch und wieder mit diesem spöttischen Blick und einem ebensolchen Zug um den Mund.

»Ja, so was kann schnell gehen. Wann haben Sie Frau Sittler zuletzt gesehen?«

»Am Freitag. Ich bin gegen zehn bei ihr angekommen und um fünf, vielleicht auch ein paar Minuten später gegangen. Ich bin direkt zu mir gefahren, das heißt, ich habe unterwegs noch etwas fürs Wochenende eingekauft.«

»Beschreiben Sie mir kurz das Verhältnis zwischen Leslie und ihrer Mutter.«

»Da gibt es nicht viel zu beschreiben, die beiden haben sich geliebt und gehasst. Frau Sittler war keine Mutter, sie hat Leslie bezahlt, damit sie regelmäßig anruft und vorbeikommt. Das war aber auch schon alles. Ich habe nicht ein einziges Mal miterlebt, wenn die beiden sich umarmt haben, was wohl auch nie geschehen ist.«

»Haben Sie Leslie oft im Haus angetroffen?«

»Kommt drauf an, was Sie unter oft verstehen. Manchmal alle zwei oder drei Tage, manchmal nur wöchentlich, manchmal auch nur einmal im Monat. Kann auch sein, dass sie oft kam, wenn ich nicht da war.«

»Was halten Sie von ihr?«

»Sie ist eine starke Persönlichkeit, sehr stark sogar. Aber was blieb ihr auch anderes übrig. Es gab nur zwei Möglichkeiten, entweder abzurutschen oder es nach oben zu schaffen. Sie hat es geschafft. Ich mag sie, weil sie durch und durch ehrlich ist.«

»Wie können Sie das beurteilen, wenn Sie sie nur so selten gesehen haben?«

»Sie war ein paarmal hier, weil ich sie eingeladen habe. Wir konnten wunderbar über ihre Mutter lästern.«

»Seltsam«, murmelte Julia Durant.

»Was meinen Sie damit?«

»Ich frage mich, warum Leslie mir von Ihrer Freundschaft gestern nichts erzählt hat.«

»Ich bitte Sie, sie wird es in der Aufregung ganz einfach vergessen haben. Außerdem, so dicke Freundinnen sind wir nun auch wieder nicht, sie war nicht sehr oft hier.«

»Hm. Und wie sah dieses Lästern aus?«

»Wir haben ihre Mutter nicht verspottet, wenn Sie das meinen, wir wussten ja, dass sie krank war, aber irgendwie mussten wir unsern Frust loswerden, und außerdem gab es doch einige recht skurrile Situationen, die wir erlebt haben.«

»Welchen Frust?«

»Es war ein Knochenjob. Vor drei Jahren wollte ich schon kündigen, weil ich ihre Launen nicht mehr ertrug. Dann hat sie mich groß um Verzeihung gebeten und mir vorgeheult, dass sie es doch nicht so meine. Anschließend hat sie mir den Schlüssel gegeben, um mir zu zeigen, wie sehr sie mir vertraut. Also bin ich geblieben.«

»Wie oft kam Dr. Frantzen?«

Alina Cornelius zuckte mit den Schultern und meinte: »Selten. Ich habe ihn vielleicht drei- oder viermal zu Gesicht bekommen. Ein sehr unangenehmer Mensch.«

»Inwiefern?«

»Seine ganze Art. Ich spüre sofort, mit was für einem Menschen ich es zu tun habe, jeder sendet bestimmte Schwingungen und Energien aus. Bei ihm ist alles negativ. Aber Sie werden ihn doch sicherlich auch noch befragen, oder?«

»Das übernehmen gerade meine Kollegen. Trotzdem möchte

ich Ihnen zum Abschluss noch eine Frage stellen, die ich Sie bitte, ganz ehrlich zu beantworten. Bestand zwischen Ihnen und Frau Sittler mehr als nur ein Beschäftigungsverhältnis?«

»Worauf wollen Sie hinaus?«, fragte Alina Cornelius, ohne Durant dabei anzusehen, doch diese merkte, dass die Frage ihrem Gegenüber unangenehm war.

»Warum lange um den heißen Brei herumreden. Hatten Sie eine sexuelle Beziehung?«

»Was erlauben Sie sich?«, stieß sie empört hervor. »Das ist eine Unterstellung, die ich …«

»Ich unterstelle Ihnen überhaupt nichts, Frau Cornelius. Ich werde Ihnen auch gleich erklären, warum ich Sie das gefragt habe. Aber noch einmal – gab es zwischen Ihnen und Frau Sittler intime Kontakte? Sie wurden ja des Öfteren nachts zu ihr bestellt, wie Sie mir selbst erzählt haben.«

Alina Cornelius holte tief Luft, stand auf und trat zur Vitrine. Eine schier unendlich lange Zeit verging, bevor sie sich umdrehte und leise sagte: »Okay, Sie haben gewonnen. Warum soll ich Ihnen etwas vorlügen, Sie würden es ja sowieso über kurz oder lang erfahren. Ja, es gab sexuelle Kontakte. Sie hat mich eines Nachts gebeten, bei ihr im Bett zu schlafen, und da ist es passiert. Erst wollte ich nicht, aber … Das war auch vor drei Jahren. Wie sind Sie darauf gekommen?«

»Einfach ein Gefühl. Ihre Kleidung, Ihre Art, Ihr Aussehen. Und ihre charismatische Aura«, fügte Durant mit einem Lächeln hinzu.

»Frau Durant, ich bin eigentlich heterosexuell. Ich hatte vorher noch nie etwas mit einer Frau, aber ich gebe zu, es war nicht unangenehm, eigentlich schöner, als ich es mir vorgestellt hatte.«

»Haben Sie einen Freund?«, fragte Durant, ohne auf die letzte Bemerkung einzugehen.

»Nein.«

»Und Frau Sittler, war sie ausschließlich lesbisch, oder gab es auch Männer in ihrem Leben?«

»Nein, sie hatte nichts mit Männern. Sie fürchtete sich vor ihnen seit diesem Zwischenfall in der Tiefgarage, von dem Sie sicherlich wissen. Aber warum interessiert Sie das?«

»Weil sie am Freitagabend offensichtlich Besuch erwartete. Ich frage mich nur, ob es sich dabei um einen Mann oder eine Frau handelte.«

»Corinna soll Besuch erwartet haben?«, fragte Alina Cornelius mit ungläubigem Blick. »Das kann nicht sein, das …«

»Es ist aber so. Oder wie würden Sie sich eine geöffnete Flasche Champagner mit zwei Gläsern auf dem Tisch im Schlafzimmer erklären?«

Alina Cornelius wirkte noch immer fassungslos und sah Durant mit seltsamem Blick an. »Ich habe keine Erklärung dafür. Corinna hat nie von jemand anderem gesprochen, mit dem sie intim war. Das kommt für mich sehr überraschend. Ich meine, wir waren nicht sehr oft zusammen, aber dass es jemanden gegeben haben soll, der sie besucht hat, von dem ich nichts wusste, das kann ich mir nicht vorstellen. Sie hätte doch nachts niemals jemanden in ihr Haus gelassen, mich ausgenommen. Nicht einmal Leslie durfte sie abends oder gar nachts besuchen. Es tut mir leid, ich bin ratlos.«

Durant hatte Alina Cornelius die ganze Zeit über beobachtet, ihre Mimik, ihre Gestik, und sie hatte genau auf die Worte geachtet und wie sie ausgesprochen wurden, und sie zweifelte deshalb nicht an der Glaubwürdigkeit des Gesagten.

»Mit wem auch immer sie verabredet war, wir werden es herausfinden. Aber eine andere Frage. Warum haben Sie eigentlich nicht bei ihr gewohnt, das Haus ist doch groß genug. Wie viele Zimmer hat es?«

»Neun.« Danach lachte Alina Cornelius auf, was etwas rauh, aber auch sanft klang. Überhaupt machte sie einen sanften Eindruck, verletzlich, zart und doch auf eine gewisse Weise zäh. Sie war nicht sonderlich groß (Durant schätzte sie auf höchstens einszweiundsechzig), dafür hatte sie eine ausgesprochen gute Figur mit sehr schönen Beinen. Auf der Nase ein paar Sommersprossen, die Hände schmal und feingliedrig. Je länger Durant sie ansah, desto hübscher wurde diese Frau. Und sie stellte sich zum ersten Mal die Frage, wie es wohl wäre, wenn sie mit einer Frau wie Alina Cornelius Zärtlichkeiten austauschen würde. Sie hatte diesen Gedanken nie gedacht, aber sie war fasziniert von dieser Frau, von der sie sich magisch angezogen fühlte, doch sie würde es unterlassen, dies auch nur ansatzweise zu zeigen. »Sie hat mir dieses Angebot mehrfach unterbreitet, aber ich habe dankend abgelehnt. Das wäre mir dann doch zu viel des Guten gewesen. Ich hätte Corinna niemals vierundzwanzig Stunden am Tag ertragen können, dazu hätte ich nicht die Nerven gehabt. Aber Sie kannten sie ja nicht, sonst wüssten Sie, wovon ich spreche. Dazu kam, dass sie sehr viel getrunken hat. Die Flasche Cognac stand schon morgens auf dem Tisch, und ich habe mich immer wieder gefragt, wie ihr Körper das aushält. Dabei sah sie bis zuletzt überhaupt nicht wie eine Alkoholikerin aus, ganz im Gegenteil. Sie hatte einen beinahe makellosen Körper, und ihr Gesicht und ihr Hals waren absolut faltenfrei.« Sie hielt inne, setzte sich wieder und fuhr fort: »Und nun ist sie tot. Ich hätte nie für möglich gehalten, dass es jemand schafft, in das Haus einzubrechen.«

»Es wurde nicht eingebrochen, sie hatte jemanden erwartet, das heißt, der Mörder hatte ihr Einverständnis.«

»Entschuldigung, ich hatte schon wieder das mit den zwei Gläsern und dem Champagner vergessen. Ich bin etwas durcheinander.«

»Kann ich verstehen. Hat sie mit Ihnen jemals über den Überfall vor zehn Jahren gesprochen?«

»Nur, dass es in einer Tiefgarage passiert ist und sie bewusstlos war.«

»Aber über irgendwelche Fälle aus ihrer Zeit als Staatsanwältin wissen Sie nichts, oder?«

»Nein, tut mir leid.«

»Gut, das war's fürs Erste. Ich danke Ihnen für Ihre Offenheit. Sollten Sie noch etwas haben, was für unsere Ermittlungen von Belang sein könnte, rufen Sie mich bitte an. Ich gehe davon aus, dass Sie die engste Vertraute von Frau Sittler waren und sie besser kannten als irgendwer sonst. Hier ist meine Karte, auf dem Handy bin ich auf jeden Fall immer zu erreichen.«

»Ich muss das alles erst mal sacken lassen. Aber sollte mir noch etwas einfallen, melde ich mich bei Ihnen. Versprochen.«

»Danke. Was werden Sie jetzt tun? Bleiben Sie in Frankfurt?«

»Keine Ahnung. Ich werde mich nach einer neuen Beschäftigung umsehen, ich habe schließlich Psychologie studiert.«

Durant, die bereits aufgestanden war, sah Alina Cornelius verwundert an und setzte sich wieder. Sie hätte alles für möglich gehalten, nur nicht eine solche Aussage, die die Stellung von Alina Cornelius plötzlich in einem ganz andern Licht erscheinen ließ. »Was haben Sie gesagt? Sie sind Psychologin? Das würde ja heißen, Sie wissen viel mehr über Frau Sittler, als Sie mir erzählt haben.«

Alina Cornelius lachte auf, wobei ihre Stimme warm und schmeichelnd klang. »Da liegen Sie völlig daneben. Ich meine, es tut mir leid, dass ich nicht gleich mein ganzes Leben vor Ihnen ausgebreitet habe, doch ich war nie Corinnas Therapeutin, das hätte sie nie zugelassen. Aber natürlich habe ich einiges über ihre Persönlichkeit und ihren Charakter herausgefunden. Kein Wunder nach zehn Jahren bei und vor allem mit ihr.«

»Ich bin ganz Ohr.«

»Also gut. Corinna war eine Egomanin, voll und ganz auf sich fixiert. Die Umwelt interessierte sie nicht. Ihre Angstzustände hat sie zum großen Teil vorgeschoben, um so mehr Aufmerksamkeit zu erlangen. Das kommt gar nicht so selten vor, obgleich ihre Angst berechtigt war, doch mit einer entsprechenden Therapie, einer sogenannten Konfrontationstherapie, in der die Patienten mit der Ursache ihrer Angst konfrontiert werden, hätte sie durchaus geheilt werden können. Allerdings lehnte sie jede Form der Therapie ab. Sie hatte sich so eingerichtet, dass jeder, der mit ihr zu tun hatte, wusste, dass an sie kein Rankommen war. Sie hat andere benutzt, sie hat sie beschimpft, um im nächsten Augenblick in das typische Verhaltensmuster des theatralischen Sich-Entschuldigens zu verfallen, ohne dabei die andern vergessen zu lassen, wie krank sie doch ist. Sie hat gespielt und ihr Spiel absolut perfekt beherrscht.«

»Wenn ich Sie unterbrechen darf, aber Sie haben gesagt, dass jeder, der mit ihr zu tun hatte, wusste, dass an sie kein Rankommen war. Das waren doch nur Sie, Leslie und Dr. Frantzen.«

»Für eine Frau wie Corinna reichte das auch. Und zu ihrem Spiel zählte auch die Angst. Irgendwann habe ich sie durchschaut und festgestellt, dass es ein Druckmittel war, das sie gerne und oft einsetzte. Wie zum Beispiel, wenn sie sich nachts einsam fühlte und mich anrief und zu sich bestellte. Sie wollte Aufmerksamkeit um jeden Preis, und sie wollte körperliche Nähe. Sie war keine klassische Angstpatientin, aber sie kannte sich mit der Angst und ihren Symptomen bestens aus. Sie konnte auf Kommando hyperventilieren, einen hysterischen Anfall vortäuschen und so weiter. Dabei sind zwei der Hauptmerkmale bei Agoraphobikern die Angst vor der Angst und die Angst vor dem Alleinsein. Sie war aber relativ häufig allein, ohne dass es ihr etwas ausgemacht hat. Und ihre Arbeit hat sie auch akribisch erledigt, obwohl sie getrunken und Medikamente geschluckt hat. Ich denke, ihre Psyche hat dabei eine wesentliche Rolle gespielt, denn Corinna hat stets die Kontrolle bewahrt. Sie war die mit Abstand stärkste Frau, der ich je begegnet bin. Stark, stur, durchsetzungsfähig, konsequent und äußerst dominant. Dieser endgültige Bruch mit ihren Eltern ist im

Übrigen ein Beleg dafür. Irgendwann wäre der Tag gekommen, wo sie uns alle ausgelacht und das Haus verlassen hätte, ohne sich noch einmal umzudrehen.«

»Das ist ganz schön heftig. Sind Sie überzeugt von dem, was Sie da gerade gesagt haben, oder ist das mehr eine Vermutung?«

»Überzeugt klingt so endgültig. Nein, überzeugt bin ich nicht, ich kann mich genauso gut irren. Wenn ich aber alle Erlebnisse und Fakten aus den vergangenen zehn Jahren zusammennehme, würde ich sagen, dass ich zu fünfzig Prozent überzeugt bin. Wirklich durchschaut habe ich sie eigentlich nicht, dazu hatte sie zu viele Mauern um sich gebaut.«

»Im Haus wurde eine ganze Apotheke sichergestellt, hauptsächlich Beruhigungsmittel. Wer hat die verschrieben?«

»Eine Ärztin.«

Durant erinnerte sich, wie Leslie gestern von einer Ärztin gesprochen hatte, was sich mit der Aussage von Alina Cornelius deckte. »Und wie heißt diese Ärztin?«

»Dr. Jürgens.«

»Und weiter? Wo hat sie ihre Praxis und …«

»In Eschersheim. Ich kann Ihnen die Adresse gerne geben.«

»Und kam Dr. Jürgens auch hin und wieder zu Frau Sittler nach Hause?«

»Etwa einmal alle zwei bis drei Monate. Aber wenn Corinna Medikamente brauchte, hat sie die telefonisch bestellt, und ich hab sie abgeholt.«

Durant atmete tief ein und ärgerte sich über die zähflüssige Unterhaltung. »Hat sie jemals davon gesprochen, dass sie noch bedroht wurde, nachdem sie überfallen wurde?«

»Nein. Sie hatte eine Geheimnummer, und solange ich zurückdenken kann, gab es nie einen Drohanruf. Auch mit der Post kam nie etwas Derartiges.«

»Aber offenbar hatte ihre Angst doch einen realen Hintergrund, sonst wäre sie nicht umgebracht worden.«

»Mag sein, dass sie mir bestimmte Dinge vorenthalten hat, obwohl ich das nicht glaube, denn hätte sie Anrufe oder entsprechende Post erhalten, hätte sie es mir erzählt.«

»Sicher?«, hakte Durant zweifelnd nach.

»Da können Sie Gift drauf nehmen. Wie ist sie eigentlich gestorben? Hat sie sehr leiden müssen?«

»Nach den ersten Erkenntnissen nicht. Über die Todesursache darf ich Ihnen leider keine näheren Informationen geben.«

»Verstehe.«

»Was ich aber nicht verstehe, ist, warum Sie bei ihr eine Stelle als Hausdame angenommen haben, obwohl Sie doch sicher leicht eine eigene Praxis hätten eröffnen können? Warum haben Sie Ihren Beruf aufgegeben?«

»So einfach, wie Sie denken, ist das auch nicht. Ich hatte erstens gar nicht das Geld, um mir eine eigene Praxis einzurichten, und bei Kollegen unterzukommen war damals unmöglich. Psychologen sind ziemlich eigenbrötlerisch. Aber das tut nichts zur Sache. In der Anzeige stand, dass eine Hausdame gesucht wird, psychologische Kenntnisse und Einfühlungsvermögen vorausgesetzt. Allein das Wort ›vorausgesetzt‹ machte mich neugierig. Ich war sechsundzwanzig und empfand das als eine Herausforderung. Und glauben Sie mir, es wurde zu einer. Andererseits habe ich eine Menge in der Zeit gelernt. Nun, die Lehrjahre oder Lernjahre sind vorüber, und das ist auch gut so. Vielleicht bleibe ich in Frankfurt, vielleicht gehe ich aber auch nach Lüneburg zurück. Mal sehen, wohin der Wind mich trägt.«

»Darf ich fragen, was Frau Sittler Ihnen monatlich gezahlt hat?«

Alina Cornelius lachte auf. »Auch das würden Sie so oder so rausfinden. Ich habe dreitausendfünfhundert Euro verdient, und dazu kam noch diese Wohnung und ein Auto, damit ich immer mobil war. So konnte ich jeden Monat ordentlich was auf die hohe Kante legen.«

»Das ist interessant. Hat sie mit Ihnen je darüber gesprochen, woher sie das viele Geld hatte?«

»Nein, das war ein Tabuthema. Ich habe sie einmal danach gefragt, aber sie hat nur ausweichend geantwortet. Sie hatte es eben, woher, das wissen nur die Götter und sie. Oder vielleicht auch Dr. Frantzen. Soweit ich weiß, verdient man als Partner in einer großen Anwaltskanzlei nicht gerade wenig.«

»Da mögen Sie recht haben. Aber um noch mal auf die Angst zurückzukommen: Wie sieht eigentlich so eine Konfrontationstherapie aus?«

»Im Fall von Corinna wäre es so gewesen, dass ich mit ihr rausgegangen wäre, erst vor das Haus, dann einmal um den Block herum und schließlich in die Stadt. Dort hätte ich sie allein gelassen, aber trotzdem immer im Blick, um zu sehen, wie sie auf entsprechende Situationen reagiert und ob und wie sie damit klarkommt. Bei Klaustrophobikern ist es genau umgekehrt, man fährt mit ihnen in der U-Bahn, nimmt den Aufzug und so weiter. Es ist eine der härtesten Therapieformen, aber gleichzeitig eine der effektivsten. Etwa achtzig Prozent der Betroffenen sind danach geheilt. Aber Corinna war keine klassische Agoraphobikerin, ohne dass ich dabei zu sehr ins Detail gehen möchte. Ich betone noch einmal, sie hat eine Riesenshow abgezogen. Zumindest die meiste Zeit.«

»Mag sein, aber das ändert nichts daran, dass sie jetzt tot ist. Passen Sie gut auf sich auf.«

Alina Cornelius begleitete Durant zur Tür, wo diese sich noch einmal umdrehte.

»Es gibt doch noch etwas, das mich interessiert. Wann und wie lange waren Sie am Freitag bei Frau Sittler?«

»Von etwa zehn bis fünf, kann auch halb sechs gewesen sein, aber das habe ich Ihnen doch vorhin schon gesagt.«

»Entschuldigung, war mir entfallen. Und wie oft verbrachten Sie die Nacht bei ihr?«

»Es kam drauf an. Warum?«

»Weil ich mir dachte, dass es vielleicht feste Zeiten gegeben haben könnte. Gab es die?«

»Nein, eigentlich nicht.« Sie zog die Stirn in Falten und sagte nach einigem Überlegen: »Seltsam, aber es gab zwei Tage in der Woche, wo sie mich nachts nie zu sich bestellt hat, und das war dienstags und freitags. Hat das etwa eine Bedeutung?«

»Schon möglich. Jetzt bin ich aber endgültig weg. Und wie gesagt, sollte Ihnen noch etwas einfallen, ich bin immer zu erreichen. Und bitte, falls Sie vorhaben, in der nächsten Zeit zu verreisen, lassen Sie mich das wissen.«

»Selbstverständlich, aber ich habe keine diesbezüglichen Pläne.«

Alina Cornelius wartete, bis Durant die Treppe hinuntergegangen und die Haustür ins Schloss gefallen war. Wieder in der Wohnung, setzte sie sich auf das Sofa, überlegte einen Augenblick, stand auf, zog sich einen Trenchcoat über und begab sich zu ihrem Auto, das sie in einer Seitenstraße geparkt hatte.

Montag, 12.35 Uhr

Der Anruf erreichte Durant, als sie auf dem Weg nach Mörfelden zu Corinna Sittlers Mutter war und dabei die ganze Zeit an Alina Cornelius denken musste, eine Frau, in die sich sogar eine Frau, die sonst nur auf Männer stand, verlieben konnte.

»Hi, bist du gerade unterwegs?«, fragte Andrea Sievers und riss Durant aus ihren Gedanken.

»Ja. Was gibt's?«

»Ich wollte dir nur schnell unser vorläufiges Ergebnis der Autopsie mitteilen. Passt es dir?«

»Immer zu.«

»Also, die Sittler wurde, wie ich schon heut Nacht sagte, durch eine sehr, sehr hohe Dosis Strychnin in die ewigen Jagdgründe befördert«, erklärte Sievers mit dem ihr eigenen Humor. »Ihr Körper weist allerdings keinerlei Kampf- oder Abwehrspuren auf, woraufhin wir sie auf entsprechende Betäubungsmittel untersucht haben. Dabei sind wir auf eine ebenfalls sehr hohe Dosis GHB gestoßen, das ihr mit dem Champagner verabreicht wurde, wie wir anhand der Untersuchung des Glases, aus dem sie getrunken hat, feststellen konnten. Die Schläge und die daraus resultierenden Hämatome müssen ihr zugefügt worden sein, als sie sich im komatösen Schlaf befand. Da hat jemand wirklich seiner Wut freien Lauf gelassen. Der Todeszeitpunkt liegt bei halb zwölf, plus/minus eine halbe Stunde. Noch Fragen?«

»Ich wusste gar nicht, dass sich auch nach dem Tod noch Hämatome bilden können?«

»Julia, du solltest beim nächsten Mal besser aufpassen, wenn du wieder bei uns bist, um dein Wissen aufzufrischen. Das hat ja nichts mit dem Blutfluss zu tun, der sofort stoppt, sobald das Herz aufhört zu schlagen, sondern mit den Körperstellen, die durch Gewalteinwirkung in Mitleidenschaft gezogen wurden. Da hat sich ja schon der berühmte Bluterguss gebildet. Aber zu was anderem. Die Sittler war körperlich in einwandfreiem Zustand.«

»Stopp! Keine Leberschäden oder …«

»Wie kommst du darauf?«

»Mir wurde berichtet, dass sie getrunken und Medikamente, vor allem aus der Reihe der Benzos, geschluckt haben soll, und zwar jahrelang von morgens bis abends.«

»Mag sein, doch ihre Leber war völlig intakt, ebenso das Pankreas. Und wir haben auch keine übermäßig hohe Alkoholkonzentration im Blut ausmachen können.«

»Ist das nicht ungewöhnlich?«, wollte Durant wissen.

»Nicht unbedingt. Manche Abhängige leben jahrzehntelang von Alkohol und Tabletten, ohne physische Schäden davonzutragen, bei andern schnellen die Leberwerte schon nach kurzer Zeit in astronomische Höhen. Sie scheint's vertragen zu haben, wenn es denn stimmt, was die andern dir erzählt haben.«

»Seltsam. Aber gut, ich nehm das mal so hin. Was ist mit Geschlechtsverkehr? Hatte sie welchen?«

»Ich nehm's an, doch ganz bestimmt nicht am Freitagabend. Mit Sicherheit hätte sie aber gerne welchen gehabt«, antwortete Andrea.

»Danke für die Info, wir telefonieren später noch mal, oder ich schau bei euch rein. Wie lange bist du in der Gruft?«

»Bis vier, maximal halb fünf.«

»Ich ruf vorher an. Untersucht doch bitte mal ihr Blut auf Benzos, irgendwie passt da was nicht.«

»Wenn du willst. Aber das Ergebnis kriegst du nicht mehr heute. Bis dann.«

Durant drückte auf Aus und passierte kurz darauf das Ortsschild von Mörfelden. Nach etwa zehn Minuten hatte sie die gesuchte Adresse gefunden. Sie stieg aus und trat auf die Haustür zu. Noch bevor sie die Klingel betätigte, ging die Tür auf, und eine kleine ältere Frau Mitte oder Ende sechzig kam mit einer Mülltüte heraus. Sie blieb stehen und tastete die Fremde mit misstrauischem Blick ab. Sie war ganz in Schwarz gekleidet, und ihre dunklen Augen wirkten müde. In ihre Gesichtszüge hatten die Jahre tiefe Furchen gegraben, vor allem auf der Stirn, um die Nase und den Mund.

»Ja, bitte, was kann ich für Sie tun?«, fragte sie mit dunkler, rauchiger Stimme.

»Durant, Mordkommission. Frau Sittler?«

»Oh. Meine Enkelin hat mir Ihr Kommen bereits angekündigt. Warten Sie, ich muss nur schnell den Müll entsorgen.«

Durant wartete, bis die Tonne wieder zugemacht wurde, und folgte Frau Sittler in die Doppelhaushälfte und das Wohnzimmer, wo ein großer Strauß bunter Blumen einen frischen Duft verbreitete. Noch bevor sie sich setzten, sagte Frau Sittler: »Darf ich Ihnen etwas anbieten? Einen Tee vielleicht?« Sie sah die Kommissarin mit einem bittenden Blick an, dem Durant nicht widersprechen wollte.

»Gerne, wenn es Ihnen nicht zu viel Mühe macht.«

»Nehmen Sie doch Platz, ich setz schon mal das Wasser auf«, sagte Frau Sittler und verschwand in der Küche.

Durant sah sich um. Es war ein einladendes und ungewöhnlich modern eingerichtetes Zimmer. Sie hatte in der Vergangenheit oft mit älteren Menschen zu tun gehabt, und meist spiegelte die Einrichtung auch das Alter der Bewohner wider. Ganz anders hier, helle Farben dominierten das Bild, auf dem großen Wohnzimmertisch stand eine große Vase mit frischen roten Rosen, ein breites und hohes Fenster gab den Blick auf den kleinen liebevoll gestalteten Garten frei. Auf einem Sideboard stand ein Foto ihres Mannes, in der rechten oberen Ecke des Rahmens ein Trauerflor, daneben befanden sich noch jeweils ein Foto ihrer Tochter und der Enkelin. Durant schaute sich das Foto von Corinna Sittler genauer an. Es zeigte eine noch junge Frau mit schulterlangen schwarzen Haaren und dunklen Augen, deren Lächeln etwas aufgesetzt wirkte, fast wie eingefroren. Ganz anders das Foto von Leslie, die einfach nur in die Kamera strahlte.

Nachdem sie sich lange genug umgesehen hatte, setzte sie sich in einen Sessel und wartete, bis Frau Sittler mit einem silbernen Tablett zurückkam, auf dem eine Kanne, zwei Tassen mit Goldrand und Schälchen mit braunem Zucker waren. Sie stellte es auf den Tisch, schenkte im Stehen ein und reichte die Tasse mit dem Unterteller Durant.

»Danke, sehr freundlich.«

»Moment, das Teegebäck fehlt noch«, sagte Frau Sittler, holte eine Schale mit Keksen und setzte sich dann. »Sie sind wegen des Todes meiner Tochter hier. Was kann ich für Sie tun?«

»Ich wollte Ihnen nur ein paar Fragen stellen.«

»Nur zu, fragen Sie.«

»Wann haben Sie Ihre Tochter zuletzt gesehen?«

»Das ist Jahre her. Meine Enkelin klingelte mich vergangene Nacht aus dem Bett und war bis heute Morgen hier, und wir haben sehr viel geredet. Auch über Dinge, über die wir bisher geschwiegen haben«, erklärte sie und nippte an ihrem Tee und stellte die Tasse zurück. »Leslie hat mir auch gesagt, dass sie Ihnen von dem Zerwürfnis zwischen unserer Tochter und uns berichtet hat.« Und nach einer kurzen Pause: »Sie werden wissen wollen, wie es dazu kam …«

»Nein, das hat mit den Ermittlungen nichts zu tun.«

»Lassen Sie es mich Ihnen trotzdem erzählen, vielleicht erhalten Sie dadurch ein besseres Bild von meiner Tochter. Es mag sein, dass ich Ihnen einige Sachen sage, die ein schlechtes Bild … Mein Gott, ich wiederhole mich, Bild, Bild, Bild. Nun, was ich sagen will, ist, dass es einige Dinge gibt, die wir alle falsch gemacht haben. Mein verstorbener Mann, ich und auch Corinna. Aber letztlich, und das müssen Sie mir glauben, war es Corinna, die sich von uns abgewandt hat. Sie wollte urplötzlich nichts mehr mit uns zu tun haben, als wären wir nicht mehr gut genug für sie. Sie wollte nur noch ihr eigenes Leben leben, selbst Leslie war ihr zu viel, ihre eigene Tochter. Das lag aber vielleicht auch daran, dass Corinna noch sehr jung war, als sie schwanger wurde. Sie wollte eigentlich abtreiben lassen, aber mein Mann und ich haben ihr zugeredet, dass sie es nicht tun soll, wir würden ihr in jeder nur erdenklichen Weise zur Seite stehen. Corinna hat nicht einmal ein Jahr verloren. Sie hat Leslie zur Welt gebracht und ist schon eine Woche nach der Geburt wieder zur Schule gegangen, um ihr Abitur zu machen. Wir haben uns um die Kleine gekümmert, wir haben sie eingekleidet, sie in den Kindergarten und zur Schule gebracht und … Aber ich will nicht jammern oder klagen. In der ersten Zeit lebte Corinna ja noch bei uns, auch wenn sie kaum zu Hause war, doch nach dem Studium begann sie bei der Staatsanwaltschaft in Darmstadt, nahm sich dort eine kleine Wohnung und fragte uns, ob wir Leslie bei uns behalten könnten. Natürlich taten wir das gern, sie ist schließlich unsere Enkelin und ein ganz liebes Mädchen. Aber Corinna«, Frau Sittler schüttelte den Kopf, und ein paar Tränen stahlen sich in ihre Augen, die sie mit einem Taschentuch abtupfte, »sie war praktisch von einem Tag auf den andern wie verwandelt. Sie meldete sich kaum noch bei uns, sie ging ihre eigenen Wege und hat uns an ihrem Leben in keinster Weise mehr teilhaben lassen. Aber da war zum Glück immer noch Leslie, die die ganze Zeit bei uns wohnte, bis vor einem Jahr. Und nun ist Corinna tot, ohne dass wir uns noch einmal aussprechen konnten. Das ist die Tragik im Leben, wenn einer stirbt und die andern Schuldgefühle haben.«

»Aber Sie haben sich doch nichts vorzuwerfen, wenn ich Sie recht verstanden habe.«

»Man sucht immer nach einem Fehler, den man begangen hat oder haben könnte. Wir haben ihr Studium finanziert, ihre Tochter von Geburt an großgezogen und ihr unter die Arme gegriffen, wo wir nur konnten. Corinna war kein schlechter Mensch, doch ich glaube, dass sie in schlechte Gesellschaft geraten ist.« Sie schüttelte den Kopf und verbesserte sich: »Nein, ich bin überzeugt davon. Irgendjemand hat einen solchen Einfluss auf sie gehabt, dass sie so anders wurde. Aber ich habe keine Beweise dafür, nur, warum sonst sollte sie sich so verändert haben?«

Frau Sittler sah Durant fragend an, tunkte einen Keks in den Tee und aß ihn.

»Sie litt unter Agoraphobie«, sagte Durant.

»Das weiß ich alles, aber auch dafür gibt es einen Grund. Leslie hat mir oft von Panikattacken erzählt und dieser Angst, in der Corinna lebte. Sie muss wirklich gelitten haben.«

Als Frau Sittler nicht weitersprach, fragte Durant: »Sie haben eben erwähnt, dass es einen Grund für die Krankheit Ihrer Tochter gegeben hat. Verraten Sie mir auch, welchen?«

»Den genauen kenne ich nicht, aber es muss nach einem Prozess gewesen sein. Ich weiß nicht, was da geschehen ist, doch eines Tages kam ein Anruf, und jemand hat gesagt, dass Corinna aufpassen soll, sie würde mit ihrem Leben spielen.« Frau Sittler senkte den Blick und schüttelte kaum merklich den Kopf.

»Wer war der Anrufer?«

»Er hat seinen Namen nicht genannt, er hat nur gesagt, dass wir Corinna das ausrichten sollen. Sie sei korrupt und würde ihre Stellung missbrauchen. Mein Mann und ich haben ihr davon berichtet, woraufhin sie nur mit den Schultern gezuckt und gesagt hat, solche Spinner gebe es nun mal, das bringe ihr Beruf eben so mit sich. Und außerdem sei sie nicht korrupt, das sei eine infame Unterstellung.«

»Erinnern Sie sich noch, wann dieser Anruf einging?«

»Das war im Februar 96. Kurz darauf hat sich der Anrufer noch einmal bei uns gemeldet und seine Drohung wiederholt und gesagt, er würde nur auf die passende Gelegenheit warten, um Corinna umzubringen. Er würde ihr die Kehle durchschneiden, damit sie nie wieder ihr Maul aufmachen kann.«

»So deutlich hat er sich ausgedrückt?«

»Ja, so deutlich. Mir ist der Schreck gehörig in die Glieder gefahren, das können Sie mir glauben.«

»Hat er auch Ihnen, Ihrem Mann und Ihrer Enkelin gedroht?«

»Nein, er hat sogar ausdrücklich gesagt, dass es ihm nur um Corinna gehe und wir keine Angst zu haben brauchten.«

»Wie oft hat er sich insgesamt bei Ihnen gemeldet?«

»Dreimal.«

»Haben Sie die Polizei eingeschaltet?«

»Nein, weil Corinna uns das untersagt hat. Sie hat gemeint, das sei allein ihre Angelegenheit, und wenn wir nicht bedroht würden … Nicht lange danach ist der Kontakt zu Corinna abgebrochen. Und kurz darauf war das mit dem Überfall, den sie nur knapp überlebte.«

»War der Anrufer Deutscher, oder hatte er einen fremdländischen Akzent?«

Frau Sittler machte ein ratloses Gesicht. »Er klang ganz normal, aber sehr erregt, auch wenn er versuchte ganz ruhig zu bleiben. Daran erinnere ich mich noch, als wäre es gestern gewesen. Und ein Ausländer war er bestimmt nicht.«

»Er hat Ihnen aber nicht verraten, warum er Ihre Tochter umbringen wollte?«

»Nein.«

»Und Sie haben auch nie mit Ihrer Enkelin über diese Vorfälle gesprochen?«

»Nein, auch das nicht. Schauen Sie, sie war noch jung, gerade mal fünfzehn Jahre alt, und sie mit so etwas zu belasten, nein, das wollten wir nicht. Sie hatte es so schon schwer genug.«

»Was meinen Sie damit?«

Frau Sittler seufzte auf und antwortete: »Leslie hatte keine Mutter. Das heißt, sie hatte schon eine, aber die hat sich einen feuchten Kehricht um sie geschert. Ich weiß nicht, was in meiner Tochter vorging, ich werde es auch nie begreifen, aber sie war so auf sich fixiert, dass alles um sie herum belanglos wurde. Sie hatte manchmal eine Art an sich, die … Wie soll ich es nur ausdrücken, aber sie konnte so herablassend sein, selbst uns gab sie oft das Gefühl, wir seien doch nichts gegen sie, die große Staatsanwältin. Dabei war mein Mann Oberstudienrat am Gymnasium, und ich selbst habe auch lange als Lehrerin gearbeitet, bis Leslie geboren wurde. Ich habe meinen Beruf aufgegeben, damit Corinna in Ruhe studieren konnte. Doch was sind schon Lehrer gegen eine Juristin?!«, fügte sie bitter hinzu.

»Aber Ihre Enkelin hatte doch regelmäßigen Kontakt zu ihrer Mutter.«

»Sicher, und das war auch gut so. Glauben Sie mir, ich hätte mir auch gewünscht, dass das Verhältnis zwischen Corinna und uns besser gewesen wäre. Es war ihr Beruf, der sie verändert hat.«

»Wie war sie als Kind?«, fragte Durant.

Frau Sittler ließ sich mit der Antwort Zeit und sagte schließlich: »Sie wollte immer ihren Kopf durchsetzen und im Mittelpunkt stehen. Vielleicht waren das schon die ersten Zeichen, die wir aber nicht gemerkt haben. Sie war schließlich unser einziges Kind. Der große Fehler war wohl, dass sie immer alles bekommen hat, was sie wollte. Mehr möchte ich dazu nicht sagen.«

»Gab es häufig Auseinandersetzungen zwischen Ihnen?«

»Ja, leider.«

»Und dieser endgültige Bruch zwischen Ihnen und Ihrer Tochter kam nach den Anrufen?«

Frau Sittler nickte. »Mein Mann und ich haben sie natürlich zur Rede gestellt und sie gefragt, ob sie etwas Unrechtes getan habe. Ein Wort gab das andere, Corinna wurde ziemlich ausfällig und ist gegangen und hat sich danach nie wieder bei uns gemeldet. Wir haben bei ihr angerufen, wir haben ihr geschrieben, wir sind sogar nach Darmstadt zur Staatsanwaltschaft gefahren, aber sie wollte nichts mehr mit uns zu tun haben. Dabei haben wir ihr nichts getan. Ich weiß nicht, was in ihrem Kopf vorging. Und dann kam das mit dem Überfall. Wir haben sie im Krankenhaus besucht, aber als sie nach ein paar Tagen aus dem Koma aufgewacht ist, hat sie uns gleich des Zimmers verwiesen. Das war das letzte Mal, dass wir sie gesehen haben. Vor zwei Monaten ist mein Mann gestorben, und ich denke, sie hätte sich wenigstens zu diesem Anlass einmal melden können, doch nichts dergleichen, kein Anruf, keine Karte, nichts.«

Durant ließ Frau Sittler, die Mühe hatte, die Fassung zu bewahren, etwas Zeit, sich zu fangen, bevor sie sagte: »Ihre Enkelin hat gestern etwas von einem unseligen Prozess erwähnt, über den

Sie ihrer Ansicht nach etwas wissen. Handelte es sich dabei um den Prozess, dem die Drohanrufe folgten?«

Frau Sittler zögerte mit der Antwort und sagte, ohne Durant dabei anzusehen: »Meine Enkelin glaubt, dass ich ihr etwas verheimliche, aber das stimmt nicht. Ich weiß überhaupt nichts über irgendwelche Prozesse, in denen meine Tochter die Anklage vertreten hat, weil Corinna nie über ihre Arbeit gesprochen hat.«

Durant beugte sich nach vorn und sagte: »Frau Sittler, Leslie würde doch nicht den Begriff ›unselig‹ verwenden.«

»Frau Durant, ich weiß nichts und habe Ihnen auch nichts mehr zu sagen. Es tut mir leid.« Von einer Sekunde zur andern wurde sie verschlossen wie eine Auster, die Haltung straff und ablehnend.

Durant wusste, es hatte keinen Sinn, weiter auf sie einzureden. Sie erhob sich und legte ihre Karte auf den Tisch. »Mir auch. Sollte Ihnen trotzdem noch etwas einfallen, was zur Aufklärung des Mordes dienlich sein könnte, rufen Sie mich an. Auch wenn Sie sich nichts mehr zu sagen hatten, sie war Ihre Tochter.«

»Ich habe alles gesagt. Wissen Sie, ich bin müde. Ich habe fast keine Tränen mehr, ich kann nicht einmal mehr trauern. Erst mein Mann, den ich fast zwei Jahre lang gepflegt habe, bis er endlich gehen durfte, und jetzt Corinna. Der einzige Mensch, der mich noch am Leben hält, ist Leslie. Wäre sie nicht, wäre ich auch schon nicht mehr hier. Aber noch braucht sie mich. Halten Sie mich bitte nicht für unhöflich, aber meine Kräfte gehen zur Neige. Darf ich Sie noch fragen, wie Corinna gestorben ist?«

»Das Ergebnis der gerichtsmedizinischen Untersuchung liegt uns noch nicht vor«, log Durant, doch sie merkte, dass Frau Sittler ihr das nicht abnahm.

»Warten Sie, ich begleite Sie zur Tür.«

»Nein, nicht nötig. Überlegen Sie es sich noch einmal, ob Sie mir nicht doch Informationen geben können, die …«

»Es gibt nichts mehr zu überlegen, es ist alles gesagt. Auf Wiedersehen.«

»Wiedersehen.«

Durant ging zum Auto und spürte den Blick von Frau Sittler in ihrem Rücken. Sie hatte inständig gehofft, mehr zu erfahren, doch die Frau mit dem vollen grauen Haar, den gepflegten Händen und den trüben braunen Augen hatte mit ihrem Leben abgeschlossen. Außer ihrer Enkelin Leslie gab es nichts mehr, für das es sich zu leben lohnte.

Auf der Fahrt zurück nach Frankfurt dachte Durant über die vergangenen Stunden nach und wusste, dass dieser Fall ihr noch viel Kopfzerbrechen bereiten würde. Sie drehte die Lautstärke ihres Radios hoch, als FFH ihren derzeitigen Lieblingshit »Dieser Weg« von Xavier Naidoo spielte. Dieser Weg wird kein leichter sein, dieser Weg wird steinig und schwer. Nein, dachte sie, dieser Weg wird für alle kein leichter sein.

Montag, 15.45 Uhr _____

Julia Durant hatte an einem Café haltgemacht und sich ein Stück Käsekuchen und ein Kännchen Kaffee bestellt. Sie war müde und schon jetzt erschöpft und hoffte, durch das Essen und Trinken wieder etwas mehr Elan zu bekommen und aufnahmebereiter zu sein.

Sie wählte die Nummer von Andrea Sievers, um ihr mitzuteilen, dass sie nicht mehr in die Rechtsmedizin kommen werde, sie habe noch etliches anderes zu erledigen. Statt Andrea meldete sich Prof. Bock.

»Tut mir leid, aber Dr. Sievers ist unterwegs. Versuchen Sie es am besten auf ihrem Handy.«

»Nein, ich wollte nur Bescheid geben, dass ich heute nicht mehr vorbeikomme. Schönen Abend noch.«

»Gleichfalls«, sagte Bock und legte auf.

Sie erreichte das Präsidium um kurz vor vier. Berger hatte einen Stapel Papier auf seinem Schreibtisch liegen, dazu eine Menge Fotos, während Kullmer und Seidel telefonierten.

»Hektische Betriebsamkeit?«, fragte Durant und hängte ihre Tasche über den Stuhl.

»Kann man so sagen. Alles Ausdrucke aus den Computern der Verblichenen. Wollen Sie das übernehmen?«

»Nein, danke, ich hab genug zu tun. Was ist mit Verstärkung?«

»Noch keine Kapazitäten frei, Sie wissen ja, das vermisste Mädchen. Morgen kriegen wir aber zwei Leute zur Seite gestellt. Was haben Ihre Befragungen ergeben?«

Sie setzte sich und schlug die Beine übereinander. »Schwierig zu beurteilen. Die Sittler war alles andere als umgänglich, so viel hab ich rausgekriegt. Sowohl ihre Hausdame, eine sehr interessante Frau, zu der ich gleich noch mehr erzähle, als auch ihre Mutter stellten sie nicht gerade in einem guten Licht dar. Aber ich möchte, dass auch Peter und Doris dabei sind. Es gibt da einiges, das alle wissen sollten. Und was haben Sie rausgefunden?«

Berger lehnte sich zurück, streckte sich und verschränkte die Arme hinter dem Kopf. Der alte Fuchs sah Durant an und meinte: »Sie war seit 1988 als Staatsanwältin in Darmstadt tätig. Anfangs hat sie Jugendstrafsachen bearbeitet, aber dann begann ihr steiler Aufstieg. Nach zwei Jahren schon wurde sie in größeren Strafverfahren eingesetzt, wobei mir noch die entsprechenden Akten fehlen. Es war überhaupt ein ziemlicher Kampf, etwas über die Dame zu erfahren, denn ihre ehemaligen Kollegen zeigen sich nicht gerade auskunftsfreudig.«

Durant beugte sich nach vorn und sagte: »Hier geht es um Mord, und wir müssen die Hintergründe kennen. Dazu zählt auch die Vita und da besonders ihr beruflicher Werdegang. Mit wem haben Sie gesprochen?«

»Unter anderem mit einem Dr. Meyerhans, falls Ihnen der Name etwas sagt.«

»Nein, nie gehört.«

»Er ist seit über dreißig Jahren bei dem Verein, Oberstaatsanwalt und mit allen Wassern gewaschen. Er hat mir knallhart zu verstehen gegeben, dass wir wie alle andern auch den ganz offiziellen Dienstweg …«

»Augenblick«, echauffierte sich Durant, »heißt das etwa, mit all dem Papierkram und so weiter?«

»Genau das. Und wenn Sie mich fragen, wollen die etwas vertuschen beziehungsweise wollen nicht, dass wir etwas erfahren, was wir besser nicht wissen sollten. So viel dazu. Außerdem hat er gesagt, dass Auskünfte nur der hiesigen Staatsanwaltschaft erteilt werden.«

Durant hob die Hand und sagte: »Moment, damit ich das richtig kapier. Die weigern sich, uns bei der Aufklärung des Mordes an einer ehemaligen Kollegin zu helfen?«

»Na ja, weigern direkt nicht, aber es kann dauern, bis wir mehr über die Sittler in Erfahrung bringen, speziell, was ihren beruflichen Werdegang angeht«, war die knappe Antwort, bei der Berger auf eine seltsame Weise schmunzelte.

»Da stinkt was gewaltig. Wer von unseren Staatsanwälten hat sich denn bis jetzt gemeldet?«

»Vollmer. Er lässt uns allerdings vorläufig freie Hand. Ich habe ihm gegenüber auch so getan, als würde es sich um einen ganz normalen Mordfall handeln, mit einem vermutlich sexuellen Hintergrund. Er hat die mir bisher vorliegenden Unterlagen in Kopie erhalten, und bis jetzt hat er sich nicht wieder gemeldet. Er ist eben nicht mehr der Jüngste und … Na ja, Sie kennen Vollmer«, sagte Berger mit wieder diesem Schmunzeln.

Durant sah ihn mit leicht geneigtem Kopf an und meinte: »Aber wenn ich Sie so ansehe, haben Sie noch was in der Hinterhand, oder?«

»Frau Durant, ich bin seit fast fünfunddreißig Jahren Bulle. Es hat mich zwar ein paar Telefonate und einiges an Überredungskunst gekostet, aber dann hatte ich zumindest ein paar Informationen beisammen. Wollen Sie sie hören?«

»Raus damit.«

»Pfeifen Sie doch erst mal Ihre Kollegen herbei.«

Durant erhob sich, ging in das Nachbarbüro und gab Kullmer und Seidel ein Zeichen, zu ihr und Berger zu kommen. Kullmer hatte bereits den Hörer aufgelegt, Seidel verabschiedete sich gerade von ihrem Gesprächspartner.

»Was gibt's?«

»Rüber zum Chef, Besprechung.«

Nachdem alle versammelt waren, sagte Berger: »Bevor ich beginne, möchte ich gerne etwas von Ihnen hören. Wer fängt an?«

Kullmer begann. »Wir waren bei diesem Frantzen in der Kanzlei. Er war aber leider nicht zu sprechen, weil er erst morgen aus Lyon wiederkommt. Allerdings hat uns seine Sekretärin ein paar Fragen beantwortet, die jedoch nicht weiter von Belang sein dürften. Die Sittler war seit Juni '96 für die Kanzlei tätig. Dass sie vorher die Gegenseite vertreten hat, war der jungen Dame unbekannt. Sie hat die Sittler nie zu Gesicht bekommen. Aber an dem goldenen Kanzleischild steht in großen Lettern ›Anwaltskanzlei Frantzen und Partner‹. Laut der Sekretärin war sie eine von vier Partnern. Über ihre genaue Tätigkeit konnte sie uns aber keine Auskunft geben. Wir haben noch versucht mit ein paar andern Anwälten, die dort durch die Flure huschen, zu sprechen, doch keiner von denen konnte uns nähere Angaben zu ihrer Person machen.«

»Konnte oder wollte keiner Angaben machen?«, hakte Durant nach.

Kullmer steckte sich einen Kaugummi in den Mund und meinte: »Ich denke, einige konnten nicht, andere wollten nicht. Warum auch immer. Das ist auch ein Riesenladen. Auf jeden Fall scheint das eine Frau voller Rätsel und Geheimnisse gewesen zu sein. Kurz bevor wir gegangen sind, hat die Sekretärin uns zugeflüstert, dass die Sittler für sie wie ein Phantom gewesen ist.«

»Inwiefern?«

»Das haben wir sie auch gefragt, aber sie hat uns keine Antwort darauf gegeben. Mir kam es vor, als hätte sie Angst.«

»Vor was oder vor wem?«, wollte Durant wissen.

»Keinen Schimmer«, antwortete Kullmer und sah seine Kollegin und Lebensgefährtin Doris Seidel an. »Vielleicht vor ihrem Chef?«

»Es ist so, wie Peter sagt. Frantzen ist morgen ab elf in der Kanzlei, dort wird er uns Rede und Antwort stehen müssen. Andererseits habe ich mir Gedanken gemacht, ob dieser Fall wirklich so brisant ist, oder ob wir's nicht doch mit einem ganz normalen Verbrechen zu tun haben, wenn ihr versteht. Die Sittler hat Besuch erwartet und wurde umgebracht. Hat's schon öfter gegeben.«

»Nein, da steckt viel mehr dahinter«, widersprach Durant. »Der Mord war lange geplant, aber das habe ich heute Vormittag doch schon alles dargelegt. Die Sittler war kein Unschuldslamm, die hatte meiner Meinung nach sogar eine Menge auf dem Kerbholz. Ist aber nur ein Gefühl. Ich will gleich noch mal mit ihrer Tochter sprechen, denn ich glaube, dass sie mir längst nicht alles über ihre Mutter gesagt hat.«

Im Folgenden berichtete Durant über ihr Gespräch mit Alina Cornelius, wobei sie ein paar Details ausließ, und als sie geendet hatte, sagte Berger: »Diese Frau Cornelius ist also Psychologin. Und sie hat zehn Jahre lang für die Sittler gearbeitet, hat den Haushalt geführt und …«

»Richtig. So ganz kapier ich das auch nicht. Ihr hättet sie sehen müssen, todschick gekleidet, sehr hübsch, attraktiv und natürlich gebildet. Jetzt kommt aber der Hammer. Die Sittler hat die Cornelius des Öfteren abends und nachts zu sich bestellt, und dabei kam es auch zu sexuellen Handlungen. Die Cornelius versicherte mir, dass sie eigentlich hetero ist, aber wenn ich mit jemandem nicht intim sein will, dann bin ich es auch nicht, es sei denn, mir gefällt es. Auf meine Frage, ob die Sittler auch Männerbekanntschaften hatte, antwortete sie mit einem kategorischen Nein. Da hege ich jedoch meine Zweifel, denn die Cornelius sagt, dass es zwei Abende in der Woche gab, in denen sie nie zu ihrer Chefin gerufen wurde, nämlich dienstags und freitags. Und wie wir wissen, wurde die Sittler an einem Freitag umgebracht.«

Kullmer machte die Beine lang und sagte: »Wenn ich das richtig verstanden habe, gibt es außer der Toten nur zwei Personen, die einen Schlüssel zum Haus haben, die Tochter und die Cornelius. Was, wenn es doch eine von beiden war? Ich meine, das Alibi der Cornelius scheint ja ganz gut zu sein, es würde sogar mit der Aussage übereinstimmen, dass sie nie an einem Freitag bei der Sittler war. Aber was, wenn genau das gelogen ist? Sie kennt sich im Haus besser aus als irgendjemand sonst. Vielleicht ist ihre ganze Geschichte von vorn bis hinten erfunden?«

»Ich werde es überprüfen, aber ich glaube nicht an die Cornelius als Mörderin. Welches Motiv sollte sie denn haben, die Hand, die sie füttert, umzubringen? Ich sehe keins. Dazu kommt, dass sie auf meine Fragen sehr sicher und gezielt geantwortet hat, doch nicht so, dass es einstudiert klang. Übrigens hat sie mir das mit der Psychologin erst erzählt, als ich eigentlich schon am Gehen war. So quasi en passant. Daraufhin habe ich ihr noch ein paar Fragen gestellt. Glaubt mir, die Cornelius war's nicht. Ich werde sie aber gerne noch mal unter die Lupe nehmen.«

»Und die Tochter?«, fragte Seidel.

»Nein, die war völlig durch den Wind, als ich ankam. Die hat geheult, wohl weniger, weil ihre Mutter tot war, sondern weil sie wahrscheinlich noch nie eine Leiche gesehen hat. Ich kann mich aber auch in ihr täuschen, ich hab sie ja nur einmal gesehen und gesprochen. Es ist zu früh, ein Urteil abzugeben. Und jetzt sind Sie dran, Chef«, sagte Durant.

Berger räusperte sich, legte die Arme auf den Tisch und faltete die Hände. »Wie ich Frau Durant gegenüber bereits erwähnte, habe ich einige Telefonate geführt und dabei erfahren, dass die Sittler eine steile Karriere hingelegt hat. Das habe ich aber auch nur rausgekriegt, weil ich die entsprechenden Fragen gestellt habe.«

Als er nicht weitersprach, sagte Durant neugierig und ungeduldig: »Und weiter?«

»Nichts weiter. Wir stehen vor einem riesigen Problem, denn mein letzter Gesprächspartner hielt sich äußerst bedeckt. Details wollte er überhaupt nicht nennen. Angeblich weiß er nichts Genaues über Prozessverläufe und wie gewisse Verhandlungen geführt wurden. Und was er weiß, weiß er angeblich auch nur vom Hörensagen, weil etliche Prozesse unter Ausschluss der Öffentlichkeit stattfanden. Er war ziemlich nervös und schien auch irgendwie Angst zu haben. Ich habe ihm angeboten, sich mit mir zu treffen, und ihm meine Telefonnummern gegeben, auch wenn ich wenig Hoffnung habe, dass er sich bei mir meldet. Für uns gilt es jedenfalls, herauszufinden, was die Sittler so getrieben hat.«

Für einige Sekunden herrschte Schweigen, bis Kullmer ungewohnt emotional reagierte und erregt hervorstieß: »Das kann doch nicht sein! Hier geht es um Mord, was um alles in der Welt soll hier vertuscht werden?«

Berger hob beschwichtigend die Hand. »Die Staatsanwaltschaft ist nicht verpflichtet, uns Unterlagen herauszugeben. Sie wissen doch, wie das läuft, wenn die was von uns wollen, müssen wir immer springen, andersrum läuft's nicht, die stehen nun mal über uns. Allerdings frage ich mich auch, warum die so unzugänglich sind. Aber ich denke, wir werden einen Weg finden, an die entsprechenden Akten zu gelangen. Frau Durant, Sie kennen doch Gott und die Welt«, sagte er wieder mit diesem Gesichtsausdruck, den sie nicht so recht zu deuten wusste.

»Ich kenne leider weder Gott noch die Welt«, entgegnete sie, ohne Berger aus den Augen zu lassen. »Auch wenn mein Papa Pfarrer ist. Und rumgekommen bin ich auch noch nicht so viel.«

Berger wollte gerade ansetzen, etwas zu entgegnen, als sein Handy klingelte. Er holte es aus seiner Hemdtasche, keine Nummer auf dem Display. Er meldete sich mit einem knappen »Ja«.

»Sie haben mich vorhin angerufen und nach der Sittler gefragt. Tut mir leid, wenn ich so kurz angebunden war, aber bei uns haben die Wände Ohren und vielleicht auch die Telefone. Deshalb rufe ich von einer Telefonzelle aus an. Ich würde mich gerne mit Ihnen treffen, allerdings unter der Voraussetzung, dass keiner Ihrer Mitarbeiter meinen Namen erfährt. Sagen wir heute Abend um neun?«

»Sie haben mein Wort. Und ja, gerne. Wo?«

»Kommen Sie ins Guantanamera, Teichhausstraße 53 in Darmstadt. Ich habe einen Tisch reserviert. Bis nachher.«

Der Anrufer legte auf, ohne eine Entgegnung von Berger abzuwarten. Dieser steckte das Handy wieder ein und sagte, nachdem er sich den Treffpunkt notiert hatte: »Ich habe heute Abend eine Verabredung in Darmstadt. Der Herr, mit dem ich vorhin gesprochen habe. Ich schätze, er hat mir einiges zu berichten, aber er scheint auch eine Menge Angst zu haben, sonst wäre er nicht so extrem vorsichtig.«

»Kennen wir ihn?«, wollte Kullmer wissen.

»Er hat mich gebeten, seinen Namen nicht zu nennen. Er ist Staatsanwalt und steht kurz vor seiner Pensionierung. Hat's nie bis nach oben geschafft.«

»Will heißen?«

»Er wurde nie Oberstaatsanwalt, obwohl er ganz sicher zu den Besten seines Fachs gehört.«

»Und woher kennen Sie ihn?«

»Lange Geschichte, unwichtig. Ich werde sehen, was er mir zu sagen hat, und Sie das morgen wissen lassen. Ach ja, unsere

Kollegen von der Spusi haben diese ganzen Ausdrucke gemacht. Darunter befindet sich auch das schon heute Morgen erwähnte Adressbuch. Auch wurden die letzten ein- und ausgehenden Telefonate sowohl vom Festnetz als auch vom Mobiltelefon angefordert, sie müssten eigentlich längst hier sein. Aber Sie können sich ja schon mal über das Adressbuch hermachen. Sind nur etwa achtzig Seiten.«

Durant kniff die Augen zusammen und sagte: »Achtzig Seiten? Zeigen Sie mal her!«

Berger schob die Blätter über den Tisch und wartete gespannt auf die Reaktion von Durant.

»Mein Gott, das ist ja der blanke Wahnsinn! Die Frau hat isoliert gelebt, aber hier sind vor allem Telefonnummern von mindestens … Moment … sieben- bis achthundert Personen. Das wird alles immer rätselhafter.«

»Stimmt«, sagte Berger. »Allerdings können wir davon ausgehen, dass die überwiegende Zahl der Adressen und Telefonnummern veraltet ist. Aber ich habe noch eine kleine Überraschung für Sie zum Schluss. Unsere tollen Kollegen haben die zuletzt gewählten Nummern aufgeschrieben. Und nun kommt's. Eine der letzten Nummern, die die Sittler am Freitag gewählt hat, gehört zu einem sogenannten Escort-Service, und was das bedeutet, brauche ich Ihnen ja wohl nicht zu sagen. Die Nummer ist übrigens auch in der Liste vermerkt. Die Adresse habe ich ebenfalls, ist in der Königsteiner Straße. Frau Durant, wollen Sie sich dort vielleicht mal umhören?«

»Königsteiner Straße?«, fragte sie mit vielsagendem Lächeln. »Könnte es sein, dass ich dort eine gute alte Bekannte antreffe?«

»Schon möglich. Frau Simonek wird über Ihr Erscheinen sicher sehr erfreut sein. Sie ist bis mindestens zweiundzwanzig Uhr im Haus, manchmal auch länger«, sagte Berger ohne eine Miene zu verziehen.

»Das unterstreicht also meine These, dass sie sich Männer ins

Haus geholt hat, und ich gehe stark davon aus, dass es jeweils dienstags und freitags war.«

»Es können auch Frauen gewesen sein. Nach Ihren bisherigen Schilderungen die Person Sittler betreffend müssen wir davon ausgehen, dass sie das Haus nicht verlassen hat und sich Gesellschaft bestellt hat. Um welches Geschlecht es sich dabei handelte, werden Sie herausfinden.«

»Sie war bi, da bin ich sicher. Die Cornelius war fürs Lesbische zuständig, das andere hat sie sich von Männern besorgen lassen. Ich werde Frau Simonek mal einen netten Besuch abstatten. Aber vorher mach ich noch einen Abstecher zu der Tochter. Peter und Doris, tut mir leid, aber die Liste dürft ihr euch vornehmen. Ich bin weg.«

Sie stand auf und war bereits an der Tür, als Bergers Stimme sie zurückhielt. »Ich sag's nur ungern, aber ich fürchte, dass wir es mit einem sehr diffizilen Fall zu tun haben. Wir müssen Geduld haben und sehr vorsichtig sein, ich möchte nämlich nicht, dass wir in ein Wespennest stechen, so was kann tödlich enden. Ist nur ein Rat von mir.«

Durant erwiderte spöttisch: »Ich bin immer vorsichtig, nur das mit der Geduld, Sie wissen, die hat bei mir ihre Grenzen. Ciao und schönen Abend noch, vor allem Ihnen.«

»Warten Sie«, sagte Berger, »ich habe das ernst gemeint. Meine innere Stimme flüstert mir die ganze Zeit über zu, dass hinter diesem Mord weit mehr steckt als nur eines der üblichen Motive.«

»Ich hab's gespeichert. Und im Übrigen bin ich der gleichen Auffassung wie Sie.«

Sie nahm den Aufzug und fuhr zu Leslie-Joan Sittler, in der Hoffnung, sie auch anzutreffen. Von unterwegs rief sie Andrea Sievers an und erreichte sie tatsächlich in der Rechtsmedizin.

»Ich hab vorhin schon mal angerufen«, sagte Durant nach der Begrüßung.

»Ich weiß, Bock hat's mir ausgerichtet, aber ich musste rüber in die Uni und was abklären. Was gibt's?«

»Nichts weiter. Bist du in Eile?«

»Ich will nur noch nach Hause und meine Ruhe haben. Zwei Stunden Schlaf sind definitiv zu wenig. Nicht sauer sein, ich bin einfach erschlagen.«

»Hast du noch Bereitschaft?«

»Leider, wir sind im Moment total unterbesetzt. Und du?«

»Zum Glück nicht mehr, Peter und Doris sind dran. Bleibt's bei Freitag?«

»Klar. Wir köpfen eine Flasche Rotwein und quatschen die ganze Nacht durch.«

»Einverstanden. Und jetzt hau ab und küss die Federn.«

»Und wann machst du Feierabend?«

»Keine Ahnung. Wird wahrscheinlich spät werden. Bis dann.«

Sie drückte auf Aus und erreichte kurz darauf ihr Ziel. Sie musste lange nach einem Parkplatz suchen, bis sie nach schier endloser Zeit einen in einer kleinen Seitenstraße fand. Es war ein warmer und sehr sonniger Tag geworden, die Temperatur betrug immer noch zweiundzwanzig Grad. Viele Menschen liefen bereits in luftiger Sommerkleidung durch die Straßen und genossen den ersten Hauch des Frühlings, denn schon für die kommenden Tage war wieder kühleres Schauerwetter angesagt worden. Es war eben April.

Montag, 16.30 Uhr _____

Wie fühlst du dich heute?«, fragte Silke eine der Anwesenden und sah sie von der Seite an.

»Gut. Das heißt, es geht so. Das Wetter ist schön, und ich sollte eigentlich glücklich sein«, antwortete Anna, den Blick zu Boden gerichtet, die Hände gefaltet und zusammengepresst.

106

»Und warum bist du es nicht?«

»Kann ich nicht sagen. Ich seh die andern da draußen und denke mir, die sind alle so unbeschwert und glücklich. Ich bin es nicht, ich glaube, ich kann es nie mehr sein.«

»Was ist mit Alkohol?«

»Nichts.«

»Was heißt nichts? Hast du heute getrunken?«

»Und wenn?«

»Dadurch löst du keine Probleme«, sagte sie und sah in die Runde, sah die andern zwölf Gesichter, die alle nur zustimmend nickten. »Ihr seid hier, weil ihr alle etwas gemeinsam habt – ihr seid nicht nur Opfer von Gewalt, sondern auch Opfer eines korrupten Justizsystems. Doch ihr dürft niemals vergessen, dass ihr das System zwar nicht ändern, aber euer Leben wieder in den Griff bekommen könnt. Was immer euch auch angetan wurde, die Zeit lässt sich nicht zurückdrehen. Wer von euch ist davon überzeugt, dass sich die Vergangenheit bewältigen lässt? Hand hoch.«

Sechs Hände gingen nach oben.

»Warum glaubst du an eine bessere Zukunft für dich?«, fragte sie eine bildhübsche junge Frau mit langen blonden Haaren, die sie hinten zu einem Pferdeschwanz zusammengebunden hatte, mit wunderschön geschwungenen Lippen und tiefgrünen Augen, die jedoch seltsam glanzlos und leer wirkten. Sie war direkt vom Büro hergekommen und trug eine weiße Bluse und einen in verschiedenen Brauntönen karierten Rock, der, wenn sie stand, etwas oberhalb des Knies endete, doch jetzt im Sitzen war mehr als die Hälfte der Oberschenkel zu sehen. Sie war schlank, hatte eine gute Figur, schmale Hände mit grazilen Fingern, deren Nägel in dezentem Rosa lackiert waren.

»Weil es so nicht weitergehen kann. Wenn ich mir vorstelle, für den Rest meines Lebens so rumzuhängen, dann möchte ich lieber tot sein.«

»Martina, du hängst nicht rum. Du hast einen guten Beruf, du bist jung und erfolgreich, verdienst mehr Geld als die meisten von uns und bist trotzdem nicht glücklich. Wir alle kennen den Grund, und du hast das Glück, hier bei uns zu sein, wo sich jeder zumindest einigermaßen in deine Lage versetzen kann. Wirst du es schaffen?«

»Ja.«

»Sag es lauter.«

»Ja!«

»Schrei ganz laut ›Ich werde es schaffen, wieder glücklich zu sein und die Vergangenheit hinter mir zu lassen‹.«

Martina strich sich eine blonde Strähne aus der Stirn, schwitzte und schrie mit einem Mal mit schriller Stimme: »Ich kann das nicht! Wie soll ich vergessen, was dieses Schwein mir angetan hat?! Ich werde nie wieder mit einem Mann zusammen sein können! Es geht nicht! Es geht einfach nicht!!« Sie schluchzte und wurde von einem Weinkrampf durchgeschüttelt, bis Silke aufstand, ihren Arm um sie legte und beruhigend auf sie einredete.

»Es wird alles gut, glaub mir. Was du durchlitten hast, ist schrecklich und durch nichts zu entschuldigen. Aber denk immer daran, was wir in den letzten Monaten hier besprochen haben – es gibt viele Menschen, die ein noch schlimmeres Schicksal erlitten haben oder in diesem Moment erleiden, aber diese andern Menschen sind nicht bei uns. Wir, deine Gruppe, sind es, die zusammen sind und uns gegenseitig helfen. Wir alle wollen nur den Teufel Vergangenheit aus unserm Leben verbannen. Martina, ich bin jederzeit für dich da, das weißt du, und wenn es dir schlecht geht, kannst du mich Tag und Nacht anrufen.«

Martina hatte sich ein Taschentuch genommen, wischte sich die Tränen vom Gesicht und putzte sich fast geräuschlos die Nase. Ihre Augen waren gerötet, genau wie ihre Nasenspitze. Die Hände zitterten, die Beine hielt sie eng geschlossen.

»Es tut so weh, es tut so unendlich weh«, sagte sie leise, wobei sie immer wieder schluchzte. »Ich werde niemals wieder ein normales Leben führen können. Es ist sinnlos. Nein, ich bin nicht davon überzeugt, dass sich die Vergangenheit bewältigen lässt. Ich habe gelogen.«

»Das ist nicht schlimm, wir alle lügen hin und wieder, allein, um uns zu schützen. Ich werde dir jetzt eine Frage stellen, und ich bitte dich, genau zu überlegen, bevor du antwortest: Würde es dir leichter fallen, wieder in ein normales Leben zurückzufinden, wenn dein Peiniger eine gerechte Strafe erhalten würde?«

Martina sah ihr Gegenüber an und zuckte mit den Schultern. Nach einer Weile sagte sie: »Ich weiß es nicht. Was er mir angetan hat, kann keine Strafe der Welt wiedergutmachen. Außerdem, was ist schon eine gerechte Strafe?«

»Zum Beispiel, wenn er tot wäre?«

Schulterzucken.

»Wäre es eine Genugtuung?«

»Hör auf, es bringt doch nichts. Es hat keinen Sinn, überhaupt nichts hat mehr einen Sinn. Ich komme schon klar. Ich bin ja auch bisher damit klargekommen.«

»Du bist jetzt zum achten Mal hier, die andern kommen schon seit Monaten, Anna und Nathalie sogar seit drei Jahren. Ich möchte dich bitten, im Anschluss noch einen Moment zu bleiben, damit wir uns in Ruhe unterhalten können. Du hast doch Zeit?«

»Hm.«

»Gut.«

Sie setzten die Sitzung noch eine Stunde fort, und wie jeden Montag und Donnerstag blieb die Gruppe aus mittlerweile zwölf Frauen bis achtzehn Uhr zusammen. Und wie bei jedem dieser Treffen hatte Silke auch diesmal ein Band mitlaufen lassen, von dem die Teilnehmerinnen nichts wussten. Sie würde es sich noch einmal anhören und entsprechende Notizen machen. Sie wusste, es gab mindestens drei Frauen, die akut suizidgefährdet waren, zwei von ihnen hatten sogar schon einmal versucht sich das Leben zu nehmen, weil sie mit ebendiesem Leben nicht mehr zurechtkamen.

Alle waren gegangen, nur Martina blieb noch, wie Silke sie gebeten hatte. Sie gingen ins Büro, einen großen hellen Raum, der gemütlich eingerichtet war.

»Ich weiß, dass es für dich erst der Anfang ist«, sagte Silke, nachdem Martina Platz genommen hatte. »Aber denk dran, für keinen war es ein leichter Schritt, sich den andern gegenüber zu öffnen. Und glaub mir, es war kein Zufall, dass du bei uns gelandet bist. Es gibt nämlich keine Zufälle, nur Fügungen. Ich gebe dir ein Antidepressivum mit. Davon nimmst du jeweils morgens und abends eine Tablette. Die Wirkung tritt aber erst nach etwa zehn bis zwölf Tagen ein. Danach wirst du dich viel freier fühlen. Einverstanden?«

»Ich bin nicht depressiv«, wehrte Martina ab, doch es klang nicht sehr überzeugend.

»Doch, du musst es dir nur eingestehen. Du weist alle klassischen Symptome einer Depression auf, Angst- und Panikattacken, typische körperliche Beschwerden, die aber eine psychische Ursache haben. Bei unserm ersten Gespräch hast du mir anvertraut, dass du unter Angstzuständen leidest, dass du nicht allein sein kannst und möchtest, weshalb du auch wieder bei deinen Eltern wohnst. Ich werde dir helfen, wo ich nur kann, die Voraussetzung ist jedoch, dass du mitarbeitest. Ich muss mich darauf verlassen können, sonst hat das alles keinen Sinn.«

»Ich werd's versuchen«, entgegnete Martina, doch der Ton verriet, dass es ein langer und steiniger Weg werden würde, bis Martina wieder in ein einigermaßen normales Lebens zurückfand. Aber sie würde es schaffen, das spürte sie, denn Martina gehörte nicht zu jenen, die aufgaben, das hatte Silke schon beim ersten persönlichen Treffen erkannt. Martina war eine Kämpfernatur, auch wenn sie noch unter einem schrecklichen Trauma litt.

»Hast du morgen einen Termin frei?«, fragte Martina mit einem Mal.

»Wann möchtest du kommen?«

»Wie heute.«

Sie blätterte in ihrem Terminkalender und sagte: »Geht es auch etwas früher? So gegen halb vier? Ich hab um fünf wieder einen Termin.«

Martina nickte. »Hm. Ich muss dir noch etwas ganz Wichtiges erzählen.«

»Was? Ich habe auch jetzt Zeit, wenn du möchtest«, sagte Silke, zog sich einen Stuhl heran und setzte sich Martina direkt gegenüber.

Martina nickte. Sie hatte Tränen in den Augen, als sie stockend berichtete. »Er hat mich nicht nur vergewaltigt und geschlagen, er hat auch etwas anderes gemacht. Es war kurz vor Weihnachten, und er war mal wieder zugekokst und hatte dazu noch getrunken und hat mich stundenlang vergewaltigt und dabei andauernd so teuflisch gelacht. Ich werde dieses Lachen nie vergessen, es ist immer da. Ich habe gedacht, ich würde diesen Abend und diese Nacht nicht überleben, vor allem, als er das Gewehr aus dem Schrank holte und auf meinen Kopf zielte. Es war so ein Gewehr mit einem breiten Lauf, das er mir unten reingeschoben hat. Er hat so kräftig zugestoßen, dass ich vor Schmerzen nicht mehr klar denken konnte. Ich wollte nur noch bewusstlos werden, aber ich wurde nicht bewusstlos. Ich weiß nur, dass ich solche wahnsinnigen Schmerzen hatte, es war so unerträglich, auch weil ich dachte, gleich drückt er ab. Er hat ein paarmal gefragt, ob das nicht ein geiles Gefühl ist, so ein Rohr in der Fotze zu haben, jedes Weibsstück würde sich doch so ein gewaltiges Rohr wünschen.«

Martina hielt inne, den Blick ins Nichts gerichtet. Sie fuhr sich mit der Zunge über die fein geschwungenen Lippen, als sie sagte: »Irgendwann hat er aufgehört. Sein Handy klingelte, er ging ran, und ich hörte ihn nur sagen, dass er gleich nach Hause komme, er habe nur noch eine Kleinigkeit zu erledigen. Dann hat er mich so seltsam angeguckt und das Gewehr aus meiner Scheide gezogen und gesagt: ›Pass auf, du kleine verdammte Fotze. Das hier ist nie passiert, kapiert? Und solltest du dein verdammtes Maul aufmachen und mit irgendjemand drüber reden, mach ich dich kalt. Dir wird sowieso keiner glauben, im Gegenteil, die werden dich in die Klapse stecken. Und wenn wir uns wiedersehen, wirst du ein ganz braves Mädchen sein. Und wir werden uns wiedersehen, denn ich liebe dich.‹ Es war so zynisch, und er hat so höhnisch gelacht, dass ich ihm glaubte. Er hat mich noch nach Hause gefahren und mir im Auto noch einmal zu verstehen gegeben, dass ich nur eine kleine dreckige Schlampe und Hure bin. Ich habe es ihm geglaubt, ich bin schließlich in seine Ehe eingebrochen. Ich habe ihn gereizt und … Es ist allein meine Schuld, dass es so weit gekommen ist.«

»Denkst du heute wirklich noch immer so darüber? Nathalie hat nämlich Ähnliches durchgemacht wie du, und auch sie dachte, es wäre ihre Schuld gewesen.«

»Ich weiß nicht, was ich denken soll. Manchmal sage ich mir, ich hätte zur Polizei gehen sollen, aber die hätten mir doch nie geglaubt. Ich weiß nur, dass ich in den Tagen darauf kaum laufen konnte. Ich hab ständig leichte Blutungen gehabt und bin zwischen den Jahren zu einem Arzt gegangen. Er hat mich untersucht und ziemlich ironisch gemeint, ich hätte wohl etwas zu heftigen Sex gehabt. In seinem Gesicht habe ich gelesen, dass er perverse Gedanken hatte. Er hat mir eine Spritze gegeben und eine Salbe zum Einführen. Abschließend hat er gesagt, dass ich in Zukunft ein bisschen vorsichtiger sein soll. Er war genauso ein Arschloch. Aber ich werde keine Kinder mehr kriegen können.«

»Woher willst du das wissen? Hast du eine entsprechende Diagnose erhalten?«

»Nein, aber ich spüre das. Ich habe meine Tage nur noch sehr unregelmäßig und blute jedes Mal ganz fürchterlich. Und ich habe manchmal unsägliche Schmerzen dabei. Ich weiß, ich bin da unten kaputt, da unten ist alles kaputt.«

»Du musst dich untersuchen lassen, denn solange du keine endgültige Gewissheit hast, lebst du nur mit Vermutungen. Es ist schrecklich, was dir dieser Kerl angetan hat, aber du kannst es nicht rückgängig machen. Ich kann dir eine hervorragende Gynäkologin empfehlen, sie ist sehr einfühlsam und eine echte Kapazität auf ihrem Gebiet. Zu ihr kommen die Patienten fast aus ganz Deutschland, weil sie eben so gut ist. Ich kann sehr schnell einen Termin für dich bei ihr vereinbaren, denn wenn du es machst, dauert es mindestens vier, fünf Monate, bis du einen bekommst. Bist du damit einverstanden? Diese Untersuchung ist wirklich wichtig, damit du nicht länger in dieser Ungewissheit lebst. Vertrau mir. Ich rufe sie gleich nachher an, ich habe ihre Privatnummer.«

»Da ist doch sowieso nichts mehr zu machen«, sagte Martina resignierend.

»Das kann nur ein Arzt oder eine Ärztin beurteilen. Pass auf, ich mache einen Termin für dich aus und rufe dich entweder noch heute Abend oder spätestens morgen Vormittag an. Sie weiß von unserer Gruppe.«

»Was?«, fragte Martina erstaunt.

»Wir brauchen jede Unterstützung. Du kannst dich also auf ihre Diskretion verlassen. Hab keine Angst, es wird alles gut.«

»Das sagt sich so leicht, wenn man selbst so etwas nie erlebt hat. Ich muss jetzt gehen. Danke, dass du dir die Zeit genommen hast. Und ich bitte dich, erzähl niemandem davon, es ist …«

»Ich habe noch nie einen Vertrauensbruch begangen. Was wir in der Gruppe besprechen, bleibt auch unter uns, denn nur in der Gruppe könnt ihr über eure Probleme reden. Und natürlich mit mir. Mach's gut und mach dir vor allem keine Gedanken. Ich werde gleich einen Termin für dich mit der Frauenärztin vereinbaren. Bis bald.«

Silke begleitete Martina zur Tür, wartete, bis sie gegangen war, schloss die Tür und lehnte sich von innen dagegen. Ihr Herz wummerte wie wild, ein dicker Kloß war in ihrem Hals, ein Eisenpanzer schien ihre Brust zu zerquetschen. Alle glauben, ich wüsste nicht, wie sich dieser Schmerz anfühlt. Ihr habt überhaupt keine Ahnung. Aber einer muss ja stark sein. Sie löste sich von der Tür, ging in ihr Büro, nahm eine Tablette, legte sich auf die Couch und schloss die Augen. Allmählich lockerte sich der Panzer um ihre Brust, der Kloß verschwand, der Herzschlag normalisierte sich. Sie blieb eine halbe Stunde liegen, entspannte sich und nahm schließlich den Telefonhörer in die Hand.

»Hi, ich bin's, Silke.«, sagte sie. »Ich habe eine Patientin, die dringend einen Termin braucht.«

»Augenblick. Sie soll morgen um halb sieben in die Praxis kommen. Schlimm?«

»Sehr schlimm. Tschüs.«

Montag, 17.20 Uhr _____

Julia Durant stand vor dem dreistöckigen Haus, hatte dreimal geklingelt und wollte bereits gehen, als sich eine männliche Stimme durch die Sprechanlage meldete.

»Ja?«

»Durant. Ich würde gerne mit Frau Sittler sprechen.«

»Erster Stock.«

Sie drückte die Tür auf und ging die wenigen Stufen nach oben. Es war ein modernes Haus, das Durants Einschätzung nach erst kürzlich erbaut worden war. Die Stufen waren aus hellem Stein, doch wenn sie jemand nach der genauen Bezeichnung gefragt hätte, so hätte sie passen müssen. Das Einzige, was sie sofort merkte, war, dass es sich um kein billiges Material handelte. Der Aufgang erstrahlte in frischem Mattweiß, die in die Decke eingelassenen Lampen verstärkten das Bild des Exklusiven.

Im ersten Stock angekommen, erwartete sie ein junger Mann von vielleicht dreißig Jahren. Er stand in der Tür, die dunkelblonden Haare zerzaust. Er trug eine Jogginghose und ein graues T-Shirt über dem schlanken, aber nicht sehr durchtrainierten Körper.

»Hallo«, begrüßte er Durant, die ihren Ausweis zeigte. »Kommen Sie rein, Leslie ist gerade im Bad. Ich hab schon gehört, was passiert ist. Dauert noch einen Augenblick, sie ist erst vor wenigen Minuten nach Hause gekommen.«

Durant meinte seine Stimme schon einmal irgendwo gehört zu haben, ohne sie einer Person zuordnen zu können. Sie trat direkt in den großzügig und extravagant geschnittenen Wohnbereich. Auch hier heller Steinfußboden, unter dem Fenster eine bordeauxrote Ledercouch und ein dazugehöriger Sessel, ein Glastisch, auf dem mehrere Zeitungen lagen und zwei Gläser standen, eine Flasche Cola auf dem Boden neben dem Tisch. Ein ungewöhnlich großes Bücherregal zierte die gegenüberliegende Wand. Ein Läufer führte zum Essbereich, von dem aus man direkt durch eine Durchreiche in die Küche sehen konnte.

»Darf ich fragen, mit wem ich es zu tun habe?«, sagte Durant, die noch immer stand und den jungen Mann ansah.

»'tschuldigung, aber ich dachte, Sie hätten das unten am Schild gelesen. Mahler, Matthias Mahler«, antwortete er und reichte ihr die Hand.

»Matthias Mahler?« Durant neigte den Kopf ein wenig und sah ihn zweifelnd an. »Jetzt sagen Sie nicht, dass Sie *der* Matthias Mahler sind.«

Er lächelte verschmitzt und entgegnete: »Ich habe keine Ahnung, wen Sie meinen, aber …«

»Deshalb kam mir Ihre Stimme irgendwie vertraut vor. Sie sind der Morgenmoderator bei FFH. Richtig?«

»Bingo, die Kandidatin hat neunundneunzig Punkte. Aber das ist nichts Besonderes. Es ist ein Job wie jeder andere auch, na ja, vielleicht nicht ganz. Aber bitte, nehmen Sie doch Platz.« Er deutete auf den Sessel. »Darf ich Ihnen etwas zu trinken anbieten?«

»Nein, danke, machen Sie sich keine Umstände«, sagte sie etwas verlegen. Jeden Morgen hörte sie FFH, und jedes Mal, wenn Matthias Mahler moderierte, war es für sie ein guter Start in den Tag. Und jetzt stand sie ihm gegenüber. Sie hatte sich ihn ganz anders vorgestellt, größer, vielleicht mit einem kleinen Bauch und … Nun, eigentlich hatte sie sich nie Gedanken gemacht, wie er aussehen könnte, doch jetzt wusste sie es. Er hätte genauso gut ins Fernsehen gepasst, wäre er noch ein paar Zentimeter größer gewesen. So standen sie sich noch einige Sekunden in Augenhöhe gegenüber, bis sie sich setzte.

»Und Sie leben mit Frau Sittler zusammen?«

»Wir sind vor einem guten Jahr zusammengezogen. Das Haus wurde fertig und wir haben uns gesagt, wenn nicht jetzt, dann vielleicht nie. Das mit Les wird noch einen Moment dauern, denn wenn sie im Bad ist … Frauen halt«, meinte er grinsend.

»Nicht alle. Sagen Sie, was mich immer mal interessieren würde, wann müssen Sie eigentlich morgens aufstehen, wenn Sie um fünf mit der Sendung anfangen?«

»Spätestens um halb vier. Aber ich wechsle mich wöchentlich mit Daniel Fischer und Susi Brandt ab. Als treue Hörerin sind die Ihnen ja auch nicht unbekannt, genau wie Johannes Scherer.«

»Sicher, aber ich mag Ihren Humor. Das ist keine Schleimerei.«

»Danke für das Kompliment, ich geb mir Mühe. Andererseits ist mir das angeboren. Ich war schon in der Schule der Klassenclown, und irgendwie kommt mir das jetzt zugute.«

»Na ja, aber verraten Sie mir doch, wie Sie das mit den Stimmen machen. Lernt man so was, oder ist das auch angeboren?«

»Sie meinen die Imitationen? In die Wiege gelegt. Irgendwann hab ich gemerkt, dass ich alle möglichen Leute nachmachen kann, von Kohl über Schröder bis zur Merkel. Fragen Sie mich aber bitte nicht, wie das funktioniert.« Er schraubte den Verschluss von der Colaflasche ab, hielt sie hoch und sagte mit einem Augenzwinkern und der Stimme von Helmut Kohl: »Nicht doch ein Glas, werte Frau Durant? Es handelt sich hier um einen exzellenten Tropfen, Jahrgang 2006. Frisch geerntet und gemixt in der Giftfabrik der Cocaindustrie, die leider nicht in Oggersheim steht. Aber wenn Sie wissen wollen, welches Geheimnis hinter dieser Mixtur steckt, dann muss ich Ihnen leider mitteilen, dass mein Ehrgefühl es mir verbietet, die geheimnisvolle Rezeptur der anonymen Giftmischer preiszugeben.«

Julia Durant musste lachen und sagte: »Wenn Sie mich so fragen, nehme ich natürlich gerne ein Glas. Haben Sie das mit dem Ehrgefühl auch schon mal gebracht?«

Matthias Mahler schüttelte den Kopf und antwortete mit wieder normaler Stimme: »Es gibt so bestimmte Sachen, da muss man vorsichtig sein. Man darf alle möglichen Witze reißen, aber es gibt auch eine Grenze. Wir haben schon etliche Male Probleme mit Politikern bekommen, die sich zu sehr auf den Schlips getreten fühlten. Deshalb bin ich etwas moderater geworden. Ein moderater Moderator«, fügte er jungenhaft grinsend hinzu. Er schenkte erst Durant und anschließend sich ein.

»Auf Ihr Wohl.«

»Danke.«

»Darf ich Ihnen noch ein paar Fragen stellen?«

»Nur zu, deshalb sind Sie ja gekommen.«

»Nein, nicht deswegen …«

»Doch«, unterbrach er sie wieder grinsend, »Sie sind gekommen, um Fragen zu stellen. Welche, hab ich nicht gesagt.«

»Mich würde mal interessieren, wie so Ihr Tagesablauf aussieht?«

»Wie gesagt, wenn ich moderiere, mitten in der Nacht aufstehen, um halb fünf bin ich in der Regel im Studio, dann gibt's eine kurze Besprechung mit dem Frühredakteur, und dann geht's schon auf Antenne, das heißt, ich fang an. Um neun ist Schluss, aber nur mit der Sendung. Ich muss mich danach noch auf den folgenden Tag vorbereiten. Bis ich den Sender verlassen habe, ist es meist elf, manchmal auch schon zwölf. Dann nur noch schnell heim, schlafen und so weiter.«

»Das geht doch mächtig an die Substanz, oder?«

»Alles halb so wild. In meiner moderationsfreien Woche bin ich zwar auch im Sender, aber ... Wissen Sie was, ich lad Sie ein, mal live bei einer Sendung dabei zu sein. Sie werden schnell merken, dass auch bei uns nur mit Wasser gekocht wird. Wir sind ein ganz normaler Haufen Chaoten, angefangen beim Big Boss über den Pressesprecher bis hin zu den Redaktionsmitarbeitern. Das Schöne ist, dass wir uns alle sehr gut kennen und auch verstehen. Ich glaub, dass das auch bei den Hörern so rüberkommt, sonst hätten wir nicht doppelt so viele Hörer pro Stunde wie unsere Konkurrenz vom HR. Auch wenn die dauernd versuchen und es auch schon geschafft haben, ein paar unserer besten Leute abzuwerben. Die haben eben die nötige Kohle, die wir uns durch die Werbung erst verdienen müssen. Es ist ein hartes Geschäft.«

Durant nahm einen Schluck, als die Badezimmertür aufging und Leslie herauskam. Sie hatte nur ein Handtuch um ihre Hüften gewickelt und sah die Kommissarin erschrocken an.

»Oh, Entschuldigung, ich hab gar nicht mitgekriegt, dass ...«

»Kein Problem«, sagte Matthias Mahler grinsend, »wenn's ein knackiger Kerl wäre, hätte ich dir schon Bescheid gesagt.«

»Ich zieh mir nur schnell was an.« Leslie verschwand im Schlafzimmer und kehrte nur wenige Augenblicke später zurück, bekleidet mit einer legeren Jeans und einem roten Sweatshirt. Ihre noch nassen Haare hatte sie zurückgekämmt. Sie setzte sich neben ihren Freund, die Beine angewinkelt.

»Tja, ich lass euch dann mal allein.« Matthias Mahler erhob sich.

»Du kannst ruhig hierbleiben«, erwiderte Leslie. »Oder haben Sie was dagegen?«

»Nein, ich habe nur noch ein paar Fragen zu Ihrer Mutter.«

»Ich hab doch schon alles gesagt.«

»Es gibt da ein paar Kleinigkeiten, die mir noch etwas unklar sind. Ich war heute bei Ihrer Großmutter, und sie hat mir einiges erzählt. Ich begreife nicht ganz, wie das mit dem Verhältnis zwischen Ihnen und Ihrer Mutter war. Sie müssen sie doch gehasst haben für das, was sie Ihnen angetan hat.«

»Was hat sie mir denn angetan? Okay, sie hat sich nie um mich gekümmert, aber da bin ich mit Sicherheit kein Einzelfall. Außerdem ging es mir all die Jahre bei meinen Großeltern sehr gut. Warum also sollte ich meine Mutter hassen? Sie war ganz sicher kein Vorbild, aber sie war meine Mutter, und das allein zählt. Ohne sie wäre ich nicht auf der Welt«, erwiderte sie gefasst, auch wenn sie unruhig von Durant zu Matthias Mahler sah und ihre Hände fest aneinanderdrückte. Durant entging dies nicht, doch sie registrierte es nur und packte es in eine der vielen Schubladen in ihrem Kopf.

»Inwiefern war sie kein Vorbild? Sie studieren doch auch Jura.«

»Sie versuchen mit Gewalt ein Haar in der Suppe zu finden, um sich dann irgendwas so zurechtzulegen, dass …«

»Nein, ich will mir überhaupt nichts zurechtlegen. Ich versuche lediglich ein klareres Bild von Ihrer Mutter zu erhalten. Sie haben ständig miteinander telefoniert, Sie haben sie regelmäßig besucht, aber Sie durften nie abends oder nachts bei ihr vorbeikommen. Hat Sie das nicht stutzig gemacht?«

Leslie zögerte mit der Antwort und sagte: »Es war ihre Entscheidung, und ich habe mich daran gehalten. Und außerdem habe ich Ihnen gestern schon gesagt, dass sie mich finanziell großzügig unterstützt hat.«

»Hatten Sie den Eindruck, dass sie damit ihr schlechtes Gewissen bereinigen wollte?«

»Schon möglich. Andererseits, sie hatte das Geld, es hat ihr bestimmt nicht wehgetan, denn auf ein paar Euro mehr oder weniger kam es ihr weiß Gott nicht an.«

»Ganz sicher nicht. Sie musste ja auch Frau Cornelius bezahlen. Sie haben mir gar nicht gesagt, dass Sie und Frau Cornelius sich näher kennen. Warum nicht?«

»Was verstehen Sie unter näher kennen?«

»Was man so darunter versteht. Zum Beispiel wissen Sie doch wohl, dass Frau Cornelius Psychologin ist?«

»Natürlich. Meine Mutter wollte ja so jemanden haben. Alina hat es nicht leicht mit ihr gehabt, sie hat schließlich die meiste Zeit mit ihr verbracht. Wir sind so was wie Freundinnen geworden. Sie ist eine Art Therapeutin für mich.«

»Freundin? Wie hab ich das zu verstehen?«

»Sie hat mir in schwierigen Zeiten geholfen. Sie kennt meine Kindheit und das ganze Drumherum. Alina ist einfach klasse, mit ihr kann ich über alles reden.«

Es entstand eine Pause, während der sich Durant ihre nächste Frage zurechtlegte und sie schließlich stellte: »Hat Ihre Mutter sich je für Sie interessiert?«

»Was tut das zur Sache?«

»Wie ich schon sagte, ich möchte wissen, wer und wie Ihre Mutter war.«

Leslie verzog den Mund und antwortete mit unüberhörbarer Bitterkeit in der Stimme: »Da können Sie hundert Jahre lang forschen, und Sie werden nicht herauskriegen, wer meine Mutter wirklich war. Sie war kein Buch mit sieben Siegeln, sie war eins mit siebenhundert Siegeln. Und nein, sie hat sich nie für mich interessiert, weder als ich noch klein war noch später.«

»Für mich wäre das ein Grund, jemanden zu hassen. Ich wiederhole deshalb meine Frage von eben noch einmal: Haben Sie Ihre Mutter gehasst?«

»Sie verdächtigen mich also doch, sie umgebracht zu haben«, stieß Leslie zynisch hervor und lachte dabei unwirklich auf. »Das ist Blödsinn! Ich könnte niemals jemanden töten.«

»Das stimmt«, mischte sich Matthias Mahler ein und legte seine Hand auf Leslies Knie. »Sie wäre niemals zu so etwas fähig. Und Hass ist so ein schreckliches Wort. Lassen Sie Leslie in Ruhe. Bitte.«

»Gleich. Ihre Mutter hat sich also nie für Sie interessiert, nicht, als Sie in den Kindergarten gegangen sind, nicht, als Sie zur Schule gingen, nicht, als Sie in die Pubertät kamen, und auch nicht in den folgenden Jahren. Trotzdem haben Sie regelmäßig bei ihr angerufen und haben sie besucht. Wissen Sie, wenn meine Mutter mich so behandelt hätte, ich hätte mich von ihr abgewandt. Aber Sie nicht. Warum?«

Leslie holte tief Luft und sagte leise: »Ich weiß, das ist für einen Außenstehenden schwer zu verstehen. Corinna, so hab ich sie nämlich genannt, war ein egoistisches und egozentrisches Miststück. Alles drehte sich immer nur um sie. Liebe war für sie ein Fremdwort. Da, wo andere ein Herz und Gefühle haben, war bei ihr nichts, aber auch rein gar nichts. Immer hieß es ich, ich, ich!« Sie lachte wieder bitter auf, wie schon ein paarmal an diesem Spätnachmittag. »Es gab niemanden, der mit ihr auskam, früher nicht, als sie noch in Anführungsstrichen gesund war, und auch nicht in den letzten Jahren.« Sie hielt inne, nestelte am Saum ihres Sweatshirts und fuhr fort: »Aber ich wurde auch egoistisch, denn ich habe gelernt, sie auszunutzen. Vor ein paar Jahren gab es einen Vorfall, wo ich ihr beinahe an die Gurgel gegangen wäre, weil sie mich wieder einmal wie den letzten Dreck behandelt hat, aber ich habe mich beherrscht. Ein Wort gab das andere, ich sagte, dass sie mich mal kreuzweise könne und ich nie wieder etwas mit ihr zu tun haben wolle. Ihre Reaktion darauf war toll, richtig toll. Sie hat ganz ruhig erwidert: Leslie, Schatz, du vergreifst dich in deiner Wortwahl. Du hast zwei Möglichkeiten – entweder komplett auf eigenen Beinen zu stehen oder auch weiterhin bequem von meinem Geld zu leben. Ich bin es, die dein Studium und deinen Lebensunterhalt finanziert. Daraufhin hat sie sich einen Cognac eingeschenkt und mich mit diesem für sie typischen Blick angesehen, und da wusste ich, was ich tun würde – nämlich weiter von ihrem Geld zu leben. Aber nicht, wie sie sich das vorstellte, ich wollte sie bluten lassen. Dass sie mich nicht ganz mit leeren Händen dastehen lassen konnte, das wusste sie, aber sie drohte, mir die Mittel zu kürzen, mir nur noch das Notwendigste zu geben, außer ich würde sie weiter brav jeden Tag anrufen und sie mindestens einmal in der Woche besuchen. Ich sei schließlich ihre Tochter und sie meine Mutter. Und da habe ich einen Entschluss gefasst. Ich sagte mir, das ist nicht meine Mutter, sondern nur eine reiche Frau, der ich helfe und die mich dafür bezahlt. Ich habe sie jeden Tag angerufen, manchmal auch zweimal, ich habe mich nach ihrem Befinden erkundigt, und wir haben Smalltalk gehalten. Und ich habe sie regelmäßig besucht, und ich habe sie ausgenommen wie eine Weihnachtsgans. Und ich habe ihr das Gefühl gegeben, sie zu lieben, und sie hat mich für diese geschauspielerte Liebe fürstlich entlohnt.«

»Meinen Sie nicht, dass sie das gemerkt hat?«, fragte Durant.

»Klar hat sie's gemerkt, aber für sie war ja sowieso alles nur ein Spiel. Ich habe ihr zum Beispiel letztes Jahr von diesem Neubau erzählt und so nebenbei erwähnt, wie gerne ich in dieser Gegend wohnen würde und dass es doch ganz nah bei ihr sei und so weiter und so fort. Zwei Tage später hat sie mir diese Wohnung gekauft. Weiß der Teufel, woher sie das ganze Geld hatte, aber das war mir so was von scheißegal, ich dachte mir nur, lass sie bluten … Ich habe dieses Miststück gehasst, aber ich habe sie nicht umgebracht.«

»Sind Sie traurig, dass sie tot ist?«

»Nee, keine Trauer. Jeder stirbt so, wie er es verdient«, antwortete sie mitleidlos und kalt.

»Da muss ich Ihnen widersprechen, oder glauben Sie, dass ein kleines Kind, das von einem Perversen geschändet und ermordet wird, es verdient hat?«, sagte Durant ebenso kalt. »Ich habe schon einige Male solche Fälle erlebt, und es waren die schlimmsten Momente, wenn ich die Opfer sah.«

Leslie senkte verschämt den Blick und lächelte gequält. »Tut mir leid, so war das nicht gemeint. Ich wollte nur sagen, dass es Menschen gibt, die es einfach verdient haben. Fertig.«

»Okay. Und Frau Cornelius wusste von alldem?«

»Ja. Sie hat sogar gesagt, ich soll bloß alles annehmen, es stehe mir zu. Das war für mich natürlich noch ein Grund mehr.«

»Würden Sie mir bitte noch verraten, wo Sie am Freitagabend zwischen zweiundzwanzig Uhr und Mitternacht waren?«

»Das klingt wieder wie eine Verdächtigung. Ich war hier zu Hause, allerdings allein. Ich hatte furchtbare Migräne und bin früh zu Bett gegangen.«

»Und wo waren Sie?«, fragte Durant, den Blick auf Mahler gerichtet.

»Ich hab am Freitag eine Gala in Friedberg moderiert, was sich leicht nachprüfen lässt.«

»Haben Sie Frau Sittler je kennengelernt?«

»Um Himmels willen, nein. Mir hat schon gereicht, was Les mir von ihr erzählt hat. Dazu hab ich einige Male Telefonate mitbekommen, nach denen Les völlig fertig war. So eine Mutter kann im wahrsten Sinn des Wortes Albträume verursachen.«

»In Ordnung, das war's fürs Erste.« Durant erhob sich. »Ich werde sicher noch die eine oder andere Frage haben, aber nicht heute. Übrigens, wir haben bei Ihrer Mutter eine umfangreiche Adress- und Telefonliste gefunden. Darunter befindet sich die Nummer eines Escort-Service.«

Leslie machte ein verwundertes Gesicht und sagte: »Escort-Service? Sie ist doch nie weggegangen, das wissen Sie.«

»Dieser Escort-Service ist darauf spezialisiert, Männer und Frauen zu vermitteln. Weniger, um als Begleiter zu fungieren, sondern eher ...«

»Schon gut, ich weiß, was Sie meinen. Sie hatte eben Geheimnisse. Keiner ist aus ihr schlau geworden.«

»Wiedersehen.«

Matthias Mahler begleitete Durant zur Tür und sagte leise: »Sie dürfen Les nicht übelnehmen, wenn sie ein wenig kratzbürstig wirkt. Sie hatte kein leichtes Leben. Und mit Geld allein wird man nun mal nicht glücklich.«

»Ich weiß. Wie lange kennen Sie sich schon?«

»Im Mai werden's drei Jahre.«

»Passen Sie gut auf sie auf. Und ich nehme Ihr Angebot an, das mit dem Sender.«

»Ich werde Sie persönlich rumführen«, sagte er lächelnd und reichte ihr die Hand. »Tschüs.«

»Moment.« Durant drehte sich am Treppenabsatz noch einmal um. »Das mit den blonden Männern, wie ist das eigentlich ausgegangen? Wie viele Hörer haben angerufen?«

»Weiß ich nicht mehr, wir haben nur sechs oder sieben stellvertretende Meinungen gesendet.«

»Und, sind blonde Männer die besseren Liebhaber?«, konnte sich Durant nicht verkneifen zu fragen.

»Schon möglich. Gegenfrage: Sind dunkelhaarige Frauen die besseren Liebhaberinnen?« Und wieder war da dieses verschmitzte Lächeln.

»Schon möglich«, antwortete sie, warf ihm noch einen schnellen Blick zu und ging nach unten.

Durant war nicht zufrieden. Irgendetwas stimmte nicht, aber sie kam nicht darauf, was es sein könnte. Ihre nächste Station war der Escort-Service. Hier hoffte sie mehr Informationen zu erhalten.

Frankfurt-Höchst, Königsteiner Straße, Escort-Service. Das Büro war in einem unscheinbaren Gebäude neben einer Apotheke im ersten Stock untergebracht. An der Klingel stand nur »T. Simonek«. Durant kannte Thea Simonek noch aus ihrer Zeit bei der Sitte, wo sie zweimal mit dem Gesetz in Konflikt geraten, doch jedes Mal mit einer geringen Strafe davongekommen war. Es waren keine gravierenden Delikte, Steuerhinterziehung, das Führen eines Bordells mit ein paar illegalen Prostituierten, die sich jedoch freiwillig in Deutschland aufhielten und sich frei bewegen durften. Die Prostituierten hatten ihrer Chefin sogar ein ausgesprochen gutes Leumundszeugnis ausgestellt und waren ganz unglücklich, wieder in ihre trostlose Heimat – nach Weißrussland, in die Ukraine und nach Moldawien – zurückgeschickt zu werden. Auch Durant hatte kein negatives Bild von der kleinen, dicken Frau gewonnen, die immer sehr elegant und vorteilhaft gekleidet war und stets freundlich mit allen umging. Sie war nie verheiratet gewesen, hatte aber einen Sohn, der ihr mehr als ihr eigenes Leben bedeutete, denn anders konnte sie sich das überaus herzliche Verhältnis zwischen den beiden nicht erklären. Sie waren zwar Mutter und Sohn, aber auch Freunde. Er hatte Medizin studiert und arbeitete jetzt als Oberarzt im Höchster Krankenhaus, das war zumindest die letzte Information, die Durant hatte. Nach der Schließung des Bordells hatte Thea Simonek den Escort-Service gegründet, das hatte Durant noch mitbekommen, dann war sie zum K 11 gewechselt, und der persönliche Kontakt war abgebrochen.

Durant klingelte, eine ihr bekannte, sehr jugendlich wirkende Frauenstimme meldete sich, und als Durant ihren Namen nannte, ertönte sogleich der Türsummer. Sie ging in den ersten Stock, wo sie von der Inhaberin mit einem fast freundschaftlichen Lächeln empfangen wurde, als hätten sie sich gerade erst gesehen. Es fehlte nur noch, dass Thea Simonek sie umarmte.

»Das ist aber eine Überraschung, Frau Durant. Mensch, wie lange haben wir uns nicht gesehen? Aber treten Sie doch ein. Was kann ich für Sie tun?«

Thea Simonek war Mitte fünfzig, hatte etwas abgenommen, wog aber bei einer Größe von kaum einssechzig sicher noch an die neunzig Kilo, die sie jedoch geschickt mit einer weiten schwarzen Bluse und einem langen und ebenfalls schwarzen Rock zu kaschieren wusste.

»Nur ein paar Fragen.«

»Bitte, nehmen Sie Platz«, sagte Thea Simonek, ging sogleich an die kleine Bar, holte zwei Gläser und eine Flasche Rotwein und fuhr fort: »Sie trinken doch ein Gläschen mit mir?«

Durant wollte ihr den Wunsch nicht abschlagen und antwortete, da es ohnehin ihr letzter Besuch an diesem Tag war: »Gerne.«

»Das ist doch bestimmt schon zehn oder elf Jahre her, seit wir uns das letzte Mal gesehen haben. Kinder, Kinder, wie die Zeit vergeht.« Sie schenkte ein, stieß mit Durant an, nahm einen Schluck und stellte das Glas auf den Tisch. Sie setzte sich und füllte den gesamten Sessel aus. Ihre Augen blitzten wie damals, eine Frau, die eine besondere, sehr warme Ausstrahlung hatte. »Sie sehen gut aus, ehrlich. Sie haben sich überhaupt nicht verändert, immer noch dieselbe Frau Durant. Manche Menschen werden einfach nicht älter, was für ein Segen. Ohne despektierlich sein zu wollen, aber Sie würden eine gute Figur in meinem Geschäft abgeben«, sagte sie lachend.

Julia Durant lachte ebenfalls. »Danke für das Kompliment, aber Sie haben sich auch nicht verändert.«

»Ach was, das sagen Sie nur, aber die Zeit bleibt nicht stehen. Ich bin neunundfünfzig und denke immer öfter dran, was wohl in zehn oder zwanzig Jahren sein wird. Und Ihnen geht es gut, wie man sieht?«

»Danke, ich kann nicht klagen.«

Nach einem weiteren Schluck Wein sagte Thea Simonek: »Nun schießen Sie schon los, Sie haben doch was auf dem Herzen. Wenn ich Ihnen helfen kann, tu ich das gerne.«

»Möglicherweise können Sie das tatsächlich. Sie leiten doch einen Escort-Service.«

»Ja, von irgendwas muss man ja leben, und es ist nichts Verwerfliches dabei. Es gibt so viele einsame Menschen in dieser Stadt.«

»Hm. Zu Ihren Kundinnen zählte doch auch eine Corinna Sittler, richtig?«

Thea Simoneks Haltung straffte sich für einen Moment. Sie war eine Menschenkennerin par excellence und hatte sofort erfasst, dass diese Frage keine übliche war. »Was heißt zählte? Sie sprechen in der Vergangenheit.«

Durant nickte, trank und behielt das Glas in der Hand. »Sie wurde Opfer eines Gewaltverbrechens.«

»Sie brauchen kein Amtsdeutsch mit mir zu reden. Frau Sittler wurde umgebracht, das heißt das doch?«

»Ja.«

Der mächtige Busen von Thea Simonek hob und senkte sich ein paarmal, wobei sie Durant ansah und doch durch sie hindurchzusehen schien. Sie leerte ihr Glas und schenkte sich wieder ein und sagte mit tonloser Stimme: »Die Sittler ist also tot. Was für eine verrückte, verkommene Welt! Wann ist es passiert?«

»Am Freitag. Kannten Sie sie persönlich?«

»Nein, ich hab sie nie getroffen, aber meine Jungs kannten sie. Sie hat sich jeden Dienstag und Freitag einen ins Haus bestellt.« Sie senkte den Blick und fuhr sich über das Dreifachkinn, das auf ihrem Brustkorb lag. »Komisch, aber letzten Freitag hat sie am Nachmittag noch angerufen und sich wie immer bestätigen lassen, dass Ricardo auch kommt. Aber gegen Abend hat sie noch mal angerufen und gemeint, sie müsse den Termin kurzfristig stornieren, weil sie sich nicht gut fühle. Das war das erste Mal überhaupt, seit sie unsere Dienste in Anspruch genommen hat. Ich hab sie gefragt, was los ist, aber sie hat nur gesagt, dass sie sich wohl einen Magen-Darm-Virus eingefangen hat.«

Durant war wie elektrisiert. »Sind Sie sicher, dass sie am Freitag zweimal angerufen hat?«

»Natürlich, ganz sicher. Gott sei ihrer armen Seele gnädig.«

»Wann genau war der zweite Anruf?«

»Die genaue Uhrzeit hab ich nicht notiert, aber es war so gegen acht, vielleicht auch Viertel vor oder Viertel nach.«

»Und sie hatte Ricardo gebucht, wenn ich Sie richtig verstanden habe?«

»Ja. Er war seit etwa einem halben Jahr ihr Boy für den Freitag. Dienstags war es immer Carlos. Sie stand auf gutgebaute Jungs mit südländischem Temperament.«

»Und Sie sind ganz sicher, dass es Frau Sittler war, die am Abend angerufen hat?«

»Natürlich, ich kenn doch ihre Stimme. Außerdem können Sie das doch ganz leicht nachprüfen, wann sie …«

»Das haben wir schon. Eines der letzten Telefonate von ihrem Apparat war mit Ihrer Agentur, ich weiß aber nicht, um welche Uhrzeit. Und Sie haben Ricardo rechtzeitig Bescheid gegeben?«

»Sicher.«

»Wie haben sich denn die Männer über Frau Sittler geäußert?«

»Was wollen Sie hören? Sie hatte Spaß am Sex, sie war großzügig, wenn sie zufrieden oder besser befriedigt war.«

»Was verstehen Sie unter großzügig?«

»Na ja, sie hat jeweils für zwei Stunden gebucht, manchmal wurden es auch drei oder vier. Die Stunde kostet normalerweise zweihundert Euro, bei Stammkunden geben wir auch mal Rabatt. Sie hat aber immer die volle Summe bezahlt und den Jungs auch mal so was zugesteckt. So eine Kundin verliert man nicht gerne.

Das soll jetzt aber bitte nicht pietätlos klingen, es tut mir wirklich leid um die Frau, sie war nicht frei, innerlich.«

»Wie kommen Sie darauf? Hat sie darüber mit Ihnen gesprochen?«

»Nein, aber die Jungs und die Mädels merken ja, was mit den Kundinnen oder Kunden los ist, die sind ja nach einer gewissen Zeit so was wie Psychologen. Ricardo hat mal gesagt, dass sie irgendwas belastet, er würde das spüren.«

Durant dachte nach, griff zum Telefon und rief im Präsidium an, in der Hoffnung, Kullmer und Seidel oder Berger noch anzutreffen. Sie hatte Glück, Berger war noch im Büro.

»Hi, Chef. Sagen Sie mir doch mal schnell, wann am Freitag die Sittler beim Escort-Service angerufen hat. Es ist wichtig.«

»Moment.« Sie hörte das Rascheln von Papier. »Um fünfzehn Uhr neunzehn. Warum?«

»Und danach?«

»Was danach?«

»Hat sie danach noch mal dort angerufen?«

»Nein, zumindest nicht vom Festnetz aus. Aber ich schau gern mal in der Mobilfunkliste nach.« Und nach ein paar Sekunden: »Tut mir leid, auch nicht vom Handy aus. Warum wollen Sie das wissen?«

»Ich bin gerade bei Frau Simonek, die mir glaubhaft versichert, dass die Sittler zweimal angerufen hat, einmal am Nachmittag und einmal am Abend. Am Nachmittag, um den Termin zu bestätigen, am Abend, um abzusagen, angeblich, weil sie plötzlich krank geworden war. Wir reden morgen drüber. Warten Sie mal einen Augenblick. Frau Simonek, würde es Ihnen etwas ausmachen, wenn wir die bei Ihnen am Freitag zwischen neunzehn und einundzwanzig Uhr eingegangenen Telefonate überprüfen?«

»Nein, ich habe nichts zu verbergen. Allerdings bitte ich Sie um Diskretion, ich möchte nicht, dass meine Kunden davon erfahren. Es sind einige darunter, die … Na ja, Sie verstehen schon, sie bekommen zu Hause nicht, was sie gerne hätten und …«

»Keine Sorge, es geht ausschließlich um Frau Sittler. Chef, Sie haben's mitbekommen, würden Sie das in die Wege leiten? Danke und tschüs.«

Thea Simonek hatte das Gespräch aufmerksam verfolgt und sagte ziemlich verwirrt: »Ich hab doch mit ihr gesprochen. Ich kenne ihre Stimme in- und auswendig, sie ist oder war seit fast zehn Jahren eine Kundin.«

»Haben Sie jemals bei ihr angerufen?«

»Nein, sie hat mir ihre Nummer nicht gegeben. Ich hab ihre Nummer auch nie auf dem Display gesehen.«

»Und Sie sind sicher, dass Ricardo am Freitag nicht bei Frau Sittler war?«

»Ganz sicher sogar, denn nachdem sie abgesagt hatte, konnte ich Ricardo zu einer andern Kundin schicken, die ich kurz vorher noch vertrösten musste, weil meine Jungs alle ausgebucht waren. Stimmt irgendwas nicht?«, fragte Thea Simonek, die Durant beobachtete, wie sie überlegte.

»Allerdings. Sagen Sie, haben Ihre … Jungs … erwähnt, wie Frau Sittler gekleidet war, wenn sie kamen?«

»In Strapsen, im Negligé, auch mal ganz nackt. Wieso?«

»Eigentlich dürfte ich Ihnen das nicht sagen, aber ich vertraue darauf, dass Sie über dieses Gespräch Stillschweigen bewahren. Kann ich mich darauf verlassen?«

»Frau Durant, wie lange kennen wir uns schon? Wir haben uns zwar seit Jahren nicht gesehen, aber …«, antwortete Frau Simonek und sah Durant mit einem sanften Lächeln und mit hochgezogenen Augenbrauen an.

»Gut. Als sie gefunden wurde, hatte sie nur ein Paar blaue Seidenstrümpfe an, als hätte sie jemanden erwartet …«

»Lassen Sie mich raten«, wurde sie von Thea Simonek unterbrochen. »Auf dem Tisch standen eine Flasche Schampus und zwei Gläser. Das war ihr Ritual mit Ricardo. Bei Carlos war es immer Rotwein.«

»Ganz genau. Sie hat Ricardo erwartet, und das bedeutet, dass es nicht Frau Sittler war, die den Termin abgesagt hat.«

»Ihre Mörderin?«

»Wie es scheint, ja.«

»Aber es war doch ihre Stimme! Ich kenne jede Stimme von meinen Stammkunden, das versichere ich Ihnen.«

»Ich glaub's Ihnen ja, und ich mache Ihnen auch gar keinen Vorwurf. Ich frage mich nur, wer bei Ihnen angerufen hat. Was für eine Klangfarbe hatte ihre Stimme?«

»Ziemlich hell, aber nicht schrill. Angenehm warm und weich, wenn ich es blumig ausdrücken würde.«

»Also nicht tief oder rauchig.«

»Nein, sie hatte eine ziemlich jugendliche Stimme. Warum?«

»Nur so. Frau Sittler war es jedenfalls nicht. Frage: Haben Carlos und Ricardo je erzählt, wie es war, wenn sie zu Frau Sittler kamen? Sie mussten klingeln und dann?«

»Ich verstehe nicht, was Sie meinen.«

»Das Haus war doch die reinste Festung, mit Videoüberwachung, Bewegungsmeldern und so weiter. Sie hat kaum jemanden ins Haus gelassen.«

»Tut mir leid, aber dazu kann ich nichts sagen.«

»Das heißt, wenn die Jungs einen Termin bei ihr hatten, hat sie sie einfach reingelassen.«

»Ich nehm's an. Ich glaube kaum, dass sie eine Leibesvisitation vorgenommen hat, das heißt, das hat sie schon, aber erst im Schlafzimmer, wenn Sie verstehen.«

»Ich würde gerne mit den beiden sprechen. Sind sie jetzt zu erreichen?«

»Leider erst morgen Vormittag. Ich gebe Ihnen aber gerne die Adressen und Telefonnummern.« Thea Simonek hievte sich aus dem Sessel, ging zu ihrem Schreibtisch und holte zwei Visitenkarten. »Hier, bitte. Ricardo müsste morgen Vormittag zu erreichen sein. Carlos hat Uni, er verdient sich sein Studium bei mir. Auf jeden Fall lukrativer als bei McDonald's hinterm Tresen zu stehen.«

»Kommt drauf an, wie man's sieht. Okay, ich danke Ihnen sehr. Sagen Sie, wie viele Angestellte haben Sie?«

»Dreiundzwanzig, von denen aber nur sechs angestellt sind. Die meisten arbeiten quasi freiberuflich für mich. Einige von ihnen sind schon von Beginn an bei mir.«

»Ist das nicht sehr anstrengend, vor allem für die Männer?«

»Es sind alles gestandene junge Kerle. Die schaffen das, wenn auch manchmal mit Hilfsmittel, wenn Sie verstehen.«

»Und was wird so alles geboten?«

»Alles, das heißt, fast alles. Von der reinen Begleitung bis zu Intimitäten. Sie glauben gar nicht, wie viele einsame Männer und Frauen es in dieser Stadt gibt. Die meisten von ihnen haben viel Geld, aber die körperliche Wärme, die müssen sie sich kaufen. Es ist traurig, doch es ist mein Geschäft. Meine Jungs und Mädels geben ihnen diese Wärme, denn ich prüfe sie vorher alle. Sie müssen auf einem Fragebogen bestimmte Fragen beantworten. Wenn ich auch nur bei einer oder einem merke, dass ich angeflunkert werde, ist sofort Feierabend.«

»Und das Honorar wird aufgeteilt?«

»Ich bekomme vierzig Prozent.«

Durant stand auf, trank ihr Glas leer und reichte Thea Simonek die Hand. »Ich wünsche Ihnen noch viel Glück. Und danke für den Wein.«

»Und ich hoffe, Sie kriegen das verdammte Schwein. Ich drück Ihnen jedenfalls beide Daumen.«

Als Durant vor ihrem Wagen stand, schaute sie noch einmal nach oben, wo Thea Simonek aus dem Fenster sah und ihr zuwinkte. Durant lächelte, winkte zurück, stieg ein und fuhr nach Hause. Sie hatte das Radio an, doch die Musik nervte sie diesmal. Sie brauchte einen klaren Kopf, kurbelte das Fenster runter, um frische Luft hereinzulassen, obwohl es schon wieder kühl geworden war. Irgendjemand hatte sich für Corinna Sittler ausgegeben und dabei ihre Stimme so perfekt imitiert, dass selbst Thea Simonek, eine Frau, der man so leicht nichts vormachen konnte, getäuscht worden war. Eine helle, jugendliche Stimme. Ihr fiel plötzlich Matthias Mahler ein, der große Stimmenimitator von FFH. Er konnte alle möglichen Prominenten nachmachen, aber die Sittler? Dazu hätte er ihre Stimme kennen müssen, was jedoch bedeutet hätte, dass er sie getroffen hatte. Nein, dachte sie, das ist zu weit hergeholt. Außerdem kannte sie in ihrem Umfeld mehrere Personen, die andere fast perfekt zu imitieren vermochten oder alle möglichen Dialekte beherrschten.

Der Fall wurde immer mysteriöser, je mehr Leute sie befragte. Wer war der Mörder von Corinna Sittler? Es konnte eigentlich nur eine Frau sein, denn dass ein Mann … Augenblick, dachte sie, was, wenn eine Frau die Stimme der Sittler imitiert hat und ein Komplize …? Zwei Täter? Je mehr und je angestrengter sie nachdachte, desto verwirrter wurde sie. Dazu kam, dass der Anrufer oder die Anruferin genau über den Tages- und auch Nachtablauf der Sittler Bescheid wusste. Im Moment kamen da nur zwei Personen in Frage – Leslie und Alina Cornelius. Und vielleicht noch Frantzen. Oder es gab jemanden, der über einen längeren Zeitraum hinweg das Haus der Sittler beobachtet hatte, unbemerkt von den andern Bewohnern der Straße, unbemerkt auch von Corinna Sittler. Letzteres schien ihr im Moment am wahrscheinlichsten, denn weder Leslie noch Alina Cornelius traute sie einen solchen Mord zu.

Sie überquerte die Untermainbrücke, fuhr durch die Schweizer Straße und bog nach dem Kreisel links ab. Die Suche nach einem Parkplatz begann, doch diesmal dauerte es nicht allzu lange. Sie wohnte zwar im Herzen von Sachsenhausen, wo Ortsunkundige selten einen regulären Parkplatz fanden, kannte jedoch

Ecken und Winkel, wo fast immer etwas frei war. Vor einem Monat hatte sie einen Antrag auf einen für sie direkt vor dem Haus reservierten Parkplatz gestellt und vor ein paar Tagen erfahren, dass diesem Antrag stattgegeben worden war. Nun wartete sie nur noch auf das entsprechende Schreiben, das Schild, das aufgestellt wurde, und den Parkausweis. Sie freute sich darauf.

Zu Hause würde sie ein Bad nehmen, etwas essen und stichpunktartig aufschreiben, was bisher über den Fall bekannt war. Und sie wusste aus Erfahrung, dass während des Schreibens eine Menge offener Fragen kommen würden. Es war kurz nach halb neun, als sie einen Parkplatz unmittelbar vor dem Haus fand, was nicht gerade oft vorkam. Wenigstens etwas, dachte sie, schloss mit der Funkfernbedienung ab, holte die Post aus dem Briefkasten, ein Brief von Susanne Tomlin, zwei Werbeschreiben, die sie gleich in den Müll befördern würde, und das neueste Geo, in das sie vielleicht noch vor dem Schlafengehen einen Blick werfen würde. Was war das Motiv des Mörders? Es kann nur mit ihrer Tätigkeit als Staatsanwältin zu tun haben, dachte sie, während sie die Treppe hinaufstieg, die Wohnungstür aufschloss, sie mit dem Absatz zukickte, die Tasche auf den Sessel stellte, das Handy herausnahm, um es aufzuladen, und die Fenster öffnete. Für einen Moment war das starke Verlangen da, sich eine Zigarette anzuzünden, doch sie schüttelte den Kopf und sagte sich: Ich werde es nicht tun. Jetzt nicht und auch nicht mehr in der Zukunft. Sie ließ sich Badewasser ein, machte eine Dose Tomatensuppe auf und kippte sie in einen kleinen Topf, den sie auf den Herd stellte, drehte den Schalter auf zwei, so dass die Suppe sich nur erwärmte, schmierte sich zwei Brote, belegte eins mit Salami, das andere mit Käse, tat zwei saure Gurken dazu und holte eine Dose Bier aus dem Kühlschrank. Sie schaute nach dem Wasser, die Wanne war zur Hälfte gefüllt, legte einen Block und einen Kugelschreiber auf den kleinen Schreibtisch, auf dem seit neuestem auch ein Notebook stand, und würde nach dem Bad und dem Essen viel schreiben. Erst mit der Hand und anschließend in den Computer. Ein Blick zur Uhr, fünf vor neun. In zwei Stunden will ich mit allem fertig sein, dachte sie. Und danach nur noch ins Bett.

Es war zwanzig nach zehn, als ihr Telefon klingelte. Sie erkannte die Nummer, rollte mit den Augen und wollte eigentlich nicht abheben, tat es dann aber doch. Wenn Andrea Sievers, die schon seit Stunden im Reich der Träume weilen wollte, um diese Zeit noch anrief, konnte es nichts Gutes bedeuten.

Montag, 21.00 Uhr _____

Berger war eine Viertelstunde vor der Zeit in der Teichhausstraße angekommen, blieb aber noch im Auto sitzen, das Guantanamera immer im Blick. Er sah Menschen hineingehen und andere herauskommen, bis er Dr. Kremer erblickte, der mit schnellen Schritten die Straße überquerte und im Restaurant verschwand. Er war ein großgewachsener, hagerer Mann mit vollem grauem Haar und einem schmalen Schnurrbart, der wie ein Strich über seinen Lippen gezogen schien. Er hatte, so weit Berger das im Dämmerlicht erkennen konnte, einen leichten dunklen Mantel, Jeans und schwarze Lederschuhe an. Berger wartete noch einen Moment, stieg aus und ging ebenfalls hinein. Kremer saß an einem Tisch in der Ecke, wo sie relativ ungestört waren und überdies einen guten Blick auf den Eingang hatten. Es herrschte reger Betrieb sowohl im Restaurant als auch an der Bar. Salsamusik tönte aus den Lautsprechern. Berger wusste jetzt, warum Kremer diesen Treffpunkt ausgewählt hatte. Hier waren sie unter sich, auch wenn viele Menschen um sie herum waren, die jedoch keine Notiz von ihnen nahmen.

»Hallo«, sagte Berger und setzte sich. »Danke, dass Sie sich für mich Zeit genommen haben.«

Kremer winkte ab. »Hören Sie erst, was ich Ihnen zu sagen

habe, und dann können Sie sich überlegen, ob Sie mir immer noch danken wollen.« Seine Miene wirkte wie versteinert, seine Augen waren fast so grau wie seine Haare und sein Schnurrbart, Frustration und Bitterkeit hatten sich in seinem Gesicht verewigt. Berger kannte ihn seit über dreißig Jahren, als Kremer bei der Staatsanwaltschaft in Frankfurt angefangen hatte, bis er Anfang der Achtziger nach Darmstadt ging. Das letzte Mal, dass sie sich gesehen hatten, war bei einem Prozess 1986, wo Kremer als Zeuge in einem Korruptionsfall aussagte, in den auch einige von Bergers Kollegen verwickelt waren.

»Was möchten Sie essen?«, fragte Berger, um die spürbare Spannung zu lockern.

»Nichts, ich will nur ein Bier oder auch zwei. Ich hab aber nichts dagegen, wenn Sie sich was bestellen.«

Berger winkte die Bedienung herbei, eine junge Frau mit einem ansehnlichen markanten Gesicht, die Haut mokkafarben, die Augen fast schwarz, eine rassige Latina, vermutlich von Kuba oder von einer der angrenzenden Inseln stammend. Sie brachte die Karte, Berger bestellte zwei große Bier und ein argentinisches Rumpsteak mit frisch geschnittenem Knoblauch, Folienkartoffeln und Salat. Das Bier kam, kaum dass er die Bestellung aufgegeben hatte. Er hob sein Glas und prostete Kremer zu. Nach dem ersten Schluck wischte er sich den Schaum mit dem Handrücken vom Mund, als Kremer mit gedämpfter Stimme sagte: »Machen wir's kurz, Sie wollen Informationen über Frau Dr. Sittler. Die Nachricht von ihrem Tod hat sehr schnell die Runde bei uns gemacht; und einige Leute sind ziemlich nervös geworden.« Er drehte das Glas zwischen den Fingern und fuhr fort: »Ich garantiere Ihnen, Sie werden die Akten nicht bekommen, die Sie angefordert haben, denn diese Akten gibt es offiziell nicht mehr. Und sollte jemals herauskommen, dass ich Sie mit Informationen gefüttert habe, ist mein Leben keinen Pfifferling mehr wert. Deshalb will ich hier und jetzt Ihr Wort, dass Sie nach diesem Treffen meinen Namen aus Ihrem Gedächtnis streichen.«

»Sie haben mein Wort drauf.«

Kremer trank sein Glas in einem Zug leer und orderte gleich ein neues. »Die Sittler und noch mindestens vier andere in unserm Laden haben mehr Dreck am Stecken, als Sie in einer riesigen Kloake finden werden. Das Problem ist, dass es sich bei den Personen um einen Richter, einen Oberstaatsanwalt und zwei Staatsanwälte handelt, von denen allerdings keiner mehr bei uns tätig ist. Ich weiß aber, dass noch viel mehr in diesem stinkenden Sumpf drinstecken, beschränke mich jedoch auf die Informationen zu den wesentlichen Leuten.« Er wartete auf sein Bier, zündete sich einen Zigarillo an und inhalierte tief. Der Geruch stieg Berger in die Nase, und am liebsten hätte er Kremer gefragt, ob er auch einen haben könne, aber er hatte sich bereits vor drei Jahren das Rauchen abgewöhnt. Nach dem ersten kräftigen Schluck fuhr Kremer fort: »Es geht um Rechtsbeugung, Korruption, Ämtermissbrauch, Vertuschung, Vorteilsnahme, das unerklärliche Verschwinden von Beweismaterial und, und, und. Drei Fälle aus der Amtszeit der Sittler sind von besonderer Bedeutung. Einer davon wurde geradezu grotesk behandelt, das Verfahren war eine einzige Schmierenkomödie, und alle haben mitgespielt«, sagte Kremer leise, dass nur Berger es hören konnte, obwohl auch sonst kaum einer etwas von dem Gesagten mitbekommen hätte, zu betriebsam und teilweise auch laut war es in dem Restaurant.

»Was heißt alle, und um welchen Fall geht es?«

»Von ganz oben bis ganz unten und auch zur Seite, wenn Sie verstehen, was ich meine. Einfach alle. Und der Fall …« Er verzog den Mund. »Ich habe mir nach Ihrem Anruf heute Mittag lange Gedanken gemacht, warum die Sittler umgebracht worden sein könnte, und es kann sich nur um einen von zwei Fällen handeln, oder auch um beide. Und glauben Sie mir, ich habe sehr lange überlegt, ob ich mit Ihnen sprechen soll oder nicht. Aber essen Sie erst«, sagte er mit Blick auf die beiden Teller, die gerade gebracht wurden, auf einem das Steak medium mit zwei Folienkartoffeln, auf dem andern der üppige Salat, »ich will Ihnen nicht den Appetit verderben.«

»Das hat schon lange keiner mehr geschafft. Erzählen Sie ruhig. Und vielleicht möchten Sie sich doch etwas bestellen, wenn auch nur eine Suppe?«

»Nein, danke, ich habe zu Hause gegessen. Gehen wir gleich in medias res, ich habe meiner Frau versprochen, bald wieder zurück zu sein. Sagt Ihnen der Name Laura Kröger etwas? Oder der Name Peter Guttenhofer?«

Berger sah Kremer kurz und fragend an. Die Namen waren ihm nicht geläufig.

»Na ja, kein Wunder, es wurde zum einen nur sehr wenig darüber in den Medien berichtet, zum andern fanden die Prozesse unter Ausschluss der Öffentlichkeit statt, nicht einmal die Presse war zugelassen. Die Fälle Laura Kröger und Peter Guttenhofer hängen direkt zusammen. Guttenhofer wurde, während er in seinem Wagen saß, aus einem andern Fahrzeug heraus auf der A 661 bei Sprendlingen mit einer Pumpgun erschossen. Das war am 31. Oktober 1995, also an Halloween.«

»Ah, ja«, sagte Berger nickend, der sich vage erinnern konnte. »Ich kenne aber keine Details.«

»Macht nichts, die bekommen Sie von mir. Von den Tätern fehlte zunächst jede Spur, weil der Mord nachts geschah. Guttenhofer war Anfang vierzig, verheiratet, drei Kinder, das jüngste gerade mal zwei Monate alt. Laura Kröger war zwanzig und hatte gerade mit ihrem Studium begonnen. Sie wollte Ärztin werden, genau genommen Chirurgin, wie aus den Aussagen der Eltern und ihres Freundes hervorging. Doch dazu kam es nicht, denn sie wurde von zwei oder drei Männern, wie viele es waren, wurde offiziell nie bekanntgegeben, erst vergewaltigt und anschließend mit einem Kopfschuss hingerichtet. Beide Fälle ereigneten sich in einem Abstand von etwa sechs Wochen. Allerdings wurden sie anfangs nicht miteinander in Zusammenhang gebracht, weil sie völlig unterschiedlich geartet waren, bis knapp zwei Monate nach dem Mord an Laura Kröger eine allgemeine Verkehrskontrolle auf der B 486 bei Urberach durchgeführt wurde. Es war Karnevalszeit, und Sie wissen selbst, wie da kontrolliert wird. Die gesamte Straße war abgesperrt, und wie das so ist, 3er BMWs mit jungen Leuten werden immer angehalten. In einem dieser BMWs saßen drei junge Männer im Alter zwischen zwanzig und dreiundzwanzig Jahren. Die Personalien wurden aufgenommen, die Alkohol- und Drogentests waren negativ, schließlich wurde der Fahrer gebeten, den Kofferraum zu öffnen.« Kremer machte eine Pause und trank auch sein zweites Glas leer, hob es, die Kellnerin registrierte es und brachte gleich darauf ein weiteres Glas. Er seufzte und schüttelte den Kopf. »Der Kofferraum war das reinste Waffenarsenal – zwei Pumpguns, mehrere Gewehre, darunter zwei Kalaschnikows, Pistolen und Revolver, Messer, Pfefferspray, Elektroschocker und so weiter. Die hatten das volle Programm im Wagen. Die Waffen hatten sie zum größten Teil in Straßburg beziehungsweise Lüttich erworben. Klar, dass die Burschen nicht weiterfahren durften, sondern gleich auf die Wache gebracht wurden. Die Waffen wurden sichergestellt und der Ballistik übergeben. Bei den ballistischen Untersuchungen stellte sich heraus, dass der tödliche Schuss auf Guttenhofer aus einer der Pumpguns abgefeuert worden war und mit einem der Revolver Laura Kröger geradezu hingerichtet wurde.«

Als Kremer nicht fortfuhr, sagte Berger, der sein Besteck zur Seite gelegt hatte: »Und weiter?«

»Die Saukerle bestritten natürlich, auch nur das Geringste mit den Morden zu tun zu haben. Der Fahrer behauptete, das Auto mehrfach verliehen zu haben, konnte sich natürlich nicht mehr an die Namen der entsprechenden Personen erinnern, und er besaß auch noch die Unverfrorenheit zu sagen, dass ihm irgendjemand die Waffen untergeschoben habe. Das war so ziemlich die billigste Ausrede, die man sich denken kann. Aber es gesellte sich noch ein weiteres und wesentlich gravierenderes Problem hinzu. Alle drei stammten aus besten Elternhäusern, zwei der Väter waren beziehungsweise sind noch immer höchst angesehene Unternehmer, der andere macht in Immobilien. Dazu kam, dass der Vater des Anführers noch vor kurzem eine politische Funktion auf kommunaler Ebene innehatte. Um die Sache abzukürzen, die Sittler wurde mit den staatsanwaltlichen Ermittlungen betraut, aber schon nach wenigen Tagen fehlten mit einem Mal die wichtigsten Beweisstücke, die Pumpgun, der Revolver, die ballistischen Gutachten und die DNA-Analysen, die bewiesen hätten, dass die Kerle Laura Kröger vergewaltigt hatten. Alles wie vom Erdboden verschluckt. Selbst die Festplatten von zwei sichergestellten Computern waren auf einmal gelöscht, und zwar so professionell, wie es unsereins gar nicht könnte. Sie wissen selbst, es bleiben nach einem Löschvorgang immer Dateifragmente auf einer Festplatte, aber in diesem Fall waren die Platten absolut jungfräulich. Seltsam, nicht?«

Berger war innerlich aufgewühlt von dem Gehörten, ließ sich das aber nicht anmerken und aß weiter. »Was ist mit den Kerlen passiert?«

»Was glauben Sie denn, was passiert, wenn die Väter über genügend Geld und Einfluss verfügen? Sagen Sie mir nicht, dass Sie so was nicht auch schon erlebt haben.« Und nach einem prüfenden Blick in Bergers Gesicht, das wie versteinert wirkte: »Sehen Sie, das meine ich. Beim Prozess lautete logischerweise die Anklage nicht auf gemeinschaftlichen Mord in zwei Fällen, nicht auf Vergewaltigung in mehreren Fällen, sondern lediglich auf Einbruchdiebstahl, Taschenraub und illegalen Waffenbesitz. Die verdammten Hurensöhne gaben natürlich alles zu und wurden dafür auch nur zu Bewährungsstrafen zwischen achtzehn Monaten und zwei Jahren verurteilt. Der Anführer war übrigens Jurastudent, hat aber direkt nach dem Prozess auf Architektur umgesattelt, möglicherweise auf Druck von seinem werten Herrn Papa. Er ist heute Geschäftsführer im Bauunternehmen seines Vaters, was die andern beiden machen, entzieht sich meiner Kenntnis. Das Ganze liegt jetzt gut zehn Jahre zurück, genau genommen zehn Jahre und einen Monat.«

Berger war entsetzt und bat Kremer nun doch um einen Zigarillo. »Wie konnte das so ablaufen? Die Sittler war vor zehn Jahren gerade mal vierunddreißig und hatte doch …«

»Vergessen Sie's. Alle haben mitgespielt, weil alle profitiert haben. Da sind Riesensummen geflossen, damit die Herren Söhne nur nicht in den Knast wandern, vor allem aber, um den guten Ruf zu wahren. Glauben Sie mir, heute spricht kein Mensch mehr über die Fälle Guttenhofer und Kröger. Fragen Sie irgendjemanden auf der Straße danach, Sie werden nur ein Schulterzucken ernten. Es mag die eine oder andere Person geben, die sich vage daran erinnert, aber auch diese Erinnerung wird im Lauf der Zeit verblassen. Keiner von den Tätern und den werten Papis und Mamis hat sein Gesicht oder gar seinen Ruf verloren, im Gegenteil, die stehen besser da als je zuvor. Jugendsünden hat man es genannt und damit natürlich die Einbrüche und den illegalen Waffenbesitz gemeint. Aber es sind zwei Menschen auf kaltblütige und brutale Weise ermordet worden, einfach so aus Spaß am Quälen, wie im Fall Laura Kröger, oder aus Lust am Töten oder besser Morden, wie im Fall Guttenhofer und Kröger.«

»Was ist mit den Angehörigen der Opfer? Sind die nicht gegen das Urteil Sturm gelaufen?«

Kremers schmale Lippen überzog ein ebenso schmales Lächeln. Er trank von seinem Bier, stellte das Glas auf den Deckel und sah wie sinnierend in die Flüssigkeit. »Die Angehörigen haben doch gar nichts erfahren, außer dass ihre Tochter beziehungsweise ihr Sohn, Ehemann und Vater umgebracht wurden. Natürlich hat man ihnen auch gesagt, wie sie umgebracht wurden, und die Medien haben damals selbstverständlich über die Taten berichtet. Aber nach der Festnahme der drei war mit einem Mal Schluss mit der Berichterstattung. In der Zeitung gab es nur einen einzigen Artikel, in dem es hieß, dass man die mutmaßlichen Mörder festgenommen habe. Ich will nicht abschweifen, aber der Redakteur, der diesen Artikel verfasst hat, wurde in die tiefste Provinz versetzt. Doch zurück zu den Angehörigen, die selbstverständlich hofften, endlich Gerechtigkeit zu erfahren. Ihnen wurde mitgeteilt, dass man Verdächtige habe, aber sonst war der Informationsfluss gleich null. Es gab keine Nebenkläger, weil es keine Mordanklage gab. Und warum gab es keine Mordanklage, und warum waren die belastenden Beweisstücke wie vom Erdboden verschluckt? Ganz einfach, die Verbrecher hatten die besten Anwälte, die man im Rhein-Main-Gebiet aufbieten kann. Klar, die Papis konnten sich's leisten, die konnten sich alles leisten, selbst Polizisten, Staatsanwälte und Richter. Ich habe Kopien von den wichtigsten Akten. Sie liegen draußen in meinem Wagen. Sie können sie mitnehmen, allerdings sind sie nur für Ihren internen Gebrauch bestimmt. Vielleicht gelangen Sie darüber zum Mörder der Sittler, und vielleicht kommt dann endlich mal die ganze Wahrheit ans Tageslicht.«

»Wenn ich Sie richtig verstanden habe, wurden mehrere Beamte geschmiert, damit es gar nicht erst zu einer Mordanklage kam.«

»Sagte ich doch bereits, da sind Riesensummen geflossen, nicht nur Bargeld, sondern auch in Form von Immobilien, Autos, Reisen et cetera pp.«

»Und warum haben Sie nichts unternommen?«

Kremer antwortete zunächst nicht darauf, doch schließlich sagte er mit Resignation in der Stimme: »Ich bin nicht korrupt, ich war es nie, und ich werde es nie sein. Ich habe damals gewisse Leute, unter anderem die Sittler, darauf angesprochen, was ein Fehler war, denn nicht lange danach erhielt ich konkrete Drohungen. So wurde mir zum Beispiel mit dem Verlust meines Beamtenstatus gedroht, womit ich natürlich auch meine Pension verspielt hätte. So was läuft ganz einfach, man türkt ein paar Akten, in denen ich als korrupt hingestellt werde, oder mir wird irgendein anderes Vergehen mit hieb- und stichfesten Beweisen untergeschoben, und ich bin erledigt. Zudem wurde mir sehr deutlich klargemacht, ich solle mich nicht in Angelegenheiten einmischen, die mich nichts angehen. Ich solle lieber aufpassen, dass es meiner Familie gut geht. Ich hätte meine Schnauze halten sollen, denn ich wusste, dass ich mich auf Glatteis begebe. Glauben Sie mir, ich habe lange nicht in den Spiegel schauen können, weil ich mich vor mir selber geekelt habe, aber ich hatte keine Wahl. Außerdem hatte ich ja offiziell auch keine Beweise, die waren ja alle weg. Und die Gelder und andern Sachen, mit denen geschmiert wurde, wie hätte ich nachweisen sollen, dass die Väter dieser verdammten Dreckskerle die gezahlt haben?« Kremer holte tief Luft, drehte sein Glas zwischen den Fingern und fuhr fort: »Herr Berger, ich bin immer noch Staatsanwalt, aber ich bin nur ein winziges Rädchen in einem riesigen Uhrwerk. Und wenn andere meinen, dass das Rädchen ausgetauscht werden muss, weil die Uhr sonst nicht mehr funktioniert, dann wird es ausgetauscht. So einfach geht das. Wissen Sie, ich habe noch ziemlich genau drei Jahre in diesem Verein abzusitzen, danach können die mich alle mal. Aber versuchen Sie Ihr Glück. Allerdings muss ich ganz ehrlich zugeben, dass es mir um die Sittler kein Stück leidtut. Sie war mit die Schlimmste von allen, geldgeil, machtgeil, die Geilheit in Person. Die hat sich eiskalt und ohne jeden Skrupel genommen, was sie kriegen konnte, und das war weiß Gott nicht wenig. Sie war gerade mal achtundzwanzig, als sie ihren ersten großen Prozess führte, den sie auch gewann. Es ging um einen Auftragsmord im organisierten Milieu. Hochgevögelt hat sie sich wie eine billige Nutte. Aber ich muss zugeben, sie hatte einen Charme, mit dem sie so ziemlich jeden um den Finger wickeln konnte und dem sich gewisse Leute nicht zu entziehen vermochten. Dazu sah sie verdammt gut aus, aber hinter ihrem hübschen Gesicht verbarg sich der Teufel. Und sie hatte einen untrüglichen Sinn fürs Geschäft. Sie wollte von Anfang an nur eins – Karriere machen. Und das um jeden Preis. Übrigens, bevor ich's vergesse, ihr Spitzname war ›die Untertänige‹, was aber nicht bedeutet, dass sie untertänig war, sie hat sich häufig nur so gegeben und Anweisungen befolgt, doch das alles wohlkalkuliert und immer auf den eigenen Vorteil bedacht. Aber die andern sind keinen Deut besser, das können Sie in den Unterlagen nachlesen. Das ist die bittere Wahrheit. Ich gebe Ihnen nur einen guten Rat, seien Sie extrem vorsichtig, denn die Leute, von denen ich spreche, verfügen über beste Beziehungen nach ganz oben, und wenn ich von ganz oben spreche, dann meine ich auch ganz oben. Sie wissen, wie schnell einem ein brisanter Fall aus den Händen gerissen werden kann, und Sie wissen auch, wie schnell man vom Jäger zum Gejagten werden kann. Ich vertraue auf Ihr Fingerspitzengefühl und wünsche Ihnen das Beste.«

»Sie können sich drauf verlassen«, versprach Berger. »Aber mich würde schon interessieren, wie Sie an das Material gelangt sind. Ich meine, eben sagten Sie, Sie hätten keine Beweise in der Hand gehabt.«

»Tut mir leid, wenn ich mich missverständlich ausgedrückt habe. Es gab eine Sekretärin, die über zehn Jahre für mich, dann für die Sittler tätig war, weil die Sittler es so wollte. Frau Meyer konnte die Sittler auf den Tod nicht ausstehen, weil sie permanent von ihr getriezt und schikaniert wurde. Sie hat mir die Unterlagen, die es eigentlich gar nicht gab, beschafft, das heißt, sie hat mir Kopien gezogen. Das war ihre kleine persönliche Rache, die ihr aber nicht viel genutzt hat. Sie ist kurz darauf nach einem Schlaganfall gestorben. Auch das geht zum Teil auf das Konto der Sittler.«

»Warum gab es Unterlagen, wenn doch alles vertuscht werden sollte?«

»Strengen Sie Ihren Kopf mal ein bisschen an. Vielleicht, um auch für später etwas in der Hand zu haben? Sagen wir, sollte das Geld knapp werden.«

»Erpressung?«

»Na ja, nur für den Fall der Fälle. Aber Frau Meyer kannte das Geheimversteck der Sittler und ist so an die Unterlagen gelangt.«

Berger überlegte und sagte: »Was mir aber nicht ganz klar ist, warum hat die Sittler die Anklage in einem solch brisanten Fall vertreten?«

»Herr Berger, ich bitte Sie! Haben Sie nicht zugehört? Ein freundschaftlicher Kontakt zum Oberstaatsanwalt genügt schon, und er wird eine ihm getreue und stets zu Diensten stehende Mitarbeiterin mit dem Fall beauftragen. Ich sagte doch, sie hat sich hochgevögelt.« Kremer sah Berger mit einem Blick an, den dieser sofort verstand. »So was läuft doch immer von oben nach unten. Der Möller ist seit Ewigkeiten mit dem Oberstaatsanwalt eng befreundet, die sind unter anderem im selben Golfklub. Und was ein einflussreicher Bauunternehmer und Politiker und ein ebenso einflussreicher Immobilienhai bewirken können, brauche ich Ihnen ja wohl nicht zu erklären. Und da der damalige Oberstaatsanwalt sich auf die Sittler verlassen konnte und ihren Ehrgeiz auch noch förderte, war doch alles klar.«

»Dieser Möller war Kommunalpolitiker, wenn ich Sie richtig verstanden habe?«

»Ja.«

»War Ihnen bekannt, dass die Sittler seit zehn Jahren ihr Haus nicht mehr verlassen hat?«

»Nein, mich hat ihr weiterer Werdegang nicht interessiert. Warum hat sie es nicht mehr verlassen?«, fragte er teilnahmslos.

»Sie wurde 96 überfallen, lag im Krankenhaus und litt seitdem angeblich unter Agoraphobie. Meine Kollegin Frau Durant sagt, dass sie so ein Haus noch nie gesehen hat, eine Art persönlicher Hochsicherheitstrakt. Trotzdem hat sie für eine große Anwaltskanzlei gearbeitet, Frantzen und Partner, wobei sie einer der Partner war.«

Kremer lachte kurz und trocken auf und sagte kopfschüttelnd: »Frantzen, Frantzen, Frantzen. Er war einer der drei Anwälte damals. Er ist genauso schmierig und korrupt … Ach, was soll's, machen Sie Ihre Arbeit, und schauen Sie, wie weit Sie kommen. Ich fürchte jedoch, Sie werden einen Mörder finden, der nur das gemacht hat, was eigentlich Aufgabe dieses Staates gewesen wäre. Das ist kein Plädoyer für die Todesstrafe, aber … Wenn Sie die Akten studieren, werden Sie auch auf weitere sehr merkwürdige Fälle stoßen, die von der Sittler, aber auch von andern Kollegen bearbeitet wurden. Ich möchte zahlen und gehen.«

»Lassen Sie mich das übernehmen«, sagte Berger und hob die Hand.

Es dauerte einen Moment, bis die rassige Latina es registrierte. Sie kam an den Tisch, Berger beglich die Rechnung und wollte bereits aufstehen, als Kremer fragte: »Wie ist die Sittler eigentlich gestorben?«

»Strychnin. Außerdem wurde ihr ein seitenverkehrtes Kreuz in den Rücken geritzt, und in ihrem Mund steckte ein Zettel mit der Aufschrift ›Confiteor – Mea Culpa‹.«

»Da hat jemand seinem Hass und seiner Rache nach vielen Jahren freien Lauf gelassen, nehme ich zumindest an. Mir tut es nicht leid um sie, nicht ein bisschen.«

Berger ging mit Kremer nach draußen. Es hatte kräftig abge-kühlt, der Himmel war wolkenlos. Für die kommenden Tage pro-gnostizierte der Wetterbericht sinkende Temperaturen.

»Mein Wagen steht auf der andern Straßenseite.« Berger folgte Kremer und nahm zwei Einkaufstüten mit Aktenmaterial in Emp-fang. Nachdem er den Kofferraum zugemacht hatte, sagte Kre-mer ernst: »Das war's. Dieses Treffen hat nie stattgefunden, wir werden uns auch nie wiedersehen. Falls Sie noch Fragen haben, ich stehe nicht mehr zur Verfügung. Vielleicht war es ein großer Fehler, mich mit Ihnen getroffen zu haben, vielleicht aber auch großes Glück. Und genau das werden Sie brauchen. Sie werden schon bald merken, wovon ich spreche. Machen Sie's gut, und denken Sie dran, wir kennen uns nicht.«

»Und was ist mit den Akten?«

»Sind Ihre, ich brauch sie nicht mehr.«

Kremer stieg ein, startete den Motor und fuhr los, ohne Berger die Möglichkeit einer Erwiderung zu geben. Auf der Rückfahrt dachte Berger unentwegt an Kremers Worte, an seine Ange-spanntheit, während er erzählt hatte, an seine Angst, die er nicht verbergen konnte und die er mit Bier wegzuspülen versucht hat-te. Berger war gespannt, wie seine Mitarbeiter auf diese Neuig-keiten reagieren würden. Er nahm sich vor, gleich zu Hause einen Blick in die Akten zu werfen, die er eigentlich nie hätte sehen dürfen.

Montag, 21.20 Uhr _____

Peter Brandt, Kriminalhauptkommissar in Offenbach, stand vor dem Mercedes und schaute in den Kofferraum. Ein paar Scheinwerfer waren von der Spurensicherung aufgebaut und die Gegend um das Auto weiträumig abgesperrt worden. Brandt fasste sich mit einer Hand ans Kinn, den Blick unverwandt auf den wie ein Embryo vor ihm liegenden nackten Körper gerichtet. Am späten Vormittag, um genau elf Uhr dreiundzwanzig, war die Vermisstenmeldung eingegangen, vor zwanzig Minuten hatte eine Streife das Auto auf dem abgelegenen Waldparkplatz ausfindig gemacht. Noch vor einer halben Stunde hatte Brandt gemütlich in seinem Sessel gesessen und eine Flasche Bier getrunken, als der Anruf kam. Er hatte nur »Scheiße« gemurmelt, war aufgestanden und zur Toilette gegangen, hatte sich die Hände und das Gesicht gewaschen, sich gekämmt und angezogen. Sarah, seine mittlerweile sechzehnjährige Tochter, war noch bei einer Freundin, hatte aber versprochen, um spätestens zweiundzwanzig Uhr zu Hause zu sein, während seine andere Tochter Michelle auf ihrem Zimmer war, am Computer saß und sich in einem Chatroom aufhielt. Mit jedem Jahr, das sie älter wurden, meinte er um mindestens fünf Jahre zu altern. Er klopfte an Michelles Tür, trat ein und sagte, dass er einen Einsatz habe. Sie solle nicht mehr so lange machen, morgen sei Schule. Es waren fast die gleichen Worte wie jeden Abend, das Wochenende ausgenommen.

Brandt hatte sich in seinen Alfa Romeo gesetzt und brauchte etwas über zehn Minuten bis zu dem Fundort. Er traf ein wenig früher als Andrea Sievers ein, die einen verschlafenen Eindruck machte. In letzter Zeit übernachtete sie kaum noch bei ihm. Genau genommen war es in den vergangenen vier Monaten insgesamt zweimal gewesen. Kurz nach Weihnachten hatte sie ihm recht deutlich zu verstehen gegeben, dass sie mehr Freiraum brauche. Dabei spürte er, dass es nur eine Ausrede war und sie sich in Wirklichkeit allmählich von ihm zurückzog, was sich auch darin ausdrückte, dass sie in letzter Zeit nur noch wenig telefonierten, während sie sich früher drei-, vier-, ja fünfmal am Tag anriefen. Er hatte noch immer Gefühle für sie, aber er würde sie niemals zu etwas drängen, was sie nicht wollte. Und außerdem war sie zwölf Jahre jünger und sah auch noch jünger aus, als sie war. Und noch jüngere

Männer hofierten sie, scharten sich um sie wie die Bienen um den Nektar, und er wusste, es würde nur eine Frage der Zeit sein, bis sie ihm mitteilte, dass die Beziehung zwischen ihr und ihm beendet war. Das letzte Mal, dass sie bei ihm war, lag über zwei Monate zurück, und auch da hatte es ihn eine Menge Überredungskunst gekostet, bis sie schließlich einwilligte.

»Wer ist er?«, fragte sie, als sie neben ihm stand. Kein Hallo, kein besonderer Blick wie noch vor wenigen Monaten, ein Blick, der ihm einst bedeutete, wie sehr sie ihn liebte. Doch das schien immer mehr der Vergangenheit anzugehören, und er würde es akzeptieren.

»Dr. Bernd Buchmann, Richter hier in Offenbach, der zuletzt für so eine bescheuerte Gerichtsshow im Fernsehen den Vorsitzenden Richter gemimt hat. Gilt seit heute Morgen als vermisst.«

»Ein Richter?«, sagte Andrea mit zusammengekniffenen Augen. »Darf ich mal?«, bat sie einen Beamten der Spurensicherung, der ihr Platz machte. Sie beugte sich über den Toten und drehte sich zu Brandt um. »Wir müssen die Kollegen in Frankfurt verständigen. So 'ne Leiche hatte ich gestern schon mal.«

»Hä?«

»Das Kreuz auf dem Rücken, und ich wette, er hat auch einen Zettel im Mund.«

»Wer war's in Frankfurt?«

»Eine ehemalige Staatsanwältin, Corinna Sittler. Kennst du sie?«

»Nee«, antwortete er, um sich gleich darauf zu verbessern. »Moment, doch, klar, die war irgendwann mal in Darmstadt.«

»Korrekt. Ich weiß zufällig, wer beim K 11 in Frankfurt Bereitschaft hat.«

»Und?«

»Wir sollten sie herbestellen, am besten auch Frau Durant.«

»Kannst du übernehmen«, grummelte er vor sich hin und wandte sich ab.

Andrea Sievers rief erst Kullmer und Seidel an, danach Julia Durant. Sie erklärte ihr kurz die Situation, während der Fotograf noch bei der Arbeit war.

»Die Kollegen aus Frankfurt sind gleich hier«, sagte sie zu Brandt.

»Von mir aus.«

Andrea Sievers erwiderte nichts darauf, sondern widmete sich dem Toten.

»Was ist das auf seinem Rücken?«, fragte Brandt, der sich neben Sievers stellte.

»Ein Kreuz«, antwortete sie knapp.

»Hatte die gestern auch so eins?«

»Hm.«

»Und wie lange ist er schon tot?«

»Kannst du mir wenigstens einen kleinen Augenblick geben?« Sievers tastete die Leiche ab und meinte: »Die Totenstarre ist noch voll ausgebildet. Maximal vierundzwanzig Stunden, aber genau kann ich das erst sagen, wenn ich ihn auf dem Tisch habe. Hier kann ich keine nähere Untersuchung durchführen.« Sie holte eine Taschenlampe aus ihrem Koffer, beugte sich weit nach vorn und leuchtete in den Mund, der halb geöffnet war. »Gib mir mal 'ne Pinzette, ist im Kofferdeckel«, sagte sie zu Brandt. Kurz darauf zog sie vorsichtig ein gefaltetes Stück Papier heraus und reichte es Brandt. »Für dich.«

Er faltete das Papier auseinander und las: »›Confiteor – Mea Culpa‹. Was soll das bedeuten?«

»Die Frage wurde mir gestern auch schon gestellt. Das heißt ›Ich bekenne – Meine Schuld‹.«

»Das weiß ich selber, ich habe italienisches Blut in meinen Adern«, entgegnete er unwirsch, was ihm auch sofort leidtat, und er warf einen entschuldigenden Blick in Sievers Richtung. »Ich meine, was hat das mit dem Zettel auf sich?«

»Woher soll ich das denn wissen? Bin ich der Ermittler oder

du? Und wenn du schlechte Laune hast, dann lass sie bitte an jemand anderm aus.«

»Tut mir leid, hab heut nicht meinen besten Tag. Was bekennt er denn?«

»Keine Ahnung, aber ich schätze, du wirst es mit Hilfe deiner lieben Frankfurter Kollegen herausfinden. Ach ja, die Todesursache ist ein Stich mitten ins Herz. Die Sittler hingegen wurde mit Strychnin ins Jenseits befördert. Ansonsten weist der Mord die gleiche Handschrift auf. Packt ihn ein und bringt ihn in die Rechtsmedizin«, sagte sie zu den Männern mit dem Zinksarg, die nur auf das Kommando gewartet zu haben schienen, den Leichnam abtransportieren zu dürfen. Sievers ging ein paar Schritte zur Seite und zündete sich eine Zigarette an. Sie war hundemüde und hatte schon im Bett gelegen und war kurz vor dem Einschlafen, als das Telefon klingelte. Es gab Tage, da verfluchte sie ihren Beruf, und dieser gehörte definitiv dazu. Sie inhalierte tief und beobachtete die zwei Männer und zwei Frauen der Spurensicherung. Ihr werdet nichts finden, dachte sie, während Brandt sich zu ihr gesellte.

»Was ist los mit dir?«, fragte er leise, so dass keiner der andern etwas mitbekam.

»Was soll schon los sein?«, entgegnete sie kühl und leicht gereizt. »Ich hab letzte Nacht kaum ein Auge zugemacht, und heute …«

»Den kannst du doch morgen erledigen.«

»Was anderes hatte ich auch nicht vor.«

»Entschuldigung, wenn ich zu viel gesagt habe.«

Kullmer und Seidel kamen, wiesen sich aus und wurden von einem Beamten zu Brandt vorgelassen.

»Hi«, wurden sie von Sievers begrüßt, »Julia wird auch gleich hier sein.« Sie hatte es kaum ausgesprochen, als sie den Corsa vorfahren sah. »Wenn man vom Teufel spricht«, sagte sie grinsend. »Kennt ihr euch?«

»Nee«, knurrte Brandt und begutachtete die Frankfurter Kollegen misstrauisch.

»Herr Kullmer, Frau Seidel und Frau Durant vom K 11 in Frankfurt. Und das, meine Lieben, ist Herr Brandt, ebenfalls K 11, aber Offenbach.«

»Angenehm«, sagte Durant, die Brandt noch nie zuvor gesehen hatte. Sie wusste nur, dass er und Andrea Sievers liiert waren.

»Wird sich noch rausstellen. Sind Sie aus Frankreich?«

»Nein, Zentralafrika, sieht man das nicht?«, erwiderte sie, denn aus den Erzählungen von Andrea Sievers wusste sie, dass Brandt eine tiefe Aversion gegen Frankfurt hegte.

»Ein Punkt für Sie. Ist das jetzt Ihr Fall oder meiner?«

»Ich gehe mal davon aus, dass es unser Fall ist.«

»Kommen noch mehr von Ihrer Truppe?«

»Wieso, wir sind doch nur zu dritt«, sagte Durant.

»Das ist doch schon fast euer ganzer Laden.«

»Da kennen Sie unsern Laden aber schlecht, wir sind fast dreißig.«

»Ich könnte ja noch ein paar von uns dazuholen, und wir könnten Party machen«, sagte Brandt bissig.

»Wer ist der Tote?«, fragte Durant, ohne auf Brandts Bemerkung einzugehen, da ihr das Geplänkel allmählich zu dumm wurde.

»Dr. Bernd Buchmann. Richter«, antwortete Brandt, sah Durant dabei aber nicht an.

»Bernd Buchmann? Etwa der aus dem Fernsehen?«

»Ah, Sie schauen sich also die gehobenen Unterhaltungssendungen am Nachmittag an.«

»Irgendwie muss man sich ja weiterbilden«, entgegnete sie schnippisch.

Sievers stellte sich zwischen Brandt und Durant und sagte: »Schluss jetzt mit diesem Blödsinn. Ihr habt zwei Tote, eine in Frankfurt und einen in Offenbach. Beide Morde gehören zusammen, also werdet ihr auch zusammenarbeiten.«

»Sie mögen Frankfurt nicht«, konstatierte Durant spöttisch lächelnd.

»Ich bin Offenbacher.«

»Wenn das so ist, verstehe ich natürlich alles gleich viel besser«, entgegnete sie ironisch. »Gleiche Vorgehensweise?«, wandte sie sich an Andrea Sievers, während Kullmer und Seidel sich nur grinsend ansahen.

»Im Prinzip schon. Die Todesursache ist eine andere, ansonsten wie gestern, Kreuz auf dem Rücken, Zettel im Mund. Du wirst mich wahrscheinlich auch gleich nach dem Todeszeitpunkt fragen, ich kann's aber nicht sagen, nur schätzen.« Sie wiegte den Kopf hin und her. »Irgendwann gestern Abend oder Nacht.«

»Dann wollen wir doch mal rausfinden, was die Sittler und diesen Buchmann miteinander verbunden hat. Herr Brandt, wurde Buchmann vermisst?«

»Die Meldung ging heute Vormittag bei uns ein. Die Streife hat ihn gefunden«, antwortete er kurz angebunden. Allein der Gedanke, mit den Kollegen aus Frankfurt kooperieren zu müssen, verursachte ihm Magenkrämpfe.

»Hat er Familie?«

»Hm.«

»Und ich nehme an, Sie werden sie gleich informieren.«

»Ist so üblich. Ich überlass das allerdings auch gerne Ihnen, wenn Sie meine Arbeit übernehmen möchten.«

»Sie können das bestimmt genauso gut. Kennen Sie diesen Dr. Buchmann?«

»Kennen wäre zu viel gesagt, ich hatte allerdings schon mal mit ihm zu tun. Schon 'ne Ahnung, warum er so zugerichtet wurde?«

Durant schüttelte den Kopf. »Wir wissen ja nicht mal, warum die Sittler … Das wird schwierig.«

»Seh ich genauso«, sagte Brandt und fuhr sich übers Kinn. Von der Seite beobachtete er Durant aus dem Augenwinkel, eine

Frau, die so groß war wie er, die selbstbewusst auftrat und gar nicht schlecht aussah. Er konnte sich gut vorstellen, dass die Männer sich nur so um sie scharten.

Ihr Handy klingelte, und sie holte es aus der Jackentasche. Nadine Hellmer. »Tut mir leid, wenn ich dich störe, aber ist Frank bei dir?«, fragte sie mit ängstlicher Stimme.

»Nein. Ich dachte, er wäre zu Hause«, antwortete Durant und entfernte sich ein paar Schritte, damit die andern von dem Telefonat nichts mitbekamen.

»Ist er nicht. Er hat mich gegen Mittag angerufen und gesagt, er sei gleich da, und seitdem habe ich nichts mehr von ihm gehört. Ich dachte, es wäre vielleicht etwas Wichtiges dazwischengekommen. Jetzt mach ich mir aber doch Sorgen, weil er auch nicht an sein Handy geht. Es springt immer nur die Mailbox an. Wann hast du ihn denn das letzte Mal gesehen?«

»Nadine, hör zu, ich kümmer mich drum, ich kann jetzt nur nicht reden, ich bin an einem Tatort.«

»Es ist ihm doch hoffentlich nichts passiert. Julia, ich hab so ein saudummes Gefühl.«

»Ich ruf dich nachher an. Ich finde ihn, versprochen.«

»Ist er bei der andern?«

»Bei welcher andern?«, fragte Durant, als wüsste sie nichts von einer Affäre ihres Kollegen.

»Mach mir doch nichts vor, da ist doch eine andere. Aber das ist mir egal, ich will nur wissen, ob es ihm gut geht. Versprichst du mir wirklich, dass du mich anrufst?«

»Natürlich. Und jetzt mach dir bitte nicht zu viele Sorgen, es wird alles gut. Ich melde mich, sobald ich Näheres weiß, es kann allerdings Mitternacht oder sogar noch später werden.«

»Das macht nichts. Ich kann sowieso nicht schlafen, solange ich nicht weiß, was mit ihm ist. Er hat sich so verändert …«

»Nadine, ich muss auflegen. Ich würde wirklich gerne länger mit dir sprechen, aber …«

»Ich warte. Mein Gott, ich wollte doch nicht, dass er … Es ist alles meine Schuld.«

»Nein, ist es nicht«, versuchte Durant die völlig aufgelöste Nadine zu trösten, was ihr jedoch nicht gelang.

»Doch, ist es. Tschüs«, sagte Nadine schluchzend und legte auf.

Durant wählte Hellmers Handynummer, es läutete achtmal, bis die Mailbox ansprang. Sie kaute auf der Unterlippe, überlegte und wählte schließlich die Nummer von Viola Richter, die sie sich einmal in einem unbemerkten Augenblick aus Hellmers Handy aufgeschrieben hatte.

»Ja?«

»Hier Durant. Frau Richter, ich habe nur eine Frage: Haben Sie Herrn Hellmer heute gesehen?«

»Wieso?«, kam es ziemlich schroff zurück.

»Beantworten Sie bitte meine Frage. Er ist seit etlichen Stunden verschwunden, seine Frau macht sich größte Sorgen und …«

»Das ist nicht mein Problem. Für mich gibt es Herrn Hellmer nicht mehr, denn ich nehme an, dass Sie über uns Bescheid wissen, sonst würden Sie mich nicht mitten in der Nacht anrufen. Er hat mir heute Mittag gesagt, dass wir uns nicht mehr wiedersehen werden. Sonst noch was?«

»Wie hat er es gesagt? Klang es vielleicht wie ein Abschied für immer?«

Viola Richter lachte schrill und höhnisch auf. »Allerdings klang es so.«

»So war das nicht gemeint. Hatten Sie den Eindruck, dass er sich vielleicht etwas antun könnte?«

Für einen Moment herrschte Stille am andern Ende, bis Viola Richter mit ruhigerer Stimme antwortete: »Nein, eigentlich nicht. Denken Sie etwa …«

»Ich denke gar nichts. Wann genau ist er von Ihnen weggegangen?«

»Ich weiß es nicht mehr, ich war völlig durcheinander. Er hat mir gesagt, dass zwischen uns Schluss ist und wir uns nie mehr wiedersehen würden.«

»Welchen Eindruck hat er auf sie gemacht?«

»Er hatte getrunken, das war nicht zu überriechen. Tut mir leid, wenn ich Ihnen nicht weiterhelfen kann, aber klappern Sie doch mal alle Bars und Kneipen in Frankfurt und Umgebung ab, vielleicht finden Sie ihn ja dort irgendwo.«

»Danke für die Auskunft«, sagte Durant und legte auf. Ich hasse diese Frau, dachte sie und begab sich zu Kullmer und Seidel. Ihr besorgtes Gesicht fiel den beiden sofort auf.

Seidel fragte: »Was ist?«

»Frank ist verschwunden, und Nadine ist völlig durch den Wind. Sein Handy ist eingeschaltet, aber er geht nicht ran.«

»Ist es wegen der Richter?«, wollte Kullmer wissen.

»Woher wisst ihr davon?«

»Ist doch egal. Ist es wegen ihr?«

»Unter anderem. Ich hab eben mit ihr telefoniert. Sie behauptet, dass Frank mit ihr heute Schluss gemacht hat. Irgendwas stimmt da nicht, ich hab Angst, dass er Dummheiten macht. Er war ja schon lange nicht mehr richtig bei der Sache. Außerdem war er heute Mittag schon betrunken, wie die Richter sagt. Frank ist nicht mehr Herr seiner Sinne. Wer weiß, was er angestellt hat.«

»Vielleicht sitzt er irgendwo sturzbesoffen in seinem Auto und schläft seinen Rausch aus«, meinte Seidel.

»Möglich ist alles, aber das kann ich mir beim besten Willen nicht vorstellen. Wie reagiert ein Alkoholiker? Frank hängt schon seit einem halben Jahr an der Flasche, der schläft keinen Rausch aus, der kann gar nicht mehr richtig schlafen. Ergo müsste er sich immer wieder was Neues beschaffen.«

»Wir können sein Handy orten lassen«, sagte Kullmer. »Ich kümmere mich drum. Mach du hier weiter, ich veranlasse alles.«

»Danke. Und die sollen sich beeilen, wer weiß, wie lange sein Akku noch geladen ist.«

Durant ging zu Brandt und sagte: »Ich fahr wieder nach Hause. Ich schlage vor, dass wir uns morgen im Präsidium treffen und …«

»In welchem?«

»Frankfurt.«

»Und warum nicht bei uns?«

»Vielleicht, weil mein Vorgesetzter einige Informationen hat, die auch für Sie von größtem Interesse sein dürften«, entgegnete sie spöttischer als gewollt.

»Wenn's unbedingt sein muss. Wann?«

»Damit Sie in Ruhe ausschlafen können, würde ich sagen, so um neun. Ist Ihnen das recht?«

»Schon«, erwiderte er schmunzelnd. Auf eine seltsame Weise gefiel ihm diese Frau, die das Herz auf der Zunge trug und, wie er schon zuvor festgestellt hatte, zudem recht passabel aussah. Nur zugeben würde er das nie, kam sie doch aus Frankfurt.

»Und sollten Sie Informationen zu Buchmann haben, bringen Sie sie mit. Wenn ich mit meiner Vermutung richtig liege, gibt es einige dunkle Flecken in seinem Leben.«

»Wie kommen Sie denn darauf?«

»Nennen Sie's weibliche Intuition. Wir brauchen alles über seinen beruflichen Werdegang, im Prinzip die ganze Vita. Ich weiß, ich weiß, das können Sie bis morgen nicht schaffen, aber versuchen Sie wenigstens was aus seiner Frau rauszukriegen.«

»Frau Durant, ich bin seit nunmehr siebenundzwanzig Jahren bei der Polizei und weiß, was ich zu tun habe. Wir besprechen alles morgen. Ich erwarte allerdings, dass mir die bisherigen Ermittlungsergebnisse im Fall Sittler vorgelegt werden. Wenn ich schon mit Ihnen kooperieren muss, dann gleiches Recht für alle.«

»Hab ich was anderes gesagt?«

»Nein, ich wollte es nur klarstellen.«

»Gut, dann bis morgen.« Durant verabschiedete sich von Brandt und Sievers und begab sich wieder zu Kullmer und Seidel, die in ihrem Wagen saßen. »Was Neues?«

»Gleich, kann sich nur noch um Minuten handeln.«

Durant setzte sich auf den Rücksitz und wartete ungeduldig auf die Nachricht. Nach einer Viertelstunde war es so weit, nicht nur das Handy war geortet worden, sondern man hatte auch gleich den Aufenthaltsort von Hellmer herausgefunden.

»Na also«, sagte Kullmer, »er ist im Hotel Lindner in Höchst abgestiegen. Wollen wir doch mal sehen, was er dort so treibt.«

Montag, 23.20 Uhr

Hellmer hatte gegen dreizehn Uhr im Hotel eingecheckt und war ab da von niemandem mehr gesehen worden. Sie baten eine Angestellte mit einer Generalchipkarte mit nach oben zu kommen und ihnen die Tür zu öffnen, falls Hellmer nicht von allein aufmachte. Sie klopften mehrfach an die Tür, bis Durant der Angestellten ein Zeichen gab.

»Danke für Ihre Hilfe, wir brauchen Sie nicht mehr«, sagte sie, als die junge Frau mit ins Zimmer kommen wollte.

Hellmer lag angezogen auf dem Bett, davor drei leere Wodkaflaschen, eine halbvolle stand auf dem Nachtschränkchen, vier weitere noch volle befanden sich in einer Plastiktüte. Er hatte sich erbrochen und ins Bett uriniert. Es stank säuerlich, doch Durant schien das gar nicht zu bemerken. Sie hatte nur Angst um Hellmer, den sie schon so lange kannte und den sie so sehr mochte, ihn und seine Familie.

»Scheiße«, murmelte Kullmer entsetzt, als er seinen Kollegen beinahe reglos daliegen sah. Ohne ein weiteres Wort wählte er die 112 und sagte, es gehe um Leben und Tod, man solle sich beeilen.

»Er atmet noch.« Durant schlug ihm ein paarmal auf die Wangen und schüttelte ihn, ohne dass Hellmer reagierte. Sie konnte die Tränen kaum noch unterdrücken. »Verdammter Mistkerl, du wolltest dich einfach so aus dem Staub machen. Aber so einfach machen wir's dir nicht, da musst du dir schon was anderes einfallen lassen.«

»Du meinst, er wollte sich umbringen?«, fragte Seidel zweifelnd.

»Wonach sieht das denn deiner Meinung nach aus? Er hat's nicht mehr gepackt.«

»Was?«

»Alles. Und ich hab's nicht gemerkt. Ich hoffe nur, dass er's schafft«, sagte sie kaum hörbar.

»Ist die Richter dran schuld?«

»Nee, dazu gehören immer zwei. Da sind 'ne Menge Sachen passiert, über die ich jetzt aber nicht reden möchte. Shit, ich hätte es wirklich nicht für möglich gehalten, dass es so weit kommt. Heute Vormittag hab ich noch gedacht, er schafft's.«

Der Notarzt erschien nur wenige Minuten nach Kullmers Anruf mit einem Kollegen, bat die Beamten, ihm Platz zu machen, untersuchte Hellmer, klopfte ihm ein paarmal auf die Wange, doch er reagierte nur mit einem Knurren. Er fühlte seinen Puls, nickte und sagte: »Sieht nach einer schweren Alkoholvergiftung aus, er muss schnellstens in die Klinik. Da ist auch Blut im Erbrochenen.«

»Wird er durchkommen?«, fragte Durant den noch jungen Mann besorgt.

»Wir werden unser Bestes tun. Er ist bewusstlos, möglicherweise hat er innere Blutungen. Ich sag Ihnen ganz ehrlich, ein paar Minuten später und … Wissen Sie, warum er das gemacht hat? Hat er Probleme?«

»Eine Menge, ist aber im Moment unwichtig. Ich will nur, dass er's schafft.«

Sie hatte es kaum ausgesprochen, als Hellmer die Augen einen Spaltbreit öffnete und lallte: »Was's los?«

»Du kommst ins Krankenhaus. He, was machst du denn für Sachen? Wolltest du dich umbringen?«

»Lass mich zufrieden«, fuhr er sie an, »ich brauch kein Krankenhaus, ich brauch was zu trinken. Verschwindet und lasst mich in Ruhe!«

»Auf die Bahre mit ihm«, sagte Durant. »Wo bringen Sie ihn hin?«

»Ins Höchster Krankenhaus.«

»Ich will nicht in das Scheißkrankenhaus, mir geht's gut!«

»Wir können ihn auch zwangseinweisen lassen«, sagte der junge Arzt. »Sie sind ja von der Polizei.«

»Und er auch. Vergessen Sie's, dann würde man ihn ja gleich für sechs Wochen wegsperren. Es reicht, wenn er so schnell wie möglich in die Klinik kommt und bestens versorgt wird.«

»Hat er Angehörige?«, fragte der Arzt und füllte den Einweisungsschein aus.

»Frau und zwei Kinder.«

»Wollen Sie sie verständigen?«

»Ja, sicher.« Und zu Hellmer, dessen Widerstand allmählich nachließ: »He, es wird alles gut, glaub mir. Du musst dich erholen.«

»Hi, Julia«, sagte er, als würde er sie erst jetzt erkennen, »wo ist Nadine?«

»Die kommt nachher.«

»Das ist gut«, erwiderte er, als er auf der Trage festgeschnallt wurde. »Weißt du, ich liebe sie. Ich liebe sie mehr als alles auf der Welt. Wo bringt ihr mich hin?«

»Ins Krankenhaus. Und jetzt sei ganz ruhig, es wird alles gut«, sagte Durant mit fürsorglicher Stimme. Und zum Arzt: »Ich komme gleich nach, ich muss erst noch etwas regeln.«

Nachdem Hellmer abtransportiert worden war, wartete Durant

mit Kullmer und Seidel schweigend auf den Aufzug. Sie fuhren in die Empfangshalle, und Durant ging zur Rezeption. Sie sagte zu der jungen Frau hinter dem Tresen: »Im Zimmer muss einiges gemacht werden. Schicken Sie die Rechnung an folgende Adresse …« Sie gab die Adresse von Hellmer an. »Und bitte, behandeln Sie den Vorfall vertraulich. Sie können sich darauf verlassen, dass der Schaden unverzüglich beglichen wird.«

»Wie Sie wünschen«, entgegnete die Dame mit dem streng zurückgekämmten blonden Haar kühl. »Allerdings muss ich Ihnen leider mitteilen, dass Herr Hellmer ab sofort Hausverbot bei uns hat. Wir können es uns nicht leisten …«

»Sparen Sie sich Ihren Kommentar, er wird garantiert nicht mehr bei Ihnen absteigen wollen. Ich übrigens auch nicht. Ist nicht zu empfehlen, Ihr Hotel.«

Ohne eine Erwiderung von der verdutzten Frau abzuwarten, machte sie auf dem Absatz kehrt und marschierte nach draußen, wo Kullmer und Seidel vor dem Auto warteten. Sie atmete einmal tief durch und sagte: »Ihr könnt heimfahren, ich informier Nadine und schau noch mal in der Klinik vorbei.«

»Okay. Und wenn was ist, du weißt ja, wo wir zu erreichen sind«, entgegnete Kullmer. »Er wird wieder auf die Beine kommen, da ist nur irgendwas verdammt schiefgelaufen. Kann jedem von uns passieren. Und sollte er ansprechbar sein, dann richte ihm unsere besten Grüße aus.«

»Danke, werd ich machen. Und jetzt haut ab, wir haben morgen früh eine Menge zu besprechen.«

Sie wartete, bis beide in ihren Wagen eingestiegen waren, und hatte bereits ihr Handy in der Hand, um Nadine Hellmer anzurufen, als sie ihren ursprünglichen Plan verwarf, ins Höchster Krankenhaus zu fahren. Stattdessen setzte sie sich ins Auto und fuhr nach Hattersheim-Okriftel. Sie wollte Nadine die Nachricht vom Absturz ihres Mannes persönlich überbringen. Außerdem würde Nadine jemanden brauchen, der in ihrer Abwesenheit bei den Mädchen blieb. Um zwanzig vor eins traf sie bei ihr ein. Sie klingelte nicht, sondern rief an und teilte Nadine mit, dass sie vor der Haustür stehe. Kurz darauf wurde die Tür geöffnet.

Nadine sah sie mit vom vielen Weinen geröteten Augen an. »Wieso kommst du her? Was ist passiert?«

»Wir haben Frank gefunden. Jetzt reg dich nicht auf, er hat sich in einem Hotel eingemietet und sich volllaufen lassen. Er wurde in die Höchster Klinik gebracht. Ich dachte, du brauchst vielleicht jemanden, der das Haus hütet, während du bei ihm bist.«

»Wie schlecht geht's ihm?«, fragte Nadine mit sorgenvoller Stimme.

»Wie's ausschaut, hat er 'ne Alkoholvergiftung. Aber er hat eins gesagt, nämlich dass er dich über alles liebt. Und du weißt, Kinder und Betrunkene sagen die Wahrheit. Aber die kriegen ihn wieder hin, wir haben ihn zum Glück rechtzeitig gefunden.«

Nadine weinte stumme Tränen, zog sich eine Jacke über und Schuhe an und umarmte Julia Durant. »Ich hab so viel falsch gemacht, das werde ich mir nie verzeihen. Ich liebe ihn doch auch.«

»Ihr müsst reden, das ist das Wichtigste. Aber ich würde das aufschieben, bis er wieder einigermaßen klar ist.«

»Danke, dass du heute Nacht hier bleibst. Das werde ich dir nie vergessen. Steffi und Marie schlafen, vor sieben werden die selten wach.«

»Gut. Ich kenn ja mein Zimmer. Tschüs und fahr um Himmels willen vorsichtig.«

Sie ging ins Bad, wusch sich die Hände und das Gesicht, zog sich bis auf die Unterwäsche aus und legte sich gleich ins Bett. Der Tag hatte seine Spuren deutlich hinterlassen, ihre Füße und ihr Rücken schmerzten, ein leichtes Stechen machte sich in den Schläfen bemerkbar. Sie nahm noch eine Tablette aus ihrer Tasche, spülte sie mit einem Schluck Wasser hinunter und drehte sich danach auf die linke Seite. Sie war so müde, dass sie sofort einschlief.

Montag, 22.45 Uhr _____

Berger stellte die beiden Einkaufstüten mit den Ordnern in sein Arbeitszimmer und begrüßte seine Frau Marcia mit einem Kuss.

»Ist spät geworden, ich weiß«, sagte er, »und es wird noch später werden. Ich muss noch einige Akten durchsehen. Tut mir leid.«

»Wann wirst du pensioniert?«, fragte sie lächelnd und stand auf. Da war kein Vorwurf in ihrer Stimme, sie hatte gewusst, worauf sie sich einließ, als sie sich kennenlernten und zu heiraten beschlossen.

»Ja, ja, mach dich nur lustig über mich. Aber was sind schon diese neun Jahre? Die kriegen wir doch auch noch rum, oder?«, sagte er und nahm sie in den Arm. »Hat sich Andrea schon gemeldet?«

»Nnnein«, antwortete sie nur.

»Wirklich nicht?«, hakte er misstrauisch nach, denn dieses Nein kam ihm etwas zu zögerlich. »Guck mich an«, sagte er grinsend.

»Na ja, nur kurz. Sie wollte dich sprechen.«

»Ach komm, sie hat dir doch bestimmt erzählt, ob sie die Stelle bekommen hat.«

»Na ja, wir haben uns ein bisschen unterhalten …«

»Marcia, jetzt spann mich nicht auf die Folter. Hat sie die Stelle bekommen oder nicht?«

»Hast du Hunger?«, wich sie aus, während ihr Kopf an seiner Schulter lag, bevor sie sich aus der Umarmung löste und ihn von unten herauf ansah, auch wenn Berger selbst nur knapp über einssiebzig war, denn Marcia maß nicht einmal einssechzig. Ihre Augen blitzten kurz auf, Augen, in die er sich schon beim ersten Treffen verliebt hatte. Braun und warm wie ihre Stimme und ihr ganzes Wesen. Dennoch war Marcia eine resolute, durchsetzungsfähige Frau, die jedoch nie die Konfrontation suchte, sondern es auf höchst subtile Weise schaffte, ihren Mann und auch andere von ihrer Meinung zu überzeugen. Manchmal fragte er sich, womit er dieses Glück verdient hatte, eine Frau kennenlernen und lieben zu dürfen, die im Februar dreiundvierzig geworden war, während er in wenigen Wochen seinen fünfundfünfzigsten Geburtstag feierte.

»Nein, ich hab mich eben in Darmstadt mit jemandem getroffen und dort was gegessen. Und wenn du mir jetzt nicht sofort eine Antwort gibst …«

»Also gut, deine Tochter fängt bei euch an. Ihr habt eine neue Kriminalpsychologin. Aber eigentlich wollte sie dir diese freudige Mitteilung selbst überbringen. Du hast es nicht von mir, okay?«

»Heiliges Indianerehrenwort. Ich wusste, sie würde es schaffen«, sagte er triumphierend, zog seine Schuhe aus und hängte die Jacke an die Garderobe. »Mit ihrer Ausbildung und den Erfahrungen, die sie in den Staaten gesammelt hat, wird sie uns in Zukunft sehr helfen können. Klasse. Einfach klasse, klasse, klasse! Sie wird ihren Weg gehen, sie hat ein unglaubliches Gespür, das hab ich immer schon gemerkt. Wenn wir jetzt kriminalpsychologischen Rat brauchen … Ach, ich mach schon wieder Pläne.«

»Das ist doch schön. Mit wem hast du dich denn in Darmstadt getroffen? War's ein Er oder eine Sie?«

»Wenn es eine Sie gewesen wäre, hätte ich dir garantiert eine andere Geschichte aufgetischt. Nein, Spaß beiseite, es war ein Informant, der mir wesentliche Unterlagen zu einem aktuellen Fall anvertraut hat. Ich muss die wenigstens mal überfliegen, damit ich morgen meine Kollegen unterrichten kann.«

»Soll ich dir eine Kanne Pfefferminztee machen?«, fragte Marcia, weil sie wusste, wie gerne er an langen Arbeitsabenden und -nächten diesen Tee trank.

»Dazu sag ich natürlich nicht nein. Ich bin drüben.«

»Ein schwerer Fall?«, fragte sie, was aber nicht neugierig klang, sondern mitfühlend, denn sie kannte ihn nun schon seit über fünf Jahren und konnte seinen Gesichtsausdruck und seinen inneren Zustand sehr wohl deuten. Sie war nicht nur hübsch, sondern verfügte auch über einen sechsten Sinn. Sie hatte diese Antennen, die ihr signalisierten, wenn mit Berger etwas nicht stimmte. Und sie hatte Berger nach dem Verlust seiner ersten Frau und seines Sohnes wieder Kraft und Mut zum Leben gegeben. Er hatte aufgehört zu rauchen, seit fast fünf Jahren keinen Tropfen Alkohol mehr angerührt, trieb Sport, joggte jeden Morgen eine Stunde, sofern es seine Zeit erlaubte, und ging mindestens einmal in der Woche zum Schwimmen. Und er hatte vor allem gelernt, wieder Gefühle zu zeigen, von denen er lange geglaubt hatte, sie wären mit dem schrecklichen Schicksalsschlag vor nunmehr dreizehn Jahren auch gestorben. Als sie sich kennenlernten, war anfangs noch eine Barriere zwischen ihnen, doch sie hatte es verstanden, diese Barriere zu überwinden und zu ihm durchzudringen. Und dabei hatte sie einen Mann getroffen, der eigentlich nur eines wollte, lieben und geliebt werden. Sie streichelte ihm noch einmal über die Hand und ging in die Küche, um Wasser aufzusetzen und den Tee aufzugießen. Auf einen Teller tat sie ein paar Kekse, die er in den kommenden Stunden nebenbei knabbern würde. Sie verabschiedete sich für die Nacht, indem sie die Arme von hinten um ihn legte, gab ihm einen Kuss und schloss leise die Tür hinter sich.

Berger blieb bis halb drei in seinem Zimmer. Immer wieder schüttelte er den Kopf wegen des Gelesenen. Er notierte sich die Namen der drei Männer, die zum Zeitpunkt der Ermordung von Peter Guttenhofer und Laura Kröger zwischen zwanzig und drei-

undzwanzig Jahre alt waren und alle, wie Kremer bereits berichtete, aus besten Verhältnissen stammten. Dazu noch etliche andere Namen, die mit den jeweiligen Fällen zusammenhingen. Ein
paarmal stand er auf und ging im Zimmer umher, die Hände in
den Hosentaschen vergraben, und fragte sich, wie es sein konnte,
dass zwei Morde ungesühnt blieben, nur weil Staatsanwälte,
Richter und auch einige Polizeibeamte geschmiert worden waren. Geschmiert von Vätern, die die Verbrechen ihrer Söhne als
Kavaliersdelikte betrachteten. Je mehr Berger las, desto wütender
wurde er, was bei ihm äußerst selten der Fall war, aber hier taten
sich Abgründe auf, die er in diesem Ausmaß und in dieser Tiefe
noch nie gesehen hatte. Er hatte schon mit dem organisierten Verbrechen zu tun gehabt, mit Drogen-, Waffen- und Menschen-
händlern, mit Mördern und anderen Gestalten der Unterwelt,
Gesocks, wie er manche dieser skrupellosen Verbrecher nannte
(doch nur, wenn er allein war, nie in Gesellschaft anderer oder
gar vor Kollegen), aber diese Papiere von Kremer zeigten ganz
deutlich, wie korrupt das System selbst auf der untersten Ebene
war. Kommunalpolitiker, die mit Staatsanwälten und Richtern
per Du waren, mit ihnen zum Golfen oder zum Essen gingen
oder gar in die Ferien fuhren – und die mit ihnen schmutzige
Deals aushandelten. Politiker, Baulöwen und Immobilienhaie,
die ihre Macht, ihren Einfluss und vor allem ihr Geld dafür
nutzten, dass Kapitalverbrechen der übelsten Art offiziell einfach
nicht geschehen waren. Für alle stand enorm viel auf dem Spiel,
das Renommee, das Ansehen in der Gesellschaft und auch das
Geschäft. Und letzten Endes ging es nur ums Geld. Wer das Geld
hat, hat auch die Macht, dachte Berger, was sich in diesem Fall
nur zu sehr bewahrheitet. Und Berger wusste, wie immer mehr
Polizisten, ganz gleich, ob von der Schutzpolizei oder Kriminal-
beamte, aber auch Staatsanwälte und Richter bestechlich waren
und wurden. Er selbst kannte einige, die regelmäßig umsonst essen gingen oder sich die Wohnung oder das Haus renovieren lie-

ßen, ohne auch nur einen Cent dafür zu zahlen. Kleine Gefälligkeiten, die längst zur Tagesordnung gehörten und über die er hinwegsah, denn er würde Kollegen nie anschwärzen, wenn sie etwas annahmen, was sie eigentlich nicht hätten annehmen dürfen, und wenn es sich nur um ein kostenloses Essen beim Italiener oder Griechen handelte. Doch das vor ihm liegende Material hatte eine andere Qualität. Auf gut zweihundertfünfzig Seiten wurden Verbrechen geschildert, die an Grausamkeit und Perfidität kaum zu übertreffen waren. Dennoch gab es offiziell keine Täter, nur Opfer. Und Angehörige von Opfern. Freunde, Bekannte, eine Ehefrau, einen Verlobten, Brüder, Schwestern, Eltern und Kinder. Und genauso offiziell waren diese Verbrechen längst in Vergessenheit geraten, doch noch viel schlimmer war, dass sie gar nicht geahndet worden und damit eigentlich auch gar nicht geschehen waren. Er hätte die Akten nur zu gerne einem Oberstaatsanwalt aus Frankfurt gezeigt, einem deutschlandweit bekannten und gefürchteten Korruptionsjäger, der aber auch immer wieder an seine Grenzen stieß, und Berger fragte sich, wie lange er wohl noch durchhielt oder ob er doch bald kapitulieren würde. Aber er hatte Kremer versprochen, das Material absolut vertraulich zu behandeln, und er würde sein Versprechen halten.

Doch, dachte Berger, die Verbrechen sind geschehen, und die Verbrecher wurden nie dafür zur Rechenschaft gezogen. Laura Kröger, zwanzig Jahre alt, Medizinstudentin im ersten Semester, vergewaltigt, misshandelt und mit einem Kopfschuss hingerichtet. Er betrachtete mehrere kopierte Farbfotos der jungen Frau, die gerade zu leben begonnen hatte. Eine junge Frau mit Plänen und Zielen, Hoffnungen und Träumen. Sie hatte ein fast schönes und ausgesprochen ausdrucksstarkes Gesicht, mit langen hellbraunen Haaren, großen blauen Augen und einem bezaubernden Lächeln. Lebenslustig und voller Tatendrang. Die Fotos vom Tatort jedoch zeigten das genaue Gegenteil, ein gekrümmt auf dem Boden liegendes Mädchen, die Kleidung zerrissen, ein Loch im

Kopf. Und sie hatte einen Verlobten, den sie laut seiner Aussage und auch der Aussage ihres Bruders und ihrer Eltern einmal heiraten wollte, weil sie sich schon seit dem Sandkasten kannten und irgendwann merkten, dass sie sich ineinander verliebt hatten. Und dann kam jener verhängnisvolle Abend am 14. Dezember 1995, als sie entweder freiwillig in den BMW von Magnus Möller einstieg oder dazu gezwungen wurde. Was danach geschah, war ausführlich und sehr detailliert in den Akten vermerkt. Die Nacht vom 14. auf den 15. Dezember 1995 war die letzte Nacht, die sie erlebte. Eine schreckliche, grausame Nacht, in der Laura Kröger misshandelt, vergewaltigt und aufs Schlimmste gequält und gedemütigt worden war. Über zehn Jahre lag diese Tat zurück.

Peter Guttenhofer, zweiundvierzig, verheiratet, drei Kinder, aus einem fahrenden Auto heraus erschossen, während er selbst am Steuer seines Wagens gesessen hatte. Ein äußerlich eher unscheinbarer Mann mit Halbglatze, einer großen langen Nase, schmalen Lippen, hervorstehendem Kinn und einer Narbe auf der Stirn. Er hatte gerade ein Haus gebaut und führte eine alteingesessene Schreinerei, die er von seinem Vater übernommen hatte. Ermordet am 31. Oktober 1995. Einfach so, ohne jeden ersichtlichen Grund. Aus Lust am Töten, wie Kremer so treffend formuliert hatte. Lust am Töten, am Vergewaltigen, am Quälen.

Verdammte Saubande, dachte Berger mit geballten Fäusten, stellte sich ans Fenster und schaute hinaus in die Nacht. Er war nicht nur wütend, er war über die Maßen zornig und enttäuscht über ein System, in dem auch er, wie Dr. Kremer schon gesagt hatte, nur ein Rädchen in einem riesigen Uhrwerk der Justiz war. Austauschbar, ersetzbar. Auch er spielte ab sofort mit dem Feuer und wusste, wie gefährlich die kommenden Tage und vielleicht Wochen oder gar Monate werden würden. Es wird möglicherweise ein Ritt auf der Rasierklinge, dachte er und kaute auf der Unterlippe.

Er war müde und würde doch nicht schlafen können, denn noch nie in seiner Dienstzeit war er mit derartigem Material konfrontiert worden, und noch nie kam er sich so hilflos vor. Wozu sind wir Bullen eigentlich da?, fragte er sich. Wir machen die ganze Drecksarbeit, und am Ende ist doch alles umsonst. Ich hab's oft genug erlebt. Wir klären einen Fall, und dann werden uns plötzlich die Akten aus den Händen genommen. Oder wir stehen kurz davor, und es heißt, wir seien nicht mehr zuständig. Oder wir bitten um Amtshilfe, und es wird uns förmlich mitgeteilt, es seien keine Kapazitäten frei. Ich bin echt gespannt, wie die Durant darauf reagieren wird. Nee, darauf brauch ich nicht gespannt zu sein, ich kenn sie ja, die wird wie das HB-Männchen in die Luft gehen, und Kullmer und Seidel auch. Für einige Sekunden dachte er an Hellmer, von dem er wusste, dass er große Probleme hatte. Probleme, die er nur zu gut kannte, vor allem jene, die mit dem Teufel Alkohol zu tun hatten. Auch wenn die andern meinten, er wisse nicht, welches eines von Hellmers Hauptproblemen war, so wusste er zumindest von einer andern Frau, die dazu noch die Frau von dem alten Bekannten und beliebten Psychiater, Psychologen und Kriminalpsychologen Prof. Richter war. Einer, der dem K 11 schon einige Male hilfreich zur Seite gestanden hatte. Und Berger wusste auch, dass Hellmers Alkoholproblem auf diese Affäre zurückzuführen war. Er hoffte inständig, dass Hellmer sich wieder fangen würde, aber er kannte auch diesen Promilleteufel, der einen, wenn er sich mal festgebissen hatte, nicht mehr so leicht losließ. Mehr als acht Jahre war er selbst diesem Teufel hörig gewesen, hatte jeden Tag mindestens eine Flasche Weinbrand, manchmal auch mehr getrunken, im Dienst, zu Hause und irgendwo in irgendeiner Kneipe. Den Kummer und den Schmerz wegen des sinnlosen Verlustes seiner ersten Frau und seines Sohnes wegspülen. Er war immer fetter und auch teilnahmsloser geworden, und im Nachhinein wunderte er sich, dass er überhaupt noch fähig gewesen war, seine Arbeit als Kommissariatsleiter zu erledigen. Aber er hatte es geschafft, und auch Hellmer würde es schaffen. Er war ein zu guter Mann, als dass Berger ihn fallenlassen würde.

Er schlug den letzten Ordner zu, zog sich bis auf die Unterwäsche aus und legte sich ins Bett, ohne sich zu waschen. Er würde am Morgen duschen. Marcia lag auf der Seite, das Gesicht ihm zugewandt. Sie atmete kaum hörbar, und am liebsten hätte er sie gestreichelt. Doch er wollte sie nicht wecken. Er verschränkte stattdessen die Hände hinter dem Kopf und starrte an die Decke, bis ihm irgendwann, es war schon Morgen und die Dämmerung brach an, die Augen zufielen.

Montag, 22.25 Uhr _____

Peter Brandt sah die Frankfurter davonfahren und sagte zu Andrea Sievers: »Kommst du mit, wenn ich Frau Buchmann die gute Nachricht überbringe? Ist nur 'ne Frage, aber ich könnte Unterstützung gebrauchen.«

Andrea holte tief Luft, überlegte und meinte: »Ich muss morgen sehr früh raus und ...«

»Na und? Ich doch auch«, sagte er mit diesem typischen Blick, in den sie sich vor Jahren verliebt hatte, der ihr aber längst kein Kribbeln im Bauch mehr verursachte. »Dauert bestimmt nicht lange, eine ausführliche Befragung folgt morgen. Und du könntest danach bei mir übernachten.«

»Ausnahmsweise«, gab Andrea Sievers nach, auch wenn sie viel lieber nach Hause gefahren wäre. »Aber ich bin schon den ganzen Tag verdammt müde, nur damit du's weißt«, sagte sie und signalisierte ihm damit eindeutig, dass sie zwar bei ihm schlafen, aber dass sonst nichts laufen würde. Sie hatte etliche Sachen bei ihm, Schminkzeug, eine Zahnbürste, ein paar Kleidungsstücke. Sie hätte lieber in ihrem eigenen Bett geschlafen, doch sie wollte

Brandt nicht schon wieder vor den Kopf stoßen, zumindest nicht heute. Es war nicht seine Schuld allein, dass es zwischen ihnen nicht mehr so lief wie noch vor einem Jahr, es lag auch an ihr, ihrem Unternehmungsgeist und ihrer Spontaneität, Eigenschaften, die sie bei ihm so vermisste. Er mochte es gemütlich, am liebsten daheim vor dem Fernseher, eine Flasche Bier in der Hand, die Beine hochgelegt. Sie hatte ihn gern, aber ob sie ihn noch liebte, diese Frage hatte sie sich in letzter Zeit häufig gestellt. Sicher, er war ihr Typ, er war ein liebevoller Partner, er nahm das Leben und seinen Beruf ernst, er war zuverlässig und alles andere als aufdringlich. Und er hatte breite Schultern, an die sie sich gerne anlehnte. Er konnte zuhören, ohne gleich mit irgendwelchen Ratschlägen aufzuwarten, er war ein Ruhepol. Leider oft zu ruhig. Und allein die Vorstellung, den Rest ihres Lebens in dieser Eintönigkeit des Alltags zu verbringen, bereitete ihr Kopfschmerzen. Sie wollte leben, etwas erleben, hin und wieder ausgehen, tanzen, sich austoben und einfach sie selbst sein, was sie aber bei ihm nicht konnte. Und da waren auch noch seine Töchter, zu denen sie schon lange keinen Zugang mehr fand. Bei passender Gelegenheit würde sie mit ihm reden und ihm ihre Bedenken mitteilen, auch wenn es schwer für sie und ihn werden würde. Aber sie würde einen Schlussstrich ziehen, bevor es zu spät war. Tut mir leid, Peter, dachte sie, aber ich liebe dich nicht mehr, du bist nur noch ein guter Kumpel.

Im Moment waren nur noch die Leute von der Spurensicherung vor Ort. Andrea Sievers und Peter Brandt standen vor der Absperrung. Sie blickte ihn von der Seite an und sah das etwas traurige Gesicht ihres Freundes.

»Ich bin auch müde«, erwiderte er und versuchte ein Lächeln, das aber eher verkrampft wirkte. »Komm, bringen wir das Unangenehme hinter uns.«

»Wo wohnt sie denn?«

»Nur ein paar Minuten von hier.«

Brandt parkte direkt vor dem Tor des hell erleuchteten Bungalows. »Na dann«, sagte er zu Andrea Sievers. Sie stiegen aus, er klingelte. Die Außenbeleuchtung ging an, und eine das Alter betreffend schwer zu schätzende Frau kam heraus.

»Brandt, Kripo Offenbach.« Er hielt seinen Ausweis hoch und trat näher. »Frau Buchmann?«

»Ja«, antwortete sie mit leicht zittriger Stimme, während sie den Ausweis näher betrachtete.

»Dürfen wir reinkommen.«

»Was ist mit meinem Mann?«, fragte sie, die Arme wie zum Schutz unter dem gewaltigen Busen verschränkt. Sie war klein und zierlich, hatte dunkelblondes, kurzes Haar und schien Dauergast in einer Schönheitsklinik zu sein. Ihre Lippen waren unnatürlich voll, das Gesicht war stark geschminkt und hatte etwas Maskenhaftes, fast Groteskes, die riesige Oberweite passte nicht zum restlichen Erscheinungsbild. Sie trug eine eng anliegende schwarze Bluse und eine schwarze Jeans und war barfuß mit grellrot lackierten Fußnägeln.

»Können wir drin reden?«

»Bitte«, sagte sie und machte die Tür frei. Sie ging vor ihnen in den großen und ultramodern und doch kalt eingerichteten Wohnbereich, der hauptsächlich aus Stein, Stahl und Glas bestand.

»Frau Buchmann«, begann Brandt, »wir müssen Ihnen leider mitteilen, dass Ihr Mann tot ist.«

Für einige Sekunden herrschte vollkommene Stille, bis sie mit emotionsloser Stimme sagte: »Tot? Wo ist er jetzt?«

»In der Gerichtsmedizin«, antwortete Sievers. »Können Sie morgen so gegen zehn vorbeikommen, um ihn zu identifizieren?«

»Ja, sicher«, sagte sie. »Was ist passiert?«

»Er wurde ermordet. Ein Streifenwagen hat ihn gefunden, das

172

heißt, der Mercedes wurde gefunden, und als die Beamten den Kofferraum aufmachten sahen sie Ihren Mann darin liegen.« Brandt registrierte jede Regung in Frau Buchmanns Gesicht, doch da war nichts, keine Trauer, kein Gefühlsausbruch, nur ein leichtes Zucken der Mundwinkel. Tut sie nur so, oder ist das ihr wahres Gesicht?, fragte er sich, während sie zum Barfach ging und sich einen Cognac einschenkte.

»Wo wurde er gefunden? In Köln?«, fragte sie.

»Nein, eigentlich gleich hier um die Ecke.«

»Was? Er ist doch gestern Abend nach Köln gefahren wie jeden Sonntagabend, wenn er am nächsten Tag Aufzeichnung hatte.«

»Um welche Zeit hat er das Haus verlassen?«, fragte Brandt.

»Wie immer so gegen sieben, damit er spätestens um neun in Köln ist und sich noch auf die Sendung vorbereiten kann. Weiß man schon, wer ihn ermordet hat?«

»Nein, leider nicht. Dürfen wir uns setzen?«

»Entschuldigen Sie, natürlich. Ich bin völlig durcheinander. Aber irgendwie habe ich mit einer solchen Nachricht gerechnet, ich meine, dass er tot ist. Er hat sich sonst immer gemeldet, er hat angerufen, sobald er angekommen war und … Ich begreife das nicht.«

»Haben Sie Kinder?«

»Zwei Söhne aus der ersten Ehe meines Mannes, aber die studieren beide in den USA, in Harvard, um genau zu sein. Selbst wenn sie wollten, könnten sie frühestens übermorgen hier sein.«

»Gibt es sonst jemanden, der Ihnen jetzt …«

»Ich komme schon zurecht«, unterbrach sie ihn, als wüsste sie, was Brandt sagen wollte.

»Hatte Ihr Mann Feinde?«

Frau Buchmann zuckte mit den Schultern. »Keine Ahnung. Falls ja, hat er nie mit mir darüber gesprochen.« Und nach einer kurzen Pause: »Nein, ich glaube nicht.«

»Wie lange sind Sie schon verheiratet?«, fragte Brandt.

»Seit acht Jahren. Warum?«

»Nur so. Wie war Ihre Ehe?«

»Was hat das mit dem Tod meines Mannes zu tun? Er war ein fürsorglicher Ehemann und Vater, wenn Sie es genau wissen wollen. Es hat uns an nichts gemangelt.«

»Gab es in letzter Zeit, speziell in den letzten Tagen, irgendwelche besonderen Vorkommnisse wie etwa anonyme Anrufe, Drohbriefe oder Ähnliches?«, fragte Brandt routinemäßig.

»Nein, nichts dergleichen. Mein Mann hätte doch sofort die Polizei informiert, er ist schließlich Richter. Natürlich gab es hin und wieder Drohungen, aber die kamen von Verbrechern, die mein Mann dorthin gebracht hat, wo sie hingehören. Und falls Sie es noch nicht wissen, er hat vor zwei Jahren eine erfolgreiche Fernsehkarriere begonnen, seine Sendung war die quotenstärkste unter allen Gerichtsshows.«

»Das ist uns bekannt. Sie sagen, Ihr Mann ist sonntags immer gegen neunzehn Uhr losgefahren, damit er etwa um einundzwanzig Uhr in Köln war. Sie haben Ihren Mann aber erst heute Vormittag um kurz vor halb zwölf als vermisst gemeldet. Kam es Ihnen nicht merkwürdig vor, dass er Sie gestern Abend nicht angerufen hat?«

Einen Moment war Stille, bis Frau Buchmann antwortete: »Nein, ich war gestern Abend ausnahmsweise nicht zu Hause. Ich habe bei meiner Schwester übernachtet, das heißt, wir waren bis weit nach Mitternacht in einer Bar. Mein Mann wusste davon und hat gesagt, er würde sich heute Vormittag melden. Als er das nicht tat, habe ich erst versucht ihn auf seinem Handy zu erreichen, aber da sprang nur die Mailbox an, danach habe ich im Hotel angerufen, wo man mir mitteilte, dass er gar nicht eingecheckt hatte. Daraufhin habe ich die Polizei informiert, weil ich mir Sorgen machte.«

»Wo wohnt Ihre Schwester?«

»Sie glauben mir wohl nicht?«, fragte sie pikiert.

»Für mich zählen nur Fakten«, antwortete Brandt, der eine ungewöhnlich starke Abneigung gegen diese Frau empfand, die so
kalt war wie dieses Haus. Hier hätte er sich nie wohlfühlen können. Es lag etwas in der Luft, das er nicht beschreiben konnte,
aber ihm kam es vor wie elektrische Funken, die überall um ihn
herum waren. Frau Buchmann hingegen passte in dieses Haus.
Sie hatte ausdruckslose Augen, maskenhafte Gesichtszüge, ein
Großteil ihres Körpers bestand aus Silikon, es gab wohl kaum
eine Stelle, an der ein Chirurg noch nicht das Skalpell angesetzt
hatte, obgleich er sie bei näherem Betrachten auf nicht älter als
Mitte dreißig schätzte.

»Sie wohnt in Sprendlingen. Sie hat mich um acht abgeholt,
und später sind wir zu ihr gefahren. Ich war heute Morgen um
zehn wieder hier zu Hause«, antwortete sie mit einem süffisanten
Unterton und versuchte dabei ebenso süffisant zu lächeln, was ihr
jedoch nach zahlreichen Liftings und Botoxunterspritzungen
nicht gelang, sondern nur grotesk wirkte.

»Wir müssen auch mit Ihrer Schwester sprechen«, sagte
Brandt förmlich kühl. Er mochte Frau Buchmann von Sekunde
zu Sekunde weniger, womöglich auch, weil sie alles andere als
den Eindruck einer Frau machte, die soeben die Nachricht erhalten hatte, dass ihr treusorgender und liebevoller Mann, wie sie
ihn eben umschrieben bezeichnet hatte, einem Kapitalverbrechen
zum Opfer gefallen war. »Wenn Sie uns bitte ihre Anschrift geben würden und auch, in welcher Bar Sie sich gestern Abend
aufgehalten haben.«

»Wozu das alles? Finden Sie lieber den Mörder meines Mannes«, fuhr sie Brandt an.

»Das werden wir, aber vielleicht kann uns Ihre Schwester ja
dabei behilflich sein. Oder waren Sie gar nicht mit Ihrer Schwester unterwegs?«

»Prüfen Sie das doch nach! Hier ist die Adresse und auch eine

Karte der Bar. Etliche Zeugen werden Ihnen bestätigen können, dass wir dort waren.«

»Danke. Wir werden noch Fragen haben, aber das hat Zeit bis morgen. Nein, Moment, eine Frage hätte ich doch noch: Ist Ihr Mann immer mit dem Auto gefahren? Es gibt doch seit einiger Zeit eine superschnelle Bahnverbindung nach Köln.«

»Er liebte es, Auto zu fahren. Und mit Bahnverbindungen kenne ich mich nicht aus, ich nehme in der Regel das Flugzeug.«

Brandt gab Sievers ein Zeichen, sie erhoben sich gemeinsam, und er sagte: »Hat Ihr Mann ein Arbeitszimmer?«

»Ja.«

»Ich möchte kurz einen Blick hineinwerfen. Und dann hätte ich ganz gerne den Schlüssel.«

»Was soll das? Das ist doch nicht normal.«

»Frau Buchmann, wir möchten den Fall so schnell wie möglich klären, was doch sicherlich auch in Ihrem Interesse ist.«

»Mein Gott, ja, das will ich auch. Trotzdem finde ich Ihr Verhalten nicht angemessen.«

»Das haben uns schon andere gesagt, ich kann damit leben.«

Brandt und Sievers hielten sich noch fünf Minuten in dem Haus auf, schlossen das Arbeitszimmer ab und verabschiedeten sich.

Im Auto sagte er: »Die Alte ist kalt wie 'ne Hundeschnauze. Der ist es doch scheißegal, was mit ihrem Mann passiert ist. Die hat'n Lover, da wett ich drauf.«

»Und er hatte eine Geliebte«, erwiderte Andrea Sievers lapidar.

»Aha. Und was veranlasst dich zu dieser Annahme?«

»Intuition. Bring mich zu meinem Wagen.«

»Aber du kommst mit zu mir, oder?«

»Hab ich doch gesagt, obwohl ich eigentlich lieber bei mir schlafen würde.«

Und wenn du ganz ehrlich bist, würdest du am liebsten gar

176

nicht mehr bei mir schlafen, dachte er, ohne es auszusprechen. Stattdessen sagte er: »Die Buchmann, wie oft hat die wohl schon unterm Messer gelegen?«

»Zu oft. Was finden Frauen schön daran, vor allem aber, was finden Männer schön daran? Ihre Titten sind mindestens vier Nummern zu groß, ich schätze mal 85 DD, und das bei einer Körpergröße von maximal einssechzig. Weißt du, wie sich so was anfühlt?«

»Nee, woher denn?«

»Ich hab schon einige solcher Damen auf den Tisch gekriegt, einfach schrecklich. Solche Dinger sind unnatürlich fest und … Ist einfach schwer zu beschreiben. Ich hatte mal eine auf dem Tisch, die hatte auf jeder Seite achthundert Gramm Silikon eingebaut. Das ist der absolute Wahnsinn. Die Buchmann hat mindestens fünfhundert Gramm in jeder Brust, wahrscheinlich sogar mehr. Was das allein für den Rücken bedeutet. Und diese Lippen! Was ist daran bloß schön?«

»Mich brauchst du nicht zu fragen, für mich sieht die wie eine Hexe aus. Ich mag's lieber natürlich. Wie bei dir.«

Früher hätte sie eine entsprechende Bemerkung auf den letzten Satz hin gemacht, diesmal unterließ sie es und sagte mit undurchdringlicher Miene: »Eins kannst du mir glauben, ich würde nie zu einem plastischen Chirurgen gehen. Die einzige Ausnahme wäre nach einem schweren Unfall, wenn ich verunstaltet wäre. Aber diese Typen verdienen sich dumm und dämlich, und es werden immer mehr, weil schon kleine Mädchen, die kaum in die Pubertät gekommen sind, ihre Nase und ihre Brust und alles Mögliche andere machen lassen. Und die Eltern sind auch noch so bescheuert und bezahlen diesen Irrsinn.«

»Das ist eine andere Generation«, bemerkte Brandt.

»Aber nicht die Eltern. Es gibt manche Sachen, die versteh ich einfach nicht, und da fühl ich mich auch schon verdammt alt.«

»Bist du aber nicht. Für mich bist du gerade richtig.«

»Meinst du?«, fragte Andrea und schaute aus dem Seitenfenster in die Nacht.

»Hab ich dich jemals angelogen?«

»Kann ich nicht beurteilen.«

Andrea Sievers wechselte in ihr Auto und fuhr hinter Brandt her. Sie dachte über die letzten Sätze von ihm nach. Er weiß, dass ich nicht mehr will, traut sich aber nicht, das Thema anzusprechen. Dann muss ich das eben tun. Irgendwann. Nach gut einer Viertelstunde langten sie in der Elisabethenstraße an. Hinter den meisten Fenstern brannte noch Licht, auch hinter dem von Michelle.

»Ist Sarah nicht zu Hause?«, fragte Andrea, als sie nach oben gingen.

»Eigentlich hätte sie um zehn da sein sollen, aber sie macht in letzter Zeit nur noch, was sie will. Was ich sag, interessiert sie nicht.«

»Sie wird flügge. Trotzdem braucht sie ihre Grenzen.«

Brandt schloss die Wohnungstür auf, ließ Andrea eintreten und machte hinter sich zu. Andrea klopfte bei Michelle an, es folgte ein leises »Ja«, und sie ging ins Zimmer. Michelle lag auf dem Bett, las in einem Buch und hörte Musik.

»Na? Lange nicht gesehen«, sagte Andrea und setzte sich zu ihr. »Wie geht's denn so?«

Michelle legte das Buch zur Seite und sah Andrea prüfend an. »Wieso warst du so lange nicht hier?«

»Ich hatte unheimlich viel zu tun.«

»Das hattest du vorher auch«, entgegnete sie vorwurfsvoll.

»Wir unterhalten uns ein andermal darüber, ich bin jetzt müde. Und du solltest auch schlafen, es ist schon halb zwölf. Wo ist eigentlich Sarah?«

»Keine Ahnung. Kannst sie ja fragen, wenn du sie siehst.«

»Schlaf gut«, sagte Andrea und lächelte Michelle zu, drehte sich um und war froh, wieder draußen zu sein, denn sie hatte keine Lust auf lange Diskussionen, die letztlich in der Frage mündeten, warum sie sich in letzter Zeit so rar machte. Und Michelle war in einem Alter, in dem sie sich mit Standardantworten nicht zufriedengab. Sie ging zu Brandt ins Wohnzimmer und wollte gerade etwas sagen, als Sarah kam.

»Hi«, begrüßte sie Andrea. »Auch mal wieder hier? Ich verzieh mich, hab um acht an.«

»Wo warst du so lange?«, fragte Brandt.

»Hab ich doch vorhin gesagt. Ist halt 'n bisschen später geworden. Mach jetzt bitte keinen Stress, okay? Nacht.«

Brandt wartete, bis Sarah in ihrem Zimmer verschwunden war, und sagte: »Du fehlst hier.«

Andrea schüttelte den Kopf. »Nee, das hat nichts mit mir zu tun. Du wirst dich wohl oder übel damit abfinden müssen, dass deine kleinen Mädchen erwachsen werden.«

»Trotzdem, wenn du öfter hier wärst …«

»Würde das nichts ändern. Und außerdem steht es mir nicht zu, ihnen zu sagen, was sie zu tun und zu lassen haben. Das ist deine Aufgabe. Oder die deiner Eltern. Ich kann nicht die Mutterrolle übernehmen, und ich will es auch nicht.«

»Das verlangt doch keiner von dir. Aber auf dich hören sie eher als auf mich. Du bist eine Frau und kannst dich besser in sie hineinversetzen. Ach, lassen wir das, ich will nur noch ins Bett. Vielleicht haben wir ja irgendwann mal die Zeit und die Gelegenheit, das alles in Ruhe zu besprechen.«

»Sicher«, antwortete sie nur, schenkte sich ein Glas Wasser ein, machte das Fenster auf und zündete sich eine Zigarette an. Wäre ich doch bloß nach Hause gefahren, dachte sie, es war ein Fehler, herzukommen.

Brandt stellte sich neben sie, legte einen Arm um ihre Schulter und sagte: »Diese Durant, was ist das für eine?«

»Diese Durant, wie du sie nennst, ist eine der besten Polizistinnen, die ich kenne, Männer eingeschlossen«, antwortete sie spöttisch. »Ich würd's mir an deiner Stelle nicht mit ihr verderben. Ich möchte sie jedenfalls nicht zum Feind haben.«

»Oha, ich krieg ja richtig Angst.«

»Mach dich ruhig lustig, aber sie ist klasse. Und du solltest vielleicht mal deine blöde Abneigung gegen die Frankfurter ablegen. Außerdem ist Julia gar keine Frankfurterin, sie kommt aus der Nähe von München.«

»Ah, ein Bazi …«

»O nein, nicht auch noch das«, sagte sie genervt.

»Schatz, das war nur ein Scherz.« Brandt drückte Andrea an sich, die es stocksteif über sich ergehen ließ. »Ganz ehrlich, ich finde, dass sie okay ist, auch wenn sie in Frankfurt … Ich werde mir jedenfalls allergrößte Mühe geben, es mir nicht mit ihr zu verderben. Zufrieden?«

»Deinen Sarkasmus kannst du dir sparen«, erwiderte sie, ohne ihn dabei anzuschauen.

»Wieso Sarkasmus? Ich hab das ernst gemeint.«

»Ich kann das bei dir nicht mehr unterscheiden«, sagte sie und wandte sich ab.

»Was hab ich dir getan, dass du …«

»Peter, bitte, ich hab dir gesagt, dass ich müde bin und eigentlich zu Hause schlafen wollte. O Mann, du kapierst überhaupt nichts. Wir sollten wirklich mal reden, denn es gibt einiges …« Sie drückte ihre Zigarette aus und kaute auf der Unterlippe, denn sie merkte, dass sie kurz vor einem Streit standen, würde sie nicht ihre Zunge im Zaum halten. »Aber nicht mehr heute. Wir gehen jetzt zu Bett, in sieben Stunden ist zumindest meine Nacht rum. Und noch was – Julia und ich sind befreundet.«

»Auch das noch«, sagte er mit aufgesetztem Grinsen und rollte mit den Augen.

»Ja, auch das noch«, entgegnete sie spitz und mit einer gewissen Schärfe, die er sehr wohl zu deuten wusste. »Ich habe weder etwas gegen Frankfurt noch gegen Offenbach, wie du inzwischen wissen müsstest. Aber für dich gibt es ja nur Offenbach, Offenbach und noch mal Offenbach.«

»Wenn du meinst«, erwiderte Brandt gekränkt, ohne es sich zu sehr anmerken zu lassen. »Willst du zuerst ins Bad?«

»Nein, ich will nur noch schlafen. Ich leg mich hin.«

Andrea rollte sich in ihre Decke und wandte ihm den Rücken zu, als er mit kehliger Stimme sagte: »Was mach ich falsch?«

»Nicht jetzt, bitte, ich kann nicht mehr klar denken.«

»Natürlich. Gute Nacht.«

Dienstag, 7.00 Uhr

Berger hatte kaum zwei Stunden geschlafen und fühlte sich zum ersten Mal seit einer halben Ewigkeit miserabel, als er aufstand und sein Gesicht im Spiegel betrachtete. Er hatte Ränder unter den Augen, die Falten erschienen ihm tiefer als je zuvor. Zudem tat ihm alles weh, jeder Knochen, jeder Muskel, besonders der Rücken. Dennoch raffte er sich auf, duschte wie immer wechselwarm, wusch die Haare, rasierte sich, cremte das Gesicht ein und legte ein Eau de Toilette auf, das ihm seine Frau Marcia zum Geburtstag geschenkt hatte. Früher hatte er so etwas nie benutzt, doch sie war der Auffassung, dass auch ein Mann von Mitte fünfzig ruhig mit der Zeit gehen sollte, wozu moderne Kleidung und auch gewisse Pflegemittel gehörten, an die er sich im Laufe der Zeit allmählich gewöhnen musste. Aber irgendwie hatte sie recht, er fühlte sich frischer und auch wohler, und er mochte den Duft, der zu der Jahreszeit passte.

Sie hatte wie jeden Morgen den Frühstückstisch liebevoll gedeckt. Das Aroma von frisch gebrühtem Kaffee erfüllte den Raum, auf dem Tisch waren zwei gekochte Eier, Marmelade, Farmerschinken und eben all das, was sie morgens in der Regel aus dem Küchen- und Kühlschrank holte.

»Gut geschlafen?«, fragte Marcia gutgelaunt wie immer, er kannte sie gar nicht anders. Schlechte Laune schien ein Fremdwort für sie zu sein, und mit Sicherheit war es auch diese Eigenschaft, die ihn aus seiner ehemaligen Lethargie und seinem Phlegma herausholte.

»Nein. Ich frag mich, wie ich den Tag überstehen soll.«

»Der Fall?«, erkundigte sie sich besorgt, denn manchmal fürchtete sie, ihr Mann könnte sich übernehmen.

»Hm. Das wird hart. Du wirst in nächster Zeit nicht viel von mir haben.«

»Hauptsache, du begibst dich nicht in Gefahr«, sagte sie, setzte sich ihm gegenüber und legte ihre Hand auf seine, eine kleine Geste, mit der sie ihm zeigte, wie viel er ihr bedeutete.

»Ich sitz doch nur im Büro. Es geht auch nicht um Gefahr für Leib und Leben, es geht um ein paar gewaltige Sauereien.«

»Iss und entspann dich. Soll ich etwas für heute Abend kochen?«

»Nein, ich weiß ja nicht, wie spät es wird. Ich melde mich nachher mal.«

Berger war bereits an der Tür, als das Telefon klingelte. Seine Tochter Andrea.

»Hi, Paps. Wie geht's?«

»Ich frag dich lieber, wie's dir geht«, antwortete er, erfreut, ihre Stimme zu hören. »Raus mit der Sprache, wie ist es gelaufen?«, fragte er, obwohl er es längst wusste.

»Och, so lala«, sagte sie, um im nächsten Moment loszujubeln: »Ich werde am 1. Mai bei euch anfangen! Das ist doch der Hit, oder?«

»Wow, gratuliere! Dann haben wir ja eine richtige Kriminalpsychologin mit fundierter Ausbildung zur Verfügung. Ich find das toll. Das müssen wir richtig groß feiern. Ich hab da nur ein Problem. Im Augenblick sind wir an einem ziemlich schwierigen Fall dran und …«

»Hör mal, ich weiß, was wichtiger ist. Die Feier läuft uns nicht davon. Aber wenn ich euch irgendwie helfen kann …«

»Dann lass ich dich das wissen. Was machst du heute?«

»Faulenzen und mich freuen. Ich muss erst mal runterfahren. Vielleicht schau ich heute Abend mal vorbei oder …«

»Du kannst auch früher kommen, Marcia würde sich bestimmt über Gesellschaft freuen.«

»Klar und danke für alles. Ohne deine Hilfe hätte ich das nie geschafft.«

»Ist schon gut. Wir sehen uns dann vielleicht heute Abend.«

Berger verließ an diesem Tag erst um halb neun das Haus, die Aktenordner hatte er in seinem Pilotenkoffer verstaut.

»Pass auf dich auf«, sagte Marcia an der Tür. »Und jetzt raus und komm nicht zu spät nach Hause, ich will dir wenigstens noch gute Nacht sagen, bevor ich wieder allein einschlafen muss.«

Berger fuhr aus der Garage, winkte seiner Frau noch einmal zu und gab Gas. Die andern werden sich wundern, dachte er auf der Fahrt ins Präsidium. Noch ahnte er nicht, welche Neuigkeiten ihn im Präsidium erwarteten.

Dienstag, 9.00 Uhr _____

Bis auf Hellmer waren alle Kollegen bereits im Büro, dazu noch ein Mann, den Berger nicht kannte. Einen Tick kleiner als er, etwa Mitte vierzig, in Jeans, Hemd und brauner Lederjacke. Berger grüßte in die Runde, stellte den Koffer mit den Akten neben seinen Schreibtisch und setzte sich.

»Ist später geworden als geplant«, sagte er, und es klang wie eine Entschuldigung, war man doch gewohnt, dass er stets als Erster morgens erschien.

»Kein Problem, wir sind auch gerade erst gekommen«, erwiderte Durant und fuhr fort: »Darf ich vorstellen, Hauptkommissar Brandt aus Offenbach, der uns ab sofort unterstützen wird, Herr Berger, unser Kommissariatsleiter.«

Berger sah erst kurz Durant an, dann Brandt und streckte die Hand aus. »Angenehm. Was verschafft uns die Ehre, dass wir mit Offenbach zusammenarbeiten dürfen?«

»Ein weiterer Mordfall«, antwortete Durant an Brandts Stelle knapp. »Gestern Abend wurde die Leiche eines gewissen Bernd Buchmann am Stadtrand von Offenbach aufgefunden. Genau genommen Dr. Bernd Buchmann, seines Zeichens Richter. Bis auf ein paar Abweichungen war es die gleiche Vorgehensweise wie bei der Sittler. Das Kreuz am Rücken und ein Zettel im Mund mit dem bekannten Inhalt.«

Berger kniff die Augen zusammen und meinte: »Erst eine ehemalige Staatsanwältin, jetzt ein Richter.«

»Der zurzeit auch fürs Fernsehen tätig war. Gerichtsshow, wenn Ihnen das was sagt«, warf Brandt trocken ein und beobachtete Berger unauffällig, um sich ein erstes Bild von ihm zu verschaffen. Er hatte schon einiges von Berger gehört, vor allem aus dessen Glanzzeit als Ermittler, was jedoch etliche Jahre zurücklag.

»Natürlich sagt mir das was«, murmelte er nachdenklich. »Spuren?«

»Bis jetzt liegen noch keine Ergebnisse vor, lediglich die Fotos vor Ihnen auf dem Tisch.«

Berger bemerkte erst jetzt die Fotos, nahm sie in die Hand und sagte nach einer Weile: »Dr. Bernd Buchmann, ehemals Richter am Landgericht Darmstadt, und zwar von … Moment, gleich hab ich's«, er öffnete seinen Koffer, holte die Unterlagen heraus und überflog die von ihm gemachten Notizen, »von 1987 bis 1997. Danach Familienrichter in Offenbach.«

»Woher wissen Sie das?«, fragte Durant erstaunt.

Berger verzog keine Miene, als er antwortete: »Ich habe mich doch gestern Abend mit jemandem getroffen. Sein Name tut, wie schon gesagt, nichts zur Sache. Er möchte anonym bleiben, weil er Angst vor gewissen Leuten hat. Und ich kann Ihnen versichern, seine Angst ist berechtigt. Trotz allem hat er mir äußerst wichtige und auch hilfreiche Informationen zuteilwerden lassen. Unter anderem recht umfangreiches Aktenmaterial zu Vorgängen, die sich vor gut zehn Jahren ereignet haben. Und dabei wird nicht nur der Name Sittler, sondern auch des Öfteren der eines Dr. Bernd Buchmann erwähnt«, erklärte Berger mit gerunzelter Stirn, lehnte sich zurück und faltete die Hände über dem Bauch. Er sagte nichts weiter, sondern wartete die Reaktionen der Kollegen ab.

»Er war also etwa zur gleichen Zeit in Darmstadt wie die Sittler«, konstatierte Durant mit gedämpfter Stimme und sah von Berger zu Brandt, der aufmerksam zuhörte. »Aber das ist doch nicht alles, oder? Welche Infos haben Sie noch?«

Berger deutete auf den schwarzen Koffer und sagte: »Hier drin befinden sich zwei dicke Aktenordner mit Kopien von Unterlagen, die es eigentlich gar nicht gibt.« Und als Durant und Brandt ihn unterbrechen wollten, hob er die Hand und fuhr fort: »Lassen Sie mich meine Ausführungen zu Ende bringen, danach können Sie Fragen stellen. Sagt irgendeinem von Ihnen der Fall Laura Kröger etwas? Oder der Fall Peter Guttenhofer?«

Kopfschütteln.

»Sehen Sie, das dachte ich mir. So ging's mir gestern nämlich auch. Erst als mein Informant Details nannte, hat's bei mir geklingelt, vor allem beim Namen Guttenhofer. Er wurde am 31. 10. 95 aus einem neben ihm fahrenden Auto heraus mit einer Pumpgun erschossen, von dem oder den Tätern fehlte lange Zeit jede Spur.«

»Ich erinnere mich vage«, sagte Brandt und beugte sich nach vorn. »Da sind aber nicht viele Informationen durchgesickert, soweit ich weiß. Und das wurde doch alles von Darmstadt bearbeitet.«

185

»Richtig. Aber das ist noch längst nicht alles. Circa sechs Wochen nach diesem Mord wurde eine Laura Kröger vergewaltigt, misshandelt und mit einem Kopfschuss hingerichtet. Die Anklage im Fall Peter Guttenhofer wurde von Frau Dr. Corinna Sittler vertreten, der Vorsitzende Richter war Dr. Bernd Buchmann. Im Fall Laura Kröger wurde die Anklage ebenfalls von Dr. Sittler vertreten, und auch hier war der Vorsitzende Richter Dr. Buchmann. Aber eigentlich handelte es sich nur um einen Fall und eine Verhandlung. Na ja, um genau zu sein, es gab gar keine Verhandlung.«

»Augenblick«, warf Kullmer irritiert ein, »wieso nur ein Fall und eine Verhandlung? Und wieso doch keine Verhandlung? Könnten Sie vielleicht etwas deutlicher werden?«

»Kann ich. Im Februar wurden drei junge Männer bei einer allgemeinen Verkehrskontrolle verhaftet, weil sie in ihrem Kofferraum mehrere Waffen hatten, unter anderem den Revolver, mit dem Laura Kröger getötet wurde, und die Pumpgun, mit der Peter Guttenhofer erschossen wurde.« Berger machte eine Pause, stand auf, holte sich einen Kaffee und stellte sich mit dem Rücken ans Fenster. Er nippte am Becher, atmete einmal tief durch und fuhr fort: »Aus genau diesem Grund war es nur ein Prozess, der nie stattfand. Ich weiß, das klingt alles ziemlich abenteuerlich und verwirrend, ist es aber nicht. Das eigentlich Interessante kommt nämlich noch, ich will Sie nicht länger auf die Folter spannen. Es sollte natürlich eine Anklage wegen zweifachen Mordes erhoben werden, doch dazu kam es nicht, denn man scheint sich im Vorfeld gütlich geeinigt zu haben. Bevor Sie Fragen stellen, weil Sie mit Sicherheit sehr verwirrt sind, werde ich Ihnen erklären, wie es zu dieser Einigung kam und was damals wirklich abgelaufen ist. Anfangs standen die beiden Morde im Vordergrund und auch noch etliche weitere Delikte wie Einbruch, Raub, Diebstahl, Körperverletzung, Vergewaltigung, Nötigung, illegaler Waffenbesitz, um nur einige zu nennen. Was jedoch eine wesentliche

Rolle spielte, war, dass alle drei Kerle aus sehr guten Häusern stammten – der Sohn eines Kommunalpolitikers und Bauunternehmers, der Sohn eines Immobilienmaklers und der Sohn eines Topmanagers. Die Familien waren und sind vermutlich noch immer untereinander befreundet und natürlich tunlichst darauf bedacht, den Ruf nicht zu verlieren. Ich meine, wer will das schon wegen ein paar Dumme-Jungen-Streiche«, sagte er ungewohnt sarkastisch. »Eine weitere Rolle spielte, dass die Eltern nicht nur über reichlich Geld, sondern auch über die entsprechenden Beziehungen nach ganz oben verfügten, will heißen, zur Staatsanwaltschaft und zum Gericht. Dazu zählten unter anderem Dr. Sittler und Dr. Buchmann. Von Anfang an wurde die Öffentlichkeit weitestgehend rausgehalten, die Presse sowieso, es gab nur einen einzigen Bericht über die Fälle. Es kam natürlich zum Prozess, aber nicht wegen der Morde und anderer schwerer Delikte, sondern es wurden nur ein paar Einbruchdiebstähle, Taschenraub, Drogen- und illegaler Waffenbesitz verhandelt, denn schon lange vor Prozessbeginn fehlten auf einmal wie durch ein Wunder die Pumpgun und der Revolver, aus denen die tödlichen Schüsse abgefeuert worden waren, sowie die ballistischen Gutachten, die DNA-Analysen und die Festplatten von zwei Computern, die absolut professionell gelöscht waren. So weit hab ich das im Kopf behalten. Das andere muss ich ablesen. Augenblick … Hier hab ich's. Der älteste der drei, Magnus Möller, der vermutlich auch der Anführer war, studierte zu dem Zeitpunkt Jura, Andreas Reiter, der zweite im Bunde, studierte Zahnmedizin, und Thomas Gebhardt hatte gerade sein BWL-Studium begonnen. In einem nur zwei Tage dauernden Verfahren wurde Möller zu zwei Jahren Haft auf Bewährung verurteilt, seine Kumpane kamen mit jeweils achtzehn Monaten Bewährungsstrafe davon. Wie schon erwähnt, wurden sie wegen mehrerer Einbrüche, Taschenraub, illegalem Waffenbesitz und ein paar Drogen, die bei ihnen gefunden wurden, verurteilt. Alle andern Straftaten wurden natürlich nicht verhandelt. Wäre alles mit rechten Dingen zugegangen, hätte lediglich Andreas Reiter noch nach Jugendstrafrecht verurteilt werden können, die andern beiden aber wären definitiv für den Rest ihres Lebens hinter Gittern verschwunden. Ich denke, damit hätten wir eine ganze Reihe an Personen, die ein starkes Interesse am Tod von Frau Sittler und Herrn Buchmann haben oder hatten.« Berger trank seinen Kaffee aus und stellte den Becher auf den Tisch, bevor er wieder Platz nahm.

»Aber warum haben der oder die Täter so lange gewartet? Zehn Jahre?«, fragte Durant.

»Manchmal braucht Rache seine Zeit«, entgegnete Berger lakonisch und musste unwillkürlich an die Worte von Kremer denken, der es ähnlich ausgedrückt hatte.

Brandt meldete sich zu Wort. »Mir ist nicht ganz klar, wie die Verbindungen sind. Drei junge Männer begehen eine Reihe von Verbrechen bis hin zu Mord. Reiche, einflussreiche Eltern, eine korrupte Staatsanwältin und ein ebenso korrupter Richter – da fehlt doch irgendwas, oder ist mir etwas entgangen?«

»Sie haben schon recht, ich hab ja auch nur stichpunktartig berichtet. Es gab freundschaftliche Beziehungen zwischen vornehmlich den Vätern der Täter und der Justiz. Und wir alle wissen doch, dass man mit Geld nicht nur bei Aldi einkaufen kann, sondern längst auch bei der Polizei, der Staatsanwaltschaft und so weiter. Das reicht bis in die höchsten Kreise der Politik, da brauchen wir uns nichts mehr vorzumachen. Jedenfalls werden in den mir überlassenen Dokumenten namentlich vier Personen genannt, die gekauft wurden, unter anderem unsere beiden Toten. Wie viel Geld genau geflossen ist, geht aus den Unterlagen nicht hervor, doch es muss sich um einen hohen sechs- oder gar siebenstelligen Betrag gehandelt haben, der aber laut meinem Informanten nicht nur bar, sondern auch anderweitig gezahlt wurde, zum Beispiel in Immobilien.« Berger fuhr sich mit der Hand übers Kinn, den Blick auf seine Notizen gerichtet. »Ich hab ein bisschen durcheinander geschrieben, deshalb hab ich vergessen, die Anwälte der Täter zu nennen. Da war zum einen Dr. Frantzen, von Frantzen und Partner, dann Dr. Klein, dem die renommierte Kanzlei Klein und Partner gehört, sowie Dr. Blume, der aber nicht mehr unter den Lebenden weilt, da er vor fünf Jahren einen Autounfall in Italien hatte, bei dem auch seine Frau und seine Tochter ums Leben gekommen sind ...«

»Entschuldigung, wenn ich Sie wieder unterbreche, aber sprechen Sie von Klein und Partner in Frankfurt?«, fragte Brandt, der nach dem Gehörten wie elektrisiert war, es sich aber nicht anmerken ließ. Wenn es stimmte, was er vermutete, würde er damit zumindest in Offenbach ein Erdbeben auslösen.

»Ja, warum?«

»Nur so, es ist ja wirklich eine der großen Kanzleien im Rhein-Main-Gebiet«, antwortete er ausweichend. »Was haben die Anwälte verbockt?«

»Gemeinsame Sache mit der Staatsanwaltschaft und dem Richter gemacht. Die Sittler stieg nicht lange nach dem Prozess bei der Staatsanwaltschaft aus und wurde Partner bei Frantzen. Alles weitere können Sie sich von Frau Durant oder meinen andern Kollegen berichten lassen. Trotz ihrer Krankheit pflegte sie jedenfalls einen extrem aufwendigen Lebensstil.«

»Genau wie Dr. Buchmann«, warf Brandt ein. »Wir waren gestern Abend bei seiner Frau, um ihr die Todesnachricht zu übermitteln, und wenn ich jetzt darüber nachdenke, fällt mir auf, dass auch er nicht gerade zu den Ärmsten gehörte. Seine Leiche wurde in einem 500er Mercedes gefunden, er hat einen riesigen Bungalow mit allem Schnickschnack, und obwohl ich den nur bei Nacht gesehen habe, scheint er doch erst ein paar Jahre alt zu sein. Und wenn der Vater von einem dieser Stinkstiefel Bauunternehmer ist, würde es mich nicht wundern ...«

»Und die nicht unbescheidene Hütte der Sittler wurde sehr aufwendig umgestaltet«, meldete sich Durant zu Wort. »Ich hab mich gewundert, woher sie die Kohle hatte, aber jetzt macht das natürlich Sinn. Wow!«

»Und Buchmanns Söhne studieren in den USA, besser gesagt in Harvard, und seine Frau«, Brandt schüttelte den Kopf, »sorry, aber die sieht aus wie eine verunstaltete Barbiepuppe. Was ich damit sagen will, ist, dass sie schon Unsummen für Schönheits-OPs ausgegeben haben muss. Nur leider hat's bei ihr nicht viel gebracht«, fügte er mit einem leichten Grinsen hinzu, um gleich darauf wieder ernst zu werden. »Wer steckt in diesem Sumpf noch drin?«

»Zwei. Die haben allerdings aus dem Hintergrund heraus agiert, das heißt, sie sind bei Kröger und Guttenhofer nie öffentlich in Erscheinung getreten und schon gar nicht mit den Fällen in Verbindung gebracht worden. Es handelt sich dabei um einen Oberstaatsanwalt und einen weiteren Staatsanwalt, von denen noch einer in Ehre und Würden das Gesetz vertritt, allerdings nicht mehr in Darmstadt, sondern hier in Frankfurt. Sein Name ist Jörg Hoffmann, der andere ist seit fünf Jahren tot. Im Übrigen sind für die beiden Morde zwei Männer verantwortlich gemacht worden. Sie saßen jeweils fast drei Jahre in U-Haft, bis man sie aus Mangel an Beweisen laufen ließ. Allerdings hat man allem Anschein nach eine falsche Fährte in ihre Richtung gelegt, und wenn Profis das in die Hand nehmen … Aber was erzähl ich Ihnen da. Natürlich erhielten sie für die verlorenen Jahre keine Entschädigung, da weder ihre Schuld noch ihre Unschuld bewiesen werden konnte.«

»Könnten die als Täter in Betracht kommen?«, fragte Kullmer.

»Stellen Sie sich einfach darauf ein, in den kommenden Tagen und Wochen eine Menge Befragungen durchzuführen. Wer immer Frau Sittler und Herrn Buchmann ins Jenseits befördert hat, muss einen verdammt guten Grund gehabt haben.«

Ohne auf die letzte Bemerkung von Berger einzugehen, sagte

Brandt: »Das heißt, wir haben es mit einem Beziehungsgeflecht aus Anwaltskanzleien, Staatsanwaltschaft und Polizei zu tun. Sie haben vorhin erwähnt, dass sowohl die ballistischen Gutachten als auch die DNA-Analysen verschwunden sind. Gibt es keine Kopien davon?«

Berger lachte auf und schüttelte den Kopf. »Wenn etwas derart Heißes verschwinden soll, dann verschwindet es auch auf Nimmerwiedersehen. Und 1995 und 1996 waren DNA-Analysen vor Gericht noch sehr umstritten.«

»Und wenn man heute noch mal …« Doch Brandt wurde von Berger unterbrochen, denn er wusste, was dieser sagen wollte.

»Vergessen Sie's. Laura Kröger wurde eingeäschert, es gibt keine Fremd-DNA mehr. Die Analyse selbst wurde in Mainz erstellt, das ballistische Gutachten in Wiesbaden. Da stecken noch viel mehr Leute mit drin, als wir ahnen. Das fängt bei der Polizei an und hört bei einem Oberstaatsanwalt auf, oder vielleicht sogar noch viel weiter oben, denn wir wissen nicht, wie weit die Kontakte von dem alten Möller innerhalb der Partei in die Spitze reichten. Die Sittler zum Beispiel soll sich nach Aussage meines Informanten im wahrsten Sinn des Wortes nach oben gevögelt haben. Er sagte, sie war karrieregeil und absolut skrupellos. Kleine Gauner hat sie mit aller Härte verfolgt, bei den Großen hat sie die Hand aufgehalten. Mit dem bereits angesprochenen Oberstaatsanwalt hatte sie auch was.«

Julia Durant, die sich bisher zurückgehalten hatte, sprang auf. Alles in ihr vibrierte, als sie ihrem Unmut freien Lauf ließ. »Das stinkt doch zum Himmel! Wenn das alles stimmt, dann ist das eine verdammte Sauerei!«

»Kommen Sie mal wieder runter«, sagte Berger beschwichtigend, »wir alle müssen einen klaren Kopf behalten. Ganz gleich, ob es uns gefällt oder nicht, wir werden einer Menge Leute gewaltig auf die Füße treten. Aber wir werden es nicht so tun, dass wir gleich irgendein hohes Tier von der Staatsanwaltschaft hier haben, das uns sagt, dass wir für Sittler und Buchmann nicht mehr zuständig sind, sondern wir werden sehr feinfühlig und sensibel vorgehen.«

»Darf ich mir die Unterlagen mal ansehen?«, fragte Brandt.

»Nein, ich habe es meinem Informanten zugesagt. Das hat nichts mit Ihnen zu tun, aber ich pflege meine Versprechen zu halten. Alles, was Sie wissen wollen, bekommen Sie von mir. Ich werde mich nachher, wenn ich alleine bin, eingehend damit beschäftigen und alles Wesentliche aufschreiben. Bitte haben Sie Verständnis dafür.«

»Ich dachte nur, vier, sechs, acht oder zehn Augen sehen mehr als …«

»Sie haben durchaus recht, aber trotzdem muss ich Ihnen allen eine Absage erteilen. Ich bin eben altmodisch. Kommen wir zum heutigen Tag. Wer übernimmt wen? Herr Kullmer und Frau Seidel befragen Frantzen, Frau Durant und Herr Brandt, Sie fahren zu Klein und Partner?«

»Sicher«, sagte Durant, doch Brandt schüttelte den Kopf und winkte ab.

»Tut mir leid, aber ich muss zurück nach Offenbach.«

»Und dort?«, fragte Berger.

»Wir haben auch einen Toten in unserm Gebiet«, antwortete Brandt nur. »Ich halt Sie auf dem Laufenden. Außerdem sollten wir schnellstmöglich die drei Burschen auftreiben. Haben wir die Adressen?«

Berger verneinte. »Was wollen Sie sie fragen?«

»Ich glaube, ich will sie nichts fragen, sondern nur warnen. Am besten fangen wir bei diesem Möller an. Wenn er jetzt das Baugeschäft leitet, sollte es nicht schwer sein, ihn zu finden. Und über ihn kommen wir bestimmt auch an die andern ran. Er wird nervös werden, da bin ich mir ziemlich sicher.«

»Herr Brandt, bei allem Verständnis, aber in dem Augenblick, in dem wir Möller mit einem Fall konfrontieren, der zehn Jahre zurückliegt und als abgeschlossen gilt, machen wir die Pferde scheu. Er wird sich mit seinem Vater kurzschließen, der sich mit seinem Freund, dem Oberstaatsanwalt, und wir sind raus aus dem Rennen.«

»Und wie bitte schön wollen Sie vorgehen? Wir werden zwangsläufig jemandem auf die Füße treten, es kommt nur darauf an, wie fest. Vertrauen Sie mir und meinem berühmten Einfühlungsvermögen. Auch wenn ich nur aus Offenbach komme …«

»Ich verstehe zwar nicht ganz, worauf Sie hinauswollen, aber um Sie zu beruhigen, in diesem Präsidium sind eine Menge Beamte, die früher in Offenbach gearbeitet haben oder dort wohnen. Zufrieden?«, sagte Berger.

»Nein, das bin ich erst, wenn der Fall gelöst ist.«

»Na also, nichts anderes wollen wir auch. Aber vielleicht verraten Sie mir, wie Sie vorgehen wollen.«

»Nach meiner bewährten Methode«, antwortete Brandt trocken. »Ich werde keine alten Wunden aufreißen, darauf haben Sie mein Wort. Glauben Sie mir, ich möchte genau wie Sie, dass diese Schweinerei aufgedeckt wird. Aber dazu gehört natürlich auch, dass die nächsten Angehörigen und der Exverlobte von Laura Kröger und auch die Angehörigen von Guttenhofer befragt werden. Denn auch aus diesem Umfeld könnten die potenziellen Täter stammen. Lassen Sie nur einen von ihnen rausgekriegt haben, was damals wirklich abgelaufen ist.«

»Wir sollten auch nicht die Tochter der Sittler und Frau Cornelius aus den Augen verlieren«, sagte Durant. »Aber ansonsten bin ich voll und ganz der Ansicht von Herrn Brandt.«

»Bevor ich gehe, möchte ich noch bemerken, dass meiner Meinung nach gerade bei Frantzen und Klein besonderes Fingerspitzengefühl angesagt ist. Ich traue weder dem einen noch dem andern. Für mich sind das Advocati Diaboli, die mit zum Circulus vitiosus gehören, wenn Sie verstehen. Wie die Sittler, Buch-

mann und die andern bisher von Ihnen namentlich nicht Genannten.«

»Und was schlagen Sie vor?«, fragte Berger leicht gereizt ob
der geschwollenen Ausdrucksweise von Brandt. »Sollen wir die
Anwälte des Teufels aus dem Teufelskreis mit Glacéhandschu-
hen anfassen?«

»Sie haben doch selbst gesagt, dass wir mit Fingerspitzenge-
fühl vorgehen sollen. Bei Frantzen einfach nur fragen, warum die
Sittler bei ihm als Partner eingestiegen ist. Auf keinen Fall die
Sache von vor zehn Jahren erwähnen. Und ich bitte Sie darum,
Dr. Klein mir zu überlassen.«

»Hat das einen besonderen Grund?«

»Reicht es, wenn ich Ihnen diesen Grund morgen nenne?«,
fragte Brandt zurück, während Durant sich ein Grinsen kaum
verkneifen konnte.

»Kennen Sie Dr. Klein?«

»Indirekt«, antwortete Brandt ausweichend.

»Ich nehme an, Sie werden mir nicht verraten, was genau Sie
mit indirekt meinen?«

»Schon, aber nicht jetzt. Doch um Sie zu beruhigen, es ist mit
ein Grund, warum ich so schnell wie möglich nach Offenbach
zurückwill und auch muss. Wir sehen uns morgen um die gleiche
Zeit?«

»Halb neun«, sagte Berger. »Und bitte, keine Alleingänge.
Wir halten Sie über alles auf dem Laufenden – und Sie uns, wovon ich ausgehe. Herr Spitzer weiß schon Bescheid?«

»Ah, Sie kennen meinen Vorgesetzten. Ich habe ihn natürlich
vorhin über den ersten Erkenntnisstand von gestern Abend informiert, wie auch meine Kollegin Frau Eberl«, erwiderte Brandt.
»Und falls ich schon heute etwas für Sie Interessantes herausfin-
de, werde ich mich umgehend melden. Wenn es sonst nichts gibt,
mach ich mich mal auf den Weg.«

Brandt erhob sich und hatte die Klinke bereits in der Hand,

hielt aber inne und drehte sich an der Tür noch einmal um. »Eins ist mir unklar. Wenn die Morde an Sittler und Buchmann mit den Fällen Kröger und Guttenhofer zu tun haben, warum haben sich die Mörder nicht erst die drei Täter oder deren Eltern gekrallt?«

»Gute Frage«, sagte Kullmer schulterzuckend, um gleich darauf mit einer Antwort aufzuwarten. »Vielleicht wollte jemand ein Fanal setzen. Der erste Angriffspunkt sind jene, die Recht sprechen beziehungsweise Recht sprechen sollen. Vielleicht stehen als Nächstes ja auch Möller und seine Kumpane auf der Liste. Oder auch welche, die wir noch gar nicht auf der Rechnung haben.«

»Möglich«, entgegnete Brandt nur und verließ das Büro. Durant folgte ihm nach draußen und machte die Tür hinter sich zu. Auf dem langen Gang sagte sie leise und mit einem charmanten Augenaufschlag: »Weihen Sie mich in Ihr Geheimnis ein?«

»Von welchem Geheimnis sprechen Sie?«

»Ach kommen Sie, Sie wissen genau, wovon ich spreche – Dr. Klein?« Dabei zwinkerte sie ihm noch einen Tick charmanter zu, wovon er sich jedoch nicht beeindrucken ließ.

»Frau Durant, ich muss Sie leider enttäuschen, es gibt kein Geheimnis, so gerne ich auch eins hätte.«

»Ich bin verschwiegen wie ein Grab, selbst Berger gegenüber wären meine Lippen versiegelt. Dr. Klein hat nicht zufällig etwas mit einer gewissen Staatsanwältin Klein in Offenbach zu tun?«

Brandt lächelte müde und seufzte auf. »Wie kommen Sie darauf?«

»Ich bin Polizistin, und wir haben beide eine gemeinsame Freundin – Andrea Sievers.«

»Okay, Sie haben gewonnen. Tun Sie mir nur einen Gefallen, behalten Sie's bitte für sich. Ich muss das selbst in die Hand nehmen.«

»Nichts anderes hätte ich an Ihrer Stelle gemacht«, sagte Durant. »Und jetzt lassen Sie mich raten. Sie werden zu Frau Klein fahren und ihr stecken, was für ein schlimmer Finger ihr werter Herr Papa doch ist. Stimmt's?«

»So ungefähr, vielleicht ein wenig taktvoller, es wird so schon hart genug für sie werden.«

»Ich würde gerne mit Ihnen zusammenarbeiten, mein Kollege ist für längere Zeit ausgefallen. Wie sieht's aus?«

»Wenn Sie kein Problem mit mir haben.«

»Hätt ich sonst gefragt? Rufen Sie mich doch an, wenn Sie mit Frau Klein gesprochen haben. Hier, meine Karte. Ich bin verdammt neugierig.«

Brandt nickte nur und steckte die Karte ein. Durant warf ihm noch ein Lächeln zu und begab sich zurück ins Büro.

Brandt sah ihr nach, der Aufzug kam. Die ist wirklich nicht übel, gestand er sich insgeheim ein und drückte den Knopf fürs Erdgeschoss. Als er ins Freie trat, hatte sich der Himmel zugezogen, doch es sah nicht nach Regen aus, der angesagt war. Gleichzeitig sollten die Temperaturen kräftig fallen. Noch aber war es angenehm warm, auch wenn ein leichter Wind durch die Straßen wehte. Er ging die wenigen Meter zu seinem Alfa Romeo und fuhr nach Offenbach. Seine Gedanken kreisten um das Gespräch, das er gleich mit Elvira Klein führen würde. Hoffentlich ist sie nicht gerade bei Gericht, dachte er, stellte das Radio aus und ließ das Seitenfenster ein wenig herunter. Es dauerte kaum zwanzig Minuten, bis er auf seinem Parkplatz vor dem Offenbacher Präsidium hielt. Er stieg aus und lief mit schnellen Schritten nach oben.

Dienstag, 11.20 Uhr _____

Bernhard Spitzer telefonierte und sagte gerade »Ja, ich werd's ihm ausrichten. Er meldet sich, sobald er da ist«, als

Brandt die Tür aufriss und hereingestürmt kam. Spitzer blickte erschrocken auf und legte den Hörer auf die Einheit.

»Was ist denn mit dir los? Du rennst hier rein wie von der Tarantel gestochen.«

»Ich hab nicht viel Zeit. Hat die Klein schon auf sich aufmerksam gemacht?«

»Du hast dein Schätzchen um ein paar Sekunden verpasst«, sagte Spitzer grinsend. »Das war sie eben. Sie hat mir ins Ohr gesäuselt, dass du sie bitte anrufen mögest. Sie hatte einen Termin …«

»Ist sie in ihrem Büro?«

»Ich geh davon aus. Hast du schlechte Laune?«

»Ganz im Gegenteil. Wo sind Nicole und die andern?«

»Na wo wohl? Bei Buchmann zu Hause und nehmen sein Arbeitszimmer auseinander. Wir haben verdammtes Glück, dass wir den Fall überhaupt bearbeiten dürfen. Die Klein wollte eigentlich, dass das LKA übernimmt, allein schon, weil es sich um einen Richter handelt. Es hat mich eine Menge Überredungskunst gekostet, erst mal uns die Sache zu überlassen. Und jetzt raus mit der Sprache, was war in Frankfurt, dass du so außer Atem bist?«

»Später, ich fahr gleich rüber zur Klein. Nur so viel – da steckt eine Riesensauerei dahinter, so was hab ich noch nicht erlebt. Da sind vor ein paar Jahren Sachen passiert, da schüttelst du nur mit dem Kopf. Ich sag dir, selbst wenn die Jungs und Mädels aus Wiesbaden übernommen hätten, ich hätt mich da nicht rausdrängen lassen. Wer weiß, was da alles unter den Tisch gekehrt worden wäre.«

»Du sprichst in Rätseln, mein Freund.«

»Dann nimm schon mal den Stift in die Hand und versuch sie zu lösen. Ansonsten helf ich dir später auf die Sprünge. Ich hau gleich wieder ab, aber dass am Freitag in Frankfurt eine ehemalige Staatsanwältin aus Darmstadt umgebracht wurde und am Sonntag ein ehemaliger Richter aus Darmstadt, das gibt doch sehr zu denken, oder? Kennst du eigentlich den Kollegen Berger vom K 11 in Frankfurt?«

»Sicher, warum?«

»Wie gut?«

»Wir sind uns schon einige Male über den Weg gelaufen, bei Seminaren zum Beispiel.«

»Und wie ist er so?«

»Du bist doch der große Menschenkenner unter uns. Er ist ungefähr so wie ich, loyal, kritisch, integer, fair, wie ich eben«, sagte Spitzer mit breitem Grinsen.

Brandt war nicht zu Scherzen aufgelegt. »So ähnlich schätz ich ihn auch ein, obwohl ich ihn nicht als Boss haben möchte. Sei's drum, er hat Informationen auf den Tisch gelegt, die ich natürlich heute Morgen noch nicht haben konnte. Ich sag dir, das ist so mit das Heißeste, was wir je hatten. Ich brauch deine volle Rückendeckung in der nächsten Zeit. Details kommen später, ich rausch ab zur Klein. Und du finde mal raus, wann Buchmann immer im Hotel eingecheckt hat. Außerdem brauch ich eine Telefonliste aller Gespräche, die Buchmann am Sonntag sowohl vom Festnetz als auch vom Handy aus geführt beziehungsweise empfangen hat.«

Ohne eine Erwiderung abzuwarten, huschte Brandt nach draußen, rannte die Treppen hinunter und setzte sich in seinen Wagen. Keine fünf Minuten später hielt er vor dem Gebäude der Staatsanwaltschaft. Er wusste noch nicht, wie er das Gespräch beginnen würde, doch eins war sicher, Elvira Klein würde aus allen Wolken fallen. Und irgendwie hatte er schon jetzt Mitleid mit ihr, auch wenn sie oft wie Hund und Katze und deshalb etliche Male aneinandergeraten waren. Aber er hatte in letzter Zeit immer häufiger auch eine andere, verletzliche, fast zarte Seite an ihr entdeckt. Mal schauen, dachte er, während er zu ihrem Büro ging, an die Tür klopfte und ohne ein »Herein« abzuwarten eintrat.

Julia Durant kehrte in Bergers Büro zurück, der ihr einen fragenden, aber auch neugierigen Blick zuwarf.

»Gab's noch etwas Wichtiges zu besprechen?«

»Nein, ich wollte nur klarstellen, dass Herr Brandt und ich ab sofort ein Team bilden, da Herr Hellmer wohl für längere Zeit ausfallen wird.«

»Hab ich da etwas nicht mitgekriegt?«, fragte Berger und lehnte sich zurück.

Kullmer merkte, dass Durant Unterstützung brauchte, und sagte schnell: »Frank hatte gestern einen Totalabsturz. Er hat sich in einem Hotel eingemietet und sinnlos betrunken. Er hatte zum Glück sein Handy an, so dass wir ihn orten konnten. Er ist jetzt im Krankenhaus und wird wohl hinterher zum Entzug gehen. Kann jedem passieren, oder?«, fragte Kullmer fast provokativ, ohne Berger dabei anzuschauen.

»Ja, kann jedem passieren«, erwiderte dieser, ohne auf die Anspielung seine eigene Vergangenheit betreffend zu reagieren. »Ich hoffe, er fängt sich wieder …«

»Das wird er, wenn wir ihm helfen«, sagte Kullmer. »Er hat eine schwere Zeit hinter sich und wohl einige Sachen nicht auf die Reihe gekriegt.«

»Wo liegt er?«

»Höchst, kann aber auch sein, dass er bald nach Hofheim verlegt wird. Doris und ich machen uns dann auch mal vom Acker. Das bei Frantzen wird sicher nicht allzu lange dauern. Sollen wir danach zurückkommen oder …«

»Ja, ich möchte später noch etwas mit Ihnen besprechen. Aber bevor Sie gehen, was halten Sie von unserm Kollegen aus Offenbach?«

»Kompetent. Er stellt die richtigen Fragen«, antwortete Durant schnell.

Seidel pflichtete ihr bei. »Seh ich genauso. Haben Sie was an ihm auszusetzen?«

»Nein, ich wollte bloß Ihre Meinung hören. Ich habe bei ihm nur ein wenig Angst vor einem Alleingang.«

»Ich habe doch eben gesagt, dass Herr Brandt und ich zusammenarbeiten werden. Er kann keinen Alleingang unternehmen«, sagte Durant und zog sich ihre Jacke über.

»Und was macht er dann jetzt in Offenbach?«

»Vielleicht seinem Chef Bericht erstatten«, erwiderte Durant ironisch. »Er hat mir zugesagt, mich nachher anzurufen.«

»Wo wollen Sie hin?«

»Mich noch mal im Haus der Sittler umschauen und anschließend etwas essen und wieder herkommen, es sei denn, Herr Brandt meldet sich, und wir gehen gemeinsam auf Tour. Bis wann können Sie die ganzen Adressen ermitteln?«

»Ein bis zwei Stunden wird's dauern.«

»Es sind nicht wenige, Sie haben Brandt gehört. Ich pflichte ihm bei, wir haben eine ellenlange Liste an potenziellen Verdächtigen«, sagte Durant ernst und fuhr sich mit der Zunge über die etwas spröden Lippen.

»Und damit ist noch nicht gesagt, dass unter diesen Verdächtigen auch der oder die Mörder zu finden sind«, fügte Kullmer hinzu. »Und wenn uns auch nur der geringste Fehler unterläuft, sind wir den Fall ganz schnell los. Eine Menge Leute werden mit allen Mitteln zu verhindern versuchen, dass wir geschlossene Akten wieder öffnen.«

»Das weiß ich selbst«, erwiderte Berger genervt, der bleierne Müdigkeit in den Knochen verspürte und erst jetzt gewahrte, wie der anstrengende gestrige Tag und die lange und fast schlaflose Nacht sich nachdrücklich bemerkbar machten. »Geben Sie mir zwei Stunden, dann habe ich die wesentlichen Adressen beisammen.«

»Sie sehen erschöpft aus«, sagte Seidel.

»Halb so schlimm, war nur die kurze Nacht. Am besten lassen Sie mich jetzt allein, ich hab 'ne Menge zu tun. Ich muss nicht nur die Adressen herausfinden, sondern auch die Unterlagen studieren.«

»Sie können uns die Adressen auch telefonisch durchgeben«, meinte Durant, »es würde uns eine Menge Zeit sparen.«

»Ja, ja, hätt ich sowieso getan. Und jetzt lassen Sie mich endlich meine Arbeit machen. Und Sie machen gefälligst Ihre.« Er wischte sich über die Stirn und fügte noch hinzu: »Ach ja, meine Tochter wird am 1. Mai bei uns anfangen. Das heißt im kriminalpsychologischen Dienst. Wollte ich Ihnen nur mitteilen.«

»Herzlichen Glückwunsch«, sagte Durant.

»Danke, aber das können Sie ihr selber sagen, wenn Sie sie sehen.«

Durant gab Kullmer und Seidel das Zeichen zum Aufbruch. Am Aufzug fragte Seidel: »Meinst du, du kommst mit Brandt zurecht?«

»Warum nicht? Bis jetzt hatte ich mit noch kaum einem Probleme. Es wird schon klappen. Mach dir mal um mich keine Sorgen.«

Dienstag, 11.45 Uhr _____

Frau Schulz, die Sekretärin von Elvira Klein, machte das gewohnt mürrische und abweisende Gesicht, als sie Brandt erblickte, und wollte bereits etwas sagen, doch er legte den Finger auf die Lippen und erklärte im Flüsterton und mit einem Lächeln, dem sie nichts entgegenzusetzen hatte: »Sie will mich sprechen. Ich geh jetzt da rein, und Sie können in aller Ruhe weiterarbeiten.«

»Aber …«

»Ciao, bis nachher.«

Er drückte die Klinke runter und trat ohne Vorwarnung in Elvira Kleins Büro. Sie hatte die Beine hochgelegt, eine Akte auf den Oberschenkeln. »Ich wollte doch nicht gestört werden«, sagte sie und fuhr erschrocken hoch, als sie merkte, dass es nicht Frau Schulz, sondern Brandt war, der wie aus dem Nichts aufgetaucht vor ihrem Schreibtisch stand. Ihr Rock war sehr weit nach oben gerutscht, sie nahm in Windeseile die Beine vom Tisch, schlug die Akte zu, ihre Wangen waren gerötet. »Was machen Sie denn hier? Sie platzen einfach so hier rein und …«

»Sie wollten mich doch sprechen«, erwiderte Brandt mit einem entschuldigenden Lächeln und nahm einfach Platz. Elvira Klein hingegen stand auf, strich ihren knapp über dem Knie endenden grauen Rock gerade und zupfte an der dezent pinkfarbenen Bluse. Sie sah an diesem Tag besonders hübsch aus, fand Brandt, doch er würde sich hüten, ihr diesbezüglich ein Kompliment zu machen. Bei einer anderen Gelegenheit vielleicht, zum gegenwärtigen Zeitpunkt hielt er es für unangemessen.

Nachdem sich Elvira Klein gefangen hatte und die Röte aus ihrem Gesicht gewichen war, setzte sie sich wieder und sah Brandt lange und forschend an. »Wie mir zu Ohren kam, wurde gestern Abend Dr. Buchmann tot in seinem Wagen aufgefunden. Ich habe zwar schon den vorläufigen Bericht der Spurensicherung, aber mich würde interessieren, welche Informationen Sie haben. Sie haben doch welche, oder?«, sagte sie geschäftsmäßig kühl, wie er es von ihr gewohnt war, was bei ihr aber nur Fassade war, denn er hatte sie schon ganz anders kennengelernt, sanft, mitfühlend, zerbrechlich. Doch im Beruf trug sie eine Rüstung voller Stahldornen, die jeden davor warnen sollten, sich bloß nicht mit ihr anzulegen. Dabei war es nur ein Schutz, und er fragte sich, vor was oder wem sie sich schützen wollte oder musste.

Brandt schlug die Beine übereinander und erwiderte den Blick von Elvira Klein. »Ja, deswegen bin ich auch persönlich gekommen. Tut mir leid, wenn ich mich nicht angemeldet habe.«

»Schon gut. Das LKA wollte den Fall übernehmen …«

»Frau Klein«, unterbrach sie Brandt und sah sie von unten herauf mit beinahe väterlich-vergebendem Blick an, »lassen wir das doch. Ich weiß inzwischen, dass Sie wollten, dass das LKA übernimmt. Warum? Vertrauen Sie uns nicht? Nach nunmehr beinahe vier Jahren sollten Sie doch wissen, dass auf meine Abteilung Verlass ist.«

Erneut errötete sie und senkte den Blick. »Es ist nicht so, dass ich Ihnen nicht vertraue, aber ich kenne Buchmann schon seit geraumer Zeit und … Es ist doch alles geklärt, Sie leiten die Ermittlungen. Fertig«, entgegnete sie schroff und unnahbar wie so oft.

»Ich will nicht lange um den heißen Brei herumreden, wir haben es mit einem äußerst heiklen und auch delikaten Fall zu tun. Haben Sie von dem Mord an einer Dr. Corinna Sittler gehört?«

Elvira Klein sah Brandt an, als wäre er ein Außerirdischer, und stieß hervor: »Was? Dr. Sittler ist tot? Wann und wo?«

»Sie haben's also noch nicht gehört. Und wenn ich das eben richtig gedeutet habe, haben Sie sie gekannt.«

»Allerdings, sie ist oder war so etwas wie … Aber das tut nichts zur Sache. Das ist dann wohl doch ein Fall fürs LKA.«

»Lassen Sie mich raten, sie war Ihr Vorbild?«

»Na ja, so in etwa. Aber darum geht's doch gar nicht. Also, das LKA …«

Brandt winkte ab und sagte mit energischer Stimme: »Nein, kein LKA. Haben Sie heute schon was gegessen?«

»Was soll diese Frage?« Elvira Kleins Blick drückte Unverständnis aus.

»Wollen wir was essen gehen, ich lad Sie auch ein.«

»Ich kann jetzt hier nicht weg.«

»Dann lassen wir uns eben was kommen, ich habe Ihnen nämlich eine ziemlich lange Geschichte zu erzählen. Und sagen Sie Frau Schulz kurz Bescheid, dass Sie in der nächsten Stunde nicht gestört werden wollen, auch keine Telefonate.«

»Was ist los?«, fragte sie leicht irritiert, denn sie kannte Brandt, und wenn er sich so verhielt wie jetzt, bedeutete dies für gewöhnlich nichts Gutes.

»Pizza?«, fragte er mit aufmunterndem Lächeln. »Sie brauchen was Gescheites im Magen, sonst halt ich meinen Mund.«

»Mit doppelt Salami, Champignons und milden Peperoni«, antwortete sie wie in Trance.

»Sie nehmen ja dasselbe wie ich. Haben Sie was zu trinken hier?«

»Nein, nur eine angebrochene Flasche Wasser und …«

»Schon gut, ich kenne Ihr kleines Versteck. Wir haben schon mal zusammen einen gebechert, falls Sie sich erinnern.«

Brandt hatte die Nummer vom Pizzaservice in seinem Telefon gespeichert, orderte die Pizzen und noch eine Flasche Rotwein und eine Flasche Wasser dazu.

»Herr Brandt, das geht zu weit. Kein Alkohol im Dienst.«

»Zu spät. Außerdem werden Sie mir in ein paar Minuten dankbar sein. Und jetzt sagen Sie endlich Frau Schulz Bescheid, dass Sie nicht gestört werden möchten, sonst tu ich das für Sie. Sie müssen mir nämlich gleich ganz genau zuhören, und ich hasse es, unterbrochen zu werden. Vielleicht stellen Sie ausnahmsweise auch mal Ihr Handy aus.«

»Ich begreife nicht, was …«

»Soll ich …«

»Schon gut.« Elvira Klein bat Frau Schulz, vorerst keine Telefonate durchzustellen, und schaltete ihr Handy aus.

»Danke schön.« Er holte tief Luft, setzte sich bequem hin und sagte: »Frau Klein, die Morde an Frau Sittler und Herrn Buchmann gehören nicht in die Kategorie gewöhnliche Morde. Keine Eifersuchtstat, kein Raubmord, keine vorangegangenen Misshandlungen, auch kein Mord im Affekt. Aber alles zu seiner Zeit. Buchmann hat am Sonntag gegen neunzehn Uhr das Haus verlassen, um nach Köln zu fahren, wo er am nächsten Tag seine Gerichtsshow aufzeichnen wollte. Seine Frau hat ihn gestern als vermisst gemeldet, weil er sie nicht wie üblich angerufen hatte, um ihr mitzuteilen, dass er gut angekommen sei.«

»Und wo war er zwischen neunzehn Uhr und dem Montagmorgen?«

»Das entzieht sich noch unserer Kenntnis. Allerdings werden meine Kollegen seine Frau noch eingehend befragen. Gestern Nacht war für mich nicht der passende Zeitpunkt dafür, und außerdem fehlten mir da noch die entsprechenden Infos. Kennen Sie Frau Buchmann?«

»Nein, warum?«

»Hätte ja sein können. Jedenfalls, als Buchmann gefunden wurde, hatte er …«

»Ich weiß, ich hab die Fotos bekommen. Das Kreuz auf dem Rücken ist ein bisschen merkwürdig.«

»Und der Zettel?«

»Was für ein Zettel?«

»Er hatte einen Zettel im Mund mit der Aufschrift ›Confiteor – Mea Culpa‹. Genauso einen Zettel hatte auch die Sittler im Mund, ebenso das Kreuz auf dem Rücken, wie mir Andrea bestätigte. Und das seitenverkehrte Kreuz benutzen Satanisten und Leute aus der entsprechenden Szene.«

Elvira Klein wischte sich über die Augen und meinte mit nachdenklicher Miene: »Das heißt, die beiden Morde wurden von ein und derselben Person begangen.«

»Wann haben Sie Frau Sittler zuletzt gesehen?«

»Das liegt Jahre zurück. Weiß nicht, Anfang oder Mitte der Neunziger. Sie hat sich vor ein paar Jahren zurückgezogen und arbeitete als Anwältin. Kontakt hatte ich jedoch schon lange keinen mehr zu ihr.«

»Aber sie war Ihr Vorbild?«

»Na ja, was man so Vorbild nennt. Ich hatte gerade mein Studium begonnen und traf sie bei einem Essen, wir kamen ins Gespräch … Warum interessiert Sie das eigentlich?«

»Das werde ich Ihnen noch erklären, ich bitte Sie nur noch um etwas Geduld. Was hat Sie an ihr so fasziniert?«

»Sie sind vielleicht neugierig. Aber gut, sie war jung, erfolgreich und wusste, was sie wollte. Ich war noch viel jünger und dachte mir, ich möchte auch so werden. Aber muss ich jetzt mein ganzes Leben inklusive meiner Seele vor Ihnen ausbreiten?«

»Nein, natürlich nicht. Und wann haben Sie Buchmann das letzte Mal gesehen?«

»Vor drei oder vier Wochen vor Gericht. Er hat zwar fürs Fernsehen gearbeitet, aber er war trotzdem noch immer Richter. Was hat das jetzt mit diesen ominösen Zetteln auf sich?«

Brandt schaute verzweifelt auf die Uhr. Der Pizzabote hätte längst da sein müssen.

»Ich war vorhin bei den Kollegen in Frankfurt.«

»Oh, Hauptkommissar Brandt hat die feindlichen Linien überschritten«, entfuhr es ihr spöttisch. »Das muss Ihnen aber schwergefallen sein.«

Er grinste, hatte er doch damit wieder ein wenig Zeit gewonnen. »Halb so wild, ich lebe ja noch.«

Endlich klopfte es an der Tür, der Pizzabote trat ein, holte das Essen aus dem Wärmebehälter und stellte den Wein und das Wasser auf den Tisch. »Haben Sie einen Korkenzieher hier?«, fragte er.

»Nein.«

Er zog ein Schweizer Messer aus seiner Jackentasche und entkorkte die Flasche. »Gläser hab ich aber leider keine dabei.«

»Danke, die haben wir selbst«, sagte Brandt, beglich die Rechnung und gab noch ein wenig Trinkgeld dazu. Dann wartete er, bis der Bote das Zimmer verlassen hatte, schob einen der noch heißen Kartons zu Elvira Klein und fragte: »Wo finde ich die Gläser?«

»Im Schrank«, antwortete sie und deutete auf die mittlere Tür. Brandt stand auf, holte vier Gläser und schenkte erst den Wein und danach das Wasser ein.

»Guten Appetit«, sagte er und begann zu essen, wobei er Elvira Klein, die ungewöhnlich irritiert und unsicher wirkte, immer wieder beobachtete. Ihre Hand zitterte leicht, als sie das erste Stück Pizza nahm und davon abbiss.

»Verraten Sie mir jetzt, was das alles soll?«, fragte sie nach einer Weile.

»Auf Ihr Wohl.« Brandt hob sein Glas Wein und prostete ihr zu. »Kommen Sie, ich habe nicht vor, Sie betrunken zu machen.«

Zögernd hob auch sie ihr Glas, nippte an dem Wein, und dann plötzlich leerte sie das Glas in einem Zug. Brandt war verblüfft, vor allem, weil sie sich gleich nachschenkte. Nachdem sie fünf Stücke gegessen und zwei Gläser Wein getrunken hatte, stand sie auf, ging ein paarmal im Zimmer auf und ab, als würde sie einen Verdauungsspaziergang machen, bevor sie wieder Platz nahm.

»So, ich bin bereit«, sagte sie außergewöhnlich freundlich, fast liebenswert, und in ihren Augen war ein anziehendes, bezauberndes Funkeln. Die raue Schale war zumindest für den Moment von ihr abgefallen, was vermutlich am Wein lag, und hervor kam eine ganz andere Elvira Klein, eine, die er mochte.

»Der Fall Sittler und Buchmann ist viel komplizierter und komplexer, als es auf den ersten Blick scheint. Was wissen Sie über Frau Sittler aus ihrer Zeit in Darmstadt?«

»Meinen Sie als Staatsanwältin?«

»Ja.«

»Nur, dass sie ziemlich erfolgreich war. Kommen Sie doch bitte endlich auf den Punkt«, sagte sie ungeduldig, aber nicht unfreundlich.

»Ich habe mich vorhin gegenüber den Kollegen aus Frankfurt zur Verschwiegenheit verpflichtet. Kann ich mich darauf verlassen, dass vorerst nichts von dem, was ich Ihnen jetzt berichte, diese vier Wände verlässt? Ich brauche Ihre Zusage.«

»Wenn Sie es wünschen.«

»Ich meine damit in erster Linie Ihre Vorzimmerdame und alle, die mit der Staatsanwaltschaft zu tun haben. Ich habe Ihr Wort?«

»Ja, sagte ich doch schon. Ich bin von Seiten der Staatsanwaltschaft mit dem Fall betraut. Jetzt machen Sie's doch nicht so spannend.«

»Wie ich schon erwähnte, war ich vorhin in Frankfurt. Und dort habe ich Sachen über Frau Sittler und Herrn Buchmann erfahren, die für Sie bestimmt nicht sehr erfreulich sind. Sie waren beide korrupt, haben Beweismittel vernichtet oder vernichten lassen und …«

»Jetzt hören Sie aber auf! Wer hat Ihnen denn dieses Märchen aufgetischt?«

»Es ist kein Märchen, sondern leider bittere Wahrheit. Es geht um zwei Mordfälle im Jahr 1995, eines der Opfer hieß Laura Kröger und das andere Peter Guttenhofer. Sagen Ihnen die Namen etwas?«

Elvira Klein überlegte und schüttelte den Kopf. »Nein, tut mir leid.«

»Guttenhofer wurde auf der A 661 aus einem fahrenden Auto heraus erschossen, während er selbst am Steuer saß.«

»Oh, der Fall. Ich hab das allerdings nur am Rande mitgekriegt, ich war da noch an der Uni. Aber mit Laura Kröger kann ich überhaupt nichts anfangen.«

Brandt berichtete in den folgenden Minuten ausführlich über die Morde, die Polizeikontrolle, die Festnahme der drei jungen Männer, deren Namen er bewusst noch verschwieg, und wie noch vor Anklageerhebung die wichtigsten Beweismittel verschwun-

208

den waren. Danach machte er eine Pause, trank etwas und sah Elvira Klein mit ernstem Blick an. Er hatte Angst vor dem, was er ihr noch sagen musste. Es würde ein Schock für sie sein, aber er konnte und dürfte es ihr nicht verheimlichen.

»Und weiter?«

»Die damalige Staatsanwältin war Frau Sittler und der Vorsitzende Richter im Prozess Herr Buchmann. Ich verzichte bewusst auf die akademischen Titel, denn die haben die beiden nicht verdient – ganz im Gegensatz zu Ihnen«, fügte er hinzu.

»Ein solches Kompliment aus Ihrem Mund. Danke«, erwiderte sie und errötete zum dritten Mal an diesem Mittag. »Aber ich habe noch nicht promoviert.«

»Wichtig zu wissen ist, warum die Beweismittel vernichtet wurden. Die drei damals noch jungen Kerle sind die Söhne von sehr einflussreichen Männern im Kreis Darmstadt-Dieburg. Wirtschaftlich und politisch einflussreich, sollte ich der Vollständigkeit halber hinzufügen. Diese Männer hatten und haben vermutlich noch immer allerbeste Beziehungen zur Justiz auf allen Ebenen. Es war für sie ein Leichtes, mit großen Geld- und Sachgeschenken einen Richter, einen Oberstaatsanwalt und zwei Staatsanwälte zu kaufen, darunter Buchmann und Sittler.«

»Das ist jetzt kein Scherz, oder?«, sagte Elvira Klein zweifelnd, den Kopf leicht zur Seite geneigt.

»Es gibt gewisse Dinge, da pflege ich nicht zu scherzen. Die damals zwanzig- bis dreiundzwanzigjährigen Kerle wurden vor den Kadi gezerrt und auch verurteilt, aber nur wegen Einbrüchen, Taschenraub und illegalem Waffenbesitz. Die Urteile bewegten sich zwischen achtzehn Monaten und zwei Jahren auf Bewährung. Weder die Morde noch die Vergewaltigungen und Raubüberfälle waren Teil der Verhandlung. Damit war allen gedient außer den Opfern und den Angehörigen der Opfer. Die Westen blieben weiß, die Sittler, Buchmann und noch einige andere haben sich die Taschen vollgestopft, und heute spricht keiner mehr über diese beiden Morde. Das ist leider die traurige Wahrheit. Und wir alle, damit meine ich mich und die Kollegen aus Frankfurt, gehen davon aus, dass die Morde an Sittler und Buchmann mit diesem Fall zusammenhängen.«

Als Brandt nicht weitersprach, sagte Klein mit zusammengekniffenen Augen: »Da kommt doch noch was, das sehe ich Ihnen an.«

Brandt nickte und beugte sich nach vorn, die Hände gefaltet. »Ja, da kommt allerdings noch was, und ich möchte Sie bitten, mir genau zuzuhören. Die Sittler lebte seit zehn Jahren völlig abgeschottet von der Außenwelt im Frankfurter Norden. Sie war krank, litt unter Agoraphobie und hat deshalb ihr Haus nicht mehr verlassen. Dennoch war sie für die Frankfurter Kanzlei Frantzen und Partner tätig, und zwar als Partner. Frantzen war damals einer der Anwälte. Ein anderer Anwalt war ein Dr. Blume. Es gab aber, wie Sie sich vorstellen können, noch einen dritten im Bunde.«

»Ja, und? Wer ist dieser Dritte im Bunde?«

»Sie werden's nicht gerne hören, aber der Dritte war Dr. Klein von Klein und Partner.«

Für einen Moment hätte das Fallen einer Stecknadel wie die Explosion einer Atombombe geklungen. Elvira Klein atmete flach und schnell, und ihre Augen waren beinahe unnatürlich geweitet, als sie Brandt ungläubig ansah. Sie schluckte schwer und schüttelte ganz leicht den Kopf.

»Sie sprechen von meinem Vater. Wenn ich Ihre bisherigen Ausführungen richtig verstanden habe, dann unterstellen Sie ihm, dass er wider das Gesetz gehandelt hat.«

»Frau Klein …«

Sie sprang auf, wedelte mit den Armen und schrie: »Nein, nein, nein, da haben Sie sich in etwas verrannt! Nicht mein Vater! Nein, ich kenne ihn, der würde so etwas nie machen. Herr Brandt, das geht zu weit, das geht wirklich zu weit …«

»Stimmt, es geht zu weit«, sagte er ruhig und besonnen, und er hätte Elvira Klein am liebsten in den Arm genommen und beschützt, denn er konnte sich lebhaft vorstellen, was jetzt in ihr vorging, doch sie hätte eine Umarmung niemals zugelassen, schon gar nicht von ihm. »Es wurden Deals zwischen den Anwälten, ihren Mandanten und der Staatsanwaltschaft ausgehandelt. Alle haben davon profitiert, schließlich ging es um Reputation und Macht. Ihr Vater, das wissen wir, ist mit einem Walter Möller, Bauunternehmer und Kommunalpolitiker, seit vielen Jahren eng befreundet. Hab ich recht?«

»Ja und, das ist doch kein Verbrechen?! Ich kenne Möller, seit ich ein Kind war. Und ich kenne auch seinen Sohn Magnus.«

»Ihr Vater hat die Vertretung von Möllers Sohn übernommen, und es wäre schon mehr als ein Wunder, hätte er von den Deals nichts gewusst. Es tut mir leid, Ihnen das sagen zu müssen, aber ich dachte mir, es ist besser und auch fairer, wenn Sie es von mir erfahren als irgendwann im Zuge der weiteren Ermittlungen. Ich werde mit Ihrem Vater nicht sprechen, auch nicht die Frankfurter. Ich dachte, das überlasse ich Ihnen.«

Elvira Klein hatte Tränen in den Augen und ließ sich in ihren Sessel fallen, fuhr sich mit der Hand übers Gesicht und sagte mit stockender Stimme: »Wieso sind Sie so sicher, dass mein Vater so was gemacht hat? Steht das irgendwo geschrieben?«

»Reden Sie mit ihm, er wird Sie nicht anlügen, Sie sind schließlich seine Tochter«, antwortete er ausweichend, denn er wollte ihr nichts von den Unterlagen erzählen, die Berger hatte.

»Was soll ich ihm denn sagen? Papa, stimmt das, dass du schmutzige Geschäfte abgewickelt hast? Hast du dich mit Staatsanwälten abgesprochen, um so Mörder freizukriegen? Vielleicht ganz gemütlich im Bordell bei Champagner und mit ein paar Huren im Whirlpool? Und was hast du dafür bekommen? Soll ich ihm das so vor den Kopf knallen?«, fragte sie sichtlich erschüttert, während ihr immer noch Tränen über die Wangen liefen, obgleich sie krampfhaft versuchte die Fassung zu wahren. Brandt spürte, dass sie wusste, dass das, was sie eben von ihm gehört hatte, nicht erfunden war.

»Ich denke, Sie werden die richtigen Worte finden«, sagte Brandt aufmunternd. »Glauben Sie mir, ich wünschte, ich hätte Ihnen das ersparen können. Nur bitte ich Sie noch einmal eindringlich, sprechen Sie mit niemand anderem aus der Staatsanwaltschaft darüber, aber auch wirklich mit niemandem, unsere Ermittlungen würden sofort gestoppt werden. Ich weiß, dass Sie Ihren Beruf sehr ernst nehmen und sich nie bestechen lassen würden.«

»Woher wollen Sie das denn wissen?«, fragte sie zynisch, versuchte damit aber nur ihre Enttäuschung und Hilflosigkeit zu überspielen.

»Weil ich Sie kenne. Und wenn Sie Hilfe brauchen, ich stehe Ihnen jederzeit zur Verfügung.«

»Wie heißen die beiden andern?«, fragte sie, und es klang, als würde sie die Antwort längst kennen und wollte nur noch die Bestätigung von Brandt.

»Thomas Gebhardt und Andreas Reiter.«

»Oh, verdammt.«

»Sie kennen auch die?«

»Als ich jung war, hab ich die mal kennengelernt. Und wer von meinen Frankfurter Kollegen ist zuständig?«

»Dr. Vollmer. Er lässt uns freie Hand, das heißt, kein LKA.«

Elvira Klein sah ihn wieder lange an. Ihr Blick sprach, nachdem sie die Namen gehört hatte, eine eindeutige Sprache. »Herr Brandt, ich wäre jetzt gerne allein. Sie werden verstehen, dass ich diese Nachricht erst mal verdauen muss.«

»Natürlich. Haben Sie heute noch Termine?«

»Nur einen«, antwortete sie leise, holte ein Taschentuch aus ihrer Schublade und putzte sich die Nase, »aber den sag ich ab. Danke für die Pizza und alles andere. Tschüs und viel Erfolg.«

»Ihnen auch«, sagte Brandt, stand auf und fügte noch hinzu: »Ich weiß, es wird Ihnen schwerfallen, aber ich fände es ratsam, noch heute mit ihm zu sprechen. Sollte er von anderer Seite erfahren …«

»Gehen Sie bitte, ich mach das schon«, erwiderte sie sichtlich konsterniert.

Brandt verabschiedete sich und verließ das Büro. Frau Schulz würdigte ihn keines Blickes, sondern starrte stur auf ihren Bildschirm, während ihre Finger auf die Tastatur hämmerten. Er fühlte sich miserabel, als hätte er eben einen großen Verrat begangen. Sie tat ihm leid, konnte er sich doch zumindest ansatzweise vorstellen, was jetzt in ihr vorging, und er wollte nicht in ihrer Haut stecken. Elvira Klein, die ihrem überaus erfolgreichen Vater nacheifern und ihm immer alles rechtmachen wollte, hatte eben erfahren, dass ihr Held und großes Vorbild alles andere als ein sauberer und ehrenwerter Anwalt war. Ein Stück heile Welt war für sie zusammengebrochen. Ein großes Stück heile Welt.

Draußen saß er noch eine Weile in seinem Wagen, den Kopf an die Nackenstütze gelehnt, die Augen geschlossen. Es gab Tage, da hätte er am liebsten alles hingeschmissen, und heute war so ein Tag. Nach ein paar Minuten fuhr er zurück ins Präsidium, um noch einmal mit Bernhard Spitzer zu reden, vor allem aber um einige Telefonate zu erledigen, unter anderem mit Julia Durant. Er hatte es ihr zugesagt.

Währenddessen saß Elvira Klein in ihrem Bürosessel. Erst allmählich realisierte sie das ganze Ausmaß dessen, was Brandt ihr soeben mitgeteilt hatte. Nach endlosen Minuten griff sie zum Telefon und wählte die Nummer ihres Vaters in der Kanzlei. Sie würde gerne am Abend vorbeikommen, um etwas mit ihm zu besprechen. Er habe nichts vor, sagte er, sie solle so um Viertel nach acht kommen, nach der Tagesschau. Sie legte auf und dachte kopfschüttelnd, nach der Tagesschau. Ein Ritual, das er pflegte, sofern es seine Zeit erlaubte. Du wirst mir Rede und Antwort stehen, und wenn nur ein Bruchteil von dem stimmt, was Brandt mir über dich erzählt hat, dann gnade dir Gott. Aber noch wollte sie es nicht glauben, noch hoffte sie inständig, dass sich alles positiv aufklären würde. Doch diese Hoffnung war nur ein Funken in ihrem Kopf, ihr Bauch sprach eine andere Sprache.

Dienstag, 11.30 Uhr

Julia Durant hatte das Polizeisiegel durchtrennt und sah sich im Haus von Corinna Sittler um, ging in jeden einzelnen Raum und fragte sich, wie sich jemand zehn Jahre lang ausschließlich auf einer Fläche von etwa dreihundert Quadratmetern bewegen konnte. Ich wäre durchgedreht, dachte sie. Aber letztlich hatte sie sich das selbst zuzuschreiben. Als sie im Schlafzimmer stand und auf das nun leere Bett schaute, noch immer das Bild vom Sonntagabend vor Augen, Corinna Sittler nackt auf dem Laken, ein Kreuz in den Rücken geritzt, die blauen Seidenstrümpfe an den schlanken, wohlgeformten Beinen, die fast schwarzen Haare wie um den Kopf drapiert, dachte sie mit einem Mal an die Erzählung von Leslie, an den Überfall auf ihre Mutter, der der Auslöser für die Krankheit war. Wer hat dich damals überfallen? Ist das jemals geklärt worden? War es jemand, der danach zehn Jahre geduldig verstreichen ließ, bevor er seinen Racheplan vollendete? Wie bei Buchmann?

Durant sah sich weiter um, blieb am Fenster stehen und schaute hinaus. Es gibt keine andere Erklärung, sowohl die Sittler als auch Buchmann sind schon vor Jahren aus Darmstadt weggegangen. Und es gab offensichtlich auch keine weitere Verbindung mehr zwischen beiden. Oder etwa doch? Was, wenn sie doch noch Kontakt hatten? Übers Internet ist alles möglich, sie hätten auch telefonieren können. Aber Buchmann hätte durchaus auch hin und wieder heimlich hier ins Haus … Nein, das ist zu abwegig. Trotzdem sollten wir das überprüfen. Sie schloss die Augen und spürte wieder dieses Kribbeln, das sich immer dann bemerkbar machte, wenn sie vor einer geschlossenen Tür stand und kurz davor war, sie aufzustoßen. Wie jetzt. Sie legte die Hand auf den Mund und ließ noch einmal alles Revue passieren, was sie in den letzten beiden Tagen erfahren hatte. Sittler und Buchmann wurden definitiv wegen der Fälle Guttenhofer und Kröger umgebracht, das ist für mich einfach Fakt. Meines Wissens gab es außerdem keine weiteren derart markanten Fälle in den Neunzigern im Rhein-Main-Gebiet, die von den beiden bearbeitet wurden. Aber ich hab ja auch erst vorhin zum ersten Mal von Guttenhofer und Kröger erfahren. Da ist eine Menge unter den Tisch gekehrt worden. Ich frag mich nur, warum die Angehörigen und Freunde nicht Sturm gelaufen sind. Ich muss mit denen reden, am besten noch bevor ich zu diesem Magnus Möller fahre. Der kann warten, genau wie seine Freunde. Hier komm ich nicht weiter. Mich würde nur interessieren, was die Auswertung der Computer ergeben hat. Sie holte das Telefon aus ihrer Tasche und rief Berger an, doch er sagte, dass er noch keine Mitteilung aus der Computerabteilung erhalten habe, er werde sich aber sofort drum kümmern.

»Haben Sie was zu schreiben zur Hand?«, fragte er.

»Ja, gleich«, antwortete sie und nahm ihren Notizblock und einen Kuli und notierte die Adressen von Magnus Möller, Andreas Reiter und Thomas Gebhardt.

»Die andern folgen in ein paar Minuten«, sagte Berger und legte einfach auf.

Das ist doch schon mal was, dachte Durant. Möller wohnt und arbeitet in Dieburg, Reiter lebt und arbeitet in Offenbach, und Gebhardt wohnt im Ben-Gurion-Ring in Bonames. Letztere Adresse war Durant bekannt. Dort hatte sie schon einmal einen Mann festgenommen, der seinen zweijährigen Sohn aus dem

Fenster im vierten Stock geworfen und die Ehefrau fast totge-schlagen hatte. Er wurde zu fünfzehn Jahren Haft verurteilt. Dass es nicht lebenslang wurde, hatte er allein der Tatsache zu verdan-ken, dass er zum Zeitpunkt der Tat mit Drogen und Alkohol zu-gedröhnt war. Seine Frau saß aber seitdem im Rollstuhl und ve-getierte in einem Pflegeheim vor sich hin. Häusliche Gewalt war in dieser Gegend recht häufig anzutreffen, aber selten in solch exzessiver Form. Durant fragte sich, was Gebhardt, einen ehema-ligen Studenten, dorthin verschlagen hatte. Eine Antwort darauf würde sie spätestens erhalten, wenn sie mit ihm sprach.

Sie blieb eine Dreiviertelstunde im Haus, das ein Vermögen wert war. Wenn Leslie es erbte, wovon Durant ausging, würde sie mindestens zwei Millionen dafür bekommen, vielleicht sogar mehr. Allein die Panzerverglasung hatte Unsummen verschlun-gen, der edle Marmorfußboden, der das gesamte Erdgeschoss bedeckte, ebenfalls, die beiden luxuriösen Bäder mit den gold-glänzenden Armaturen, die sofort ins Auge fielen, selbst das rie-sige Arbeitszimmer, in dem die Sittler sich die meiste Zeit aufge-halten hatte, war mehr wert als eine mittlere Eigentumswohnung. Nee, zwei Millionen reichen bei weitem nicht aus, dachte Du-rant. Aber ich gehe jede Wette ein, dass du für diese Hütte nicht einen Pfennig bezahlt hast, sondern ein großzügiger und dank-barer Unternehmer dir das alles spendiert hat. Zum Selbstkosten-preis, die Materialien äußerst preisgünstig eingekauft bei einem oder mehreren Freunden, die Handwerker vermutlich Schwarz-arbeiter, die zum damaligen Zeitpunkt für einen Hungerlohn dieses Haus hochgezogen hatten. Wahrscheinlich Polen, die sich noch vor zehn Jahren für drei oder vier Mark die Stunde den Buckel krumm schufteten, um mit dem Geld ihre Familien in der Heimat zu ernähren. Heute war das nicht mehr möglich, sie ar-beiteten zwar immer noch für weniger Geld als die Deutschen, aber unter zehn Euro Stundenlohn lief auch bei den Polen nichts mehr.

Um Viertel nach zwölf zog sie die Haustür hinter sich ins Schloss und klebte ein frisches Polizeisiegel an Tür und Rahmen. Sie hatte Hunger und würde bei einem Thailänder in der Nordweststadt, einem der sozialen Brennpunkte Frankfurts, einkehren, ein Lokal, das sie seit ein paar Monaten kannte, etwas essen und trinken und, sollte Brandt sich nicht melden, allein zu Thomas Gebhardt nach Bonames fahren. Es sei denn, sie erhielt vorher noch die Adressen der Angehörigen von Laura Kröger und Peter Guttenhofer. Sie befand sich auf halber Strecke, als ihr Handy klingelte. Berger. Sie fuhr an den Straßenrand und notierte, was Berger ihr durchsagte. Also nicht nach Bonames, sondern erst nach Bockenheim zu den Eltern von Laura Kröger. Hoffentlich treff ich jemanden an. Aber vorher ess ich noch 'ne Kleinigkeit.

Dienstag, 13.35 Uhr _____

Peter Brandt hatte mit Bernhard Spitzer und Nicole Eberl, die kurz vor ihm aus dem Haus der Buchmanns ins Präsidium zurückgekehrt war, über seinen Besuch bei Elvira Klein gesprochen. Spitzer hatte aufmerksam zugehört, wie so oft zurückgelehnt, in der Hand einen Stift, den er zwischen den Fingern drehte. Zu keiner Zeit unterbrach er oder Eberl ihn, doch am Ende von Brandts Schilderung sagte er sichtlich fassungslos: »Das ist ein Hammer. Ausgerechnet der Vater der Klein. Und sie hat dich nicht rausgeworfen oder …«

Brandt schüttelte den Kopf.

»Das ist doch für sie wie ein Weltuntergang. Ihr Heiligtum wurde zerstört.«

»Jetzt mach mal halblang, sie wird sich auch wieder fangen«, sagte Brandt. »Ich hoffe nur inständig, dass sie bald mit ihm spricht, denn würde er schon vorher von unseren Ermittlungen

erfahren, würde er sich hundertpro sofort mit seinen Gesinnungs-
genossen in Verbindung setzen, um unsere Ermittlungen zu tor-
pedieren. Und das käme einer halben Katastrophe gleich.«

»Und du meinst wirklich, auf die Klein ist Verlass? Ich könnte
mir vorstellen, dass ihr die Familie immer noch mehr wert ist als
der Beruf. Sie hat doch nur ihre Eltern und sonst niemanden,
wenn ich recht informiert bin.«

Brandt, der sich einen Kaffee geholt hatte, um so seine Müdigkeit zu bekämpfen, schüttelte erneut den Kopf. »Du hast sie
vorhin nicht gesehen, sie war völlig fertig. Außerdem glaube ich
sie inzwischen ganz gut zu kennen, sie ist Staatsanwältin mit
Leib und Seele und würde ihre Seele ganz bestimmt nicht an den
Teufel verkaufen. Aber warten wir's einfach ab, es bleibt uns sowieso nichts anderes übrig.«

»Ich gebe Peter recht«, warf Eberl ein, die sich ebenfalls einen
Kaffee holte. »Die Klein hat uns zwar in der Vergangenheit schon
einige Schwierigkeiten gemacht, doch wenn's darauf ankam,
stand sie auf unserer Seite. Aber mal was anderes: Du willst also
tatsächlich mit der Durant zusammenarbeiten. Mit einer Frankfurterin?« Bei den letzten Worten überzog ein breites Grinsen ihr
Gesicht, doch Brandt blieb stoisch ruhig.

»Sie ist keine Frankfurterin, sie arbeitet nur dort, genau wie
Andrea. Hat sie sich übrigens schon wegen Buchmann gemeldet?«

»Als du weg warst, hat sie mir kurz telefonisch ein paar Details durchgegeben. Liest sich nicht besonders spannend. Betäubt
mit K.-o.-Tropfen, Todesursache ein einziger gezielter Stich ins
Herz. Sonst keine weiteren Verletzungen, das eingeritzte Kreuz
ausgenommen.«

»Hat sie gesagt, dass ich sie anrufen soll?«, fragte Brandt wie
beiläufig.

»Nein.«

Er hatte es geahnt. Andrea Sievers hatte sich schon am Morgen sehr seltsam verhalten. Sie wollte nicht mit ihm frühstücken, sie hatte sich auch nicht im Bad fertiggemacht, sondern nur angezogen, ihm nicht mal einen Kuss auf die Wange gehaucht, sondern ihm nur zugewunken und ein »Tschüs« hingeworfen, bevor sie die Tür hinter sich geschlossen hatte. Sie hatte sich in den vergangenen Monaten immer rarer gemacht, die Besuche bei ihm oder er bei ihr fanden nur noch sporadisch statt, selbst die Telefonate wurden seltener, bisweilen vergingen Tage, bis sie wieder einmal für ein paar Minuten miteinander telefonierten. Spätestens seit gestern Abend wusste er, dass es zwischen ihnen aus war. Sie würde bestimmt bald ihre Sachen abholen, und alles, was sie dann noch verbinden würde, wäre das rein Dienstliche. Er würde hin und wieder zur Gerichtsmedizin fahren, und sie würden so tun, als wäre nie etwas zwischen ihnen gewesen. Als hätten sie sich nie geliebt, nie berührt, nie viele schöne Tage, Abende und Nächte verbracht. Er würde damit leben können, auch wenn es bedeutete, wieder allein zu sein. Hinzu kam, dass Sarah und Michelle mehr und mehr ihre eigenen Wege gingen und er merkte, wie er kaum noch Zugang zu ihnen fand. Die schönen Zeiten neigten sich allmählich dem Ende zu, und er wusste, dass er sein Leben bald neu einrichten musste. Die Einzigen, zu denen er noch regelmäßigen Kontakt hatte, waren seine Eltern, aber er würde einen Teufel tun und sich bei ihnen ausheulen. Er hatte dies nie getan und würde es auch diesmal nicht tun.

»Was hat die Durchsuchung bei Buchmann ergeben?«, fragte er und blätterte in ein paar Papieren.

»Kann ich nicht sagen«, antwortete Eberl und nippte an ihrem noch heißen Kaffee. »Die Auswertung des sichergestellten Materials wird eine ganze Weile in Anspruch nehmen.«

»Wir sollten die Frankfurter in die Auswertung mit einbeziehen, die haben schließlich auch das Material von der Sittler. Hast du mit der Barbiepuppe gesprochen?«

Nicole Eberl grinste wieder und meinte: »Hab ich. Die hat im Prinzip nur noch mal das wiederholt, was sie dir schon gesagt hat. Ihre Schwester hat das Alibi bestätigt. Wir werden natürlich noch in der Bar nachfragen, aber ich kann mir nicht vorstellen, dass sie beide lügen. Welchen Vorteil hätten sie davon? Und die Buchmann und ihre Schwester werden ja wohl nicht gleich zwei Morde begangen haben. Außerdem ist die Buchmann so sehr auf sich selbst fixiert, die bringt so was nicht. Die denkt doch nur an ihren nächsten Termin beim Schnippler.«

»Okay, ich muss mal telefonieren und danach vielleicht weg.«

Brandt ging in sein Büro und machte die Tür hinter sich zu. Er wollte nur einen Moment allein sein und seine Gedanken sortieren. Ihm war, als würde alles über ihm zusammenbrechen, ein Gefühl, das er bisher nur einmal hatte – als seine Ex eines Tages auf und davon war. Er stellte sich ans Fenster und schaute auf die Straße. Ein paar Sonnenstrahlen zwängten sich durch die immer dichter werdenden Wolken, und ein paar dieser Wolken waren auch in seinem Kopf. Er dachte daran, Andrea anzurufen, ihr noch ein paar Fragen zum Autopsieergebnis zu stellen. Nein, sagte er still zu sich selbst, das werde ich nicht tun. Sie merkt doch sofort, dass mich das eigentlich gar nicht interessiert. Er sah die Autos unten vorbeifahren, sah Menschen auf dem Bürgersteig, einige Paare oder Pärchen, ein paar Verliebte, aber auch viele, die allein waren. Ich gehe auf die fünfzig zu, und Andrea ist gerade Mitte dreißig. Jung und lebhaft. Scheiße! Große gottverdammte Scheiße! Sein Telefon klingelte, er schaute auf die Nummer auf dem Display und hob ab.

»Ja?«

»Ich bin's«, sagte Andrea Sievers sachlich kühl. »Ich hab zwar vorhin schon kurz mit Bernie gesprochen, aber ich wollte dir auch noch ein paar Details nennen. Bist du bereit?«

»Klar«, antwortete er, schob einige Papiere beiseite und setzte sich auf die Schreibtischkante. »Schieß los.«

»Nur kurz zwischendurch, ich musste heute früh so schnell weg, weil ich gestern vergessen hatte, die Wäsche aus der Maschine zu nehmen. Du weißt doch, das fängt schnell an zu muffeln.«

»Du brauchst dich nicht zu entschuldigen. Hast du heute Abend schon was vor?« Es war ein Versuch, sie vielleicht dazu zu bewegen, ein für alle Mal die unausgesprochenen Differenzen zu beseitigen.

»Keine Ahnung, aber wir können ja noch mal telefonieren«, sagte sie wieder sehr distanziert. »Zum Ergebnis: Buchmann wurde am Sonntagabend zwischen zehn und elf getötet. Das mit den K.-o.-Tropfen und dem Stich ins Herz hast du vermutlich schon von Bernie oder Nicole erfahren. Was ich aber verschwiegen habe, ist, dass Buchmann kurz vor seinem Tod noch Geschlechtsverkehr hatte, und zwar mit Kondom. Das würde meine Theorie von einer Geliebten untermauern, kann aber auch bedeuten, dass er sich in einem eigens dafür eingerichteten Etablissement vergnügt hat. In seinem Magen befanden sich neben Schweinefleisch, Kartoffeln, Gemüse und Salat auch Champagner und Cognac in nicht unerheblicher Menge. Sein Blutalkoholwert lag bei 1,3 Promille, womit er eigentlich fahruntüchtig war. Allerdings lässt der Zustand seiner Leber und seines Pankreas darauf schließen, dass er an Alkohol gewöhnt war. Seine Leber befand sich in einem miserablen Zustand, starke Verfettung, die über kurz oder lang zur Zirrhose geführt hätte. Seine Alkoholgewöhnung wiederum könnte bedeuten, dass er doch noch vorhatte, an diesem Abend nach Köln zu fahren, nur eben etwas später, als er seiner lieben Frau gesagt hat. Tja, nun bist du an der Reihe.«

»Buchmann war Alkoholiker?«

»Richtig.«

»Noch was?«

»Er war Kettenraucher, in seinen Lungen war mehr Teer als

in den Straßen von Frankfurt und Offenbach zusammen. Mich wundert, wie lange manche Körper so einen Raubbau durchhalten.«

Brandt interessierte das Letzte nicht. Er überlegte und fragte nach einer Weile: »Wenn jemand eine Geliebte hat, wie wahrscheinlich ist es, dass man zum Geschlechtsverkehr ein Kondom überzieht?«

»Wenn man sich ein wenig besser kennt, würde ich sagen, die Wahrscheinlichkeit ist gleich null. Allerdings gibt es auch heute noch viel zu viele, die mit einem oder einer Wildfremden ins Bett springen, ohne sich zu schützen. Aber das kommt ja bei Buchmann nicht in Betracht.«

»Okay, ich lass das von meinen Kollegen überprüfen. Es ist glaub ich nicht relevant, ob er eine Geliebte hatte oder in einem Puff war. Viel wichtiger ist, rauszukriegen, wo er am Sonntagabend war. Ich kann mich aber nicht darum kümmern, weil ich bald weg muss. Lass uns doch so gegen sechs noch mal telefonieren, falls du nichts anderes vorhast.«

»Du kannst es probieren. Wenn ich nicht abnehme, bin ich entweder nicht zu Hause oder schon im Bett. Ja dann, ich muss weitermachen.« Kein Ciao, kein Tschüs, kein bis dann, nur ein ›ich muss weitermachen‹.

Hm, dachte er, so hat sie sich manchmal verabschiedet, als sie noch Fremde waren und ein- oder zweimal dienstlich am Telefon miteinander gesprochen hatten.

Da waren wieder diese dunklen Wolken, aber komischerweise machten sie ihm nach diesem Telefonat weniger aus als noch vor ein paar Minuten. Es ist aus, dachte er, und jetzt ist es wohl endgültig. Drei Jahre waren sie zusammen, die meiste Zeit davon war eine schöne Zeit gewesen. Aber Andrea signalisierte ihm immer öfter und immer deutlicher, dass sie nicht mehr mit ihm leben wollte, und das Telefonat eben war ein weiterer Beweis dafür. Schon lange kein Wort mehr von Heirat und zusammenziehen, kaum noch Zärtlichkeiten, dafür umso häufiger spitze, manchmal auch verletzende Bemerkungen in seine Richtung, die er bei ihr nie für möglich gehalten hatte. Okay, dann ist eben auch dieses Kapitel abgeschlossen. Ich lass die Dinge jetzt einfach auf mich zukommen, dachte er und rief Julia Durant an.

»Ich bin gerade essen«, entschuldigte sie sich mit noch vollem Mund. »Kleinen Augenblick … So, jetzt bin ich für Sie da.«

»Haben Sie inzwischen die Adressen?«, fragte er.

»Hab ich. Ich wollte gleich zu den Eltern von Laura Kröger fahren und anschließend zu Thomas Gebhardt. Sind Sie dabei?«

»Klar, hab sowieso nichts anderes vor. Wo treffen wir uns?«

»Können Sie in einer halben Stunde in Bockenheim in der Markgrafenstraße sein? Sagen wir vor dieser neumodischen Kirche, ich glaub, die heißt Zentrum der Verkündigung oder so. Sie werden's schon finden.«

»Ich beeil mich, aber warten Sie bitte, wenn ich nicht ganz pünktlich bin, ich kenn mich in Frankfurt nicht gerade gut aus.«

»Ich weiß. Und außerdem hab ich schon oft auf Männer gewartet«, entgegnete sie grinsend, was er nicht sah, aber hörte.

Er berichtete Spitzer und Eberl stichpunktartig von dem Gespräch mit Andrea Sievers und instruierte sie, nachzuforschen, wo Buchmann am Sonntag zwischen neunzehn und zweiundzwanzig Uhr gewesen war.

»Und wenn es stimmt, was mir ein kleiner Mann zuflüstert, dann war er sonntags nie in Köln, sondern eher bei einer Geliebten. Und mir soll keiner weismachen, dass seine Frau nichts davon gewusst hat. Ich hab gestern schon gesagt, dass die Buchmann einen Geliebten hat, woraufhin Andrea meinte, dass auch er fremdgegangen ist. Also, findet raus, wo er sich am Sonntagabend rumgetrieben hat, das hat oberste Priorität. Ich mach mich vom Acker, sollte irgendwas sein …«

»Wo geht's hin?«, wollte Spitzer wissen.

»Frankfurt, ich treff mich mit der Durant, wir haben einige Leute zu befragen. Die nächsten Tage werden ziemlich stressig werden, Nicole, du wirst am besten mit Michael die Ermittlungen hier leiten, aber unternehmt nichts, ohne euch mit mir vorher abzusprechen.«

»Und wen befragt ihr jetzt?«, sagte Eberl mit einem leicht pikierten Unterton und einem ebensolchen Gesichtsausdruck, was nur sehr selten vorkam, aber sie fühlte sich im Moment nicht genügend informiert und eingebunden.

»Die Angehörigen von Laura Kröger und einen der drei Typen, vorausgesetzt, wir treffen ihn an.« Er sah Nicole Eberl an, legte seine Hände auf ihre Schultern und sagte: »Ich würde auch lieber mit dir zusammenarbeiten, aber die Durant hat zurzeit keinen Partner und mich gefragt, ob wir ein Team bilden. Ich konnte nicht nein sagen.«

»Ist schon okay«, erwiderte sie mit versöhnlichem Lächeln. »Aber pass auf, dass du im Feindesland nicht unter die Räder kommst.«

Brandt grinste und schüttelte den Kopf. »Keine Sorge, das Feindesland ist bald in unserer Hand. Dummer Spruch, ich weiß, aber ich muss mich irgendwie mit denen arrangieren.«

»Verzieh dich«, sagte Spitzer und wies mit dem ausgestreckten Arm zur Tür. »Und ich will diese Durant kennenlernen.«

»Wirst du. Bis dann.«

Er schaute auf die Uhr, die er zu Weihnachten von seinen Eltern geschenkt bekommen hatte, ein Unikat, das sie bei einer Auktion erstanden und von einem Uhrmacher in Bruchköbel hatten restaurieren lassen, den er selbst ziemlich gut kannte und auch mochte. Die Uhr war ein Schmuckstück aus den Fünfzigerjahren und eigentlich viel zu schade für den Alltagsgebrauch. Allein wie das Lederarmband sich anfühlte, war eine Welt für sich. Vor zehn Minuten hatte er mit Julia Durant telefoniert und ihr versprochen, in einer halben Stunde in Bockenheim zu sein. Er musste sich sputen, rannte zum Auto, und dennoch würde er sich um mindestens zehn Minuten verspäten, da die Straßen in die Innenstadt von Frankfurt um diese Zeit stets dicht befahren waren. Bis zum Baseler Platz kam er gut durch, doch entlang des Hauptbahnhofs stockte der Verkehr wegen eines Lkws, der gerade entladen wurde und deshalb die Straße von drei auf zwei Spuren verengt war. Brandt fluchte leise vor sich hin und wollte bereits Durant anrufen, um ihr von seiner Verspätung zu berichten, als es doch mit einem Mal zügig weiterging. Etwas mehr als fünf Minuten nach der abgemachten Zeit traf er vor der Kirche ein. Durant stand an ihren Corsa gelehnt da und quittierte sein Zuspätkommen mit einem vergebenden, wenn auch leicht ironischen Zug um den Mund.

»Sorry«, entschuldigte er sich, nachdem er das Seitenfenster heruntergelassen hatte, »aber der Verkehr. Außerdem hatte ich noch ein paar Dinge im Präsidium zu erledigen.«

»Ich sagte doch, ich bin warten gewohnt«, entgegnete sie nur und deutete auf einen freien Parkplatz. »Hab ich extra für Sie freigehalten. Was glauben Sie, wie viele böse Blicke ich dafür schon geerntet habe.«

»Danke«, sagte er und parkte rückwärts ein. Er stieg aus und schloss mit der Fernbedienung ab. »Und jetzt wohin?«

»Es ist gleich um die Ecke in der Falkstraße. Gehen wir.« Und nach ein paar Metern: »Wie war übrigens Ihr Gespräch mit Frau Klein? Oder war sie gar nicht da?«

»Später.«

»So schlimm?«

»Wie würden Sie sich fühlen, wenn man Ihnen von jetzt auf gleich mitteilen würde, dass Ihr Vater in kriminelle Machenschaften verwickelt ist oder war? Wären Sie dann immer noch so cool?«

»Mach ich den Eindruck?«

»Sie haben meine Frage nicht beantwortet.«

»Nein, aber bei meinem Vater würde ich mit solch einer Nachricht überhaupt nicht zu rechnen brauchen.«

»Sehen Sie, genauso war es auch bei der Klein. Es gibt viel zu oft Momente, wo etwas passiert oder uns etwas gesagt wird, womit wir nicht einmal in unseren schlimmsten Albträumen rechnen. Für die Klein war ihr Vater heilig – bis vor etwa«, er schaute erneut auf die Uhr, »anderthalb Stunden. Vielleicht verstehen Sie jetzt, warum ich es ihr unbedingt allein beibringen wollte.«

»Wie hat sie denn reagiert?«

»Wie würden Sie denn reagieren?«, fragte Brandt zurück.

»Schockiert, aller Illusionen beraubt, wütend, enttäuscht, ich würde wahrscheinlich erst mal alles kurz und klein schlagen. Zufrieden?«

»Nein, weil Sie es sich doch nicht vorstellen können. Die Klein hat ihren Vater vergöttert, er war ihr Vorbild, ihr Held und was weiß ich nicht alles. Sie wollte ihm immer gefallen und musste von einer Sekunde auf die andere erfahren, dass das vergebene Liebesmüh war. Kennen Sie sie überhaupt?«

»Nein, nur Andrea hat ab und an von ihr erzählt.«

»Sie werden sie aber zwangsläufig kennenlernen, und ich glaube, Sie werden sich gut verstehen, Sie haben nämlich beide so eine gewisse Art, die verbindet.«

»Was meinen Sie damit?«

»Das erklär ich Ihnen ein andermal.«

Durant blieb stehen und fasste Brandt am Arm. »Nein, das will ich jetzt wissen. Sie kennen mich doch gar nicht, woher …«

Brandt sah Durant an und unterbrach ihren Redefluss. »Sie glauben, ich würde Sie nicht kennen, aber mir reicht ein erster Eindruck. Und der hat sich bis jetzt bestätigt. Und ich habe mich, was diesen ersten Eindruck von einem Menschen angeht, noch nie geirrt. Das hört sich vielleicht arrogant an, ist es aber nicht. Es ist nur eine Gabe, die mir in die Wiege gelegt wurde.«

»Dann erklären Sie mir doch mal, welche Art mich und Frau Klein verbindet«, sagte Durant mit angriffslustigem Blick.

»Wissen Sie was, ich lad Sie nachher zu einem Kaffee ein, und dann sag ich's Ihnen.«

»Ich würd's aber gerne jetzt von Ihnen hören.«

»Das ist genau das, was auch die Klein immer will. Jetzt, sofort, auf der Stelle … Bestimmend, dominant, unnachgiebig, wenn es um den eigenen Standpunkt geht, und so weiter. Sie beide demonstrieren nach außen hin die toughe Lady, die sich in der ach so harten Männerwelt behaupten muss, sind aber in Wirklichkeit unsicher, zerbrechlich, voller Selbstzweifel und einsam. Und bevor Sie jetzt etwas darauf erwidern, sollten Sie erst einmal Ihre Worte überlegen, denn Sie können sehr verletzend sein, wie Elvira Klein. Dabei ist das nur ein Schutzschild, den Sie angelegt haben.«

Durant schluckte schwer. So deutlich hatte ihr noch nie jemand ihre Persönlichkeit geschildert, dazu noch jemand, den sie gestern Abend zum ersten Mal gesehen hatte.

»Sind Sie ein selbsternannter Psychologe?«, entgegnete sie schnippisch und gekränkt, weil es Brandt geschafft hatte, in ihr Inneres zu blicken.

»Sehen Sie, das ist es, was ich meine. Sie können auch keine Kritik ertragen, obwohl ich gar keine Kritik an Ihnen geübt habe. Sie und die Klein haben so viele Gemeinsamkeiten, unter anderem, dass Sie vieles viel zu ernst nehmen.«

»Und Sie sind fehlerfrei, was?«

»Hab ich das behauptet?«, sagte er gelassen. »Ihre eigentliche Frage war doch, wie mein Gespräch mit Frau Klein war. Es war bewegend, tragisch, traurig«, Brandt zuckte mit den Schultern, »eigentlich so, wie ich es mir vorgestellt hatte. Sie wird mit ihrem Vater sprechen und mir Bescheid geben. Das ist alles.«

»So, schon fertig mit der Psychoanalyse?«

»Frau Durant, warum so beleidigt? Ich hab Ihnen doch gar

nichts getan. Aber kommen wir zum Alltagsgeschäft zurück. Haben Sie uns angekündigt?«

»Nein, ich liebe Überraschungen, auch wenn ich mich nicht sonderlich wohl fühle, in alten Wunden rumzustochern. Geht's Ihnen nicht auch so?«

»Hängt von der Situation ab. Es kommt mir hier kälter vor als in Offenbach«, bemerkte er.

»Das liegt nur daran, weil sie ein eingefleischter Offenbacher sind und Frankfurt nicht mögen. Lassen Sie mich raten, Sie sind Fußballfan, Offenbacher Kickers. Jemand wie Sie muss Kickers-Fan sein.«

»Voll ins Schwarze. Und Sie interessieren sich vermutlich überhaupt nicht für Fußball oder Sport im Allgemeinen.«

»Falsch, ich bin zwar keine Expertin, aber Mönchengladbach mag ich, auch wenn ich aus Bayern komme.«

»Was hör ich da? Etwa Borussia Mönchengladbach?«

»Haben Sie ein Problem damit?«

»Nein, ganz im Gegenteil. Ich sag doch, Sie haben eine Menge mit der Klein gemeinsam. Sie ist eine geradezu fanatische Gladbach-Anhängerin.«

»Da Sie gerade gesagt haben, dass es Ihnen in Frankfurt kälter vorkommt, ich mag zum Beispiel Berlin überhaupt nicht. Ich frier jedes Mal, wenn ich dort bin. Ist zum Glück nur sehr selten. Da kann's noch so schön sein, Berlin ist nichts für mich. Außerdem viel zu dreckig, überall Hundehaufen. Ich versteh gar nicht, was die alle für einen Tamtam um diese Stadt machen.«

»Und München?«

»Wieso?«

»Sie kommen doch aus München, oder?«

»Nein«, unterbrach sie ihn schnell, »ich komm aus einem kleinen Ort in der Nähe von München. Viertausend Einwohner und eine protestantische Enklave inmitten des heiligen schwarzen

Reichs der katholischen Kirche«, fügte sie grinsend hinzu. »Mein Vater ist Pastor, aber seit ein paar Jahren im Ruhestand.«

»Ich bin katholisch, aber kein Kirchgänger«, entgegnete Brandt, der mit der Art von Julia Durant noch nicht so recht umzugehen wusste. Sich in ihrer Gegenwart aufzuhalten war nicht unangenehm, auch wenn sie ein dominantes Auftreten hatte. Bisher hatte er noch nie eine Kollegin gehabt, die auch nur ähnlich wie Durant war, Elvira Klein ausgenommen, doch die war auch keine Kollegin. »Und schwarz bin ich auch nicht.«

»Ach was, wär mir gar nicht aufgefallen. So, wir sind da. Dann hoffen wir mal darauf, eingelassen zu werden.« Sie standen vor einem fünfstöckigen Gebäude, das, so schätzte Durant, um die hundert Jahre alt war, aber einen äußerlich gepflegten Eindruck machte. Sie legte den Finger auf den Klingelknopf und wartete. Der Türsummer ertönte, Brandt drückte die Tür auf und ließ Durant an sich vorbeitreten. Sie gingen durch ein dunkles Treppenhaus. Im Erdgeschoss befand sich nur eine Wohnung, die des Hausmeisters, was deutlich neben dem Türschild vermerkt war. Auf der linken Seite hingen die Briefkästen, von denen etwa die Hälfte leer waren, der Boden bis zur Treppe bestand aus alten Fliesen, die den Anschein erweckten, als wären sie so alt wie das Haus, die Treppenstufen ächzten bei jedem Schritt, als wären sie müde und es leid, dauernd getreten zu werden. Die Krögers wohnten im dritten Stock.

Eine Frau mit kurzen grauen Haaren lugte zwischen Tür und Angel hervor und beäugte die Beamten misstrauisch.

»Ja?«

Durant und Brandt hielten ihre Ausweise hoch, sie sagte: »Durant, Kriminalpolizei, das ist mein Kollege Herr Brandt. Frau Kröger, Frau Inge Kröger?«

»Und was wollen Sie?«, fragte die Angesprochene abweisend, ohne die Tür weiter aufzumachen oder die Beamten gar hereinzubitten.

»Das würden wir gern drin mit Ihnen besprechen. Es ist wichtig«, sagte Durant.

»Wichtig? Um was geht's denn? Hat mal wieder einer von uns was ausgefressen?«

Durant war irritiert, sagte aber: »Sie möchten doch bestimmt nicht, dass Ihre Nachbarn …«

»Kann ich noch mal Ihre Ausweise sehen?«

»Bitte«, antworteten Durant und Brandt unisono und hielten sie Inge Kröger dicht vors Gesicht.

Kurz darauf machte sie die Tür frei. In der Wohnung roch es durchdringend nach Kohl. Der graue Teppichboden war abgetreten, an einigen Stellen wellig, darunter waren Dielen, die wie die Stufen im Treppenhaus knarrten. Im Wohnzimmer lief der Fernseher, eine Gerichtsshow. Bei näherem Hinsehen erkannten die Kommissare Bernd Buchmann. Auf dem Tisch standen eine Flasche Wasser und ein Glas, die Sitzgarnitur war alt und wies deutliche Abnutzungsspuren auf. Im Aschenbecher glimmte eine Zigarette vor sich hin und würde in wenigen Sekunden verlöschen. Über den Sofa- und Sessellehnen lagen kleine Häkeldeckchen, auf der Holzfensterbank standen vier Grünpflanzen. Es war ein dunkles Zimmer, das eine eigentümliche und etwas düstere Atmosphäre verbreitete.

»Nehmen Sie Platz«, sagte Inge Kröger leise und stellte den Fernseher aus. Durant schätzte sie auf Anfang bis Mitte fünfzig. Sie hatte ein beinahe faltenloses Gesicht, lediglich die tiefen Furchen zwischen Nase und Mund verrieten in etwa ihr Alter. Ihre Augen waren glanzlos und leer, ihre Finger krumm, und bei genauerem Hinsehen fiel Durant auf, dass es Arthrosefinger waren. Sie trug einen schlichten hellgrauen Hausanzug, Socken und Birkenstocksandalen. Sie setzten sich, Inge Kröger holte eine Zigarette aus der Schachtel und zündete sie an.

»Frau Kröger, wir sind hier, um mit Ihnen über Ihre Tochter Laura zu sprechen«, begann Durant.

»Was? Laura ist seit über zehn Jahren tot, und Sie ...«

»Ich weiß«, sagte Durant beschwichtigend, »und ich weiß auch, dass wir Ihnen damit wehtun, aber ...«

Inge Kröger lachte höhnisch auf, nahm einen tiefen Zug an ihrer Zigarette und sagte: »Aber was? Kommen Sie etwa, um mir mitzuteilen, dass Sie endlich die Schweine hinter Schloss und Riegel gebracht haben?«

»Nein, leider nicht. Aber wir hätten ein paar Fragen zu dem damaligen Geschehen und auch zu den polizeilichen Ermittlungen. Wären Sie so freundlich, uns behilflich zu sein?«

Wieder lachte Inge Kröger auf und schüttelte den Kopf. »Warum sollte ich ausgerechnet Ihnen behilflich sein? War die Polizei uns behilflich, als Laura umgebracht wurde? Ich wüsste nicht, warum ich Ihnen auch nur im Geringsten helfen sollte. Außerdem, das ist so lange her, was wollen Sie eigentlich noch von mir?«

Durant und Brandt konnten die Verbitterung der ihnen gegenübersitzenden Frau sehr gut verstehen, vor allem, weil sie seit dem Vormittag über den Fall informiert waren, wahrscheinlich sogar besser, als Inge Kröger es jemals war, aber vielleicht, so die Hoffnung der Beamten, verfügte sie doch über Informationen, die ihnen noch nicht bekannt waren. Brandt hielt sich zurück. Er würde Durant für den Moment das Feld überlassen, denn wenn überhaupt jemand es schaffte, Inge Kröger aus der Reserve zu locken, dann war es Julia Durant.

»Ich kann Ihre Wut verstehen ...«

»Ach ja, können Sie das?! Gar nichts können Sie, rein gar nichts! Sie haben doch überhaupt keine Ahnung von meiner Wut. Sie sind auch nur eine von denen.«

»Ich kann Ihnen nicht ganz folgen«, sagte Durant.

»Sie wissen doch genau, was ich meine! Ich vertraue keinem, aber auch wirklich keinem Polizisten mehr.«

Durant beugte sich nach vorn, die Ellbogen auf die Oberschenkel gestützt, und sagte: »Und warum nicht?«

»Warum?! Das müssten Sie doch am besten wissen«, spie sie Durant entgegen.

»Frau Kröger, Herr Brandt und ich sind nicht hier, um alte Wunden aufzureißen, sondern um Ihnen zu helfen. Schauen Sie mich an, bitte. Ich versichere Ihnen, unser Besuch hat einen sehr guten Grund. Glauben Sie mir, Herr Brandt und ich haben vor wenigen Stunden zum ersten Mal von dem Tod Ihrer Tochter gehört, und dabei sind uns mehrere Ungereimtheiten aufgefallen. Aber wenn Sie es unbedingt wünschen, gehen wir auch wieder.«

Inge Kröger hob das Gesicht, inhalierte ein letztes Mal und drückte die Zigarette aus, um sich gleich darauf eine weitere anzustecken.

»Und das ist keine von diesen verdammten Lügen?«

»Nein, mein Wort darauf. Wir sind wirklich nicht grundlos hier.«

»So, und welchen Grund hat Ihr Besuch?«, sagte Inge Kröger in moderaterem Ton, auch wenn sie weiterhin eine Abwehrhaltung einnahm.

»Sagen Ihnen die Namen Dr. Sittler und Dr. Buchmann etwas?«

Inge Kröger nickte. »Ja, Dr. Sittler war damals die ermittelnde Staatsanwältin. Und Buchmann?« Sie schüttelte den Kopf. »Ich kenn nur einen Fernsehrichter Buchmann, aber der ist Schauspieler, läuft gerade. Doch warum wollen Sie das wissen?«

»Sie wurden beide umgebracht. Über die näheren Einzelheiten darf ich Ihnen nichts sagen, aber es deutet eine Menge darauf hin, dass es mit dem Tod Ihrer Tochter Laura zu tun hat. Und der Dr. Buchmann aus dem Fernsehen ist identisch mit dem ehemaligen Richter aus Darmstadt.«

Inge Krögers Blick war mit einem Mal nicht mehr leer, sondern ihre Augen funkelten ungläubig, als sie hervorstieß: »Wie bitte? Das kapier ich jetzt nicht. Was hat denn der Buchmann aus dem Strafgericht mit meiner Laura zu tun?«

»Er war vor zehn Jahren Richter in Darmstadt. Sie haben ihn nie zu Gesicht bekommen?«

»Nein, warum auch?«

»Es war nur eine Frage. Haben Sie denn Dr. Sittler persönlich kennengelernt?«

»Ja, aber nur kurz. Die Polizei hatte ein paar Wochen nach dem Mord an Laura drei junge Kerle verhaftet, und es hat anfangs so ausgesehen, als hätten sie was mit Lauras Tod zu tun, aber dann hat Dr. Sittler meinem Mann und mir ein paar Tage später gesagt, dass man doch die Falschen verhaftet habe und die Mörder noch immer auf freiem Fuß seien. Aber man würde die Ermittlungen forcieren, und sie selbst würde alles in ihrer Macht Stehende tun, dass dieses furchtbare Verbrechen nicht ungesühnt bleibe. Sie war sehr nett zu uns. Sie war sehr nett und freundlich und hat versucht uns Mut zu machen.« Sie hielt kurz inne und sagte dann mit nachdenklicher Miene: »Aber wissen Sie, das war ganz komisch. Wir hatten die ganze Zeit über das Gefühl, dass die Polizei gar nicht richtig ermittelte. Wir hatten sogar das Gefühl, dass Lauras Tod schon sehr bald keinen mehr interessierte. Wir haben ein paarmal nachgefragt, und jedes Mal wurden wir mit so ein paar Floskeln abgespeist wie, natürlich würde weiter ermittelt und wir sollen doch bitte Geduld haben, und so weiter und so weiter. Als wir ein Jahr später mit Dr. Sittler sprechen wollten, hat man uns gesagt, dass sie nicht mehr bei der Staatsanwaltschaft sei, und der dann für uns zuständige Dr. Hoffmann wollte oder konnte uns keine Auskunft geben. Wir haben uns mit der Kripo in Darmstadt in Verbindung gesetzt, wir haben in Frankfurt nachgefragt, bis man uns schließlich vor knapp zwei Jahren mitteilte, dass die Ermittlungen eingestellt wurden.« Die Bitterkeit in ihren Worten war unüberhörbar, als sie fortfuhr: »Bis heute ist der Tod meiner Tochter ungesühnt, weil sie ja nur Laura Kröger und nicht Kohl oder Schröder oder

Merkel heißt oder einen anderen prominenten Namen trägt. Ich glaube, die haben gar kein Interesse daran, den Mord aufzuklären.«

»Mit wem haben Sie in Frankfurt gesprochen?«, fragte Durant und hoffte inständig, dass es nicht einer ihrer Kollegen aus dem K 11 war, einer aus den anderen drei Dienststellen, von denen sie jeden Einzelnen persönlich sehr gut kannte.

»Mit einem Herrn Konrad. Er ist aber mittlerweile pensioniert.«

»Und wie kommen Sie darauf, dass man kein Interesse daran hat, den Mord an Laura aufzuklären?«, hakte Durant nach, die erleichtert war, denn unter allen Beamten des K 11 befand sich nicht einer mit dem Namen Konrad.

»Ich bin eine Mutter, und eine gute Mutter fühlt, wenn da was nicht mit rechten Dingen zugeht. Wenn wir berühmt wären oder Geld hätten, dann würden die sich viel mehr reinhängen. Ach was, das sind auch nur Hypothesen. Ich hab keine Lust mehr, Laura ist tot und fertig. Irgendwann werde ich mich damit abfinden, auch wenn es mir immer noch das Herz zerreißt, wenn ich nur an sie denke. Sie war so lebenslustig und hatte so viele Pläne. Sie wollte Ärztin werden, sie wollte heiraten und irgendwann auch Kinder haben.« Sie stand auf, stellte sich ans Fenster, schob den Vorhang beiseite und klaubte ein paar verwelkte Blätter von den Pflanzen. »Mein Mann ist vor fünf Jahren an einem Herzinfarkt gestorben. Ihn hat Lauras Tod unglaublich mitgenommen, auch wenn er sich das nie hat anmerken lassen. Er hat sich sein Leben lang für unsere Kinder aufgeopfert, er wollte, dass sie es einmal besser haben als wir. Er war nur ein kleiner Angestellter, aber ein herzensguter Vater. Er hat Laura mehr als sein eigenes Leben geliebt, er hätte alles für sie gegeben, genau wie für unsern Sohn Heiko. Glauben Sie mir, wir waren eine gute Familie, wir haben immer zusammengehalten, ganz gleich, was auch war. Wenn ich jetzt so groß von Laura spreche, dann meine ich natürlich auch Heiko. Mein Mann und ich, wir haben keinen von beiden bevorzugt. Heiko war der kleine Bruder, obwohl er nur zwei Jahre jünger ist, aber er hat Laura auch geliebt. Er hat immer gemeint, sie beschützen zu müssen, und er war immer für sie da. Die beiden haben sich so gut wie nie gestritten. Als wir von ihrem Tod erfahren haben, ist auch für ihn eine Welt zusammengebrochen. Er hat tagelang in seinem Zimmer gesessen und geweint und sich die Schuld an Lauras Tod gegeben, weil er sie nicht beschützen konnte. Er hat so oft gesagt: ›Warum war ich an diesem Abend nicht bei Laura?‹ Wir haben alle tagelang geweint, bis wir einfach nicht mehr weinen konnten.«

»Was macht Ihr Sohn heute?«

»Er studiert noch, das heißt, er steht kurz vor seinem Examen. Er wäre eigentlich schon längst fertig, aber das mit Laura hat ihn um etwa drei Jahre zurückgeworfen. Er musste in Therapie, um all das zu verarbeiten.«

»Und was studiert er, wenn ich fragen darf?«

»Jura. Er wird im Herbst in einer Kanzlei anfangen. Er will es mal besser machen als die Staatsanwaltschaft damals.«

»Was meinen Sie damit?«

»Heiko ist ein Gerechtigkeitsfanatiker. Er ist überzeugt, dass die Polizei und die Staatsanwaltschaft nicht sauber genug gearbeitet haben. Aber das ist eben Heiko.«

»Wohnt er noch hier?«

»Schon, aber die meiste Zeit ist er bei seiner Verlobten.«

»Wann und wo können wir ihn sprechen?«

»Er hat heute noch eine Verabredung, es könnte spät werden. Aber Sie haben Glück, morgen hat er nämlich frei, da ist er fast den ganzen Tag zu Hause, es sei denn, er fährt doch zu seiner Verlobten. Sie wollen heiraten, sobald er beruflich Fuß gefasst hat.«

Brandt meldete sich zu Wort. »Frau Kröger, gab es in den vergangenen zehn Jahren jemals Hinweise oder hatten Sie sich jemals gefragt, ob die drei damals verdächtigen jungen Männer für den Tod Ihrer Tochter verantwortlich sein könnten?«

Inge Kröger ließ sich Zeit, bevor sie antwortete: »Nein. Wir kennen ja nicht mal die Namen. Uns wurde nur mitgeteilt, dass Laura von mindestens zwei Männern vergewaltigt und ermordet wurde. Es können aber auch drei gewesen sein, hat man uns jedenfalls anfangs gesagt. Doch die drei, die vor Gericht gestanden haben, die haben nur ein paar Einbrüche begangen, aber niemanden umgebracht. Heiko war allerdings lange überzeugt, dass man uns etwas verschwiegen hat. Ich hab ihn immer gewarnt, er soll doch aufhören, dauernd gegen Leute zu schießen, die uns gar nichts getan haben, aber er und Tobias, Lauras ehemaliger Verlobter, haben eine richtige Verschwörungstheorie entwickelt …«

»Wenn ich Sie kurz unterbrechen darf«, sagte Durant, »können Sie uns den Namen und die Adresse des Verlobten geben?«

»Tobias Hohl. Er hat eine Zahnarztpraxis in Griesheim.«

»Und Sie haben immer noch Kontakt zu ihm, wenn ich Sie recht verstanden habe?«

»Er kommt ab und zu hier vorbei, er und Heiko sind sehr gut befreundet. Warten Sie, ich habe eine Karte von ihm.« Inge Kröger zog eine Schublade des alten Schranks heraus und reichte Durant die Karte.

»Brauchen Sie die noch?«

»Nein, ich hab alles in meinem Telefonbuch. Wo war ich gleich stehengeblieben?«

»Sie wollten etwas über Ihren Sohn und Herrn Hohl sagen.«

»Ach ja. Sie haben vor zwei oder drei Jahren eine Seite ins Internet gestellt und Dr. Sittler und einige Polizeibeamte namentlich genannt und ihnen vorgeworfen, Beweisstücke unterschlagen zu haben, um ein paar reiche Jungs vor dem Gefängnis zu bewahren. Das war dumm von ihnen, denn es hat nicht lange gedauert, bis die Polizei vor unserer Tür stand.«

»Moment«, fragte Brandt, »wieso kam die Polizei?«

»Na ja, eben wegen dieser Seite. Sie haben uns unmissver-ständlich aufgefordert, die Seite zu entfernen, andernfalls müss-ten wir mit rechtlichen Schritten rechnen und das könnte mit Gefängnis bis zu fünf Jahren bestraft werden. Wegen Verleumdung haben sie gesagt.«

»Haben Sie die Namen dieser Kollegen?«

»Nein, die haben nur ganz kurz ihre Marken gezeigt und wa-ren nach nicht mal fünf Minuten wieder verschwunden.«

»Und, hat Ihr Sohn die Seite entfernt?«

»Nein, er hat nur gemeint, daran könne ich sehen, dass er ei-nen Nerv getroffen hat. Ich hab ihm aber gesagt, er soll aufpas-sen, verwundete Tiere seien besonders gefährlich. Er hat die Sei-te dringelassen, aber die Namen rausgenommen, unter anderem den von Dr. Sittler. Doch damit schienen die angesprochenen Personen offensichtlich zufrieden zu sein.«

Inge Kröger stand auf, holte ein Fotoalbum aus einer Schubla-de und schlug es auf. »Hier, das war Laura kurz vor ihrem Tod. Ich werde ihr Lachen nie vergessen. Und sie war so intelligent und hat nie jemandem etwas getan. Warum muss eine junge Frau so grausam sterben? Können Sie mir das sagen?«

Durant schüttelte den Kopf. »Nein, leider nicht. Sie war sehr hübsch.«

»Ja, das war sie. Hübsch, liebenswert und intelligent, eine sel-tene Kombination.«

»Kennen Sie wirklich nicht die Namen der Männer, die da-mals unter Verdacht gerieten?«

»Nein, die haben wir nie erfahren. Wir durften beim Prozess ja auch nicht anwesend sein. Aber Sie können mir eins glauben, wäre ich dort gewesen, ich hätte sofort gespürt, ob sie's waren oder nicht.« Sie legte das Album auf den Tisch, zündete sich wieder eine Zigarette an und sagte: »Es tut mir leid, aber ich habe keine Kraft mehr. Ich weiß eigentlich viel zu wenig von dem, was sich damals wirklich abgespielt hat. Fragen Sie meinen Sohn, er hat lang genug nachgeforscht, aber soviel mir bekannt ist, ist er auch nicht sehr weit gekommen.«

»Frau Kröger, wir haben selbst recht wenig Informationen über das, was sich am 14. Dezember 1995 abgespielt hat. Können Sie uns vielleicht ein paar Einzelheiten nennen?«

Inge Kröger hatte die Hände gefaltet und schien mit ihren Gedanken weit weg zu sein. Schließlich sagte sie: »Laura hatte sich mit einer Freundin verabredet, sie wollten in die Disco gehen und ein bisschen Spaß haben. Aber Susanne hatte plötzlich ihre Tage bekommen, und ihr ging's nicht gut, doch als sie bei uns anrief, war Laura schon unterwegs. Sie wurde noch von ein paar Leuten vor der Disco gesehen, das war so gegen zehn, halb elf, bis sie wieder nach Hause fahren wollte, nachdem sie bei Susanne angerufen hatte und erfuhr, warum Susanne nicht gekommen war. Als sie am nächsten Morgen nicht zu Hause war, haben wir uns natürlich Sorgen gemacht und schließlich die Polizei eingeschaltet. Noch am selben Tag hat man Lauras Auto in der Nähe von Dudenhofen gefunden. Sie hatte wohl eine Reifenpanne, von ihr selbst fehlte aber jede Spur. Später am Abend wurde ihre Leiche gefunden«, sagte sie mit stockender Stimme und Tränen in den Augen. »Hätte es damals schon Handys gegeben, wie sie heute jeder hat, Laura wäre bestimmt nicht nach Dudenhofen gefahren. Was immer an diesem Abend auch passiert ist, ich werde es wohl nie erfahren.«

»Sie können sich darauf verlassen, dass wir unser Bestes tun werden, um Ihnen Gewissheit zu verschaffen. Und würden Sie Ihrem Sohn bitte ausrichten, dass wir uns morgen gegen zehn Uhr hier mit ihm unterhalten möchten?«

»Ich leg ihm einen Zettel auf seinen Schreibtisch, falls ich ihn heute nicht mehr sehe. Ich gehe immer sehr früh zu Bett.«

Durant und Brandt erhoben sich und wurden von Frau Kröger zur Tür begleitet. Dort sagte sie: »Ich glaube Ihnen übrigens nicht, dass Sie gekommen sind, um Lauras Tod aufzuklären. Aber wissen Sie was, das ist mir egal. Und wenn Sie
morgen kommen und uns sagen, dass wir unsern Mund halten
sollen …«

»Frau Kröger«, sagte Durant ernst und etwas überrascht, hatte
sie doch gedacht, dass Inge Kröger Vertrauen zu ihr gefasst hatte,
»wir sind wirklich an einer Aufklärung interessiert. Das Einzige,
worum wir Sie bitten, ist, dass Sie vorläufig mit niemandem über
unseren Besuch bei Ihnen sprechen, Ihren Sohn ausgenommen.
Herr Brandt und ich sind wie Sie überzeugt, dass im Fall Ihrer
Tochter und in einem andern Fall die Justiz gravierende Fehler
gemacht hat, und die wollen wir aufdecken.«

»Sie meinen Guttenhofer?«, fragte Inge Kröger noch immer
misstrauisch.

»Sie kennen diesen Fall?«

»Ich kenne den Fall, und ich kenne Frau Guttenhofer. Heiko
kennt sie noch viel besser, sie hat nämlich an der Internetseite
mitgearbeitet.«

»Woher wissen Sie von Guttenhofer?«

»Es hieß doch erst, dass die drei Männer nicht nur Laura, sondern auch Guttenhofer umgebracht haben, was sich dann als
falsch herausstellte. Haben Sie schon mit Frau Guttenhofer gesprochen?«

»Nein, das haben wir aber vor. Gut, das wär's für heute. Wir
sehen uns morgen.«

»Wiedersehen. Und bitte, keine Spielchen mehr«, sagte Inge
Kröger an der Tür. »Ich weiß nicht, ob ich das noch einmal verkraften würde.«

»Sie haben doch selber durchklingen lassen, dass Sie eine
gute Menschenkennerin sind. Hier ist meine Karte, Sie können
mich jederzeit anrufen. Das gilt natürlich auch für Ihren Sohn.

Mehr kann ich im Augenblick nicht für Sie tun.« Auf der Straße erklärte Durant: »Das passt doch alles in das Bild.«

»Was meinen Sie?«

»Die Schilderungen der Kröger und das, was Berger heute Morgen erzählt hat. Ich bin auf den Sohn gespannt.«

»Ich auch. Er ist noch jung, er ist angehender Jurist und scheint ziemlich clever zu sein. Ich weiß«, sagte Brandt, »Spekulationen bringen uns nicht weiter. Aber was machen wir, wenn wir die Mörder von der Sittler und von Buchmann haben und gleichzeitig wissen, dass unsere beiden Opfer tatkräftig dabei geholfen haben, zwei kaltblütig und äußerst brutal ausgeführte Morde zu vertuschen?«

»Ich verstehe nicht, worauf Sie hinauswollen«, entgegnete Durant kühl auf dem Weg zu den Autos, obwohl sie genau wusste, was Brandt meinte.

»Ich habe so meine Probleme in solchen Fällen, das ist alles«, wich Brandt geschickt aus.

»Wir haben es mit Selbstjustiz zu tun, und die kann ich nicht gutheißen. Und außerdem, wer sagt denn, dass es mehr als ein Mörder war?«

Brandt lächelte und antwortete: »Es waren mindestens zwei. Sie selbst haben Buchmann gesehen, der hat so an die hundert Kilo auf die Waage gebracht. So jemanden in den Kofferraum zu hieven ist selbst für einen starken Mann ziemlich kompliziert, es sei denn, er hat einen Helfer.«

»Oder eine Helferin. Was halten Sie von Frau Kröger?«

Sie waren an ihren Autos angelangt. Brandt lehnte sich gegen seinen Alfa und meinte nachdenklich: »Die Frau ist in den letzten zehn Jahren durch die Hölle gegangen. Erst ihre Tochter, dann dieses seltsame Verhalten der Polizei, der Tod ihres Mannes – was ist ihr geblieben? Der Sohn, eine verqualmte Bude und keine Hoffnung, dass ihr Leben jemals wieder einen Sinn bekommt. Reicht diese Antwort?«

»Sie haben mir die Worte aus dem Mund genommen. Hatten Sie schon mal mit einem solchen Fall zu tun?«

»Mit einem solchen Fall oder mit einem solchen Schicksal?«, fragte Brandt zurück.

»Beides. Sie sind länger in dem Job.«

»Wir hatten einmal vor Jahren eine Korruptionsgeschichte, die war aber harmlos im Vergleich zu der hier. Und Schicksale, mein Gott, da könnte ich ganze Bücher drüber schreiben. Und erzählen Sie mir nicht, dass Sie das kaltlässt.«

»Hab ich das gesagt oder angedeutet? Fahren wir zu diesem Gebhardt.« Und bevor sie einstieg: »Wissen Sie, was ich mir am meisten wünsche?«

»Nein, aber Sie werden's mir bestimmt gleich verraten.«

»Ich wünsche mir, dass wenigstens einer der drei so von seinem schlechten Gewissen geplagt wird, dass er gesteht, an den Morden beteiligt gewesen zu sein. Und ich wünsche mir, dass er diese Aussage zu Protokoll gibt und seine Kumpane mitbelastet. Hab ich was vergessen?«

»Ja, nämlich, dass die Namen Sittler, Buchmann und noch einige andere fallen. Ich glaube, das war's. Denken Sie positiv, manchmal werden Wünsche auch wahr.«

Brandt fuhr hinter Durant nach Bonames. Sie kamen an der Bundesbank vorbei, bogen an der Ecke Marbachweg/Eckenheimer Landstraße links ab und waren kurz darauf auf der A 661. Kaum eine Viertelstunde später, es war fünf Minuten nach vier, erreichten sie die angegebene Hausnummer. Sie fanden jeder einen Parkplatz auf der Straße direkt vor einem für Anwohner gebauten Parkhaus und gingen schweigend zum Eingang. Es war eine triste Gegend, die durch die grauen Wolken noch trister wirkte. Auf der einen Straßenseite Ein- und Zweifamilienhäuser und Bungalows, auf der andern Hochhäuser, die schon außen einen sehr unansehnlichen und teils verrotteten Eindruck machten. Dabei wusste Durant, dass sich in vielen dieser Hochhäuser nur

Eigentumswohnungen befanden, von denen aber die meisten vermietet waren. Wenn man nach oben blickte, vor allem auf die Balkone, sah man Wäschetrockner, Satellitenschüsseln, an vielen Fenstern fehlten die Vorhänge. Die Fassaden waren von Wind und Regen ausgewaschen und hätten längst saniert werden müssen. Ben-Gurion-Ring, einer der sozialen Brennpunkte in Frankfurt. Sie kannte Schutzpolizisten, die nachts hier Streife fuhren, aber selten ausstiegen, nur in äußersten Notfällen. Die Arbeitslosenquote war in diesem Viertel überdurchschnittlich hoch, die Zahl der Kriminellen ebenfalls.

Als sie vor dem Haus standen, sagte Durant: »Es würde mich wundern, wenn wir ihn antreffen würden.«

»Er ist zu Hause, in solchen Häusern sind die Leute meist zu Hause«, entgegnete Brandt gelassen, warf einen langen Blick auf die Klingelwand, drückte auf den Knopf und wartete, bis sich eine männliche Stimme meldete.

»Paketdienst«, sagte Brandt wie selbstverständlich.

»Hab nix bestellt.«

»Wo soll ich's dann abgeben? Sie sind doch Herr Gebhardt?«

»Fünfter Stock, Aufzug ist aber kaputt.«

Brandt blinzelte Durant zu, die sagte: »Gehen Sie schon mal vor. Wenn er uns beide auf einmal sieht, knallt er uns die Tür vor der Nase zu.«

»Meinetwegen. Bis gleich.«

Sie wartete einen Moment und betrat wenige Sekunden später einen dunklen, dreckigen Hausflur, in dem es nach einem Gemisch aus Gekochtem und Fäkalien stank. Die Wände waren beschmiert und mit Graffiti übersät, obszöne Sprüche dicht nebeneinander. Drei junge Männer unterhielten sich lautstark und verstummten, als sie Durant erblickten. Einer machte eine Bemerkung in ihre Richtung, indem er sagte: »Bös krass, die Chaya. Die würd isch gern ma weghaun.«

242

Sie lachten dreckig. Durant, die bereits auf der ersten Stufe stand, drehte sich zu ihnen um und sagte mit ihrem charmantesten Lächeln: »Bist du net mein Ding, Chabo. Musst du erst lernen höflisch zu sein.«

Brandt hörte vom ersten Stock aus, was unter ihm vorging. Er blieb stehen und wartete ab, ohne sich einzumischen. Er wollte sehen, wie Durant die Situation meisterte.

»Net so schnell, Tussi. Was soll'n des?«, sagte der Angesprochene und baute sich vor ihr auf. Er war einen halben Kopf größer, hatte dichtes schwarzes Haar und fast schwarze Augen, in denen ein gefährliches Feuer loderte. »Bist du hier, um mich anzufixen?«

»No, Alder«, antwortete sie ruhig und sah ihm direkt in die Augen, »aber geb isch dir guten Tipp, leg disch net mit jedem an, weiß du nämlich net, was passiert. Und außerdem bestimm isch, von wem isch misch weghaun lass. Und jetzt gehst du schön brav zu deinen kleinen Chabos zurück, okay, Alder?«

Der junge Mann lachte auf und entgegnete, wobei er ständig nickte: »Jetzt kapier isch, du willst stressen?« Und zu seinen Freunden immer noch lachend: »Die Chaya will stressen. Lass isch misch aber net stressen. Willst du stressen, Chaya?«

»No, Chabo, aber du chill mal bisschen down.«

»Bin isch doch ganz cool, weiß du«, sagte er mit übertriebener Lässigkeit und wollte Durant anfassen, doch sie drehte ihm mit einer oft geübten und geschickten Bewegung blitzschnell den Arm nach hinten und drückte mit der andern Hand seinen Kopf nach unten. Er schrie auf, seine Freunde rührten sich nicht von der Stelle.

»Wie gehst'n du ab, Alder? Komm mal wieder runter«, japste er.

»Hab isch dir gesagt, dass du runterkommen sollst, schon vergessen? Wird wohl nix mit 'nem Bodycheck, hättest eh nur 'ne Knarre gefunden. Wie heißt du?«

»Mohammed. Und jetzt bleib mal ganz locker, kann isch net mehr rischtisch atmen!«

»Du wirst schon nicht sterben, Mohammed. Wohnst du hier?«

»Ja, verdammt! Und jetzt ganz easy, okay?!«

»Du kannst ja auf einmal fast richtiges Deutsch sprechen. Damit du's weißt, ich bin von der Polizei, und der Mann, der eben vor mir reingekommen ist, ist meine Kollege. Ich geb euch einen guten Rat – verpisst euch, denn ich will euch nicht wiedersehen, wenn ich nachher rausgehe, sonst gibt's richtig Stress. Kapiert?«

»Ja, verdammte Scheiße!«

»Okay«, sagte Durant, ließ Mohammed los und stieß ihn von sich weg. Er rieb sich die Schulter, warf Durant einen verächtlichen und zugleich ängstlichen Blick zu und ging zu seinen Freunden, wobei er sich noch immer die Schulter hielt. »Und jetzt Abmarsch.«

Sie wartete, bis die drei Männer draußen waren. Brandt sagte leise, als Durant bei ihm war: »War das nicht ein bisschen übertrieben?«

»Wie hätten Sie denn an meiner Stelle reagiert?«

»Ignorieren.«

»Das können Sie als Mann leicht sagen, das funktioniert aber nicht immer, schon gar nicht bei Frauen. Wenn die's bei mir machen, machen die's auch bei andern Mädchen und Frauen. Die müssen wenigstens einmal sehen, dass es auch Grenzen gibt, denn die werden ihnen viel zu selten aufgezeigt. Ich weiß, das klingt humorlos, aber viele von diesen Typen haben jetzt schon keine Zukunft mehr. Und warum?«

»Ich werd's bestimmt gleich erfahren«, erwiderte Brandt schmunzelnd, denn er ahnte, dass jetzt eine kurze Abhandlung über die Perspektivlosigkeit der heutigen Jugend kommen würde.

»Weil sie keine Zukunft haben wollen. Die meisten, die hier leben, haben ihre Wurzeln in der Türkei oder Marokko oder Eritrea oder woanders. Die Eltern sind dort geboren und aufgewachsen, aber die Jungs und Mädchen sind hier zur Welt gekommen. Zu Hause müssen sie den Gebetsteppich ausrollen, auf der Straße verticken sie Heroin, Koks, Gras oder irgendwelche chemischen Kampfstoffe wie Crystal Speed oder Crack. Zu Hause ist Alkohol strikt verboten, draußen geben sie sich die Kante.«

»Ich weiß«, sagte Brandt und sah Durant von der Seite an. »Aber warum regen Sie sich so auf? Weder Sie noch ich werden an der Situation auch nur das Geringste ändern können. Und Ihre Aktion von eben ist in ein paar Minuten für die schon wieder Vergangenheit. Die kommen aus diesem Ghetto nicht raus, und wenn, dann nur mit viel Glück und Durchhaltevermögen. Woher kennen Sie überhaupt diese ganzen Ausdrücke?«

»Weiß du, Alder, hab isch oft mit Chabos zu tun«, antwortete sie lässig, um gleich darauf wieder ernst zu werden. »Wir haben in Frankfurt vier ganz heiße soziale Brennpunkte mit zum Teil extremer Gewalt, hier, in der Nordweststadt und seit einiger Zeit auf den ersten Plätzen Sossenheim und Höchst.«

»Ja was ist, kommt das Paket noch, oder ...«, schrie Gebhardt von oben durchs Treppenhaus, der zum Glück nichts von der Aktion mitgekriegt hatte.

»Ja, ja«, sagte Brandt. »Ein alter Mann ist kein D-Zug.« Und flüsternd zu Durant, als sie im vierten Stock angelangt waren: »Bleiben Sie einen Augenblick hier stehen, von wegen Tür vor der Nase zuschlagen.«

Gebhardt stand am Geländer, eine Zigarette in der Hand. Er hatte einen Dreitagebart, trug eine ausgeleierte Jeans und ein rotes verwaschenes T-Shirt, war barfuß und machte einen sehr ungepflegten Eindruck.

»Hallo«, sagte Brandt.

»Wo ist das Paket?«, fragte er mit zu Schlitzen verengten Augen.

»Herr Gebhardt?«

»He, was soll das? Wer sind Sie?«

»Erklär ich Ihnen gleich. Sie brauchen aber keine Angst zu haben, ich beiß nicht«, antwortete Brandt, als er oben angekommen war.

»Verschwinden Sie, aber dalli, ich bin auf Besuch nicht vorbereitet«, sagte Gebhardt unfreundlich.

Brandt hielt seinen Ausweis hoch. »Kriminalpolizei. Ich muss mit Ihnen sprechen.«

»Aber ich nicht mit Ihnen. Das war's und tschüs.« Gebhardt drehte sich um und wollte in seine Wohnung gehen, doch Brandt war schneller und packte ihn an der Schulter.

»Nicht so hastig. Sie haben doch nichts zu verbergen, oder?«

»Nehmen Sie Ihre Pfoten weg! Ich hab keinen Bock auf 'ne Unterhaltung mit 'nem Bullen.«

»Das bisschen Zeit werden Sie schon erübrigen müssen. Gehen wir rein, Sie voran. Ich hab noch jemanden mitgebracht, eine Kollegin. Sie können hochkommen«, rief er Durant zu.

Gebhardt hauste in einer Zweizimmerwohnung, die vollgestopft war mit Möbeln, einem PC, einem Fernseher und einer Stereoanlage. Die Fensterbank und die Wände waren kahl, das ehemalige Weiß war vergilbt, der Fußboden seit Monaten oder gar Jahren nicht mehr geputzt oder gesaugt worden, auf dem Tisch ein Aschenbecher voller Kippen, Asche auf dem Tisch, dem Boden, der überdimensionalen Couch, selbst auf der Tastatur des PCs. Rechts von der Balkontür ein Kasten Bier, daneben mehrere Flaschen billiger Fusel. Staub, wohin man schaute, auf dem Bildschirm des Fernsehers und des Monitors, auf dem Schrank. Brandt wollte gar nicht wissen, wie es im andern Zimmer und der Küche und dem Bad aussah, ihm genügte dieser Anblick schon. Der süßliche Geruch von

Gras hing in der Luft, vermischt mit dem Rauch unzähliger Zigaretten.

»Also, was wollen Sie?«, fragte Gebhardt und ließ sich auf das Sofa fallen, die Beine gespreizt, die Arme auf der Rückenlehne. Er sah die Beamten provozierend an.

»Sehr gemütlich haben Sie's hier«, sagte Brandt und zog sich den Stuhl vom Computertisch heran, während Durant sich an den Türrahmen lehnte.

»Verarschen kann ich mich allein, ich weiß selber, dass es beschissen aussieht. Aber das geht nur mich was an, mich ganz allein. Kapiert?! Wenn's Ihnen nicht gefällt, da ist die Tür.«

»Wie Sie Ihre Wohnung gestalten, ist uns egal, jeder hat seinen eigenen Geschmack. Seit wann wohnen Sie hier?«

»Bin ich im falschen Film, oder was? Was geht Sie das an?«

»Okay, dann werde ich eben konkreter, umso schneller sind wir fertig. Staatsanwältin Sittler und Richter Buchmann, mit den Namen können Sie doch bestimmt was anfangen, oder?«

Gebhardt antwortete zunächst nicht darauf. Er nahm die Arme von der Lehne und sah erst Brandt und dann Durant an.

»Ich hab Sie was gefragt.«

»Ja und?«

»Wo waren Sie am Freitagabend zwischen zweiundzwanzig Uhr und Mitternacht?«

»Hier, soweit ich mich erinnern kann. Wieso?«

»Und am Sonntagabend zwischen neunzehn und zweiundzwanzig Uhr?«

»Was gibt das? Wer wird Millionär? Keine Ahnung, ich hab mich am Sonntag zulaufen lassen.«

»Allein?«

»Glaub schon.«

»Glaub schon reicht mir nicht. Also?«

»Ich war allein und bin irgendwann besoffen eingepennt. Zufrieden?«

»Kommt drauf an, wie Ihre weiteren Antworten ausfallen. Wie ist denn der Kontakt zu Ihren Kumpels Magnus Möller und Andreas Reiter?«

Gebhardt schoss nach vorn und sagte: »Um was geht's hier eigentlich?«

»Mord. Eiskalter, brutaler und geplanter Mord. Wir sprechen von Vorsatz, was nichts anderes bedeutet, als dass man vorhat, jemanden umzubringen. Wie zum Beispiel eine junge Frau und einen Familienvater.«

Brandt und Durant beobachteten sehr genau die folgende Reaktion von Gebhardt, der sichtlich nervöser wurde, sich ein paarmal durch das fettige Haar strich und leicht zitterte.

»Und was hab ich damit zu tun?«, fragte er mit verdächtigem Vibrato in der Stimme.

»Keine Ahnung, verraten Sie's mir«, sagte Brandt ruhig und gelassen.

»Ich war am Freitag und Sonntag hier.«

»Es geht nicht um Freitag und Sonntag. Was ist nun mit Ihren Freunden Möller und Reiter?«

»Was soll mit denen sein? Hab die seit 'ner Ewigkeit nicht gesehen. Ich weiß nicht mal, was die jetzt machen. Ehrenwort.«

»Aber Sie waren doch mal unzertrennlich, wenn ich mich recht erinnere. Wieso haben Sie keinen Kontakt mehr zu ihnen? Ist die Freundschaft in die Brüche gegangen, nachdem Sie zwei Menschen kaltblütig umgebracht haben?«

»Was soll'n der Scheiß? Wieso zwei Menschen umgebracht?«, stieß Gebhardt hervor. Er schwitzte seit ein paar Sekunden und wich den Blicken der Kommissare immer wieder aus. Schweißflecken bildeten sich unter seinen Achseln, und er rutschte unruhig hin und her. Brandt wusste, dass er ins Schwarze getroffen hatte, aber es würde noch ein langer Weg werden, bis er aus Gebhardts Mund die Wahrheit erfuhr. Vielleicht auch ein Weg, der in einer Sackgasse mündete.

»Sie haben vor zehn Jahren mit Möller und Reiter vor Gericht gestanden und sind verurteilt worden.«

»Aber nur wegen ein paar Brüchen und so'm Zeug. Mann, das ist zehn Jahre her, haben Sie selbst gesagt. Außerdem war's auf Bewährung, und die ist abgelaufen.«

»Wissen Sie, was ›Confiteor – Mea Culpa‹ heißt?«

»Nee, was denn?«

»Hatten Sie kein Latein in der Schule? Sie waren doch angehender Student, soweit mir bekannt ist. BWL, richtig?«

»Und, weiter?«

»Ist das nicht eine unpassende Bleibe für einen Betriebswirtschaftler? Haben Sie abgebrochen?«

»Was geht Sie das an? Aber gut, wenn Sie's interessiert, ich hatte keinen Bock mehr auf diesen Scheiß. Zufrieden?«

»Nein. Ich habe eher eine andere Vermutung, und korrigieren Sie mich, wenn ich falsch liege. Sie haben ein Gewissen, und das hat Sie geplagt, und zwar so sehr, dass Sie das Studium nicht mehr gepackt haben. So ein Gewissen kann einen mürbe machen, bis man nicht mehr klar denken kann. Hab ich recht?«

»Keine Ahnung, wovon Sie reden. Mein Alter hat mich rausgeschmissen, und ich wusste nicht mehr, wovon ich meinen Lebensunterhalt bestreiten sollte. So ein Studium bezahlt sich nicht von allein. Also bin ich hier gelandet.«

»Das lässt sich leicht nachprüfen. Wovon leben Sie denn jetzt? Stütze? Oder verdienen Sie noch was nebenbei, so unter der Hand?«

Gebhardt nickte. »Der Alte rückt keinen Cent mehr raus, dazu ist er auch nicht verpflichtet.«

»Und was machen Sie nebenbei? Stoff verticken?«

»Was geht Sie das an?«

»Sie wiederholen sich. Unter Umständen geht uns das sogar eine Menge an. Also?«

»Mein Gott, ich helf hier und da mal aus, richte Computer ein, für was man mich halt so braucht. Ist nicht viel, was ich da krieg, aber es reicht zum Überleben.«

»Das sieht man. Doch um noch mal auf Dr. Sittler und Dr. Buchmann zurückzukommen, die beiden wurden ermordet. Da hat jemand einen ziemlichen Hals auf die gehabt. Und dieses ›Confiteor – Mea Culpa‹ heißt ›Ich bekenne – Meine Schuld‹. Sittler war in Ihrem Prozess die Staatsanwältin und Buchmann der Richter. Und bei unseren Recherchen sind wir da auf einige Ungereimtheiten gestoßen, die wir gerne geklärt hätten. Sie müssen wissen, ich hasse Ungereimtheiten.«

Gebhardt atmete schnell und pulte nervös an seinen Fingern. Brandt spürte, dass er am liebsten aufgesprungen und weggerannt wäre. Aber Durant stand an der Tür und Brandt saß Gebhardt direkt gegenüber, so dass er keine Fluchtmöglichkeit hatte.

»Laura Körner und Peter Guttenhofer, was fällt Ihnen dazu ein?«, fragte Brandt mit etwas mehr Schärfe in der Stimme.

Gebhardt versuchte ein Grinsen, was jedoch gründlich misslang. »Keine Ahnung, nichts.«

»Das ist eine glatte Lüge. Sie und Ihre Freunde waren damals eine kurze Zeit verdächtig, die zwanzigjährige Laura Körner und den zweiundvierzigjährigen Familienvater Peter Guttenhofer ermordet zu haben.«

»Das stimmt aber nicht! Es kam gar nicht erst zur Anklage, weil man uns nichts …«

Brandt runzelte die Stirn und beugte sich noch weiter nach vorn. »Weil man Ihnen was nichts? Nichts nachweisen konnte? War es das, was Sie sagen wollten?«

Gebhardt schluckte, sein Adamsapfel hüpfte auf und ab, ein großer Schweißfleck war jetzt auch auf seiner Brust zu erkennen.

»Oder kam es nicht zur Anklage, weil mit einem Mal sämtliche Beweisstücke verschwunden waren? Frau Durant und ich wissen, wie sich damals alles zugetragen hat. Sie und Ihre sauberen Freunde haben zwei vollkommen unschuldige Menschen aus reiner Mordlust getötet. Einfach so.« Brandt schnippte mit den Fingern. »Was ist das für ein Gefühl, wenn man jemanden umbringt? Geilt es einen auf, oder was für ein Gefühl ist es sonst? Erklären Sie's mir.«

»Ich hab niemanden umgebracht, und Sie können überhaupt nichts beweisen, weil es keine Beweise gibt«, stieß Gebhardt hervor.

»Stimmt, die sind ja alle vernichtet worden. Unter anderem die Pumpgun und der Revolver. Was ist Ihr Vater gleich noch von Beruf? Er macht in Immobilien, soweit mir bekannt ist, ziemlich erfolgreich sogar. Und der alte Möller und der alte Reiter haben auch eine Menge Kohle. So viel Kohle, dass man damit die Sprösslinge vor einem langen Knastaufenthalt bewahren kann, vorausgesetzt, man kennt die entsprechenden Leute. Tja, Herr Gebhardt, nun sind Sie aber ganz schön ins Schwitzen geraten. Ich wollte Ihnen nur sagen, dass wir Sie im Auge behalten werden, Sie und Ihre Freunde.«

»Ich hab ewig nichts von denen gehört«, stammelte er.

»Das wird sich bestimmt bald ändern, spätestens, nachdem wir mit ihnen gesprochen haben.«

»Die wissen doch gar nicht, wo ich wohne.«

»Och, das können wir ihnen gerne sagen, wenn wir mit ihnen sprechen. Sie haben doch bestimmt nichts dagegen, oder?«

»Nein, das will ich nicht, das …«

»Warum so nervös? Sie haben doch nicht etwa Angst vor Ihren … Freunden? Oder doch?« Brandt erhob sich und sah auf Gebhardt hinunter. »Wir gehen, aber wir kommen wieder. Und wie gesagt, wir werden Sie im Auge behalten, Sie und Ihre feinen Freunde.«

»Das sind nicht mehr meine Freunde!«, schrie Gebhardt. In seinen Augen stand die nackte Angst. »Ich will mit denen nichts mehr zu tun haben, kapieren Sie das nicht?!«

Brandt lächelte und sagte: »Doch, aber es interessiert mich

nicht. Sie waren dabei, als zwei Menschen umgebracht wurden, oder sollte ich besser sagen, abgeschlachtet? Ich glaube, abgeschlachtet trifft es besser. Peng, und Guttenhofer war mausetot. Bei Laura Körner hat's länger gedauert, vielleicht sogar ein paar Stunden. Keine Ahnung, wie lange Sie sie vergewaltigt und misshandelt haben, bevor Sie ihr den Gnadenschuss gaben. Sie haben wohl gedacht, den Rest Ihres Lebens mit diesem Verbrechen und dieser Lüge leben zu können, aber Sie haben nicht mit uns gerechnet. Wir kriegen Sie noch, und dann bekommen Sie einen ordentlichen Prozess, das verspreche ich Ihnen. Und dann wird es auch keinen Daddy mehr geben, der die Brieftasche aufmacht, denn auch dieser Daddy wird in den Bau wandern. Einen schönen Tag noch, Herr Gebhardt, und denken Sie dran, wir sehen uns.« Brandt gab Durant ein Zeichen, blieb stehen und wandte sich noch einmal zu Gebhardt um. »Auf den Schreck können Sie sich noch ein paar Joints drehen oder ein paar Pillen einwerfen und sich zudröhnen, bis Ihr Gewissen schläft. Aber wissen Sie, was das Problem dabei ist? Das Gewissen schläft immer nur so lange, wie die Drogen wirken, und ganz ausgeschaltet werden kann es nie, vorausgesetzt, man hat ein Gewissen. Und Sie haben eins, und zwar ein verdammt schlechtes. Sie sollten sich mal im Spiegel sehen. Bis bald.«

»Warten Sie«, rief Gebhardt ihnen hinterher. »Wenn Sie mit Möller und Reiter sprechen, sagen Sie ihnen bitte nicht, wo ich wohne. Außerdem dürfen Sie das doch überhaupt nicht, es gibt doch einen Datenschutz.«

»Ich gebe Ihnen vierundzwanzig Stunden, um mit der Wahrheit rauszurücken. Ich will wissen, was im Oktober und Dezember 1995 passiert ist. Die ganzen andern Sauereien, die Sie angestellt haben, interessieren mich im Augenblick nicht. Nach diesen vierundzwanzig Stunden ist das Wort Datenschutz aus meinem Gedächtnis gestrichen. Und jetzt müssen wir los zu Herrn Reiter nach Offenbach. Oder vielleicht auch erst zu Herrn Möller. Wir knobeln das aus. Schönen Abend noch.«

Auf dem Weg nach unten schwiegen Durant und Brandt. Erst auf der Straße sagte Durant: »War das eine gute Taktik? Was, wenn Gebhardt die Panik kriegt und abhaut?«

»Frau Durant, Sie haben ihn doch selbst erlebt. Der haut nicht ab, der weiß doch gar nicht, wohin. Gebhardt ist so fertig, bei der nächsten Befragung wird er alles zugeben. Aber das allein wird uns nicht viel weiterhelfen, wir brauchen auch die Aussage von mindestens einer weiteren Person, das ist Ihnen klar. Und dann wären da noch zwei sehr gewiefte Anwälte, die ganz sicher alles in die Waagschale werfen werden, um ihre betuchte Klientel vor dem materiellen und sozialen Bankrott zu bewahren.«

Ohne etwas zu sagen holte Durant ihr Handy aus der Tasche und rief Kullmer an. »Was hat euer Besuch bei Frantzen ergeben?«

»Null, nada, niente. Anwaltsgeschwätz. Angeblich hat er die Sittler eingestellt, weil sie eine hervorragende Anwältin war und er sie unbedingt in seiner Kanzlei als Partner haben wollte. Komm her, dann erfährst du die ganze Geschichte. Lohnt sich aber nicht, ehrlich.«

»Ich kann jetzt nicht kommen, Herr Brandt und ich müssen noch nach Offenbach oder Dieburg, wir überlegen noch. Was hat Frantzen über die Sittler sonst so gesagt?«

»Kannst du deine Frage etwas konkreter formulieren?«

»Sie hat ihr Haus nicht verlassen, aber trotzdem für Frantzen gearbeitet. Wie hat das funktioniert?«

»Sie hat die Akten bekommen und entsprechende Verteidigungsstrategien entwickelt. Außerdem hat sie sich in besonderen Fällen telefonisch mit Mandanten kurzgeschlossen.«

»Habt ihr ihn auf die Sache von damals angesprochen?«

»Nein, sollten wir doch nicht.«

»Gut so. Wir sehen uns morgen um halb neun?«

»Klar. Doris und ich hauen jetzt ab, der Chef weiß schon Bescheid. Wir brauchen auch mal ein bisschen Schlaf. Bis dann.«

»Und?«, fragte Brandt, nachdem Durant ihr Handy wieder eingesteckt hatte.

»Frantzen weiß nicht, dass wir was wissen. Aber wenn Klein …«

»Ich kenne Klein nicht, dafür seine Tochter umso besser. Wenn sie mit ihm fertig ist, haben wir von ihm nichts mehr zu befürchten.«

»Vorausgesetzt, sie traut sich.«

»Wetten wir?«

»Um was?«

»Ein Essen in einem Restaurant Ihrer oder meiner Wahl, kommt drauf an, wer gewinnt. Kommen Sie, schlagen Sie ein«, sagte Brandt und streckte die Hand aus.

Durant nahm sie und erwiderte: »Einverstanden. Ich hoffe, Sie gewinnen.«

»Und warum haben Sie dann mit mir gewettet?«

»Vielleicht, weil ich lange nicht mehr gepflegt essen war«, antwortete sie lächelnd.

»Das ist ein Argument. Und nun mein Vorschlag. Möller war mit größter Wahrscheinlichkeit der Kopf der Bande. Ihn sollten wir uns zuletzt vorknöpfen, dann können wir ein bisschen spielen. Was halten Sie davon?«

»Von mir aus. Aber seien Sie ehrlich, Sie wollen doch nur zuerst zu Reiter, weil er in Offenbach wohnt und Sie dann gleich nach Hause können.«

»Wo wohnen Sie?«

»Sachsenhausen.«

»Aber hallo, das ist doch ein Katzensprung, wenn Sie unten am Main langfahren. Wir sind in spätestens zwanzig Minuten bei Reiter, lassen Sie uns eine halbe Stunde bei ihm bleiben, dann sind Sie gegen acht zu Hause und können einen gemütlichen

Abend vor dem Fernseher verbringen«, sagte Brandt und zwinkerte Durant aufmunternd zu.

»Darum geht's doch gar nicht. Außerdem, was meinen Sie mit spielen?«

»Möller hat mit Sicherheit die stärkste Rückendeckung seitens der Eltern, er war der Leitwolf, und er scheint hochintelligent und mit allen Wassern gewaschen zu sein. An ihn kommen wir am ehesten ran, wenn wir Gebhardt und Reiter knacken. Oder sehen Sie das anders?«

»Nein. Dann mal auf ins beschauliche Offenbach«, sagte Durant grinsend.

»Sie kennen Offenbach nicht, sonst wüssten Sie, dass es gar nicht so beschaulich ist. Aber ich bin dort geboren, aufgewachsen, zur Schule gegangen und habe dort meinen Polizeidienst begonnen. Ich liebe nun mal diese Stadt.«

»Und was haben Sie gegen Frankfurt?«

»Nichts, wenn ich nicht zu oft hin muss«, entgegnete er trocken und setzte sich in seinen Wagen. Diesmal fuhr er vor, war doch Offenbach sein Hoheitsgebiet und sein Jagdrevier.

Dienstag, 18.35 Uhr _____

Sie hielten vor einem eher unscheinbaren Haus in der Schönbornstraße. Die Fassade war verwittert und hätte einen neuen Anstrich bitter nötig gehabt, doch die Fenster schienen erst vor kurzem erneuert worden zu sein, genau wie das große Tor. Neben dem Tor war ein schlichtes Schild angebracht, *Zahntechnisches Labor A. Reiter.*

Brandt machte ein nachdenkliches Gesicht und sagte: »Hoffen wir, dass er auch hier wohnt.« Er klingelte, und kurz darauf meldete sich eine weibliche Stimme durch die Sprechanlage.

»Ja, bitte?«

»Wir würden gerne mit Herrn Reiter sprechen.«

»Und wen darf ich melden?«

»Brandt, Kripo Offenbach, und meine Kollegin Frau Durant.«

»Einen Moment bitte, Herr Reiter kommt.«

Durant und Brandt sahen sich nur an, ohne etwas zu sagen. Sie hörten Schritte näher kommen, die Tür ging auf, und ein Hüne von etwa einsneunzig stand vor ihnen. Er hatte naturgelocktes dunkelblondes Haar, blaue Augen und einen ausgesprochen athletischen Körper. Er trug ein schneeweißes, enganliegendes T-Shirt, das seine Muskeln noch mehr zur Geltung brachte, eine hellblaue Jeans und Sportschuhe. Aus Bergers Schilderungen wusste Brandt, dass er dreißig oder schon einunddreißig war, aber er wirkte älter, was an seinem ernsten Blick, aber auch an den Falten um den schmalen Mund und auf der Stirn liegen konnte. Er musterte die Beamten kritisch und sagte mit ungewöhnlich heller Stimme, die in erheblichem Widerspruch zu seinem äußeren Erscheinungsbild stand: »Ja, bitte?«

»Herr Reiter?«, fragte Brandt obligatorisch und hielt seinen Ausweis hoch.

»Was kann ich für Sie tun?«

»Hätten Sie was dagegen, wenn wir uns drinnen unterhalten?«

»Und um was geht's, wenn ich fragen darf?«

»Wir haben nur ein paar Fragen, dauert auch nicht lange.«

Reiter schien kurz zu überlegen und sagte: »Von mir aus. Gehen wir in meine Wohnung, dort sind wir ungestört. Ich geb nur schnell meiner Assistentin Bescheid. Wenn Sie bitte solange warten wollen.«

Brandt sah Reiter nach, wie er im Labor verschwand, und flüsterte: »Ganz schöner Brocken, der geht bestimmt jeden Tag in die Mucki-Bude.«

»Neidisch?«

Brandt grinste und schüttelte den Kopf. »Nein, hab doch keinen Grund dazu.«

Reiter kehrte zurück und ging vor den Beamten in den ersten Stock, schloss die Tür auf und wartete, bis Brandt und Durant eingetreten waren, und machte die Tür wieder zu. Er lebte in einer großen Wohnung mit hohen Decken, einem langen und breiten Flur, von dem mehrere Türen abgingen. Das Wohnzimmer war stilvoll und elegant eingerichtet, sehr sauber und einladend und verbreitete eine gemütliche Atmosphäre. Reiter bot den Kommissaren einen Platz an und setzte sich in einen Sessel. Durant versuchte in Reiters Gesicht zu lesen, doch es gelang ihr nicht. Er machte einen sympathischen, offenen Eindruck, und sie konnte sich nur schwer vorstellen, einen zweifachen Mörder vor sich zu haben. Was ihr jedoch auffiel, war, dass Reiters Gesichtsmuskeln um die Augen und die Nase permanent zuckten. Entweder handelte es sich um eine nervöse Störung oder eine erbliche Veranlagung.

Brandt sagte: »Herr Reiter, ich gehe doch richtig in der Annahme, dass Sie eine Dr. Sittler und einen Dr. Buchmann kennen.«

Von einer Sekunde zur andern versteinerte sich Reiters Miene, ohne dass dieses Zucken aufhörte, seine Haltung wurde straff, und er antwortete: »Warum fragen Sie?«

»Also ja.«

»Ja, natürlich kenne ich die. Was ist mit denen?«

»Sie wurden ermordet. Ziemlich unschöner Anblick, um es gelinde auszudrücken.«

»Was heißt das?«

»Tut mir leid, Einzelheiten darf ich nicht nennen. Aber wir sind im Zuge unserer Ermittlungen auf einige Dinge gestoßen, die ein nicht gerade vorteilhaftes Licht auf Dr. Sittler und Dr. Buchmann und auch einige andere Personen werfen. Sie können sich nicht zufällig vorstellen, um wen es sich dabei handeln könnte?«

Brandt sah Reiter in die Augen. Dieser hielt dem durchdringenden und forschenden Blick nur kurz stand. Im Gegensatz zu Gebhardt hatte er sich jedoch unter Kontrolle. Er verschränkte die Hände hinter dem Nacken und schlug die Beine übereinander. Auch die trotz des Zuckens versteinerte Miene war mit einem Mal wie weggeblasen.

»Keine Ahnung, aber Sie werden ja wissen, dass ich in meinen jungen Jahren nicht gerade ein Lamm war. Ich verstehe trotzdem nicht, was ich mit dem Tod …«

»Das werde ich Ihnen erklären. Es geht um Mord, zweifachen Mord, um genau zu sein.«

»Das haben Sie eben schon gesagt.«

»Ich meine nicht Dr. Sittler und Dr. Buchmann. Ich spreche von den Morden an Laura Kröger und Peter Guttenhofer. Was fällt Ihnen dazu ein?«

Reiter schüttelte den Kopf und lachte kurz auf. »Das meinen Sie. Ich hab keinen Schimmer, warum Sie damit zu mir kommen. Ich weiß auch nicht, was …«

»Herr Reiter, lassen wir das doch. Sie, Thomas Gebhardt und Magnus Möller waren verdächtig, die Morde begangen zu haben. Aber noch bevor es zu einer Anklage kam, waren die wichtigsten Beweismittel verschwunden.«

»Weder ich noch einer meiner ehemaligen Freunde wurde wegen Mordes angeklagt. Ich weiß nicht, woher Sie Ihre Informationen bezogen haben, aber den Weg zu mir hätten Sie sich sparen können. Wenn Sie mich jetzt bitte entschuldigen wollen.«

»Nein, wir sind noch nicht fertig«, ergriff nun Durant das Wort, stand auf und stellte sich neben Reiter. »Sie wissen so gut wie Herr Brandt und ich, dass Sie keine Kavaliersdelikte begangen haben. Wir wären ganz sicher nicht zu Ihnen gekommen, hätten wir keine Beweise. Aber wir haben welche, das garantiere ich Ihnen.«

»Aber …«

»Lassen Sie mich ausreden. Sie waren zu dritt, als Sie Peter Guttenhofer, einen unbescholtenen Familienvater von drei Kindern, einfach so abgeknallt haben. Und das mit Laura Kröger war noch ein ganzes Stück härter, oder wollen Sie die Details noch mal hören?«

Reiter wurde zunehmend unsicherer, das Zucken intensiver. »Es gibt keine Beweise«, stieß er hervor.

»Stimmt, die wurden ja alle vernichtet. Ihr Problem ist nur, dass es jemanden gab, der trotzdem alles fein säuberlich dokumentiert hat. Und in dieser Dokumentation kommen Sie und Ihre Freunde und noch einige andere Personen alles andere als gut weg. Was sagen Sie nun?«

Reiter sah Durant von der Seite an und erwiderte, ohne dass es sehr überzeugend klang: »Sie bluffen doch nur. Es gibt keine Beweise.«

»Wären wir sonst hier?«, entgegnete Durant mit süffisantem Lächeln. »Was glauben Sie wohl, wie wir auf Ihren Namen gekommen sind? Oder auf den von Thomas Gebhardt oder Magnus Möller?«

»Waren Sie schon bei den andern?«, fragte er leise.

»Nein, Sie sind der Erste«, log sie. »Aber Ihre Freunde werden wir uns auch noch vorknöpfen.«

Es vergingen einige Sekunden, bis Reiter sagte: »Welche Beweise haben Sie denn? Sie haben keine. Hätten Sie nämlich welche, würden Sie mir jetzt Handschellen anlegen und mich festnehmen. Hier sind meine Hände.« Er streckte sie aus, und sowohl Durant als auch Brandt sah, wie sie zitterten.

»Wissen Sie, was Ihr Problem ist, Herr Reiter?«, sagte Durant sanft und sah Reiter aus ihren braunen Augen beinahe liebevoll an. »Sie unterschätzen uns, und Sie versuchen sich einzureden, dass wir keine Beweise haben. Da liegen Sie aber falsch. Doch wir sind eigentlich hier, um von Ihnen zu hören, was sich damals zugetragen hat. Vor allem, wie sich alles zugetragen hat. Am 31. Oktober 1995 und am 14. Dezember 1995.«

»Ich kann mich nicht erinnern, was ich an diesen Tagen gemacht habe. Und damit ist dieses Gespräch für mich beendet, ich habe nämlich noch zu tun. Kommen Sie wieder, wenn Sie wirklich was in der Hand haben.« Er wollte sich erheben, doch Durant drückte ihn einfach zurück auf den Sessel, obwohl es für Reiter ein Leichtes gewesen wäre, aufgrund seiner Kraft trotzdem aufzustehen.

»Wir sind noch nicht fertig. Haben Sie einen guten Schlaf? Oder werden Sie immer wieder von Albträumen geplagt, in denen Szenen der Morde vorkommen? Oder wie Sie zu dritt Laura Kröger vergewaltigt und schließlich erschossen haben? Mit einer .38er Smith & Wesson. Hallen die Schreie von Laura noch immer in ihren Ohren wider? Und sehen Sie noch immer den verzweifelten Blick in ihren Augen, kurz bevor sie exekutiert wurde? Kann man so was jemals vergessen? Ich könnte es nicht, und wenn ich Sie so anschaue, kann ich mir nicht vorstellen, dass Sie es können. Auch nach über zehn Jahren werden Sie die Bilder nicht los.« Und nachdem Reiter nichts sagte: »Sie sind ja auf einmal so still. Mache ich Ihnen etwa Angst? Sie fragen sich jetzt bestimmt, woher ich weiß, dass Laura Kröger mit einer .38er Smith & Wesson erschossen wurde. Doch das verrate ich Ihnen nicht. Aber ich weiß sogar noch viel, viel mehr. Sie und Ihre Freunde haben nicht nur zwei Menschen auf dem Gewissen, Sie haben auch Raubüberfälle begangen, Sie haben Mädchen und Frauen vergewaltigt und misshandelt, uns liegt eine ellenlange Liste von Verbrechen vor, die auf Ihr Konto gehen.«

Andreas Reiter versuchte sich ruhig zu geben, doch es gelang ihm nicht. »Sie haben keine Beweise für Ihre Behauptungen«, sagte er kaum hörbar.

»Sie wiederholen sich, das wird langweilig. Aber eine andere

Frage – Sie waren doch ein unzertrennliches Trio, warum ist die Freundschaft in die Brüche gegangen?«

Reiter zuckte mit den Schultern. »Man wird älter und verliert sich aus den Augen. Irgendwann geht jeder seinen eigenen Weg.«

»So von jetzt auf gleich?«

»Es war eine Entwicklung.«

»Und da hab ich immer gedacht, echte Männerfreundschaften kann nichts trennen«, sagte Durant mit plötzlich beißender Ironie. »War wohl doch nicht so das Wahre? Oder war es so, dass Sie zum Beispiel mit dem Tun der andern nicht einverstanden waren? Oder gab's Revierkämpfe? Ihr Freund Magnus Möller war doch der Leitwolf ...«

»Halten Sie den Mund! Ich habe mit Magnus seit einer Ewigkeit nichts mehr zu tun!«

»Trotzdem werden wir auch ihn noch beehren. Seit wann haben Sie dieses Labor? Sie haben doch, soweit ich informiert bin, Zahnmedizin studiert. Hat's nicht mehr geklappt, oder warum haben Sie sich für die Zahntechnik entschieden?«

»Einfach so.«

»Ach, einfach so«, wiederholte Durant die Worte. »Zwischen einem Zahnarzt und einem Zahntechniker sehe ich einen großen Unterschied, vor allem, was das Einkommen betrifft.«

»Sie irren, ich komme finanziell sehr gut über die Runden, besser als mancher Zahnarzt. Ich habe meinen eigenen Betrieb mit fünf Angestellten, und ich kann mich nicht beklagen, was Aufträge betrifft, auch wenn die Chinesen und Osteuropäer immer mehr auf den Markt drängen und uns Deutsche mit Billigangeboten aus dem Geschäft vertreiben wollen. Aber Qualität bleibt immer noch Qualität. Und die bieten wir.«

»Und seit wann betreiben Sie das Labor?«

»Seit drei Jahren. Zufrieden?«

»Nein, kann ich nicht behaupten. Zufrieden bin ich erst,

wenn ich den Sumpf trockengelegt habe. Wie viel hat Ihr Vater damals gelöhnt, damit sein werter Herr Sohn nicht für den Rest seines Lebens in den Bau wandert? Für den Mord an einer jungen Frau, die in Ihrer aller Augen ja wohl ohnehin nur eine kleine Schlampe war, obwohl sie Medizinerin werden wollte. Aber auf eine mehr oder weniger kommt's ja nicht an, stimmt's? Oder für den Mord an einem Familienvater, der ein kleiner Schreiner und damit ein Nichts im Gegensatz zu Ihrem Vater war? Wie viel wurde gezahlt? Eine halbe Million, eine Million? Es muss verdammt viel gewesen sein, denn Sittler und Buchmann pflegten einen überaus aufwendigen Lebensstil, den sich eine normale Staatsanwältin und ein normaler Richter nie leisten könnten.«

»Wenn Sie doch so viel wissen, dann …« Reiter hielt inne, wurde knallrot im Gesicht und senkte verlegen den Blick, denn er merkte, dass er kurz davorstand, etwas Falsches zu sagen.

»Was wollten Sie eben sagen?«

»Nichts.«

»Ich kann's mir schon denken. Und bevor ich's vergesse, Sittler und Buchmann wurden wegen der Verbrechen, die Sie und Ihre Freunde, aber letztlich auch Ihre Väter und einige andere begangen haben, umgebracht. Wer weiß, wer noch alles auf der Liste dieser Täter steht. Vielleicht auch Sie, nein, ich gehe sogar ganz stark davon aus, dass Sie auf der Liste stehen. Denken Sie mal drüber nach. Noch haben Sie eine Chance, dem Sensenmann zu entkommen. Herr Brandt und ich sind jedenfalls sicher, dass Sittler und Buchmann erst der Anfang waren.« Durant warf einen Blick auf die Uhr und sagte abschließend: »Bis bald, Herr Reiter, und einen schönen und geruhsamen Abend. Und träumen Sie was Süßes. Und denken Sie dran, wir kommen wieder. Wir kommen so lange wieder, bis Sie uns die ganze Wahrheit erzählt haben. Es sei denn, einer Ihrer Freunde tut es vor Ihnen, weil er die Hosen

gestrichen voll hat. Manche tun's aber auch, um sich selbst rein-
zuwaschen.«

»Ich verstehe nicht, was Sie meinen.«

»O doch, Sie verstehen genau, was ich meine. Es kommt jetzt
ganz darauf an, wer von Ihnen dreien als Erster auspackt und
sagt, was sich wirklich am 31. Oktober 1995 und am 14. Dezember 1995 abgespielt hat. Das kann sich erheblich strafmildernd
auswirken, und es macht auch Eindruck bei der Staatsanwaltschaft.« Und mit bedeutungsvoller Miene fuhr sie fort: »Sie waren bestimmt gut in Latein, nein, sie müssen gut gewesen sein.
Waren Sie gut?«

»Ja.«

»Dann wissen Sie auch, was ›Confiteor – Mea Culpa‹ auf
Deutsch übersetzt heißt.«

Er nickte und antwortete leise: »Ja. Aber …«

»Wir haben bei Dr. Sittler und Dr. Buchmann jeweils einen
Zettel mit dieser Aufschrift gefunden. Sie gestehen ihre Schuld
ein. Etwas spät, aber immerhin. Ich hoffe nicht, dass wir einen
solchen Zettel auch mal in Ihrem Mund finden, dann ist es nämlich auch für Sie zu spät.«

»Ich habe keinen Mord begangen«, sagte Reiter leise, den
Blick gesenkt. »Ich habe keinen Mord begangen und auch niemals eine Frau vergewaltigt«, beteuerte er noch einmal. »Das
schwöre ich Ihnen, so wahr ich Andreas Reiter heiße. Ich schwöre
es bei allem, was mir heilig ist, und das ist nicht wenig. Ich habe
niemanden ermordet, bitte glauben Sie mir.« Seine letzten Worte
klangen wie ein Flehen.

»Warum sollten wir?«, sagte Durant kühl. »Überzeugen Sie uns
davon. Hier ist meine Karte, und wenn Sie wirklich an keinem
Mord beteiligt waren, dann vertraue ich auf Ihre Diskretion.«

»Was meinen Sie damit?«

»Sie sind doch ein kluger Mann, und so undeutlich drücke ich
mich doch nicht aus. Ich gebe Ihnen vierundzwanzig Stunden.«

»Ich habe niemanden umgebracht! Und ich werde mich auch nicht mit Möller oder Gebhardt in Verbindung setzen. Reicht Ihnen das?«

»Nein«, antwortete Durant. »Vierundzwanzig Stunden.«

Durant und Brandt verließen die Wohnung von Andreas Reiter. Unten sagte Durant: »Was ist Ihre Einschätzung?«

»Er war dabei.«

»Hm, aber dabei und dabei können zwei sehr unterschiedliche Paar Schuhe sein«, meinte Durant nachdenklich.

»Richtig, doch er war dabei, und das allein zählt für mich. Inwiefern er dabei war und was er gemacht oder nicht gemacht hat, das wird er uns hoffentlich noch beichten. Und übrigens, Ihre Methoden sind auch nicht gerade ohne. Erst ganz langsam und sanft anfangen und dann den Holzhammer rausholen.«

»Ich versteh überhaupt nicht, was Sie meinen«, entgegnete Durant mit entwaffnendem Lächeln.

»Ja, ja, spielen Sie ruhig die Coole und Charmante, das passt zu Ihnen. Aber Sie haben dem da oben einen ganz schönen Schrecken eingejagt.«

»Mag sein. War das ein Fehler?«, fragte Durant.

»Nein, glaub nicht. Ich habe den Eindruck, dass sich das Trio aus den Augen verloren hat. Die haben keinen Kontakt mehr zueinander. Er zumindest weiß nicht, wo Gebhardt wohnt, und das ist schon mal eine Bestätigung meiner Theorie. Und Gebhardt will ja auch nichts mehr mit den andern zu tun haben. Und ich fahr jetzt nach Hause. O shit, ich hab was vergessen … Warten Sie noch einen Moment.« Brandt wählte die Nummer von Andrea Sievers, ließ es lange läuten und wollte bereits auf Aus drücken, als sie sich doch noch meldete. Er ging ein paar Meter von Durant weg und sagte: »Wir hatten verabredet, dass ich so gegen sechs noch mal anrufe. Sehen wir uns heute noch?« Es war ein letzter Versuch, den er unternehmen wollte, danach würde er die Dinge nur noch laufen lassen.

»Wo bist du?«

»In Offenbach.«

»Fahr heim und kümmer dich um deine Familie. Ich muss heute wirklich früh zu Bett, ich kann nicht mehr, ich bin echt fertig. Vielleicht sehen wir uns irgendwann in den nächsten Tagen mal.«

»Ja, vielleicht, ich hab aber nicht viel Zeit. Schlaf gut.«

Sie legte ohne eine Erwiderung auf.

Brandt steckte sein Handy ein und zuckte mit den Schultern. Kümmer dich um deine Familie! Es klang vorwurfsvoll und längst nicht mehr wie die Andrea, die er einst kennengelernt hatte. Und es war das kürzeste Telefonat, das er je mit ihr führte. Er war noch in Gedanken versunken, als ein Lkw an ihm vorbeidonnerte. Er schreckte auf und begab sich zu Durant zurück, die an ihren Wagen gelehnt dastand und auf das Bordsteinpflaster schaute.

»Machen wir Schluss für heute«, sagte er. »Morgen ist auch noch ein Tag.«

»Wie weise«, entgegnete Durant spöttisch. »Halb neun im Präsidium? Und fragen Sie bitte nicht wieder, in welchem. Es gibt nur ein großes Präsidium. Tschüs und gute Nacht.«

Ihm war nicht zum Scherzen zumute. Normalerweise hätte er entsprechend gekontert, trocken, wie es seine Art war, aber diesmal unterließ er es. »Nacht«, sagte er stattdessen nur, wobei Durant meinte einen nachdenklichen und melancholischen Ausdruck in seinem Gesicht auszumachen.

Brandt erreichte seine Wohnung nach einer Viertelstunde, Durant brauchte doppelt so lange. Sarah war wieder einmal nicht zu Hause, wie so oft in letzter Zeit. Sie war bestimmt mit Freunden oder Freundinnen unterwegs, von denen er kaum einen oder eine kannte, und er musste sich eingestehen, dass auch sie ihm allmählich entglitt. Er fand kaum noch Zugang zu ihr, sie war häufig zickig und übelgelaunt, und wenn er mit ihr reden wollte, blockte sie ab und ließ ihn nicht selten einfach stehen. Dafür telefonierte sie beinahe täglich mit ihrer Mutter in Spanien. Sarah und Michelle hatten die Weihnachtsferien dort verbracht, und Sarah war während der gesamten Osterferien bei ihr gewesen und erst am Sonntagabend zurückgekehrt. Und auch im Sommer würden seine Töchter die ganzen sechs Wochen am Meer bei ihrer Mutter und ihrem jetzigen Mann verbringen. Michelle hatte einen Zettel hinterlegt, auf dem stand, dass sie bei den Großeltern war, die aber auch keine sonderlich große Rolle mehr im Leben der Mädchen spielten. Brandt überlegte kurz, griff zum Hörer und rief dort an. Er sprach mit seinem Vater und fragte ihn, ob er vorbeikommen könne.

»Blöde Frage«, sagte sein Vater. »Es ist sogar noch Essen da. Bis gleich.«

Brandt wusch sich die Hände und das Gesicht und lief die wenigen Meter bis zu seinen Eltern. Es hatte abgekühlt, und es regnete leicht. Brandt hatte die Hände in den Taschen seiner Lederjacke vergraben. Er würde ein oder zwei Stunden bei seinen Eltern bleiben, etwas essen und ein, zwei Bier mit seinem Vater trinken und mit ihm schwätzen, und dann mit Michelle nach Hause gehen und sich allein ins Bett legen. Und dort würde er grübeln, was er falsch gemacht hatte, dass seine Beziehung zu Andrea Sievers in die Brüche gegangen war. Sie würden Freunde bleiben, mehr aber auch nicht. Wenn überhaupt. Er in Offenbach, sie in Frankfurt. Nein, wahrscheinlich auch keine Freunde. Während er in Gedanken versunken war, klingelte sein Telefon. Nicole Eberl.

»Was gibt's?«, meldete er sich mürrisch.

»Ist dir eine Laus über die Leber gelaufen? Ich bin gerade auf dem Weg nach Hause und wollte dir eine kleine Erfolgsmeldung durchgeben. Bist du bereit?«

»Schieß los.«

»Wir haben eine Menge Material bei Buchmann gefunden,

und jetzt kommt's – er war jeden Sonntag in einem Nobelbordell in Obertshausen. Absolut sauberer Laden, wurde schon gecheckt. Keine Illegalen, aber nur was für Gutbetuchte. Ich war eben dort und habe mit der Geschäftsführerin gesprochen und dabei erfahren, dass Buchmann Teilhaber an dem Laden war, das heißt, ihm gehörte die Hälfte …«

»Moment. Buchmann als Richter war Teilhaber eines Puffs? Wie geht denn das?«

»Ganz einfach, über einen Strohmann. Er war nicht offiziell als Teilhaber eingetragen, du weißt doch selbst, wie so was läuft.«

»Und wieso war er immer nur sonntags dort?«

»Wer sagt denn, dass er immer nur sonntags dort war? Er ging auch zwischendurch hin, wenn die Lust ihn übermannte, na ja, du weißt schon, was ich meine. Außerdem, und jetzt kommt noch eine kleine Überraschung, die Geschäftsführerin war auch seine Geliebte. Du müsstest die Frau sehen, absolute Luxusklasse, und das will aus meinem Mund schon was heißen. Allerdings, so hat sie mir anvertraut, hat sich Buchmann auch mit andern Damen vergnügt, was ja auch sein legitimes Recht war. Inwieweit seine Angetraute über die Aktivitäten ihres Mannes informiert war, kann ich noch nicht sagen, doch wie ich sie einschätze, hatte unser aufgeblasenes Püppchen keinen blassen Schimmer vom Treiben ihres Göttergatten.«

»Gratuliere«, erwiderte Brandt anerkennend. »Aber verrat mir eins – ist Buchmann trotz allem sonntags immer nach Köln gefahren?«

Er konnte das verschmitzte Gesicht von Nicole Eberl am andern Ende nur erahnen, als sie antwortete: »Nein, ist er nicht, das heißt, meistens nicht. Er hat im Puff geschlafen und ist für gewöhnlich am Montagmorgen mit dem Zug nach Köln gereist. Seinen Mercedes hat er am Frankfurter Hauptbahnhof in der Tiefgarage abgestellt.«

»Aber seine Frau hat mir gegenüber doch ausgesagt, dass er sie immer vom Hotel aus angerufen hat.«

»Wenn du vom Handy aus anrufst, weiß der Angerufene doch nicht, wo du bist.«

»Und wenn sie mal im Hotel angerufen hat, um mit ihrem Mann verbunden zu werden?«

»Das überprüf ich morgen. Vielleicht hatte er eine Abmachung mit dem Personal. Der wird schon einen Weg gefunden haben, um seine Frau anzulügen. Kann aber auch sein, dass sie von seinen außerehelichen Aktivitäten wusste und einfach die Augen zugemacht hat. Ich glaube, das ist aber nicht relevant für unsere Ermittlungen. Ich wollte dir eigentlich auch nur kurz Bericht erstatten.«

»Aber am Sonntag hatte er nicht vor, im Puff zu übernachten, oder?«

»Nein, er hatte noch einen Termin, mit wem, konnte mir die Dame allerdings nicht sagen. Sie weiß nur, dass er gegen neun einen Anruf auf seinem Handy erhielt und kurz darauf das Haus verlassen hat. Bevor er ging, hat er gesagt, er würde direkt danach doch nach Köln fahren, diesmal ausnahmsweise mit dem Wagen.«

»Danke, du bist ein Schatz. Ich komm morgen irgendwann ins Büro, wann, weiß ich aber nicht, ich bin erst in Frankfurt.«

»Du fühlst dich wohl schon richtig heimisch dort, was?«, entgegnete Eberl lachend.

»Haha.«

»Wie ist denn diese Durant so?«

»Du kannst dir morgen oder übermorgen selber ein Bild von ihr machen. Ciao.«

»Moment, Moment, was haben denn eure Ermittlungen ergeben? Ich bin neugierig.«

»Das würde zu lange dauern, ich steh schon vor dem Haus meiner Eltern. Übe dich in Geduld, das ist doch eine deiner leichtesten Übungen, und genieße den verbleibenden Abend. Bis dann.«

Dienstag, 20.45 Uhr _____

Julia Durant hatte sich zwei Scheiben Brot mit Salami und Tomaten gemacht, der Fernseher lief, doch sie schaute nicht hin, zu sehr beschäftigte sie der zurückliegende Tag. Während sie aß und ihr Bier trank, dachte sie an Thomas Gebhardt und Andreas Reiter. Zwei Männer, die an zwei Morden beteiligt gewesen waren. Zwei Männer, wie sie unterschiedlicher nicht leben konnten. Der eine hauste beinahe anonym in einer heruntergekommenen Gegend in einer noch viel heruntergekommeneren Wohnung, achtete nicht auf sein Äußeres und vegetierte nur noch vor sich hin. Kein Kontakt mehr zu seinen früheren Freunden und vermutlich auch Bekannten, kein Kontakt mehr zu den Eltern. Und er hatte panische Angst.

Der andere hatte zumindest beruflichen Erfolg, aber sein Privatleben schien alles andere als in Ordnung zu sein. Und auch er hatte Angst. Wovor beide Angst hatten, konnte sie nur ahnen, doch sie würde es spätestens wissen, wenn sie mit Magnus Möller gesprochen hatte. Aber es waren die letzten Worte von Andreas Reiter, bevor Durant und Brandt gingen, die sie nachdenklich machten. Sein Gesichtsausdruck, als er sagte, er habe niemanden umgebracht. Das war nicht gespielt, sondern echt. Sie glaubte ihm, er war kein gewalttätiger Typ. Er war zwar groß und muskulös, doch eher zahm. Nein, dachte sie, ein Mensch kann sich nicht so verändern, keiner wird vom Wolf zum Lamm. Der Wolf steckt immer in einem, mal satt, mal aggressiv, doch er ist allgegenwärtig. Reiter ist aber kein Wolf, er ist möglicherweise nur in schlechte Gesellschaft geraten oder hat sich verblenden lassen.

Bei Gebhardt liegt es etwas anders, er betäubt sein Gewissen mit Drogen und Alkohol. Auf mich macht er den Eindruck des klassischen Mitläufers, der sich nur in der Gruppe stark fühlt. Allein ist er ein Nichts, ein Niemand. Und nun lebt er wie ein Nichts und ein Niemand, abgeschottet von der Außenwelt. Einer harten, möglicherweise stundenlangen Befragung auf dem Präsidium hält der nicht stand, wenn man ihm das Rauchen verbietet, wenn er keinen Zugang zu Stoff mehr hat. Dann bricht er zusammen und gesteht alles. Nur, ist das die richtige Taktik? Gewiefte Rechtsanwälte werden ihn raushauen, denn sie werden hieb- und stichfeste Beweise fordern, die wir ihnen aber nicht liefern können, ohne einen Informanten in Gefahr zu bringen.

Bei Reiter bin ich mir nicht so sicher, ihn muss ich anders anpacken. Aber auch das werde ich erst tun, nachdem ich Möller kennengelernt habe. Weder Reiter noch Gebhardt sind Alphatiere, dachte sie weiter, während sie den Teller, das Glas und die Flasche wegstellte und sich Badewasser einlaufen ließ und dabei auf dem Wannenrand saß. Reiter ist eher sanft und gutmütig, Gebhardt hingegen erscheint mir unberechenbar. Wenn ihm einer sagt, knall den oder die ab, dann tut er es, um seinem Boss zu gefallen. Er würde alles tun, um jemandem zu gefallen, der stärker und mächtiger als er ist. Mich würde interessieren, wie seine Kindheit und Jugend verlaufen ist. Aber welche Rolle spielte Reiter innerhalb des Trios? Auch ein Mitläufer? Oder war er einer, der sich einfach nicht gegen einen noch Stärkeren durchsetzen konnte? Unterlag er der Manipulation oder …

Sie stellte das Wasser ab, nachdem sie reichlich Badeschaum dazugegeben hatte, bis der Schaum fast über den Wannenrand ging. Sie kehrte ins Wohnzimmer zurück, machte das Fenster auf und lehnte sich an die Fensterbank. Es war noch hell, ein leichter Regen hatte eingesetzt, und ein frischer Wind war aufgekommen. Die Familien Möller, Reiter und Gebhardt sind untereinander befreundet, das ist ziemlich sicher. Ob sie's heute auch noch sind, wird sich herausstellen. Aber warum hat ausgerechnet Gebhardt seinen Sohn verstoßen? Durant zuckte mit den Schultern. Na ja, vielleicht stimmt die Version von Gebhardt ja gar nicht, vielleicht wurde er gar nicht verstoßen, sondern hat von sich aus das Weite gesucht. Aber warum hat er solche Angst? Es kann nur wegen Möller sein.

Sie atmete tief durch, schielte zu ihrer Tasche, in der sich die Zigaretten befanden, aber sie hatte heute noch keine angerührt und würde es auch jetzt nicht tun. Sei stark, sagte sie zu sich selbst in Gedanken, du brauchst das Zeug nicht. Mit einem Mal fiel ihr glühend heiß Hellmer ein. Sie griff zum Telefon und rief Nadine an.

»Hi, ich bin's. Sorry, dass ich mich so spät melde, aber ich war den ganzen Tag unterwegs. Wie geht's Frank?«

»Danke, dass du anrufst. Nicht so besonders gut. Sie haben ihn heute auf Herz und Nieren untersucht und mir heute Nachmittag mitgeteilt, dass seine Leber ziemlich angeschlagen ist und er auch Krampfadern in der Speiseröhre hat.«

»Und was bedeutet das?«, fragte Durant, die davon noch nie gehört hatte.

»Der Arzt ist sehr besorgt. Er sagt, wenn Frank noch einmal auch nur einen Tropfen Alkohol anrührt, kann das seinen Tod bedeuten. Wenn eine solche Krampfader platzt, ist es zu spät, dann verblutet er innerlich. Ich habe ihn vorhin zur Entgiftung nach Hofheim gebracht. Was ist bloß los mit ihm? Was hab ich falsch gemacht?«

»Nadine, hör auf, dir jetzt solche Fragen zu stellen, das führt doch nur zu Selbstvorwürfen. Lass ihn erst mal wieder auf die Beine kommen, und dann solltet ihr reden. Fahrt weg und …«

»Wie sollen wir das denn machen? Stephanie und Marie …«

»Ich bitte dich, du wirst doch wohl mal für ein paar Tage jemanden finden, der auf die beiden aufpasst. Du und Frank, ihr seid jetzt wichtig, kapier das endlich mal.«

»Ich kann doch aber Marie …«

»Nadine, für dich dreht sich alles immer nur um Marie, Marie, Marie. Okay, sie ist da, und sie ist ein Bestandteil eurer Familie, aber ihr seid insgesamt zu viert. Mehr möchte ich dazu im Augenblick nicht sagen.«

Für einige Sekunden herrschte Stille am andern Ende der Leitung, bis Nadine erwiderte: »Sie hat doch niemanden außer mich. Und sie macht so tolle Fortschritte und …«

»Und Frank und Stephanie bleiben auf der Strecke. Nadine, du bist meine Freundin, aber auch Frank ist mein Freund. Er ist in den letzten Monaten durch die Hölle gegangen, und wenn du das nicht gemerkt hast, dann tut mir das leid.«

»Aber …«

»Nein, lass mich ausreden. Er hat vieles nicht mehr verkraftet, und als Freundin sage ich dir, dass du es entweder nicht gemerkt hast oder nicht merken wolltest. Aber Frank ist dein Mann, und mein Vater hat einmal gesagt, dass erst die Ehepartner kommen und dann die Kinder. Ich hoffe, du bist nicht sauer auf mich, und wenn, dann kann ich das auch nicht ändern.«

»Ach was, ich bin nicht sauer, ich weiß selbst, dass ich viele Fehler gemacht habe. Ich muss mich um Stephanie kümmern, die will ins Bett gebracht werden. Danke, dass du angerufen hast.«

»Warte noch. Wo in Hofheim liegt er?«

»Er liegt nicht, er kann ganz normal rumlaufen. Er bleibt auch nur acht bis zehn Tage. Danach geht er vielleicht in eine Entzugsklinik. Er ist in der Psychiatrie, offene Abteilung. Tschüs.«

Nadine legte auf, Durant hielt den Hörer noch einen Moment in der Hand. Sie ist doch sauer auf mich. Sie will einfach die Wahrheit nicht hören, aber wer will das schon? Frank, Frank, was hast du nur gemacht? War es das alles wert?

Sie überlegte, ob sie auch noch ihren Vater anrufen sollte, verwarf den Gedanken jedoch wieder. Sie zog sich aus und stieg in die Badewanne, schloss die Augen und versuchte, nicht nachzudenken, doch in ihrem Kopf herrschte ein heilloses Durcheinander. Wie so oft, wenn sie mit einem schwierigen Fall zu kämpfen hatte, konnte sie auch diesmal nicht abschalten, sosehr sie sich auch bemühte. Sie spürte die Anspannung körperlich, ihr Rücken schmerzte, da waren leichte Stiche in der linken Schläfe, die Beine taten ihr weh, auch wenn sie nicht viel gelaufen war. Sie fragte sich, ob Elvira Klein schon mit ihrem Vater gesprochen hatte, und wenn, wie dieses Gespräch verlaufen war. Und sie fragte sich, ob Möller und seine Eltern schon von Corinna Sittlers und Bernd Buchmanns Tod erfahren hatten. Und ob Reiter irgendjemandem von ihrem unerwarteten und für ihn unerfreulichen Besuch berichtet hatte. Und was Gebhardt wohl machte. Und ob Berger neue Erkenntnisse gewonnen hatte. Und ob Frantzen misstrauisch geworden war. Und wer die anonyme Anruferin beim Escort-Service gewesen war, die sich als Corinna Sittler ausgegeben hatte. Oder handelte es sich doch um einen Mann, der diese Frauenstimme so perfekt imitiert hatte, dass selbst eine erfahrene Frau und Menschenkennerin wie Thea Simonek darauf hereingefallen war? Matthias Mahler, der begnadete Stimmenimitator von FFH? Sie musste und würde mit ihm sprechen, er war der Einzige, der ihr einfiel, der das gekonnt hätte. Aber er selbst behauptete, die Sittler nie kennengelernt zu haben, also woher sollte er ihre Stimme kennen? Und wenn er angerufen hätte, dann wäre er entweder direkt oder indirekt in den Mord verwickelt. Nein, dachte Durant, das kann ich mir nicht vorstellen, obwohl, ich hab schon die tollsten Sachen in meinem Job erlebt. Was, wenn er gelogen hat? Leslie Sittler behauptet, am Freitagabend Migräne bekommen zu haben und früh zu Bett gegangen zu sein, was aber niemand bestätigen kann. Außerdem hat Leslie zugegeben, ihre Mutter gehasst zu haben. Was käme da gelegener als ein Freund, der ein bekannter Moderator und Stimmenimitator ist? Durant presste die Lippen aufeinander und spann den Faden weiter. Leslie hat ihre Mutter gehasst und Mahler in ihre Mordpläne eingebunden. Sie ist intelligent und sicher auch clever. Andererseits käme sie dann auch für den Mord an Buchmann in Frage. Aber welches Motiv hätte sie haben können, auch noch Buchmann umzubringen? Vor allem aber, warum hätte Mahler dabei mitmachen sollen? Geld? Nein, so schätze ich ihn nicht ein, und außerdem würde er mit einer solchen Tat seine gerade begonnene Karriere nicht nur aufs Spiel setzen, es gäbe gar keine Karriere mehr, höchstens eine im Knast. Außerdem hat Mahler am Freitagabend eine Gala in Friedberg moderiert, ich müsste höchstens wissen, wann er dort angekommen ist und wie lange die Gala ging. Nee, das ist zu weit hergeholt, der oder die Täter sind in einem andern Umfeld zu suchen, doch wo? Angehörige von Opfern, wie wir schon vermutet haben? Morgen sprechen Brandt und ich mit Heiko Kröger und Tobias Hohl, dem ehemaligen Verlobten von Laura. Er ist Zahnarzt und weiß, wie man eine Spritze setzt, so wie bei der Sittler. Aber es sind zehn lange Jahre vergangen. Warum erst jetzt und nicht schon vor fünf oder acht Jahren? Und wer hat die Sittler so lange beobachtet und alles über ihren Tagesablauf gewusst? Wer wusste davon, dass sie sich zweimal pro Woche zu einer festgelegten Zeit einen Callboy ins Haus holte? Es kann nur jemand sein, der entweder aus einer sicheren Entfernung das Haus … Blödsinn! Irgendwann wäre der oder die aufgefallen. Nein, die Informationen müssen von jemand anderem stammen. Alina Cornelius? Möglich, aber auch eher unwahrscheinlich. Sie hat doch von der Sittler nur profitiert. Sie ist sogar mit ihr ins Bett gegangen, und das tut man nicht, wenn man es nicht will. Die Sittler war in materiellen Dingen großzügig, wenn sie selbst einen Vorteil davon hatte. Sie hat ihre Tochter reichlich bedacht und die Cornelius auch. Buchmann. Buchmann, Buchmann, Buchmann. Wie passt er ins Bild? Er war mit der Sittler zur gleichen Zeit in Darmstadt. Sie waren beide korrupt und haben Prozesse getürkt. Geht es vielleicht gar nicht um Kröger und Guttenhofer, sondern um einen ganz andern Fall? Einen Fall, den wir noch gar nicht bedacht haben oder der bis jetzt übersehen wurde? Aber Berger übersieht so was nicht, nicht der. Es geht um Kröger und Guttenhofer und eventuell noch um einen andern Fall. Ist der Täter jemand, der einfach nur Selbstjustiz übt, der sich als Rächer der Schwachen aufspielt? Wenn das so ist, wird es noch schwerer, denjenigen zu finden. Aber derjenige muss sehr genau über die damaligen Fälle informiert sein, er muss die Aktenlage kennen und wissen, was die Sittler und ihre Kollegen angestellt haben. Wenn er sich jedoch als Rächer der Schwachen aufspielt, könnte es sich tatsächlich auch um einen religiösen Fanatiker handeln. Er kennt sich in der katholischen Liturgie aus … Julia, du verrennst dich jetzt aber total. Schluss für heute. Ich werde trotzdem noch mal mit Leslie, Matthias Mahler und Alina Cornelius sprechen. Das wird ein verdammt harter Tag morgen, dachte sie, als sie sich wusch. Eine ganze Stunde blieb sie in der Wanne, bis ihr fast die Augen zufielen. Sie trocknete sich ab, putzte die Zähne und zog sich ihre übliche Nachtwäsche an, ein weites und langes Shirt und einen Slip. Dann machte sie den Fernseher aus, trank noch einen Schluck Wasser und legte sich hin, rollte sich in ihre Decke und schlief fast augenblicklich ein.

Dienstag, 22.15 Uhr _____

Er hing an einem Andreaskreuz, die Arme und Beine festgekettet, dazu eine Kette um den Hals und ein schwarzer Lederriemen um seine Genitalien, der allmählich immer fester gezogen wurde. Tränen stiegen ihm in die Augen. Er wollte schreien, doch jedes Mal, wenn er ansetzte, krachte der Baseballschläger auf seinen Rücken. Er wusste nicht, wo er sich befand. Es war ein dunkler Kellerraum, das einzige Licht wurde von einer Kerze gespendet, die in etwa zwei Meter Entfernung stand. Seit knapp zwei Stunden wurde er hier gefangen gehalten. Er spürte seine Arme kaum noch, sein Mund war trocken, er hatte ein paar Schlucke Wasser zu trinken bekommen, aber wenn er jammerte oder wimmerte, hielt man ihm einen Stock hin, an dem ein mit Essig getränkter Schwamm befestigt war.

»Du hast Unrecht getan«, sagte die sanfte Stimme leise. »Gib es zu.«

»Das hab ich doch schon«, jammerte er.

»Es ist schön, dass du das einsiehst. Aber es gibt eine Schuld, die nicht vergeben werden kann, nicht hier auf Erden und auch nicht im Himmel. So sagt es jedenfalls die Bibel und auch die Kirche. Wir sind aber nicht von der Kirche, wir handeln auch nicht in Gottes Auftrag. Du hast dein Leben verwirkt, weil du andere gedemütigt, misshandelt und getötet hast«, sagte die Stimme monoton.

»Ich habe niemanden getötet! Warum glaubst du mir nicht?«

»Doch, du hast getötet. Nicht nur einmal, sondern mehrfach. Der Tod einer Seele ist noch schlimmer als der Tod des Körpers, denn der Körper lebt noch viele Jahre weiter, doch die Seele liegt in einem tiefen Grab. Du wirst nie wieder Hand an jemanden legen.«

Mit einem Mal spürte er einen unsäglichen Schmerz, der ihm fast die Sinne raubte. Immer und immer wieder knallte die Peitsche auf seinen Rücken, die Haut platzte auf, und Blut trat aus mehreren Wunden aus. Bei jedem Schlag stöhnte er auf, doch es gab keinen, der ihm hätte helfen können. Nach einer schier endlosen Zeit war es vorbei. Er hatte Todesangst.

»Du wirst jetzt die Tortur über dich ergehen lassen. Es wird die Tortur sein, die man im Mittelalter bei Hexen und Ketzern angewandt hat. Du wirst gestreckt, dir werden die Finger, die Arme und die Beine gebrochen, und irgendwann wirst du tot sein«, fuhr die Stimme emotionslos fort.

»Neiiiin!!! Ich will nicht sterben!«

»Du hättest die Wahl gehabt, schon vor vielen Jahren hättest du dich für die gute Seite entscheiden können. Du hast es aber nicht getan, stattdessen hast du andere gequält und gepeinigt, und du hast auch noch Spaß daran gefunden. Du hast gelacht, wenn andere vor Schmerzen geschrien haben. Du hast dir die grausamsten Methoden ausgedacht, um jemanden zu quälen. Doch damit ist es nun endgültig vorbei. Zwei deiner Weggefährten sind bereits von dieser Erde gegangen, Dr. Corinna Sittler, ehemals korrupte Staatsanwältin, und Dr. Bernd Buchmann, ehemals korrupter Richter. Auch du hättest eigentlich längst vor Gericht gehört, wurdest aber niemals angeklagt, weil du dich wie einige andere deines Schlages freigekauft hast. Doch nicht bei deinem Opfer, sondern bei denen, die hätten Recht sprechen sollen. Aber wenn man unter seinesgleichen ist, bekommt das Wort Recht eine ganz andere Bedeutung. Dafür wurde dein Opfer verhöhnt und hat sich kurze Zeit später aus lauter Verzweiflung das Leben genommen. Für diesen Tod bist allein du verantwortlich. Und für dieses Verbrechen wirst du büßen. Es gibt aber nicht nur dieses eine Opfer, sondern noch mindestens vier weitere Frauen, denen du unendliches Leid zugefügt hast, darunter deine Ehefrau. Möchtest du noch etwas sagen, bevor ich beginne?«

»Bitte, bitte nicht. Ich will nicht sterben, ich bin noch zu jung. Ich bereue alles, es tut mir leid, aber lass mich am Leben. Du kannst haben, was du willst, mein ganzes Vermögen, alles, aber …«

»An deinem Vermögen klebt so viel Blut und so viel Schmutz, fast nichts davon ist ehrlich verdient. Ich bin nicht käuflich, das solltest du inzwischen wissen. Ich fange jetzt an, und du wirst dir schon beim ersten Finger wünschen, ich würde mit der Peitsche weitermachen.«

Er wollte wieder schreien, doch bevor er auch nur einen Ton herausbrachte, wurde sein Mund mit einem Tuch fest zugebunden. Eine Zange wurde um seinen rechten Daumen gelegt, zugedrückt und der Daumen mit einem Ruck nach hinten gerissen. Es knackte, als würde jemand kräftig auf ein hartes Stück Holz treten. Sein Herz raste wie wild, er wollte diese unerträglichen Schmerzen nicht ertragen, und doch wusste er, sein Leiden war noch lange nicht vorbei. Ein Finger nach dem andern wurde ihm gebrochen. Erschöpft und schweißüberströmt hing er in den Ketten, bis er losgemacht und auf einen großen Tisch gelegt wurde. Dort wurde er an Hand- und Fußgelenken gefesselt, kein Wort wurde mehr gesprochen. Er hatte die Augen weit aufgerissen, als hinter ihm an einer Kurbel gedreht wurde, und er meinte, seine Arme und Beine würden gleich aus den Gelenken gerissen. In diesem Moment wünschte er sich, tot zu sein, aber sie ließen es nicht zu. Irgendwann, nach Minuten oder Stunden, er war unfähig, die Zeit zu bestimmen, war es zu Ende. Er bekam kaum noch Luft, und doch noch genug, um atmen zu können.

Sie beugte sich über ihn und sagte mit wieder dieser sanften Stimme: »Das war für Anna, für Nathalie und für Martina und für deine Ehefrau Leonie, alles Frauen, denen du die Seele geraubt hast. Besonders jedoch für Hanna, die sich aus lauter Scham und Verzweiflung das Leben genommen hat. Es wird jetzt aber nicht mehr lange dauern, bis auch du von deinen Qualen erlöst sein wirst. Ich werde dir jetzt die Anklageschrift vorlesen. Du hättest für das Recht eintreten sollen, aber du hast dich für das Unrecht entschieden. Du hättest den Verzweifelten helfen sollen, aber du warst nur gierig und hast dich kaufen lassen. Wie der Justitia waren auch dir die Augen verbunden, aber diese Binde hast du dir selbst angelegt. Du hast die Waage in deiner Hand gehalten, doch du hast nichts abgewogen, sondern nur deine Taschen gefüllt. Nichts von dem, was du in deinem Eid geschworen hast, hast du auch gehalten. Du hast kleine Diebe mit grausamer Härte bestraft, aber du hast Mörder und Vergewaltiger, die viel Geld hatten, einfach laufen lassen. Das ist die Anklage, und du wirst hiermit für schuldig befunden, den Tod durch Erdrosseln zu erleiden.«

Er hatte keine Kraft mehr, etwas zu sagen, geschweige denn zu schreien, sein Körper war ein einziger großer Schmerz, sein Mund und seine Kehle wie ausgetrocknet. Ein Hanfseil wurde um seinen Hals gelegt und langsam zugezogen, die Augen traten weit hervor, bis der Kopf leblos zur Seite fiel.

Dienstag, 20.20 Uhr

Elvira Klein hatte den Termin am Nachmittag abgesagt und ihr Büro um fünfzehn Uhr verlassen. Sie war nach Frankfurt gefahren und in mehrere Boutiquen in der Goethestraße gegangen, einfach nur, um sich abzulenken. Was Brandt ihr mitgeteilt hatte, hatte sie mehr mitgenommen als alles, was sie in den letzten Jahren als Staatsanwältin gesehen und gehört hatte. Sie hätte sich am liebsten irgendwo verkrochen und betäubt, aber sie war sich im Klaren, dass sie damit nur vor der Ungewissheit und vor sich selbst flüchten würde. Doch je länger sie über Brandts Ausführungen nachdachte, desto verwirrter, aber auch wütender wurde sie. Ich darf jetzt nicht mehr darüber nachdenken, heute Abend wird sich alles aufklären. Hoffentlich ist das alles nur heiße Luft! Hoffentlich, hoffentlich, hoffentlich!

Sie kaufte sich eine ganze Tasche voll Dessous (wobei sie sich fragte, für wen sie das tat, hatte sie doch niemanden, dem sie sie zeigen konnte), zwei sündhaft teure Kleider, drei Blusen und drei Röcke, zwei Jeans (eine hell- und eine dunkelblaue), zwei Hosenanzüge, vier Paar Schuhe und eine neue Sonnenbrille und verstaute alles im Kofferraum ihres BMW. Sie schaute auf die Uhr, zwanzig vor sechs, ging noch zum Steinweg und dort in einen großen Buchladen und verließ das Geschäft mit zehn Büchern, davon acht Liebesromane, ein Bildband über

Neuseeland und ein Kriminalroman von einem deutschen Autor, der in Norddeutschland spielte. Am Ende des Kaufrauschs hatte sie über viertausend Euro ausgegeben, und dennoch fühlte sie sich keinen Deut besser als zuvor. Sie betrat um kurz vor sieben ihre luxuriöse Wohnung im einundzwanzigsten Stock, die ihr Vater ihr gekauft hatte, stellte die Taschen ab und beschloss, vor dem Besuch bei ihren Eltern noch zu duschen. Es war warm in den Geschäften gewesen, die Kleidung klebte an ihr, sie fühlte sich unwohl. Und vielleicht wurde auch ihr Kopf klarer nach einer ausgiebigen Dusche.

Als sie im Bad fertig war, zog sie sich ein Set der neu gekauften Dessous an, betrachtete sich im Spiegel und nickte zufrieden. Ich habe eine gute Figur, dachte sie, aber leider gibt es niemanden, den das interessiert. Sie zuckte mit den Mundwinkeln und zog die hellblaue Jeans, die wie für sie maßgeschneidert war, eine beige Bluse, hellbraune Sneakers und eine dünne, ebenfalls hellbraune Lederjacke über, gab ein paar Spritzer Jil Sander Sun auf ihre Handgelenke und ihren Hals, bürstete noch einmal ihr volles blondes Haar, das sie anschließend hinten zusammenband, wodurch sie etwas strenger erschien, und verließ um kurz vor acht die Wohnung. Bis zum Haus ihrer Eltern fuhr sie maximal eine halbe Stunde, um diese Zeit eher weniger. Im Auto hörte sie FFH, die Nachrichten, der Verkehrsservice und das Wetter waren gerade beendet, und schon bei dem ersten Lied, »Torn« von Natalie Imbruglia, drehte sie die Lautstärke hoch. Sie liebte diesen Song und kannte den Text seit Jahren auswendig. Zerrissen, ich bin schon zerrissen, dachte sie und konnte die Tränen kaum unterdrücken, als das Lied gespielt wurde. Sie fuhr die Einfahrt hinauf und hielt vor dem Anwesen ihrer Eltern. Sie blieb noch einen Augenblick sitzen, die Hände um das Lenkrad gekrampft, die Augen geschlossen. Du musst jetzt ganz ruhig und gelassen bleiben. Ganz egal, was nachher auch sein wird, du wirst es überleben. Elvira, du bist stark, du bist stark, du bist stark. Es geht um die Wahrheit und nichts als die Wahrheit.

Schließlich stieg sie aus und ging auf den Eingang zu, eine hohe und breite Tür, fast ein Tor, mit goldfarbenen Beschlägen und Ornamenten über dem Rundbogen. Eine Villa, wie es in Langen und Umgebung keine andere dieser Art gab. Sie betätigte den Türklopfer, Tanja, das Hausmädchen, kam und machte auf.

»'n Abend«, sagte Elvira Klein und ging an der jungen Frau vorbei, die ihr ebenfalls einen guten Abend wünschte. Ihr Vater beschäftigte, seit sie denken konnte, immer nur junge Frauen zwischen zwanzig und maximal fünfundzwanzig Jahren, die er alle zwei Jahre austauschte. Sie hatte sich nie Gedanken darüber gemacht, aber auf einmal sah sie auch dies in einem andern Licht. Tanja war, wie alle vor ihr, nicht nur bildhübsch und überaus attraktiv, vor allem aber machte sie keinen dümmlichen Eindruck, denn auf solche Frauen stand ihr Vater nicht.

Ihre Mutter kam ihr entgegen, wie stets elegant gekleidet, obwohl sie sich die meiste Zeit im Haus aufhielt, begrüßte sie mit der ihr eigenen kühlen Distanziertheit (anders kannte sie ihre Mutter gar nicht, sie konnte sich nicht einmal erinnern, wann sie sich zuletzt umarmt hatten) und sagte: »Hallo. Dein Vater ist in seinem Arbeitszimmer. Du möchtest ja sicherlich zu ihm.«

»Ja, Mama. Wie geht's dir heute?«

»Gut, warum?«

»Warum? Weil es mich vielleicht interessiert? Du siehst gut aus.«

»Danke, du auch. Ich geh dann mal wieder in mein Zimmer. Falls wir uns nicht mehr sehen, du bist herzlich eingeladen, am Sonntag zum Essen zu kommen, vorausgesetzt, du hast nichts anderes vor.«

»Bis jetzt nicht. Und wegen Sonntag sag ich dir noch Bescheid.«

Du bist herzlich eingeladen! Wie oft hatte ihre Mutter das

schon gesagt, doch diesmal hörte es sich so anders an, als würde eine Fremde mit ihr sprechen. Ihre Mutter war in ihr großzügig geschnittenes und opulent ausgestattetes Zimmer im Souterrain gegangen, ohne noch einmal einen Blick zurückzuwerfen. Dort würde sie vielleicht noch etwas lesen oder fernsehen und sich allmählich fürs Bett fertig machen. Seit Jahren schon schliefen Elviras Eltern getrennt, und als sie dies einmal angesprochen hatte, war die Antwort nur, dass es mit dem Schnarchen ihres Vaters zu tun habe. Sie legte sich nie später als einundzwanzig Uhr hin, mit Stöpseln in den Ohren und immer nur auf dem Rücken liegend, und morgens stand sie mit den Hühnern auf, wie sie selbst immer sagte.

Mit einem Mal fröstelte sie, alles in diesem Haus kam ihr kalt und unpersönlich vor, als hätte sie nie hier gelebt. Dabei hatte sie noch ein großes Zimmer im ersten Stock, mit Postern von den Idolen ihrer Jugend an der Wand, mit Puppen, die nebeneinander auf dem Bett saßen, dem Fernseher, den sie seit einer halben Ewigkeit nicht angeschaltet hatte, der Stereoanlage und so vielen andern Dingen, die einst ein wichtiger Bestandteil ihres Lebens waren.

Sie ging nach oben und über den langen Flur, bis sie vor dem Arbeitszimmer ihres Vaters stand. Sie klopfte an, von drinnen kam ein deutliches »Herein«. Sie drückte die Klinke herunter, sah ihren Vater hinter seinem Schreibtisch sitzen, die Tagesschau war seit ein paar Minuten vorbei, der Fernseher ausgeschaltet. Sie schloss die Tür, machte zwei Schritte und blieb stehen.

»Hallo, Elvira, meine Lieblingstochter.« Er stand auf und umarmte sie. »Was führt dich zu mir?« Er sah sie an, die Augen leicht verengt, und sagte: »Irre ich mich, oder hast du am Telefon nicht gut geklungen?«

»Du irrst dich, mir geht's blendend«, log sie und setzte sich in den weichen grünen Ledersessel vor dem Schreibtisch.

»Darf ich dir etwas anbieten? Einen Cognac oder …«

»Nur ein Bier.«

»Du und Bier? Das ist ja was ganz Neues. Aber gut, ich werde Tanja bitten, dir eins zu bringen.«

»Ich trinke öfter mal ein Bier zu Hause.«

Ihr Vater betätigte die Sprechanlage und bat Tanja, eine Flasche Bier zu bringen. Danach lehnte er sich zurück, die Hände gefaltet, und betrachtete seine Tochter mit kritischem Blick.

»Es ist ungewöhnlich, dass du mitten in der Woche vorbeischaust. Hast du Probleme?«

»Nein, bis jetzt nicht. Ich muss nur etwas mit dir besprechen. Es geht um einen Fall, den wir gerade bearbeiten, und ich brauche dazu ein paar Informationen von dir.«

»Informationen?«, fragte Klein mit gerunzelter Stirn. »Ich bin Rechtsanwalt und ...«

»Darum geht's ja auch. Ich erklär's dir, wenn Tanja das Bier gebracht hat.«

Sie hatte es kaum ausgesprochen, als an die Tür geklopft wurde und kurz darauf die blondmähnige Tanja hereinkam und die Flasche und ein Glas auf einem Tablett auf den Schreibtisch stellte.

»Danke«, sagte Elvira Klein, »den Rest mach ich schon. Für heute sind Sie entlassen. Einen schönen Abend noch.«

Sie sah Tanja nach, die mit wiegendem und aufreizendem Gang das Zimmer verließ und die Tür hinter sich zumachte. Elviras Vater sagte sichtlich verwundert: »Tanja hat normalerweise bis elf Dienst.«

»Das ist mir bekannt. Ich möchte mich in Ruhe mit dir unterhalten. Es gibt da nämlich einige Dinge, die mir Kopfzerbrechen bereiten, und ich hoffe, dass du mir wenigstens ein bisschen helfen kannst«, sagte Elvira, schenkte das Glas voll und trank einen Schluck.

»Was bereitet dir denn solches Kopfzerbrechen? Es gibt kein Problem, das sich nicht lösen lässt. Das ist zumindest meine Devise, seit ich als Anwalt tätig bin. Und ich dachte immer, das wäre auch deine.«

»Ist es auch, deshalb bin ich ja hier. Wie läuft es bei dir?«

»Elvira, was ist los? So kenne ich dich gar nicht. Ich denke, du hast ein Problem, und mit einem Mal fragst du mich …«

»Ich habe meine Gründe. Mir sind da einige Dinge zu Ohren gekommen, die mir einfach keine Ruhe lassen. Und meine ganz persönliche Devise ist, nie etwas auf die lange Bank zu schieben, sondern immer alles gleich zu erledigen.«

Elviras Vater irritierte der Ton seiner Tochter. Er kniff die Augen zusammen, doch schon im nächsten Moment spielte ein joviales, einnehmendes Lächeln um seinen Mund. Er erhob sich, schenkte sich von dem erlesensten und kostbarsten und damit auch teuersten schottischen Maltwhisky ein, gab zwei Eiswürfel dazu und nahm wieder Platz. Die Flasche stellte er auf den Tisch und nippte an dem Whisky. Er war ein stattlicher Mann von einundsechzig Jahren, einszweiundneunzig groß, mit noch vollem, inzwischen grauem Haar, blaugrauen Augen und Händen, die einmal pro Woche von einer Maniküre behandelt wurden. Allein seine Erscheinung drückte Dominanz aus, dazu kam ein entsprechend selbstsicheres Auftreten, das fast jeden beeindruckte. Er schlug die Beine übereinander und sah Elvira an.

»Das hast du von mir, ich habe nie etwas auf die lange Bank geschoben, denn wie heißt es so schön – was du heute kannst besorgen, das verschiebe nicht auf morgen. Nur so hat man Erfolg im Leben. Und nun raus mit der Sprache, was bedrückt dich.«

»Es geht um zwei Morde, die sich in den letzten Tagen in Frankfurt und Offenbach zugetragen haben. Ich weiß nicht, ob du schon darüber informiert bist.«

Er zog die Mundwinkel nach unten und schüttelte den Kopf. »Nein, tut mir leid, da ist mir wohl etwas entgangen, aber in dieser Gegend kommt es nun mal vor, dass hin und wieder jemand umgebracht wird. Suchst du meinen Rat?«

Elvira Klein sah ihren Vater an und wusste sofort, dass er log und längst von den Morden erfahren hatte. Dennoch spielte sie das Spiel mit.

»Die Opfer sind Corinna Sittler und Bernd Buchmann, die Namen sagen dir sicher etwas.«

»Was? Die Sittler und der Buchmann sind tot?«, stieß er aus und trank sein Glas leer. »Habt ihr schon eine Spur?«

»Nein, bis jetzt nicht. Außerdem darf ich dir über laufende Ermittlungen sowieso nichts sagen, das müsstest du am besten wissen.«

»Elvira, ich bin dein Vater, ich bin verschwiegen wie ein Grab.«

Ohne darauf einzugehen, fuhr sie fort: »Sie wurden beide auf fast die gleiche Weise umgebracht. Wir gehen davon aus, dass es mit einem Fall zu tun hat, der einige Jahre zurückliegt – Guttenhofer und Kröger. Damit kannst du aber bestimmt etwas anfangen, oder?«

Für den Bruchteil einer Sekunde schwand jede Regung aus seinem Gesicht, bevor er wieder mit diesem unverbindlichen, jovialen Lächeln antwortete: »Natürlich kann ich damit etwas anfangen. Aber ich weiß nicht, worauf du hinauswillst.«

»Gut, dann werde ich es kurz machen«, sagte sie und drehte ihr Glas zwischen den Fingern. »Du hast damals die Verteidigung von einem der drei Täter übernommen, Magnus Möller ...«

»Moment, Moment, es stimmt, dass ich die Verteidigung von Magnus übernommen habe, aber es war kein Mordprozess, denn er hat niemanden umgebracht. Genauso wenig wie seine beiden Freunde, die du sicherlich auch gleich erwähnen wirst«, erwiderte er mit ruhiger Stimme.

»Magnus Möller, Andreas Reiter und Thomas Gebhardt haben sowohl Guttenhofer als auch Laura Kröger umgebracht, das weißt du so gut wie ich. Das wussten auch die Staatsanwaltschaft und der Richter. Aber es kam nie zu einer Mordanklage, weil nicht lange nach der Festnahme der drei die wichtigsten Beweismittel wie vom Erdboden verschluckt waren. Und jetzt frag ich dich, und ich bitte dich, mir ehrlich zu antworten. Hast du etwas damit zu tun?«

»Ich kann dir zwar nicht ganz folgen, frage dich aber trotzdem: Worauf willst du hinaus?«

Elvira Klein schürzte die Lippen und antwortete: »Worauf ich hinauswill, werde ich dir gern erklären. Hast du einen Deal mit der Sittler und mit Buchmann geschlossen, damit die drei Kerle nicht ins Gefängnis mussten?«

»Elvira, das ist totaler Blödsinn!«, entgegnete er sichtlich erregt, doch er hielt dem Blick seiner Tochter im Gegensatz zu sonst nicht stand. In diesem Moment wusste sie, dass sie ins Schwarze getroffen und dass das, was Brandt ihr erzählt hatte, der Wahrheit entsprach. »Ich würde niemals mit der Staatsanwaltschaft einen Deal aushandeln, wenn es um Mord geht, so gut müsstest du mich eigentlich kennen.«

»Ach ja, würdest du nicht? Und ich frag mich seit heute Mittag, ob ich dich wirklich kenne. Weißt du, es ist merkwürdig, du warst mit dem alten Möller schon befreundet, als ich kaum auf der Welt war. Möller hat später eine ziemlich beeindruckende Karriere hingelegt, nicht nur als Bauunternehmer, sondern auch in der Kommunalpolitik. Ich kann mich an drei gemeinsame Urlaube mit den Möllers erinnern und zahlreiche Besuche von ihm bei uns und umgekehrt. Er muss aber auch einen besonderen Draht zur Staatsanwaltschaft gehabt haben oder immer noch haben, sonst wäre sein Sohn nie wieder auf freien Fuß gekommen. Und jetzt frage ich dich noch einmal – hast du zusammen mit Möller und deinen Anwaltskollegen Frantzen und Blume und den Vätern der missratenen Burschen einen Deal mit der Sittler und mit Buchmann ausgehandelt?«

Ihr Vater erhob sich und ging, die Hände in den Hosentaschen, im Zimmer auf und ab. Es dauerte eine Weile, bis er antwortete, ohne Elvira dabei anzuschauen: »Also gut, spielen wir's durch. Selbst wenn es so wäre, natürlich nur rein hypothetisch gesprochen, was würdest du tun?«

»Das steht nicht zur Debatte. Mir geht es um Gerechtigkeit, ich habe einen Eid geschworen, dem Gesetz zu dienen und nicht, es mit Füßen zu treten. Ich will aus deinem Mund hören, was vor zehn Jahren passiert ist. Also, ich bin ganz Ohr«, zischte sie. »Und sieh mich bitte an, wenn ich mit dir rede, es ist mir nämlich verdammt ernst.«

Mit einem Mal lächelte er vergebend wie ein Heiliger und sagte sanft und mit schmeichlerischer Stimme: »Elvira, du bist meine Tochter und …«

»Red nicht um den heißen Brei herum, sondern beantworte meine Frage«, unterbrach sie ihn schroff.

»Würdest du mir den Gefallen tun und deine Stimme etwas dämpfen? Ich bin schließlich kein kleines Kind mehr. Von wem hast du die Informationen überhaupt?«

»Die Polizei ist nicht so dumm, wie du vielleicht denkst.« Sie lachte bitter und kehlig auf und fuhr fort: »Du warst also damals tatsächlich dabei.«

»Ich kann mich nicht erinnern, das gesagt zu haben.«

»Doch, denn ich kenne dich. Vor andern kannst du dich vielleicht verstellen, aber nicht vor mir. Warum hast du damals mitgemacht und damit verhindert, dass drei Mörder ihrer gerechten Strafe zugeführt werden konnten? Warum?«

Es entstand eine Pause. Kleins Kiefer mahlten aufeinander. Schließlich hob er die Hand und sagte: »Ich glaube, es ist an der Zeit, dir einiges zu erklären. Möller und ich kennen uns seit nunmehr fast fünfunddreißig Jahren. Ebenso verhält es sich mit Gebhardt und Reiter. Mein Gott, ich bin Möllers Anwalt, und wenn er mich bittet, ihn zu vertreten, dann tue ich das auch. Was glaubst du wohl, woher das Geld kommt, mit dem ich uns all den Luxus leisten konnte? Von irgendwelchen kleinen Mandanten, die mir nicht mal genug einbringen würden, dass ich eine anständige Mietwohnung bezahlen könnte?« Er lachte auf, die Mundwinkel abfällig nach unten gezogen. »Nein, ein großer Anwalt wird man nur, wenn man auch die entsprechenden Kontakte hat. Und entsprechende Kontakte bedeutet, man hat Mandanten, die über das nötige Geld verfügen, einen guten Anwalt auch bezahlen zu können …« Als Elvira ihren Vater unterbrechen wollte, sagte er schnell: »Lass mich ausreden, du hast gleich noch genug Zeit, deinen Kommentar abzugeben. Meine Kanzlei ist eine der besten und gefragtesten im Rhein-Main-Gebiet. Und warum?« Er hob die Schultern. »Ganz einfach, weil ich es mir leisten kann, nur die besten Anwälte zu beschäftigen. Bei mir geht nur die Crème de la Crème ein und aus. Wir sind einfach gut, nein, wir sind einfach besser als die meisten andern. Und Qualität hat nun mal ihren Preis.« Er hielt inne, atmete ein paarmal tief ein und trank noch ein Glas Whisky, diesmal ohne Eis. Er behielt das Glas in der Hand, schien es zu betrachten und fuhr fort: »Und dann wirst du wie aus heiterem Himmel mit einer Sache konfrontiert, die du nie eingeplant hast, weil das weit außerhalb deiner Vorstellungskraft liegt. Möller rief mich eines Nachts an und bat mich dringend, zu ihm zu kommen. Er hat mir von Magnus und seinen Freunden erzählt und welche Dummheiten sie begangen haben. Er fragte mich, ob ich eine Lösung wisse. Er kannte die Sittler, ich kannte sie, und so fügte sich eins zum andern. Irgendwann kam der Vorschlag von Seiten der Sittler, dass man sich doch irgendwie einigen könne. Damit war die Kuh vom Eis. Sie verzichtete auf eine Mordanklage und …«

Elvira schloss die Augen und sagte leise: »Auf einmal war es also die Sittler allein. Sie zu befragen ist nicht mehr möglich, sie ist ja tot. Wie soll ich mir das vorstellen? Drei Anwälte und drei Väter gehen ins Büro der Sittler, besprechen die Sache bei einer Tasse Kaffee und ein paar Keksen mit ihr, und sie macht euch einfach so den Vorschlag, gegen Bares keine Mordanklage zu erheben, weil sie genug Leute kennt, die die Beweismittel vernichten können? So war es doch, wenn ich dich richtig verstanden habe, oder?« Und als er nicht antwortete: »Es reicht. Hör bitte auf, die Dinge schönzureden oder so zu drehen, dass sie schon irgendwie zusammenpassen. Ich glaube dir nicht einmal die Hälfte deiner Geschichte. Aber du glaubst sie offensichtlich. Es ist doch so, je länger man sich belügt, umso mehr wird die Lüge zur Wahrheit. Aber auf diese verdammte Wahrheit pfeif ich. Du hast es zugelassen, dass drei Mörder einfach so auf freien Fuß gesetzt wurden. Nein, du hast es nicht nur zugelassen, du warst sogar ein wesentlicher Bestandteil in dem Spiel um Geld und Macht. Als mir Hauptkommissar Brandt heute Mittag diese Nachricht überbrachte und deinen Namen nannte, wollte ich es nicht wahrhaben. Ich habe mir eingeredet, mein Vater macht so was nicht, nicht er.«

»Maus ...«

»Hör auf, mich Maus zu nennen, ich will das nie wieder hören! Du warst immer mein Vorbild, aber das ist seit eben Vergangenheit. Von mir aus kannst du dich mit deinen werten Freunden kurzschließen und überlegen, wie ihr *diese* Kuh vom Eis kriegt, aber ich garantiere dir, ich und Brandt und die Kollegen aus Frankfurt werden dagegenhalten. Ich würde dir raten, jeden Schritt sehr genau abzuwägen, sonst brecht ihr nämlich in das Eis ein. Und glaub mir, ich werde alles in meiner Macht Stehende tun, um diesen Fall wieder aufzurollen, selbst wenn ich dich dafür belangen müsste. Ich hätte alles von dir gedacht, aber nicht, dass du in der Lage sein könntest, Kapitalverbrechen zu decken.«

»Du bist inzwischen lange genug Staatsanwältin und solltest

wissen, dass ich unter anderem Strafverteidiger bin, und da kämpft man zwangsläufig des Öfteren mit unfairen Mitteln.«

»Ach ja?! Unfair nennst du das also?! Zu deiner Erinnerung, Guttenhofer war ein unbescholtener Bürger, er hatte eine kleine Schreinerei und war auf dem Weg nach Hause, als er aus einem neben ihm fahrenden Auto heraus einfach erschossen wurde. Unfair? Oder Laura Kröger. Die Kleine war gerade mal zwanzig Jahre, als sie von den drei Typen aus reiner Lust am Quälen und Töten vergewaltigt, geschlagen, misshandelt und zum krönenden Abschluss mit einem Kopfschuss hingerichtet wurde. Unfair? Weißt du, was unfair ist? Wenn ein Fußballspieler einem andern von hinten in die Beine grätscht. Dabei wird keiner getötet, das gibt vielleicht ein paar blaue Flecken, vielleicht auch eine schmerzhafte Prellung, aber nach ein paar Tagen ist alles verheilt. Guttenhofer hatte eine Familie mit drei Kindern, und Laura Kröger war verlobt und wollte studieren. Und dann kamen diese drei Saukerle und haben ganze Familien zerstört!«, fuhr sie ihren Vater laut an und sprang auf und stützte sich mit beiden Händen auf den Schreibtisch. »Aber das Schlimmste ist, du stellst das alles dar, als würde es sich um einen Lausbubenstreich handeln. Weißt du, was ich dazu sage – manus manum lavat, eine Hand wäscht die andere. Für dich und all die andern in deinem Zirkel zählen doch nur Ansehen und Geld. Da wechseln Riesensummen die Besitzer, und dafür geht ihr über Leichen, im wahrsten Sinn des Wortes. Ich könnte kotzen. Und erzähl mir nicht, dass ich von einem Einzelfall spreche, das würde ich dir niemals mehr abnehmen.«

Elviras Vater setzte sich wieder und sagte mit einer Ruhe und Gelassenheit, wofür sie ihn hätte ohrfeigen können: »Was ich mir aufgebaut habe, habe ich ganz alleine geschafft. Ich habe als kleiner Anwalt angefangen, falls du das vergessen haben solltest. Als kleiner Anwalt in einer unbedeutenden Sozietät. Banales Familienrecht. Bis ich beschloss …«

»Ich kenne deine Lebensgeschichte in- und auswendig, du hast sie oft genug zum Besten gegeben«, unterbrach sie ihren Vater mit verächtlichem Gesichtsausdruck.

»Entschuldigung, wenn ich dich in der Vergangenheit gelangweilt habe, es wird nicht wieder vorkommen.« Und nach kurzem Innehalten und nachdem er sich mit der Zunge über die Lippen gefahren war: »Aber bevor du mit deiner Anklageschrift fortfährst, frage ich dich, wer dir dein Studium finanziert hat oder deine Autos und deine Luxuswohnung? Ohne mein Geld und meinen Einfluss wärst du heute nicht da, wo du bist, das solltest du nie vergessen. Du hast stets von allem profitiert und im Überfluss gelebt, und als Dank dafür machst du mir jetzt Vorwürfe. Ich finde das ziemlich ungerecht.«

Elvira schüttelte entsetzt den Kopf und sagte: »Deine Selbstgefälligkeit ist unerträglich. Wenn ich über dein Geschäftsgebaren auch nur im Geringsten Bescheid gewusst hätte, hätte ich auf alles verzichtet. Wer hat mir denn schon vor Jahren von Ethik und Moral gepredigt? Du hast mir ethische und moralische Prinzipien vermittelt, die für jeden gelten sollten, speziell für Anwälte, ganz gleich, auf welcher Seite sie stehen. Ich habe deine Worte noch so gut im Ohr, als wäre es gestern gewesen. Aber für dich selbst gelten diese Werte offensichtlich gar nichts. Weißt du was, du kannst alles wiederhaben, das Auto, die Wohnung, einfach alles. Ich komme über die Runden, auch ohne deine Hilfe, vor allem aber, ohne mich schmieren zu lassen und Mörder zu Unschuldslämmern zu machen. Ich habe dich geliebt und verehrt und allen die ganzen Jahre über erzählt, wie toll du bist. Und dann muss ich die bittere Erfahrung machen, dass alles gelogen war. Dein ganzes verdammtes Leben basiert auf einer einzigen großen Lüge, die für dich aber offenbar etwas ganz Normales ist. Und um noch mal auf dein Geld zu sprechen zu kommen – ich bin mit deinem Geld großgeworden, ich kannte gar nichts anderes, als immer mehr zu haben als meine Freundinnen und Freunde, wenn ich denn überhaupt welche hatte, denn du hast ja sehr gut darauf geachtet, mit wem ich mich abgebe und wer in unser Haus darf. Aber ich war so blind, dass ich nicht gemerkt habe, wie du wirklich bist. Mir wird erst jetzt klar, dass auch mein Leben auf einer einzigen Lüge basiert, speziell, was dich betrifft. Aber das werde ich ändern, glaub mir. Ob du jemals von deinen Lügen wegkommst, wage ich zu bezweifeln.«

»Nein, das stimmt nicht«, unterbrach er sie. »Es mag sein, dass ich Fehler gemacht habe, aber …«

»Kein Aber. Und das, was du gemacht hast, war knallhart kalkuliert, nämlich mit Blick auf dein Konto. Doch selbst wenn es nur dieses eine Mal gewesen sein sollte, was ich nicht glaube, war es schon einmal zu viel. Magnus Möller und Thomas Gebhardt hätten für den Rest ihres Lebens hinter Gitter gehört, sie hätten nicht mehr nach dem Jugendstrafrecht angeklagt und verurteilt werden können, lediglich Reiter war mit seinen zwanzig Jahren gerade noch an der Grenze. Die wussten genau, was sie taten, als sie den Plan fassten, irgendeinen Autofahrer an Halloween einfach so abzuknallen. Und sie wussten, was sie taten, als sie beschlossen, eine junge Frau am 14. Dezember 1995 in ihrem Auto in ein abgelegenes Waldstück zu fahren, um sie auf die widerlichste und brutalste Weise zu vergewaltigen und zu töten. Diese Dreckskerle haben nicht einen Funken Mitleid verdient, und ich schwöre dir, ich werde sie kriegen, alle drei. Und nicht nur die, sondern auch all jene, die noch in dieser Sache drinstecken. Und im Notfall mache ich auch vor dir nicht halt.« Sie lehnte sich kurz an den Bücherschrank, trank ihr Bier aus und fuhr fort: »Du warst ein guter Lehrmeister, das muss ich dir zugestehen. Aber du hast dich selbst nicht an die Regeln gehalten, die du mir beigebracht hast. Vielleicht wäre ich heute so wie du, hättest du mir von Anfang an deine wahren Wertvorstellungen vermittelt. Ich bin so enttäuscht von dir, so unendlich enttäuscht.«

»Du hast noch immer nicht verstanden, wie dieses Geschäft funktioniert«, sagte ihr Vater mit einer für Elvira unerträglichen Gelassenheit. »Was wäre passiert, hätte ich Möller damals nicht geholfen? Ich sag's dir. Ich hätte einen meiner besten Klienten verloren und mit ihm noch eine Menge anderer. Möller war es Mitte der Siebziger, der mir zu meinem ersten großen Mandat verholfen hat, ich habe den Prozess gewonnen, und danach rannten sie mir die Bude ein. Viele von ihnen zählen noch heute zu meinen Klienten. Du hast recht, ich hätte Möller meine Hilfe verweigern können, aber dann hätte ich schon wenige Tage später einige meiner fähigsten Mitarbeiter entlassen müssen. Ich schwöre dir, ich habe Möller mit allen Mitteln von seinem Vorhaben abzubringen versucht, aber er hat sich stur gestellt. Das ist die Wahrheit. Und dann stand ich vor einer der schwersten Entscheidungen meines Lebens. Ich musste abwägen, was für alle Beteiligten das Beste war und …«

»Du versuchst dich zu rechtfertigen, das kenne ich ja gar nicht von dir. Ich sag dir, was für alle Beteiligten das Beste gewesen wäre – ein ordentlicher Prozess, in dem drei Mörder nach dem Gesetz verurteilt worden wären. Du hast längst den Blick für das Wesentliche verloren, das ist mir eben klargeworden.«

»Und was ist in deinen Augen das Wesentliche?«

»Wenn du es nicht weißt, kann ich dir auch nicht mehr helfen. Du bist mein Vater, aber ein Vorbild wirst du nie wieder sein. Ich habe keine Achtung mehr vor dir und deiner Auffassung von Recht und Gesetz. Karl Kraus hat einmal sarkastisch geschrieben: ›Wie wird die Welt regiert und in den Krieg geführt? Diplomaten belügen Journalisten und glauben es, wenn sie's lesen.‹ Ich möchte das ein wenig abändern und sagen: Du belügst dich und andere, und wenn die andern glauben, es sei die Wahrheit, dann glaubst du es auch. Ich habe keinen Respekt mehr vor dir, dazu hast du zu viel kaputt gemacht. Und das Schlimme ist, ich weiß, du wirst weitermachen wie bisher. Aber auch ich werde weitermachen, und ich weiß nicht, ob ich dich schützen kann. Und noch etwas: Sollten der oder die Mörder von Sittler und Buchmann noch nicht genug haben, könnte es sein, dass sie es auch auf dich und Frantzen und vielleicht noch zwei oder drei andere abgesehen haben. An deiner Stelle wäre ich sehr auf der Hut.«

»Elvira, bitte, ich habe das nicht mit Absicht getan, ich …«

»Warst du betrunken, oder standst du unter Drogen, oder hat man dich gefoltert?«, spie sie ihm höhnisch entgegen. »Ich frage mich, warum Möller den Deal nicht mit Sittler und Buchmann allein durchgezogen hat, warum er dich dazu brauchte. Kannst du es mir erklären? Er kannte die Sittler doch so gut.«

Elviras Vater schwieg, schenkte sich noch einen Whisky ein, die Flasche war fast halb leer, und trank das Glas in einem Zug aus.

Sie ging zu ihm, ihr Gesicht war nur wenige Zentimeter von seinem entfernt, und sagte mit maliziösem Lächeln und dennoch sanfter Stimme: »Verbessere mich, wenn ich falsch liege, aber gehe ich recht in der Annahme, dass du die Sittler noch besser kanntest, als Möller es tat? Viel besser? Vielleicht sogar sehr viel besser?«

Schweigen.

»Ha, wusst ich's doch. Keine Antwort ist auch eine Antwort. Es wird auf einmal alles so klar. Die Sittler konnte dir gar keinen Wunsch abschlagen, sie war ja eine sehr attraktive Frau und dazu noch so gebildet, ganz anders als Mutter. Zwei vom gleichen Schlag. Aber das spielt jetzt auch keine Rolle mehr. Irgendwie hab ich schon immer geahnt, dass du kein Kostverächter bist – deine jungen Hausmädchen, die immer wie aus dem Ei gepellt aussehen und dir bestimmt jeden Wunsch von den Augen able-sen. Wie alt war die Sittler doch gleich noch, als diese Morde geschahen? Vierunddreißig? Jetzt verstehe ich auch, warum Mut-ter und du euch nichts mehr zu sagen habt, denn sie weiß von deinen Affären, hält aber den Mund, denn sie möchte wohl zum einen den Schein wahren und zum andern das angenehme Leben in materieller Sicherheit nicht aufgeben. Hab ich recht?«

»Du schlägst unter die Gürtellinie, das bin ich von dir überhaupt nicht gewohnt.«

»Ich habe dazugelernt, Vater! Ich geh jetzt besser, ich bin nur noch müde und maßlos enttäuscht.«

»Bitte, warte. Du bist doch meine Tochter, und ich war doch immer für dich da. Du kannst doch nicht so einfach gehen.«

Sie stand an der Tür und drehte sich um und sagte: »Doch, ich kann, denn ich halte es hier drin nicht eine Sekunde länger aus. Es gibt für dich nur eine einzige Chance, dass ich wenigstens wieder einen Funken Achtung vor dir habe, und das wäre, wenn du deinen Fehler von damals wiedergutmachen würdest. Was das heißt, kannst du dir denken. Überleg es dir, meine Nummer hast du ja. Ansonsten kann ich dir nur empfehlen, dich warm anzuziehen.«

»Elvira!«, rief er ihr hinterher, doch sie hörte nicht mehr hin, sie wollte nicht mehr hören, was er zu sagen hatte.

Sie lief mit schnellen Schritten hinaus. In der großen Eingangshalle begegnete sie Tanja, ohne sie auch nur eines Blickes zu würdigen. Sie setzte sich in ihren Wagen, startete den Motor, stellte die Musik ganz laut und raste mit Höchstgeschwindigkeit nach Hause. Es war ihr egal, ob sie geblitzt oder angehalten wurde. Um Viertel nach zehn kam sie an, ging auf den Balkon hinaus und sah über das Lichtermeer der Großstadt. Der Himmel hatte aufgeklart, nur ein paar vereinzelte Wolken zogen noch vorbei. Die Luft war klar, der Autolärm der um diese Zeit noch vielbefahrenen Straßen drang nur ganz leise zu ihr hoch. Nach zehn Minuten begab sie sich zurück ins Wohnzimmer, ließ sich auf die Couch fallen, nahm ein Kissen und drückte es gegen ihren Bauch. Anfangs waren es nur ein paar Tränen, dann jedoch, ohne dass sie es bestimmen konnte, entlud sich ein großer Schwall. Alles war zerbrochen, alle Erinnerungen schienen nur noch Fassade zu sein, und auch die lag in Trümmern. Nach weiteren zehn Minuten war der Tränenstrom versiegt, Elvira Klein griff zum Telefon und wählte die Nummer von Andrea Sievers. Nachdem sie es endlos hatte läuten lassen, legte sie den Hörer auf den Schoß und starrte eine ganze Weile an die Wand mit dem Chagall-Replikat, bis sie erneut den Hörer in die Hand nahm.

Dienstag, 22.45 Uhr _____

Peter Brandt saß vor dem Fernseher und verfolgte den Wetterbericht, als sein Telefon klingelte. Auf dem Display war keine Nummer zu erkennen. Er seufzte auf und meldete sich mit einem kurz angebundenen »Ja?«

»Klein hier. Hab ich Sie geweckt?«

»Nein«, antwortete er schnell, denn er hatte mit allem gerechnet, aber nicht, dass Elvira Klein um diese Zeit noch anrufen würde.

»Haben Sie Zeit?«, fragte sie beinahe schüchtern.

»Ja«, kam es spontan aus seinem Mund, obwohl er nach einem langen und ereignisreichen Tag müde war und zu Bett gehen wollte. »Was kann ich für Sie tun?«

Für einen Moment herrschte Schweigen am andern Ende, bis sie mit stockender Stimme sagte: »Können Sie zu mir kommen?« Es klang nicht wie die eindeutige Bitte einer einsamen Frau, die sich nach Gesellschaft und vielleicht auch Zärtlichkeit sehnte, sondern wie eine Bitte, weil sie etwas auf dem Herzen hatte.

»Haben Sie mit Ihrem Vater gesprochen?«

»Kommen Sie, bitte, ich muss mit jemandem reden.«

»Ich bin in zwanzig Minuten bei Ihnen. Einundzwanzigster Stock, richtig?«

»Ja. Und danke.«

Brandt schaute in Michelles Zimmer, sie schlief, und anschließend in das von Sarah, die wie so oft am späten Abend von ihrem Handy aus telefonierte. Mit wem, das wusste er nicht, aber er kannte alle Nummern, da er jeden Monat einen Einzelverbindungsnachweis erhielt. Sarah blickte kurz auf. Er sagte: »Ich muss noch mal weg, und du mach nicht mehr zu lange, sonst ist irgendwann Feierabend mit dem Handy. Kapiert?«

Sie nickte sichtlich genervt und gab ihm mit der Hand ein Zeichen, dass sie allein gelassen werden wollte. Er zog seine Lederjacke über und Schuhe an und ging zu seinem Wagen. Elvira Klein, die mitten in der Nacht seine Hilfe erbat. Wie die Dinge sich doch ändern, dachte er auf der Fahrt nach Frankfurt, denn so lange fast am Stück hatte er sich noch nie in der Nachbarstadt aufgehalten. Erst am Vormittag, dann noch einmal am Nachmittag, und jetzt auch noch in der Nacht. Und dann auch noch zu Elvira Klein, zu der er anfangs überhaupt keinen Draht hatte, die er manchmal wegen ihrer Arroganz und Anmaßung symbolisch hätte erwürgen können, bis er vor nicht allzu langer Zeit feststellte, dass sie einfach nur einsam und unsicher war, mit einer sehr harten und dicken Schale umgeben, unter der sich ein umso weicherer Kern verbarg. Es hatte eine ganze Weile gedauert, bis er das begriff, obwohl es ihm eigentlich schon viel früher hätte auffallen müssen, genau genommen seit dem ersten Fall, in dem sie als Staatsanwältin in Offenbach tätig war und mit größter Behutsamkeit vorging.

Er fuhr von der Berliner Straße in den Kaiserleikreisel, von dort in die Strahlenberger Straße und quetschte einen Fluch durch die Zähne, als er die Absperrung aus etwa hundert Metern Entfernung erblickte. Eine allgemeine Verkehrskontrolle, wie sie gerade an dieser Stelle des Öfteren durchgeführt wurde. Zu beiden Seiten war die zweispurige Straße gesperrt, ein paar Fahrzeuge wurden durchgewunken, andere mussten anhalten. Er wurde mit der Kelle aufgefordert, an den Straßenrand zu fahren, zeigte seinen Führerschein und Kraftfahrzeug-schein, doch als der Beamte ihn auch noch ersuchte, den Kofferraum zu öffnen, zückte Brandt seinen Dienstausweis und sagte recht unwirsch, dass er es eilig habe und dringend wegen eines Einsatzes nach Frankfurt müsse. Die Art, wie er mit dem Beamten sprach, ließ keinen Widerspruch zu. Brandt gab Gas und fluchte leise vor sich hin. Fünf Minuten später als geplant kam er bei Elvira Klein an.

Er meldete sich beim Pförtner an und sagte, dass Frau Klein ihn erwarte.

»Sie hat schon Bescheid gegeben«, erwiderte der junge Mann, während ein Sicherheitsbediensteter an der Eingangstür stand und die Straße im Auge behielt.

Brandt fuhr mit dem Aufzug in den einundzwanzigsten Stock, trat auf den mit weichem Teppichboden ausgelegten Gang und ging zielstrebig auf die Tür zu. Er klingelte einmal kurz, wartete und hörte, wie von innen der Schlüssel umgedreht und die Tür aufgemacht wurde. Elvira Kleins Gesicht war gerötet, die Augen, die Wangen, die Nase. Sie ließ ihn wortlos an sich vorbeitreten, stand aber mit einem Mal vor ihm und legte ihre Arme um seinen Hals. »Danke, dass Sie gekommen sind. Ich fühl mich so beschissen.«

Brandt stand regungslos da, die Arme wie Fremdkörper von sich gestreckt. Er war etwas unbeholfen und wusste nicht, wie er sich verhalten sollte. Sie legte ihren Kopf an seine Schulter, und schließlich umarmte er sie auch und streichelte ihren Rücken. Sie duftete gut, Elvira Klein duftete immer gut, sie hatte einen außergewöhnlichen Geschmack, aber sie gehörte nicht zu den Frauen, die ihre äußere Natürlichkeit veränderten, um andern zu gefallen.

»Was ist los?«, fragte er.

Sie schluchzte wieder, löste sich von ihm und ging zum Tisch, um sich ein Taschentuch zu nehmen und die Nase zu putzen. Sie sah ihn entschuldigend an und sagte leise: »Das wegen eben tut mir leid.«

»Braucht es nicht«, entgegnete er und kam näher. »Wie kann ich Ihnen helfen?«

»Ich weiß nicht, ob mir überhaupt jemand helfen kann.« Sie setzte sich wieder auf die Couch, und Brandt nahm neben ihr in einem Sessel Platz. »Ich war vorhin bei meinem Vater. Ich hätte nie für möglich gehalten, dass er zu so etwas fähig sein könnte. Er hat es zugegeben, er hat es wirklich zugegeben. Können Sie sich das vorstellen?«

»Wie hat er auf die Anschuldigungen reagiert?«

Sie lachte bitter und klagend auf. »Es würde zum Geschäft gehören. Möller sei einer seiner besten Klienten, und durch ihn hätte er viele andere gute Klienten bekommen. Das war seine Rechtfertigung. Er hat nicht einmal ein Wort darüber verloren, dass es ihm leidtut, dass zwei Menschen kaltblütig umgebracht wurden. Er hat mir sogar noch Vorhaltungen gemacht, dass ich die ganzen Jahre über ja wohl sehr gut von seinem Geld gelebt habe. Kein Wort der Entschuldigung, nur Ausflüchte, Ausreden und Rechtfertigungen. Ich begreife einfach nicht, warum ausgerechnet mein Vater so was macht. Ich fühl mich wirklich so elend wie noch nie zuvor in meinem Leben. Es ist alles kaputt, es ist alles nur noch kaputt und beschissen. Bitte entschuldigen Sie meine Wortwahl, das ist normalerweise nicht meine Art, aber ich weiß nicht mehr, was ich machen soll.«

»Sie müssen erst einmal eine Nacht darüber schlafen, morgen sehen Sie alles in einem andern Licht.«

Sie versuchte zu lachen, was ihr aber nicht gelang. »Glauben Sie im Ernst, dass ich schlafen kann? Da bin ich Staatsanwältin und will meinen Job so gut wie möglich machen, weil ich …« Sie stockte, sah Brandt an, legte ihre Hand auf seine und schaffte es nun doch, wenigstens zu lächeln, auch wenn es leidend und gequält wirkte.

»Weil Sie was?«, fragte er behutsam.

»Nichts. Das Leben ist so ungerecht und so sinnlos. Da bin ich fünfunddreißig Jahre alt und merke mit einem Mal, dass ich mir fünfunddreißig Jahre lang nur was vorgemacht habe. Ich finde das so verflucht ungerecht. Sie nicht auch?«

Brandt sah ihr in die verweinten Augen, schürzte die Lippen und sagte nach einigem Überlegen: »Ziehen Sie sich was über, ich will Ihnen was zeigen.«

»Was, jetzt um diese Zeit?«, fragte sie erstaunt.

»Sie haben doch eben selbst gesagt, dass Sie nicht schlafen können. Es ist eine Überraschung. Ich weiß, Sie stehen nicht auf spontane Entscheidungen, aber ich bitte Sie um diesen Gefallen. Wie schaut's aus?«

Sie setzte sich aufrecht hin und sah ihn mit Resignation im Blick an. »Ja, ja, die steife und unspontane Elvira. Andrea hat mir das auch schon mal vorgehalten. Aber gut, wenn Sie darauf bestehen. Soll ich mir was Feines anziehen, oder darf ich so bleiben?«

Brandt grinste und meinte: »Sie gefallen mir so, wie Sie sind.«

»Ist das etwa ein Kompliment?«

»Tut mir leid, ich vergaß, Sie stehen nicht auf Komplimente.«

»Doch, tu ich, ich bin schließlich eine Frau. Eine Jacke genügt?«

»Sie sehen phantastisch aus.«

»Und wohin wollen Sie mich entführen?«

»Sie lassen nicht locker, was? Los, gehen wir.«

»Aber ins Bad darf ich vorher noch mal, oder?«, sagte sie, stand auf und kehrte nach höchstens zwei Minuten wieder. Sie hatte sich das Haar gebürstet, noch etwas von diesem unglaublich sinnlichen und wohlriechenden Parfum aufgelegt und die hellbraune Lederjacke angezogen. Ihre Augen waren noch leicht gerötet, als sie die Tür hinter sich zuzog und abschloss.

»Wir nehmen die Treppe«, sagte Brandt.

»Sind Sie wahnsinnig? Das sind einundzwanzig Stockwerke! Oder sind Sie klaustrophobisch?«

»Nein, aber ein bisschen Bewegung würde Ihnen guttun.«

»Das ist nicht Ihr Ernst.«

»Jetzt stellen Sie sich nicht so an. Sie werden sehen, Sie fühlen sich gleich viel besser.«

»Das sind mindestens dreihundert Stufen.«

»Na und? Keine fünf Minuten, und wir sind unten. Geben Sie sich einen Ruck.«

»Warum tu ich das nur?«, fragte sie seufzend und folgte ihm.

Unten angekommen, waren beide außer Atem. Nachdem ihr Puls wieder im Normalbereich war, sagte sie: »Warum sind Sie eigentlich gleich gekommen, als ich Sie angerufen habe?«

»Ich kann's nicht gut ab, jemanden leiden zu sehen. Außerdem find ich Sie ziemlich okay, ob Sie's glauben oder nicht, und ganz ehrlich, ich hab den ganzen Nachmittag und Abend an Sie denken müssen. Ich habe versucht mich in Ihre Lage zu versetzen.«

»Ach ja, wirklich?«

»Ich lüge nie, ich verschweige höchstens hin und wieder die Wahrheit.«

»Wer tut das nicht? Ich hasse es, angelogen zu werden, aber wenn es auch noch der eigene Vater ist … Da bricht eine Welt zusammen. Das will einfach nicht in meinen Kopf rein.«

»Das wird schon wieder. Sie können mir im Auto erzählen, was heute Abend los war. Ich bin ein guter Zuhörer. Wie gut kennen Sie Frankfurt und Offenbach?«

Sie sah ihn von der Seite an und erwiderte: »Es geht so. Warum?«

»Nur so«, sagte er und fuhr los.

Eine Weile schwiegen sie, bis Elvira fragte: »Wo fahren Sie hin?«

»Nach Offenbach.«

»Und was machen wir da?«

»Üben Sie sich ein wenig in Geduld, auch wenn das nicht gerade Ihre Stärke ist.«

»Ich geh Ihnen auf die Nerven, stimmt's?«

»Nein, nur manchmal«, antwortete er grinsend. »Am Anfang war's schlimmer.«

»Aha, also doch.«

»Sie hören nicht richtig zu.«

»Doch. Und jetzt ist es nicht mehr so schlimm?«

»Sonst wäre ich ja wohl nicht zu Ihnen gekommen und würde mit Ihnen die Nacht verbringen«, sagte er mit einem noch breiteren Grinsen. »Dazu noch im Auto«, konnte er sich nicht verkneifen hinzuzufügen.

»Na ja, bis jetzt ist das gar nicht so unangenehm«, entgegnete sie, wobei er merkte, dass sie allmählich lockerer wurde und es ihr guttat, aus der Depression herausgerissen worden zu sein, auch wenn sie wiederkehren würde, sobald Elvira Klein allein in ihrer Wohnung war und niemanden hatte, dem sie ihr Leid klagen konnte.

»Ihr Vater hat also zugegeben, damals mit der Staatsanwaltschaft kooperiert zu haben. Ich hätte bei Ihrer Unterhaltung zu gerne Mäuschen gespielt.«

»Das war keine Unterhaltung, das war ein schwerer Disput. Ich hab ihm auf den Kopf zugesagt, was er verbrochen hat, und er hat es nach einigem Zögern zugegeben. Er hat sich gewunden wie ein Aal, aber ich habe nicht lockergelassen, bis er endlich … gestanden hat. Sie können sich gar nicht vorstellen, was da in mir abgelaufen ist. Das war die Hölle. Na ja, ist es immer noch. Ich habe ihm praktisch ein Ultimatum gestellt. Entweder er macht seinen Fehler von damals wieder gut, oder ich werde jeglichen Kontakt zu ihm abbrechen.«

»Er ist aber immerhin Ihr Vater. Ohne ihn wären Sie nicht hier, wenn Sie verstehen.«

»Das weiß ich selbst«, entgegnete sie in einem Ton, den er nur zu gut von ihr kannte, unwirsch, aber auch ein wenig trotzig, was ihm jedoch in diesem Moment nichts ausmachte. »Trotzdem kann ich sein Handeln in keinster Weise nachvollziehen und schon gar nicht gutheißen. Mein Gott, da sind zwei Menschen umgebracht worden, und er dachte nur an seinen Ruf und an seine Kanzlei. Es gibt Dinge, die ich einfach nicht begreife. Und ich war der festen Überzeugung, ihn zu kennen. Wie ist denn Ihr Verhältnis zu Ihrem Vater?«

»Hervorragend, ich könnte mir keinen besseren wünschen. Er war auch bei der Polizei«, bemerkte Brandt, während er in eine dunkle Straße ein- und kurz darauf rechts abbog und auf eine ungepflasterte, holprige Straße gelangte, die von tiefen Reifenspuren durchpflügt war. Er drosselte das Tempo auf Schrittgeschwindigkeit, bis er nach einigen hundert Metern neben einem langgezogenen Zaun anhielt, die Scheinwerfer jedoch noch brennen ließ. Aus dem Augenwinkel registrierte er leicht amüsiert, wie Elvira Klein die ihr unbekannte Gegend misstrauisch abtastete, als hätte sie Angst.

»So, wir sind da«, sagte Brandt.

»Wo sind wir hier? Fahren Sie mit Ihren Frauen immer nachts in die Wildnis?«

»Nur, wenn es die Situation erfordert. Ich bin ein Serienkiller, und hier hört und sieht uns niemand. Sie sind mir voll und ganz ausgeliefert«, antwortete er grinsend und schaltete das Licht aus.

»Das Gefühl habe ich allerdings auch.«

»Dann sind wir uns ja ausnahmsweise mal einig.«

Er stieg aus, ging um den Wagen herum, machte die Beifahrertür auf und half Elvira Klein heraus. Sie sah ihn für Sekundenbruchteile mit einem seltsamen und undefinierbaren Blick an, der ihm durch Mark und Bein ging, ein Blick, den sie ihm so noch nie zugeworfen hatte. Er hatte auf einmal ein komisches

Gefühl in der Magengrube, und er dachte, bitte, lass es nicht wahr sein.

»Danke«, sagte sie und stand neben ihm. Jetzt, da sie nur flache Schuhe trug, war der Größenunterschied zwischen ihnen nicht mehr so enorm. Sie war zwar immer noch fünf, sechs oder vielleicht auch sieben Zentimeter größer, aber es kam ihm nicht so vor.

»Und wohin jetzt?«, fragte sie, als sie in der dunklen Landschaft am Ortsrand von Offenbach standen, keine Gebäude weit und breit, keine lichtspendenden Laternen, nur in der Ferne vereinzelte Lichter der Stadt. Dazu hatte es erneut leicht zu regnen angefangen, der Boden war ohnehin schon nass, und die Schuhe würden in wenigen Minuten vor Dreck kaum wiederzuerkennen sein.

»Nur ein paar Meter, wir sind gleich da«, sagte er, während sie dicht neben ihm lief und der Duft ihres Parfums in seine Nase stieg.

»Würden Sie mir Ihre Hand geben, ich kann überhaupt nichts erkennen.« Und ohne eine Antwort abzuwarten, nahm sie einfach seine Hand und drückte sie fest, als würde sie sich tatsächlich fürchten. Es war ihm nicht unangenehm, im Gegenteil, ihre Hand fühlte sich warm und zart an, obwohl es sehr kühl geworden war.

»So, und jetzt rechts und direkt hinter mir bleiben.« Er zog aus der Jackentasche eine Taschenlampe, die er, bevor sie ausstiegen, unbemerkt aus dem Seitenfach genommen und eingesteckt hatte.

»Sie haben eine Taschenlampe?! Und wir latschen hier durch die Finsternis und ...«

»War nur ein kleiner Test«, sagte er. »Außerdem werden die Gestalten, die hier hausen, bei Taschenlampen leicht nervös.«

»Was für Gestalten?«

»Ich hab doch gesagt, ich habe eine Überraschung für Sie.

Gleich da vorne ist es.« Er deutete auf einen halbverfallenen roten Wohnwagen, der in einer Reihe anderer Wohnwagen stand, in einem großen Rund darum herum kaputte Autos, Wohnmobile, Traktoren und anderer Autoschrott. »Ich mach die Lampe jetzt wieder aus.«

Elvira Klein atmete nervös und klammerte sich noch fester an Peter Brandt.

»Sie brauchen keine Angst zu haben, keiner wird Ihnen etwas tun, heiliges Ehrenwort.«

»Und was macht Sie da so sicher?«

»Weil ich die Leute hier kenne.«

»Und warum schleppen Sie mich ausgerechnet hierher? Wollen Sie sich einen Spaß mit mir machen? Danach ist mir heute gar nicht zumute.«

»Mir auch nicht, ganz ehrlich. Das hat aber andere Gründe.«

»Und welche, wenn ich fragen darf?«

»Persönlicher Natur.«

»Aha.« Sie betonte dieses Aha, als wüsste oder ahnte sie, was Brandts Problem war.

»Wir sind da«, sagte er und klopfte vorsichtig an die Wohnwagentür. Drinnen brannte schwaches Licht, das entweder von einer Kerze oder einer Petroleumlampe herrührte.

»Wer ist da?«, kam eine Stimme aus dem Wohnwagen.

»Peter. Mach auf.«

Die Tür ging auf, ein Mann mit grauem Bart und grauen Haaren steckte den Kopf heraus und kniff die Augen zusammen.

»Wer ist das?«, fragte er vorsichtig.

»Meine Kollegin Frau Klein. Dürfen wir reinkommen?«

»Hab ich jemals nein gesagt?«

Brandt half Elvira Klein in den Wagen, in dem es angenehm duftete. Es war aufgeräumt, eine große Kerze stand auf dem Tisch, daneben ein Glas und eine Flasche Rotwein und ein aufgeschlagenes Buch. Das Bett befand sich auf der anderen Seite und war noch nicht benutzt, aus einem alten Kofferradio kam leise Musik.

»Darf ich vorstellen«, sagte Brandt zu Klein, »das ist Prof. Dr. Kuntze.«

»Angenehm.« Kuntze reichte Elvira Klein die Hand, die sie zögernd nahm.

»Ebenfalls«, sagte sie mit unsicherer und skeptischer Miene. Prof. Dr. Kuntze. Sie hatte schon viel von Obdachlosen gehört, aber ein Prof. Dr. war bis jetzt noch nicht darunter. Manche wurden Professor oder Doktor genannt, weil sie eine Brille trugen und belesen waren, aber keiner von ihnen war ein echter Professor oder Doktor. Innerlich musste sie schmunzeln, weil Brandt ihn so anredete, wie er offenbar angeredet werden wollte. »Klein, Elvira Klein.«

»Was führt euch zu so später Stunde in diese Gegend?«, fragte Kuntze und deutete auf die Sitzbank. »Nehmt Platz. Ich habe aber leider nichts anzubieten, ich war auf Besuch nicht vorbereitet. Was kann ich für euch tun?« Kuntze hatte freundliche Augen, sein anfängliches Misstrauen war sehr schnell gewichen. Elvira Klein registrierte die sehr gepflegten Hände, den ebenso gepflegten Bart und dass Kuntzes Schuhe sauber geputzt unter dem Tisch standen.

»Gar nichts, wir waren rein zufällig in der Nähe und dachten uns, wir schauen mal kurz vorbei. Wie geht's denn so?«

»Ich kann nicht klagen. Und bei dir?«

»Viel Arbeit, wenig Freizeit. Hast du irgendwas Neues gehört?«

Kuntze schüttelte den Kopf. »Alles beim Alten. Der Prozess wird vorläufig nicht neu aufgerollt. Wer außer mir würde schon davon profitieren? So ist nun mal das Spiel, und wer sich nicht an die Regeln hält, ist raus. Ich hab auch die Hoffnung aufgegeben, dass sich da jemals was dran ändern wird. Die Interessenlage ist einfach zu eindeutig. Würde ich gewinnen, würden auf einmal eine Menge Leute viel verlieren, und das kann doch in unserer Gesellschaft nicht angehen, oder?«, sagte er mit einer Spur Sarkasmus in der Stimme.

Elvira Klein verfolgte die Konversation, ohne zu wissen, worum es ging.

»Was für ein Prozess?«, fragte sie.

»Erklär ich dir nachher«, sagte Brandt, woraufhin Elvira ihn verwundert ansah, hatte er sie doch zum ersten Mal geduzt.

»Sie sind noch nicht lange bei der Polizei, oder?«, fragte Kuntze, den Elvira Klein auf Anfang bis Mitte fünfzig schätzte.

»Nein, Frau Klein ist erst seit ein paar Wochen bei uns. Sie hat Jura studiert und wollte dann aber doch zur Polizei«, sagte Brandt schnell, bevor sie antworten konnte.

»Eine Juristin.« Kuntze nickte anerkennend. »Und wie gefällt's Ihnen in Offenbach?«

»Gut«, erwiderte Elvira nur, weil sie nicht wusste, was sie sonst sagen sollte.

»Sie sind jung und haben noch das ganze Leben vor sich. Aber Sie sollten auf sich aufpassen, zu viel Stress bringt Verspannungen mit sich. Sie wirken sehr verkrampft, wenn ich das so sagen darf. Wenn Sie unter Beschwerden leiden, die mit dem Bewegungsapparat und den Muskeln im Allgemeinen zu tun haben, kommen Sie her, ich kenne da ein paar Methoden, um Ihnen zu helfen. Und wenn's ums Herz geht, da kenn ich mich auch ein wenig aus.« Dabei sah Kuntze Brandt vielsagend an, der nur leicht nickte.

»Ich … äh …«

»Frau Klein wird demnächst bei dir vorbeischauen. Kann ich irgendwas für dich tun?«

»Nein, danke, ich hab alles, was ich brauch. Weißt du, der Herrgott hat mir so viel im Leben geschenkt, ich bin dankbar für jeden Tag und für jede Erfahrung, wie schön oder wie bitter sie auch gewesen sein mag. Ich bin gesund, soweit ich das selbst beurteilen kann, ich habe ein paar Freunde, und keiner schreibt mir vor, was ich zu tun und zu lassen habe.«

»Und die andern, wie geht's denen?«

Kuntze zuckte mit den Schultern und meinte: »Es geht. Richard ist vor drei Wochen gestorben, ich weiß nicht, ob du davon gehört hast. Er lag mit einem Mal tot in seinem Wohnwagen. Herzinfarkt.«

»Richard?! Der war doch erst Anfang vierzig.«

»Das ist das gefährlichste Alter. Es gibt zahlreiche berühmte Männer, die es in diesem Alter erwischt hat. Es ist schade, dass er nicht mehr unter uns ist, aber so ist das Leben und so ist der Tod. Zum Glück ging's bei ihm schnell.«

Sie blieben fast eine Stunde bei Kuntze, bis Brandt sagte: »Es ist schon nach eins, wir müssen leider los, aber ich komm in den nächsten Tagen mal vorbei. Wann kann ich dich denn am besten erreichen?«

»Abends. Jetzt im Frühjahr bin ich viel unterwegs, die Natur genießen, den Vögeln lauschen. Warum soll ich mich hier drin verkriechen, wenn's draußen so schön ist? So ab neun würde ich sagen.«

»Okay. Ich melde mich und danke, dass du dir Zeit für uns genommen hast. Bis bald«, sagte Brandt und umarmte Kuntze zum Abschied.

Der legte seinen Mund an Brandts Ohr und flüsterte: »Pass gut auf die Kleine auf, sie ist ein ungeschliffener Diamant.« Und danach lauter: »Ja dann, nett, dass ihr mich besucht habt, kommt gut heim und …«

»Wir haben Bereitschaft, ist aber nicht viel los«, sagte Brandt, woraufhin ihn Elvira Klein einmal mehr verwundert anschaute. »Komm, Elvira, wir müssen.«

Kuntze wartete an der Tür, bis Brandt und Klein in das Dunkel der Nacht eingetaucht waren, verschloss die Tür von innen und schenkte sich ein Glas Wein ein, trank es in langsamen Schlucken, zog sich aus, legte die Sachen fein säuberlich zusammen und dann auf die Sitzbank und ging ins Bett, nicht ohne vorher die Kerze ausgeblasen zu haben.

Mittwoch, 1.35 Uhr _____

Als sie außer Sichtweite waren, sagte Elvira Klein mit einem spöttischen Unterton: »War es das, was Sie mir zeigen wollten? Einen Professor im Wohnwagen?«

»Erfasst. Vorsicht, da vorne ist eine Pfütze.«

»Meine Schuhe sind sowieso reif für den Müll, die krieg ich im Leben nicht mehr sauber.« Und nachdem sie die Pfütze umgangen waren: »Und für so einen schlag ich mir die Nacht um die Ohren? Er ist ja ganz nett, aber …«

»Aber was? Ein Penner, der nicht in die Norm der sogenannten normalen Gesellschaft passt? Ich erzähl dir was über den Professor, aber erst, wenn wir im Auto sind …«

»Wir bleiben beim Du?«, fragte sie errötend, was Brandt jedoch nicht sah.

»Oh, Entschuldigung, aber ich konnte vor Prof. Kuntze meine Kollegin doch unmöglich siezen, da wäre er sofort misstrauisch geworden. Wir …«

»Wir können von mir aus beim Du bleiben«, sagte sie wie selbstverständlich. »Ich bin Elvira.«

»Peter«, entgegnete er schmunzelnd. »Aber besser nicht vor den andern im Präsidium.«

»Warum? Hast du Angst, die könnten sich die Mäuler zerreißen?«

»Nein, eigentlich nicht«, antwortete er nach kurzem Überlegen. »Das Leben ist permanenten Veränderungen unterworfen, wie Kuntze sagen würde.« Brandt öffnete die Beifahrertür und ließ Elvira Klein einsteigen, bevor er sich hinters Steuer setzte.

»Willst du seine Geschichte wirklich hören?«

»Ja, aber erst bei mir. Bring mich nach Hause und komm mit hoch, ich kann und will noch nicht schlafen.«

»Okay.« Was mach ich bloß? Peter, du bist doch total durchgeknallt. Über drei Jahre hast du dich mit Elvira Klein mehr gezofft als vertragen, und jetzt … Mach keinen Fehler. Nein, ich mache keinen Fehler, ich bin alt genug, um zu wissen, was ich tue. Und ich habe die Schnauze voll, ich will endlich auch mal leben. Und außerdem, wer sagt denn, dass ich überhaupt etwas mache. Wir sitzen gleich noch ein bisschen zusammen, dann fahre ich nach Hause und fertig.

»Das ist eine unheimliche Ecke, zumindest bei Nacht. Bist du öfter hier?«, fragte Elvira.

»Nicht so oft, wie ich eigentlich gern würde. Kuntze und auch einige der andern sind schwer in Ordnung, auch wenn sie von der Gesellschaft ausgekotzt wurden.«

»Das haben sie sich doch aber selbst zuzuschreiben. Kein Mensch in diesem Land braucht in einem schrottreifen Wohnwagen auf einer Müllkippe zu hausen. Jeder hat eine Chance, aber manche nutzen sie einfach nicht. Wozu gibt es denn das Sozialamt? Professor Doktor … Wer hat ihm eigentlich diese Titel verpasst? Er selbst?«, fragte sie ironisch.

»Erklär ich dir alles, wenn wir bei dir sind.«

Brandt raste durch die Nacht, nur zwanzig Minuten nach der Abfahrt stoppte er vor dem Hochhaus.

»Und du willst wirklich, dass ich mit nach oben komme?«

»Hätt ich's sonst gesagt? Zier dich nicht so, wo wir doch schon beim Du angelangt sind. Aber diesmal nehmen wir den Aufzug.«

»Ja, Frau Staatsanwältin. Einundzwanzig Stockwerke lauf auch ich nicht hoch«, entgegnete er grinsend.

Sowohl der Securitymann als auch der Pförtner bemerkten sofort die verdreckten Schuhe. Brandt beantwortete die unausgesprochenen Fragen: »Sauwetter. Schönen Abend noch.«

Sie zogen die Schuhe vor der Wohnungstür aus und stellten sie auf ein Handtuch im Bad.

»Darf ich dir was zu trinken anbieten? Bier, Wein?«, fragte Elvira.

»Es ist mitten in der Nacht, und ich muss um halb neun schon wieder im Frankfurter Präsidium sein.«

»Na und? Ich muss sogar bis nach Offenbach fahren. Um zehn hab ich einen Gerichtstermin. Wie ich den überstehen soll, ist mir ein Rätsel. Aber gut, wir können auch Wasser trinken.«

»Ein Bier.« Er fragte sich, warum er nicht müde war, obwohl er seit fast neunzehn Stunden auf den Beinen war und der vor ihm liegende Tag nicht weniger anstrengend werden würde. Sie holte zwei Flaschen und Gläser und stellte alles auf den Tisch. Er öffnete die Flaschen und schenkte ein.

Elvira sagte: »Wir müssen unser Du noch besiegeln.« Sie legten die Arme umeinander, tranken einen Schluck und gaben sich einen schnellen und sehr kurzen Kuss, nach dem Elvira ihren Blick für einen Moment verschämt senkte. Danach sah sie Brandt lange an und meinte mit sorgenvoller Miene: »Was wird Andrea sagen, wenn sie davon erfährt?«

»Nichts.«

»Wieso nichts? Was soll das heißen?«

Er zuckte nur mit den Schultern und nahm einen weiteren Schluck.

»Seid ihr etwa nicht mehr zusammen?«

»Das Leben ist permanenten Veränderungen unterworfen, wie ich vorhin schon erwähnte.«

»Ist das wahr?«

»Es ist noch nicht offiziell, aber wir sehen uns kaum noch. Es ist praktisch aus, und wenn du mir nicht glaubst, kannst du sie selbst fragen.«

»Das tut mir leid.«

»Braucht es nicht, es war schon länger abzusehen. Aber ich

bin nicht hier, um mit dir über Andrea und mich zu sprechen, sondern dir etwas über den Professor zu erzählen. Ich habe gesagt, dass ich dir was zeigen will, weil du dein Leben als so ungerecht, sinnlos und beschissen bezeichnet hast. Das waren doch deine Worte? Ich kann in etwa nachvollziehen, was in dir vorgegangen sein muss, als du mit deinem Vater fertig warst, aber es gibt Menschen, die haben gar nichts, nicht einmal mehr eine Perspektive. Prof. Dr. Kuntze war bis vor knapp fünf Jahren ein höchst angesehener Chirurg, eine Kapazität, wie man nur wenige findet. Bis ihm ein angeblicher Kunstfehler unterlaufen ist. Alles, aber auch wirklich alles sprach gegen ihn, er hatte nicht einmal die Rückendeckung seitens der Klinikleitung, obwohl man doch immer wieder hört, dass die Ärzte sich gegenseitig decken. Nicht in seinem Fall. Und warum? Er ist ein wahrer Philanthrop, ein Menschenfreund, wie er im Buche steht, du hast ihn, wenn auch nur kurz, selbst kennengelernt. Sein Fehler war, sich über die allgemein gültigen Regeln hinwegzusetzen und auch Patienten zu behandeln, die sich eine Behandlung nicht leisten konnten, weil die Kasse die Kosten entweder nicht voll übernahm oder sie gar nicht krankenversichert waren. Er hat trotzdem einige solcher teuren Eingriffe durchgeführt und ist damit natürlich auf heftigen Widerstand gestoßen. Er wurde gemobbt, und schließlich landete er wegen dieses vermeintlichen Kunstfehlers vor Gericht. Es ging um eine kleinere Herzoperation, einen Bypass, aber der Patient verstarb während des Eingriffs. Die gesamte Schuld wurde Kuntze in die Schuhe geschoben, obwohl er jeden Eid darauf schwört, dass es ein bewusst herbeigeführter Fehler des Anästhesisten war. Aber keiner hat ihm geglaubt. Er verlor den Prozess, seine Approbation, seine Frau ließ sich von ihm scheiden und nahm gleich das ganze Hab und Gut mit und plünderte das Konto, so dass er schon bald ohne auch nur einen einzigen Cent auf der Straße stand. Er ist von ganz, ganz oben nach ganz, ganz unten gefallen.«

»Er hätte doch in Berufung gehen können.«

»Wie denn? Er hatte kein Geld und damit auch keine Freunde mehr, wie es eben im wahren Leben so ist. Das ist seine Geschichte. Er wohnt seit etwa vier Jahren in diesem Wohnwagen, obwohl es eigentlich verboten ist, aber die, die jetzt dort leben, werden von der Stadt geduldet.« Er holte tief Luft und fuhr nach einem weiteren Schluck Bier fort: »Und jetzt sag mir noch einmal, dass jeder eine Chance hat. Er hat keine, es sei denn, irgendwer würde bezeugen, dass Kuntze damals keinen Fehler gemacht hat. Doch so jemanden wird man nicht auftreiben. Die sind alle froh, ihn los zu sein. Aber weißt du, was ich an ihm so bewundere? Seinen nie versiegenden Lebensmut, seinen Optimismus, seine Warmherzigkeit und dass er nie aufgegeben hat, an das Gute im Menschen zu glauben. Und jetzt sag mir ganz ehrlich, ist dein Leben wirklich so beschissen, ungerecht und sinnlos?«

»Es kommt doch immer drauf an, aus welcher Perspektive man es betrachtet, oder? Außerdem kannst du mir nicht weismachen, dass er am Anfang nicht auch den Glauben an Gott und die Welt verloren hat. Sein Glück war, dass er sich wieder gefangen hat.«

»Und genau das wirst du auch tun, dich fangen. Im Übrigen gibt es noch zwei auf dem Platz, die ein ähnliches Schicksal erlitten haben. Der eine war Anwalt, der andere ein wohlhabender Kaufmann, der von seinem Geschäftspartner übers Ohr gehauen wurde und von einem Tag auf den andern ruiniert war. Und das Kuriose ist, dass auch den beiden die Frauen davongelaufen sind. Ich wollte dir nur zeigen, wie gut es dir und mir geht. Wir haben unsere warmen Wohnungen, wir haben genug zu essen, und wir können uns die eine oder andere Kleinigkeit leisten, von der Kuntze und seine Kumpels nicht einmal zu träumen wagen. Stell dir nur mal vor, du würdest von jetzt auf gleich deinen Job verlieren, dein Auto, die Wohnung, dein Konto würde gesperrt und so weiter und so fort. Was dann? Daddy? Aber wenn's keinen Daddy mehr gibt …«

»Bleibst du hier?«, fragte sie völlig unvermittelt und ohne auf seine Ausführungen einzugehen, und sah ihn wieder mit diesem seltsamen Blick an, wie vorhin, als er ihr aus dem Auto half. Ein Blick, der mehr sagte, als tausend Worte es vermocht hätten. Zart, bittend, verletzlich und so ganz anders als der Blick der Staatsanwältin Elvira Klein, wenn sie durch die Gänge und Büros rauschte und sich als überaus stark und unnahbar und bisweilen sogar kalt wie ein Eisklotz präsentierte. Aber dies war nicht die echte Elvira Klein, sondern nur ihre Fassade, ein Schutz gegen die Umwelt, ein Panzer, der sie unantastbar machte und ihr potenzielle Feinde vom Leib hielt. Und bis vor wenigen Stunden noch hatte Brandt geglaubt, er würde zu ihren Feinden zählen, und mit einem Mal suchte sie seine Nähe.

»Meinst du, das ist eine gute Idee?«

»Sag du's mir. Ich bin in solchen Dingen ziemlich unerfahren.«

»Ich bin auch nicht gerade der Aufreißer.«

»Ich kann blasierte Aufreißer auf den Tod nicht ausstehen«, erwiderte sie mit verlegenem Lächeln.

»Okay. Aber wir lassen's langsam angehen«, sagte er ernst. »Ganz langsam. Und wir werden eine Menge zu reden haben.«

Sie legte eine Hand auf sein Knie und meinte: »Ganz langsam, versprochen. Wir sind ja wohl beide nicht gerade spontan. Und übereinander herfallen wie die Wilden werden wir bestimmt auch nicht. Das liegt uns nicht.«

»Wenn mir einer noch vor ein paar Stunden prophezeit hätte, dass …«

»Dass was? Weißt du, wenn mir einer vor vierzehn oder fünfzehn Stunden prophezeit hätte, dass du in mein Büro kommen und ausgerechnet meinen Vater krimineller Machenschaften bezichtigen würdest, ich hätte denjenigen wegen böswilliger Verleumdung verklagt. Ich muss ins Bad, mich fertig machen. Du kannst dir ja in der Zwischenzeit überlegen, wo du schlafen willst, hier auf der Couch oder im Schlafzimmer. Mein Bett ist groß genug.« Mitten auf dem Weg zum Bad blieb sie stehen und sagte mit zum Schwur erhobener Hand, ohne sich umzudrehen: »Glaub es oder glaub es nicht, aber ich habe dich von Anfang an gemocht, nur wie das so ist mit der Elvira Klein, sie konnte es dir nicht zeigen.«

Brandt erwiderte nichts und trat auf den Balkon. In seinem Kopf drehte sich ein Karussell, schneller und immer schneller. Er hörte das Wasser im Bad rauschen, schaute auf die Uhr, sieben Minuten nach halb drei, und ging wieder rein. Hoffentlich ist das kein Fehler, dachte er. Nein, es ist mein Leben, und ich bin erwachsen. Und sie auch. Kein Fehler?

Mittwoch, 5.45 Uhr _____

Jörg Hoffmann, zweiundfünfzig Jahre alt, Richter, wie aus seinem Dienstausweis hervorgeht. Ganz schöne Sauerei, was?«, sagte der Beamte vom Kriminaldauerdienst zu Durant, die um kurz nach halb sechs unsanft aus ihrem viel zu kurzen Schlaf gerissen wurde und sofort nach Fechenheim gefahren war, wo ein sehr früher Spaziergänger mit seinem Hund die Leiche eine Stunde zuvor in der anbrechenden Dämmerung gefunden hatte. Hoffmann war an einem Baum festgebunden. Er war nackt, der Rücken übersät von Striemen und verkrustetem Blut, und dazu kamen deutliche Strangulationsmerkmale am Hals. Trotz der vielen Wunden war gut sichtbar das seitenverkehrte Kreuz zu erkennen, wie es auch Corinna Sittler und Bernd Buchmann eingeritzt worden war. Durant betrachtete den Toten von allen Seiten und bat den ebenfalls herbeigerufenen Gerichtsmediziner Prof. Morbs, der in dieser Nacht

315

Bereitschaft hatte, bitte mal in Hoffmanns Mund nachzusehen, ob da ein Zettel sei.

»Hier«, sagte Morbs kurze Zeit später und reichte Durant das sauber gefaltete Stück Papier, auf dem derselbe Wortlaut vermerkt war wie auf den beiden andern Zetteln.

»Können Sie schon etwas über den ungefähren Todeszeitpunkt sagen?«

Morbs führte die obligatorische vorläufige Leichenschau vor Ort durch und antwortete nach etwa fünf Minuten: »Zwischen dreiundzwanzig Uhr und Mitternacht. Wie es aussieht, wurde er vor seinem Tod gefoltert, seine Arme, Beine und Finger sind gebrochen. Der Mann hat Höllenqualen gelitten, bevor man ihn strangulierte. Das genaue Ergebnis der Obduktion erhalten Sie voraussichtlich am späten Nachmittag.«

Durant begab sich zu Platzeck, dem Leiter der Spurensicherung, besprach sich mit ihm und sagte: »Untersucht seinen Wagen so gründlich wie möglich. Es muss doch verdammt noch mal irgendwelche Fremdfasern, Hautpartikel, Haare und so weiter geben, die uns vielleicht weiterhelfen. Er wird ja wohl kaum selbst hergefahren sein«, fügte sie sarkastisch hinzu.

»Ich lass ihn gleich zur KTU bringen. Sag mal, zwei Richter und ein Staatsanwalt, da steckt doch System dahinter.«

»Natürlich steckt da System dahinter, und wir kennen auch schon ansatzweise die Gründe, warum sie ermordet wurden. Das Problem ist, dass wir bis jetzt noch keine einzige heiße Spur haben. Aber aufgrund seiner Statur gehe ich davon aus, dass wir es mit mindestens zwei Tätern zu tun haben, einer hat Hoffmanns Auto zu dieser Stelle gefahren, der andere ist gefolgt. Dann haben sie ihn an dem Baum festgemacht und sind mit dem zweiten Auto weggefahren. Deshalb muss auch der Boden nach Reifenspuren untersucht werden. Und Schuhabdrücken.«

»Wird gemacht, ich gebe aber zu bedenken, dass der Boden erstens ziemlich nass ist und zweitens der zweite Wagen eventuell dort vorne gestanden hat, wo wir aufgrund des Pflasters keine Reifenspuren sichern können. Ich will dir nicht alle Illusionen rauben, aber ich glaube, dass die Täter unglaublich clever vorgehen, und Wunderwerke können auch wir nicht vollbringen. Wir haben schon bei Buchmanns Wagen unsere Probleme, und die sind, dass wir bis jetzt mit leeren Händen dastehen. Lass die Täter Anzüge anhaben, wie wir sie tragen, und über den Schuhen Plastikgamaschen.«

»Gebt trotzdem euer Bestes, die sind doch nicht perfekt. Es gibt keinen perfekten Mord.«

»Und wenn doch? Wenn ich mir die drei Tatorte anschaue, dann wurden die Taten lange und akribisch geplant und bis ins Detail durchexerziert. Du weißt ja selbst nur zu genau, dass es leider auch unter den Mördern Perfektionisten gibt.«

»Und genau die will ich haben, weil ich nämlich auch Wert auf Perfektion lege und es auf den Tod nicht ausstehen kann zu verlieren. Wir haben drei Tote, und wir haben es mit ein- und demselben Täter oder denselben Tätern zu tun. Und ihre Vorgehensweise wird zunehmend brutaler. Irgendwann werden auch die Medien ihre Zelte im Präsidium aufschlagen und uns belagern. Also ran an die Arbeit. Mich braucht ihr ja nicht mehr, ich fahr heim frühstücken. Hab einen langen Tag vor mir. Mir graut's schon, wenn ich nur daran denke.«

»Viel Glück«, rief ihr Platzeck hinterher, »du wirst es brauchen.«

Julia Durant fuhr nach Hause und hörte die Morgensendung auf FFH. Matthias Mahler kam gutgelaunt wie immer rüber, machte seine Witze, imitierte kurz Angela Merkel, wobei Durant zwar einen kleinen, aber dennoch deutlichen Unterschied zur echten Angela Merkel feststellte. Sie drehte die Lautstärke hoch, als von Silbermond »Das Beste« gespielt wurde, um direkt danach das Radio auszuschalten. Sie ging den Tagesablauf durch. Auf der Agenda standen Namen wie Heiko Kröger, Magnus

Möller und Tobias Hohl, der ehemalige Verlobte von Laura Kröger. Die Angehörigen von Hoffmann sollten Kullmer und Seidel übernehmen und sich außerdem mit der Vita des Toten auseinandersetzen. Und wenn die Zeit es zuließ, würde sie am Nachmittag oder Abend noch bei Leslie Sittler und Matthias Mahler vorbeischauen, denn es gab Fragen, auf die sie noch keine Antworten erhalten hatte.

Zu Hause angekommen, nahm sie ein kräftiges Frühstück zu sich und überflog die *Frankfurter Rundschau*. Noch ein wenig Make-up, die Lippen nachgezogen und etwas Miracle auf den Hals gesprüht. Um Punkt acht verließ sie ihre Wohnung wieder und hoffte, dass Brandt pünktlich um halb neun im Präsidium war, wollte sie doch so schnell wie möglich die Besprechung hinter sich bringen und den Tagesplan abarbeiten. Es sei denn, es kam wieder etwas dazwischen.

Mittwoch, 8.30 Uhr _____

Lassen Sie uns gleich beginnen, es liegt eine Menge Arbeit vor uns«, sagte Berger, nachdem sich alle Beamten einschließlich Brandt in seinem Büro eingefunden hatten. »Vor gut vier Stunden wurde in einem Waldstück in Fechenheim die Leiche des Richters Jörg Hoffmann entdeckt. Wie die ersten Ermittlungen vor Ort ergaben, sind Fundort und Tatort nicht identisch. Weitere Erkenntnisse liegen bis jetzt nicht vor.« Er machte eine Pause, stützte sich mit beiden Armen auf den Tisch und blickte in die Runde. Die andern sahen ihn erwartungsvoll an.

»Richter Jörg Hoffmann«, sagte Durant mit einer Spur Ironie in die Stille hinein, »taucht er in den Akten, die Sie uns vorenthalten, eventuell auch auf?«

Berger nickte, ohne auf die Ironie einzugehen, kannte er Durant und ihre Art doch schon zu lange. »Ich habe mich entschlossen, Ihnen Akteneinsicht zu gewähren, allerdings unter der Voraussetzung, dass Sie sämtliche Informationen topsecret behandeln. Das heißt nichts anderes, als dass nichts von dem, was Sie lesen werden, bei Ihren Befragungen eine Rolle spielt. Um auf Ihre Frage zurückzukommen, ja, Hoffmann wird auch erwähnt. Vor seiner Zeit als Richter war er als Staatsanwalt tätig, genau genommen von 1992 bis 1997 in Darmstadt, also auch zu der Zeit, in der die Sittler und Buchmann dort waren. Danach wechselte er nach Frankfurt, wo er seit Anfang 98 als Jugendrichter arbeitete. Schon mal von ihm gehört?«

Kopfschütteln.

»Sein Spitzname war ›der Unbarmherzige‹, denn er fällte Urteile, die bisweilen unangemessen hart und unverständlich waren. Erst vor kurzem hat er einen Siebzehnjährigen wegen angeblicher Vergewaltigung, die der Junge bis zuletzt vehement bestritten hat, für acht Jahre hinter Gitter geschickt. Und von diesen Urteilen gibt es noch eine ganze Menge mehr. Von den Medien wurde er hochgejubelt, speziell von einem bestimmten Boulevardblatt, das uns sicher bald die Bude einrennen wird. Bevor ich's vergesse, hier«, sagte er und schob die Zeitung über den Tisch, »eine Riesenmeldung über Buchmanns Tod. Deutschland trauert um den bekanntesten Fernsehrichter. Wir werden am Nachmittag oder morgen Vormittag eine Pressekonferenz abhalten, die Dr. Vollmer und ich leiten werden. Aber zurück zu meinen ursprünglichen Ausführungen. Um Ihnen das Wälzen der Akten zu ersparen, hier ein paar Details aus seiner Vergangenheit. Von 1980 bis 1991 bei der Staatsanwaltschaft Offenbach, danach, wie bereits erwähnt, bei der Staatsanwaltschaft Darmstadt, ab 1997 hat er sich eine Auszeit genommen und kehrte 1999 in den Dienst zurück, und zwar als Richter. Aus den Unterlagen geht hervor, dass er mit der Sittler eng befreundet war, ob auch sexuell was zwischen denen war, ist hier nicht vermerkt. Aber Hoffmann war einer der vier, die direkt oder indirekt mit den Fällen Guttenhofer und Kröger zu tun hatten.«

»Und wer ist der Vierte im Bunde?«, fragte Brandt, der sich nicht rasiert hatte und einen verschlafenen und etwas missmutigen Eindruck machte. Er hatte sich zurückgelehnt und die Arme vor der Brust verschränkt. »Sie haben gestern nur erwähnt, dass er bereits tot ist.«

»Stimmt. Es handelt sich um Oberstaatsanwalt Küchler, falls Ihnen der Name etwas sagt.«

Durant sah Berger ungläubig an und stieß hervor: »*Der* Küchler?«

Berger nickte und erklärte: »Genau der. Herr Brandt dürfte der Einzige hier sein, der ihn nicht kennt, aber Oberstaatsanwalt Küchler kam ebenfalls aus Darmstadt nach Frankfurt, wo er seiner kriminellen Energie freien Lauf ließ, bis ihn die volle Härte des Gesetzes doch noch traf. Er hatte sich leider mit den falschen Leuten angelegt. Das heißt im Klartext, alle vier damals Beteiligten sind jetzt tot. Die Frage ist, haben es die Täter noch auf weitere Personen abgesehen? Und falls ja, was können wir dagegen unternehmen?«

»Nichts«, sagte Kullmer trocken. »Wir können nicht jeden warnen, der in diesen Fall verwickelt war. Ich denke, unsere Hauptaufgabe sollte darin bestehen, die jetzigen Täter ausfindig zu machen. Das bedeutet, wir müssen in die Offensive gehen und wesentlich schärfere Fragen stellen. Ist meine Meinung.«

Durant schüttelte den Kopf. »Das halte ich für verkehrt. Gehen wir doch einfach mal die Liste derer durch, die ein Interesse daran haben könnten, sich auch noch nach zehn Jahren an den Personen zu rächen, die in ihren Augen Verbrecher sind. Wer kommt in Frage, und wer fällt aus der Liste raus? Ein nachzuvollziehendes Motiv haben meiner Meinung nach in erster Linie die Angehörigen der Opfer. Dann eventuell der ehemalige Verlobte von Laura Kröger, Tobias Hohl, Zahnarzt in Griesheim, den wir uns vornehmen werden, nachdem wir mit Heiko Kröger, dem Bruder von Laura, gesprochen haben. Herr Brandt und ich hatten gestern bereits das Vergnügen mit Thomas Gebhardt und Andreas Reiter. Sowohl Gebhardt als auch Reiter machten einen äußerst nervösen Eindruck, noch maximal ein oder zwei nette Unterhaltungen mit ihnen, und ich garantiere, einer von denen klappt zusammen, wobei ich das am ehesten bei Gebhardt vermute. Der Kerl ist völlig fertig, der ist auf Alkohol und Drogen und vegetiert eigentlich nur noch vor sich hin. Ihn zu knacken dürfte relativ leicht sein. Oder was meinen Sie, Herr Brandt?«

»D'accord. Allerdings gebe ich zu bedenken, dass es für mich noch mindestens zwei weitere potenzielle Opfer gibt – Dr. Frantzen und Dr. Klein …«

»Frantzen ist permanent von zwei Bodyguards umgeben, an den kommt keiner ran«, wurde Brandt von Kullmer unterbrochen. »Als Doris und ich gestern in der Kanzlei waren, standen zwei von diesen Bären vor seinem Büro, und als wir ihn darauf angesprochen haben, hat er gesagt, dass er schon seit Jahren Bodyguards hat. Über Klein weiß ich nichts.«

Danach berichtete Brandt, dass Buchmann Teilhaber an einem Nobelbordell war, bevor er seinen Besuch bei Elvira Klein erwähnte. Während er erzählte, herrschte eine angespannte Atmosphäre, und als er geendet hatte, sagte Berger: »Dr. Klein hat also eine Tochter, die als Staatsanwältin in Offenbach tätig ist. Warum haben Sie das nicht gestern gesagt?«, fragte er mit vorwurfsvollem Blick.

»Weil ich diese Sache allein regeln musste«, antwortete Brandt gelassen. »Bei Frau Klein muss man sehr vorsichtig zu Werke gehen, und da ich sie schon seit knapp vier Jahren kenne, weiß ich auch, wie ich mit ihr umzugehen habe. Sie war, wie Sie sich vorstellen können, nicht gerade erfreut zu hören, dass ausgerechnet ihr Vater in der Sache mit drinsteckt, aber sie hat mit ihm gesprochen, das hat sie mir gestern Abend noch mitgeteilt, und er hat ihr gegenüber auch zugegeben, dass im Fall Guttenhofer und Kröger das Recht im wahrsten Sinn des Wortes gebeugt wurde. Ich würde trotzdem vorschlagen, Dr. Klein vorerst nicht zu behelligen. Ich denke, seine Tochter hat ihm genug Feuer unterm Hintern gemacht. Er wird, wenn er klug ist, von sich aus einen Weg suchen und auch finden, wie er die Sache von damals glattbügeln kann. Wir sollten ihm etwas Zeit lassen.«

»Er hat es zugegeben?«, fragte Durant erstaunt.

»Aber nur vor seiner Tochter, und die wird, obwohl sie Staatsanwältin ist, einen Teufel tun und etwas unternehmen. Erstens hat sie keine schriftliche Aussage von ihm, zweitens würde er uns gegenüber gar nichts zugeben, und drittens dürfen wir seinen Einfluss nicht unterschätzen. Ihn oder Frantzen in die Enge zu treiben würde bedeuten, dass wir am Ende als Verlierer dastehen.«

»Inwiefern?«, wollte Kullmer wissen.

»Die schließen sich untereinander kurz, setzen sich mit ihren Freunden bei der Staatsanwaltschaft in Verbindung, und wir sind die Gelackmeierten, denn wir haben doch offiziell überhaupt keine Beweise. Aber die holen wir uns von den damals Beteiligten. Denn eigentlich haben wir es mit zwei getrennten und doch zusammenhängenden Fällen zu tun, einmal mit den beiden Morden an Guttenhofer und Laura Kröger und die Morde jetzt, die natürlich alle in einem Zusammenhang stehen. Was brauchen wir, und wie gehen wir vor? Erst einmal brauchen wir die Schuldeingeständnisse von Gebhardt, Reiter, Möller und vielleicht deren lieben Daddys, und zwar schriftlich. Na ja, müssen nicht gleich alle drei sein, wenn einer von denen weiche Knie kriegt und gesteht, werden die andern beiden auch einknicken. Was ich sagen will, ist, dass wir in zwei völlig unterschiedliche Richtungen ermitteln, die aber letztlich doch direkt etwas miteinander zu tun haben. Ich schließe mich voll und ganz dem Vorschlag von Frau Durant an, dass wir uns zunächst an die potenziell in Frage Kommenden halten, und wenn uns das nicht weiterbringt, müssen wir uns eine andere Strategie ausdenken. Ich betrachte diesen Fall als extrem komplex und auch kompliziert, und wir werden ihn nicht mit der Holzhammermethode lösen. Die Unterlagen, die Sie von Ihrem Informanten erhalten haben, interessieren mich eigentlich weniger, es reicht, wenn Sie uns die wichtigsten Details nennen. Ansonsten würde ich sagen, dass wir uns an die Arbeit machen, statt lange rumzudiskutieren. Das können wir immer noch tun, wenn wir heute Abend mit leeren Händen dastehen.«

»Wie sieht Ihr Plan für heute aus?«, fragte Berger, der sichtlich Probleme mit Brandts Art hatte. Durant registrierte dies amüsiert, ohne es zu zeigen, aber sie mochte es, wie Brandt auftrat, eben wie ein Offenbacher in Frankfurt.

»Heiko Kröger, Tobias Hohl und Magnus Möller. Und sollte es die Zeit noch erlauben, würde ich gerne Gebhardt und vielleicht auch Reiter noch einmal auf den Zahn fühlen«, sagte Durant. »Wurden die Angehörigen von Hoffmann eigentlich schon benachrichtigt?«

»Nein, das wollte ich Herrn Kullmer und Frau Seidel überlassen, die sich auch im Umfeld von Hoffmann umhören sollen. Wenn's weiter nichts gibt, würde ich sagen, Sie machen sich auf den Weg, während ich hier die Stellung halte.«

Als sie nach unten gingen, sagte Durant zu Brandt: »Erzählen Sie mir doch mal ein wenig mehr über Ihre Staatsanwältin. Wie ist sie so?«

»Fragen Sie Andrea, Sie sind doch mit ihr befreundet. Aber ich hab Ihnen doch gestern schon gesagt, dass Sie sich auf eine gewisse Weise sehr ähnlich sind.«

»Sie sind heute nicht besonders gut drauf, oder?«

»Nein.«

»Was nein?«

»Nein. Wohin zuerst? Kröger oder Hohl?«

»Kröger, das ist näher. Und bitte, sollten Sie schlechte Laune haben, lassen Sie sie nicht an mir aus, ich hab Ihnen nun wirklich nichts getan.«

»Ich hab keine schlechte Laune, ganz im Gegenteil.«

»Wow, dann möchte ich Sie mal erleben, wenn Sie schlechte Laune haben.«

»Frau Durant, konzentrieren wir uns doch auf das Wesentliche, und das sind die Ermittlungen. Einverstanden? Ich habe nichts gegen Sie oder Ihre Kollegen.«

»Dann ist es ja gut. Trotzdem hätte ich noch eine Frage. Arbeiten Sie lieber allein? So wie ein einsamer Wolf?«

Zum ersten Mal musste Brandt grinsen, als er antwortete: »Sie etwa nicht? Sie lassen sich ungern reinreden, und bei mir ist es genauso. Aber keine Angst, ich beiße nicht und werde mich am Riemen reißen, auch wenn's schwerfällt.«

»Okay, ich auch. Und das mit dem Beißen habe ich mir inzwischen abgewöhnt. Übrigens, wie Sie mit Berger umgesprungen sind, fand ich mutig, ich meine, Sie kennen ihn ja erst seit gestern. Aber nur ein kleiner Tipp, er hasst es, wenn jemand so auftritt wie Sie vorhin. Ich meine, er hasst es, wenn man ihm Vorschriften macht.«

»Ist nicht mein Problem. Außerdem hab ich ihm keine Vorschriften gemacht.«

»Kam aber so rüber.«

»Kann ich auch nicht ändern, ist nun mal meine Art.«

»Fahren wir wieder mit zwei Autos, oder nehmen wir den Dienstwagen?«, fragte Durant.

»Was habt ihr denn auf euerm Hof stehen?«

»Ich hab den Schlüssel für den BMW einstecken.«

»Sie fahren?«

»Das überlass ich auch gerne Ihnen.«

»Nun denn.«

Sie gab ihm den Schlüssel und zeigte auf den roten 525er. »Da steht unser gutes Stück. Kennen Sie noch den Weg?«

»Ich habe ein Gedächtnis wie ein Elefant, ich vergesse nie etwas«, antwortete er.

»Da muss ich ja höllisch aufpassen, was ich sage.«

»Ich bin aber nicht nachtragend.«

Julia Durant saß bereits im Auto, und auch er wollte gerade einsteigen, als sein Handy klingelte. Elvira Klein. Er ging ein paar Meter zur Seite.

»Hi, ich wollte mich nur mal melden und mich bedanken. Geht's dir gut?«

»Bestens. Wofür willst du dich bedanken?«

»Darf ich dich heute Abend zum Essen einladen?«, sagte sie, ohne seine Frage zu beantworten. »Nur, wenn es deine Zeit erlaubt, du hast ja bestimmt eine Menge um die Ohren.«

»Wenn hier irgendwer jemanden einlädt, dann bin ich das, kapiert? Sagen wir um neun? Ich hol dich ab.«

»Ich freu mich drauf.«

»Aber wofür willst du dich bedanken?«

»Dass du so zurückhaltend warst.«

»Ich hab doch gesagt, wir lassen's langsam angehen. Ich muss jetzt aber los, bin schon auf dem Parkplatz. Ach ja, wir haben seit heute Morgen einen dritten Toten, Dr. Jörg Hoffmann.«

»Der Richter?«

»Das auch. In den Neunzigern aber Staatsanwalt in Darmstadt. Wie lange bist du nachher im Büro?«

»Halb fünf, fünf, genau kann ich's nicht sagen.«

»Ich versuch mal so gegen vier vorbeizuschauen. Ich muss nur zusehen, dass ich mich vorher abseilen kann, ich will mit Reiter allein sprechen.«

»Ah, so läuft also der Hase, der Jäger geht mal wieder allein auf die Pirsch. Na ja, bin ich ja von dir gewohnt. Bis nachher, ich bin eigentlich schon auf dem Sprung zum Gericht. Tschüs, Herr Hauptkommissar Brandt.«

»Tschüs, Frau Staatsanwältin.«

Er lächelte, als er das Handy einsteckte. Elvira, Elvira, Elvira. Nie hätte er für möglich gehalten, dass ausgerechnet sie eines Tages eine Rolle in seinem Privatleben spielen würde. Er fühlte sich fast wie ein Jüngling, der seiner ersten großen Liebe begegnet war. Was oder wer immer ihn und Elvira zusammengeführt hatte, er hoffte nicht, dass es ein schlechter Scherz war, denn allmählich wollte er nur noch Ruhe in seinem Leben haben. Andrea war Vergangenheit, auch wenn er gerne an die Zeit mit ihr zurückdachte. Aber sie wollte nicht mehr mit ihm zusammen sein, und er wollte es eigentlich auch nicht mehr, denn er wusste, auf Gedeih und Verderb etwas zu retten, was nicht mehr zu retten war, war nur verschwendete Zeit und emotionaler Stress. Vorgestern hatte er noch einmal einen letzten Versuch gestartet, sie hatte bei ihm übernachtet und dennoch mehrfach deutlich zu verstehen gegeben, dass sie keine Chance mehr für ihre Beziehung sah, auch wenn sie es nicht in Worten ausdrückte. Sie braucht jemand anderen, einen Jüngeren, einen, der völlig ungebunden ist, ohne Kinder, ohne Verpflichtungen, dachte er. Ich darf es aber nicht auf die lange Bank schieben, ich muss es ihr bald sagen. Ich frag mich nur, wie sie es aufnimmt, wenn sie von Elvira erfährt. Aber das soll mir auch egal sein, es ist schließlich mein Leben.

Er drehte sich um und setzte sich hinters Steuer.

»Was Wichtiges?«, fragte Durant.

»Nein, eine meiner Töchter«, schwindelte er und fuhr vom Hof. »Ich hab übrigens was gut bei Ihnen, falls Sie sich erinnern.«

»Ach ja, was denn?«, fragte sie und spielte die Ahnungslose.

»Eine Staatsanwältin, die ihrem Papa den Marsch geblasen hat.«

»Ach, das Essen. Klar erinnere ich mich. Aber erst nach dem Fall.«

Keine zehn Minuten später hielten sie vor dem Haus in der Falkstraße und klingelten. Die Tür wurde sofort geöffnet. Sie gingen in den dritten Stock, wo Inge Kröger mit einer Zigarette in der Rechten am Geländer stand.

»Tag«, sagte Brandt, »dürfen wir eintreten?«

»Mein Sohn ist im Wohnzimmer, er erwartet Sie.«

»Wir würden gern mit ihm allein sprechen«, meinte Brandt.

»Natürlich, ich muss sowieso was in der Küche machen.«

Heiko Kröger, ein hochaufgeschossener Mann, den Durant älter als achtundzwanzig geschätzt hätte, kam ihnen entgegen. Er trug eine Jeans und einen dünnen Pullover. Er wirkte sehr ernst, als er erst Durant, dann Brandt die Hand reichte und die Beamten mit seinen stahlblauen Augen kritisch musterte.

»Nehmen Sie Platz«, sagte er und deutete auf die Couch. »Meine Mutter hat mir Ihr Kommen schon angekündigt und auch stichpunktartig erklärt, um was es geht.«

. »Umso einfacher für uns. Wir möchten eigentlich nur Ihre Version der damaligen Vorgänge hören«, sagte Brandt. »Sie haben sehr an Ihrer Schwester gehangen ...«

Heiko Kröger beugte sich nach vorn und sagte ziemlich ungehalten: »Hören Sie, Laura war die beste Schwester, die man sich wünschen kann. Und jetzt kommen Sie bitte auf den Punkt. Was wollen Sie? Wissen, ob ich noch immer meinen Hass mit mir rumtrage? Ja, tu ich, auch nach über zehn Jahren. Da ist irgendeine Sauerei abgelaufen, aber ich weiß nicht, welche.«

»Und wie kommen Sie darauf?«

»Wir haben fast überhaupt keine Informationen erhalten, das ist doch nicht normal. Wann und wen von den zuständigen Beamten wir auch immer gefragt haben, wir haben immer nur leere Phrasen zu hören bekommen ...«

»Das wissen wir bereits. Uns interessiert, woher Sie die Informationen hatten, die sie später ins Internet gestellt haben.«

»Das hat Ihnen meine Mutter also erzählt. Okay, ich habe recherchiert, denn ich wollte wissen, was nach Lauras Tod wirklich passiert ist.« Er zuckte mit den Schultern und fuhr nach einigem Überlegen fort: »Und bei diesen Recherchen habe ich mehr zufällig erfahren, dass die drei Typen, die zwei Monate nach der Ermordung meiner Schwester verhaftet wurden, allesamt aus besten Häusern stammen und die zuständige Staatsanwältin zumindest einen der Väter persönlich kannte. Da hab ich einfach mal meine Finger genommen und eins und eins zusammengezählt, und da wurde mir so einiges klar, glaubte ich zumindest. Ich war mir ziemlich sicher, dass die drei für Lauras Tod verantwortlich waren, und nicht nur für ihren Tod, sondern auch für den von Herrn Guttenhofer.« Er zuckte wieder mit den Schultern und meinte nachdenklich: »Ganz ehrlich, heute bin ich nicht mehr wirklich überzeugt, denn ich habe und hatte nie auch nur die geringsten Beweise, alles basierte lediglich auf Vermutungen oder bestenfalls Indizien. Aber in meiner Wut und Verzweiflung hab ich die Seite ins Netz gestellt und auch Namen genannt. Das war ein Fehler, ich hätte das wissen müssen, denn als angehender Jurist lernt man schon früh im Studium, dass Verleumdung ein ziemlich gravierender Straftatbestand ist und mit Gefängnis bis zu fünf Jahren bestraft werden kann. Also hab ich die Seite verändert …«

»Nachdem zwei Beamte vor Ihrer Tür standen und Ihnen drohten«, wurde er erneut von Brandt unterbrochen.

»Die hätten mich auch aufs Präsidium mitnehmen oder gleich verhaften können, sie haben's aber nicht getan.«

»Aber die Seite existiert noch, oder?«

»Schon, doch ich werd sie demnächst rausnehmen, guckt eh kein Mensch drauf. Wissen Sie, das ist alles Schnee von gestern.

Ich habe keine Beweise für das, was ich vermute, und Spekulationen bringen mich auch nicht weiter. Und irgendwann muss man die Vergangenheit abhaken, so schwer es auch fällt.«

»Wann haben Sie denn die Seite ins Netz gestellt, und wann standen die Beamten vor der Tür?«, wollte Brandt wissen.

»Vor etwa drei Jahren haben wir die Seite gestaltet, und ein paar Monate später wurden wir aufgefordert, sie umgehend zu entfernen. Uns wurden auch die rechtlichen Konsequenzen vor Augen geführt.«

»Ihnen, Herrn Hohl und Frau Guttenhofer?«

»Warum sind Sie eigentlich hier, wenn Sie sowieso schon alles wissen? Ja, wir haben uns damals zusammengetan und die Seite gestaltet. Heute würd ich's nicht mehr tun.«

»Sie tragen immer noch Hass in sich und wollen uns weismachen, dass Sie es nicht mehr tun würden. Irgendwie kauf ich Ihnen das nicht ab.«

»Dazu zwingt Sie keiner«, entgegnete Heiko Kröger lässig, fast arrogant, »es ist aber so. Laura ist tot, und wer immer sie auch umgebracht hat, der oder die müssen damit klarkommen. Ich habe fast drei Jahre eine Therapie gemacht und mich danach auf mein Studium konzentriert. Gegen den Hass bin ich machtlos, ich weiß aber nicht, gegen wen sich mein Hass richtet. Verstehen Sie mich nicht falsch, aber die drei jungen Männer, die im Februar 1996 verhaftet wurden, sind es allem Anschein nach nicht gewesen. Ich habe im Laufe meines Studiums eine Reihe von Staatsanwälten, Richtern und auch Rechtsanwälten kennengelernt, und keiner von ihnen wäre so verkommen, einen oder sogar zwei Morde ungesühnt zu lassen, aus welchen Gründen auch immer. Mag sein, dass die Sittler hier und da was gedreht hat, aber nicht in Lauras Fall. Was mich am meisten wütend macht, ist, dass die Mörder immer noch auf freiem Fuß sind. Das verstehen Sie hoffentlich.«

Brandt und Durant hatten sehr genau zugehört und Heiko Kröger beobachtet, doch an seiner Mimik und Gestik war nicht zu erkennen, ob er die Wahrheit sagte oder ein perfekter Schauspieler war.

»Herr Kröger, heute in den frühen Morgenstunden wurde die Leiche von Dr. Jörg Hoffmann gefunden. Sagt Ihnen der Name etwas?«

Kröger überlegte und schüttelte den Kopf. »Nein, nie gehört.«

»Er war Richter in Frankfurt, aber früher auch Staatsanwalt in Darmstadt. Verwundert es Sie nicht, dass drei ehemalige Staatsanwälte beziehungsweise Richter, die einst in Darmstadt tätig waren, innerhalb weniger Tage ermordet wurden? Und alle drei hatten direkt oder indirekt etwas mit dem Fall Ihrer Schwester und dem von Herrn Guttenhofer zu tun.«

Heiko Kröger kniff die Lippen zusammen und schüttelte erneut den Kopf. »Es tut mir leid, wenn ich Ihnen nicht weiterhelfen kann, aber sollten Sie hier sein, weil Sie mich verdächtigen, etwas damit zu tun zu haben, dann bitte, verhaften Sie mich. Ich habe mit dem Tod dieser Leute nichts zu tun«, beteuerte er.

»Wo waren Sie am Freitagabend?«

»Da war ich mit meiner Verlobten zusammen, wir waren im Kino. Warten Sie, ich müsste meine Karte eigentlich noch haben«, sagte er, stand auf, holte sein Portemonnaie und zog die Eintrittskarte heraus. »Hier, bitte. Sie können auch gerne meine Verlobte fragen, sie wird es Ihnen bestätigen. Wir haben im Kinopolis auch noch ein befreundetes Pärchen getroffen und waren hinterher für etwa eine Stunde mit ihnen beim Mexikaner im Main-Taunus-Zentrum.«

»Wie lange waren Sie dort?«

»So bis halb zwölf, zwölf, genau kann ich es nicht sagen. Danach sind wir zu Silke gefahren. Was wir dort gemacht haben, betrifft unsere Intimsphäre.«

»Silke und weiter?«

»Silke Kreuzer. Ich schreib Ihnen die Adresse und die Telefonnummer auf.« Er notierte alles und reichte Brandt den Zettel, der einen kurzen Blick darauf warf und sagte: »Und Ihre Freunde?«

»Sie wollen's wohl ganz genau haben. Geben Sie her, ich schreib's dazu.«

»Und am Sonntagabend, wo waren Sie da?«

»Hier. Meine Mutter und ich waren am Nachmittag auf dem Feldberg und haben am Abend den Tatort geguckt. Wir haben natürlich unsere Aktivitäten nicht auf Video festgehalten«, fügte er spöttisch hinzu.

»Gut, das war's fürs Erste. Danke für Ihre Hilfe«, sagte Brandt und erhob sich zusammen mit Julia Durant, die während der gesamten Befragung kein Wort gesagt hatte. »Ach ja, eine Frage noch. Ihre Mutter hat gestern erwähnt, dass es zwei Männer waren, die Ihre Schwester vergewaltigt haben. Woher haben Sie diese Information?«

»Das hat die Sittler uns erzählt, als wir einmal ganz kurz bei ihr waren.«

»Das heißt doch dann im Klartext, dass die drei ursprünglich Verdächtigen es gar nicht gewesen sein konnten.«

»Ich hab doch schon gesagt, dass ich mich da in was verrannt hatte. Tut mir leid. Ich hatte tatsächlich eine ganze Weile an eine Verschwörung geglaubt, aber das ist auch Schnee von gestern. Es gibt keine Verschwörung, nur zwei Mörder, die frei rumlaufen.«

»Was ist mit einem Herrn Konrad? Können Sie uns über ihn etwas sagen?«

Heiko Kröger schüttelte den Kopf und antwortete: »Dieser Konrad war Polizist, ist jetzt im Ruhestand und hat meine Eltern eigentlich erst auf die Idee gebracht, dass da was nicht mit rechten Dingen zuging. Ich wurde davon infiziert und dann hat alles eine Eigendynamik entwickelt, die sich nicht mehr stoppen ließ. Konrad war ein Spinner, der jetzt irgendwo in Spanien oder auf

Mallorca seinen Ruhestand genießt. Ohne ihn wäre das alles nie so weit gekommen. Mein Vater kannte ihn recht gut aus dem Skatklub, in dem sie sich einmal in der Woche getroffen haben. Aber nach Lauras Tod hat mein Vater kein Blatt mehr angerührt. Dann kam Konrad und hat ihm was über die Sittler und Buchmann erzählt, wovon mindestens die Hälfte seiner vermutlich sehr blühenden Phantasie entsprang, denn Konrad war nie in Darmstadt, sondern immer in Frankfurt tätig. Dass mein Vater vor fünf Jahren an einem Herzinfarkt gestorben ist, wissen Sie ja sicherlich längst. Kann ich sonst noch etwas für Sie tun? Wollen Sie vielleicht wissen, wie mein Tagesablauf so aussieht oder welches Duschgel ich benutze?«

»Ein andermal vielleicht. Was mich aber doch interessieren würde, ist, warum Sie ausgerechnet Jura als Studienfach gewählt haben?«

»Warum sind Sie Polizist geworden?«, fragte Heiko Kröger lächelnd zurück.

»Schönen Tag noch«, sagte Brandt und ging mit Durant nach unten. Im Auto meinte er: »Sie waren ja so still. Wie kommt's?«

»Ich habe nur zugehört«, antwortete sie mit nachdenklicher Miene.

»Und was haben Sie gehört?«

»Irgendwas gefällt mir nicht an der ganzen Geschichte.«

»Und was konkret?« Brandt startete den Motor und fuhr los.

»Wenn ich das nur selbst wüsste. Das ist mir alles zu glatt. Der Kröger weiß viel mehr, als er uns gesagt hat. Ist aber nur ein Gefühl.«

»Hm.«

»Was hm?«

»Das ist offenbacherisch und heißt so viel wie: Ja, ich stimme Ihnen zu. Zu glatt, aber wenn sich sein Alibi für Freitag als richtig erweist, können wir ihn als Täter von der Liste streichen. Und das wird es, wir brauchen uns eigentlich gar nicht erst die Mühe zu machen, es zu überprüfen.«

»Seh ich genauso. Peter und Doris sollen das trotzdem mal übernehmen. Ich ruf schnell an.«

»Warten Sie kurz. Tobias Hohl, Jungmannstraße in Griesheim?«

»Hm.«

Brandt grinste, als er sagte: »Und das war jetzt eben frankfurterisch für: Ja, genau?«

»Hm.«

Mittwoch, 10.50 Uhr _____

Tut mir leid, aber Dr. Hohl hat noch vier Patienten und muss gleich danach zu einem Fortbildungsseminar nach Hanau«, sagte die Sprechstundenhilfe, eine große, stämmige Frau Mitte zwanzig, mit kurzen schwarzen Haaren und ebenso schwarzen Augen. »Machen Sie doch bitte einen Termin für die nächsten Tage …«

»Wir sind nicht hier, um unsere Zähne behandeln zu lassen. Und Dr. Hohl wird uns wohl oder übel ein paar Minuten seiner kostbaren Zeit opfern müssen«, entgegnete Brandt.

»Nehmen Sie einen Moment im Wartezimmer Platz.«

»Nein, dort hinten um die Ecke ist doch bestimmt sein Refugium.«

Ohne etwas zu erwidern, verschwand sie hinter der Milchglastür des Behandlungszimmers, kehrte kurz darauf zurück und sagte: »Gehen Sie da hinten rein, er kommt gleich.«

Sie warteten keine zehn Minuten, bis Tobias Hohl abgehetzt und mit Schweiß auf der Stirn in das Zimmer gestürmt kam. Er war etwa einsneunzig, schlank, mit modern geschnittenen dunkelbraunen Haaren, ungewöhnlich großen blauen Augen und einem markant männlichen Gesicht, das eine satte Bräune aufwies, die er entweder aus einem kürzlich im Süden verbrachten Urlaub mitgebracht hatte, oder er war Dauergast in einem Solarium. Er hatte gepflegte Hände, mit langen schmalen Fingern, Künstlerhände. Alles in allem machte er einen freundlichen, sympathischen Eindruck, auch wenn er wie jetzt unter enormem Stress stand. Ein Mann, dem die Frauen bestimmt in Scharen nachlaufen, dachte Durant, denn sie konnte nicht einmal den Abdruck eines Rings an seiner Hand erkennen und schloss daraus, dass er nicht verheiratet war.

»Sie sind von der Polizei? Darf ich Ihre Ausweise sehen?«, fragte er nicht unhöflich. »Nur der Form halber.«

»Bitte«, sagten Brandt und Durant gleichzeitig und zeigten sie vor.

»Entschuldigung, ich bin etwas außer Atem, eine ziemlich anstrengende Patientin, wenn Sie verstehen.« Er holte tief Luft und fuhr fort: »Aber muss das unbedingt jetzt sein? Ich habe …«

»Ja, wir wissen, Sie stehen unter Zeitdruck, und wir wollen Sie auch gar nicht lange aufhalten«, unterbrach ihn Brandt. »Geben Sie uns Ihre Adresse, dann kommen wir oder einer von uns im Laufe des Tages oder Abends bei Ihnen vorbei.«

»Danke. Ich wohne direkt über der Praxis und bin spätestens gegen sechs wieder zu Hause. Am Klingelschild steht nur T. H., nicht, dass Sie lange suchen. Meine Assistentin hat Ihnen ja gesagt, dass ich einen Termin außerhalb habe. Es geht doch um Laura, oder?«

»Herr Kröger hat also schon mit Ihnen gesprochen.«

»Er hat mich gestern Abend angerufen und mir nur gesagt, dass heute zwei Beamte der Polizei bei ihm und mir vorbeikommen würden, mehr nicht.«

»In Ordnung«, erwiderte Brandt. »Ich nehme an, dass meine Kollegin sich gegen sechs bei Ihnen melden wird. Es kann auch sein, dass es später wird, weshalb ich Sie bitten würde, heute Abend zu Hause zu bleiben. Wiedersehen.«

»Wiedersehen.« Tobias Hohl sah den Beamten nach, wie sie seine Praxis verließen.

Mittwoch, 11.10 Uhr

Bestimmen Sie immer über den Kopf anderer hinweg?«, fragte Durant im Auto.

»Keine Ahnung, wovon Sie sprechen.«

»Tun Sie nicht so unschuldig. Erst heißt es, wir oder einer von uns kommt vorbei, dann mit einem Mal soll ich das allein machen.«

»Haben Sie ein Problem damit? Falls ja, übernehm ich das, und Sie können zu Hause die Beine hochlegen.«

»So war das nun auch wieder nicht gemeint«, lenkte Durant ein. »Was haben Sie denn heute noch vor?«

»Ich muss um vier in Offenbach sein und mich mit meinen Kollegen besprechen, die haben schließlich auch eine Menge in der Zwischenzeit zu erledigen gehabt«, antwortete er, doch Durant sah ihn von der Seite an und wusste, dass das nicht ganz der Wahrheit entsprach. Sie hütete sich jedoch, ihm das auch zu sagen.

»Verstehe«, erwiderte sie. »Knöpfen wir uns jetzt den Möller vor?«

»Darauf freu ich mich schon seit gestern. Was ist eigentlich Ihr erster Eindruck von Hohl?«

»Ein Frauenschwarm«, antwortete sie grinsend. »Ein richtig schnuckeliges Kerlchen.«

»Stehen Sie auf solche Typen?«

»Nicht unbedingt, aber er sieht nicht übel aus, was Sie als Mann jedoch wohl kaum beurteilen können«, sagte sie spöttisch.

»Da kennen Sie mich aber schlecht. Ich geb ja zu, er sieht gut aus und die Frauen schwirren bestimmt um ihn herum wie die Bienen um den Honig, aber das wird doch auf die Dauer auch langweilig, denk ich zumindest. Andererseits, bei dem verliert garantiert jede ihre Angst vorm Zahnarzt.«

»Sie sind wohl ein Frauenversteher?«, fragte Durant und sah Brandt erneut von der Seite an, der stur geradeaus auf die Straße blickte.

»Schon möglich.«

Sie fuhren kurz hinter Goldstein auf die A 5 bis zum Frankfurter Kreuz, nahmen die Auffahrt zur A 3 und bogen von dort auf die A 661 ab. Brandt sagte mit einem Mal, nachdem sie lange geschwiegen hatten: »Hier in etwa muss das mit Guttenhofer passiert sein. Wenn ich mir vorstelle, ich fahr so völlig ahnungslos hier lang, will nur noch heim zu meiner Familie, hab vielleicht einen harten Arbeitstag hinter mir, und plötzlich zerfetzt es mir den Schädel. Einfach so. Ich hab echt Probleme, mir das vorzustellen. Das ist wie in einem Actionfilm. Ein Auto taucht neben dir auf, und du hast nicht mal mehr die Möglichkeit zu reagieren.«

»Das ist doch ähnlich wie mit diesen Steinewerfern, die auf den Brücken stehen.«

»Nee, das ist nicht zu vergleichen. Da kann ich unter Umständen noch reagieren und den Kopf einziehen, aber dass neben mir einer mit einem Gewehr auf mich zielt, damit rechne ich nicht, damit rechnet keiner.«

Um vierzehn Minuten vor zwölf passierten sie das Ortsschild von Dreieich und gelangten nach einer weiteren Viertelstunde zu der angegebenen Adresse. Brandt parkte auf dem Hof des Bauunternehmens, einem riesigen Gelände mit zahllosen Lastwagen und Baugeräten, einer gewaltigen Lagerhalle und daneben einem Flachbau, in dem das Büro untergebracht war. Sie sahen sich kurz an, und Brandt sagte: »Packen wir's an, und glauben Sie mir, sollte er Zicken machen, ich bin nicht zimperlich.«

»Ich dachte, Sie wollten vorsichtig ans Werk gehen.«

»Tu ich auch, warten Sie's ab.«

»Aber ich darf auch was sagen, oder?«

»Frau Durant, ich bitte Sie, wir sind doch ein Team und verfolgen dasselbe Ziel.«

Mittwoch, 12.01 Uhr

Durant und Brandt traten durch die Tür mit dem Schild »Anmeldung« und kamen in einen kleinen Vorraum. Hinter dem Tresen saßen zwei Frauen, eine etwa Dreißigjährige und eine, die ihre Mutter hätte sein können. Beide blickten gleichzeitig auf, und die jüngere von ihnen sagte: »Ja, bitte, was kann ich für Sie tun?«

»Wir würden gerne mit Herrn Möller sprechen«, antwortete Brandt.

»Welchen Herrn Möller, senior oder junior?«

»Magnus Möller.«

Sie schaute zur Uhr. »Tut mir leid, aber er wird gleich zu Mittag gehen und …«

»Ich glaube, dass sein Magen noch ein paar Minuten länger durchhält. Wo finden wir ihn?«

»Moment, wer sind Sie überhaupt?«

»Der hier«, erwiderte er knapp und zeigte seinen Ausweis. »Das ist meine Kollegin Frau Durant.«

»Ich sage ihm Bescheid.«

»Brauchen Sie nicht, erklären Sie uns einfach den Weg.«

»Durch die Glastür und gleich links ist sein Büro. Aber …«

»Danke für Ihre Hilfe, Sie dürfen sich wieder Ihrer Arbeit zuwenden.«

Sie klopften an die angegebene Tür, und von drinnen kam ein deutlich vernehmbares »Herein«.

Sie gingen hinein, Brandt machte hinter sich zu. Magnus Möller saß hinter seinem Schreibtisch, eine Unterschriftenmappe vor sich. Im Aschenbecher glimmte eine Zigarette vor sich hin, daneben stand ein Glas Wasser. Es war ein großes und sehr modern und funktional ausgestattetes Büro.

»Ja?«, sagte er bloß.

Auch hier hielt Brandt nur seinen Ausweis hoch, und Möller warf einen langen Blick darauf. »Polizei? Um was geht's? Hat einer meiner Arbeiter etwas ausgefressen?«

»Darüber ist uns nichts bekannt, wir wollten eigentlich zu Ihnen.«

Möller erhob sich und kam um den Tisch herum. Er lächelte, doch sein Blick drückte Kälte und Distanziertheit aus. »Zu mir? Warum, wenn ich fragen darf?«

»Das würden wir gerne in Ruhe mit Ihnen besprechen.«

»Tut mir leid, aber ich habe um halb eins in Neu-Isenburg eine Verabredung zum Essen, ein Geschäftstermin, ein wichtiger Kunde, den ich nicht warten lassen möchte. Kommen Sie doch später wieder.«

»Das wird bei uns zeitlich problematisch. Ihr Kunde hat doch sicher ein Mobiltelefon. Rufen Sie ihn an und erklären Sie ihm, dass Sie sich um etwa eine halbe Stunde verspäten. Ihnen wird bestimmt ein triftiger Grund einfallen.«

»Sie tun ja so geheimnisvoll. Hab ich etwa was verbrochen, wovon ich nichts weiß?«, fragte er und lachte gekünstelt auf.

»Wer weiß. Aber vorerst haben wir nur ein paar Fragen, und je schneller Sie antworten, desto schneller sind Sie uns auch wieder los«, sagte Brandt in seiner typisch ruhigen und gelassenen Art, obwohl er schon beim ersten Blick auf Möller wusste, dass er den Leitwolf der Dreierbande vor sich hatte.

»Das klingt ja wirklich verdammt geheimnisvoll. Aber gut, wie Sie wünschen«, entgegnete er, wählte eine Telefonnummer und gab Bescheid, dass er um spätestens dreizehn Uhr im Restaurant sein werde. Nachdem er aufgelegt hatte, nahm er wieder hinter seinem Schreibtisch Platz, die Arme auf den Lehnen, die Beine übereinandergeschlagen. Ein drahtiger Mann Anfang dreißig, der graue Anzug feinster Zwirn wie auch das blaue Hemd und die rote Krawatte.

Die Kommissare setzten sich ihm gegenüber in die beiden Ledersessel, und Brandt sagte: »Das Geschäft scheint gut zu laufen, wenn ich mich hier so umschaue. In der heutigen Zeit eher die Ausnahme. Wer will schon noch bauen, ich meine, wer hat schon noch das Geld dafür? Höchstens die Reichen, die sich sowieso alles leisten können.«

»Kommen Sie zur Sache, Sie wissen doch, ich habe einen Termin.«

»Dr. Corinna Sittler, Dr. Bernd Buchmann und Dr. Jörg Hoffmann, diese Namen sagen Ihnen doch sicher etwas?«

Möller zog die Stirn in Falten, auch wenn er sonst kaum eine Regung zeigte, und antwortete: »Ja, die Namen sagen mir in der Tat etwas. Und weiter?«

»Dann haben Sie doch bestimmt schon aus der Zeitung vom Tod der beiden Erstgenannten erfahren.«

»Nein. Tut mir leid, wenn ich Sie da enttäuschen muss, aber ich komme kaum zum Zeitunglesen. Doch wenn Sie es sagen, wird es wohl so sein, ich meine, dass sie tot sind. Die Frage ist nur, was habe ich damit zu tun? Oder anders formuliert, warum kommen Sie ausgerechnet zu mir?«

»Das werde ich Ihnen gleich erklären, doch zuvor will ich noch loswerden, dass auch Dr. Hoffmann seit heute Nacht tot ist. Alle drei wurden ermordet, mehr oder weniger grausam. Haben Sie jetzt eine Idee, warum wir zu Ihnen gekommen sind?«

»Ich kann mich nur wiederholen, es tut mir leid, aber ich weiß nicht, worauf Sie hinauswollen. Außerdem bin ich nicht sehr gut im Rätselraten. Also?«

»Vor zehn Jahren standen Sie vor Gericht …«

Möller lachte auf und schüttelte den Kopf. »Vor zehn Jahren war vor zehn Jahren. Entschuldigung, aber das ist eine sehr lange Zeit, und ich weiß noch immer nicht, was Sie bei mir wollen.«

Brandt ließ ein paar Sekunden verstreichen, bevor er fortfuhr: »Vor zehn Jahren standen Sie und zwei Ihrer Freunde in Darmstadt vor Gericht …«

»O mein Gott, diese ollen Kamellen. Ja, wir haben Mist gebaut und sind dafür bestraft worden. Himmel, das ist eine Ewigkeit her und längst verjährt! Wenn das alles ist, würde ich gerne meinen Termin wahrnehmen.«

»Peter Guttenhofer und Laura Kröger, 31. Oktober 1995 und 14. Dezember 1995«, sagte Brandt diesmal sehr direkt. »Erinnern Sie sich an diese Daten?«

Möller fuhr sich mit der Zunge über die Lippen, schaute erst Brandt, danach Durant an und antwortete sachlich kühl und mit einer erstaunlichen Selbstsicherheit: »Nein, ich erinnere mich nicht an diese Abende. Und bevor Sie weiter in alten Sachen rumwühlen, will ich Ihnen gleich sagen, dass der anfängliche Vorwurf, dass ich und meine Freunde für den Tod von diesem Guttenhofer und der Kröger verantwortlich seien, sich sehr schnell als Seifenblase entpuppt hat. Und sollten Sie jetzt anfangen mir noch einmal mit diesen absurden Verdächtigungen zu kommen, werde ich sofort meinen Anwalt einschalten und Ihren Vorgesetzten informieren. Hab ich mich deutlich genug ausgedrückt?«

»Sehr deutlich. Aber hab ich irgendwas von Abenden erwähnt? Ich habe Sie doch nur gefragt, ob Sie sich an die Daten erinnern können.«

»Ich weiß, dass die Morde nachts passiert sind, wir waren schließlich verdächtig und sind unzählige Male gefragt worden, wo wir zu den jeweiligen Zeiten waren. Zufrieden?«

»Nein, aber bevor Sie mit Ihrem Anwalt sprechen, eine kleine Geschichte, die Sie sich gut anhören sollten. Auf der Fahrt hierher sind wir an der Stelle vorbeigekommen, wo Herr Guttenhofer erschossen wurde. Frau Durant und ich werden nachher vielleicht auch noch die Stelle aufsuchen, wo Laura Kröger vergewaltigt, misshandelt und ermordet wurde …«

»Ich …«

»Lassen Sie mich ausreden. Ich habe mir vorgestellt, wie das ist, wenn plötzlich ein Auto neben einem auftaucht und man so völlig ahnungslos oder in Gedanken versunken ist und im nächsten Moment eine Kugel im Kopf hat. Ein echt schrecklicher Gedanke. Ich glaube, noch schrecklicher muss es für Frau Guttenhofer gewesen sein, die mit einem Mal mit drei kleinen Kindern dastand, das jüngste gerade mal zwei Monate alt. Tja, solche Ungerechtigkeiten passieren eben. Laura Krögers Fall ist noch ein ganzes Stück grausamer. Zwanzig Jahre alt, das ganze Leben noch vor sich, und dann tauchen da drei junge Männer auf und lassen sie vielleicht stundenlang durch die Hölle gehen, bis sie endlich von ihren Qualen erlöst wird. Einfach furchtbar, finden Sie nicht? Und jetzt stellen Sie sich mal vor, Sie fahren nachts über die Autobahn, irgendwann zwischen zehn und zwölf, Sie haben das Radio an und wollen einfach nur heim, doch dazu kommt es nicht mehr, weil mit einem Mal Ihr Schädel von einer Kugel zerfetzt wird. Unvorstellbar, was? Aber ich will jetzt keine Antwort von Ihnen, sondern Ihnen lediglich erklären, dass die Morde an Sittler, Buchmann und Hoffmann in direktem Zusammenhang mit den Morden an Guttenhofer und Kröger stehen. Wir können es sogar beweisen. Was sagen Sie nun?«

Möller hatte sich zurückgelehnt, die Hände gefaltet und drehte die Daumen umeinander. Seine Mimik zeigte jene Arroganz, auf die Brandt äußerst allergisch reagierte. Am liebsten hätte er ihm die Faust mit voller Wucht ins Gesicht geschlagen, doch er versuchte sich nicht anmerken zu lassen, wie er fühlte. »Was soll ich dazu sagen? Nichts«, antwortete Möller, eine Augenbraue hochgezogen. »Höchstens, dass Sie eine blühende Phantasie haben. War's das?«

»Nein«, meldete sich jetzt Julia Durant zu Wort, »das war's noch immer nicht. Der oder die Täter haben es nämlich unserer Auffassung nach auch auf Sie und Ihre Freunde abgesehen.« Sie ließ eine kurze Pause entstehen und fuhr dann fort: »Und möglicherweise auch auf Ihre Väter. Hass kann unglaubliche Blüten treiben, Hass kann zerstörerischer sein als alles andere auf der Welt, denn Hass ist der Auslöser für Kriege, für Gewalt und auch für ganz banalen Mord. Und da draußen läuft jemand rum, der trägt diesen Hass in sich, weil er oder sie weiß oder wissen, wir haben ja noch keine Ahnung, ob es sich um einen oder mehrere Täter handelt, dass Sie und Ihre Freunde damals doch die Morde begangen haben. Manchmal verschwinden eben nicht alle Unterlagen und Beweisstücke, egal, wie viel Geld man zahlt. Ich an Ihrer Stelle würde in nächster Zeit sehr gut auf mich aufpassen. Wägen Sie jeden Schritt ab, es könnte ihr letzter sein.«

Möller beugte sich nach vorn, die Augen zusammengekniffen, und sagte mit unerwarteter Schärfe: »Wenn Sie hier sind, um mir Angst einzujagen, dann muss ich Sie leider enttäuschen. Ich habe keine Angst, denn ich habe nichts zu befürchten. Ich habe keinen Mord begangen und ...«

Durant lächelte süffisant und unterbrach ihn: »Sie geben sich cool, aber innen drin haben Sie panische Angst. Sie sollten nur mal Ihre Augen sehen. Aber vielleicht haben Sie ja Glück und stehen nicht auf der Liste, vielleicht nur Ihr Vater, weil er Sie freigekauft hat. Bis jetzt hat es jedenfalls nur die Oberen erwischt. Wo ist Ihr Vater?«

Möller schaute Durant durchdringend an und antwortete: »Zu Hause, er kommt immer erst nachmittags ins Büro.«

»Ach ja? Ich würde mich vergewissern, schließlich ist er Ihr Vater und hat eine Menge für Sie gezahlt. Ohne ihn würden Sie seit zehn Jahren im Knast vor sich hin schmoren, und die andern

Jungs dort würden öfter mal die Seife fallenlassen und sagen, dass Sie sie aufheben sollen. Sie wissen bestimmt, wovon ich spreche. Die Jungs dort sind verdammt heiß auf knackige Kerlchen. Aber davor hat Sie Ihr Vater bewahrt, genau wie der Vater von Herrn Reiter und der von Herrn Gebhardt. Was doch gute Beziehungen so für Vorteile mit sich bringen, vor allem, wenn man über das nötige Kleingeld verfügt und Freunde in den entsprechenden Positionen bei der Justiz hat. Diese Präferenzen genießen nur ganz wenige. Haben Sie eigentlich noch Kontakt zu Ihren Freunden?«, fragte sie noch eine Spur süffisanter und mit dem Hauch eines maliziösen Lächelns auf den Lippen.

»Das geht Sie überhaupt nichts an.« Er lehnte sich wieder zurück, verschränkte die Arme vor der Brust und sagte: »Aber allmählich begreif ich Ihr Spiel. Nur leider muss ich Ihnen mitteilen, dass Sie das Spiel allein spielen müssen, ich habe nämlich keine Lust darauf, weil ich kein Spieler bin. Sie versuchen seit Sie hier sind mir mit allen Mitteln zwei Morde unterzuschieben, aber das wird Ihnen nicht gelingen.«

»Was macht Sie da so sicher? Ihr Geld? Ihre immer noch vorhandenen hervorragenden Beziehungen?« Durant schüttelte den Kopf. »Damit kommen Sie heute nicht mehr durch. Die Staatsanwaltschaft ist an einer Aufklärung sehr interessiert. Und Mord verjährt nicht, das sollten Sie nie vergessen. Ich frag mich nur, wie abgestumpft man sein muss, um mit einer solchen Schuld leben zu können. Oder empfinden Sie gar keine Schuld? Von Reue will ich gar nicht erst sprechen.«

»Das Gespräch ist für mich hiermit beendet, ich habe einen wichtigen Termin. Sollten Sie noch Fragen haben, melden Sie sich vorher an, damit ich meinen Anwalt verständigen kann.«

»Welchen? Dr. Klein oder Dr. Frantzen?«

»Machen Sie, dass Sie rauskommen, und kommen Sie wieder, wenn Sie Beweise haben, denn das, was Sie bis jetzt von sich gegeben haben, war nichts als heiße Luft. Ich war in meiner

Sturm- und Drangzeit gewiss kein Unschuldslamm, aber ich habe keinen Mord begangen, schon gar nicht zwei. Allein für diese Unterstellung könnte ich Sie wegen Verleumdung drankriegen. Doch ich werde noch mal Gnade vor Recht ergehen lassen und unsern netten Plausch einfach vergessen, vorausgesetzt, Sie tun's auch. Sie würden nämlich am Ende als Verlierer dastehen.«

»Das würde sich zeigen. Aber gut, belassen wir's dabei, und danke, dass Sie uns Ihre kostbare Zeit geopfert haben, Sie haben uns sehr geholfen. Auf Wiedersehen, und geben Sie acht auf sich.«

»Das hab ich schon immer getan. Schauen Sie sich doch um, ich bin Geschäftsführer eines großen Bauunternehmens, unsere Auftragslage ist geradezu phänomenal gut, und ich habe mir in den letzten zehn Jahren nichts, aber auch rein gar nichts zuschulden kommen lassen. Ich habe eine bezaubernde Frau und einen kleinen Sohn, die ich beide über alles liebe, und ich würde einen Teufel tun, mir das alles kaputt zu machen. Und bevor ich's vergesse, Sie sprachen die ganze Zeit von drei Männern, die die Morde begangen haben sollen, ich habe aber gehört, dass es nur zwei gewesen sein sollen. Sie finden bestimmt allein hinaus.«

»Wir verlaufen uns nie, und wir finden auch immer unser Ziel. Machen Sie's gut, was auch immer.«

Sie gingen zurück zum Parkplatz. Brandt sagte, während sie vom Hof fuhren: »War das klug?«

»Was?«

»Er wird schon jetzt entweder mit seinem Vater oder seinem Anwalt telefonieren und alles daransetzen, dass die Sache von damals nicht wieder aufgerollt wird. Einer wie er wird kämpfen bis zum Schluss, der Typ ist kalt bis ins Mark.«

»Mag sein, trotzdem hat er Angst. Er zeigt sie nur nicht so offen wie Reiter und Gebhardt. Er hat sich unglaublich gut unter Kontrolle, aber nicht gut genug, um mich zu täuschen. Er weiß, dass wir etwas in der Hand haben, aber er weiß nicht, was. Und das ist unser Trumpf. Wer war sein Anwalt?«

»Klein.«

»Okay, nehmen wir also an, er setzt sich mit Klein wegen unseres Besuchs in Verbindung. Was glauben Sie wird Klein tun, nachdem seine Tochter gestern mit ihm geredet hat?«

Brandt überlegte und schüttelte den Kopf. »Keine Ahnung, aber ich kann sie nachher mal fragen, ich muss ihr sowieso Bericht erstatten. Sie ist in diesen Dingen sehr kleinlich, hat wohl was mit ihrem Namen zu tun. Außerdem werde ich das Gefühl nicht los, dass der alte Klein bis jetzt den Möllers gegenüber nichts von dem Besuch seiner Tochter bei ihm erwähnt hat. Das stimmt mich sehr zuversichtlich, denn hätte Dr. Klein sich mit dem alten Möller in Verbindung gesetzt, wäre Möller junior auf unsern Besuch vorbereitet gewesen.«

»Und wir können sichergehen, dass sie auf unserer Seite ist?«

»Aber hallo, dafür leg ich meine Hand ins Feuer. Ich weiß, ich weiß, das ist gewagt, die Klein ist zwar schwierig, aber eine verdammt gute Staatsanwältin und alles andere als korrupt. Ich kenn sie seit etwa vier Jahren, und sie war immer korrekt. Wir werden die Mistkerle bei den Eiern kriegen, das schwör ich. Und dieser Möller wird an seiner Arroganz und Selbstherrlichkeit noch ersticken. Ich bring Sie zurück ins Präsidium und fahr von dort aus nach Offenbach, es gibt einiges zu klären. Und bitte, fragen Sie mich nicht, was.«

»Ich kann's mir schon denken. Sie übernehmen Reiter, ich Gebhardt.«

»Ich sehe, wir werden ein immer besseres Team. Schade, dass wir in zwei verschiedenen Welten arbeiten«, sagte er grinsend. »Frankfurt liegt für mich immer noch auf der andern Seite des Ozeans.«

»Und München liegt auf dem Mond. Aber gut, ich bin einverstanden. Nur bitte, nichts gegenüber Berger davon erwähnen, er kann es nicht ab, wenn man Alleingänge startet.«

»Sprechen Sie da aus Erfahrung?«

»Ich bin eine Einzelgängerin, kein Herdentier.«

»Wie ich. Aber keine Sorge, ich sag nichts, er würde mich ja auch zur Schnecke machen, wenn er es erfahren würde. Alles, was wir machen, machen wir gemeinsam. Wollen wir noch was essen? Ich lad Sie ein, für das Teure sind Sie bald zuständig.«

»Höchstens was Ungesundes wie 'ne Currywurst und Cola.«

Brandt fuhr zu einer Imbissbude, sie aßen und unterhielten sich und kehrten zum Frankfurter Präsidium zurück. Er stellte den BMW auf dem für ihn reservierten Platz ab und sagte, bevor sie in ihre Wagen stiegen: »Lassen Sie uns später noch mal telefonieren, ich möchte wissen, wie's mit Ihnen und Gebhardt gelaufen ist. Und passen Sie auf die bösen Jungs dort auf.«

»Wir machen's anders, Chabo – wer von uns beiden als Erster ein Geständnis hat, ruft den andern an. Einverstanden?«

»Meinetwegen. Bis dann und viel Glück.«

»Ebenso. Ciao.«

Mittwoch, 13.55 Uhr _____

Um fünf vor zwei klingelte Brandt zweimal, bis sich wieder die Frauenstimme meldete und fragte, wer da sei. Brandt nannte seinen Namen. Eine junge Frau mit sehr langen, hinten zu einem Zopf geflochtenen braunen Haaren und einem weißen Kittel öffnete wenig später. Sie war kleiner als Brandt, zierlich und wie so viele junge Frauen in der heutigen Zeit sehr ansehnlich.

»Herr Reiter ist in seiner Wohnung«, sagte sie mit angenehm warmer Stimme. »Ich glaub aber, es geht ihm nicht so gut. Er war heute Morgen nur einmal kurz im Labor und ist dann wieder gegangen, weil er sich nicht wohl fühlte. Er sieht auch wirklich schlecht aus. Ich nehme an, er hat sich was weggeholt.«

»Hm. Und wie komm ich da jetzt hoch?«

»Da ist die Klingel«, antwortete sie und deutete auf einen unscheinbaren Knopf neben der Tür. »Tschüs.«

Brandt wartete geduldig, ein kaum hörbares Summen ertönte, er drückte die Tür auf und begab sich in den ersten Stock. Reiters Gesicht war blass und fahl, die Augen gerötet, als hätte er die ganze Nacht nicht geschlafen. Seine Hände zitterten ein wenig, ein leichter Alkoholgeruch drang aus seinem Mund, obwohl er weder angetrunken und schon gar nicht betrunken wirkte.

»Ich hab mir schon gedacht, dass Sie es sind«, sagte er mit müder Stimme. »Ist auch ganz gut so. Wo ist Ihre Kollegin?«

»Sie ist anderweitig unterwegs«, antwortete Brandt, ohne konkret zu werden, und folgte Reiter wie gestern ins Wohnzimmer. Auf dem Tisch standen eine Flasche Wodka der besseren Sorte und ein gefülltes Glas.

»Bitte«, sagte Reiter und wies auf das Sofa, während er selbst im Sessel Platz nahm, nach dem Glas griff und an dem Inhalt nippte. Er verzog das Gesicht und meinte: »Verdammtes Gesöff, ich versteh überhaupt nicht, wie manche Leute so was dauernd trinken können.«

»Und warum tun Sie's dann ausgerechnet heute?«

Reiter sah Brandt traurig und resigniert an und sagte: »Weil es Tage gibt, an denen man es braucht, um nicht komplett durchzudrehen.«

»Und heute ist so ein Tag«, konstatierte Brandt, der spürte, dass der Druck, der sich seit gestern in Reiter aufgebaut hatte, so übermächtig geworden war, dass er ihn nicht länger ertrug.

»Ja, verdammt, heute ist so ein verfluchter Tag! Ich halt das nicht länger aus, ich geh sonst kaputt. Ich hab's versucht, ich hab wirklich alles versucht, um diese Scheißgedanken aus meinem

Kopf zu kriegen, aber ich schaff's einfach nicht mehr. Ich hab letzte Nacht nicht eine Minute geschlafen, ich hab dagesessen, ich hab geheult, ich hab gedacht, das geht so nicht weiter, das kann und darf einfach nicht so weitergehen. Nicht mal dieser verfluchte Schnaps hilft.«

»Dann hören Sie doch auf zu trinken, wenn es sowieso nicht hilft«, sagte Brandt mit gedämpfter Stimme und beugte sich nach vorn, die Hände gefaltet, die Ellbogen auf den Oberschenkeln. »Lassen Sie raus, was Sie bedrückt. Was ist los?«

Reiter schaute Brandt lange an, stand auf und sah in sein noch halb volles Glas, drehte sich um und wollte noch einen Schluck nehmen, hielt inne und warf mit einer blitzschnellen Bewegung das Glas samt Inhalt mit voller Wucht gegen die Wand, wo es in tausend Stücke zersprang. Brandt zuckte kurz erschrocken zusammen.

»Was los ist?« Reiter lachte unnatürlich auf und fuhr sich mit beiden Händen durch das volle Haar. Alles an ihm, seine Mimik, seine Gestik, seine Körperhaltung, drückte Verzweiflung aus. »Sie wissen doch genau, was los ist. Ich hatte eigentlich erwartet, dass Sie kommen, um mich zu verhaften.«

»Warum sollte ich? Ich habe doch angeblich keine Beweise. Das waren Ihre eigenen Worte.«

»Sie haben welche, doch wahrscheinlich reichen sie nicht aus, um mich verhaften zu können. Aber ich habe auch keine Lust und keine Kraft mehr, den ganzen Scheiß noch mal durchzumachen. Diese ganze verdammte Lügerei. Ich hasse es so, und ich hasse mich. Haben Sie mit Magnus gesprochen?«

»Ich komme gerade von ihm.«

»Und was hat er gesagt?«

»Tut mir leid, darüber darf ich Ihnen keine Auskunft geben«, meinte Brandt bedauernd.

»Brauchen Sie auch nicht, ich kann's mir schon denken. Er ist bestimmt noch immer dasselbe widerwärtige Arschloch wie damals. Für ihn ist das alles abgeschlossen, er ist erfolgreich und scheißt auf die Welt. Aber ich mach das nicht mehr mit, irgendwann muss Schluss sein, und ich scheiß drauf, was dann mit mir passiert. Sie haben gestern gefragt, ob Magnus, Thomas und ich Guttenhofer und Laura Kröger umgebracht haben.« Er sah Brandt wieder lange und unendlich traurig an und sagte dann: »Ja, das haben wir. Wäre damals diese Verkehrskontrolle nicht gewesen, wer weiß, vielleicht wüsste man bis heute nicht, dass wir es waren. Aber es ist gut, dass jetzt endlich nach zehn Jahren alles vorbei ist und die ganze Wahrheit ans Tageslicht kommt. Ich, Andreas Reiter, war dabei, und ich schäme mich unendlich dafür. Es gibt nichts, aber auch rein gar nichts, womit ich meine Schuld wiedergutmachen könnte.«

»Aber Sie haben gestern, kurz bevor meine Kollegin und ich gegangen sind, gesagt, dass sie nie einen Menschen umgebracht haben, so ungefähr jedenfalls waren Ihre Worte. Und jetzt geben Sie auf einmal doch zu, dabei gewesen zu sein. Erzählen Sie mir, was damals passiert ist. Ich bin ein guter Zuhörer.«

Reiter nickte und ging, die Hände in den Hosentaschen vergraben, im Zimmer auf und ab. »Sie werden es mir wahrscheinlich nicht glauben, und Magnus und Thomas werden alles bestreiten oder mir die Sache in die Schuhe schieben, aber alles, was ich Ihnen jetzt sage, ist die Wahrheit, das schwöre ich auf die Bibel, und ich will verdammt sein und in der Hölle schmoren, wenn ich lüge. Hier, ich habe einen MP3-Player, auf dem ich schon die ganze Zeit alles, was wir hier sprechen, aufzeichne. Sie können ihn nachher mitnehmen. Außerdem habe ich heute Nacht auch ein ausführliches Geständnis handschriftlich niedergeschrieben, es liegt ebenfalls vor Ihnen in der schwarzen Mappe. Ich hab die Schnauze voll und will endlich reinen Tisch machen.«

Erst jetzt bemerkte Brandt das kleine Gerät, das beinahe unscheinbar auf dem Tisch lag, mitten zwischen zwei Zeitungen, der angesprochenen Mappe, der Flasche und einem leeren Aschenbecher.

»Damit hätte ich nun nicht gerechnet, aber bitte, fangen Sie an.«

»Magnus, Thomas und ich kannten uns, seit wir Kinder waren. Unsere Väter kannten sich bereits, bevor wir überhaupt geboren waren. Wir waren eine kleine Clique, haben als Kinder schon den einen oder andern Blödsinn gemacht, wobei Magnus immer der Anführer war. Er hat bestimmt, was wir machten, er hat Thomas und mich eigentlich immer manipuliert, doch wenn man elf, zwölf, dreizehn ist, merkt man das nicht so. Er hatte den Dreh aber schon sehr früh raus, wie er Menschen zu seinen Marionetten machen konnte, doch das habe ich erst viel später kapiert. Magnus ist der älteste von uns, Thomas ist ein paar Monate jünger, und ich bin mit jetzt einunddreißig der Jüngste. Wir waren vierzehn beziehungsweise sechzehn, als wir unsere erste Mutprobe ablieferten, indem wir in ein Haus einbrachen, das einer befreundeten Familie gehörte, die gerade in Urlaub war. Natürlich deutete nichts auf uns als Täter hin, also haben wir weitergemacht. Das ging eine ganze Weile so. Die Polizei und die Presse vermuteten, dass es sich um eine organisierte Bande aus Osteuropa oder dem Balkan handelte, aber so junge und anständige Kerle wie uns hatten sie natürlich nicht auf dem Plan. Egal. Ich war sechzehn, als wir zum ersten Mal eine Frau vergewaltigten. Ich schwöre, ich habe versucht Magnus und Thomas davon abzuhalten, aber ich war ja der Jüngste und damit nicht stimmberechtigt, wie Magnus so schön zu sagen pflegte. Sie hieß Simone und war achtzehn Jahre alt, genau wie Magnus, der gerade seinen Führerschein in der Tasche hatte. Es war im November und ziemlich kalt. Wir sind einfach so im Odenwald durch die Gegend gefahren, als wir sie gesehen haben. Sie war mit dem Rad unterwegs, und die Straße war wie leergefegt, aber das ist nachts um elf in Michelstadt und Umgebung nicht ungewöhnlich. Ich weiß noch, ich hab hinten gesessen, als Magnus sagte, dass wir's doch mal mit der Kleinen probieren sollten. Ich hab ihn gefragt, was er damit meint, da hat er nur gegrinst und geantwortet, dass ich das schon sehen würde. Er ist an ihr vorbeigefahren, hat gewendet, ist ausgestiegen und hat das Mädchen irgendwas gefragt. Mit einem Mal ist Thomas aus dem Auto gesprungen, sie haben sie vom Fahrrad gerissen und ins Auto gezerrt. Ein paar hundert Meter weiter sind wir in einen Feldweg eingebogen, und dann ging alles ganz schnell. Erst war Magnus dran, dann Thomas. Die Kleine hatte verdammt noch mal nicht die geringste Chance.«

»Und Sie, was haben Sie gemacht?«, fragte Brandt, weil Reiter bisher nur Möller und Gebhardt als Vergewaltiger genannt hatte.

»Ich habe dagestanden und gar nicht gewusst, was da abgeht. Ich hab gesagt, die sollen das nicht machen, ich will das nicht, da hat Magnus mich nur angegiftet und gemeint, ich solle mich nicht so zieren und endlich auch meinen … Na ja, Sie wissen schon. Aber ich konnte nicht, und Magnus hat mich nur ausgelacht und gesagt, was für ein Weichei ich doch sei, ein Weichei und ein Schlappschwanz. Thomas, der alte Wichser, war wieder mal zugedröhnt und hat nur das gemacht, was Magnus ihm befohlen hatte, aber Thomas hat sowieso immer alles gemacht, nur um Magnus zu gefallen. Und wenn er auf Dope war, war er immer geil. Jedenfalls, als sie mit Simone fertig waren, sind wir einfach weggefahren und haben sie dort liegenlassen …«

»Ist sie zur Polizei gegangen?«

»Keine Ahnung, ehrlich.«

»Wann genau war das?«

»Am 19. November 1991. Danach hat sich etwas entwickelt, das nicht mehr aufzuhalten war. Magnus und Thomas haben im Laufe der nächsten zwei Jahre weitere sechs Frauen überfallen und vergewaltigt.«

»Und Sie haben nie mitgemacht?«, fragte Brandt zweifelnd.

»Ich konnte nicht, und ich wollte auch nicht. Ich bin kein gewalttätiger Mensch, das müssen Sie mir glauben.«

»Und warum haben Sie sich nicht von Ihren sogenannten Freunden losgesagt?«

Reiter lachte auf. »Wie denn? Sie kennen die Umstände nicht. Ein Lossagen war einfach nicht möglich. Unsere Eltern waren befreundet und auch geschäftlich miteinander verbunden, Magnus' Vater ging später sogar in die Politik. Was also hätte ich machen sollen? Vielleicht sagen: Ich will mit euch nichts mehr zu tun haben? Es war wirklich unmöglich. Mein alter Herr hat ganz große Stücke auf Magnus gehalten, hat immer wieder betont, was für ein vorbildlicher junger Mann das doch sei und ich froh sein könne, einen solchen Freund zu haben. Das ist die Wahrheit, ob Sie's glauben oder nicht. Ich war umgeben von Verbrechern und Schleimern. Die einzige Chance für mich wäre gewesen, ganz weit wegzuziehen. Aber ich war doch noch von meinen Eltern abhängig, ich war doch 1991 gerade mal sechzehn.«

»Und auf die Idee, sich Ihren Eltern oder gar der Polizei anzuvertrauen, sind Sie nie gekommen?«

»Hab ich mich eben nicht deutlich genug ausgedrückt?!« Er machte eine wegwerfende Handbewegung, den Mund abfällig verzogen, als er fortfuhr: »Mit meinen Eltern konnte ich nicht reden, und die Polizei … Mein Gott, zu wem hätte ich denn gehen sollen, und vor allem, wer hätte mir geglaubt? Ich war doch ein Teil der Bande, wenn auch eher passiv. Ich hatte verdammte Angst, die ganze Zeit hatte ich solch verdammte Angst, dass ich manchmal tagelang nicht schlafen konnte. Da war zum einen Magnus, der mir immer wieder mal so eine Drohung untergeschoben hat. Der hat da so eine bestimmte Art, die schwer zu beschreiben ist. Er spricht ganz ruhig und scheißfreundlich mit einem, aber in Wirklichkeit hat er das gewetzte Messer schon in der Hand. Und zum anderen war da die Angst, dass wir eines Tages doch auffliegen könnten. Und ich war mir sicher, dass Ma-

gnus es so hinbiegen würde, dass er am Ende das Unschuldslamm war, während ich und Thomas die eigentlich Bösen waren.
Zudem hatte er noch seinen Vater, der für seinen einzigen Sohn
alles, aber auch wirklich alles getan hätte und schließlich auch
getan hat und es immer noch tun würde. Der alte Möller ist selbst
ein Verbrecher, und wie heißt es so schön, der Apfel fällt nicht
weit vom Stamm. Jedenfalls, wir haben alles Mögliche angestellt, wir haben kleine Geschäfte und Kioske überfallen, aber
immer nur Läden, wo es keine Überwachungskameras gab. Was
soll's, ich kann es nicht mehr rückgängig machen, und vielleicht
haben Sie recht, vielleicht hätte ich mehr Rückgrat zeigen müssen, aber da war diese verfluchte Angst.«

»Erzählen Sie, was sich am 31. Oktober 1995 und am 14. Dezember 1995 abgespielt hat.«

Reiter setzte sich, nahm einen Schluck aus der Wodkaflasche
und schüttelte sich, bevor er antwortete: »Magnus hatte Waffen
besorgt, unter anderem eine Pumpgun. Er hat Thomas und mir
am 31. Oktober erzählt, dass er in Frankreich war und das Zeug
in Straßburg erworben hat. Ich hatte da schon ein ziemlich mul-
miges Gefühl, denn mit Waffen wollte ich nichts zu tun haben,
weil ich genau wusste, dass er sie nicht zum Spaß gekauft hatte.
Ich hab ihn auch gefragt, was er damit vorhat, aber er hat mir
keine Antwort gegeben. Jedenfalls waren wir mal wieder unterwegs, nachdem eine ganze Weile nichts passiert war, das heißt,
wir hatten nichts angestellt. Magnus saß am Steuer, ich auf dem
Beifahrersitz und Thomas hinten. Es war stockfinster, und wir
sind so mit zweihundert über die Autobahn gerast. Es war nur ein
Auto vor uns, ein Omega, der auf der rechten Spur gefahren ist.
Plötzlich hat Thomas von hinten gesagt, Magnus solle doch mal
neben den fahren. Ich hatte keine Ahnung, was gleich kommen
würde, aber Magnus hat gegrinst, weil er genau gesehen hat, was
Thomas auf dem Rücksitz machte. Er hatte die Pumpgun in der
Hand und ließ, als wir neben dem Omega waren, das Fenster

runter, und dann hörte ich nur noch diesen ohrenbetäubenden Knall, dass ich dachte, mir platzt das Trommelfell.«

Reiter schüttelte den Kopf und fuhr sich mehrfach nervös übers Gesicht, sprang wieder auf und lief zum Fenster. Brandt ließ ihn gewähren, unterbrach ihn nicht, stellte keine Fragen, denn er wusste, Reiter würde gleich den Rest der schrecklichen Geschichte erzählen.

»Ich weiß nicht, wie viel Zeit vergangen ist, aber dann lachte Thomas, und es klang so irre, so, als ob er total durchgedreht hätte, und Magnus gab wieder Gas und … Mein Gott, der hat auch nur gelacht. Ich hab gedacht, das kann nicht wahr sein, denn die Autobahn ist an der Stelle ganz gerade, und ich hab mich umgedreht und konnte sehen, wie der Omega sich mehrfach überschlagen hat und dann in Flammen aufgegangen ist. Ich weiß noch, wie ich geschrien hab. Ich glaub, die hatten das abgesprochen, denn normalerweise hab immer ich hinten gesessen. Ich mein, ich glaub, dass die auf jeden Fall vorhatten, in dieser Nacht jemanden umzulegen, und wenn es nicht Guttenhofer gewesen wäre, dann eben jemand anders. Ich hab Magnus angeschrien, ich hab ihm ins Gesicht geschrien, dass er eben jemanden umgebracht hat, aber er hat nur gelacht und ganz kalt geantwortet, dass er überhaupt nichts gemacht habe, Thomas habe geschossen. Und dann sind wir weitergefahren, einfach so, als ob nichts passiert wäre. Und Thomas hat die ganze Zeit gekichert wie ein völlig Durchgeknallter und hat dauernd so'n blödes Zeug vor sich hin gebrabbelt. Der war wieder voll auf Dope, und wenn er auf Dope war, dann war er unberechenbar.«

»Ist Gebhardt ein guter Schütze?«

»Der ist schon als kleiner Junge mit seinem Vater in den Schützenverein gegangen, und als Jugendlicher hat er mehrere Pokale gewonnen.«

»Und Sie?«

»Ich hasse Waffen, ich konnte damit nie was anfangen.« Reiter machte eine Pause und lief wieder unruhig wie ein Tiger im Käfig durch das große Zimmer. Schließlich fuhr er fort: »Wir haben danach auf einem Parkplatz angehalten, Magnus ist ausgestiegen und hat sich eine Zigarette angezündet. Thomas ist auch ausgestiegen und fuchtelte mit dem Gewehr rum, bis Magnus es ihm aus der Hand riss und in den Kofferraum legte. Dann hat er meine Tür aufgemacht und mich am Kragen gepackt und rausgezerrt und zu mir gesagt: ›Pass auf, Weichei, es ist nichts passiert, okay? Gar nichts ist passiert, damit du's weißt.‹ Daraufhin habe ich gesagt, dass wir soeben einen Mord begangen haben, woraufhin er geantwortet hat, dass ich das vollkommen richtig sähe, *wir* haben einen Mord begangen. Ich solle es mir gut merken, das Wort wir. Wir sitzen alle in einem Boot, hat er gesagt, und wenn das Boot untergeht, dann mit allen, die drinsitzen. Spätestens da wusste ich, dass es kein Zurück mehr gibt. Wir hatten eine Grenze überschritten, die es für mich bis zu diesem Zeitpunkt nicht gab. Es hat mich schon angewidert, als sie die Frauen vergewaltigt hatten, aber als sie Guttenhofer erschossen haben, war es endgültig zu spät. Ich habe Magnus und Thomas gehasst. Am liebsten hätte ich sie umgebracht, aber das hätte ich mich nie getraut. Ich hab mir nichts mehr gewünscht, als endlich frei von diesen Bastarden zu sein, aber es hat nicht geklappt.«

»Und es gab wirklich niemanden, dem Sie sich hätten anvertrauen können?«

»Nein, absolut niemanden. Ich hatte das Gefühl, unter einer permanenten Kontrolle zu stehen. Das ist vielleicht vergleichbar mit Frauen, die von ihren Männern misshandelt werden und es nicht schaffen, sich von ihnen zu lösen, weil sie unter der dauernden Angst leben, ihr Mann könnte sie doch erwischen und dann umbringen. Magnus kannte meine Angst und hat das gnadenlos ausgenutzt.« Er holte tief Luft und lehnte sich gegen die Fensterbank. »Aber das war ja noch nicht alles, das Schlimmste kommt noch. Am 14. Dezember waren wir wieder mal unterwegs …«

»Darf ich ganz kurz etwas fragen?«

»Hm.«

»Waren Sie und Ihre Freunde …«

»Sie sind und waren nie meine Freunde, kapieren Sie das endlich!«, schrie Reiter und krallte die Hände ineinander.

»Gut, waren Sie, Möller und Gebhardt jeden Abend zusammen?«

»Nein, natürlich nicht. Wir haben uns zwei-, vielleicht auch dreimal in der Woche getroffen, aber Magnus hat fast täglich angerufen, vor allem in den letzten zwei Jahren, bevor wir festgenommen wurden. Jetzt lassen Sie mich bitte ausreden, ich kann nicht mehr, ich will das endlich loswerden. Wir waren am 14. Dezember unterwegs, und wir sind mal wieder einfach so durch die Gegend gefahren. Zwischen Dudenhofen und Dietzenbach stand eine junge Frau, die eine Autopanne hatte. Es war so gegen elf. Magnus hat angehalten und freundlich gefragt, ob er helfen könne. Er war so verdammt freundlich und nett. Sie hatte einen kaputten Reifen, aber kein Werkzeug dabei, und Magnus hat gesagt, dass er leider auch keins habe, aber er könne sie bis nach Dietzenbach mitnehmen. Ich hab gemerkt, dass sie misstrauisch war, denn als junge Frau zu drei Männern ins Auto zu steigen, muss ihr schon ein bisschen unheimlich vorgekommen sein. Ich habe ein Stoßgebet nach dem andern zum Himmel geschickt und gedacht, Mädchen, steig nicht ein, denn ich ahnte, dass das kein gutes Ende nehmen würde. Sie ist aber eingestiegen, und zwar vorne neben Magnus. Wir sind keinen Kilometer gefahren, als er in einen Waldweg eingebogen ist. Und dann ging alles ganz schnell. Sie wollte sich wehren, aber sie hatte keine Chance gegen Magnus und Thomas.«

»Warum haben Sie nicht eingegriffen?«

»Ich hab's ja versucht, aber Thomas hat mir ein Messer an

den Hals gehalten und damit gedroht, mich abzustechen, wenn ich Zicken mach. Wir sind alle ausgestiegen, dann hat erst wieder Magnus, danach Thomas sie vergewaltigt. Es war immer das Gleiche, Magnus durfte zuerst ran und dann Thomas. Und noch während Thomas mit ihr beschäftigt war, kam Magnus mit dem Revolver in der Hand auf mich zu und forderte mich unmissverständlich auf, jetzt endlich auch mal zu zeigen, was ich draufhabe. Er hat mit der Kanone auf meine … Eier … gezielt und gemeint, ich solle mich nicht so anstellen. Laura war da schon halb tot, sie wimmerte nur noch vor sich hin, und ich sollte ihr praktisch den, den … Gnadenstoß versetzen. Aber ich konnte nicht. Ich hab Magnus und Thomas angefleht, sie leben zu lassen. Sie hatte doch niemandem etwas getan.« Mit einem Mal brach Reiter mit einem Weinkrampf zusammen. Er kauerte auf dem Boden, und es dauerte mehrere Minuten, bis er sich wieder beruhigt hatte. Er wischte sich mit dem Ärmel seines Sweaters übers Gesicht und stammelte: »Magnus hat mir den Revolver in die Hand gedrückt und gesagt, ich solle endlich einmal zeigen, dass ich ein Mann sei und zu meinen Freunden stehe. Ich sollte sie erschießen, ich sollte sie wirklich erschießen. Einfach so. Wenn ich schon mit meinem Schwanz zu nichts nutze bin, dann soll ich wenigstens mit dem Revolver meine Männlichkeit unter Beweis stellen. Ich hab ihn gefragt, was passiert, wenn ich's nicht tu, woraufhin er wieder nur gelacht hat, wie nur Magnus Möller lachen kann. Am liebsten hätte ich ihn erschossen, ihn und Thomas, aber mir fehlte der Mut, und ich hab am ganzen Körper gezittert, und Magnus hat nur kalt gelacht und vor mir ausgespuckt. Schließlich hat Magnus den Revolver wieder an sich genommen und Laura Kröger erschossen. Er hat sich über sie gebeugt, den Revolver an ihren Kopf gehalten und abgedrückt. Einfach so, ohne jede Regung. Ich seh noch genau, wie er auf Laura zugegangen ist, wie er sich über sie gebeugt und ihr noch irgendwas ins Ohr geflüstert hat, bevor er abdrückte.

Danach drehte er sich um, kam auf mich zu und sagte, als er vor mir stand, während ich auf dem Boden kauerte: ›Liegt richtig gut in der Hand, das Ding. Steckt auch 'ne Menge Wucht dahinter.‹ Ich war wie gelähmt. Es war zehn Tage vor Weihnachten, und ich hab mich in den folgenden Tagen und Wochen die meiste Zeit in meinem Zimmer aufgehalten. Ich hab gesagt, dass ich krank bin, aber ich konnte natürlich nicht wochenlang krank sein. Ich hatte Albträume, ich konnte nicht mehr schlafen und hab dann angefangen mich zu betäuben. Alkohol, Koks, alles, was ich kriegen konnte, Heroin und das andere harte Zeug ausgenommen. Irgendwann Mitte Januar war ich wieder einigermaßen auf dem Posten, Magnus und Thomas kamen ein paarmal, um mich zu besuchen, na ja, ich musste mich irgendwie arrangieren. Jedenfalls gerieten wir am 10. Februar in eine Verkehrskontrolle. Wir mussten unsere Papiere vorzeigen, und schließlich wurde Magnus gebeten, den Kofferraum zu öffnen. Er tat es widerwillig, aber damit war die Sache beendet, denn die Polizei fand mehrere Waffen. Ob Sie's glauben oder nicht, ich war erleichtert, denn ich dachte, jetzt ist alles vorbei, und wir wandern in den Knast.«

»Wieso waren Sie erleichtert bei dem Gedanken, in den Knast zu müssen?«

»Weil wir dann niemandem mehr hätten wehtun können. Ganz einfach. Jedenfalls, wir wurden verhaftet und auf die Polizeistation gebracht, wo wir von zwei Beamten verhört wurden, aber schon zwei oder drei Stunden später standen die Anwälte unserer Väter auf der Matte und haben uns da rausgeholt. Sie gaben uns die Anweisung, nichts zu sagen, womit wir uns selbst belasten könnten, es würde alles geregelt werden. Aber die Polizei hatte ja die beiden Waffen, mit denen Guttenhofer und auch Laura Kröger getötet worden waren, und ich wusste, es würde nur eine Frage von Tagen sein, bis man uns drei wegen Mordes verhaften würde. Und dann kam alles doch ganz anders«, sagte

Reiter, der auf einmal ganz ruhig sprach. »Wir wurden zwar verhaftet, allerdings verbrachten wir gerade mal drei Tage in U-Haft, bis wir wieder laufengelassen wurden. Den Rest kennen Sie.«

»Das mit Ihren Vätern und der Staatsanwaltschaft?«

»Hm. Es waren unsere Väter, die Rechtsanwälte und ein paar aus der Staatsanwaltschaft. Die haben einen Deal ausgehandelt, das hätte ich nie für möglich gehalten. Ich weiß wirklich nicht, wie viele Personen geschmiert wurden, aber es waren nicht wenige. Dafür haben alle ihren guten Ruf gewahrt, und einige andere sind richtig reich geworden. Das ist mein Geständnis, und ich schwöre, dass es die reine Wahrheit ist.«

»Wer war Ihr Anwalt?«

»Frantzen, dieser schleimige Mistkerl. Wenn ich seine Visage nur seh, krieg ich's Kotzen.«

»Und die Anwälte von Möller und Gebhardt?«, fragte Brandt der Form halber.

»Möller hatte einen Dr. Klein und Gebhardt Dr. Blume.«

»Sie sind doch so kräftig, warum haben Sie sich nie gegen Gebhardt oder Möller körperlich gewehrt?«

Reiter schüttelte den Kopf. »Ich bin jetzt vielleicht kräftig, auch wenn ich mich im Moment völlig kraftlos fühle, aber damals war ich ein schmales Hemd, einsneunzig groß und achtundsechzig Kilo leicht.« Er schaute zu Boden und fuhr schließlich fort: »Ich habe nach zwei Semestern mein Studium der Zahnmedizin abgebrochen, weil ich mich nicht mehr konzentrieren konnte. Ich bin auf Zahntechnik umgestiegen, da musste ich nicht endlose Semester im Hörsaal verbringen und auch noch promovieren. Und ich bin gelaufen, jeden Tag zehn, fünfzehn, manchmal auch zwanzig Kilometer. Ich habe so exzessiv Sport getrieben, dass es schon wieder ungesund war. Ich bin vor mir selbst davongelaufen, bis ich merkte, dass das auch nicht hilft.«

»Haben Sie noch Kontakt zu Möller und Gebhardt?«

»Nein, und ich will auch nie wieder etwas mit denen zu tun haben. Wenn ich ins Gefängnis muss, dann bitte in ein anderes als die.«

»Und zu Ihren Eltern?«

»Nur zu meiner Mutter und meiner Schwester, mein Vater kann mich mal kreuzweise. Das ganze Pack ist so verlogen, egal, ob der alte Möller, der alte Gebhardt oder mein Alter. Die haben uns doch damals nur aus der Scheiße gezogen, damit sie nicht selbst in der Scheiße versinken. Es ging ihnen nicht um uns, sondern allein um ihr Ansehen in der Gesellschaft. Und mit Sicherheit wollten sie auch austesten, wie weit ihre Machtarme reichen. Sehr weit, sehr, sehr weit, wie Sie selbst mitgekriegt haben«, sagte er zynisch und kurz darauf wesentlich leiser: »Aber ich bin ja nicht besser, ich war all die Jahre über einfach nur feige. Ich hätte vielleicht die Chance gehabt, dieses ganze Unheil zu verhindern. Es hätte mich vielleicht das Leben gekostet, aber was hab ich jetzt für ein Leben? Was waren die letzten fünfzehn Jahre? Ein einziger großer Albtraum, der immer schlimmer wurde. Wissen Sie, ich leide seit einer halben Ewigkeit unter Schlafstörungen, ich habe Albträume, und ich sehe immer und immer wieder die Szene vor mir, wie Laura vergewaltigt und hingerichtet wurde. Es gab Zeiten, da wollte ich mich umbringen, weil ich es nicht mehr ausgehalten habe.«

»Aber warum haben Sie gestern noch nichts von alldem erwähnt?«

»Das verstehen Sie wahrscheinlich nicht, aber Ihr Besuch kam für mich völlig überraschend, das war wie ein ansatzlos geführter Schlag. Ich weiß, das klingt jetzt wieder wie eine Ausrede, soll es aber nicht sein. Nachdem Sie gegangen waren, habe ich mich hingesetzt und alles niedergeschrieben. Und glauben Sie mir, während ich geschrieben habe, ist eine Riesenlast von mir abgefallen. Aber was auch mit mir passiert, ich werde die

Bilder nie loswerden. Die haben sich in meinem Kopf wie auf einem Film festgebrannt. Und dieser verdammte Film läuft in einer endlosen Schleife immer und immer wieder vor meinem geistigen Auge ab. Ich habe mich in Arbeit gestürzt, ich bin nachts um die Häuser gezogen, aber nichts hat geholfen. Da lief immerzu dieser Film ab.« Und nach einer kurzen Pause: »Ich hatte zum Beispiel bis heute keine feste Beziehung zu einer Frau, ich kann einfach nicht, weil ich dauernd denke, ich habe es nicht verdient.«

»Und Sie haben auch später nie mit jemandem darüber gesprochen, sondern alles in sich hineingefressen?«, fragte Brandt zweifelnd.

Es entstand wieder eine Pause. Reiter wandte den Blick zum Fenster hin. Schließlich sagte er: »Doch, ich habe mit jemandem darüber gesprochen. Ich war vor ein paar Monaten bei einem Priester und hab ihm alles erzählt. Ich war nie ein Christ, aber eines Tages war ich so tief unten, dass ich nach Heidelberg gefahren und dort ziellos durch die Gegend gelaufen bin. Dabei kam ich an eine Kirche, und irgendetwas hat mich da reingezogen. Ich hab dem Priester alles erzählt und ihn gefragt, was ich machen soll.«

»Und, was hat er geantwortet?«

»Das war ganz komisch. Er hat gesagt, und halten Sie das jetzt bitte nicht für einen Witz, er hat gesagt, dass bald jemand kommen würde, um mich zu befreien. Ich habe ihn gefragt, was er damit meint, woraufhin er nur geantwortet hat, ich solle abwarten und mir keine Sorgen mehr machen. Als ich rausgegangen bin, war ich total durcheinander, aber jetzt macht das alles Sinn, denn Sie sind gekommen. Ich bin so froh, dass es vorbei ist, dass diese ganze Lügerei ein Ende hat.«

»In welcher Kirche war das?«

»Ich weiß nicht, wie sie heißt, aber sie steht in der Innenstadt.«

»Priester unterliegen dem Beichtgeheimnis. Würden Sie ihn davon befreien, damit er uns Ihre Aussage bestätigt?«

»Ja, natürlich. Doch dazu müssten wir hinfahren und …«

»Das wird alles geregelt. Aber eins verstehe ich nicht ganz. Sie haben erzählt, dass Sie immer mit Möllers Wagen unterwegs waren. Hatten Sie kein eigenes Auto? Und was ist mit Gebhardt? Warum immer nur Möllers Auto?«

»Ich hatte seit 1994 meinen Führerschein und auch einen Wagen, aber Möller bestand immer darauf, dass wir mit seinem fahren. Er war eben verdammt eitel, und sein aufgemotzter 325er war 'ne Rakete und ein Blickfang. Das ist der einzige Grund, der mir einfällt.« Reiter stand auf, nahm den MP3-Player und drückte auf Aufnahmestopp. »Ich bin bereit, wir können gehen. Was schätzen Sie, wie lange werde ich ins Gefängnis müssen?«

»Ich bin nur Polizist, das entscheidet letztendlich der Richter. Doch sollte Ihre Geschichte, so wie Sie sie erzählt haben, der Wahrheit entsprechen, werden Sie mit einer vergleichsweise geringen Strafe davonkommen. Aber Ihnen ist klar, dass Sie mit Ihrer Aussage eine Lawine auslösen. Es werden sich nicht nur Magnus Möller und Thomas Gebhardt vor Gericht zu verantworten haben, sondern auch …«

»Ich weiß, ich weiß, und das ist mir so was von scheißegal. Woher haben Sie eigentlich die Beweise, von denen Sie gestern gesprochen haben?«

»Tut mir leid, dazu kann und darf ich Ihnen keine Auskunft geben. Sie werden eine Weile nicht hier sein, wer wird das Labor führen?«

»Meine Assistentin, mit der ich auch sehr gut befreundet bin, aber wirklich nur befreundet. Ich sage ihr Bescheid. Hier, das Gerät und mein schriftliches Geständnis.« Er reichte beides Brandt. Und mit einem erschöpften Lächeln fügte er hinzu: »Und Sie brauchen auch keine Angst zu haben, ich werde nichts von dem widerrufen. Ich bin einfach nur erleichtert, das können Sie mir glauben. Gehen wir.«

»Einen Augenblick noch«, sagte Brandt. »Ich möchte meiner Kollegin schnell Bescheid geben. Sie ist gerade bei Herrn Gebhardt oder schon wieder unterwegs.«

»Ach du Scheiße! Sie soll bloß aufpassen, der Typ ist unberechenbar. Wenn er früher was genommen hatte, konnte er verdammt gewalttätig werden. Haben Sie ihn auch schon kennengelernt?«

»Gestern. Er ist ziemlich fertig, scheint so, als ob er in den letzten Jahren zu viel Drogen konsumiert hätte.«

Brandt rief Durant an, die bereits wieder auf dem Weg zurück ins Präsidium war. »Wo sind Sie?«, fragte er.

»Im Auto«, antwortete sie knapp und etwas kurz angebunden. »Und Sie?«

»Tja, dann würde ich Ihnen raten, wieder umzukehren und die Streife zu verständigen, damit sie Gebhardt abholen. An Ihrer Stelle würde ich aber vor dem Haus warten, Gebhardt soll ziemlich unberechenbar sein.«

»Ich versteh nicht ganz.«

»Herr Reiter hat soeben ein umfangreiches Geständnis abgelegt. Ich lasse ihn aufs hiesige Präsidium bringen, anschließend kommt er aller Voraussicht nach in U-Haft, es sei denn, die Staatsanwaltschaft und der Haftrichter sehen keine Fluchtgefahr.«

»Was soll das denn heißen? Ich denke, er hat gestanden.«

»Ist ein bisschen kompliziert, erklär ich Ihnen später. Um Möller kümmere ich mich ganz persönlich. Es wird mir ein Vergnügen sein, ihm die Handschellen anzulegen.«

»Gratuliere, wie haben Sie das denn hingekriegt?«

»Erzähl ich Ihnen alles, wenn die drei im Präsidium sind. Bei Gebhardt brauchen Sie keinen Haftbefehl.«

»Ja, ja, bei Gefahr im Verzug.«

»Wie's dann mit der Zuständigkeit weitergeht, das müssen die Staatsanwälte unter sich ausmachen. Ich persönlich würde jedoch vorschlagen, dass wir die weiteren Befragungen in Offenbach durchführen, da die Morde an Guttenhofer und Kröger in unserm Zuständigkeitsbereich begangen wurden. Herr Reiter hat das Geständnis auch sehr ausführlich schriftlich verfasst, ich faxe es durch. Alles andere ist auf einem MP3-Player.«

»Soll ich Gebhardt auch gleich nach Offenbach bringen lassen?«, fragte Durant.

»Wenn Sie sich damit anfreunden können, in unseren bescheidenen Räumlichkeiten die Vernehmungen durchzuführen, natürlich mit mir zusammen.«

»Warum sollte ich was dagegen haben? Hauptsache ist doch, wir haben die Kerle. Ciao und bis gleich.«

Anschließend forderte Brandt einen Streifenwagen in die Schönbornstraße an, ging danach mit Reiter ins Labor, wartete, bis er seiner nicht nur überraschten, sondern am Ende auch entsetzten Assistentin mit wenigen Worten die Sachlage erklärt hatte, und ließ ihn dann von den mittlerweile eingetroffenen Beamten ins Präsidium bringen. Von unterwegs aus informierte er Elvira Klein und bat sie, umgehend einen Haftbefehl für Magnus Möller zu besorgen. Diesmal war er sicher, dass alles mit rechten Dingen zugehen würde, auch wenn ein winziger Restzweifel vorhanden war, denn Brandt glaubte auch an das Unmögliche.

Mittwoch, 15.40 Uhr _____

Reiter wurde ins Vernehmungszimmer gebracht, während Brandt und Klein sich in einem separaten Raum, wo sie ungestört waren, kurz besprachen.

»Wie hast du das so schnell geschafft?«, fragte sie und schenkte ihm dabei einen anerkennenden Blick, der aber noch mehr beinhaltete und Brandt wieder dieses seltsame Gefühl in der Magengegend bescherte, wie schon in der vergangenen Nacht. Elvira sah sehr sportlich aus, trug eine Jeans und flache braune Lederschuhe, eine helle karierte Bluse und einen eleganten Blazer.

»Er hatte alles schon vorbereitet, das Geständnis hat er auf insgesamt zehn Seiten sehr ausführlich schriftlich niedergelegt, das Mündliche ist hier«, antwortete er und übergab Elvira die Mappe und den MP3-Player.

»Hast du ihn allein vernommen?«, fragte sie und hielt seine Hand fest.

»Frau Durant und ich haben uns aufgeteilt. Sie müsste eigentlich jeden Moment mit Gebhardt hier eintreffen. Sorg bitte dafür, dass vor allem Gebhardt vorerst keinen Anwalt zu Gesicht bekommt. Ich schnapp mir jetzt Möller.«

»Ich wäre gern dabei, wenn du ihn festnimmst, auf sein Gesicht bin ich nämlich gespannt«, sagte Elvira. »Erlaubst du, dass ich bei dir mitfahre?«

»Dann wird es immer später. Wir wollten doch heute Abend essen gehen.«

»Wir sind um spätestens neun hier raus. Ich werde mich nur kurz um Reiter kümmern, denn sein Geständnis ist, wenn ich dich recht verstanden habe, lupenrein. Kann da irgendein Anwalt was dran drehen?«

»Nein, unmöglich, vor allem, weil Reiter sich von keinem noch so gewieften Anwalt mehr freikaufen lassen will. Im Übrigen möchte ich betonen, dass Reiter für meine Begriffe der Harmloseste von den dreien ist, aber davon kannst du dich selbst überzeugen. Der ist völlig fertig mit den Nerven. Nimm ihn also bitte nicht so hart ran.«

»Und Gebhardt?«

»Der ist wohl schon seit seiner Jugend auf Drogen aller Art, behauptet jedenfalls Reiter. Als Durant und ich gestern bei ihm waren, hat's mächtig nach Gras gerochen. Er lässt sich im Gegensatz zu Reiter und Möller auch ziemlich gehen. Laut Reiter hat Gebhardt den tödlichen Schuss auf Guttenhofer abgefeuert, Laura Kröger wurde angeblich von Möller erschossen.«

»Quod erat demonstrandum«, erwiderte sie mit hochgezogenen Brauen. »Kann es nicht sein, dass Reiter sich mit diesem überraschend schnellen Geständnis einen Vorsprung verschaffen will?«

»Ich versteh nicht ganz.«

»Nun, ihr taucht gestern bei ihm auf, stellt ihm die entsprechenden Fragen zu den Morden, und er sagt sich, wenn ich nicht schnell gestehe und die andern belaste, bin ich am Ende der Hauptschuldige. Ganz getreu dem Motto, wer zuerst kommt, kriegt die geringste Strafe oder geht vielleicht sogar straffrei aus.«

»Nein«, sagte Brandt kopfschüttelnd. »Reiter war vorhin extrem emotional und hat Details genannt, die zu plausibel klingen, als dass er sich mit dem Geständnis nur einen Vorteil erkaufen will. Nee, das war echt, meine Erfahrung sagt mir, dass er nicht geschauspielert hat. Und, das hätte ich beinahe vergessen, er war vor ein paar Monaten bei einem Priester in Heidelberg und hat bei ihm die Beichte abgelegt. Er kann sich allerdings nicht an den Namen der Kirche erinnern, sagt aber, dass er sie wiedererkennen würde. Und er hat gesagt, dass er den Priester von seinem Beichtgeheimnis entbinden wird. Ich denke, das alles spricht für ihn, denn er konnte ja noch nicht mal am Wochenende wissen, dass wir plötzlich auf der Matte stehen würden. Aber mach dir selbst ein Bild von ihm. Und jetzt sollten wir rübergehen, sonst …«

»Sonst was?«

»Geht die Tür auf, und irgendwer kommt auf dumme Gedanken«, antwortete Brandt lächelnd. »Auf, die Zeit läuft uns noch davon, und ich will die Durant nicht dabeihaben, wenn wir Möller hochnehmen.«

»Einen Moment noch«, sagte Elvira Klein und hielt Brandt am Arm fest. »Was soll ich mit meinem Vater machen? Ich bin ratlos.«

»Nichts. Er muss jetzt eine Entscheidung treffen, und wofür er sich auch entscheidet, es wird verdammt hart für ihn werden. Aber mach es nicht zu deinem Problem, du bist raus aus *seiner* Nummer. Du hast doch nur deine Arbeit getan. Wärst du nicht Staatsanwältin, hätte ein anderer das an deiner Stelle übernommen. Du bist erwachsen und deinem Vater keine Rechenschaft mehr schuldig, im Gegenteil, er muss sich dir gegenüber verantworten.«

»Das sagst du so einfach.«

»Es ist so einfach. Ich kann dich verstehen, du bist seine Tochter und fühlst dich in gewisser Weise ihm gegenüber verpflichtet oder in der Schuld oder was immer. Aber er hat dich angelogen und hat …«

»Ja, ich weiß, er hat kriminell gehandelt. Du hast ja recht, nur, ich kapier's noch immer nicht, es ist einfach unbegreiflich.«

»He, wir haben die Kerle geschnappt, das ist doch schon was«, sagte er aufmunternd und fasste sie bei den Schultern, etwas, das er sich vor vierundzwanzig Stunden nicht im Entferntesten getraut hätte, an das er nicht einmal gedacht hätte, weil er nie auf die Idee gekommen wäre, Elvira Klein zu berühren, denn sie war die unnahbare, die kühle, die unberührbare Staatsanwältin. Und nun waren sie in diesem kleinen Raum, standen sich gegenüber, und es war, als hätte es nie irgendwelche Auseinandersetzungen zwischen ihnen gegeben. »Wenn deinem Vater etwas an dir gelegen ist, wird er es nicht auf einen Kampf mit dir ankommen lassen. Und denk dran, fünfzig Prozent des Falls sind gelöst. Die andern fünfzig lösen wir auch noch. Mit dem Mord an der Sittler ist eine Lawine losgetreten worden, mit der keiner gerechnet hat. Tut mir leid, dass auch dein Vater mit drin hängt.«

»Dein Optimismus in allen Ehren, aber das mit den andern fünfzig Prozent wird wohl nicht so leicht werden.«

»Doch, wird es. Frau Durant und ich sind ein relativ gutes Team.«

»Sie kommt aus Frankfurt.«

»Nein, aus der Nähe von München.«

»Das ist natürlich was völlig anderes«, sagte sie mit einem Lächeln, das eine ganz andere Elvira Klein zeigte, eine sympathische und zugängliche, die endlich dabei war, ihren Panzer abzulegen. Ihm gegenüber.

Mittwoch, 16.10 Uhr _____

Brandt hielt vor dem Eingang des Flachbaus, der Streifenwagen direkt hinter ihm. Die Beamten sprangen heraus und liefen mit schnellen Schritten in das Gebäude. Brandt sagte zu der verdutzt dreinblickenden jungen Dame, mit der er am Mittag schon einmal gesprochen hatte: »Ist Herr Möller im Haus?«

»Ja, aber …«

»Danke, wir kennen den Weg. Und bitte Hände weg vom Telefon.« Und nachdem sie die Glastür passiert hatten, sagte Brandt zu Elvira Klein: »Sie warten bitte vor der Tür, ich möchte nicht, dass man Sie gleich erkennt.«

»Warum?«

»Ganz einfach, ich will nicht, dass Möller Sie gleich erkennt. Sie können ja von hier draußen alles mithören, wir lassen die Tür offen.« Er zwinkerte ihr zu, ohne dass die beiden Schutzpolizisten es mitbekamen, und gab ihnen ein Zeichen, ihm zu folgen.

Ohne anzuklopfen traten sie in das Büro. Möller telefonierte gerade. In dem großen Ledersessel vor dem Schreibtisch saß ein älterer Herr, der einen Zigarillo in der rechten Hand hielt. Beide schauten erschrocken auf, als sich die Tür öffnete und Brandt schnurstracks auf Möller zuging, ihm ohne ein Wort den Telefonhörer aus der Hand nahm und auf die Einheit legte.

»Was soll das?«, fuhr Möller Brandt entrüstet an. »Sie …«

»So schnell sieht man sich wieder, Herr Möller. Das hätten Sie nicht erwartet, was? Aber um's kurz zu machen«, sagte Brandt und hielt ihm den Haftbefehl hin, »Sie stehen unter dem dringenden Tatverdacht, Peter Guttenhofer und Laura Kröger ermordet zu haben. Sie haben das Recht, die Aussage zu verweigern, allerdings kann alles, was Sie von nun an sagen, vor Gericht gegen Sie verwendet werden. Haben Sie das verstanden?«

Möller versuchte ein Grinsen, was jedoch eher einer Fratze glich. »Sie spinnen doch, ich …«

»Hände auf den Rücken«, sagte Brandt.

»Was erlauben Sie sich?!«, brüllte der ältere Herr mit hochrotem Kopf und baute sich vor Brandt auf. »Sie stürmen hier rein und verhaften einfach so meinen Sohn! Das wird Konsequenzen haben!«

»Ah, Sie sind also der Vater«, sagte Brandt, obgleich die äußere Ähnlichkeit zwischen Vater und Sohn geradezu frappierend war, und musterte Walter Möller von oben bis unten. Auch er trug einen eleganten Business-Anzug, ein blaues Hemd und eine rote Krawatte, und wäre Möller senior nicht etwa dreißig Jahre älter gewesen, so hätten beide fast als Zwillinge durchgehen können. Und jetzt wusste Brandt auch, warum der Vater alles, aber auch alles für seinen Sohn getan hatte, um ihn vor dem Gefängnis zu bewahren. »Sie können gerne mitkommen, an Sie haben wir nämlich auch einige Fragen.«

»Ich werde nicht zulassen, dass Sie meinen Sohn mitnehmen.«

»Das können Sie gar nicht mehr verhindern. Einmal ist es Ihnen gelungen, ein zweites Mal wird es nicht geben. Schluss,

Ende, Finito. Das Spiel ist aus, Herr Möller«, sagte Brandt lakonisch.

»Das werden wir ja sehen!«, brüllte Walter Möller noch lauter und drückte seinen Zigarillo mit einer Gewalt aus, als würde er sich vorstellen, es wäre Brandts Gesicht. »Das werden wir ja sehen! Es ist eine bodenlose Unverschämtheit, was Sie sich hier erlauben. Ich werde umgehend meinen Anwalt verständigen und …«

»Und was? Meinen Sie, der kann Ihnen noch helfen? Oder sollte ich besser sagen, noch einmal helfen? Ich sehe ehrlich gesagt keine Chance. Sie können reinkommen«, rief er nach draußen.

Elvira Klein kam um die Ecke und trat ins Büro. Walter Möller sah sie mit ungläubigem Blick an und stieß hervor: »Elvira, was machst du denn hier?«

»Ich leite ab sofort die weiteren Ermittlungen. Und bitte, Herr Möller, sprechen Sie mich mit Frau Klein an. Haben Sie das verstanden? Und Ihren Anwalt dürfen Sie selbstverständlich gerne zu Rate ziehen, allerdings wird die erste Vernehmung Ihres Sohnes ohne anwaltlichen Beistand stattfinden. Wir sehen uns auf dem Präsidium.«

»Elvira, verdammt noch mal«, schrie Magnus Möller sie an, »das kannst du nicht machen, wir kennen uns doch schon …«

»Für Sie gilt das Gleiche wie für Ihren Vater. Abführen.«

»Du alte Schlampe!«, zischte Magnus Möller kaum hörbar. »Und mit dir war ich mal befreundet.«

»Ich habe sehr gute Ohren, Herr Möller, Sie sollten aufpassen, was Sie sagen.« Und zu den Beamten: »Schafft ihn endlich raus.«

»Frau Klein«, sagte Walter Möller mit einem Mal beinahe sanft, »dürfte ich … Sie … kurz unter vier Augen sprechen?«

»Nein. Auf dem Präsidium stehe ich Ihnen allerdings gerne zur Verfügung. Auf Wiedersehen. Und vergessen Sie nicht, Ihren Anwalt zu verständigen.«

»Das werden Sie noch bereuen«, sagte Walter Möller. »Das werden Sie noch bereuen, so wahr ich Walter Möller heiße.«

»Ich weiß, wie Sie heißen, Ihr Name taucht ja oft genug in den Akten auf.«

Magnus Möller wurde in den Streifenwagen gesetzt, Brandt und Klein fuhren hinterher. Sie wechselten kein Wort, bis sie die Stadtgrenze von Offenbach erreichten.

»Ich habe zum ersten Mal Angst«, sagte Elvira Klein, wobei ihre Stimme leicht zitterte.

»Vor deinem Vater?«

»Nicht nur. Ich kann's nicht beschreiben, aber ich frag mich die ganze Zeit, wie viele Personen in diesem Netzwerk drinstecken. Und Möller hat einen ungeheuren Einfluss, und dem wird jedes Mittel recht sein, um seinen Kopf aus der Schlinge zu ziehen. Ich bin doch nur eine kleine Staatsanwältin, und wenn jemand von noch höherer Stelle kommt und …«

»He, das klingt aber nicht nach der Elvira Klein, die ich kenne. Du hast auch Einfluss.«

»Das denkst du. Ich hab unserm Oberstaatsanwalt schon mal auf die Füße getreten, als er sich an mich rangemacht hat und ich ihn hab abblitzen lassen. Wenn der sagt, Frau Klein, Sie sind in diesem Fall befangen, weil Sie die Möllers seit Ihrer Kindheit kennen, bin ich raus. Und wenn er mir richtig eins auswischen will, was er bestimmt mit Vergnügen schon längst getan hätte, hätte ich ihm die Möglichkeit dazu gegeben, dann wird er es diesmal tun.«

»Du vergisst eins, wir haben bereits ein Geständnis. Und wer weiß, vielleicht hat Frau Durant den Gebhardt inzwischen auch schon weich gekocht, denn Gebhardts damaliger Anwalt weilt nicht mehr unter den Lebenden, das heißt, er hat aller Voraussicht nach keinen Anwalt. Und noch was, das hört sich jetzt vielleicht blöd an, aber denk einfach positiv. Wir sind jetzt so weit gekommen, wir lassen uns doch den Braten nicht mehr vom Teller klauen. Und wenn dein Vater nur ein bisschen Verstand besitzt, wird er das Mandat von Möller nicht übernehmen. Und auch der alte Möller kann es sich bei der Beweislage nicht mehr erlauben, sich zu weit aus dem Fenster zu lehnen. Außerdem könnten wir noch einen Trumpf aus dem Ärmel ziehen, allerdings nur, wenn Möller es darauf ankommen lässt.«

Elvira Klein runzelte die Stirn und sah Brandt von der Seite an. »Was für einen Trumpf?«

»Die Medien, allen voran die Presse. Ich würde mich jedenfalls nicht scheuen, ein paar Details nach außen dringen zu lassen. Die haben keine Chance mehr, wenn wir jetzt einen kühlen Kopf bewahren.«

»Ich habe meinen Vater gestern sehr verletzt«, sagte sie und sah ihn dabei an, als wäre sie selbst schwer verletzt.

»Bitte?! Nur weil du ihm die Wahrheit gesagt hast?«

»Die Wahrheit kann manchmal wie ein Giftpfeil sein. Hat mein Vater mal gesagt. Und da hat er ausnahmsweise recht. Für mich war das gestern so, wie du mir von seinen Machenschaften berichtet hast. Es war wie ein Giftpfeil.«

»Hat er sich eigentlich heute schon bei dir gemeldet?«

»Nein. Ich denke, er erwartet, dass ich den ersten Schritt mache.«

Brandt legte eine Hand auf ihre und sagte in väterlichem Ton: »Jetzt mach dir keine Sorgen, es wird nichts mehr schiefgehen, das weiß ich. Und unser werter Herr Oberstaatsanwalt mag vielleicht ein Schürzenjäger sein, aber er hat meines Wissens bisher keine Rechtsbeugung begangen.«

»Ich wünschte, wir hätten alles schon in trockenen Tüchern. Vernehmen wir beide Magnus Möller?«

»Wenn du möchtest.«

»Nein, eigentlich nicht. Er würde nur immer wieder unsere lange sogenannte Freundschaft thematisieren. Mach's mit Frau Durant oder Frau Eberl, ich hör von nebenan zu.«

»Einverstanden. Aber nur bis neun, ich hab noch einen wichtigen Termin«, sagte er grinsend.

»Wo gehen wir hin?«

»Ich kenne da ein sehr nettes und gemütliches spanisches Restaurant. Es wird dir gefallen.«

»Mir ist im Augenblick überhaupt nicht danach. Ich wünschte, es wäre endlich alles zu Ende.«

»Heißt das, wir gehen nicht?«, fragte er.

Sie zuckte mit den Schultern. »Ich weiß nicht.« Und nach kurzer Überlegung: »Doch, wir gehen, ich muss auf andere Gedanken kommen.«

Brandt parkte auf dem Hof und sagte: »Wir schaffen's, das verspreche ich dir.«

Mittwoch, 16.40 Uhr

Julia Durant hatte in Windeseile das schriftliche Geständnis von Andreas Reiter überflogen und sich die wichtigsten Punkte notiert. Nun war sie im Vernehmungszimmer, saß auf der einen Seite des Tisches, Gebhardt ihr gegenüber, Nicole Eberl stand seitlich von ihm an der Wand, die Arme vor der Brust verschränkt. Er schwitzte wie schon gestern, große Flecken hatten sich auf seinem verwaschenen, ausgeleierten T-Shirt unter den Armen und auf der Brust gebildet. Auch auf seiner Stirn stand Schweiß, und ein paar Tropfen liefen über sein Gesicht.

»Ich will einen Anwalt«, forderte er zum wiederholten Mal.

»Herr Gebhardt, auch der beste Anwalt der Welt wird Sie aufgrund der erdrückenden Beweislage nicht mehr hier rausbringen. Machen Sie sich's einfach und gestehen Sie, wie es auch Herr Reiter getan hat. Wissen Sie, wir haben unendlich viel Zeit, und glauben Sie mir, ich habe schon Verhöre durchgeführt, die haben drei oder vier Tage gedauert, mit ganz kurzen Unterbrechungen, ich bin nämlich ziemlich hart im Nehmen. Sie sind doch jetzt schon ganz fertig. Warum haben Sie damals die Morde begangen?«

Gebhardt lehnte sich zurück, sein Atem ging schwer, seine Augen schweiften ruhelos von einem Punkt zum andern. Er war unfähig, Durant anzusehen. Er zitterte am ganzen Körper, und Durant wusste, dass er nicht mehr lange durchhalten würde, auch wenn sie erst seit einer knappen halben Stunde mit ihm beschäftigt war. Er hatte keine Drogen, keine Zigaretten, nur ein Glas stand vor ihm, das er bis jetzt nicht angerührt hatte. Sein Kehlkopf hüpfte ein paarmal auf und ab, mit einem Fuß klopfte er monoton auf den Boden. Durant warf Eberl einen kurzen, aber bedeutungsvollen Blick zu. Eberl löste sich von der Wand, stützte sich mit beiden Händen auf den Tisch und sah Gebhardt aus wenigen Zentimetern Entfernung an. Er roch unangenehm nach Schweiß und aus dem Mund, was sie ignorierte, hatte sie es doch in den letzten Jahren schon mit andern Verdächtigen zu tun gehabt, die noch heruntergekommener waren.

»Meine Kollegin hat Ihnen bereits erklärt, dass ein Geständnis vor Gericht immer zugunsten des Angeklagten gewertet wird. Das heißt, es wirkt strafmildernd. Wieso machen Sie es sich so schwer? Sie versuchen mit aller Gewalt zu retten, was nicht mehr zu retten ist. Erkennen Sie an, dass es keinen Ausweg mehr gibt.«

»Ich habe keinen Mord begangen, das waren Möller und Reiter«, entgegnete er mit stockender Stimme.

»Das heißt aber, Sie waren dabei, wie Sie eben zugegeben haben.«

»Ja, verdammt, ich war dabei. Aber die andern beiden haben diesen Typ und das Mädchen gekillt.«

»Aha, und wie genau hat sich das abgespielt?«, fragte Durant.

»Weiß nicht mehr, ist zu lange her.«

»Und warum haben Sie nicht eingegriffen?«

»Keine Ahnung, war halt so.«

»Sie neigen zu aggressivem Verhalten und Gewalttätigkeiten, wenn Sie Drogen genommen haben.«

»Woher wollen Sie das denn wissen?!«, schrie er und sprang auf. Der Stuhl kippte um, Gebhardt machte einen Sprung zur Wand und schlug ein paarmal mit der Faust dagegen, bis die Haut an den Knöcheln aufplatzte und Blut herauskam. »Woher verdammt noch mal wollen Sie das wissen?!«

»Setzen Sie sich wieder«, sagte Durant gelassen.

»Und wenn nicht, was dann? Wollen Sie mich zusammenschlagen, oder was? Kommen Sie, versuchen Sie's, mal sehen, wer stärker ist. Du hast doch keine Chance gegen mich. Nicht gegen Thomas Gebhardt.«

»Ich habe gesagt, Sie sollen sich wieder setzen.«

Gebhardt lachte auf. Es klang irre, als wäre er nicht mehr Herr seiner Sinne.

»Du kannst mich mal am Arsch lecken, du Bullenfotze! Ihr könnt mich alle mal am Arsch lecken!«

»Hinsetzen! Und die Beleidigung eben hab ich überhört, sonst müsste ich auch noch Anzeige wegen Beamtenbeleidigung erstatten. Ist mir aber zu aufwendig. Also, hinsetzen!«

Gebhardt kicherte, fuhr sich mit dem blutigen Handrücken übers Gesicht und sagte: »Ich will aber nicht, kapiert? Erst wenn ich was zu rauchen krieg. Erst was zu rauchen, dann setz ich mich wieder und bin ein braver Junge.«

»Hier ist Rauchverbot. Aber ich denke, wir haben genug gehört. Das ging viel schneller, als ich gedacht habe, Herr Gebhardt«, sagte Durant.

»He, was soll das? Was ging viel schneller? Hä?«

»Ich lasse Sie jetzt in Ihre Zelle bringen.«

»Und da? Ich hab doch niemanden umgebracht, weder diesen

Guttenhofer noch die Kröger, kapiert?! Ich hab überhaupt nichts gestanden.«

»O doch, das haben Sie. Sie waren zumindest dabei. Aber wenn Sie nicht abgedrückt haben, verraten Sie uns doch, wo Sie gesessen haben, als der tödliche Schuss auf Herrn Guttenhofer abgefeuert wurde. Daran werden Sie sich doch sicherlich noch erinnern können.« Sie stellte diese Frage, weil Reiter in seinem Geständnis die Sitzpositionen aufgeführt hatte.

»Hinten, ich hab an dem Abend hinten gesessen. Warum interessiert Sie das?«, antwortete Gebhardt, der sich jetzt doch gesetzt hatte und wieder mit dem Fuß nervös und monoton auf den Boden klopfte.

»An dem Abend, sagen Sie. Sonst haben Sie aber immer vorne neben Möller gesessen, richtig?«

»Ja, und?«

»Nur so. Und wer saß am Steuer?«

»Möller, der ist doch immer gefahren.«

»Und warum haben Sie ausgerechnet an dem Abend hinten gesessen? Hatte das einen bestimmten Grund?«

»Keine Ahnung, kann mich nicht erinnern.«

»Ich glaube schon, dass Sie das können. So vergesslich sind Sie nicht, wie Sie eben bewiesen haben. Und die Waffe lag neben Ihnen.«

»Das hab ich nicht gesagt, das stimmt nicht, das wollen Sie mir nur unterschieben. Reiter hat die Kanone vorne bei sich gehabt und …«

»Vorne. Wo? Zwischen den Beinen?«

»Ja, zwischen den Beinen. Und mit einem Mal hat er losgeballert. Einfach so.«

»Einfach so. Verstehe. Er hat vorher nichts gesagt, keine Andeutungen gemacht, dass er gleich jemanden erschießen wird?«

»Nein, nein, nein!«, beteuerte Gebhardt und wischte sich wieder mit dem Handrücken über die Stirn und die Nase.

Die Tür ging auf, und Brandt kam herein und gab Eberl und Durant ein Zeichen. »Wir lassen Sie kurz allein. Hier drin kann Ihnen nichts passieren, Reiter ist in einem andern Raum.«

»Was ist mit rauchen? Krieg ich endlich 'ne Zigarette?«

»Wie ich schon sagte, hier ist Rauchverbot. Vielleicht später in Ihrer Zelle.«

»Scheiße! Ich halt's hier drin nicht aus.«

»Sie werden's sogar noch viel länger aushalten müssen, wenn Sie nicht endlich mit der Wahrheit rausrücken. Es liegt ganz allein in Ihrer Hand. Und wie ich ebenfalls bereits sagte, ein Geständnis wirkt sich immer strafmildernd aus. Wir lassen Ihnen jetzt ein bisschen Zeit zum Überlegen.« Draußen fragte Durant: »Wie ist es gelaufen?«

»Wir haben Möller dabei. Darf ich vorstellen, Staatsanwältin Klein, Frau Durant.«

»Angenehm«, sagte Elvira Klein und reichte Durant die Hand, welche die ihr bis eben nur vom Hörensagen bekannte Staatsanwältin unauffällig musterte, um sich ein erstes Bild von ihr zu verschaffen. Und dieses Bild zeigte ihr eine Frau, die einen offenen und sympathischen Eindruck machte, auch wenn sie momentan unter gehörigem Stress stand und die Anspannung sich förmlich in ihrem Gesicht, vor allem ihren Augen, abzeichnete. Eine sehr gutaussehende und attraktive Frau, dachte sie. Ich frag mich, warum die keinen Mann abbekommt. Na ja, vielleicht zu dominant, auch wenn ihr Händedruck eher sanft und verhalten war. Aber das will nichts heißen, denn sollte sie tatsächlich einige Eigenschaften besitzen, die man auch mir vorwirft, würde es mich nicht wundern, wenn die meisten Männer sich von ihr abgeschreckt fühlen.

»Ebenso«, erwiderte Durant. »So lerne ich Sie auch mal persönlich kennen. Ich hab schon viel von Ihnen gehört.«

»Ach ja? Von wem?«

»Wir haben eine gemeinsame Freundin, Andrea Sievers.«

Elvira Klein lächelte kurz und sagte: »Und sie sprechen über mich?«

»Nein, nicht was Sie denken, aber wir können uns ja ein andermal unterhalten, im Moment stehen wichtigere Punkte auf der Tagesordnung.«

»Stimmt. Wie kommen Sie voran?«

»Nicht mehr lange, und er wird zusammenbrechen. Noch windet er sich und behauptet, dass Reiter auf Guttenhofer geschossen habe.«

»Fragen Sie ihn nach dem Schützenverein«, meinte Brandt. »Reiter hat ausgesagt, dass Gebhardt schon als Junge mit seinem Vater in den Schützenverein gegangen ist und sogar mehrere Pokale gewonnen hat. Er ist ein hervorragender Schütze. Reiter hingegen behauptet, sich nie für Waffen interessiert zu haben, was ich ihm auch glaube. Seine Aussage ist derart präzise, er konnte sich an jede Einzelheit erinnern. Ich kann mir beim besten Willen nicht vorstellen, dass er mit den Morden etwas zu tun hat.«

»Gebhardt war definitiv an mindestens einem Mord beteiligt, das heißt, er hat mindestens einen begangen«, sagte Durant und sah durch die Glasscheibe, hinter der Gebhardt unruhig im fensterlosen Raum auf und ab tigerte. Nervös, unruhig, fahrig, sich ständig mit den Händen übers Gesicht und die Haare streichend. »Er hält nicht mehr lange durch, aber das kommt davon, wenn man über Jahre hinweg Drogen nimmt. Hat Reiter eigentlich irgendwas davon erwähnt, dass Gebhardt schon damals regelmäßig Drogen konsumiert hat?«

»Ja«, bestätigte Brandt. »Drogen, Alkohol, alles, was ihm eben so in die Finger kam, außer dem richtig harten Stoff. Er ist ein äußerst labiler Typ, den Sie leicht knacken können. Sprechen Sie ihn auf den Schützenverein an, das versetzt ihm den Todesstoß.«

»Okay. Und Möller?«

»Ich hätte Sie gerne dabei, aber Sie sind ja beschäftigt«, sagte Brandt bedauernd. »Deshalb werde ich die Vernehmung mit meinem Boss durchführen. Sollten Sie jedoch rechtzeitig fertig werden, können Sie uns ja Gesellschaft leisten. Bis später. Und nicht vergessen, der Schützenverein ist der Schlüssel zum Geständnis«, fügte er grinsend hinzu und ging mit Elvira Klein den Gang entlang und durch eine Tür.

»In spätestens zehn Minuten haben wir sein Geständnis. Wollen Sie?«, sagte Durant zu Eberl.

Eberl nickte. »Gerne. Gehen wir wieder rein, der Kerl kann ja kaum noch klar denken.«

Durant machte die Tür hinter sich zu, Eberl stellte das Tonband wieder an.

»Herr Gebhardt«, sagte sie in der für sie typischen sanften Art und sah ihn dabei an, »wie viele Pokale haben Sie schon gewonnen?«

»Hä?«

»Sie haben doch viele Pokale gewonnen. In welcher Sportart?«

Gebhardt schluckte schwer. Er hatte seine Hände kaum noch unter Kontrolle, so sehr zitterte er, doch er antwortete nicht.

»Wollen Sie's uns nicht verraten? Gut, dann werde ich es Ihnen sagen. Sie sind ein hervorragender Schütze.«

»Wer behauptet das?«, fragte er kaum hörbar.

»Das tut nichts zur Sache, wir wissen es nun mal. Die Polizei findet alles heraus, auch wenn ein Mord zehn oder mehr Jahre zurückliegt. Sie waren schon als Kind im Schützenverein und haben mehrere Pokale gewonnen. Der Umgang mit Waffen war und ist Ihnen also nicht fremd, wahrscheinlich betrachten Sie Waffen sogar als eine Art Freunde, weil Sie sonst keine haben. Und Waffen geben auch ein unglaubliches Gefühl von Sicherheit und Stärke, ja, man fühlt sich stark und mächtig. Haben Sie sich stark und mächtig gefühlt, wenn Sie eine in der Hand hielten?«

Keine Antwort.

»Sie sind ja auf einmal so still. Hab ich was Falsches gesagt? Vermutlich nicht. Bei hoher Geschwindigkeit jemandem genau in den Kopf zu schießen erfordert nicht nur eine hohe Präzision, sondern vor allem jahrelange Übung. Ich bin seit fast zwanzig Jahren bei der Polizei und glaube kaum, dass ich das hinkriegen würde, und auch die meisten meiner Kollegen, die wie ich regelmäßig auf den Schießstand müssen, würden das nicht schaffen. Ein Auto fährt nie ganz ruhig, es gibt Bodenwellen, na ja, man muss eine sehr ruhige und geübte Hand haben, um bei hohem Tempo jemandem in den Kopf zu schießen. Herr Reiter hingegen, den Sie beschuldigen, die Pumpgun abgefeuert zu haben, hat nie einem Schützenverein angehört, er mag nämlich keine Waffen. Wie viele Pokale haben Sie gewonnen?«

Ohne Vorwarnung sprang Gebhardt wieder auf, der Stuhl knallte auf den Boden, und er schrie: »Verdammt noch mal, hören Sie auf! Ja, ja, ja, ich hab geschossen, aber ich wollte ihn nicht umbringen, ich hab einfach abgedrückt, als wir neben ihm waren. Es war keine Absicht, das schwöre ich. Aber die Kröger hab ich nicht umgebracht, damit hab ich nichts zu tun, das war Möller.«

»Was hat er gemacht?«, fragte Eberl.

»Sie stand am Straßenrand und hatte 'ne Panne. Dann ist es eben passiert. Er hat ihr seine Hilfe angeboten und … Ich weiß nicht, ich war ziemlich zu, aber ich weiß, dass er ihr die Kanone an den Kopf gehalten und abgedrückt hat.«

»Nachdem Sie und Möller Laura Kröger vergewaltigt und misshandelt hatten«, sagte Eberl weiterhin sanft und einfühlend, auch wenn sie innerlich kochte.

»Ja, kann sein.«

»Und Herr Reiter, was hat er gemacht, während Sie sich an ihrem wehrlosen Opfer vergriffen haben?«

»Nichts, der hat nie was gemacht, der alte Feigling«, stieß

Gebhardt hervor und merkte sofort, dass er einen gravierenden Fehler begangen hatte.

»Ich hab schon verstanden«, sagte Eberl, als hätte sie den letzten Satz nicht gehört. »Wir haben Ihr Geständnis auf Band, wir brauchen jetzt nur noch Ihre Unterschrift. Hier«, sie deutete auf die untere Zeile des Formulars und reichte ihm den Kugelschreiber. Mit zittrigen Fingern unterschrieb Gebhardt, ließ den Stift fallen und vergrub sein Gesicht in den Händen.

»Was wird jetzt mit mir?«

»Sie kommen in U-Haft, alles Weitere entscheidet die Staatsanwältin.«

»Und wie lange muss ich ins Gefängnis?«

»Das wiederum hängt vom Richter ab. Aber Sie sollten sich darauf einstellen, dass es für eine ziemlich lange Zeit sein wird. Ich lasse Sie jetzt in Ihre Zelle bringen, dort können Sie rauchen, so viel Sie wollen.«

Eberl stand auf und holte einen auf dem Gang sitzenden Wachbeamten herein, der Gebhardt Handschellen anlegte und ihn in seine Zelle führte.

»Reiters Version stimmt also«, bemerkte Durant. »Und wenn Gebhardt wirklich unter Drogen stand, was wir nicht widerlegen können, dann kommt er unter Umständen mit einer relativ milden Strafe davon.«

»Es werden mindestens zehn Jahre, aber eigentlich ist mir das egal. Ich bin nur froh, dass der Spuk endlich vorbei ist. Wir sollten Peter Bescheid sagen.« Eberl nahm die Kassette und das Videoband aus den Geräten, ging damit in ihr Büro und legte die Bänder zusammen mit dem schriftlichen Geständnis in die mittlere Schublade. Anschließend schloss sie ihren Schreibtisch ab.

»Hat das einen Grund?«, fragte Durant.

»Wir wollen doch beide nicht, dass schon wieder etwas auf wundersame Weise verschwindet.«

Sie begaben sich zu Brandt und Spitzer, die sich mit Magnus

Möller befassten, und teilten ihnen und Elvira Klein, die auch herausgekommen war, auf dem Gang die wichtigsten Details aus der Vernehmung und dem Geständnis von Gebhardt mit.

»Er hat also Reiters Version bestätigt«, sagte Brandt. »Damit haben wir Möller endgültig am Schlafittchen. Ich frag mich nur, wo sein Anwalt bleibt.« Dabei warf er Elvira Klein einen kurzen Blick zu, den sie ebenso kurz erwiderte.

»Der kommt noch«, sagte Durant und schaute auf die Uhr. »Jetzt haben wir schon halb sieben, und dabei wollte ich doch um sechs bei diesem Hohl sein. Na gut, dann wird der Abend etwas länger. Schaffen Sie Möller auch ohne mich?«

»Ja, ja«, antwortete Brandt, »fahren Sie nur zu Hohl. Wir sehen uns morgen.«

Durant verabschiedete sich, Brandt ging mit Spitzer zurück in das Vernehmungszimmer.

»Es sieht schlecht aus für Sie, sehr schlecht sogar«, sagte Brandt. »Soeben hat Herr Gebhardt gestanden und Herrn Reiters Version bestätigt. Beide behaupten unabhängig voneinander, dass Sie Laura Kröger erschossen haben. Die Schlinge zieht sich immer fester um Ihren Hals zu.«

Möller wurde mit einem Mal aschfahl im Gesicht, seine Mundwinkel zuckten, seine die ganze Zeit zur Schau getragene Selbstsicherheit war von einer Sekunde zur andern verflogen.

»Sie sagen ja gar nichts dazu. Hat es Ihnen etwa die Sprache verschlagen? Sie sind doch sonst so eloquent und um keine Ausrede verlegen.«

»Ich möchte mit meinem Anwalt sprechen«, erwiderte er mit monotoner Stimme.

»Der ist noch nicht aufgetaucht, aber wir kommen vorläufig auch ohne ihn zurecht. Wie es scheint, verlieren Sie nach und nach Ihre Freunde. Selbst Ihr Vater ist noch nicht hier, was mich doch sehr wundert.«

»Ohne meinen Anwalt kriegen Sie kein Wort mehr aus mir raus.«

»Auch gut, dann brechen wir an dieser Stelle ab, und Sie können sich später mit Ihrem Anwalt besprechen. Bis dahin dürfen Sie es sich in Ihrer Zelle gemütlich machen, sofern das möglich ist.«

»Sie kommen damit nicht durch, ich habe …«

Brandt zog die Brauen hoch und sagte: »Sie haben was?«

»Das werden Sie schon noch früh genug erfahren. So leicht gehe ich nicht in den Bau, darauf können Sie Gift nehmen«, erklärte er mit plötzlich wiedergewonnener Selbstsicherheit, und Brandt fragte sich, wie Möller es schaffte, sich so schnell auf neue Situationen einzustellen.

Brandt machte das Tonband aus und sagte: »Wissen Sie, was mich an Ihnen so ankotzt? Ihre unerträgliche Arroganz. Bei Ihnen frag ich mich ernsthaft, ob das angeboren ist. Wahrscheinlich liegt das in den Genen, Sie haben offenbar eine Menge von Ihrem Vater.« Und zu einem Beamten: »Schaff ihn mir aus den Augen.«

Er wartete, bis Möller von dem Beamten abgeführt wurde, und ging dann mit Spitzer und Elvira Klein ins Büro, wo Eberl hinter ihrem Schreibtisch saß und sich Reiters Geständnis durchlas. Sie blickte auf und fragte: »Was ist mit Möller?«

»Der Mistkerl wartet auf seinen Anwalt«, antwortete Brandt nur und schenkte sich ein Glas Wasser ein.

»Kann ich Sie kurz unter vier Augen sprechen?«, fragte Elvira Klein.

»Bitte, gehen wir nach nebenan, dort sind wir ungestört.«

Er machte die Tür hinter sich zu. Elvira Klein wirkte ungewöhnlich nervös.

»Ich frage mich, wo mein Vater bleibt.«

»He, ganz ruhig. Ruf ihn an, dann weißt du's. Aber mein Gefühl sagt mir, dass er und der alte Möller so einiges zu bereden haben, und so was kann dauern. Das ist für mich ein gutes Zeichen.«

»Was macht dich da so sicher?«, fragte sie zweifelnd.

»Mein Bauch hat mich noch nie angelogen«, antwortete er gelassen und setzte sich ihr gegenüber. Er betrachtete ihre Hände, ihre Finger und sah sie lange an und spürte, dass sie sich am liebsten an seine Schulter gelehnt hätte. Und auch er hätte ihr gerne etwas gesagt, aber er merkte, dass es nicht der rechte Augenblick war. Er schaute zur Uhr, Viertel vor sieben. Die Tür ging auf und Eberl kam herein.

»Dr. Klein und Herr Möller sind da, soll ich ausrichten. Dr. Klein würde gerne mit Ihnen sprechen«, sagte sie zu Elvira.

Sie nickte nur, erhob sich und ging nach draußen.

Mittwoch, 17.30 Uhr

Dr. Robert Klein saß in Möllers Arbeitszimmer, während Möller am Fenster stand.

»Was heißt das, du kannst nichts machen? Du bist unser Anwalt, wir kennen uns seit einer halben Ewigkeit, und auf einmal ziehst du den Schwanz ein? Magnus wurde verhaftet, und du behauptest allen Ernstes, nichts für ihn tun zu können? Das ist doch lachhaft! Du hättest deine Tochter mal erleben sollen, mit welcher unerträglichen Arroganz sie aufgetreten ist …«

»Halt, Walter, das reicht. Ich habe deinem Sohn schon einmal aus der Patsche geholfen und mich damit strafbar gemacht. Das heißt, wir alle haben uns strafbar gemacht. Ich habe dich damals gewarnt, aber du wolltest partout nicht auf mich hören. Mord ist kein Kavaliersdelikt, sondern die schwerste aller Straftaten. Vor zehn Jahren haben wir es gemeinsam geschafft, Magnus und seine Freunde vor einer lebenslangen Freiheitsstrafe zu bewahren, diesmal wird das nicht mehr möglich sein. Dein Sohn und die beiden andern …«

»Papperlapapp, du redest Unsinn! Ich …«

»Nein, hör mir ganz genau zu. Wir haben eine einzige Chance, und die werde ich dir jetzt erklären, und ich bitte dich, mich ausreden zu lassen. Für Magnus können wir nichts, aber auch rein gar nichts mehr tun. Er wird, ob du es wahrhaben willst oder nicht, ins Gefängnis gehen, und zwar für eine sehr lange Zeit. Du und ich, wir beide haben jetzt die Wahl, ob wir mitgehen oder noch einmal einen Deal aushandeln. Ich spreche mit Elvira, und ich bin sicher, sie wird dem Vorschlag zustimmen, den ich ihr unterbreiten werde. Weder du noch ich haben jemanden getötet, das waren dein Sohn, Reiter und Gebhardt. Ich habe vor zehn Jahren Kopf und Kragen riskiert, damit die wichtigsten Beweismittel für immer verschwanden. Das war vor zehn Jahren. Heute werde ich meinen Kopf nicht mehr riskieren, und ich werde einen Teufel tun und meine Tochter zu überreden versuchen, gegen das Gesetz zu handeln. Du hast damals an deinen Sohn und deine Reputation gedacht, diesmal denke ich ausnahmsweise an meine Tochter.«

»Du Arschloch! Du hast dir doch eine goldene Nase an mir verdient. Ohne mich wärst du nur ein kleiner popeliger Anwalt, der irgendwelche bescheuerten Ehestreitigkeiten bearbeiten würde.«

»Walter, uns in dieser Situation anzugiften bringt uns kein Stück weiter. Ich weiß, dass ich dir eine Menge zu verdanken habe, aber du mir ebenfalls, und das solltest du nie vergessen. Wir können jetzt nur noch unsere Haut retten, aber nicht mehr die von Magnus. Und sei ganz ehrlich, wenn auch nur ein Funken Anstand in dir steckt, dann weißt du, dass das, was Magnus und seine Freunde angerichtet haben, durch nichts in der Welt wiedergutzumachen ist. Nicht mit allem Geld. Betrachte es bitte rational und nicht emotional. Es ist vorbei. Und solltest du dennoch darauf bestehen, dass ich wieder meine Hand ins Feuer halte, muss ich dir leider eine Absage erteilen. Mach dich schon mal mit dem Gedanken vertraut, deinen Sohn in Zukunft nur noch im Gefängnis zu sehen. Selbstverständlich steht es dir frei, dir einen andern Anwalt zu nehmen, aber ich fürchte, du wirst wenig Erfolg haben.«

Walter Möller kaute auf der Unterlippe, schenkte sich ein Glas Bourbon ein, trank es in einem Zug leer, zündete sich einen Zigarillo an und schwieg eine ganze Weile, dann sagte er: »Und was schlägst du vor?«

»Ich rede mit Elvira, erklär ihr alles und kann nur hoffen, dass sie mit meinem Vorschlag einverstanden ist.«

»Welchem Vorschlag?«

»Dass wir da rausgehalten werden. Es darf nie publik gemacht werden, dass wir vor zehn Jahren drei Mörder freigekauft haben, es wäre unser aller Ruin, finanziell, materiell und gesellschaftlich. Wie ist dein Kontakt zu Reiter und Gebhardt?«

»Wir treffen uns regelmäßig, du weißt schon, wo.«

»In Buchmanns Etablissement?«

Möller nickte.

»Kannst du sie jetzt erreichen?«

»Ich probier's.« Er hob den Hörer ab und sagte: »Und du siehst keinen andern Ausweg?«

»Nein. Wir können nur versuchen aus der Niederlage das Beste zu machen. Für Magnus und die andern ist es zu spät, für uns nicht. Und noch was – die Sittler, Buchmann und Hoffmann sind wegen der Sache umgebracht worden. Ich weiß nicht, inwieweit der oder die Täter über unsere damaligen Aktivitäten informiert sind, aber ich habe vor, noch ein bisschen zu leben. Lass mich machen und überzeug Reiter und Gebhardt, dass es auch für sie das Beste wäre, wenn sie auf mein Angebot eingingen.«

Nach zehn Minuten hatte Möller die Telefonate beendet und

sagte: »Du hast es mitbekommen, wir treffen uns heute Abend bei Reiter. Kannst du auch dabei sein?«

»Sicher, ihr braucht doch anwaltlichen Beistand. Frantzen sollte auch anwesend sein, aber mit dem schließ ich mich kurz. Fahren wir?«

»So eine gottverdammte Scheiße«, murmelte Möller und nahm noch ein Glas Bourbon, bevor sie das Haus verließen. »Da denkst du, es kann nichts mehr passieren, und dann das. Diese elende Saubande!«

»Wen meinst du?«

»Na, wen wohl?! Meinen Sohn und seine sauberen Freunde.«

»Magnus war der Anführer«, konstatierte Klein lakonisch.

»Das brauchst du mir nicht zu sagen, das weiß ich selbst. Aber er hat sich doch in den letzten Jahren so gut gemacht. Katharina weiß noch gar nichts davon, sie wird aus allen Wolken fallen. Und wenn ich an Benjamin denke, mein Gott, der Junge ist drei Jahre alt und muss jetzt ohne Vater aufwachsen. Es wird Katharina den Boden unter den Füßen wegziehen.«

»Was ist mit deiner Frau?«

»Sie verbringt ein paar Tage in userm Haus auf Gran Canaria. Ich werde morgen oder übermorgen hinfliegen und es ihr schonend beibringen. Mein Gott, wenn ich nur daran denke. Sie war damals schon völlig fertig mit den Nerven und so erleichtert, als sich herausstellte, dass Magnus kein Mörder ist. Sie wird daran zugrunde gehen. Du kennst sie ja. Magnus ist ihr Ein und Alles. Die heile Familienidylle ist zerbrochen.«

»Und sie weiß auch nichts von userm Deal?«

»Nein, wir konnten es ihr die ganze Zeit über verheimlichen. Hätte sich damals herausgestellt, dass Magnus ein Mörder ist, ich glaube, sie hätte sich das Leben genommen, nein, ich bin sogar überzeugt davon. Ich muss dringend zu ihr und ihr alles erklären. Ich kann nur hoffen, dass sie es verkraftet. Kommst du nachher wieder mit her?«

»Ja.«

»Kann ich bei dir mitfahren?«, fragte Möller, der nichts mehr von der Stärke und Überlegenheit zeigte wie noch vor wenigen Minuten. Allmählich schien er zu begreifen, dass er nicht nur seinen Sohn, sondern auch ein Spiel verloren hatte, obwohl er eigentlich immer zu den Siegern gehört hatte. Doch nun hatte sich das Blatt gewendet, und er hatte nur noch Angst, die er kaum unterdrücken konnte. Es war eine ungewisse Angst.

»Steig ein«, sagte Klein.

Um Viertel vor sieben betraten sie das Präsidium.

Mittwoch, 18.45 Uhr _____

Elvira Klein ging mit ihrem Vater in einen Nebenraum und blieb an der geschlossenen Tür stehen.

»Ich habe schon gedacht, du würdest nicht mehr kommen«, sagte sie, während er seinen Aktenkoffer auf den Boden stellte und sich auf die Tischkante setzte.

»Ich hatte einiges mit Möller zu bereden, wie du dir denken kannst. Darf ich etwas über eure bisherigen Ergebnisse erfahren?«

»Wir haben zwei Geständnisse, von Reiter und Gebhardt. Fehlt nur noch Möller. Er ist überzeugt, bald wieder auf freiem Fuß zu sein.«

»Elvira, es hat mich eine Menge Überredungskunst gekostet, aber Möller senior wird sich nicht noch einmal für seinen Sohn einsetzen. Er hat zwar mit allen Mitteln versucht mich dazu zu bewegen … Was ich sagen will, ist, wir werden uns zurückhalten.«

»Und weiter? Das ist doch noch nicht alles, wenn ich deinen Gesichtsausdruck richtig deute.«

»Ich, das heißt wir haben eine Bitte. Halte uns aus der Sache raus. Es gab nie einen Deal, ihr habt die Mörder von Guttenhofer und der Kröger aufgrund eines Hinweises festgenommen. Oder wie immer du das auch in der Öffentlichkeit darstellen willst.«

Elvira Klein lachte kurz und zynisch auf und schüttelte den Kopf. »Das ist schon wieder ein Deal, und diesmal soll ich zustimmen. Wie viel ist euch denn mein Schweigen wert. Oder wollt ihr gar, dass ich Geständnisse vernichte? Na, wie viel? Eine halbe Million, eine Million oder sogar mehr? Was habt ihr vor? Und lüg mich bitte nicht wieder an, ich würde es sofort rauskriegen.«

»Du verstehst mich völlig falsch. Es geht diesmal nicht um Geld, denn du weißt, weder ich noch Möller, noch Reiter oder Gebhardt haben einen Mord begangen. Du hast doch jetzt, was du willst.«

»Falsch, ich habe noch längst nicht, was ich will. Ich garantiere dir, sowohl Möller als auch Gebhardt werden für mindestens fünfzehn Jahre ins Gefängnis gehen. Bei Reiter bin ich mir nicht sicher, er war allem Anschein nach nur ein Mitläufer. Aber die für mich eigentlich wichtige Erkenntnis ist, dass du offenbar noch immer nicht einsiehst, welchen Fehler du gemacht hast. Wäre die Sittler nicht ermordet worden, wüsste bis heute kein Mensch von eurem Treiben. Die Morde an Guttenhofer und Laura Kröger blieben weiterhin ungesühnt und die Angehörigen in Ungewissheit. Es ist wie in der Politik oder im organisierten Verbrechen, was nicht bekannt wird, ist nicht geschehen. Ihr seid keinen Deut besser. Das Einzige, was ich an dir noch schätze, ist, dass du mir ein guter Lehrmeister warst, aber das habe ich dir ja schon gestern gesagt. Nur schade, dass du …«

»Es ist gut, Elvira, ich bin mir meiner Fehler sehr wohl bewusst. Ich bitte dich hier und jetzt in aller Form um Verzeihung für das, was ich getan habe, aber ich habe gestern schon versucht dir darzulegen, warum ich es getan habe. Ich wünschte auch, es wäre nie geschehen, doch ich kann es nicht mehr rückgängig machen, obwohl ich alles dafür geben würde, könnte ich das Rad der Zeit zurückdrehen.«

»Manche Dinge sind nicht zu entschuldigen, das weißt du. Du hast damals eine Entscheidung getroffen, von der du wusstest, dass sie falsch war. Und trotzdem hast du wider besseres Wissen gehandelt. Wie soll ich dir überhaupt noch etwas glauben? Sag's mir, Papa.«

»Mein Gott, wie oft soll ich dir noch sagen, dass es mir leidtut? Soll ich mir ein Büßergewand anziehen und auf den Knien rutschen und …«

»Ach, hör doch mit diesem Blödsinn auf, du machst dich lächerlich. Ich frag mich, wie viele Leichen du noch in deinem Keller versteckt hast, aber das ist allein dein Problem. Wie steht eigentlich Möller zu deiner Einstellung? Ich meine, dass du auf einmal so zurückhaltend geworden bist?«

Robert Klein antwortete nicht, er sah seine Tochter nur an, doch seine Lippen schienen wie zugeklebt.

Schließlich sagte Elvira höhnisch: »Ich verstehe, er kennt deine Einstellung gar nicht, weil du zu feige warst, sie ihm zu sagen. Ich weiß wirklich nicht mehr, was ich von dir halten soll. Es ist einfach nur erbärmlich. Erbärmlich, aber leider nicht zu ändern. Ich werde mich wohl oder übel damit abfinden müssen, einen Vater zu haben, der Wasser predigt, doch Wein trinkt. Aber gut, ich werde sehen, was ich für euch tun kann. Sollte jedoch auch nur einer querschießen, dann werdet ihr mich von meiner schlimmsten Seite kennenlernen, und ich verspreche dir, du kennst nicht einmal ansatzweise meine schlimmste Seite. Ich würde mich nicht scheuen, das uns vorliegende hochbrisante Material an die Presse weiterzuleiten. Also, überzeug deine Freunde, du bist ja ein Rhetoriker erster Güte. Und erklär Magnus klipp und klar, dass er keine Chance mehr hat, freizukommen. Und sei dir gewiss, dass ich jeden eurer Schritte sehr genau verfolgen werde. Hab ich mich klar genug ausgedrückt?«

»Sehr klar und sehr deutlich. Ich betone noch einmal, es tut mir leid, und ich bitte dich, meine Entschuldigung anzunehmen.«

»Geh zu deinem Mandanten, ich werde in den nächsten Wochen und Monaten über deine Entschuldigung nachdenken. Gibt es sonst noch etwas, was du mir mitteilen möchtest?«

»Nein.«

»Gut, ich habe nämlich noch zu tun.«

Sie wandte sich ab und verließ den Raum und ging zu Brandt, der allein in seinem Büro war, die Beine hochgelegt, die Arme hinter dem Kopf verschränkt, als würde er nur auf sie warten.

»Wie ist es gelaufen?«, fragte er.

»Das erzähl ich Ihnen beim Essen.«

»Wir können ruhig beim Du bleiben, Bernie und Nicole sind hinten bei den Kollegen.«

»Wie lange machst du noch?«

»Ich habe nur auf dich gewartet. Möller heb ich mir für morgen auf. Wollen wir?«

»Es ist aber erst kurz nach sieben.«

»Na und? Wir werden die Zeit schon rumkriegen«, erwiderte Brandt, nahm seine Jacke und verließ mit Elvira Klein das Präsidium.

Unten fragte sie: »Würde es dir etwas ausmachen, wenn ich erst zu mir fahre und … Ich möchte duschen und mich frisch machen, ich fühl mich so schmutzig nach diesem Tag. Am liebsten würde ich mir die Kante geben, wie man so schön sagt.«

»Nein, würdest du nicht. Pass auf, ich fahr auch schnell nach Hause, ich könnte nämlich auch eine Dusche und frische Wäsche vertragen.«

»Na ja, eine Rasur würde auch nicht schaden«, unterbrach ihn Elvira mit einem dezenten Lächeln.

»Hatte ich sowieso vor. Ich bin so in etwa einer Stunde bei dir. Wir müssen auch nicht unbedingt zum Spanier gehen, in Frankfurt gibt's doch sicherlich ein oder zwei einigermaßen passable Restaurants, oder?«

Sie wiegte den Kopf hin und her und meinte: »Na ja, ein oder zwei. Wir werden schon was Passendes finden.«

Sie fuhren vom Hof. Zu Hause angekommen, leerte Brandt den Briefkasten, darin zwei Rechnungen, die von seinem Konto abgebucht wurden, und ein dicker weißer Umschlag, auf dem mit der Hand geschrieben nur sein Name stand. Er kannte die Schrift und war gespannt auf den Inhalt, würde ihn jedoch nicht jetzt lesen, sondern den Umschlag in eine Schublade legen und diese abschließen. Er ging nach oben, fand einen Zettel von Sarah, dass sie bis zehn bei einer Freundin bleibe. Sie hatte ausnahmsweise auch den Namen und die Adresse der Freundin dazugeschrieben, was aber nicht unbedingt bedeuten musste, dass sie auch bei dieser Freundin war. Michelle hatte ebenfalls eine kurze Notiz hinterlassen, wonach sie zwischen acht und neun heimkommen werde. Ein kurzer Anruf bei seinen Eltern, Michelle war seit ein paar Minuten bei ihnen, um dort zu Abend zu essen. Er sprach mit ihr und sagte, dass er nicht genau wisse, wann er heimkomme. Es könne auch sein, dass er wieder die Nacht durcharbeiten müsse. »Ja, ja«, war die knappe Antwort von Michelle, und es klang, als würde sie ahnen, was ihr Vater wirklich vorhatte. Nach dem Telefonat legte er den Umschlag mit seinem Namen in die abschließbare Schublade. Irgendwann, wenn er die Muse und auch die Nerven dafür hatte, würde er den Brief lesen, der aus mindestens vier Seiten bestand, so fühlte er sich wenigstens an. Brandt konnte sich denken, was sie ihm geschrieben hatte. Lieber schreiben statt reden, dachte er. Hätte ich wahrscheinlich genauso gemacht.

Er stellte sich unter die Dusche und war nach einer halben

Stunde fertig. Er hatte sich frische Sachen angezogen und war bereit für einen gemütlichen Abend. Vorausgesetzt, es kam nichts dazwischen. Doch er hatte sich schon so oft auf einen gemütlichen Abend gefreut, und dann klingelte das Telefon oder das Handy und er wurde zu einem Einsatz gerufen. Immer dann, wenn es so gar nicht passte. Aber nicht heute, dachte er und ging nach unten.

Mittwoch, 18.55 Uhr

Auf der Fahrt nach Frankfurt dachte Julia Durant über den vergangenen Tag nach und stellte fest, dass er zu den erfolgreichsten ihrer Karriere gehörte. Ein Fall, der längst zu den Akten gelegt war, die irgendwo verstaubten und um die sich keiner mehr gekümmert hätte, wäre nicht, wie schon häufiger, Kommissar Zufall zu Hilfe geeilt. Kommissar Zufall in Form von mindestens einem Todesengel, der erst Corinna Sittler, dann Bernd Buchmann und schließlich Jörg Hoffmann ins Jenseits befördert hatte. Und nicht zu vergessen jener geheimnisvolle Informant, der Berger die wertvollen Unterlagen übergeben hatte, ohne die Möller, Gebhardt und Reiter noch immer auf freiem Fuß wären. Alles hatte bis jetzt gestimmt, es fehlten nur noch der oder die Mörder von Sittler, Buchmann und Hoffmann. Aber sie war sicher, auch diesen Fall zu lösen, der für sie untrennbar mit dem andern verbunden war, auch wenn es vielleicht noch eine winzige Unsicherheit gab, doch die Wahrscheinlichkeit lag ihrer Meinung nach bei eins zu einer Million. Sie hatte das Radio eingeschaltet, FFH. Der Wetterbericht und die Staumeldungen wurden verlesen, anschließend spielten sie einen Song aus dem neuesten Album von den Red Hot Chili Peppers, das bald erscheinen würde. Durant ging in Gedanken alle Namen durch, die ihr einfielen, Matthias Mahler, der bekannte Moderator und Lebensgefährte von Leslie Sittler. Alina Cornelius, die überaus attraktive und intelligente Psychologin und Hausdame, Gesellschafterin und Gespielin von Corinna Sittler. Inge und Heiko Kröger, Mutter und Bruder von Laura Kröger. Und Tobias Hohl, der ehemalige Verlobte von Laura, den sie gleich besuchen würde. Außerdem standen für Befragungen noch die Angehörigen von Peter Guttenhofer auf der Liste und die Verlobte von Heiko Kröger. Sie hatte Kullmer und Seidel sowohl zu Silke Kreuzer als auch zur Witwe von Guttenhofer geschickt, aber bisher nichts von ihnen gehört.

Wird wohl nichts weiter dabei rausgekommen sein, dachte sie, während Madonna mit »Hung up« die Ohren strapazierte. Und doch werde ich das Gefühl nicht los, dass Brandt und ich mit dem oder den Mördern schon gesprochen haben. Oder zumindest mit einer Person, die weiß, wer hinter den Taten steckt. Die Lösung schien nur eine Frage der Zeit, ein paar Tage, höchstens ein paar Wochen. Die wichtigste Frage für Durant jedoch war, ob es noch jemanden gab, der auf der Todesliste stand. Jemand aus den Reihen der Justiz oder der Polizei, oder einer der Väter der Inhaftierten. Es wird sich zeigen, dachte sie, aber wenn wir publik machen, dass die Mörder von Laura Kröger und Peter Guttenhofer verhaftet sind und ein Geständnis abgelegt haben, sollte eigentlich Ruhe einkehren. Wir brauchen keine weiteren Opfer, wir brauchen nur eine vollständige Klärung der damaligen Vorgänge. Die Täter, und ich bin sicher, dass es sich um mindestens zwei handelt, werden aufhören, wenn sie alles aus der Zeitung oder von uns erfahren. Na ja, ich hoffe, mein Gefühl trügt mich nicht.

Sie wählte die Nummer von Berger, der noch im Büro, aber bereits im Aufbruch begriffen war.

»Berger«, meldete er sich, nachdem er Durants Nummer auf dem Display erkannte. »Ich will heim.«

»Wie schön für Sie, ich hab noch lange nicht Feierabend. Aber das ist wohl das Privileg eines Chefs, ich meine, früher gehen zu dürfen.«

»Meine Lieblingsermittlerin wie sie leibt und lebt und ihrem Sarkasmus immer und überall freien Lauf lässt. Was gibt's denn?«

»Och, eigentlich unwichtig, hat auch Zeit bis morgen«, sagte sie, doch Berger hörte an ihrem Ton, dass es doch wichtig war.

»Raus mit der Sprache«, forderte er sie auf.

»Sie sind geständig, Möller ausgenommen.«

»Auch Gebhardt?«, fragte er erstaunt.

»Auch der. Seine Aussage deckt sich sogar eins zu eins mit der von Reiter. Nur Möller hofft wohl noch auf ein Wunder und dass sein Anwalt ihn da irgendwie rauspaukt.«

»Gratuliere, gute Arbeit. Und Möllers Anwalt ist Dr. Klein, wenn ich das richtig verstanden habe?«

»Ja, ja, aber Klein kann es sich nicht erlauben, noch mal seine Hände für Möller ins Feuer zu legen, allein schon wegen seiner Tochter, die die staatsanwaltlichen Ermittlungen in Offenbach leitet.«

»Mein Gott, das ist doch ein Interessenkonflikt par excellence. Ich hatte heute Morgen schon so ein ungutes Gefühl, als Brandt uns berichtete, dass die Tochter vom Klein ausgerechnet in Offenbach Staatsanwältin ist. Sie sollte sich überlegen, ob sie das durchsteht. Haben Sie sie kennengelernt?«

»Hab ich, und meinem ersten Eindruck nach zu urteilen wird sie es durchstehen. Sicher, es ist ein Vater-Tochter-Konflikt …«

»Das ist doch das Problem, Frau Durant. Wir dürfen keinen weiteren Deal zulassen. Er wird es probieren und …«

»Lassen Sie doch einfach die Zeit spielen. Sie haben die Unterlagen in der Hand, und wenn es hart auf hart kommen sollte, das heißt, sollte die Tochter mit ihrem Vater was aushandeln, mein Gott, Sie wissen doch, was Sie dann tun können. Wir oder besser Sie halten doch alle Trümpfe in der Hand. Zu was anderem – haben sich Kullmer und Seidel gemeldet? Sie wollten doch zu Frau Guttenhofer, den Angehörigen von Hoffmann und zu dieser Silke Kreuzer, der Verlobten von Heiko Kröger.«

»Bei der Guttenhofer haben sie nicht viel erfahren. Sie lebt mit zwei ihrer drei Kinder und ihrem neuen Lebensgefährten noch in Egelsbach und wollte mit der Sache nicht mehr konfrontiert werden. Die Kreuzer hatte keine Zeit, weil sie eine Patientin hatte. Kullmer und Seidel müssten eigentlich jetzt gerade bei ihr sein.«

»Ist sie Ärztin?«

»Psychiaterin und Therapeutin.«

»Was, noch eine Therapeutin?«

»Wieso noch eine?«

»Na, die Cornelius ist doch auch Psychologin.«

»Frau Durant, zwischen einer Psychologin und einer Psychiaterin liegen Welten, das wissen Sie so gut wie ich. Und außerdem warten wir erst mal ab, was unsere Kollegen nach dem Treffen mit der Kreuzer zu berichten haben. Darf ich jetzt nach Hause fahren, oder haben Sie noch etwas auf dem Herzen?«

»Nur eine Frage noch – ich hab gleich einen Termin bei Herrn Hohl, dem ehemaligen Verlobten von Laura Kröger. Darf ich ihm mitteilen, dass der Mord an seiner Verlobten nach zehn Jahren endlich aufgeklärt ist?«

Berger überlegte kurz und antwortete: »Warum fragen Sie mich das?«

»Weil ich Wert auf Ihre Meinung lege.«

»Seit wann denn das? Sie machen doch sowieso, was Sie wollen oder was Sie für richtig halten. Sie leiten die Ermittlungen. Schönen Abend noch.«

»Nicht so schnell. Was haben Kullmer und Seidel bei den Angehörigen von Hoffmann erfahren?«

»Unwichtig, glauben Sie's mir. Seine Frau ist noch recht jung, sie haben ein Kind von vier Jahren und führten angeblich eine glückliche Ehe. Aber Frau Hoffmann hatte, als sie besucht wurde, ein blaues Auge, das sie vergeblich unter einer Sonnenbrille zu verstecken versuchte. Kullmer und Seidel sind jedenfalls der festen Überzeugung, dass Hoffmann zu Gewalttätigkeiten gegenüber seiner Frau neigte. Sie kann oder will nicht sagen, wo er sich gestern Abend aufgehalten hat.«

»Häusliche Gewalt«, murmelte Durant. »Hoffmann war also ein Schläger.«

»Wie es aussieht, ja. War's das endlich?«

»Ja.«

»Dann noch einmal einen schönen Abend.«

»Ihnen auch«, sagte sie, doch er hörte sie nicht mehr, denn er hatte bereits aufgelegt.

Okay, dann werde ich also machen, was ich für richtig halte, dachte sie. Brandt und ich werden alle bisher von uns Befragten persönlich darüber informieren, dass wir die Täter überführt haben. Mal sehen, ich mach's, wie es sich ergibt. Ich muss mich auf mein Gefühl verlassen, ob es der geeignete Zeitpunkt ist. Sie fuhr über die Schwanheimer Brücke und bog von dort ab, musste einen Moment an einer Ampel halten, kam auf die Stroofstraße, die nach jahrelangen Ausbesserungsarbeiten endlich wieder für den Verkehr freigegeben worden war, langte schließlich in der Jungmannstraße an und fand einen Parkplatz vor der Praxis und der Wohnung von Tobias Hohl. Im ersten Stock war ein Fenster geöffnet.

Sie stieg aus, überquerte die Straße und klingelte. Nur Sekunden später ertönte der Türsummer, als hätte Hohl sie bereits erwartet. Sie kam in einen Innenhof und ging in den ersten Stock.

Mittwoch, 19.20 Uhr

Darf ich Ihnen etwas zu trinken anbieten?«, fragte Hohl, bevor er sich setzte. »Ein Wasser, ein Bier oder ein Glas Wein?«

Durant musste innerlich schmunzeln, weil sie sich vorstellte,

wie er auf diese Weise bestimmt schon eine Menge Frauen rum-
gekriegt hatte.

»Zu einem Bier sag ich nicht nein.«

»Wow, und das von einer Polizistin, die im Dienst ist«, bemerkte er, und es klang irgendwie anerkennend.

»Sie sind meine letzte Station, bevor ich nach Hause fahre.
Ich bin eigentlich gar nicht mehr wirklich im Dienst«, erwiderte
sie.

»Ah, ich glaube eher, dass Sie zu jenen gehören, die sich
nichts vorschreiben lassen und sich auch gerne mal über gewisse
Regeln hinwegsetzen. Hab ich recht?«, fragte er grinsend.

»Sie nicht?«

»Ich hole mal das Bier, und dann dürfen Sie mir Ihre Fragen
stellen.« Er verschwand in der Küche, um wenige Sekunden später mit dem Bier und Gläsern zurückzukehren. Er schenkte ein,
nahm auf der Couch Platz und prostete Durant zu. Nach dem
ersten Schluck sagte er: »Schießen Sie los.«

»Ich will Sie auch nicht lange aufhalten, es sind wirklich nur
ein paar Fragen …«

»Sie halten mich nicht auf, ich habe heute nichts weiter vor.«

»Aber ich. Herr Hohl, oder legen Sie Wert auf den Doktor?«

Er winkte ab und meinte: »Um Himmels willen, was ist schon
ein akademischer Titel? Es mag blasierte Typen geben, die diese
Anrede als Selbstbestätigung brauchen, ich jedenfalls gehöre
nicht dazu.«

»Gut. Wie Sie wissen, sind wir gerade dabei, den Tod Ihrer
ehemaligen Verlobten zu untersuchen.«

»Bisschen spät, oder?«

»Herr Hohl, meine Kollegen und ich wussten bis gestern noch
gar nichts über den Fall. Und wäre nicht eine damals in Darmstadt tätige Staatsanwältin umgebracht worden, wären wir auch
nie darauf gestoßen. Frau Sittler, wie Sie von Ihrem Freund Herrn
Kröger sicher schon erfahren haben …«

Er unterbrach Durant mit einer Handbewegung. »Heiko hat mir von Ihrem Besuch heute Vormittag berichtet, und ich frage mich, was der Tod der Sittler mit dem Mord an Laura zu tun haben soll? Ich sehe keinen Zusammenhang.«

»Wir schon, aber das zu erklären würde zu viel Zeit in Anspruch nehmen. Wie haben Sie die Dinge damals erlebt?«

Tobias Hohl kaute auf der Unterlippe, seine Miene verdüsterte sich für einen Moment, bevor er antwortete: »Wie hab ich das erlebt? Mein Gott, das war, als hätte man einen Teil von mir genommen. Ich weiß noch, wie die Krögers mich morgens angerufen und gefragt haben, ob Laura die Nacht bei mir verbracht habe. Ich habe verneint, denn ich wusste ja, dass sie mit ihrer Freundin in die Disco nach Dudenhofen wollte. Sie haben mir gesagt, dass Laura nicht nach Hause gekommen sei und auch nicht bei ihrer Freundin übernachtet habe, weil die Freundin sich nicht gut fühlte. Wir haben Gott und die Welt angerufen, aber Laura war nirgends zu finden. Irgendwann am Freitagvormittag haben wir die Polizei verständigt, die auch sofort eine Vermisstenmeldung rausgegeben und nach Laura gesucht hat. Ihr Auto hat man nur wenig später verlassen aufgefunden, ein Reifen war platt, aber von Laura fehlte jede Spur.« Er trank von seinem Bier, schenkte sich nach und fuhr fort: »Ab da war uns allen klar, dass etwas passiert sein musste. Laura war die Zuverlässigkeit in Person, und wenn ich das sage, dann meine ich das auch so. Sie war keine von den flippigen jungen Frauen, die auch mal die Zeit vergessen oder mit einem andern Typen was anfangen. Nein, Laura war anders.« Er stand auf, holte ein Album, zog sich den zweiten Sessel heran und setzte sich neben Durant. »Hier«, sagte er und schlug es auf, »das war Laura. Diese Fotos haben wir gemacht, als wir im Sommer 1995 auf Madeira waren. Laura hatte ihr Abi in der Tasche, sie hatte es mit einer glatten Eins bestanden und zur Belohnung von ihrem Vater die Reise geschenkt bekommen. Auf Madeira haben wir uns verlobt, aber an Heirat haben wir noch nicht gedacht. Sie wollte erst mal studieren und … Sie war auf jeden Fall das schönste und liebenswerteste Mädchen, das mir jemals über den Weg gelaufen ist. Und ich war der Glückliche, der mit ihr zusammen sein durfte.«

»Sie war wirklich sehr schön«, sagte Durant, obwohl sie bei Inge Kröger schon ein Foto von Laura gesehen hatte, doch die Fotos, die Tobias Hohl ihr zeigte, waren in der Tat einzigartig.

»Schön, intelligent, und sie hatte ein Wesen, das jeden unwillkürlich in den Bann zog. Sie war zwar erst zwanzig, aber innerlich den andern in ihrem Alter weit voraus.«

»Hat sie ihr Abi erst mit zwanzig gemacht?«

»Sie war eine Spätzünderin, eine Ehrenrunde in der zehnten, danach ging's aber steil bergauf. Na ja, jedenfalls bis zu diesem unseligen Abend. Sie wollte doch nur in die Disco, ein bisschen abtanzen, ein bisschen Spaß haben und sich amüsieren.«

»Und warum sind Sie nicht mitgegangen?«

»Weil Laura gerne mal mit Susanne unterwegs war. Ich habe das akzeptiert, denn wir würden noch früh genug unser Leben gemeinsam verbringen. Wissen Sie, ich habe Laura kennengelernt, da war sie gerade mal dreizehn und ich achtzehn. Sie ging in die siebte Klasse, und ich war dabei, mein Abi zu machen. Ich habe mich in sie verliebt und sie sich offenbar auch in mich. Wir waren unzertrennlich und wussten schon ziemlich früh, dass wir zusammenbleiben wollten. Na ja, ich hätte sie niemals eingeengt, dazu war sie mir zu wertvoll. Und sie hat mir so unendlich viel gegeben, das wird nie wieder eine Frau können. Und glauben Sie mir, ich habe eine Menge Frauen kennengelernt, aber keine reicht auch nur annähernd an Laura heran.« Er klappte das Album wieder zu und legte es auf den Tisch. »Aber ich will Sie nicht mit meiner Lebensgeschichte langweilen. Als die Polizei das leere Auto fand, wussten wir wie gesagt, dass etwas

Schreckliches passiert war. Ich bin mit Heiko hingefahren, wir haben die Gegend abgesucht, aber keine Spur von ihr gefunden. Als hätte sie sich in Luft aufgelöst. Ich erinnere mich noch genau an den Tag, es war kalt, wie auch schon in der Nacht zuvor, so eine nasse, kriechende Kälte, wenn es so um die null Grad ist. Der Himmel war bedeckt, und in der Nacht hat es ein klein wenig geschneit. Jedenfalls, der Tag selber war der Horror pur, Lauras Mutter hat sich die Seele aus dem Leib geheult und eine Zigarette nach der andern geraucht, Lauras Vater hat gesoffen wie ein Loch, weil er die Ungewissheit nicht ertragen hat, und Heiko war auch völlig neben der Spur. Die ganze Zeit über haben wir abwechselnd zur Tür und zum Telefon gestarrt oder aus dem Fenster geschaut, ohne ein Wort zu sprechen. Aber das brauchten wir auch nicht, jeder wusste, was im andern vorging. Das war alles wie ein surrealer Traum, es war einfach nicht wirklich. Ich weiß gar nicht mehr, was ich gemacht habe, ich glaube, ich habe die ganze Zeit nur dagesessen und nichts gesagt. Oder doch, ich habe zum ersten Mal in meinem Leben gebetet und gefleht, dass sie heil wieder zurückkommt, auch wenn ich genau wusste, dass all mein Beten und Hoffen vergeblich war.« Er seufzte und fuhr fort: »Kennen Sie das auch, ich meine, das mit dem Beten? Da glaubt man sein Leben lang nicht an Gott, und wenn's ganz Dicke kommt, wird man auf einmal zum Heiligen.«

»Mein Vater ist Pfarrer.«

»Oh, da haben Sie ja den direkten Draht nach oben«, entfuhr es ihm spöttisch. »Gibt es einen Gott?«, fragte er mit herausforderndem Blick.

»Ich denke schon.«

»Das klingt aber nicht sehr überzeugend.«

»Doch, es gibt einen Gott«, verbesserte sie sich.

»Klar, müssen Sie auch sagen, ist Ihnen ja so beigebracht worden. Aber verraten Sie mir doch mal, wenn es einen Gott gibt, warum lässt er dann so was zu? Ich weiß, das ist eine unfaire Frage, trotzdem würde mich Ihre Meinung interessieren.«

»Sie trauern immer noch, stimmt's?«

»Nein, ich kann nur nicht vergessen. Aber Sie haben meine Frage nicht beantwortet. Warum lässt er so was zu? Ich hab die Frage auch einem Pfarrer gestellt, aber der hat nur geantwortet: ›Gottes Wege sind eben unergründlich.‹ Dummes Pfaffenge-schwätz!«

»Mein Vater hat einmal zu mir gesagt, dass Gott nicht für das verantwortlich ist, was auf der Erde geschieht, denn er hat den Menschen die Entscheidungsfreiheit gegeben. Jeder entscheidet für sich, ob er Gutes oder Böses tut.«

Hohl lachte auf und schüttelte den Kopf. »Was für eine Ant-wort! Entscheidungsfreiheit! Wissen Sie, was ich von dem da oben halte? Nichts, aber auch rein gar nichts. Laura hatte sich für das Gute entschieden, das sage ich Ihnen, so wahr ich hier sitze. Sie hat niemals auch nur einem Menschen wehgetan. Verdammte Religion mit ihren verdammten Entschuldigungen! Und dann stehen am Abend die Bullen vor der Tür und teilen einem ziem-lich kurz angebunden mit, dass Lauras Leiche gefunden wurde. Sie hatte sich entschieden zu leben, aber sie wurde ermordet. Sie wurde vergewaltigt und erschossen. Und jetzt kommen Sie mir mit Entscheidungsfreiheit! Hat sie sich vielleicht entschieden, eine Reifenpanne zu haben? Oder …«

»Herr Hohl, das hat keinen Sinn. Ich möchte mit Ihnen nicht über Gott oder eine höhere Macht streiten, denn darüber streite ich grundsätzlich nicht. Aber eines sage ich Ihnen noch – ich habe Dinge erlebt, die mit unserm Verstand nicht zu erklären sind. Für Sie war Lauras Tod ein furchtbares Ereignis, aber in diesem Augenblick sterben weltweit mehrere tausend Menschen eines gewaltsamen Todes. Wenn alles gut läuft, gibt es keinen Gott, wenn wir verzweifelt sind, wenden wir uns an ihn, weil wir einen Strohhalm brauchen, an den wir uns klammern können, und wenn dann alles doch nicht so läuft, wie wir uns das vorstellen, verfluchen wir ihn. So wie Sie es tun.«

»Entschuldigung, ich wollte Sie nicht mit meinen Ausführungen beleidigen, es ist nur …«

»Sie haben mich nicht beleidigt. Trotzdem sollten wir uns jetzt wieder dem zuwenden, weswegen ich hier bin. Was geschah, nachdem Sie die Nachricht erhielten?«

Tobias Hohl stand wieder auf, stellte sich ans offene Fenster, schaute hinunter auf die Jungmannstraße und sagte: »Es war wie ein Stich mitten ins Herz. Alles war mit einem Mal zunichte gemacht worden. In den ersten Tagen und Wochen war ich kaum ansprechbar, ich wollte nur meine Ruhe haben. Ich wundere mich heute noch, dass ich mein Studium zu Ende gebracht habe. Aber alle Pläne, die Laura und ich hatten, waren mit ihr getötet worden.« Er drehte sich um und sah Durant an. »Sie werden so etwas nicht verstehen, auch wenn Sie als Polizistin sicher schon viele Tote gesehen haben und vielen Angehörigen die Nachricht vom Tod eines lieben Menschen überbringen mussten. Dennoch ist jeder Fall einmalig, denn jeder Mensch fühlt anders. Trauer ist etwas Furchtbares, aber es macht einen Unterschied, ob jemand aufgrund einer schweren Krankheit von seinem Leiden erlöst wird oder bei einem Unfall ums Leben kommt, oder wenn jemand so sinnlos und grausam aus dem Beginn des eigentlichen Lebens gerissen wird. Wenn ein Mensch neunzig Jahre alt ist und friedlich einschläft, dann ist das okay, dann ist es eben der Lauf der Zeit und des Lebens. Aber wenn eine junge Frau von zwanzig Jahren so bestialisch ermordet wird, dann hat das eine andere Qualität. Ich habe die Welt und das Leben nicht mehr verstanden, weil Laura so etwas nicht verdient hatte. Kein Mensch hat so einen Tod verdient, keiner.« Er holte tief Luft. »Aber was erzähl ich Ihnen da, Sie werden mit diesen Dingen ja fast täglich konfrontiert, für Sie ist das ja Routine.«

»Herr Hohl, ich werde erstens nicht fast jeden Tag mit diesen Dingen konfrontiert, und es ist für mich nach nunmehr fast zwanzig Jahren bei der Polizei noch längst nicht zur Routine geworden. Denken Sie noch oft an Laura?«

»Hin und wieder. Mein Gott, das Leben geht weiter, ich kann mich nicht vergraben und in Selbstmitleid suhlen, das war auch noch nie mein Ding. Ich habe mein Studium beendet, fünf Jahre an der Uniklinik gearbeitet und vor vier Jahren diese Praxis eröffnet, das heißt, ich habe sie von einem Kollegen übernommen, der in den Ruhestand gegangen ist. Aber natürlich denke ich noch an Laura, vor allem, wenn Sie wie aus dem Nichts auftauchen und das Ganze noch mal hochkochen. Aber das ist ja Ihr Job, oder?«

»Unter anderem. Sagen Sie, Sie haben mit Herrn Kröger und Frau Guttenhofer eine Seite ins Internet gestellt …«

»Vergessen Sie's, das mit der Seite war allein Heikos Idee. Der hat eine ganze Weile rumgesponnen und an eine Verschwörung geglaubt. Er war der Überzeugung, dass Polizei und Staatsanwaltschaft nicht richtig ermittelt haben. Glauben Sie mir, ich habe versucht, ihn davon abzubringen, aber er ließ sich nicht beirren. Er hat gelitten wie ein Hund, und ich wollte ihn nicht als Freund verlieren, also hab ich mitgemacht. Aber das war alles heiße Luft, nicht mehr und nicht weniger. Heiko kann verdammt überzeugend sein und sehr klug und eloquent seine Meinung vertreten und … Jedenfalls, auch Frau Guttenhofer war auf seiner Seite, weil sie überzeugt war und immer noch ist, dass der Tod ihres Mannes und der von Laura zuammenhängen. Nur, dafür gibt es nicht den geringsten Beweis. Die haben damals zwar drei junge Kerle festgenommen, aber gleich wieder auf freien Fuß gesetzt, weil sie es nicht gewesen sein konnten. Frau Durant, das ist Vergangenheit und interessiert mich nicht mehr.«

»Wirklich nicht?«, fragte sie zweifelnd und sah Hohl intensiv an.

»Nein, warum auch? Schauen Sie, ich habe eine sehr gutgehende Praxis, ich habe keine Zeit, mich mit Dingen zu beschäftigen, die zehn Jahre zurückliegen. Ich bin Mitte dreißig, mein Leben geht weiter, auch ohne Laura. Verstehen Sie?«

Ohne darauf einzugehen, sagte Durant: »Aber als Sie gestern oder auch heute von den Morden an Sittler, Buchmann und Hoffmann hörten, haben da bei Ihnen nicht alle Alarmglocken geläutet? Es handelte sich immerhin um drei Personen, die damals mehr oder weniger mit dem Fall betraut waren.«

»Sicher hab ich mir Gedanken gemacht, aber was wollen Sie jetzt von mir hören? Dass es mit Laura und Guttenhofer zu tun hat?« Er verzog den Mund und schüttelte den Kopf. »Glaub ich nicht, ich glaube eher an den berühmten Zufall. Oder die Herrschaften haben irgendwas ausgefressen.«

»Und wenn es doch mit damals zu tun hat?«

»Ich bitte Sie, wer wartet schon zehn Jahre, bis er sich rächt? Und wofür rächt er sich? Ich kenne jedenfalls aus Lauras und Guttenhofers Umfeld niemanden, dem ich so etwas zutrauen würde, mich eingeschlossen. Nicht einmal Heiko, der ein ziemlicher Hitzkopf sein kann, würde ich einen Mord zutrauen. Und nun stellen Sie schon Ihre obligatorische Frage, nämlich wo ich am Freitagabend, am Sonntagabend und – gestern? – war. Das ist doch der eigentliche Grund, weshalb Sie gekommen sind, oder? Schließlich zählen Heiko, Frau Guttenhofer und ich zu jenen, die am ehesten ein Motiv gehabt hätten, die Morde zu begehen.«

Durant musste lächeln und sagte: »Stimmt. Wo waren Sie denn an den besagten Abenden?«

»Na also, geht doch«, erwiderte er lachend. »Ob Sie es glauben oder nicht, ich war hier, weil ich Notdienst hatte. Allerdings war die Nacht sehr ruhig, ich hatte nur einen Patienten um halb drei, den Namen können Sie gerne haben.«

»Seit wann gibt es wieder einen zahnärztlichen Notdienst von normalen niedergelassenen Zahnärzten? Ich dachte, man müsste in die Uniklinik fahren.«

»Natürlich gibt es einen Notdienst, und den hatte ich am vergangenen Freitag. Allerdings muss ich hinzufügen, dass dieser Notdienst ausschließlich für Privatpatienten gedacht war.«

»Aha. Das heißt, Sie waren also die ganze Zeit zu Hause?«

»Korrekt. Ich war zu Hause und hoffte auf eine ruhige Nacht, die es dann im Großen und Ganzen auch wurde. Sie können das gerne nachprüfen.«

»Und am Sonntag und gestern?«

»Am Sonntag war ich bei meinen Eltern und bin so gegen neun nach Hause gekommen, hab noch etwas Musik gehört und bin zwischen elf und Mitternacht zu Bett gegangen. Allein, leider. Und gestern war ich auch hier, mein letzter Patient hat die Praxis um Viertel nach acht verlassen, und ich war einfach erschossen. Der Dienstag ist immer der längste Arbeitstag.«

»Und Sie waren natürlich wieder allein.«

»Ja, leider wieder allein«, antwortete er bedauernd. »Und jetzt bin ich bestimmt unter den Top drei der Verdächtigen?«

»Nein, höchstens unter den Top Ten«, antwortete Durant mit charmantem Lächeln. »Leben Sie eigentlich in einer Beziehung?«

»Nein, warum?«

»Nur so. Wollen Sie nicht oder …«

»Frau Durant, das ist sehr privat, und ich denke, dass es meine Sache ist. Noch etwas?«, entgegnete er abweisend.

»Ja, ich hätte da tatsächlich noch etwas, das Sie bestimmt brennend interessieren dürfte«, sagte sie, stand auf, trank ihr Glas leer und sah Hohl an, der die Augen leicht zusammengekniffen hatte.

»Ja, und was ist das, das mich brennend interessieren dürfte?«

»Wir haben die Mörder von Laura und Herrn Guttenhofer festgenommen. Sie haben bereits gestanden.«

Tobias Hohls Gesicht wirkte einen Moment wie versteinert, bis er mit tonloser Stimme sagte: »Was? Und damit rücken Sie erst jetzt raus? Wer ist es?«

»Tut mir leid, dazu kann ich Ihnen noch keine Auskunft geben, da müssen Sie sich schon noch ein wenig gedulden.«

»Das ist kein Fake, oder?«

»Nein, kein Fake und auch kein schlechter Scherz. Wir haben sie, es stehen allerdings noch etliche Verhöre an. Bis das alles über die Bühne gegangen ist, vergehen sicher noch einige Tage. Bis dahin gibt es eine allgemeine Informationssperre.«

»Wie viele sind es? Zwei oder drei?«

»Ich sagte doch eben, keine Informationen. Aber Sie haben mein Wort, dass wir die Täter haben.«

»Mein Gott, das ist unglaublich. Das ist die beste Nachricht, die ich seit Jahren bekommen habe. Endlich, endlich, endlich!«, sagte er, die Augen geschlossen, die Hände zu Fäusten geballt. »Sie glauben gar nicht, was Sie mir damit für eine Freude machen. Obwohl«, er neigte den Kopf ein wenig zur Seite, »Freude hat so was Positives. Nein, keine Freude.«

»Genugtuung?«

»Weiß nicht, vielleicht. Ja, Genugtuung drückt es wohl am besten aus. Ich hoffe nur, die Dreckschweine wandern für den Rest ihres verfluchten Lebens in den Bau, denn das, was sie Laura und Guttenhofer angetan haben, kann durch nichts wiedergutgemacht werden. Und diesmal …« Er hielt inne und wandte sich ab.

»Und diesmal?«

»Nichts. Oder gut, diesmal hoffe ich, dass die Polizei ordentlich arbeitet und sich hinterher nicht wieder alles als falsch herausstellt.«

»Wieso? Hat sich damals etwas als falsch herausgestellt?«

»So kann man das auch nicht sagen, aber erst hat man die angeblichen Mörder und dann lässt man sie doch wieder laufen.«

»Das heißt, Sie waren überzeugt, dass die damals Verhafteten die Mörder waren?«

»Nein, das habe ich nicht gesagt, ich habe mich falsch ausgedrückt. Es wurden Hoffnungen geweckt, die schon kurz darauf wie eine Seifenblase zerplatzten. Können Sie eigentlich auch nur ansatzweise erahnen, in welchem Gefühlschaos wir uns alle befunden haben? Können Sie das? Erst das mit Guttenhofer und Laura, dann die Verhaftung von drei Verdächtigen, ihre Wiederfreilassung kurz darauf, wenig später zwei andere, die verhaftet und ebenfalls verdächtigt wurden und drei Jahre in U-Haft verbringen mussten, bis sich ihre Unschuld herausstellte. Es war für uns ein einziger Höllentrip, bis endlich irgendwann Ruhe einkehrte.«

»Wann ist denn Ruhe eingekehrt? Sie haben doch noch vor drei Jahren eine Seite ins Netz gestellt und Ihrem Hass freien Lauf gelassen.«

»Falsch! Wir haben unserm Hass nicht freien Lauf gelassen, wir haben lediglich Fragen gestellt. Das darf doch wohl in einem Rechtsstaat noch erlaubt sein, oder sehen Sie das anders? Ich geb ja zu, dass wir uns ein bisschen weit aus dem Fenster gelehnt haben, aber so, wie die Seite ursprünglich gestaltet war, war das allein auf Heikos Mist gewachsen. Frau Guttenhofer und ich waren damit nicht einverstanden, denn wir fürchteten rechtliche Konsequenzen. Und die Quittung haben wir alle auch bekommen, wie Sie ja inzwischen wissen. Zum Glück kamen wir mit einem blauen Auge davon. Außerdem wird die Seite sowieso entfernt. Zufrieden?«

»Nein, nicht wirklich, denn wenn Ruhe eingekehrt wäre, hätten Sie irgendwann abgeschlossen.«

»Tun Sie mir einen Gefallen und hören Sie auf mit diesem

philosophischen Gefasel. Das mit der Seite war Heikos Idee, und Frau Guttenhofer und ich haben ihm den Gefallen getan und mitgemacht, das ist alles. Aber es ist schon seltsam, dass Sie nach zehn Jahren mit einem Mal hereinspazieren, mir erst ein paar Fragen stellen und mir so kurz vor dem Gehen mitteilen, dass Sie die Mörder endlich gefasst haben. Nette Taktik, muss ich mir merken. Eigentlich waren Sie mir ganz sympathisch, bis eben.«

»Ich entschuldige mich dafür, es war vielleicht nicht ganz fair«, sagte sie mit charmantem Augenaufschlag. »Verzeihen Sie mir?«

Hohl schien zu überlegen. Er sah Durant mit ernster Miene an und antwortete: »Ach, was soll's, Sie machen auch nur Ihren Job. Aber ich bin gespannt, was da noch kommt. Ganz trau ich dem Braten noch nicht.«

»Lassen Sie sich einfach überraschen. Ich an Ihrer Stelle würde mich wenigstens freuen, dass zu guter Letzt doch noch die Gerechtigkeit gesiegt hat.«

»Gerechtigkeit? Wissen Sie, was für mich Gerechtigkeit wäre?«

»Sie werden's mir bestimmt gleich verraten.«

»Wenn Laura und Guttenhofer noch leben würden. Das wäre die einzige Gerechtigkeit. Egal, welche Strafe die Typen auch bekommen, sie kann niemanden mehr zum Leben erwecken. Ergo, es gibt keine Gerechtigkeit, nur …«

»Nur was?«

»Genugtuung, wie wir vorhin schon festgestellt haben. Einfach nur Genugtuung.«

»Und wenn diese Typen tot wären?«

»Würde es Laura auch nicht wieder lebendig machen. Ich bin ein Gegner der Todesstrafe, sie hilft niemandem und verschafft ganz sicher kein ruhiges Gewissen und auch keine Genugtuung.«

»Da haben Sie wohl recht. Ich hoffe auch, dass das Morden jetzt ein Ende hat.«

»Dem kann ich mich nur anschließen. Viel Glück und viel Erfolg bei Ihrer Arbeit.«

»Ich muss jetzt aber wirklich los«, sagte Durant und reichte ihm die Hand. »Machen Sie's gut, und unternehmen Sie mal was. Sie führen ja ein richtig langweiliges Leben, nur arbeiten und abends immer zu Hause. Ist doch langweilig, oder?«

»Finden Sie? Ich habe schon meinen Spaß, wenn auch wohldosiert. Ich genieße alles, aber in Maßen. Warten Sie, ich begleite Sie nach unten, der Eigentümer ist ein bisschen verschroben und schließt die Haustür immer pünktlich um zwanzig Uhr ab.« Und als sie unten waren, sagte Hohl: »Sollten Sie noch Fragen haben, ich stehe Ihnen gerne jederzeit zur Verfügung. Kommen Sie gut heim.«

»Werd ich schon. Und vielen Dank für Ihre Hilfe. Tschüs.«

»Tschüs.«

Julia Durant ließ während der Fahrt nach Hause noch einmal das Gespräch Revue passieren und konnte trotz aller Anstrengung Hohl nicht richtig einschätzen. In einigen Punkten deckte sich seine Aussage mit der von Heiko Kröger, sein Alibi für den Freitag stimmte, denn es war sehr leicht nachzuprüfen, ob er Notdienst hatte oder nicht. Nein, dachte sie, er ist kein Mörder. Und trotzdem, irgendwas an ihm stört mich, ich kann nur noch nicht sagen, was. Ach Julia, du siehst schon Gespenster. Dennoch werde ich noch heute eine Liste anfertigen mit allen Personen, die in Frage kommen. Personen, die ein Motiv haben könnten, die Sittler und ihre Kollegen umzubringen. Oder sie umbringen zu lassen. Umbringen lassen? Dann hätte man ja einen Auftragskiller engagieren müssen. O Mann, du bist echt bescheuert. Du schaltest jetzt ab und machst dich nachher über die Liste her.

Sie drehte die Musik lauter, als erst Bryan Adams und an-

410

schließend Anastacia gespielt wurde. Sie hatte sich länger als geplant bei Tobias Hohl aufgehalten, es war mittlerweile zwanzig vor neun, als sie wieder auf die Schwanheimer Brücke fuhr. Sie hatte Hunger und stellte fest, dass sie seit dem Mittag nichts zu sich genommen hatte außer ein paar Gläsern Wasser und einem Bier. Normalerweise hätte sie jetzt zur Zigarette gegriffen, doch das Verlangen danach wurde von Tag zu Tag geringer, und sie war stolz, es endlich geschafft zu haben, den Teufel Nikotin zu besiegen. Die Schachtel Gauloises, die sie vor einer Woche gekauft hatte, war noch in ihrer Tasche, und noch befanden sich zwei Zigaretten darin. Julia Durant würde sie nicht mehr rauchen, denn auch dieses Kapitel war ein für alle Mal beendet. Sie wollte nicht so enden wie ihre Mutter und eines Tages an Lungenkrebs sterben, nach einem langen und qualvollen Dahinsiechen.

Sie stellte ihren Corsa in einer Seitenstraße ab, holte die Post aus dem Briefkasten, Reklamemüll, den sie gleich entsorgen würde. Auf der Treppe begegnete sie Frau Koslowski aus dem dritten Stock, eine alte Frau, die die Stufen kaum noch schaffte. Sie begrüßten sich freundlich. Frau Koslowski hielt sich mit ihren alten, knöchernen Fingern am Geländer fest, während sie vorsichtig eine Stufe nach der andern nahm, um eine Mülltüte nach unten zu bringen. Durant wusste, dass die Frau schon seit beinahe sechzig Jahren in diesem Haus lebte, dass ihr Mann vor fünfzehn Jahren gestorben war und sie keine Angehörigen außer einem Sohn hatte, der jedoch in Hamburg lebte und sie nur hin und wieder besuchte. Eine alte Frau Mitte achtzig, die mehr als zwei Drittel ihres Lebens hier verbracht hatte und, wie Durant glaubte, es auch hier beenden würde. Sie wechselten ein paar Worte miteinander, Frau Koslowski schenkte ihr dafür ein dankbares Lächeln, gab es doch sonst kaum jemanden, zu dem sie Kontakt hatte, ihre Katze ausgenommen, die ihr das Leben einigermaßen erträglich machte. Durant war von ihr schon ein paarmal zum Kaffee eingeladen worden, und Frau Koslowski hatte ihr jedes Mal dieselben Geschichten aus der Vergangenheit erzählt, und Durant hatte geduldig zugehört.

Oben angekommen, stellte sie ihre Tasche auf den Sessel, zog die Jacke aus und ging ins Bad. Sie überlegte, ob sie sich Wasser einlassen oder lieber nur duschen sollte, entschied sich dann aber doch für ein Bad, denn sie war erschöpft und etwas heiser vom vielen Sprechen. Außerdem schmerzte ihr Rücken wieder, und auch ihre Beine fühlten sich bleiern an. Sie stellte das Wasser an und machte sich zwei Salamibrote mit sauren Gurken, auf eine Tomatensuppe hatte sie heute keine Lust. Sie drückte auf die Fernbedienung, der Fernseher sprang an, ein Film lief. Sie schaute hin und nahm doch nicht wahr, worum es ging. Nach dem Essen badete sie, zog sich frische Wäsche an, setzte sich an ihren Schreibtisch und wollte bereits zu Block und Stift greifen, als sie es sich anders überlegte und das Notebook aufklappte und anschaltete. In den folgenden Minuten tippte sie ein, was ihr zu all den Personen einfiel, die zum engeren Kreis der Verdächtigen zählten, und was sie bisher über die Opfer in Erfahrung bringen konnte.

Mittwoch, 21.00 Uhr _____

Peter Brandt und Elvira Klein waren zu einem Chinesen nur wenige hundert Meter von ihrer Wohnung in der Freßgass gegangen und saßen an einem Tisch in der Ecke, wo sie ungestört waren. Elvira trug einen braunen Hosenanzug und darunter eine beige Bluse, die ungewöhnlich weit ausgeschnitten war, und sie duftete nach einem anderen Parfum als gestern, während Brandt sich eine beige Hose und eine helle Übergangsjacke angezogen und zum ersten Mal seit Monaten wieder ein Eau de Toilette benutzt hatte. Es war ein seltsames Gefühl, mit einer Frau hier zu

412

sitzen, die sonst auf Distanz zu fast jedem ging, mit der er so manche Auseinandersetzung geführt hatte und mit der er sich nie hätte vorstellen können einmal in einem Restaurant zu Abend zu essen.

»Wollen wir uns einen Wein bestellen? Ich denke, zur Feier des Tages sollte es ein besonders guter sein.«

»Du kennst dich mit Weinen aus?«, fragte sie und sah ihn dabei zweifelnd an.

»Zugegeben, es ist nicht mein Spezialgebiet, aber ich hab gehört, dass ein Merlot ganz gut sein soll.«

Sie lächelte vergebend und sagte: »Dann bestell einen Merlot, am besten gleich eine ganze Flasche, ich brauch das heute.«

»Warum?«

»Bestell einfach.« Sie spielte mit dem Ring am Mittelfinger ihrer linken Hand. Brandt merkte, dass etwas mit ihr nicht stimmte. Er winkte den Kellner heran und bestellte eine Flasche Wein und eine Flasche Wasser.

»Was bedrückt dich?«, fragte er geradeheraus.

Sie zuckte mit den Schultern und antwortete: »Mir ist nicht zum Feiern zumute, ich wäre am liebsten zu Hause geblieben.«

»Und warum?«

»Das ist schwer zu erklären. Es stimmt schon, wir haben einen Sieg errungen, aber ich bin nicht zufrieden.«

»Ich kann dir nicht ganz folgen. Hat es mit deinem Vater zu tun?«

Sie nickte und sah ihn an. »Es ist alles zum Kotzen. Tut mir leid, wenn ich dir den Abend verderbe, ich hatte es mir auch schöner vorgestellt.«

»Du verdirbst mir den Abend nicht, aber vielleicht wär's ganz gut, wenn du darüber sprechen würdest«, tastete sich Brandt behutsam vor.

»Hätte ich sowieso getan, denn mit wem soll ich sonst reden?« Sie hielt für einen Moment inne und sagte dann: »Mein Vater will, dass wir ihn und die ganze alte Sippschaft raushalten. Dabei hatte ich ihm klipp und klar zu verstehen gegeben, dass ich bei seinen Spielchen nicht mitmache.«

»Was heißt das, wir sollen sie raushalten?«

»Er hat gesagt, wir haben doch, was wir wollen, und so weiter und so fort. Ich hatte vorhin Zeit, das alles zu überdenken, und bin zu dem Schluss gelangt, dass er sogar recht hat. Wenn wir den Fall jetzt so behandeln, wie er sich damals tatsächlich abgespielt hat, bringen wir einen Stein ins Rollen, den wir nicht mehr aufhalten können. Stell dir vor, wir machen alles publik, was sich vor zehn Jahren zugetragen hat, die Menschen verlieren doch vollkommen den Glauben an die Justiz. Ich meine, wir stehen ja jetzt schon nicht besonders gut da, die Leute haben kaum noch Vertrauen in unsere Rechtsprechung, wenn man denn überhaupt noch von so etwas reden kann. Man braucht doch nur diverse Fälle aus den letzten Monaten und Jahren heranzuziehen, da braucht man nicht mal sonderlich intelligent zu sein, um zu erkennen, wie da geschummelt wird. Bankbosse und Vorstandsvorsitzende einigen sich gütlich mit Staatsanwälten und Richtern und werden nicht verurteilt, während ein kleiner Steuersünder mit der vollen Härte des Gesetzes bestraft wird. Mir ist zum ersten Mal so richtig klar geworden, wie korrupt unser System ist. Und wenn schon in diesem relativ kleinen Rahmen, ich meine, wenn schon Kommunalpolitiker und Unternehmer eine solche Macht haben, wie sieht es dann erst weiter oben aus? Wie viele Verbrechen werden nicht geahndet, weil sie gar nicht erst ans Tageslicht kommen? Ein paar hundert pro Jahr? Oder ein paar tausend? Oder gar mehr? Je länger ich darüber nachdenke, desto hilfloser komme ich mir vor. Und das Schlimmste ist, dass mein Vater da mit drinhängt. Ich war so blind und so dumm, und ich hätte nie etwas auf meinen Vater kommen lassen. Und dann dieser Hammer.« Der Wein und das Wasser wurden serviert, Brandt kostete und nickte. Sie stießen an und tranken. Elvira Klein fuhr fort: »Ich frage mich ernsthaft, ob ich die Brocken nicht einfach hinschmeißen soll und …«

»He, nicht so«, wurde sie von Brandt unterbrochen. »Du bist eine hervorragende Staatsanwältin, und ich weiß, dass es noch viel mehr von deiner Sorte gibt. Und solange es Staatsanwälte wie dich gibt, ist nicht alles verloren. Und glaub bloß nicht, dass ich dir Honig ums Maul schmieren will, ich meine das ernst. Aber um auf deinen Vater zurückzukommen, er will also, dass sein Name nicht beschmutzt wird, richtig?«

»Wie treffend du das ausdrückst«, bemerkte Elvira sarkastisch. »Natürlich will er seine reine Weste behalten, genau wie der alte Sack Möller und seine sauberen Freunde. Und auch wenn du mich dafür jetzt verachten wirst, aber ich habe beschlossen, dass ich ihnen diesen Wunsch erfüllen werde.« Und nachdem Brandt nichts sagte: »Und jetzt bist du sauer? Na ja, kann ich dir nicht übelnehmen. Du denkst …«

»Nein, nein, ich denke, du hast gar keine andere Wahl. Wichtig ist doch in erster Linie, dass wir die Mörder haben. Die Tricks der andern gehen uns doch gar nichts an.«

»Das sagst du jetzt nur, um mich zu beruhigen.«

»Falsch. Fassen wir mal zusammen, was wir an Fakten haben. Reiter und Gebhardt haben jeweils gestanden, und ihre Geständnisse sind ziemlich deckungsgleich. Nur Möller will noch nicht wahrhaben, dass er verloren hat. Aber ich bin mir sicher, dass er, nachdem dein Vater und auch Möllers Vater mit ihm gesprochen haben, einsehen wird, dass der Weg in die Freiheit für ihn verschlossen ist. Die Frage ist doch: Was sagt der junge Möller vor Gericht aus? Vielleicht fängt er an seinen Vater zu belasten und bringt damit selbst den Stein ins Rollen.«

»Peter, selbst wenn er das tut, ich meine, wenn er seinen Vater und die andern belastet, es wird immer Aussage gegen Aussage stehen, und wem wird man wohl eher glauben, einem Mörder oder einem angesehenen Volksvertreter und Unternehmer? Das ist doch wohl leicht zu beantworten. Außerdem dürfen wir nicht vergessen, dass es die Möglichkeit eines abgetrennten Verfahrens gibt, das heißt, Möller würde einen eigenen Prozess bekommen, und wie ich die Sache sehe, wird es genau so ablaufen. Und ich gebe noch etwas zu bedenken – ich werde bei Möller unter gar keinen Umständen die Anklage vertreten, denn ich bin befangen, schließlich kenne ich die Möllers, seit ich ein Kind war. Bei Reiter und Gebhardt habe ich kein Problem. Aber mein größtes Problem ist sowieso ein ganz anderes.«

»Und was?«

»Peter, ich möchte nichts essen, ich möchte eigentlich nur noch nach Hause. Wenn du Hunger hast, ich hab einiges im Kühlschrank.«

»Bist du sicher, dass ich mitkommen soll?«

»Es ist nur eine Bitte, du musst natürlich nicht, wenn du lieber zu dir willst. Ich meine, deine Töchter werden sich bestimmt fragen, wo du schon wieder bist.«

»Mach dir um Sarah und Michelle keine Gedanken, ich hab schon vorgesorgt.«

»Hast du ihnen etwa von mir erzählt?«

»Nein, wir hatten doch ausgemacht, dass wir es langsam angehen werden. Warte, ich zahl nur schnell, die Flasche nehmen wir aber mit.«

Elvira Klein lächelte ihn dankbar an, er beglich die Rechnung, und sie gingen zu ihrer Wohnung.

»Verrätst du mir eins?«, fragte sie auf dem Weg. »Warum bist du gestern bei mir geblieben? Weil ich dir leidgetan habe?«

»Auch.«

»Auch? Und weiter?«

»Weil ich es wollte.«

»Und ist es heute immer noch so?«

»Was willst du hören? Dass ich mich …«

»Dass du was?«

Er hatte eine Antwort auf ihre Frage, aber er sprach sie nicht aus.

»Ich bin doch überhaupt nicht liebenswert, ich hab ja nicht mal richtige Freunde.«

»Wer behauptet, du seist nicht liebenswert? Doch höchstens du selbst.«

Sie standen vor dem Aufzug, fuhren nach oben und betraten die Wohnung. Elvira Klein zog das Oberteil ihres Hosenanzugs aus und hängte es über einen Bügel.

»Ja, ich halte mich selbst nicht für liebenswert. Und wenn dann auch noch die einzige Person, von der du meinst, geliebt zu werden, sich als Heuchler entpuppt …«

»Elvira«, sagte Brandt und stellte die Flasche auf den Tisch, »denk mal an Prof. Kuntze und seine Geschichte. Sie ist nicht zu vergleichen mit deiner, denn jeder Mensch hat eine eigene Geschichte, aber du hast sehr viele Seiten, die gut sind. Schau mich an«, fuhr er fort und sah ihr in die Augen. »Ich habe eine gescheiterte Ehe hinter mir, ich hatte drei Jahre lang eine Beziehung mit Andrea, ich bin allein erziehender Vater von zwei Töchtern, die immer mehr ihre eigenen Wege gehen. Meinst du, ich fühl mich wohl in meiner Haut? Vielleicht können wir uns ja gegenseitig auffangen, ich bin jedenfalls bereit.«

Mit einem Mal schlang sie ihre Arme um seinen Hals und legte ihren Kopf an seinen. Ein Zucken ging durch ihren Körper, sie zitterte, Brandt fühlte die Tränen an seiner rechten Wange.

»Es ist doch alles nicht so schlimm«, wollte er sie beruhigen.

»Das weiß ich ja«, sagte sie jedoch mit stockender Stimme. »Ich weiß nur nicht, was mit mir los ist. Ich frag mich, wie ich das alles verkraften soll.« Sie löste sich von ihm, holte ein Taschentuch und wischte die Tränen ab. »In den letzten nicht mal achtundvierzig Stunden ist so unendlich viel passiert, das hält doch kein normaler Mensch aus. Und ja, verdammt noch mal, ich fühle mich wohl in deiner Nähe, und ich wünsche mir nichts mehr, als jemanden wie dich zu haben. Und ich habe nicht gelogen, als ich gestern sagte, dass ich dich immer schon gemocht habe. Das ist die Wahrheit und nichts als die Wahrheit.«

»Ich weiß«, erwiderte er trocken.

»Was weißt du?«, fragte sie mit hochgezogenen Brauen.

»Du hast recht.«

»He, jetzt weich nicht aus. Was weißt du?«

»Ich hab einen Bärenhunger, lass mich doch mal einen Blick in deinen Kühlschrank werfen. Mein Magen verlangt nach etwas Essbarem. Und du solltest auch was essen.«

»Ja, Papa«, entgegnete sie.

Brandt sah sie durchdringend an und sagte: »Hör zu, das Einzige, was ich verlange, ist, dass du mich nie, aber auch nie wieder Papa nennst. Ich bin kein Vaterersatz, und ich will auch keiner sein, ich habe nämlich schon zwei Töchter. Okay?«

»Okay. So war das auch gar nicht gemeint, es war nur ein Scherz.«

»Dann ist es ja gut.«

Brandt machte ein paar belegte Brote, sie aßen und tranken und unterhielten sich, und als es fast Mitternacht war, meinte er: »Wir sollten schlafen gehen. Ich mach's mir wieder auf der Couch gemütlich und …«

»Nein, das erlaub ich nicht, das ist zu unbequem. Komm mit rüber, bitte. Wir sind doch alt genug«, sagte sie mit diesem zaghaften Lächeln, das sie so hübsch machte, hübsch und zerbrechlich.

»Stimmt, wir sind alt genug«, entgegnete er und streichelte ihr übers Haar, das sie an diesem Abend offen trug, blondes Haar, das er eigentlich nie gemocht hatte. Er stand seit er denken konnte immer auf dunkelhaarige Frauen. Aber Elvira mit braunem oder schwarzem Haar würde nicht passen. »Wer geht zuerst ins Bad?«

»Ich«, antwortete sie und kam nach kaum zehn Minuten wieder in einem roten, seidig glänzenden Morgenmantel heraus, der kaum die Hälfte ihrer Oberschenkel bedeckte, und er erinnerte sich an gestern, als er in ihr Büro kam und sie die Beine auf den Tisch gelegt hatte und er nur dachte, wie schön ihre Beine doch sind. »Es ist frei«, sagte sie und sah ihn verschämt an, als würde sie unter dem Mantel ein besonderes Geheimnis hüten.

Er putzte sich die Zähne mit dem Zeigefinger, wusch sich die Hände und das Gesicht und betrachtete sich im Spiegel, bevor er zu Elvira Klein ins Schlafzimmer ging. Einen kurzen Moment blieb er vor der Tür stehen, sein Herz pochte wie wild, er fühlte einen Kloß im Hals. Dann trat er um die Ecke und sah Elvira im gedämpften Licht daliegen. Das war nicht mehr die harte, unnahbare Staatsanwältin, das war eine attraktive Frau, die die Bettdecke bis zu den nackten Schultern hochgezogen hatte. Er schlüpfte unter die Decke und fühlte sich wie ein pubertierender Schuljunge, der den ersten zaghaften Annäherungsversuch bei einem Mädchen startete. Es war ein eigenartiges und doch gutes Gefühl.

Mittwoch, 22.50 Uhr _____

Julia Durant saß noch immer am Schreibtisch. Sie hatte bereits die zweite Dose Bier vor sich stehen und las wieder und wieder die Notizen auf den fünf vollgeschriebenen Seiten, auf denen sie die bisher bekannten und in Frage kommenden Personen mit Pro und Contra bewertet hatte, wobei Pro für ein Motiv und Contra gegen eine Täter- oder Mittäterschaft stand. Die Blätter lagen ausgedruckt nebeneinander vor ihr. Sie nahm einen Schluck aus der Dose und griff nach dem links von ihr liegenden Blatt.

- **Leslie Sittler,** 25, Jurastudentin
  Pro:
  Hass auf die Mutter, von der sie nie geliebt und beachtet wurde.
  Hat die Mutter finanziell ausgenommen und mit ihr gespielt.
  Ist seit drei Jahren mit dem Moderator Matthias Mahler zu-
  sammen, lebt mit ihm seit einem Jahr in einer eigenen Woh-
  nung, die von Corinna S. bezahlt wurde.
  Aber sie hasst ihre Mutter noch immer, eines der stärksten
  Motive überhaupt, jemanden umzubringen.
  Ist außerdem befreundet mit Alina Cornelius, von der sie viel-
  leicht doch nähere Informationen über ihre Mutter erhalten
  hat.
  Gibt es vielleicht auch zwischen ihnen eine sexuelle Beziehung wie zwischen Alina C. und Corinna S.?
  Hat einen Schlüssel zum Haus.
  Contra:
  Hat ein einigermaßen glaubhaftes, wenn auch nicht nachprüf-
  bares Alibi.
  Bei beiden Gesprächen sehr offen, ehrlich und vor allem emo-
  tional. Sonntagabend nach dem Fund ihrer Mutter völlig aufgelöst und nervlich am Boden.
  Hat offenbar nichts von den Machenschaften ihrer Mutter gewusst, was auch ihre Großmutter bestätigte. Selbst wenn sie
  davon wusste, wäre dies ein eher schwaches Motiv, da sie
  selbst nicht betroffen war.
  Und was wäre ihr Motiv bei den Morden an Buchmann und
  Hoffmann?
  Fazit: Scheidet als Täterin mit ziemlicher Sicherheit aus, auch
  wenn sie mit A. Cornelius befreundet ist.

- **Matthias Mahler,** 30, Moderator bei FFH
  Pro:
  Kann fast perfekt Stimmen imitieren, könnte der Anrufer beim

Escort-Service gewesen sein, auch wenn er am Abend eine Gala in Friedberg moderierte.

Helfer, Handlanger oder Mittäter?

Scheint Leslie abgöttisch zu lieben (kam mir jedenfalls am Montag so vor), und Liebe kann blind und einen Menschen zum Täter machen.

Contra:

Kannte Corinna Sittler angeblich nicht, weshalb er auch ihre Stimme nicht gekannt haben konnte.

Würde mit einem Mord seine Karriere zerstören.

Sehe auch sonst kein Motiv.

Fazit: Scheidet als Täter oder Mittäter zu 99 % aus.

– **Alina Cornelius,** 36, Psychologin, Hausdame, Gesellschafterin und Gespielin von Corinna Sittler

Pro:

Kannte die Sittler zehn Jahre.

Unklar, inwieweit sie über die Vergangenheit der Sittler Bescheid wusste, ist aber durchaus möglich.

Vielleicht von Sittler gedemütigt oder herablassend behandelt.

Kannte wie kaum eine zweite das Leben und Verhalten der Sittler.

Hatte einen Schlüssel zum Haus.

Contra:

Zu offen und ehrlich bei meiner Befragung.

Gab Dinge von sich preis, die ich nicht gefragt habe. Gestand ihre lesbische Beziehung zu Corinna S.

Auch hier: Wo wäre das Motiv, Buchmann und Hoffmann zu töten?

Freundin von Leslie oder auch Liebhaberin? (Bei Alina C. könnte ich ebenfalls schwach werden – Julia, Julia, Julia!)

Fazit: Scheidet als Täterin oder Mittäterin zu 99 % aus, auch wenn sie wie keine andere zumindest die Sittler kannte.

– **Heiko Kröger,** 28, Jurastudent
Pro:
Hat den Tod seiner Schwester bis heute nicht verwunden.
Hat lange recherchiert und ist auf Ermittlungsfehler gestoßen.
Hat offenbar auch herausgefunden, dass es Absprachen gab.
Hat mit Frau Guttenhofer und T. Hohl eine Internetseite gestaltet, auf der sie die Sittler und auch andere namentlich nannten.
Trägt noch heute unbändigen Hass in sich, auch wenn er das nicht so offen zeigt.
War in Therapie, hat aber danach trotzdem noch weitergeforscht. Sein Alibi wurde bisher nicht überprüft! (Muss dringend nachgeholt werden!)
Wäre aufgrund seiner emotionalen Situation durchaus zu einem Mord fähig (ich gehe zumindest davon aus).
Kannte mit Sicherheit nicht nur die Sittler, sondern auch Buchmann und Hoffmann, wenn auch nur dem Namen nach.
Wusste über viele unlautere Vorgänge Bescheid, sonst hätte er nicht eine detaillierte Seite ins Netz gestellt, woraufhin die genannten Personen nervös wurden.
Contra:
Warum erst nach zehn Jahren??
Fazit:
Auf jeden Fall einer der Hauptverdächtigen, auch wenn sein Alibi für Freitagabend bestätigt werden sollte.
Ein intelligenter Mörder findet immer eine Möglichkeit, eine geplante Tat umzusetzen.
Außerdem gehen wir von zwei Mördern aus!
Für die Sittler brauchte man im Gegensatz zu Buchmann und Hoffmann aber keine zwei Mörder, da reichte einer!

– **Tobias Hohl,** 35, Zahnarzt
Pro:
Wie bei Heiko K. – Hass.

Hat mit seinem womöglich besten Freund und Frau Guttenhofer recherchiert und ist auf Ungereimtheiten gestoßen.

Ebenfalls sehr intelligent.

Lebt in keiner festen Beziehung, weil für ihn keine andere Frau an Laura K. heranreicht.

Kein nachprüfbares Alibi, außer, dass er von Freitagabend bis Samstagmorgen Notdienst für Privatpatienten hatte.

Hatte aber nur einen Patienten um halb drei.

An den beiden anderen Tagen angeblich zu den Tatzeiten allein zu Hause.

Sehr emotional und deshalb auch schwer einzuschätzen.

Wusste von Sittler und Co.

Sehr sicheres Auftreten.

Leidet noch immer unter dem Schmerz, auch wenn er das nicht so deutlich zeigt.

Contra:
Warum erst nach zehn Jahren??

Fazit: Wie Heiko K. einer der Hauptverdächtigen, sein Alibi ist weniger als nur hauchdünn.

– **Frau Guttenhofer,** Angaben zu ihrer Person mir bisher nicht bekannt

Pro: Die Freundschaft oder Bekanntschaft mit Heiko K. und Tobias H.

Contra: Drei Kinder, ein Lebensgefährte.

Fazit: Keins

– **Inge Kröger,** Hausfrau

Zu alt und zu verbittert. Hat keine Kraft mehr. Würde auch nie einen Mord begehen.

– Weitere Personen? Bisher nicht bekannt.

Nachdem Durant ein weiteres Mal alles durchgelesen hatte, lehnte sie sich zurück, schaute zur Uhr und griff zum Telefon. Es war kurz vor elf, und sie wählte die Nummer von Kullmer und Seidel, in der Hoffnung, sie würden noch nicht schlafen. Bereits nach dem ersten Läuten wurde abgenommen. Kullmer.

»Julia, was hast du so spät noch auf dem Herzen?«, fragte er.

»Sorry, wenn ich störe, aber ich brauch ein paar Infos. Geht auch ganz schnell. Wie sieht es mit dem Alibi der Guttenhofer aus?«

»Die Guttenhofer kannst du gleich abhaken, die war das ganze Wochenende über mit ihrem Lebensgefährten und den Kindern in Norddeutschland bei ihren Eltern. Sie sind erst am Sonntagabend zurückgekommen. Die war von unserm Besuch ziemlich überrascht und auch ein bisschen verärgert. Was hast du denn geschafft?«

»Gleich. Berger hat mir gesagt, dass die Hoffmann offenbar von ihrem Mann misshandelt wurde. Ist da was dran?«

»Sieht so aus. Die hat auf jeden Fall ein dickes Veilchen, wie man es eigentlich nur bekommt, wenn man einen Schlag aufs Auge kriegt. Sie war ziemlich verstört und nervös, aber sie schien auch nicht sonderlich traurig zu sein, dass ihr Göttergatte das Zeitliche gesegnet hat. Sie ist zwanzig Jahre jünger als er, wollte uns aber nichts Näheres über ihre Ehe preisgeben.«

»Habt ihr sie gefragt, wann sie ihren Mann das letzte Mal gesehen hat?«

»Klar. Sie sagt, dass er am Montagabend das Haus verlassen hat, allerdings hat er ihr nicht gesagt, wohin er gefahren ist. Sie hat auch nicht nachgefragt, denn er mochte es nicht, kontrolliert zu werden. Sie hat es sich wohl abgewöhnt, ihm Fragen zu stellen, muss mächtig Angst vor ihm gehabt haben. Dass er gestern nicht nach Hause gekommen ist, hat sie nicht sonderlich verwundert, denn er blieb des Öfteren zwei oder drei Tage weg, ohne dass sie wusste, wo er war.«

»Hatte er gestern keinen Gerichtstermin?«

»Nein, gestern hatte er einen freien Tag, das heißt, er hatte sich die ganze Woche Urlaub genommen, wie seine Frau uns erzählte. Tja, dann waren wir vorhin noch bei dieser Silke Kreuzer. Die Dame ist Psychiaterin mit eigener Praxis in der Kurmainzer Straße in Höchst. Moment, ich hab's mir aufgeschrieben … Siebenunddreißig Jahre alt, geschieden, keine Kinder …«

»Warte mal, das würde ja bedeuten, dass die Kreuzer neun Jahre älter ist als ihr Verlobter Kröger.«

»Ich wusste gar nicht, dass du rechnen kannst«, bemerkte Kullmer lachend. »Ich kann dir aber sagen, und Doris wird dir das bestätigen, die Kreuzer sieht mindestens sechs oder sieben Jahre jünger aus, als sie ist. Sie ist zwar nicht unbedingt eine umwerfende Schönheit, aber sie hat was. Jedenfalls hat sie bestätigt, dass sie mit Kröger am Freitagabend im Kinopolis war, dass sie dort Freunde getroffen haben und nach dem Film noch beim Mexikaner waren. Wann genau sie nach Hause gefahren sind, daran konnte sie sich nicht mehr erinnern, weil sie wohl ein Glas Wein zu viel getrunken hatte. Wir waren dann auch noch bei dem befreundeten Pärchen, das sich allerdings auch nicht mehr genau erinnern konnte, wann sie das Lokal verlassen haben. Sicher ist jedenfalls, dass Kröger am Freitagabend in Gesellschaft war, wie lange, das lässt sich wohl nicht mehr bestimmen.«

»Hat er bei der Kreuzer übernachtet?«

»Sie sagt, als sie am Morgen aufgewacht ist, hat er neben ihr gelegen und geschlafen. Noch was?«

»Nee, ich hab mir nur 'ne Liste mit allen Personen gemacht, die als Täter in Betracht kommen könnten. Kröger steht bei mir ganz oben, dicht gefolgt von seinem Freund Hohl. Und wir gehen ja von zwei Tätern aus.«

»Julia, bitte, heute Nacht werden wir den Fall nicht mehr lösen, dazu sind wir alle viel zu müde. Und jetzt sag schon, wie es bei dir gelaufen ist, damit ich endlich den Tag abschließen kann.«

»Wir haben die Geständnisse von Gebhardt und Reiter, Möller ist spätestens morgen dran. Damit wären schon mal fünfzig Prozent des Falls gelöst.«

»Wow«, stieß Kullmer anerkennend hervor. »Das heißt, dann hat der Mord an der Sittler doch was Gutes gehabt.«

»Alter Zyniker«, sagte Durant lachend.

»Wieso Zyniker? Stimmt doch, oder? Na ja, gut, das mit Buchmann und Hoffmann war vielleicht ein bisschen übertrieben, aber wenn das alles so stimmt, wie unser bisheriger Erkenntnisstand ist, dann haben sie sich's irgendwo selbst zuzuschreiben. Und ich kann mir beim besten Willen nicht vorstellen, dass die Sache Kröger/Guttenhofer die einzige Sauerei von denen war. Wer so was einmal macht, macht es immer wieder, das wissen wir doch beide aus der Vergangenheit. Ich sag nur Küchler, der hat's schon toll getrieben, bevor er nach Frankfurt kam.«

»Seh ich genauso, trotzdem, Mord bleibt Mord, egal, aus welchen Motiven er begangen wurde. So, und jetzt macht's gut und schlaft schön.«

»Du auch. Ach übrigens, hast du irgendwas von Frank gehört?«

»Nein, leider, aber ich hab mir fest vorgenommen, ihn morgen zu besuchen. Ciao.«

Sie legte auf, überflog noch einmal die Seiten, stand auf, stellte sich ans Fenster und schaute hinaus in die Nacht. Irgendetwas passt nicht, oder ich habe irgendetwas übersehen, dachte sie. Aber was? Heiko Kröger ist mit einer neun Jahre älteren Psychiaterin verlobt. Schon ein bisschen seltsam. Tobias Hohl ist Single und wird es wahrscheinlich auch bleiben, weil er Laura nicht vergessen kann. Heiko Kröger und Tobias Hohl, zwei Freunde, zwei trauernde Freunde, zwei hasserfüllte Freunde. Zwei Freunde, die eine Menge Material gesammelt haben, vielleicht sogar viel mehr, als wir wissen. Andererseits, wenn sie die Internetseite bereits vor drei Jahren ins Netz gestellt haben, warum haben sie nicht früher etwas gegen die Sittler und die andern unternommen? Warum haben sie nicht schon vor fünf oder sechs Jahren mit dem Morden begonnen? Oder warum nicht schon vor zehn Jahren? Die Zeit stimmt einfach nicht, niemand wartet so lange, wenn der Hass so übermächtig ist. Die hätten doch schon längst eine Gelegenheit gehabt, zuzuschlagen. Der Zeitfaktor stört mich, aber es hat sie ja auch keiner gehetzt. Die Taten mussten nicht nur akribisch geplant werden, die Täter mussten auch den richtigen Zeitpunkt abwarten. Okay, vor zehn Jahren wäre zu auffällig gewesen, die Polizei wäre ihnen sofort auf die Schliche gekommen, da wären sie von Anfang an als Hauptverdächtige ins Visier der Fahnder geraten.

Sie holte tief Luft, warf einen Blick auf ihre Tasche und verspürte ein starkes Verlangen nach einer Zigarette. Nein, nein, nein!, dachte sie, ging zum Kühlschrank und nahm einen Heidelbeer-Joghurt heraus, den sie langsam am Fenster aß. Heiko und eine Psychiaterin. Sie fasste sich an die juckende Nasenspitze, drehte sich um und ging, nachdem sie den Joghurtbecher entsorgt hatte, ein paarmal im Zimmer auf und ab. Heiko Kröger war drei Jahre in Therapie, sagen wir mal, er war neunzehn und die Kreuzer demnach achtundzwanzig. Kennen sie sich schon so lange? Das dürfte leicht nachzuprüfen sein. Wenn sie seine Therapeutin war. Aber Therapeutin und Patient? Nee, das funktioniert doch nicht, sie weiß doch viel zu viel über ihn, so was kann doch gar nicht gutgehen. Aber sie ist geschieden, wie Peter sagt. Hat sie sich vielleicht wegen Heiko scheiden lassen? Möglich ist alles.

Durant schüttelte den Kopf, setzte sich auf die Sessellehne und ließ ihre Gedanken kreisen. Gut, er ist mit einer Psychiaterin verlobt. Aber was will das schon heißen? Er angehender Jurist und sie Ärztin. Ein Akademikerpaar, wie es im Buche steht. Ich werde mir diese Dame morgen mal selbst anschauen. Kröger und Hohl, Kröger und Hohl, Kröger und Hohl. Haben die beiden gemeinsame Sache gemacht? Nein, das wäre einfach zu offensichtlich. Die hätten doch genau gewusst, dass sie als Erste unter Verdacht geraten, und so blöd sind die nicht, ganz im Gegenteil. Verdammt noch mal, was hab ich übersehen? Welche Verbindung gibt es noch? Wer außer Kröger und Hohl hätte noch ein zwingendes Motiv, eins, das nicht mit dem Fall zu tun hat? Und zwar derart zwingend, dass es auch mit Hass, Demütigung … Nee, das passt auch nicht. Es hat einzig und allein mit dem Fall vor zehn Jahren zu tun. Und es kommen nur solche Personen in Betracht, die zum einen über die wahren Vorgänge informiert und zum andern mit größter Wahrscheinlichkeit persönlich involviert sind. Es bleiben eigentlich nur Kröger und Hohl und eventuell noch die Guttenhofer, wenn auch eher indirekt.

Sie ging wieder im Zimmer umher und überlegte. Ich habe die Liste, und auf der Liste steht zumindest der Name einer Person, die an den Morden beteiligt war, da kann ich mich doch nicht irren. Aber wo ist diese verdammte Verbindung und wo dieses verdammte Motiv? Bei Kröger und Hohl hätte ich ja eins, aber bei den andern nicht. Was hab ich übersehen?

Durant las noch einmal Zeile für Zeile, fand jedoch nichts, das ihr weiterhalf. Sie ließ die Seiten einfach liegen, schaltete das Notebook aus und klappte es zu. Mist, dachte sie, ich weiß, dass ich auf der richtigen Spur bin, aber wir können bisher weder Kröger noch Hohl auch nur das Geringste nachweisen. Es ist zum Verzweifeln. Aber vielleicht waren sie's auch nicht. Du lieber Himmel, da war das mit Möller und seinen Kumpanen geradezu ein Kinderspiel. Aber ohne den Mord an der Sittler wäre der Fall Kröger/Guttenhofer nie ans Tageslicht gekommen und damit auch nie geklärt worden.

Es ist ja nicht nur die Sittler, sondern auch Buchmann und Hoffmann, die dran glauben mussten. Versteife ich mich zu sehr auf die Sittler? Buchmann war ebenfalls alles andere als ein Vorbild. Er war zwar ein beliebter Fernsehrichter, aber auch Teilhaber an einem Bordell. Ich kenne keinen Richter, der sich von seinem Salär in ein Bordell einkaufen könnte. Und er lebte wie die Sittler weit über die für einen Richter üblichen Verhältnisse. Daran ändert auch nichts, dass er seit zwei Jahren fürs Fernsehen tätig war. Außerdem war Buchmann mit der Sittler befreundet, wobei noch nicht klar ist, ob auch eine sexuelle Beziehung zwischen ihnen bestand. Aber wenn, dann ist das lange her. Er brauchte die Sittler nicht mehr fürs Bett, er hatte ja sein junges Gemüse im Bordell und seine Geliebte. Und dann wäre noch Hoffmann, der ganz offensichtlich seine junge Frau verprügelt hat. Auch er alles andere als ein Vorzeigerichter. Warum wurde die Sittler als Erste ermordet? Gab es eine vorher bestimmte Reihenfolge? Aber sicher doch, die Agoraphobie. Wäre Buchmann als Erster ermordet worden, hätte die Sittler das erfahren und garantiert niemanden mehr in ihr Haus gelassen, weil sie genau gewusst hätte, warum er umgebracht wurde. Sie hätte von dem Zettel im Mund erfahren und sofort gewusst, wie der Hase läuft. Und Buchmann war erst acht Jahre mit seiner Frau verheiratet, die mit Sicherheit nichts von seiner Darmstädter Vergangenheit weiß. Bei Hoffmann dasselbe, eine junge Frau, ein kleines Kind und auch schon lange in Frankfurt. Über keinen der beiden wären wir auf den Fall Kröger/Guttenhofer gekommen. Die Sittler musste als Erste dran glauben, damit wir hinterfragen konnten, was es mit diesem Zettel auf sich hat. Und Buchmann wurde umgebracht, als wir noch bei der Sittler zu Hause waren oder ich ins Präsidium gefahren bin. Und Hoffmann zwei Tage nach Buchmann. Wo war Hoffmann am Dienstag? Er hatte Urlaub und deshalb mit ziemlicher Sicherheit noch nichts vom Mord an Buchmann erfahren. Und von der Sittler konnte er eigentlich auch nichts wissen, weil die ersten Meldungen erst heute in den Zeitungen erschienen. Außerdem war sie gar nicht mehr bei der Staatsanwaltschaft. Das war verdammt gut durchdacht. Chapeau, kann ich da nur sagen. Die Täter wussten offenbar alles über ihre Opfer, selbst, dass Buchmann sonntags immer in seinem Puff war und Hoffmann diese Woche Urlaub hatte, ein zugegeben ziemlich kurzer Urlaub, den er sich bestimmt anders vorgestellt hatte. Sittler am Freitag, Buchmann am Sonntag und Hoffmann am Dienstag, alle zwei Tage einer. Und der Vierte aus der Clique ist schon seit ein paar Jahren tot. Ich hoffe nur, dass mit dem Morden jetzt endlich Schluss ist.

Moment, dachte sie weiter, wenn die Täter wussten, dass Hoffmann Urlaub hatte, woher wussten sie es? Wenn ich meinen Urlaub einreiche, sind nur ganz wenige Personen eingeweiht, es sei denn, ich erzähl's jedem. Es muss jemand sein, der Zugang zu gewissen Akten hat oder jemanden kennt, der ihm die Information arglos gibt.

Aber die Morde selbst wurden auf unterschiedliche Weise begangen. Die Sittler mittels K.-o.-Tropfen und einer tödlichen Dosis Strychnin und anschließend in Form eines Kreuzes auf dem Bett aufgebahrt, Buchmann mit einem Stich ins Herz und in den Kofferraum gelegt, Hoffmann hingegen wurde gefoltert, bevor man ihn erdrosselte. Drei unterschiedliche Vorgehensweisen, bei der Sittler eher human, bei Buchmann schon einen Tick härter und bei Hoffmann ein qualvoller Tod. Hat das was zu bedeuten? Was hat Hoffmann noch verbrochen, dass man ihn so zugerichtet hat?

Das gibt immer mehr Fragen, dachte sie. Julia, es bringt nichts, dir weiter den Kopf zu zerbrechen. Peter hat schon recht, du wirst den Fall heute nicht mehr lösen. Trotzdem würde ich zu gerne wissen, wer das alles ausgeheckt und ausgeführt hat. So, und jetzt ab ins Bett, du hast es dir verdient und vor allem nötig. Und hör auf zu grübeln.

Sie löschte das Licht, ging noch einmal auf die Toilette und danach zu Bett. Und wie immer, wenn sie so sehr in einen Fall involviert war, dauerte es lange, bis sie endlich einschlief.

Donnerstag, 5.45 Uhr _____

Peter Brandt wachte nach nur drei Stunden Schlaf auf, blickte auf die Uhr und anschließend auf die neben ihm liegende Elvira. Die Bettdecke verhüllte gerade mal ihre Beine und die Hüften. Sie hatte ihm den Rücken zugewandt. Er überlegte, ob er sie wecken oder ihr nur eine Nachricht auf einem Zettel hinterlassen sollte. Wenn er jetzt aufstand, würde er es rechtzeitig nach Hause schaffen, um seine Töchter noch vor der Schule zu sehen. Sie würden Fragen stellen, wo er schon wieder gewesen war, worauf er jedoch sicherlich eine Antwort finden würde. Er stand so leise wie möglich auf, ging ins Wohnzimmer, wo seine Sachen lagen, und zog sich an. Er wollte gerade eine Notiz hinterlassen, als er Elviras Stimme hörte. Sie stand an den Türrahmen gelehnt, den roten Morgenmantel an, die Arme verschränkt. Er hatte sie nicht kommen hören.

»Wo willst du hin?«, fragte sie leise.

»Tut mir leid, ich wollte dich nicht wecken, aber …«

»Kein aber. Du hättest mich ruhig wecken dürfen, statt dich wie ein Dieb davonzuschleichen. Ich hätte sogar erwartet, dass du mich weckst«, sagte sie mit gespielt vorwurfsvoller Miene, ohne sich von der Stelle zu rühren.

Er ging zu ihr und streichelte ihr übers Gesicht. »He, ich muss selbst erst herausfinden, was du magst und was nicht.«

»Für die Zukunft weißt du's. Und die andern Sachen verrat ich dir auch noch, oder du findest meine Macken selber heraus. Fährst du nach Hause?«

»Hm, meine Töchter haben mich seit zwei Tagen nicht zu Gesicht bekommen. Die sind nun mal noch da.«

431

»Das weiß ich doch. Umarm mich wenigstens einmal, bevor du gehst.«

Es war ein für ihn seltsames Gefühl, das er nicht beschreiben konnte. Er hatte die Nacht mit ihr verbracht, und jetzt am frühen Morgen verabschiedete er sich mit einer langen Umarmung von ihr.

»Wir sehen uns nachher«, sagte sie. »Aber eins noch für den Weg – es war die schönste Nacht, die ich je erlebt habe, und das nach fünfunddreißig Jahren.«

»Das freut mich«, erwiderte er nur verlegen, betrachtete sie noch einmal, wie sie dastand, mit zerzaustem Haar, und so, wie sie jetzt aussah, war sie eigentlich noch hübscher als sonst.

»Das freut dich? He, das klingt, als ob es dir nicht so sehr gefallen hätte.«

»Natürlich hat es das, ich bin nur etwas durcheinander. Ich bin eben kein Aufreißer und … Na ja, ich bin auch nicht unbedingt der große Frauenversteher.«

»Du und kein Frauenversteher? Hallo, du hast sehr wohl verstanden, was ich gebraucht habe. Und was den Aufreißer betrifft, ich hab dich doch quasi genötigt.«

»Soll ich jetzt Anzeige wegen Nötigung erstatten?«, fragte er grinsend. »Und du vertrittst die Anklage, was?«

»Idiot. Aber so gefällst du mir, das ist genau die Art, die ich an dir so mag. Weißt du, wenn du immer in mein Büro gestürmt bist, ohne anzuklopfen, das hat mir imponiert, auch wenn es für dich vielleicht anders ausgesehen hat. Erinnerst du dich noch an das erste Mal?«

Brandt schüttelte den Kopf. »Nein.«

»Aber ich. Du warst ganz schön sauer auf mich und hast mich ziemlich angeblafft, weil ich mich mal wieder in Dinge eingemischt habe, die mich deiner Meinung nach eigentlich nichts angingen, obwohl sie mich doch was angingen. Deinen Gesichtsausdruck werde ich nie vergessen, als ob du mir am liebsten an die Gurgel gegangen wärst. Du hättest mir bestimmt gerne öfter mal den Hals umgedreht, oder?«

»Ich verabscheue Gewalt in jeder Form.«

»Das weiß ich doch. Aber hast du dich nie gefragt, warum ich immer nur dich sprechen wollte und nie einen deiner Kollegen?« Sie sah ihn wieder mit diesem Blick an, der bis in sein tiefstes Inneres ging.

Mit einem Mal fiel es ihm wie Schuppen von den Augen. Ja, es stimmt, dachte er, sie hat immer nur mich zu sich zitiert, oder sie kam und wollte mit mir unter vier Augen sprechen. Dass da mehr dahintersteckte, das hab ich nicht gesehen oder nicht sehen wollen.

»Nein. Ich hab immer gedacht … Keine Ahnung, was ich gedacht habe.«

»Als ich dann erfahren habe, dass du mit Andrea zusammen bist … Das war nicht schön, das war sogar ziemlich schrecklich. Ich wollte dich zumindest näher kennenlernen, doch ich bin so wahnsinnig schüchtern.«

»Das kam mir heute Nacht aber gar nicht so vor«, entgegnete er mit schelmischem Grinsen.

»Da brauchte ich es ja auch nicht mehr zu sein. Und das mit Andrea ist wirklich vorbei?«

»Ich lüge nicht, und in solchen Dingen schon gar nicht. Es ist vorbei, aber darüber reden wir jetzt nicht. Apropos schüchtern, da haben wir beide wohl was gemeinsam. Ich muss jetzt aber los, ich will Sarah und Michelle wenigstens noch Tschüs sagen, bevor sie in die Schule gehen.«

»Und es macht dir wirklich nichts aus, dass ich größer bin?«

»Wie kommst du denn darauf?«

»Einfach so. Es soll Männer geben, die nicht gerne aufschauen.«

»Was sind schon die paar Zentimeter? Nein, ich stehe ehrlich gesagt auf große Frauen.«

»Noch was, bevor du gehst – du brauchst keine Angst zu haben, ich werde nicht wie eine Klette an dir hängen.«

»Ich habe keine Angst.«

»Ich will aber auch nicht, dass du mit mir spielst, das würde ich nicht verkraften. Sei immer ehrlich, ich bin's auch.«

»Ich bin kein Spieler, und das mit der Ehrlichkeit haben wir ja wohl schon durch. Ciao und bis nachher.«

Sie begleitete ihn zur Tür und sagte: »Ich nehme an, du wirst heute Abend zu Hause bleiben.«

»Kommt drauf an. Wir sprechen später drüber.«

Sie blieb in der Tür stehen, bis Brandt im Aufzug war und ihr noch einmal zuwinkte. Dann legte sie sich wieder ins Bett, diesmal auf die Seite, wo Brandt geschlafen hatte und wo sein Duft noch im Kopfkissen, in der Bettdecke und auf dem Laken war. Endlich, dachte sie erleichtert, endlich hab ich meinen inneren Schweinehund überwunden. Und er mag mich auch. Und dass ausgerechnet jetzt zwischen ihm und Andrea Schluss ist. Kaum zu glauben, aber wahr. Wie sich die Dinge doch manchmal fügen. Ich bin nur gespannt, wie Andrea reagieren wird, wenn sie von mir und Peter erfährt. Aber das soll mir auch egal sein, das ist nicht meine Sache. Elvira Klein blieb noch eine halbe Stunde liegen, dann stand sie auf, ging ins Bad und machte sich für den Tag fertig.

Donnerstag, 7.05 Uhr ＿＿＿＿＿＿＿

Wo kommst du denn her?«, fragte Sarah, die sich gerade ihr Frühstück bereitete. »Dich kriegt man ja kaum noch zu Gesicht.«

»Wir arbeiten an einem schwierigen Fall«, antwortete er und hängte seine Jacke über die Stuhllehne. »Aber du bist ja auch fast nie mehr zu Hause.«

»Das ist was anderes«, erwiderte sie.

»Aha, und was ist daran anders? Wenn ich daran erinnern darf, du bist sechzehn und …«

»Bitte, keine Moralpredigt am frühen Morgen. Hast du Stress mit Andrea?«

Brandt wunderte sich über die Frage, und als er nicht gleich etwas erwiderte, meinte Sarah: »Ihr habt Stress. Na ja, ich hab's schon geahnt. Die ist ja kaum noch hier, und wenn sie hier ist, dann hab ich das Gefühl, in 'nem Eisschrank zu sitzen. Habt ihr euch getrennt?«

»Hör zu, das ist kein Thema für jetzt, ich …«

»Okay, hab schon verstanden. Ihr müsst damit klarkommen. Ihr passt nicht zusammen, das hab ich schon länger gemerkt.«

»Aha, du Menschenkennerin, und woran hast du das gemerkt?«

»Ich bin eine Frau«, antwortete sie grinsend und sah ihren Vater von der Seite an. »Und Frauen spüren Schwingungen viel eher als Männer. Andrea will was erleben und du bist eher der häusliche Typ.« Sie legte das Messer, mit dem sie sich ein Schulbrot geschmiert hatte, auf den Tisch und schlang ihre Arme um seinen Hals. »He, das wird schon wieder.«

»Was wird schon wieder?«

»Alles.«

Brandt hatte Sarah selten so gutgelaunt erlebt, schon gar nicht am frühen Morgen, wo sie normalerweise noch mit sich und der Welt im Unreinen war und meist mürrisch und unzugänglich.

»Wenn du meinst.«

»Was ist das für ein Parfum? Andrea benutzt ein anderes.«

Brandt wurde verlegen, die Hitze schoss ihm ins Gesicht, woraufhin Sarah noch breiter grinste.

»Das ist also dein schwieriger Fall. Kenn ich sie?«

»Sarah, ich muss gleich wieder los und …«

»Du brauchst dich gar nicht so zu winden, und außerdem bist du knallrot geworden. Na ja, ist deine Sache, mit wem du die Nacht verbringst. Sie hat aber Geschmack.«

»Danke für die Blumen.«

»Ich meine das Parfum. Riecht echt gut«, sagte sie, und ihr Grinsen konnte nicht noch breiter werden. »Wie heißt sie denn?«

»Willst du irgendwann mal in den Polizeidienst?«, fragte er.

»Wieso?«

»Du hast das Talent dafür, du stellst nämlich die richtigen Fragen.«

»Keine Ahnung, ich hab mich noch nicht entschieden. Aber ich glaub nicht, das wäre mir zu stressig, und man verdient zu wenig.«

»Hat's euch jemals an irgendwas gemangelt?«

»Nee, trotzdem. Michelle!«, rief sie. »Beeil dich, ich muss auch noch mal ins Bad.«

»Ich bin ja gleich fertig«, kam es ebenso laut zurück.

Brandt machte sich einen Kaffee und zwei Scheiben Toast mit Marmelade. Michelle stand plötzlich hinter ihm und tippte ihm auf die Schulter. Er drehte sich um und blickte in das neugierige Gesicht.

»Na?«, sagte sie, und es klang wie: Hast du dich gut amüsiert?

»Auch na. Was guckst du so?«

»Nichts. Wer ist denn deine neue Freundin?«, fragte sie wie beiläufig, während Sarah, die eigentlich ins Bad wollte, noch an der Tür stand.

»Sag mal, bin ich hier im falschen Film? Was wollt ihr eigentlich von mir?«

»Oh, Daddy ist heute aber nicht gut drauf. Schlecht geschlafen?«

Wäre ich doch bloß direkt ins Präsidium gefahren, dachte Brandt. Aber wie konnte ich auch nur glauben, es vor Sarah und Michelle verheimlichen zu können.

»Okay, okay, was wollt ihr?«

»Nichts, überhaupt nichts«, meinte Michelle schulterzuckend. »Bringst du sie mal mit her?«

Brandt rollte mit den Augen und verzog den Mund. »Vielleicht, irgendwann mal.«

Michelle warf Sarah einen eindeutigen Blick zu, und Brandt sah, wie sie dabei grinste. »Ich hab die Wette gewonnen«, jubelte sie und streckte die Hand aus. »Macht zehn Euro.«

»Kriegst du nachher«, sagte Sarah. Und zu ihrem Vater: »Kennen wir sie?«

»Nein«, antwortete er sichtlich genervt.

»Und warum ist mit Andrea Schluss?«, wollte Michelle wissen.

»Muss das jetzt sein? Seht lieber zu, dass ihr fertig werdet und in die Schule kommt. Außerdem weiß ich noch überhaupt nicht, ob es was Ernstes ist.«

»Papa«, sagte Sarah und kam wieder näher, »wenn du was machst, ist es was Ernstes. Für einen One-Night-Stand bist du nicht geschaffen.«

»Sag mal, wie redest du eigentlich mit mir? Was weißt du schon von One-Night-Stands?«

»Ist doch ganz normal heutzutage«, erwiderte sie lässig, als wäre es für sie etwas ganz Selbstverständliches.

»Auch für dich?«, fragte er mit erhobener Stimme und hoffte, seine schlimmsten Befürchtungen würden sich nicht bewahrheiten.

»Quatsch.«

»Wirklich?«

»Heiliges Ehrenwort. Ich popp nicht in der Gegend rum, damit du's weißt. Da muss schon der Richtige kommen.«

»Und den hat's bis jetzt noch nicht gegeben?«, fragte er mit leichtem Zweifel in der Stimme, denn es war seit langem das erste Mal, dass er mit seinen Töchtern über ein ernsthaftes Thema sprechen konnte.

»Nein. Zufrieden? Verrätst du uns wenigstens ihren Vornamen?«

»Nein.«

»Also kennen wir sie doch«, konstatierte Sarah.

»Nein, ihr kennt sie nicht.«

»Und warum machst du dann so ein Geheimnis aus ihrem Namen?«

»O Mann, womit hab ich das verdient?! Okay, sie heißt …« Er blickte in die gespannten Gesichter von Sarah und Michelle, fuhr sich über das schon wieder stopplige Kinn und sagte grinsend: »Ich verspreche euch, ihr werdet sie kennenlernen. Aber wehe, ihr lasst irgendeinen blöden Kommentar ab.«

»Ist sie etwa so hässlich, mit so 'ner dicken fetten Warze auf der Backe?«, fragte Michelle ebenfalls grinsend und fasste sich dabei an die rechte Wange.

»Ganz im Gegenteil, sie ist sogar ausgesprochen hübsch.«

»Wenn das so ist, warum sollten wir dann einen blöden Kommentar abgeben? Richte ihr aus, sie ist herzlich eingeladen, wir freuen uns auf sie«, sagte Sarah. »Und hoffentlich hält es diesmal länger.«

»Ich werde es ihr ausrichten, Madam«, entgegnete Brandt. »Sonst noch was?«

»Nö. Wie heißt sie gleich noch mal?«

»Raus, aber dalli. Wie lange habt ihr Schule?«

»Ich hab acht Stunden«, antwortete Sarah.

»Und ich sieben«, sagte Michelle.

»Und was macht ihr nach der Schule?«

»Ich geh zu Denise, ich lern in der letzten Zeit immer mit ihr«, sagte Sarah. »Und das ist die Wahrheit, kannst sogar ihre Eltern fragen.«

»Die Denise, bei der du auch gestern warst?«

»Hm. Ich werd heut bei ihr übernachten, vielleicht auch morgen, wenn du gestattest.«

»Und wenn ich nachts um zwölf einen Kontrollanruf tätige, werde ich dich dann auch bei ihr antreffen?«

»Klar, die Telefonnummer hast du ja. Kannst auch vorbeikommen.«

»Und du, Michelle?«

»Pauline kommt mit her. Darf sie hier schlafen?«

»Warum nicht«, sagte Brandt. »Muss ich mir Sorgen machen, wenn ich nicht hier bin?«

»Wieder bei deiner neuen Flamme?«, fragte Sarah.

»Mal schauen. Das wird aber nicht die Regel.«

»Ist doch egal, wir kommen schon klar. Wann dürfen wir sie sehen?«

»Am Wochenende? Samstag oder Sonntag?«

»Samstag«, antworteten Sarah und Michelle wie aus einem Mund.

»Ich werde sie fragen, sie wird bestimmt nicht nein sagen. Und noch was – sollte Andrea anrufen, bitte, erzählt ihr nichts, wir haben noch nicht miteinander geredet.«

»Okay. Ich verschwinde noch mal schnell im Bad, und dann bin ich weg«, verkündete Sarah, während Michelle sich an den Tisch gesetzt hatte und einen Becher Müsli löffelte.

Brandt setzte sich zu ihr, aß seinen Toast, trank den noch heißen Kaffee in kleinen Schlucken und betrachtete Michelle. Nach einer Weile sagte er: »Findest du es schlimm, dass Andrea und ich nicht mehr zusammen sind?«

Sie schüttelte den Kopf. »Nee, die ist in letzter Zeit immer komischer geworden. Sarah und ich haben uns schon so was gedacht. Ihr habt euch aber nicht gestritten, oder?«

»Nein, bis jetzt ist es ja noch nicht mal offiziell, das heißt, Andrea weiß noch gar nichts von …«

»Von der andern?«

»Hm.«

»Wird ihr ziemlich egal sein«, bemerkte Michelle mit der

Weisheit und Lebenserfahrung einer gereiften Vierzehnjährigen. Er musste unwillkürlich grinsen, was auch Michelle merkte und ihn mit diesem Augenaufschlag anlächelte, bei dem er als Vater schon immer schwach geworden war.

»Meinst du?«, fragte er.

»Klar.«

Oder auch nicht, dachte er, wenn sie erfährt, dass es ausgerechnet Elvira ist, ihre beste Freundin.

Sarah hatte sich schon verabschiedet, Brandt verließ zusammen mit Michelle die Wohnung, schloss hinter sich ab und sagte: »Soll ich dich schnell fahren?«

»Ich geh mit Pauline. Hast du'n bisschen Geld, dann können wir uns 'ne Pizza kaufen.«

»Logisch«, antwortete Brandt und zog einen Zwanzig-Euro-Schein aus seinem Portemonnaie. »Reicht das?«

»Danke«, sagte Michelle und gab ihm einen Kuss auf die Wange, auch etwas, das in letzter Zeit selten geworden war, eine kleine Geste nur, aber für ihn besonders bedeutungsvoll. Er erinnerte sich noch zu gern an die Zeiten zurück, in denen sie beide in seinem Arm gelegen und mit ihm ferngesehen hatten, Zeiten, die erst ein oder zwei Jahre zurücklagen. Für ihn eine kleine Spanne in seinem Leben, für Sarah und Michelle eine Ewigkeit. Der Tag hatte geradezu phantastisch begonnen und es würde ein phantastischer Tag bleiben, ganz gleich, wie er verlaufen würde. Erst bei Elvira, dann zu Hause. So offen und direkt hatten er und seine Töchter lange nicht miteinander gesprochen, auch wenn es kaum eine halbe Stunde war. Aber besser eine halbe Stunde als überhaupt nicht. Ihm kam es vor, als ob ein Knoten geplatzt wäre, und er verstand jetzt auch, warum seine Mädchen in den letzten Monaten immer unzugänglicher geworden waren. Es lag nicht an ihm, nicht daran, dass sie allmählich erwachsen oder er ihnen egal wurde, sondern einfach an der für alle unbefriedigenden Situation. Sarah hat schon recht, dachte er, in letzter Zeit war es hier drin tatsächlich manchmal wie im Eisschrank, wenn Andrea da war. In den ersten zwei Jahren war sie noch Ansprechpartnerin für die typischen Probleme pubertierender Teenies gewesen, doch irgendwann hatte sie bewusst oder unbewusst signalisiert, dass ihr das alles zu viel wurde. Sie hatte eigentlich so viele Signale ausgesendet, nur er hatte sie nicht empfangen oder nicht empfangen wollen. Sie war eine junge Wilde und er im Gegensatz zu ihr eher behäbig und unspontan. Das war es, was sie voneinander unterschied, was sie jedoch erst sehr spät bemerkten. Und irgendwann hatten sie sich nichts mehr zu sagen, und damit war alles zu Eis gefroren, und das hatten seine Töchter natürlich auch gespürt. Es war nicht allein Andreas Schuld, sondern auch seine, und er würde immer gerne an die Zeit mit ihr zurückdenken, und irgendwann würden nur noch die schönen Momente in Erinnerung bleiben. Er war erleichtert, hatte er doch befürchtet, dass Sarah und Michelle ihm allmählich entglitten und bald gar nichts mehr mit ihm zu tun haben wollten.

Er setzte sich in seinen Wagen und fuhr ins Präsidium, um zu hören, was mit Magnus Möller war. Und danach würde er nach Frankfurt aufbrechen. Er war kaum angekommen, als sein Handy klingelte. Elvira.

»Ich wollte nur noch mal kurz deine Stimme hören, bevor der Alltag losgeht«, sagte sie.

»Schön. Wo bist du?«

»Auf dem Weg nach Offenbach.«

»Ich bin gleich im Präsidium«, sagte er und zog den Schlüssel aus dem Zündschloss. »Sehen wir uns heute Abend?«

»Wann immer du möchtest.«

»Wir telefonieren nachher noch mal, privat. Bis dann und tschüs.«

Er steckte sein Handy ein und ging nach oben. Bernhard Spitzer saß hinter seinem Schreibtisch, in Akten vertieft, und schaute auf, als Brandt hereinkam. Er machte ein sehr ernstes und bedeutungsvolles Gesicht.

Donnerstag, 8.10 Uhr _____

Hi«, sagte Brandt und nahm ihm gegenüber Platz. »Was Neues von Möller?« Und als Spitzer nicht gleich antwortete: »Was ist los?«

»Du hast es also noch nicht gehört.«

»Nein, verdammt noch mal! Was soll ich gehört haben?«

»Reiter ist tot. Er hat sich das Leben genommen.«

Brandt beugte sich nach vorn und sah Spitzer entgeistert an. »Reiter? Warum ausgerechnet der?«

»Hier.« Spitzer schob einen Brief über den Tisch. »Hat er in seiner Zelle verfasst.«

»Wann wurde er gefunden?«

»Vor einer guten Stunde, als man ihm das Essen bringen wollte. Er hat sich die Pulsadern aufgeschnitten. Muss irgendwann heut Nacht passiert sein.«

»Womit? Ihm ist doch alles abgenommen worden.«

»Du weißt doch, dass ein paar Kacheln in den Zellen kaputt sind. Das Zeug hätte schon längst ausgebessert werden müssen. Wir haben mehrfach darauf hingewiesen, aber wie so oft war kein Geld da. Jedenfalls, er hat ein Stück davon rausgebrochen und …«

»Scheiße, große gottverdammte Scheiße!«, stieß Brandt hervor und nahm den Brief in die Hand.

»Sehr geehrter Herr Brandt, sehr geehrte Frau Durant,

ich möchte Ihnen nur kurz mitteilen, dass ich mit der Schuld der Vergangenheit nicht mehr leben kann. Auch wenn ich keinen Mord begangen habe, so fühle ich mich doch schuldig und weiß, dass ich niemals damit werde leben können. Ich bin in den letzten zehn Jahren vor mir davongelaufen, ich habe versucht alles zu verdrängen und zu vergessen, aber es gelang mir nicht. Erst seit Ihrem Besuch ist mir klar geworden, dass es für mich kein Zurück mehr gibt. Es tut mir leid, wenn ich Ihnen jetzt Umstände bereite, aber diesmal laufe ich für immer davon und hoffe, dass man mir meine Feigheit vergibt, denn hätte ich damals mehr Mut und Courage bewiesen, dann hätte ich wenigstens den Mord an Laura Kröger verhindern können. Und so verabschiede ich mich in aller Stille und feige wie immer

Andreas Reiter

PS: Mein Labor vermache ich meiner Assistentin Frau Maria Wohlfarth. Mein Barvermögen und der Erlös aus dem Verkauf der Wohnung und der Einrichtung geht komplett an die Hinterbliebenen von Laura Kröger.«

Brandt las den Brief ein zweites Mal und legte ihn danach auf den Tisch zurück.

»Wo ist er jetzt?«

»Er wird wohl gerade abtransportiert und in die Rechtsmedizin gebracht.«

Der Tag hatte so gut angefangen, Brandt hatte gedacht, es würde so bleiben, doch mit einem solchen Ereignis hatte er nicht im Entferntesten gerechnet.

»Er wäre womöglich mit einem blauen Auge davongekommen«, sagte Brandt mit belegter Stimme. »Der Kerl hat nichts gemacht, er ist nur in die falsche Familie geboren worden, und er hat die falschen Freunde gehabt.«

»Nimm's nicht so schwer, er ...«

»Ich nehm's aber schwer, sogar sehr schwer. Reiter ist einunddreißig und hätte noch eine Chance verdient gehabt.«

»Du bist aber nicht für seinen Tod verantwortlich, das wollte ich damit sagen. Ich kenn dich doch, du nimmst immer alles persönlich.«

»Nein, tu ich nicht. Aber das hier tut mir weh. Diese verdammte Mistbande! Nun gut, es ist nicht zu ändern. Was ist mit Möller?«

»Ich dachte, ich überlass ihn dir und Nicole.«

»Ist die Klein schon informiert?«

Spitzer schüttelte den Kopf. »Peter, ich bin zwei Minuten, bevor du zur Tür reingekommen bist, auch erst aus der Zelle gekommen. Ich bin seit einer halben Stunde hier, die Kollegen vom KDD haben sich vorher um Reiter gekümmert.«

»Ich werd's ihr sagen, sie wollte ohnehin ins Präsidium kommen. Lass mich allein mit ihr reden.«

»Wie du willst. Aber ganz ehrlich, meinst du nicht, dass sie den Fall besser nicht bearbeiten sollte, schon deswegen, weil ihr Vater involviert ist?«

»Das ist ihre Entscheidung, ich werde ihr da ganz sicher nicht reinreden. Und jetzt schaff mir Möller her. Ich werde diesen Typ in seine Bestandteile zerlegen, das schwör ich dir.«

Die Tür ging auf, und Elvira Klein trat ins Büro. Sie hatte wieder diesen geschäftsmäßig kühlen Blick aufgesetzt, als sie sagte: »Wen werden Sie in seine Bestandteile zerlegen?«

»Möller«, antwortete Brandt. »Reiter hat sich heut Nacht das Leben genommen. Hier, sein Abschiedsbrief.« Er reichte ihn Elvira.

»Was? Wie konnte das geschehen?«, fragte sie, zog sich einen Stuhl heran und setzte sich direkt neben Brandt, ohne ihn dabei anzuschauen.

»Fragen Sie die Kostenstelle«, erwiderte er und fuhr fort: »Er hat sich ein Stück Kachel abgebrochen und die Pulsadern aufgeschnitten. Wir haben oft genug auf die Missstände in den Zellen hingewiesen, jetzt haben wir den Salat.«

»Das tut mir wirklich leid, aber ich kann nichts dafür«, sagte sie. »Schade, ich bin eigentlich gekommen, um ihn und Gebhardt zu verhören. Möller möchte ich lieber nicht übernehmen. Die Gründe dafür dürften Ihnen hinlänglich bekannt sein.«

444

»Ich mach das schon zusammen mit Frau Eberl«, entgegnete Brandt, dem der unaufdringliche Duft von Elviras Parfum in die Nase stieg, und für einen Moment dachte er an die zurückliegende Nacht. »Sie haben den Abschiedsbrief noch gar nicht gelesen.« Es fiel ihm schwer, nicht in das inzwischen vertraute Du zu verfallen, und ähnlich schien es auch Elvira zu gehen. »Könnte ich Sie danach kurz unter vier Augen sprechen?«

»Ja, natürlich«, murmelte sie und las. Als sie geendet hatte, stieß sie hörbar die Luft aus und schüttelte den Kopf. »Ausgerechnet der Harmloseste von allen. Was muss in ihm bloß vorgegangen sein? Er gibt sich im Prinzip die alleinige Schuld an den Vorgängen. Aber dieser Brief wird Möller endgültig das Genick brechen, dafür garantiere ich. Herr Brandt, Sie wollten mich sprechen?«

»Ja. Bernie, kannst du veranlassen, dass Möller in das Vernehmungszimmer gebracht wird? Und wo ist eigentlich Nicole?«

»Sie kommt etwas später, ist beim Arzt.«

»Frau Klein«, sagte Brandt und erhob sich, »gehen wir nach nebenan.«

Sie folgte ihm, er machte die Tür hinter sich zu.

»Ganz schöne Scheiße, was? Ich hoffe, das wird uns nicht zum Nachteil gereichen.«

»Quatsch. Der Brief unterstützt nur seine bisherige Aussage und das schriftliche Geständnis. Vor Gericht wird das ein schlagender Beweis für die Schuld von Möller und Gebhardt sein. Was wirst du jetzt tun?«, fragte sie und stellte sich dicht vor ihn.

»Erst in Frankfurt anrufen und sagen, dass ich hier noch nicht weg kann und irgendwann später vorbeischaue, und dann werde ich mir in aller Ruhe Möller vorknöpfen. Und gnade ihm Gott, er kommt mir auch nur ansatzweise arrogant. Ich mach ihn fertig.«

»Du kennst hoffentlich die Grenzen. Ich will nicht, dass es dir so ergeht wie dem ehemaligen Frankfurter Polizeivize. Wir brauchen dich hier noch, und ich dich auch.«

»Lass uns bitte Privates und Berufliches trennen«, sagte Brandt. »Wir sehen uns heute Abend, und dann muss ich dir auch was mitteilen.«

Elvira Klein runzelte die Stirn und meinte: »Das klingt gar nicht gut. Ich bin sehr ungeduldig, das weißt du. Ist es was Schlimmes?«

Er schüttelte den Kopf. »Nein, im Gegenteil«, antwortete er lächelnd. »Du brauchst dir keine Gedanken zu machen. Ein Vorschlag: Setz dich mit deinem Vater in Verbindung und bitte ihn um ein weiteres Gespräch, am besten noch heute Vormittag. Berichte ihm von Reiters Suizid, falls er's nicht schon erfahren hat. Alles andere überlass mir. Einverstanden?«

»Und was soll ich meinem Vater sagen?«, fragte sie, als verstünde sie nicht, was Brandt meinte.

»Frag ihn, wie er sich die weitere Strategie vorstellt, jetzt, da Reiter tot ist. Und frag ihn vor allem, was er und Möller gestern besprochen oder ausgehandelt haben. Setz ihm notfalls die Pistole auf die Brust.«

»Das mit der Pistole auf die Brust, das hab ich gestern bereits getan, falls du dich erinnerst. Das andere hatte ich ohnehin vor«, entgegnete sie.

»Dann ist es ja gut.« Und leise fügte er hinzu: »Du siehst übrigens entzückend aus.«

»Danke für das Kompliment, aber wollten wir nicht Privates und Berufliches voneinander trennen? Das waren doch eben deine Worte«, erwiderte sie.

»Stimmt, doch manchmal halte ich mich nicht dran. Wann heute Abend?«

»Acht?«

»Okay. Soll ich was mitbringen?«

»Nein, du reichst mir voll und ganz«, sagte sie, nahm ihren

Aktenkoffer und ging nach draußen. Brandt blieb noch einen Augenblick an den Schreibtisch gelehnt stehen, bevor er sich zu Spitzer begab.

»Ist Möller im Vernehmungszimmer?«

»Ja. Sag mal, was habt ihr beide denn an Heimlichkeiten auszutauschen?«

»Ist ein bisschen diffizil, hat mit ihrem alten Herrn zu tun. Du weißt nicht zufällig, was gestern bei dem Gespräch zwischen ihm und Möller rausgekommen ist?«

»Woher denn? Aber ich schätze, du wirst es schon rauskriegen.«

Brandt rief Julia Durant an, die sich gerade in der Dienstbesprechung befand, und erklärte ihr, dass er später kommen werde, wann genau, wisse er noch nicht.

»Schade«, sagte sie, »ich hätte nämlich dringend Ihre Hilfe gebraucht. Wann in etwa kann ich mit Ihnen rechnen?«

»Nicht vor Mittag, es sei denn, ich bin mit Möller früher fertig. Sorry, aber der hat für mich erst mal Priorität.«

»Kann ich verstehen. Ich werde dann aber unterwegs sein. Gibt es sonst …«

»Ja, es gibt noch etwas – Reiter hat sich das Leben genommen.«

Für einen Augenblick herrschte Schweigen am andern Ende, bis Durant sagte: »So ein Mist! Hat er irgendwas hinterlassen?«

»Einen Abschiedsbrief und ein Testament, in dem er sein gesamtes Barvermögen und den Erlös aus dem Verkauf seiner Wohnung den Krögers vermacht. Ansonsten bleibt er bei seiner gestern abgelegten Version des Geständnisses. Wir sehen uns später.«

Brandt begab sich zum Vernehmungszimmer, vor dem Elvira Klein stand und durch die große Scheibe ins Innere blickte, wo Möller auf seinem Stuhl saß, während ein Beamter aufpasste, dass er nichts Unbedachtes tat. Sie sah Brandt von der Seite an und sagte leise, obwohl niemand sonst weit und breit zu sehen war: »Du wirst nicht lange brauchen, er wird gestehen.«

»Wie kommst du darauf?«

»Ich hab mit meinem Vater telefoniert. Er hat ihm zu verstehen gegeben, dass es keinen Sinn mehr macht zu leugnen.«

»Und sonst?«

»Er ist auf dem Weg hierher, hat angeblich noch einiges mit mir zu klären.«

»Du schaffst das, und solltest du Hilfe brauchen, kannst du jederzeit auf mich zählen.«

Er hörte Schritte näher kommen, Nicole Eberl. Brandt räusperte sich und sagte: »Frau Klein, wollen Sie hier stehenbleiben und zuhören?«

»Nur einen Moment, ich will mich gleich um Gebhardt kümmern.«

»Morgen«, begrüßte Eberl Brandt und Klein, »fangen wir an?«

»Du hast das von Reiter schon gehört?«, fragte Brandt.

»Bernie hat es mir im Vorübergehen gesagt. Bringen wir's hinter uns.«

»Nein, nicht wir, ich will erst mal allein mit ihm reden. Wenn ich dich brauche, hol ich dich dazu.«

»Wie du meinst«, entgegnete Nicole Eberl leicht pikiert. »Soll ich jetzt hier Däumchen drehen?«

»So war das doch nicht gemeint. Na los, komm mit rein, aber überlass mir das Reden. Okay?«

Brandt und Eberl betraten das Vernehmungszimmer. Er gab dem Beamten ein Zeichen, sie allein zu lassen, woraufhin dieser sich wortlos entfernte und die Tür hinter sich zuzog. Möller sah die Beamten von unten herauf an. Er trug nur seine Anzughose und das Hemd, das er auch schon gestern anhatte.

»Hatten Sie eine gute Nacht?«, fragte Brandt und stellte das Aufnahmegerät und die Videokamera an.

»Sind Sie immer so witzig?«, antwortete Möller, die Mundwinkel verächtlich nach unten gezogen.

»Nein, nur manchmal. Ich weiß nicht, ob Sie bereits informiert sind, aber Ihr Freund Andreas Reiter hat sich heute Nacht in seiner Zelle umgebracht.«

Brandt beobachtete aus dem Augenwinkel die Reaktion von Möller auf diese Nachricht. Für einen Moment schien er unruhig, zeigte sich aber gleich wieder gefasst.

»Das tut mir leid, doch er war schon immer ein Schwächling. Na ja, im Bau hätte er's wohl nicht lange ausgehalten, der liebe Andi. Ist nicht mein Problem, wenn er die Konsequenzen aus seinem Handeln gezogen hat.«

»Ist es doch. Er hat nämlich in einem Abschiedsbrief sein Geständnis noch einmal bekräftigt. Thomas Gebhardt hat Herrn Guttenhofer erschossen und Sie Laura Kröger, was Herr Gebhardt im Übrigen auch bestätigt hat.«

»Und? Wo sind die Beweise?«

»Wir brauchen keine weiteren Beweise, Herr Möller«, entgegnete Brandt ruhig, obwohl er Möller am liebsten windelweich geprügelt hätte. »Allein die Geständnisse Ihrer beiden Kumpane sind aussagekräftig genug, um auch Sie für viele Jahre hinter Gitter zu bringen. Wir brauchen keine Pumpgun und keinen Revolver, wir brauchen auch kein ballistisches Gutachten oder eine DNA-Analyse. Nichts von dem ist mehr nötig, denn jeder Richter wird Sie aufgrund der vorliegenden Aussagen verurteilen. Haben Sie das kapiert?«

Möller nickte und antwortete: »Sie haben sich ja deutlich genug ausgedrückt. Aber kürzen wir's ab, denn auch ein Magnus Möller weiß, wann er verloren hat. Ja, wir haben die uns zur Last gelegten Verbrechen begangen. Aber ich habe Laura Kröger nicht umgebracht, das war Reiter. Und wenn Gebhardt etwas anderes behauptet, dann lügt er. Ich habe noch nie einen Menschen getötet. Ich war dabei, aber ich war nicht die treibende Kraft, das können Sie auch der werten Frau Staatsanwältin mitteilen. Ich habe immer nur das Auto gefahren. Die andern beiden haben sich von mir aber nicht von ihren Vorhaben abbringen lassen. Beweisen Sie mir das Gegenteil. Oder was glauben Sie, warum Andi sich umgebracht hat? Es gibt doch nur einen Grund, nämlich Schuld. Er konnte es nicht ertragen, mit der Schuld zu leben, einen Menschen umgebracht zu haben. Und er hat offensichtlich selbst über seinen Tod hinaus gelogen. So war er eben, verlogen und schwach. Aber sobald er eine Waffe in der Hand hielt, da war er stark und mächtig.«

»Glauben Sie eigentlich den Mist, den Sie da von sich geben? Herr Möller, Sie können es sich und uns schwermachen, oder Sie legen ein umfassendes Geständnis ab, das sich vor Gericht strafmildernd auswirkt. Wir haben nämlich noch etwas in der Hinterhand, das Sie be- und Reiter entlastet«, sagte Brandt mit süffisantem Lächeln.

Möller kniff die Augen zusammen und lehnte sich zurück. »Sie bluffen, damit kommen Sie bei mir aber nicht weiter.«

»Ich bluffe nie, das ist nicht mein Stil. Es gibt einen Zeugen, von dem Sie nichts wissen. Und dieser Zeuge ist im wahrsten Sinn des Wortes über allen Zweifel erhaben. Ich denke, wir beschließen hiermit die Vernehmung, da Sie sich beharrlich weigern, mit uns zu kooperieren, was Ihr Strafmaß erheblich mindern würde …«

»Warten Sie«, sagte Möller und atmete schnell. »Wer ist dieser Zeuge?«

»Sie sind nicht in der Position, Fragen zu stellen, sondern in der, Antworten zu liefern. Ich gebe Ihnen zehn Minuten Bedenkzeit, danach brechen wir ab. Selbstverständlich bleiben Sie in Gewahrsam, Sie werden vorerst in U-Haft gebracht und warten dort auf Ihren Prozess. Alles Weitere liegt dann nicht mehr in meiner Zuständigkeit. Frau Eberl und ich gehen jetzt einen Kaffee trinken, danach erwarten wir eine Entscheidung von Ihnen.«

Brandt gab Eberl ein Zeichen, ihr nach draußen zu folgen, und sagte: »Wir haben ihn gleich so weit. Er wird immer nervöser.«

»Von welchem Zeugen sprichst du?«, fragte sie.

»Ein Pfarrer aus Heidelberg, bei dem Reiter vor wenigen Monaten die Beichte abgelegt hat. Ich weiß, was du jetzt sagen willst, aber es ist die einzige Chance, das Ganze hier schnell zu beenden, denn ich habe nicht vor, mir den ganzen Tag wegen diesem Drecksack um die Ohren zu schlagen.«

»Das Beichtgeheimnis verbietet es.«

»Ich weiß! Aber der da drin weiß es nicht. Du warst selbst dabei, ich habe nicht erwähnt, dass es sich um einen Pfarrer handelt. Wir haben jedoch eine Aussage von Reiter auf Band beziehungsweise auf dem MP3-Player, laut der er den Pfarrer von seinem Beichtgeheimnis entbindet.«

Eberl erwiderte nichts darauf. Brandt schaute immer wieder auf die Uhr, bis die zehn Minuten um waren und er mit seiner Kollegin in das Zimmer zurückging. Er schaltete das Bandgerät und die Kamera erneut ein und sagte: »Haben Sie es sich überlegt?«

Ohne zu zögern antwortete Möller: »Wie lange muss ich ins Gefängnis, angenommen, ich meine …«

»Bei einem umfassenden Geständnis zeigt jeder Richter eine gewisse Milde. Sollten Sie jedoch weiterhin leugnen, kann es sein, dass Sie zu lebenslanger Haft verurteilt werden, und sollte eine besondere Schwere der Schuld festgestellt werden, ist sogar anschließende Sicherungsverwahrung möglich. Aber ich will dem Staatsanwalt und dem Richter nicht vorgreifen, es ist nur ein Erfahrungswert aus mehr als fünfundzwanzig Jahren Polizeidienst. Andererseits haben Sie sich, soweit mir bekannt ist, in den vergangenen zehn Jahren nichts weiter zuschulden kommen lassen, was bei einem Geständnis das Strafmaß ebenfalls herabsetzen könnte. Nun liegt es allein an Ihnen, was Sie bevorzugen, die harte Tour mit der Aussicht, nie wieder die Freiheit genießen zu dürfen, oder die andere Variante.«

»Also gut«, sagte Möller, »ich habe Laura Kröger getötet, aber ich wollte es nicht. Es war eine Kurzschlussreaktion, ich habe unter Drogen- und Alkoholeinfluss gestanden und kann mich nicht einmal mehr richtig an diesen Abend erinnern. Ich bereue, was ich getan habe, und wünschte, ich könnte es rückgängig machen. Es tut mir leid.«

»Und Guttenhofer?«

»Das war Thomas. Es stimmt im Wesentlichen, was Reiter gesagt hat, aber wir waren alle ziemlich zugedröhnt. Mehr habe ich nicht zu sagen. Ich möchte in meine Zelle gebracht werden. Sie haben ja jetzt, was Sie wollen.«

Brandt ließ Möller abführen und wandte sich dann Eberl zu. »Der Junge ist verdammt clever, oder sein Anwalt hat ihm diese Aussage eingebleut. Das heißt, er wird auf verminderte Schuldfähigkeit aufgrund von Drogen- und Alkoholkonsum plädieren, und damit würde sich das Strafmaß auf maximal acht bis zehn Jahre reduzieren.«

»Du klingst sehr bitter.«

»Nee, nicht bitter, ich bin stinksauer. Möller war der Leitwolf, und er ist es immer noch. Er beherrscht absolut perfekt die Kunst des Manipulierens, und das Schlimme ist, er wird damit durchkommen. Lass mich kurz mit der Klein sprechen, du kannst ja schon mal zu Bernie gehen und ihm Bericht erstatten.«

Er wartete, bis Eberl weit genug weg war, und klopfte an die Tür, hinter der Elvira Klein Gebhardt verhörte. Sie kam heraus und ging mit Brandt in das gegenüberliegende Zimmer, wo sie ungestört waren.

»Er hat gestanden, aber es wird dich nicht freuen, was du auf dem Band zu hören bekommst.«

»Kannst du dich etwas konkreter ausdrücken?«

»Er behauptet, die Kröger unter Drogen- und Alkoholeinfluss

in einer Kurzschlussreaktion getötet zu haben. Angeblich kann er sich nicht mehr an den genauen Tathergang erinnern. Und wir können ihm nicht das Gegenteil beweisen. Er hat eben einen hervorragenden Anwalt«, bemerkte Brandt bissig.

»Das hört sich an, als könnte ich was dafür. Ich hab mir meinen Vater nicht ausgewählt.«

»Sorry, so war das nicht gemeint, mich kotzt das einfach nur an.«

»Pass auf, wir werden mit allen Mitteln versuchen dagegenzuhalten. Ich muss mir Reiters Geständnis in aller Ruhe anhören und durchlesen. Oder wir machen's gemeinsam. Ich bin mit Gebhardt auch weitestgehend fertig. Was hast du jetzt vor?«

»Frankfurt. Wir suchen ja noch jemanden. Ich halt dich auf dem Laufenden. Ciao und bis später. Wir lassen uns heute Abend was zu Essen kommen, wenn es dir recht ist.«

»Es ist mir recht. Wir beide sind verrückt, was?«

»Nein, nur erwachsen. Und vielleicht auch ein bisschen verrückt. Aber das macht das Leben doch erst lebenswert, ist meine Meinung. Bis dann, Frau Staatsanwältin«, sagte er, gab ihr einen schnellen Kuss und verschwand nach draußen. Er hielt sich noch fünf Minuten bei Spitzer und Eberl auf, rief Durant an und teilte ihr mit, dass er in circa einer halben Stunde bei ihr sein könne.

Donnerstag, 8.30 Uhr _____

Julia Durant hatte nach dem Aufstehen die Seite der Liste, die Alina Cornelius betraf, noch mal ausgedruckt, nicht ohne vorher die sie, Julia, betreffende Anmerkung zu streichen. Vor der Besprechung heftete sie die Seiten nebeneinander an die Magnetwand und sagte: »Ich habe gestern noch diese Liste angefertigt, mit allen vorerst in Frage kommenden Verdächtigen. Ich bin mir absolut sicher, dass sich der oder die Täter unter den aufgeführten Personen befinden. Die Frage ist nur, wer mit wem? Aber bevor ich ins Detail gehe, kurz etwas zu meinem Besuch bei Tobias Hohl, dem ehemaligen Verlobten von Laura Kröger.« In den folgenden Minuten berichtete sie von ihrem Gespräch mit ihm, wie er sich dabei verhalten und welchen Eindruck sie von ihm gewonnen hatte. Anschließend sprach sie von Möllers, Reiters und Gebhardts Festnahme, bis ihr Telefon klingelte. Brandt. Nach dem Telefonat machte sie ein nachdenkliches Gesicht und sagte: »Das war Brandt. Reiter hat sich das Leben genommen. Er hat zum Glück eine sehr detaillierte Darstellung der damaligen Ereignisse gegeben. Aber ich will mich nicht lange damit aufhalten, für mich geht es darum, die Mörder von Sittler und Co. zu finden. Ich möchte euch bitten, die Liste genau anzuschauen und mir zu sagen, ob ich was, und wenn ja, was ich übersehen habe.«

Berger, Kullmer und Seidel lasen alle Punkte durch, bis Seidel nach wenigen Minuten meinte: »Keine Ahnung, ob das was zu bedeuten hat, aber die Sittler und der Kröger studieren beide Jura. Was, wenn die sich von der Uni kennen?«

»Uups«, sagte Durant und nickte, »dass mir das nicht aufgefallen ist. Moment mal, der Kröger hat drei Jahre durch den Tod seiner Schwester verloren, das heißt, er hat sehr spät mit dem Studium angefangen, während die Sittler ganz normal nach dem Abi … Ha, das könnte es sein. Zwei Jurastudenten …«

»Nein«, wurde sie von Kullmer unterbrochen, »ist das nicht ein bisschen zu simpel? Angenommen, Kröger kennt die Sittler, der hätte doch in seinem Hass nicht nur die Mutter, sondern auch die Tochter umgebracht. Wisst ihr eigentlich, wie viele Jurastudenten es gibt? Die Hörsäle sind gerammelt voll, und da kennt man sich nicht untereinander, da bilden sich nur ganz kleine Gruppen. Ich halte das für ziemlich ausgeschlossen.«

»Aber nicht für unmöglich«, widersprach Durant. »Das Alibi der Sittler für den Freitagabend ist recht dünn. Sie war allein zu

Hause, weil ihr Freund, der FFH-Moderator Matthias Mahler, eine Gala in Friedberg moderierte. Angeblich hatte sie eine schwere Migräne, weswegen sie früh zu Bett gegangen ist. Aber sie hat einen Schlüssel zum Haus, und zwar nur sie und die Cornelius.« Mit einem Mal hielt Durant inne, überlegte und kaute dabei auf der Unterlippe, bevor sie fortfuhr: »Shit, das passt nicht. Ihre Mutter hatte sich auf Herrenbesuch eingestellt, so wurde sie auch aufgefunden, nur mit einem Paar Strümpfen bekleidet. Moment, Moment, nichts sagen, lasst mich nachdenken … Herrenbesuch. Irgendjemand hat die Stimme von Corinna Sittler imitiert und beim Escort-Service angerufen, um diesen Ricardo abzubestellen. Ich kenne die Simonek, die schwört Stein und Bein, dass es die Sittler war, die angerufen hat, und sie ist eine phantastische Menschenkennerin.«

»Der Mahler«, sagte Berger. »Wir haben ja die bei der Simonek am Freitag zwischen neunzehn und einundzwanzig Uhr eingegangenen Telefonate überprüft und wissen nicht, von welchem Apparat aus die Absage erfolgte. Auf jeden Fall keine Telefonzelle, aller Wahrscheinlichkeit nach ein Prepaidhandy. Er hätte eine Gelegenheit finden können, den Anruf mal schnell zwischendurch zu tätigen.«

»Sie haben Mahler nicht kennengelernt. Der ist zu brav, auch wenn er im Radio so 'ne richtige Schnauze hat.«

»Nehmen Sie ihn noch mal in die Mangel.«

»Sie mögen ja recht haben, aber das würde ja dann bedeuten, dass er mit seiner Freundin zusammen die Morde geplant und ausgeführt hat. Liebe macht zwar blind, aber drei Morde?« Sie schüttelte den Kopf. »Ich gebe zu bedenken, dass wir damit zwei noch relativ junge Menschen verdächtigen, drei sehr gut durchdachte und ausgeführte Morde begangen zu haben. Mahler hätte ein Motiv benötigt, aber erstens hat er keins, und zweitens gehört er nicht zu jenen, die der Freundin das Zäpfchen in den Hintern schieben, wenn sie unpässlich ist. Verstehen Sie, was ich meine?«

»Schon, trotzdem möchte ich auch jede noch so geringe Möglichkeit in Betracht ziehen. Befragen Sie Mahler noch mal, oder wenn Sie möchten, kann das auch einer Ihrer Kollegen übernehmen.«

»Lassen Sie mich mal meinen ursprünglichen Gedankengang zu Ende bringen. Wer hat angerufen, und wer ist ins Haus eingelassen worden? Es gab keinen Kampf, weshalb ich davon ausgehe, dass die Sittler ihren Mörder oder ihre Mörderin kannte. Sie hat sogar Champagner mit ihm oder ihr getrunken, und sie war dabei nackt, bis auf die Strümpfe. Das wiederum bedeutet, sie hatte Vertrauen zu der Person, die sie besuchte. Ihre Tochter schließe ich da aus, aber die Cornelius hatte eine sexuelle Beziehung zur Sittler. Die sagt zwar, dass sie eigentlich hetero ist, es ihr aber trotzdem nicht unangenehm war, mit ihrer Chefin in die Kiste zu steigen. Und niemand kannte die Sittler so gut wie die Cornelius. Die aber hat mir gegenüber versichert, dass sie an den Dienstag- und Freitagabenden nie zur Sittler gerufen wurde. Was, wenn das eine Lüge ist? Die Sittler hatte jedenfalls zu niemandem mehr Vertrauen als zur Cornelius. Doch die Cornelius muss einen Helfer gehabt haben, vorausgesetzt, sie ist die eine Hälfte des Duos.«

»Oder eine Helferin«, bemerkte Kullmer trocken. »Zwei Frauen würden es durchaus schaffen, ein Schwergewicht wie Buchmann in den Kofferraum seines Wagens zu hieven. Ich sage nur, wenn Frauen hassen.«

Durant schüttelte den Kopf. »Ich weiß, ich weiß, wenn Frauen hassen. Nur, das Motiv, wo liegt das Motiv, auch Buchmann und Hoffmann umzubringen? Das sehe ich eben bei keiner der beiden Frauen. Warum auch noch die Männer? Ich meine, wenn wir logisch denken, muss es doch jemand sein, dem der Fall Kröger/Guttenhofer besonders nahegegangen ist, oder liege ich da falsch?«

Zustimmendes Nicken.

»Wir drehen uns im Kreis, merkt ihr das? Bei der Sittler allein würde ich sofort die Tochter und die Cornelius in die engere Wahl nehmen, Motive könnte es da mehrere gegeben haben, wären da nicht der Zettel mit der seltsamen Aufschrift und das seitenverkehrte Kreuz auf dem Rücken. So sehe ich aber nicht mal mehr ein mögliches Motiv bei den beiden, denn den Zettel und das seitenverkehrte Kreuz haben wir bei allen drei Opfern gefunden. Okay, Buchmann war ein angesehener Fernsehrichter, aber er hat sich auch schmieren lassen und sich von dem Geld, zumindest gehe ich davon aus, in einen Puff eingekauft. Der hat sowieso weit über seine Verhältnisse gelebt. Und Hoffmann«, sagte sie zu Kullmer, »wenn ich dich gestern richtig verstanden habe, war alles andere als ein Unschuldslamm, wenn es stimmt, dass er seine Frau verprügelt hat. Hat er doch, oder?«

»Da kannst du Gift drauf nehmen. Die Frau war völlig verschüchtert und hatte, wie schon erwähnt, ein blaues Auge. Und kein Mensch läuft tagsüber im Haus mit einer Sonnenbrille rum.« Er sah Doris Seidel an und fuhr fort: »Sie hat auch Klamotten angehabt, die ziemlich untypisch für das Haus sind, einen Rollkragenpulli, der bis ans Kinn reichte, eine lange weite Hose, bloß ihre Hände hat sie nicht verdecken können, aber mir schien, als hätte sie sich gewehrt oder eine Abwehrhaltung eingenommen, während er auf sie eingeprügelt hat. Kann natürlich auch sein, dass ich mich täusche.«

»Also waren die Herrschaften auch sonst nicht ohne.« Durant schloss die Augen und legte zwei Finger an die Nasenwurzel. »Nennt mir Kombinationen aus den Namen an der Wand, Kombinationen, die Sinn machen.«

»Kröger und Hohl«, sagte Seidel wie aus der Pistole geschossen. »Die beiden haben von allen das mit Abstand stärkste Motiv.«

»Aber wie sind sie oder ist einer von ihnen in die Festung der Sittler eingedrungen? Kann mir das einer verraten? Sie hatten keinen Schlüssel, und die Sittler hat doch wohl nur Personen aufgemacht, die sie auch kannte, bei ihrer panischen Angst vor Menschen.«

»Panische Angst vor Menschen?«, sagte Kullmer kopfschüttelnd. »Die bestellt sich Callboys ins Haus, ist sexsüchtig, treibt's mit Männern und Frauen, schluckt Medikamente wie eine Verrückte und säuft und …«

»Ja, stimmt schon, die Cornelius behauptet ja auch, dass die Sittler mit ihrer Angst gespielt hat, und als Psychologin wird sie das ja wohl ziemlich gut beurteilen können, ich unterstelle das zumindest. Trotzdem, um auf meine Frage zurückzukommen – wie ist die Person in die Festung gelangt?«

»Haben Sie schon mal in Erwägung gezogen, dass sich jemand wie dieser Ricardo hergerichtet haben könnte? Was uns fehlt, ist das Aufzeichnungsgerät der Videoüberwachung«, warf Berger ein.

»Dann hätte derjenige aber sehr genau wissen müssen, wie Ricardo aussieht. Andererseits war die Sittler richtig geil, und wir alle wissen, dass Geilheit auch die Sinne vernebelt. Sie hatte Ricardo erwartet, das Ambiente entsprechend gestaltet und die Tür einfach geöffnet, weil sie ja keinen anderen erwartete. Es gab eine festgelegte Uhrzeit, und die hat Ricardo immer eingehalten. Das wusste der Täter und klingelte um genau diese Zeit. Die Sittler hat vermutlich gar keinen intensiven Blick auf den Überwachungsmonitor geworfen, denn wer sonst außer Ricardo hätte schon zu der verabredeten Zeit vor der Tür stehen sollen? Ihr Fehler war, dass sie für ihre Verhältnisse unvorsichtig war.«

»Alles schön und gut«, bemerkte Kullmer, »aber sobald ein Fremder vor ihr gestanden hätte, wäre es doch mit Sicherheit zum Kampf gekommen, oder? Es gab aber keinen, wie du selbst schon gesagt hast.«

»Und wenn der Täter einen Trick angewandt hat?«, meinte

Seidel. »Hast du nicht gesagt, dass die Simonek keine Telefonnummer von der Sittler hatte?«

»Ja, und? Worauf willst du hinaus?«

»Ganz einfach, derjenige ist ins Haus gelangt und hat der Sittler erzählt, dass Ricardo plötzlich krank geworden sei und er für ihn einspringe. Na ja, dann das übliche Blabla, aber er könne ja wieder gehen, wenn sie nicht mit ihm schlafen wolle, und so weiter und so fort. Und da kommt wieder die Geilheit ins Spiel.«

Durant hatte erneut die Augen geschlossen. Sie hob die Hand und sagte: »Augenblick, ich glaub, ich hab's. Die Simonek hat mir erzählt, dass die Sittler auf gutgebaute Jungs mit südländischem Temperament stand. Ich hab bis jetzt nur einen kennengelernt, auf den eine solche Beschreibung zutrifft – Tobias Hohl, unser Zahnarzt. Er ist braun gebrannt, ziemlich groß und sehr muskulös, definitiv der Idealtyp für die Sittler. Er hatte von Freitag auf Samstag Notdienst, allerdings eigenen Aussagen zufolge nur einen Patienten nachts um halb drei. Auch für den Sonntag und den Dienstag hat er sehr schwammige und nicht nachprüfbare Alibis. Doch Hohl? Und wenn, wer ist sein Komplize?«

»Kröger«, sagte Seidel, »sein Freund, und auch einer, der ein handfestes Motiv hat.«

»Nein«, entgegnete Durant, »das ist mir irgendwie zu einfach. Wenn die beiden die Morde begangen haben, dann hätten sie vorher wissen müssen, dass sie auf der Liste ganz, ganz oben stehen würden, denn sie hätten ebenfalls wissen müssen, dass wir nach den Zetteln auch die Vita der Opfer überprüfen und auf Ungereimtheiten stoßen würden. Die Konstellation Hohl und Kröger gefällt mir nicht. Kröger hat für Freitagabend ein einigermaßen plausibles Alibi, obwohl ich gerne noch mal selbst mit seiner Verlobten sprechen möchte, denn sie war doch, wie ihr sagt, nicht mehr nüchtern, als sie nach Hause gekommen ist.« Sie hielt kurz inne. »Nein, ich sehe im Moment keine andere Konstellation. Wisst ihr was? Ich mache jetzt drei Besuche, die Cornelius, die

Sittler und die Kreuzer. Und dann nehm ich mir noch mal diesen Hohl vor.«

»Und was ist mit Kröger?«, wollte Kullmer wissen.

»Den übernehmt ihr diesmal. Zerpflückt ihn, bis ihr sicher seid, dass seine Alibis absolut wasserdicht sind. Notfalls bringt ihn aufs Präsidium.«

»Frau Durant«, sagte Berger, der sich wieder hinter seinen Schreibtisch gesetzt hatte, »was wollen Sie die Damen fragen?«

»Das verrat ich Ihnen später. Ich erstatte Ihnen heute noch Bericht. Was hat übrigens die Pressekonferenz ergeben?«

»Die findet in ziemlich genau einer Stunde statt«, antwortete Berger, »Dr. Vollmer wollte es so. Er braucht immer ein wenig länger, um sich vorzubereiten.«

»Umso besser. Wir werden die Täter kriegen, wie auch immer.«

Ihr Handy klingelte erneut, wieder Brandt.

»Ich wollte nur sagen, dass ich mich jetzt auf den Weg nach Frankfurt mache und so in etwa einer halben Stunde dort sein kann. Wo soll ich hinkommen?«

»Erst mal ins Präsidium. Ich habe zwei Besuche zu tätigen, bei denen ich allein sein muss. Dauert aber nicht lange. Ich dürfte so gegen Mittag wieder zurück sein.«

»Und was soll ich dann bei Ihnen im Präsidium?«, fragte er mürrisch.

»Tauschen Sie sich mit Herrn Berger aus. Ich denke, das ist auch sehr wichtig, damit Sie die neuesten Informationen erhalten. Ich melde mich von unterwegs.«

Sie legte auf und sah Berger kurz an, nahm ihre Tasche und verließ das Büro. Auf dem Weg nach unten überlegte sie, welche von den drei Frauen sie als Erste besuchen sollte, und entschied sich für Alina Cornelius, in der Hoffnung, sie auch anzutreffen. Danach Leslie Sittler, und als Letzte vielleicht zusammen mit Brandt Silke Kreuzer. Sie spürte, dass die Lösung nur noch einen

Katzensprung entfernt war. Da war wieder dieses Kribbeln, das ihr sagte, wie kurz sie davor stand, den Fall zu lösen.

Sie stieg in ihren Corsa und fuhr vom Hof. Nach kaum zehn Minuten fand sie einen Parkplatz in der Nähe des Hauses, in dem Alina Cornelius wohnte. Allein bei dem Gedanken, ihr gleich gegenüberzustehen, überkam sie ein seltsames Gefühl, wie sie es noch nie bei einer Frau verspürt hatte. Sie stieg aus, ging auf den Eingang zu und klingelte. Wenig später meldete sich eine weibliche Stimme, Durant nannte ihren Namen und drückte die Tür auf.

Donnerstag, 10.45 Uhr

Alina Cornelius trug an diesem wolkenverhangenen und eher ungemütlichen Aprilvormittag eine Jeans, einen leichten Pulli und Haussocken. Sie reichte Durant die Hand, die blonden Haare umspielten ihr Gesicht, sie war kaum geschminkt und dennoch überaus attraktiv, was an ihren strahlend blauen Augen, ihrem Mund und dieser unglaublich charismatischen Ausstrahlung lag, die selbst äußere Unzulänglichkeiten überdeckt hätte. Nur, Durant konnte keine solchen Unzulänglichkeiten ausmachen, sie war einfach nur fasziniert von dieser Frau.

»Kommen Sie rein, ich habe schon gar nicht mehr damit gerechnet, Sie noch einmal zu sehen.«

»Nun bin ich doch hier«, sagte Durant und ging ins Wohnzimmer, das wieder ordentlich aufgeräumt war wie bei ihrem ersten Besuch am Montag, aber es wirkte alles andere als steril, alles strahlte Wärme und Gemütlichkeit aus, es herrschte eine angenehme Temperatur. Im Hintergrund lief leise klassische Musik, auf dem Tisch lag ein aufgeschlagenes Buch. »Ich habe noch ein paar Fragen.«

»Bitte.« Alina Cornelius deutete auf das Sofa, während sie

selbst im Sessel Platz nahm und die Beine übereinanderschlug. »O Entschuldigung, darf ich Ihnen etwas zu trinken anbieten? Einen Kaffee vielleicht oder einen Tee? Es dauert nur zwei, drei Minuten.«

»Zu einem Tee sag ich nicht nein, aber nur, wenn Sie einen mittrinken«, antwortete Durant.

»Gut, dann warten Sie bitte, ich setz nur schnell Wasser auf.«

»Darf ich mitkommen?«

»Natürlich, ich habe nichts zu verbergen«, erwiderte Alina Cornelius mit einem Lächeln.

Durant ging mit in die Küche, die auch nichts anderes als das war, aber auch hier alles sauber und aufgeräumt. Alina Cornelius holte die Teekanne und die dazugehörigen Tassen aus dem Schrank und setzte den Wasserkocher auf.

»Was bevorzugen Sie, schwarzen Tee oder Früchtetee? Ich habe auch schwarzen Tee mit Vanillearoma.«

»Ich richte mich ganz nach Ihnen«, sagte Durant.

»Dann nehmen wir den mit Vanille.« Sie gab ein paar Löffel von dem Tee in das Sieb und stellte sich mit dem Rücken an die Arbeitsplatte. »Wie laufen Ihre Ermittlungen?«

»Bis jetzt sehr zufriedenstellend, es fehlt uns nur noch eine Kleinigkeit. Aber darüber unterhalten wir uns gleich. Was mich interessieren würde, woher kommt der Name Alina?«

»Von meinen Eltern«, antwortete sie lachend.

»Nein, ich meine, was bedeutet er?«

»Es gibt unterschiedliche Bedeutungen, aber die drei hauptsächlichen sind edles Wesen, edle Gestalt und die Erhabene. Klingt ziemlich hochtrabend, dabei heiße ich doch nur Alina.«

Passender hätte dein Name nicht sein können, dachte Durant kurz und betrachtete noch einmal die nur etwa einen Meter von ihr entfernt dastehende Frau.

»Es ist ein sehr schöner Name, und er passt zu Ihnen.«

»Danke«, erwiderte Alina Cornelius geheimnisvoll lächelnd, »und wie ist Ihr Vorname, wenn ich fragen darf?«

»Julia.«

»Und was bedeutet das?«

»Auch unterschiedlich. Mein Vater hat mir mal gesagt, dass es ein biblischer Name sei und so viel wie Jungfrau oder die Glänzende bedeutet. Im Lateinischen einfach nur aus dem Geschlecht der Julier stammend. Ich bevorzuge die erste Version.«

»Ich auch«, meinte Alina nur. Der Wasserkocher ging aus, sie kippte das Wasser über den Tee, Durant nahm die Tassen und ging vor ihr ins Wohnzimmer. Alina stellte die Kanne auf einen Untersatz und setzte sich wieder. »Vier Minuten muss er ziehen. Wie kann ich Ihnen helfen? Stört Sie die Musik?«

»Nein, überhaupt nicht. Was ist das, es kommt mir sehr bekannt vor?«

»Die Pastorale von Beethoven, eine meiner Lieblingssinfonien. Ich höre aber nicht nur Klassik, sondern auch ganz gerne mal gute moderne Musik, und es darf ruhig auch mal etwas härter sein. Es hängt von meiner Stimmung ab. Aber wie Sie sehen, war ich gerade am Lesen, und dabei tut Beethoven oder Tschaikowsky ganz gut. Doch Sie sind nicht hier, um sich mit mir über meinen Musikgeschmack zu unterhalten.«

»Sie haben recht, deshalb bin ich nicht hier. Es geht um Frau Sittler und ein paar Ungereimtheiten, die uns im Laufe der letzten Tage aufgefallen sind. Sie waren fast zehn Jahre für Frau Sittler tätig …«

»Sagen Sie doch einfach Corinna«, wurde sie von Alina unterbrochen, die zur Uhr schaute, das Sieb aus der Kanne nahm, auf einen Teller legte und den Tee einschenkte. »Möchten Sie Kandiszucker? Ich persönlich finde, es überdeckt den Vanillegeschmack.«

»Nein, danke. Sie waren zehn Jahre für Corinna tätig. Sie haben mir schon eine Menge über sie berichtet, und doch fehlt etwas. Hat sie wirklich nie mit Ihnen über ihre Vergangenheit gesprochen, ich meine die Vergangenheit, bevor das mit der Agoraphobie kam?«

»Was genau wollen Sie wissen?«

»Hat sie zum Beispiel jemals mit Ihnen ausführlicher über den Überfall in der Tiefgarage gesprochen und welchen Hintergrund dieser Überfall hatte? Ich weiß, dass ich Sie wegen des Überfalls schon einmal gefragt habe, aber ich glaube, dass Sie doch mehr wissen, als Sie mir am Montag gesagt haben.«

Alina lächelte wieder, nippte an ihrem Tee und sah über den Tassenrand hinweg Julia Durant an. »Was würde es Ihnen bringen?«

»Also ja. Was hat sie Ihnen denn erzählt?«

Alina stellte die Tasse zurück und antwortete: »Corinna hat nie etwas erzählt. Sie war, was ihre Vergangenheit anging, verschlossen wie eine Auster. Auch über ihre berufliche Tätigkeit bis zu ihrem Tod war ich fast überhaupt nicht informiert. Was ich wusste, habe ich Ihnen mitgeteilt.«

»Aber Sie hatten Informationen, oder?«

»Informationen kann man das nicht nennen, eher Gerüchte. Es heißt, dass Corinna korrupt gewesen sein soll, was sich wohl aber nicht beweisen ließ. Deshalb bin ich auch sehr vorsichtig, was mein Urteil über sie diesbezüglich angeht.«

Durant zuckte innerlich zusammen, verengte die Augen für einen Moment, bevor sie fragte: »Von wem hatten Sie denn diese Informationen oder Gerüchte? Leslie?«

Alina schürzte die Lippen und nickte. »Sie hat es mir einmal gesagt, aber das war mehr so nebenbei, wenn Sie verstehen. Ist auch schon lange her, mindestens drei, vier Jahre. Ich habe ihr damals klargemacht, dass ich nichts auf Gerüchte gebe. Danach hat Leslie nichts mehr davon erwähnt.«

»Und woher Leslie die Informationen hatte, das wissen Sie nicht?«

»Nein, und ich kann mich ehrlich gesagt auch gar nicht mehr genau erinnern, wie der Wortlaut war und zu welcher Gelegenheit sie das sagte. Ist das von irgendeiner Relevanz bei Ihren Ermittlungen?«

»Unter Umständen«, hielt sich Durant bedeckt. »Ich wollte nur herausfinden, was Sie wissen. Eine andere Frage. Sie und Leslie sind befreundet, Sie sagen aber beide, dass Sie sich nur selten getroffen oder gesehen haben. Wie soll ich mir eine solche Freundschaft vorstellen?«

Es vergingen einige Sekunden, ehe Alina antwortete: »Sie haben gut kombiniert. Leslie und ich wollten nicht, dass wir gleich unter Verdacht geraten, und deshalb hatten wir uns für diese Version entschieden. Es war dumm von uns, und ich entschuldige mich dafür in aller Form bei Ihnen. Leslie und ich sind befreundet, und wir haben uns zwei- oder dreimal im Monat getroffen, mal hier und mal bei ihr, aber immer nur, wenn sie allein war …«

»Moment, warum nur, wenn sie allein war? Gab es irgendwelche Probleme mit Herrn Mahler?«

»Nein, aber Leslie wollte nicht, dass er dabei war, wenn wir uns trafen. Ich habe ihn nur einmal gesehen, ein sehr netter Mann.«

»Sie werden meine Frage jetzt wieder sehr indiskret finden, aber gab es zwischen Ihnen und Leslie auch eine …«

»Stopp, das ist in der Tat indiskret, und nein, es gab keine sexuelle Komponente in unserer Freundschaft. Wenn wir uns trafen, dann nur, um zu reden. Corinna war die Einzige, mit der ich intim war.«

»Ich werde Ihnen jetzt einige Namen nennen, und Sie sagen mir, ob Sie die schon mal gehört haben. Heiko Kröger.«

Alina nickte. »Ja, er ist ein Kommilitone von Leslie. Ich habe ihn einmal kennengelernt, zusammen mit seiner Freundin oder Verlobten, die Psychiaterin ist.«

»Silke Kreuzer?«

»Genau. Wir haben uns für eine Weile abgesetzt und beruflich ausgetauscht, und dabei hat sie mir berichtet, dass sie eine Therapiegruppe leitet, in der Opfer von Gewaltverbrechen das Geschehene aufarbeiten und wieder ins normale Leben zurückgeführt werden sollen, sofern das überhaupt möglich ist.«

»Wie lange ist das her?«

»Es war zu Leslies Geburtstag im Juni letzten Jahres. Sie hat zu ihrem fünfundzwanzigsten eine große Party in einem Club in Frankfurt geschmissen, wozu auch ich eingeladen war.«

»Tobias Hohl.«

Alina überlegte, runzelte die Stirn und nippte an dem noch immer heißen Tee. »Ich glaube, der war auch auf der Party. So ein großer, sehr gut aussehender Mann.«

»Peter Guttenhofer.«

»Nein.«

»Laura Kröger.«

»Nein. Ist sie verwandt mit diesem Heiko Kröger?«

»Ja. Wann hatten Sie zuletzt mit Leslie Kontakt?«

»Am Montag. Ich bin zu ihr gefahren, das war kurz nachdem Sie bei mir waren. Ich wollte in diesen schweren Stunden bei ihr sein, aber sie hat mich gebeten, gleich wieder zu gehen, weil sie in die Stadt wollte. Sie war ziemlich abweisend, was mich doch sehr gewundert hat. Es kann aber auch mit dem Schock zu tun haben.«

»Ich war am späten Nachmittag bei ihr, da war von einem Schock nicht mehr sonderlich viel zu merken.«

»Frau Durant, ich verstehe die ganzen Fragen nicht. Es hört sich alles so an, als würden Sie Leslie verdächtigen, ihre Mutter ermordet zu haben.«

»Ich verdächtige im Augenblick noch niemanden, ich stelle lediglich Fragen, um ein bisschen Licht ins Dunkel zu bringen. Nach dem Montag hatten Sie keinen Kontakt mehr?«

»Nein, nicht einmal einen Anruf, aber das ist bei Leslie nicht ungewöhnlich. Sie ähnelt in gewisser Weise ihrer Mutter, ich würde sogar behaupten, sie hat sehr viel von ihr. Leider auch Unarten, die mir weniger gefallen.«

»Und die wären?«

»Sie kann sehr aufbrausend und herrisch sein, und ihre Laune kann sich von einer Sekunde zur andern um hundertachtzig Grad drehen. Allerdings ist sie nicht ganz so exzentrisch wie ihre Mutter. Trotzdem waren die vielen Gemeinsamkeiten mit der Grund, warum sie sich so oft gestritten haben. Weder Corinna noch Leslie war jemals kompromissbereit, sie konnten beide nicht nachgeben, sie waren nachtragend und pochten immer auf das eigene Recht. Wobei das heute logischerweise nur noch auf Leslie zutrifft.«

»Und trotzdem sind Sie mit beiden Frauen gut ausgekommen?«

»Ich sagte Ihnen doch schon, ich habe das Beste aus meiner Situation gemacht. Außerdem war längst nicht alles schlecht, im Gegenteil, beide hatten oder haben ihre guten Seiten, sonst hätte ich es nicht so lange ausgehalten.«

»Danke, das war's schon.« Durant trank ihren Tee aus. »Der schmeckt übrigens köstlich, vielleicht verraten Sie mir bei Gelegenheit, wo sie den herhaben.« Sie erhob sich und mit ihr Alina Cornelius, die ihr einen langen Blick zuwarf und sie zur Tür begleitete. Dort sagte Durant: »Haben Sie sich eigentlich schon entschieden, was Sie in Zukunft machen werden?«

»Nein, das hat auch noch Zeit. Vorerst werde ich in Frankfurt bleiben. Ich trage mich mit dem Gedanken, hier oder im Umkreis eine Praxis zu eröffnen. Es drängt mich ja keiner. Machen Sie's gut, vielleicht sehen wir uns ja mal wieder, wenn Sie den Fall gelöst haben.«

»Ja, vielleicht. Tschüs und nochmals danke für den Tee. Eine Frage noch – meinen Sie, dass Leslie jetzt zu Hause ist?«

»Keine Ahnung, aber soweit mir bekannt ist, bereitet sie sich auf ihr Examen vor und besucht deshalb nur noch sehr unregelmäßig die Uni.«

»Sie ist schon so weit?«, fragte Durant erstaunt.

»Sie hat ihr Studium mit neunzehn begonnen, sie könnte eigentlich schon längst fertig sein, aber sie hat sich Zeit gelassen. Wenn Sie möchten, ruf ich kurz bei ihr an und …«

»Nein, bitte nicht, ich komme gerne unangemeldet«, erwiderte Durant lächelnd und winkte Alina vom Treppenabsatz noch einmal zu, hörte kurz darauf, wie die Tür geschlossen wurde, und blieb plötzlich stehen. Sie drehte sich um, ging wieder nach oben und klopfte an.

»Haben Sie etwas vergessen?«, fragte Alina.

»Ja. Darf ich noch mal reinkommen?«

»Bitte, Sie sind jederzeit willkommen.«

»Ich hatte vergessen zu erwähnen, dass noch zwei Morde geschehen sind, die dieselbe Täterhandschrift aufweisen, das heißt, Corinna Sittler war erst der Auftakt zu einer Serie.«

»Das ist ja schrecklich!«, stieß Alina entsetzt hervor und schüttelte den Kopf. »Das heißt, es wurden drei Menschen umgebracht?«

»Das heißt es. Bevor ich Ihnen weitere Fragen stelle, würde ich gerne wissen, wo Sie am Sonntagabend zwischen zwanzig und vierundzwanzig Uhr waren.«

»Am Sonntagabend war ich in der Alten Oper, das können mehrere Personen bezeugen. Deshalb hatte ich auch mein Handy ausgeschaltet und die Nachricht von Leslie erst sehr spät abgehört. Ich kann Ihnen gerne meine Eintrittskarte zeigen und …«

»Schon gut. Und am Dienstagabend?«

»Da war ich leider hier zu Hause, habe allerdings zwischen neun und halb elf mit meiner Mutter telefoniert, was Sie ja leicht nachprüfen können. Darf ich jetzt erfahren, was Sie noch einmal zu mir führt?«

»Kann ich mich darauf verlassen, dass Sie das, was ich Sie jetzt frage, unter allen Umständen für sich behalten? Ich weiß, ich handle im Augenblick gegen alle Regeln der Polizei, doch …«

»Fragen Sie, von mir erfährt niemand auch nur ein Sterbenswörtchen. Aber setzen wir uns doch und trinken noch einen Tee. Bitte.« Sie nahmen Platz, Alina schenkte ein und sagte: »Sie sind eine sehr konsequente Frau, aber auch sehr unsicher.«

»Wie meinen Sie das?«, fragte Durant erstaunt, überrascht und im Augenblick tatsächlich etwas verunsichert.

»Das erklär ich Ihnen ein andermal.«

»Nein, sagen Sie's.«

»Sie stellen eine Menge Fragen, aber nicht unbedingt die richtigen. Sie wollen etwas wissen, aber Sie trauen sich nicht, die Dinge beim Namen zu nennen. Das hört sich geschwollen an, ich weiß, aber ich spreche nur aus, was ich fühle.«

»Und was fühlen Sie?«

»Schwingungen, Energien, sehr starke Schwingungen und Energien«, entgegnete Alina geheimnisvoll lächelnd und trank von ihrem Tee.

»Frau Cornelius, Sie sind doch …«

»Nennen Sie mich Alina, Cornelius hört sich so unpersönlich an. Aber bitte nur, wenn Sie es möchten. Und wie gesagt, ich bin verschwiegen wie ein Grab.«

»Gut, Alina. Sie sind Psychologin und demzufolge auch eine recht gute Menschenkennerin, zumindest gehe ich davon aus. Würden Sie Leslie einen oder gar mehrere Morde zutrauen?«

Alina senkte für einen Moment den Blick, dann sah sie Durant an und meinte: »Sehen Sie, jetzt fangen Sie an die richtigen Fragen zu stellen. Vorhin sagte ich, dass Sie sich anhören würden, als würden Sie Leslie verdächtigen, und Sie antworteten sehr ausweichend, was ich natürlich sofort gespürt habe. Ja, ich würde Leslie durchaus einen Mord zutrauen, vielleicht sogar auch drei. Sie hat sehr viel in ihrem Leben durchgemacht, und ich habe sie in den vergangenen zehn Jahren heranwachsen sehen. Sie war fünfzehn, als ich in das Haus ihrer Mutter kam, aber sie hat sich da schon für alles interessiert. Auch dafür, warum ihre Mutter mit einem Mal so krank war. Ich habe versucht ihr die Krankheit zu erklären, aber alle Erklärungen schienen sie nicht zu befriedigen. Ich weiß auch, dass sie ihre Mutter verachtet und gehasst hat, ich weiß aber ebenfalls, dass sie über ein enormes Gerechtigkeitsempfinden verfügt. Und diese beiden Dinge zusammengenommen können aus einem sonst friedfertigen Menschen einen Mörder machen. Die Gerüchte, ihre Mutter sei korrupt, haben sie über mehrere Jahre hinweg wie unsichtbare Schatten begleitet. Ja, ich traue ihr einen Mord zu. Ich habe in den letzten Tagen viel darüber nachgedacht, ich habe mich gefragt, ob nicht doch Leslie etwas damit zu tun haben könnte, und bin immer wieder zu derselben Antwort gelangt – ja, sie könnte.«

»Und warum haben Sie das nicht gleich gesagt?«

»Weil Sie mich nicht danach gefragt haben. Es ist Ihre Aufgabe, die Wahrheit ans Tageslicht zu bringen«, erwiderte Alina ungewöhnlich ernst. Sie schien die Fähigkeit zu besitzen, in andere hineinzuschauen, eine Fähigkeit, die auch Durant gerne besessen hätte.

»Ich stelle Ihnen jetzt eine weitere Frage, und ich hoffe, es ist die richtige. Doch vorab muss ich Ihnen etwas aus unseren aktuellen Ermittlungen mitteilen. Für den Freitagabend hatte sich Frau Sittler, ich meine Corinna, einen Callboy bei einem Escort-Service bestellt, wie jeden Dienstag und Freitag. Sie hatte sich am Nachmittag noch einmal bestätigen lassen, dass der von ihr gebuchte Mann auch kommen würde. Dann auf einmal rief jemand beim Escort-Service an und bestellte den Mann ab, angeblich, weil Corinna sich unwohl fühlte. Die Dame, der der Escort-Service gehört, schwört Stein und Bein, dass es sich bei der Anruferin um Corinna handelte, da sie ihre Stimme seit Jahren kennt. Nun weiß ich aber auch, dass Leslie mit einem Radiomoderator, der zugleich ein begnadeter Stimmenimitator ist, zusammenlebt. Mein Verdacht fiel natürlich zuerst auf Herrn Mahler, aber je mehr ich überlegte, desto unwahrscheinlicher erschien es mir. Und als sie eben von Schwingungen und Energien sprachen, da ist mir plötzlich was eingefallen. Fragen Sie mich aber nicht, warum ich gerade in diesem Zusammenhang darauf gekommen bin. Wenn Leslie Sie angerufen hat, hat sie da wie ihre Mutter geklungen? Der gleiche Tonfall, die gleiche Melodie in der Stimme, das gleiche Timbre oder was immer?«

Alina lächelte und sah Durant an. »Sie haben richtig kombiniert, ich selbst konnte die beiden kaum unterscheiden. Corinnas Nummer habe ich nie auf dem Display gesehen, weil sie ihre Nummer unterdrückt hat. Manchmal, wenn Leslie angerufen hat, habe ich nicht aufs Display geschaut, sondern einfach abgenommen und immer zuerst gedacht, es sei Corinna, so sehr haben sich die Stimmen geähnelt. Ich habe Leslie einmal darauf angesprochen, und andere haben das sicher auch getan. Sie könnte Ihre Anruferin gewesen sein. Aber gehen Sie doch zu ihr und fragen Sie sie. Allerdings möchte ich Sie warnen, Leslie ist viel cleverer, als Sie denken.«

»Wie meinen Sie das?«

»Erinnern Sie sich an unsere Unterhaltung vom Montag?«

»Ja, und?«

»Meine Ausführungen zu Corinna und ihrer Agoraphobie?«

»Ja.«

»Gut. Dann erinnern Sie sich bestimmt auch noch an das, was ich vorhin über Leslie und Corinna gesagt habe.«

»Dass sie sich in vielem ähnlich sind?«

»Ja. Passen Sie gut auf, was Sie sagen und vor allem fragen.«

»Alina, Sie kennen Leslie besser als die meisten, die mit ihr zu tun haben. Warum soll ich aufpassen? Helfen Sie mir, bitte.«

Alina überlegte und sagte: »Sie haben Leslie zweimal gesehen und gesprochen, wenn ich Sie recht verstanden habe?«

»Ja.«

»Ist Ihnen da nichts an ihr aufgefallen?«

Durant dachte angestrengt nach und antwortete: »Am Sonntag war sie völlig aufgelöst und hat geheult. Am Montag war sie sehr kühl und distanziert.«

»Hat Sie das nicht stutzig gemacht?«, fragte Alina.

»Schon, aber …«

»Lassen Sie mich Ihnen etwas erklären, auch wenn ich es vorhin schon einmal gesagt habe. Leslie ist psychisch und emotional krank, genau wie ihre Mutter es war. Ich habe außer Corinna noch keinen Menschen kennengelernt, der andere so manipulieren kann wie Leslie. Sie kann wie ihre Mutter auf Kommando heulen, schreien, weinen, fröhlich sein, sie beherrscht die gesamte Palette der Emotionen. Ein psychisch und emotional stabiler Mensch kann so etwas nicht. Sie und ich, wir lachen, wenn wir etwas lustig finden, oder weinen, wenn wir traurig sind. Bei Leslie und Corinna ist beziehungsweise war das anders. Ihr Freund Matthias etwa, er steht völlig unter ihrem Pantoffel. Sie sagt spring, und er springt. Sie macht Schluss mit ihm und schmeißt ihn raus und bittet ihn zwei oder drei Tage später theatralisch um Verzeihung, und er kommt zurückgekrochen, weil er es ohne sie nicht aushält und vielleicht auch denkt, sie braucht ihn wie die Luft zum Atmen. Sie werden sich fragen, woher ich das weiß. Leslie hat's mir erzählt, nicht so direkt, aber ich weiß, dass es stimmt. Leslie ist die geborene Schauspielerin, sie hat eigentlich ihren Beruf verfehlt. Und genau deshalb halte ich es für nicht ausgeschlossen, dass Leslie etwas mit den Morden zu tun hat. Wenn ich es recht überdenke, halte ich es nach unserem Gespräch nicht nur für nicht ausgeschlossen, sondern sogar für wahrscheinlich.«

»Würde Leslie Ihrer Meinung nach in psychiatrische Behandlung gehören?«

Alina nickte zögernd. »Ja, das würde sie definitiv.«

Durant erhob sich und sagte: »Ich danke Ihnen, Alina, für Ihre Mitarbeit und Hilfe. Und ich würde mich freuen, Sie wiederzusehen, vielleicht das nächste Mal unter anderen Umständen. Und glauben Sie mir, ich stelle die richtigen Fragen.«

»Ich weiß, denn sonst wären Sie nicht zurückgekommen. Ich würde mich auch freuen, wenn wir einmal etwas gemeinsam unternehmen könnten. Tschüs.«

»Tschüs.«

Im Auto lehnte sich Durant an die Nackenstütze, schloss die Augen und spürte den Herzschlag bis in den Kopf. Leslie Sittler, dachte sie, sie hätte ich eigentlich beinahe ausgeschlossen. Was hat Alina gesagt? Ich soll aufpassen, denn Leslie ist cleverer, als ich denke. Das wollen wir doch mal sehen. Um Viertel nach zwölf rief sie Brandt an und sagte: »Es wird noch eine Weile dauern, bis ich fertig bin. Haben Sie noch die Geduld, um auf mich zu warten?«

»Wie lange?«

»Maximal eine Stunde.«

»Ich geh was essen, und sollte ich in einer Stunde nichts von Ihnen hören, fahr ich zurück nach Offenbach. Dort wartet auch eine Menge Arbeit auf mich.«

»In spätestens einer Stunde bin ich im Präsidium. Bis nachher.«

Donnerstag, 12.30 Uhr _____

Sie klingelte dreimal kurz hintereinander, bis Leslie sich durch den Lautsprecher meldete.

»Hier Durant, ich würde gerne kurz mit Ihnen sprechen.«

»Kommen Sie rauf.«

Leslie Sittler war barfuß und trug eine graue Trainingshose und ein T-Shirt, ihre Haare waren zerzaust, die Augen hatten einen matten Glanz, als wäre sie gerade erst aufgestanden oder hätte bis in die frühen Morgenstunden durchgemacht.

»Bitte«, sagte sie ohne eine Begrüßung und ließ Durant an sich vorbei in die Wohnung treten. »Sieht ein bisschen chaotisch aus, aber ich hab noch nicht aufgeräumt. Mein Freund schläft, er ist erst vor einer halben Stunde heimgekommen. Wir sollten deshalb ein bisschen leise sein. Suchen Sie sich einen Platz aus.«

Auf dem Tisch und dem Teppich lagen mehrere Bücher und Ordner, und das Notebook war an. Leslie klappte es zu und ließ sich in einen der beiden Sessel fallen.

»Müde?«, fragte Durant und nahm ebenfalls Platz.

»Nee, nur gestresst, aber das sehen Sie ja selbst. Also, was gibt's, denn Sie werden mich ja bestimmt nicht zum Spaß besuchen.«

»Sie können sich denken, dass wir fieberhaft nach dem Mörder Ihrer Mutter fahnden, weshalb ich noch einige Fragen an Sie hätte.«

»Schießen Sie los.«

»Ich möchte das ungern hier tun, da ich Ihnen auch einiges zeigen will. Hätten Sie Zeit, für eine Stunde mitzukommen?«

»Darf ich fragen, was Sie mir zeigen wollen?«, fragte Leslie misstrauisch.

»Das ist schwer zu erklären. Ziehen Sie sich etwas an und kommen Sie mit, es wird auch nicht lange dauern.«

»Von mir aus«, sagte Leslie, zog sich eine Jeans, ein Sweatshirt, Schuhe und eine Jacke an und nahm ihre Tasche, den Schlüssel und die Schachtel Zigaretten, die auf dem Tisch lagen. Während der Fahrt wechselten sie kaum ein Wort. Sie kamen gut durch und erreichten das Präsidium um Viertel nach eins. Brandt war schon wieder aus der Kantine zurück und saß in Durants Büro.

»Darf ich vorstellen«, sagte sie zu Leslie, »mein Kollege Herr Brandt aus Offenbach«, und an ihn gewandt, »Frau Leslie Sittler.«

»Tag.« Brandt erhob sich und warf Durant einen fragenden Blick zu. »Soll ich Sie allein lassen?«

»Nein, bleiben Sie ruhig hier. Frau Sittler, bitte, nehmen Sie Platz. Wenn Sie mich bitte kurz entschuldigen wollen, ich muss nur mal rüber ins andere Büro.« Durant ging zu Berger und sagte leise: »Bitte sorgen Sie dafür, dass so schnell wie möglich Kröger und Hohl hergebracht werden.«

»Brauchen Sie einen Haftbefehl?«

»Nein, das dauert zu lange. Ich sag nur Gefahr im Verzug. Veranlassen Sie das bitte?«

»Selbstverständlich, wenn's der Wahrheitsfindung dient«, entgegnete er und griff zum Telefonhörer.

»Danke.«

»Darf ich rauchen?«, fragte Leslie, als Durant zurückkam, und setzte sich auf einen Stuhl vor dem Schreibtisch.

»Sicher. Warten Sie, hier ist ein Aschenbecher.« Durant holte ihn aus der mittleren Schublade, stellte ihn auf den Tisch und nahm Leslie gegenüber Platz.

Leslie zündete sich eine Zigarette an und sagte: »Sie wollten mir etwas zeigen.«

»Später. Erst hätte ich noch ein paar Fragen an Sie. Sie haben doch sicher nichts dagegen, wenn ich das aufzeichne, mein Gedächtnis lässt mich manchmal im Stich.«

»Was soll das werden? Ein Verhör?«

»Nein, nur eine Befragung. Sind Sie bereit?« Und ohne eine Antwort abzuwarten, drückte Durant die Aufnahmetaste.

»Machen Sie's kurz, meine Zeit ist begrenzt.«

»Was sagt Ihnen der Fall Peter Guttenhofer und Laura Kröger?«

Leslie verzog die Mundwinkel und antwortete: »Nichts, warum? Sollte mir der was sagen?«

»Ich denke schon. Sie kennen einen Heiko Kröger, das stimmt doch?«, schoss sie die nächste Frage ab und registrierte jede Reaktion, die Mimik und Gestik von Leslie, doch sie schien völlig gefasst und gelassen zu sein. Eine perfekte Schauspielerin, wie auch Alina Cornelius bemerkt hatte.

»Ja, er ist ein Kommilitone. Und weiter?«

»Wenn Sie ihn kennen, dann kennen Sie doch mit Sicherheit auch den Fall Guttenhofer und Kröger …«

»Moment, Moment, was gibt das eigentlich? Doch ein Verhör? Falls ja, möchte ich meinen Anwalt sprechen.«

»Haben Sie einen Anwalt nötig?«

»Aha, so läuft das Spiel also.«

»Nein, so läuft das Spiel nicht. Wo waren Sie am Freitagabend zwischen zweiundzwanzig Uhr und Mitternacht? Und wo am Sonntagabend?«

»Am Sonntagabend habe ich meine Mutter gefunden, falls Sie das vergessen haben sollten. Ich bin direkt danach nach Hause gefahren.«

»Was Herr Mahler sicher bestätigen kann.«

»Nein, er war nicht da, sondern hat den Abend und die Nacht bei seiner Schwester verbracht. Sie hat vor drei Wochen entbunden, und er wollte sich ein wenig um sie kümmern, weil der Vater der Kindes sich aus dem Staub gemacht hat. Er ist direkt von dort zum Sender gefahren.«

»Und am Dienstagabend?«

»War ich im Kino.«

»Allein?«

»Ja, ich musste mal raus, den ganzen Tag diese Bücher wälzen kann ganz schön auf den Keks gehen.«

»Und in welchem Film?«

»Weiß nicht mehr, aber ich hab die Karte noch. Warten Sie«, sagte Leslie und holte eine Kinokarte aus ihrer Tasche. »Hier.«

Durant warf einen Blick darauf und meinte: »Und wie war der Film?«

»Langweilig, ich bin eingeschlafen. Ich bin auf den ganzen Hype reingefallen.«

»*Ice Age 2* war langweilig? Da habe ich aber ganz andere Kommentare gehört. Wenn mir ein Film zu langweilig wird, gehe ich einfach raus. Sie fragen mich gar nicht, warum ich wissen will, wo Sie am Sonntagabend und Dienstagabend waren. Wenn mich jemand so was fragen würde, ich würde es wissen wollen.«

»Okay, warum fragen Sie?«

Ohne eine Antwort zu geben, fuhr Durant fort: »Was sagen Ihnen die Namen Dr. Buchmann und Dr. Hoffmann?«

»Buchmann, Buchmann. Ist das nicht der Richter, der auch umgebracht wurde?«

»Ich sehe, Sie haben die Zeitung gelesen. Buchmann wurde am Sonntagabend ermordet. Hoffmann am Dienstagabend. Ich habe mich die ganze Zeit gefragt, was es mit den Zetteln und diesem seitenverkehrten Kreuz auf sich hat, vor allem aber hat mich interessiert, warum Ihre Mutter und diese beiden Herren sterben mussten. Bis uns ein Fall zugespielt wurde, der sich vor gut zehn Jahren ereignete, genau genommen im Herbst und Winter 1995. Und wir sind dabei auf einige sehr interessante Details gestoßen, unter anderem darauf, dass Ihre Mutter so korrupt war, dass sie zusammen mit Buchmann und Hoffmann und noch anderen die wichtigsten Beweismittel verschwinden ließ und dafür eine Menge Geld kassierte, weil die Mörder höchst einflussreiche und betuchte Väter hatten.«

Durant machte eine Pause und wartete die Reaktion von Leslie ab, die sich in aller Ruhe eine weitere Zigarette anzündete. Doch Durant merkte, dass Leslie zunehmend nervöser wurde. Sie blies den Rauch in Durants Richtung und sagte: »Tja, wenn das so war, werden Sie wohl recht haben. Ich wusste davon bis jetzt nichts.«

»Ich hatte gestern ein sehr aufschlussreiches Gespräch mit Herrn Tobias Hohl, und als ich mich danach hingesetzt und eine

Liste aller Tatverdächtigen erstellt habe, blickte ich anfangs überhaupt nicht mehr durch. Erst heute Morgen im Präsidium kam es dann allmählich. Alles machte auf einmal Sinn, das Motiv, die Planung, die Ausführung der Morde …«

»Bevor Sie weitersprechen, stehe ich jetzt unter Mordverdacht oder nicht? Falls ja, verständige ich meinen Anwalt, das Recht dazu habe ich.«

»Lassen Sie mich kurz meine Ausführungen zu Ende bringen, dann haben Sie immer noch Gelegenheit, Ihren Anwalt anzurufen. Ich fürchte nur, der wird Ihnen auch nicht mehr helfen können. Frau Sittler, Sie sind eine phantastische Schauspielerin, das muss ich Ihnen lassen. Die Show, die Sie am Sonntag abgezogen haben, war Oscar-reif. Wie haben Sie das geschafft, so auf Kommando zu heulen? Langes Training, oder wie hab ich mir das vorzustellen?«

Leslie nahm einen weiteren tiefen Zug, erhob sich und ging ein paar Schritte auf und ab. »Ich brauch nur ein wenig Bewegung, das dauernde Sitzen bekommt meinem Rücken nicht. Fahren Sie fort.«

»Sie haben Ihre Mutter gehasst, seit Sie denken können, und dieser Hass hat sich von Jahr zu Jahr gesteigert, bis ins Unermessliche. Und irgendwann haben Sie mit Ihrer Recherche begonnen, weil Sie sich fragten, warum Ihre Mutter zur Agoraphobikerin wurde. Und Sie hatten Erfolg. Was Sie herausgefunden hatten, das war Sprengstoff pur. Es hatte nämlich mit dem Fall Laura Kröger und Peter Guttenhofer zu tun. Als Jurastudentin bekommt man Einblick in sehr viele Vorgänge, und wenn man sehr clever ist, und das sind Sie, dann findet man auch heraus, welche Sauereien die Mutter gemacht hat. Korrigieren Sie mich, wenn ich etwas Falsches sage.«

»Nein, nein, fahren Sie nur fort, ich höre gerne interessante Geschichten, vor allem so fiktive, an den Haaren herbeigezogene.«

»Sie haben Jura studiert, um damit vielleicht Ihrer Mutter ein bisschen besser zu gefallen, denn davor war sie ja keine Mutter, sie hat Sie nie geliebt, sie hat sich von der Liebe quasi freigekauft. Aber Ihre Mutter interessierte auch Ihr Hang zur Juristerei nicht, es war ihr egal, was Sie machten. Und der Hass wurde größer und größer und größer. Und Sie haben fleißig weiter recherchiert, bis Sie endlich auf den Fall gestoßen sind, der jedes Vorstellungsvermögen überschreitet. Die Frage für mich ist nur, kannten Sie erst den Fall oder erst Heiko Kröger?«

Julia Durant stand ebenfalls auf und stellte sich dicht vor Leslie, die sich wieder eine Zigarette angezündet hatte und Durant nur ansah.

»Das ist im Augenblick eigentlich auch nicht wirklich relevant. Hass, es geht um Hass. Oder besser, um Liebe und Hass. Sie haben Ihre Mutter gehasst und Ihre Mutter Sie. Sie haben jahrelang gekämpft, es muss furchtbar gewesen sein, immer und immer wieder gegen diese Mauer aus Lieblosigkeit und Hass anzurennen. Das macht mürbe, und man muss schon verdammt stark sein, um daran nicht zugrunde zu gehen. Sie sind unglaublich stark und haben sich durchgesetzt, gegen alle Widerstände, gegen Ihre Mutter, gegen die ganze Welt. Und schließlich haben Sie die andern zu Ihrem Spielball gemacht. Wie ist das, wenn man gehasst wird? Wenn man um eine Umarmung geradezu betteln muss, wenn man mit Nichtachtung gestraft wird, obwohl man die Beachtung doch verdient hat, wenn man besonders gut in der Schule ist oder sogar der Mutter nacheifert und ebenfalls Juristin werden möchte und trotzdem keine Anerkennung findet? Das muss doch ein gnadenlos beschissenes Gefühl sein. Ich kann's mir nicht vorstellen, ich wurde immer geliebt, meine Eltern waren immer für mich da, egal, was auch passierte. Ich wurde getröstet ...«

»Ich hatte meine Großeltern«, sagte Leslie kühl und sehr ruhig, auch wenn ihre Hand, die die Zigarette hielt, kaum merklich zitterte. »Dort habe ich alles bekommen, was ich brauchte.«

»Nein, nicht alles, denn Großeltern können die Mutter nicht ersetzen. Und Sie wussten ja die ganze Zeit, dass Ihre Mutter in der Nähe ist, aber sie wollte nichts von Ihnen wissen. Sie wollte Sie nicht in den Arm nehmen, sie wollte Ihnen nicht bei den Schularbeiten helfen, sie hat vermutlich nicht mitbekommen, als Sie Ihre ersten Schritte machten, als Sie Fahrrad fahren lernten. Aber Sie wollten geliebt werden, nicht nur von Ihren Großeltern, sondern auch von Ihrer Mutter, so wie es das Recht aller Kinder sein sollte, von den Eltern geliebt zu werden. Doch Sie wurden nur verstoßen. Statt Liebe gab es nur Geld. Sie haben es am Montag ja selbst erzählt, wie Sie das Spiel am Ende diktiert haben. Aber es gab nicht nur eine hasserfüllte Leslie, nein, es gab auch eine Gerechtigkeitsfanatikerin, die, nachdem sie herausgefunden hatte, in welche miesen Geschäfte ihre Mutter verwickelt war, beschloss, Rache zu üben. Nichterfahrene Liebe führt zu Hass und zu Gewalt. Irgendwann haben Sie sich so in Ihre Ideen hineingesteigert, dass Sie nur noch daran dachten, Ihre Mutter umzubringen. Sie mussten bloß den richtigen Zeitpunkt abpassen, und der war am letzten Freitag gekommen. Sie wussten von dem Callboy, den Ihre Mutter jeden Freitag zu sich bestellte und …«

»Meine Mutter hatte sich einen Callboy bestellt? Das ist mir neu«, sagte sie gelassen und schnippte die Asche in den Aschenbecher.

»Sie können so lange die Unschuldige spielen, wie Sie wollen, mich beeindrucken Sie damit nicht. Aber damit der Verdacht nicht gleich auf Sie fiel, räumten Sie gleich zwei ehemalige Kollegen Ihrer Mutter mit aus dem Weg. Sie wussten von dem Bordell, das Buchmann zum Teil gehörte und in dem er sich immer sonntags aufhielt, und Sie wussten von Hoffmanns Urlaub, und wir haben uns die ganze Zeit über gefragt, woher die Täter so genau über die Aktivitäten der beiden Herren informiert waren. Aber klar, Sie als angehende Juristin hatten schon Zugang zu allen möglichen Daten, Sie sind ja schlau genug und können auch sehr charmant sein.«

»Danke für das Kompliment.«

Durant neigte den Kopf ein wenig zur Seite und fuhr fort: »Ich meine, wir können ja ganz offen sprechen. Die beiden Herren haben es nicht anders verdient. Korrupt bis ins Mark, doch für die Öffentlichkeit wahre Helden. Was ich mich allerdings frage, ist, warum Sie so unterschiedliche Tötungsarten gewählt haben. Ihre Mutter mit Strychnin, Buchmann mit einem Stich ins Herz, und Hoffmann, mein lieber Scholli, der muss ganz schön gelitten haben. Wenn ich mir den Obduktionsbericht anschaue, puh, beide Beine, beide Arme, alle Finger gebrochen, und das vermutlich alles bei vollem Bewusstsein. Aber er hat ja selber gerne zugeschlagen, stimmt's?«

Leslie zuckte mit den Schultern und meinte mit emotionsloser Miene: »Wenn Sie es sagen. Ich kann es nicht beurteilen, ich …«

»Doch, Sie können es beurteilen. Aber woher wussten Sie von seinen Gewalttätigkeiten? Ich meine, Sie werden ja nicht in sein Haus gegangen sein und zugesehen haben, wie er seine Frau verprügelt hat.«

Leslie drückte die ausgerauchte Zigarette aus und zündete sich gleich eine neue an. Sie sah Durant durch den Rauch hindurch an und verzog den Mund zu einem spöttischen Lächeln. Durant ging zu Brandt, flüsterte ihm etwas ins Ohr, woraufhin er das Büro verließ und die Tür leise hinter sich zumachte.

»Haben Sie Ihren Kollegen rausgeschickt, damit wir beide allein sein können?«, fragte Leslie mit lasziver Stimme. »Oder wollen Sie mich ganz für sich allein haben und Hand an mich legen? Bitte, tun Sie, was Sie nicht lassen können.«

»Setzen Sie sich, wir sind noch lange nicht fertig. Und jetzt, Frau Sittler, hören wir auf mit dem Spiel und kommen zum Ernst.

Es ist vorbei, aus und vorbei. Irgendwann muss man wissen, wann man verloren hat, auch Sie.«

»Ich wüsste nicht, dass Sie irgendetwas gewonnen haben«, sagte Leslie und schlug die Beine übereinander.

»Es reicht, wenn ich es weiß. Sie sind doch schon fast selbst Anwältin und haben sicher einige Prozesse und Verhandlungen verfolgt. Es gibt immer Gewinner und Verlierer. Ich frage mich nur, wer Ihr Komplize ist.«

»Sie spinnen, Sie sollten sich mal auf Ihren Geisteszustand untersuchen lassen«, sagte Leslie noch immer ruhig, doch Durant spürte, wie es in ihr brodelte. »Und jetzt lassen Sie mich gehen, sonst schrei ich.«

»Schreien Sie, aber vorerst kommen Sie hier nicht raus. Und denken Sie nicht einmal ansatzweise an Flucht, vor jeder Tür steht ein Beamter.«

Leslie rauchte hastig und nervös, mit den Fingern der linken Hand trommelte sie monoton auf die Stuhllehne. »Welche Beweise haben Sie, dass ich meine Mutter umgebracht habe?«

»Genug, dass es für einen Haftbefehl reicht. Ihre Alibis zum Beispiel sind mehr als dürftig. Keine Zeugen, niemand, der Sie gesehen hat, nicht mal in Ihrem Haus, möchte ich wetten. Und ich wette auch, dass wir, wenn wir Ihre Telefonate der vergangenen Monate oder Jahre überprüfen, eingegangene und ausgegangene, eine Menge herausfinden werden. Sie hatten einen Schlüssel zum Haus Ihrer Mutter, Sie kennen Heiko Kröger und haben mit ihm zusammen den Plan geschmiedet ...«

»Hören Sie auf mit dem Scheiß!«, wurde sie von Leslie scharf unterbrochen.

»Warum sollte ich?«

»Weil Sie von Dingen reden, von denen Sie keine Ahnung haben. Glauben Sie ernsthaft, ich hätte nicht gewusst, dass Sie auf mich kommen würden. Okay, ich kenne Heiko, aber was beweist das schon? Ich kenne auch seine Verlobte, Silke Kreuzer. Und?

482

Ich kenne eine Menge Leute, und doch werden Sie mir nie auch nur einen Mord oder die Beteiligung an einem Mord nachweisen können.«

»Seien Sie sich da nicht zu sicher. Wer ist Ihr Komplize? Kröger oder Hohl?«

»Wollen Sie mich auf den Arm nehmen? Außerdem sollten Sie bedenken, dass ich bis jetzt kein einziges Wort gesagt habe, mit dem ich mich belastet habe. Sie können noch so viele absurde Anschuldigungen vorbringen, ich werde sie mir anhören und bei Gelegenheit genüsslich widerlegen. Statt mich hier festzuhalten, sollten Sie lieber nach dem wahren Täter suchen.«

Brandt kam herein und bat Durant zu sich. Er flüsterte: »Hohl und Kröger sind da. Was soll ich mit ihnen machen?«

»Bringen Sie sie ins Vernehmungszimmer 1 und beobachten Sie sie. Tut mir leid, aber ich glaube, ich muss mir die Herren persönlich vorknöpfen.«

»Einverstanden«, sagte Brandt und wollte wieder nach draußen gehen, als Leslies Stimme ihn zurückhielt. »Herr Brandt, Ihre Kollegin hat sich da in etwas verrannt. Reden Sie ihr doch mal gut zu.«

»Frau Durant wird schon recht haben.«

»Gibt es denn niemanden, der auf meiner Seite ist?«, fragte sie spöttisch.

»Im Augenblick wohl nicht«, antwortete er. »Sie können Ihre Situation nur verbessern, indem Sie sagen, was sich am Freitag-, Sonntag- und Dienstagabend zugetragen hat. Liefern Sie uns wenigstens ein einwandfreies und nachprüfbares Alibi, und Sie können gehen. Nur eins.«

»Ich war im Kino, die Karte liegt auf dem Tisch.«

»Mit wem waren Sie dort?«

»Allein. Ist das ein Verbrechen?«, antwortete sie.

»Gehen Sie öfter allein ins Kino?«

»Hin und wieder.«

»Und was sagt Ihr Freund dazu?«

»Wir sind nicht verheiratet.«

»Was für ein Glück für ihn«, war Durants Kommentar.

»Was soll das denn heißen?«

»Oh, nichts weiter, ist mir nur so rausgerutscht.«

»Frau Durant, ich hab doch nichts verbrochen. Schauen Sie mich an, sieht so eine Muttermörderin aus?«, sagte Leslie mit Unschuldsmiene.

»Was glauben Sie, was für Mörder ich schon vor mir sitzen hatte. Ganz brave, biedere Ehemänner, denen man nie zugetraut hätte, dass sie auch nur einer Fliege was zuleide tun könnten. Oder junge Männer, die so unscheinbar waren und die schrecklichsten Verbrechen verübt haben, die man sich nur vorstellen kann. Oder auch Frauen, hübsche wie Sie, die kein Wässerchen trüben können, aber auch verbitterte Frauen, die sich nach jahrelanger Qual von ihren brutalen Ehemännern befreit haben. Ich habe sie alle gesehen, und glauben Sie mir, man sieht es fast keinem an. Auf der Stirn steht nun mal nicht Mörder. Kommen Sie, wir gehen woanders hin.«

Leslie erhob sich murrend. Durant bat einen uniformierten Beamten, sie zum Vernehmungszimmer 2 zu begleiten, und als sie an Nummer eins vorbeikamen, wandte Leslie kurz den Blick und sah Heiko Kröger und Tobias Hohl durch die Scheibe. Sie verlangsamte für einen Moment ihre Schritte und sagte: »Was machen die denn hier?«

»Das Gleiche wie Sie. So, bitte, hier herein.« Und nachdem Leslie Platz genommen hatte: »Ich muss Sie jetzt leider für eine Weile allein lassen.«

»Ich habe nur noch zwei Zigaretten, ist es möglich, dass ich welche bekomme? Ich habe auch Geld dabei.«

»Das ist kein Problem«, sagte Durant, nahm das Geld in Empfang und beauftragte einen Kollegen, die Zigaretten zu holen.

Sie ging zurück ins Büro und rief Alina Cornelius an.

»Hier Durant. Ich habe eine Bitte an Sie. Wäre es Ihnen möglich, ins Präsidium zu kommen? Es ist wirklich wichtig.«

»Darf ich fragen, worum es geht?«

»Das erklär ich Ihnen hier. Nur so viel – ich brauche Ihre Hilfe. Sie wissen, wo das Präsidium ist?«

»Natürlich.«

»Melden Sie sich unten an, ein Kollege wird Sie abholen und zu mir bringen. Danke für Ihre Mühe.«

»Keine Ursache. Bis gleich.«

Sie ging zu Berger und sagte: »Die junge Sittler war dabei, das ist so sicher wie das Amen in der Kirche. Sie gibt's nur noch nicht zu. Und ich gehe davon aus, dass ihr Partner Tobias Hohl war. Ich habe eben Frau Cornelius, die Hausdame von Frau Sittler, gebeten herzukommen. Sie ist Psychologin und mit Leslie Sittler befreundet. Sobald sie da ist, schicken Sie sie zu mir.«

»Frau Durant, Sie werden schon das Richtige tun. Erstatten Sie mir Bericht, wenn Sie mit allem fertig sind.«

»Ach ja, wir brauchen einen Durchsuchungsbeschluss für die Wohnungen Sittler und Hohl, am besten auch für seine Praxis. Die Kollegen sollen alles auf den Kopf stellen und nach belastendem Material suchen. Vielleicht entdecken sie ja auch eine der Tatwaffen. Und finden Sie heraus, ob die Sittler und Hohl noch andere Wohnungen haben, angemietet oder gekauft.«

Auf dem Gang begegnete sie Kullmer und Seidel.

»Ihr habt mit Kröger gesprochen?«

»Sollten wir ja. Aber meiner Meinung nach können wir ihn von der Liste streichen«, sagte Kullmer. »Seine Alibis sind stimmig und vor allem nachprüfbar. Warum hast du ihn mit Hohl in ein Zimmer gesperrt?«

»Taktik. Ich überlasse Kröger jetzt wieder euch, ich kümmere mich um Hohl.«

»Und die Sittler?«, fragte Seidel.

»Sie ist die eine Hälfte, Hohl die andere, darauf verwette ich mein nächstes Gehalt. Ich will nur noch wissen, wie die beiden zusammengekommen sind.«

Sie begab sich zu Brandt, der durch die Scheibe Leslie Sittler beobachtete. »Was haben Sie vor?«, fragte er.

»Lassen Sie sich überraschen. Kommen Sie mit zu Hohl? Ihn haben Sie ja gestern schon kurz kennengelernt. Wir wechseln uns bei der Befragung ab.«

»Ich überlasse Ihnen das Feld, nur wenn mir etwas Besonderes einfällt, mische ich mich ein«, erwiderte Brandt. »Ich hatte gestern und heute schon reichlich mit Vernehmungen zu tun.«

»Hat Möller gestanden?«

»Hat er, aber das alles erzähl ich Ihnen, wenn wir hier fertig sind.«

Julia Durant wartete, bis Kröger aus dem Zimmer gebracht wurde, holte einmal tief Luft und ging mit Brandt hinein. Hohl kniff die Augen zusammen und sagte ziemlich ungehalten und mit Schweiß auf der Stirn: »Na endlich! Was soll dieser ganze Zirkus hier? Sie holen mich so mir nichts, dir nichts aus meiner Praxis, ohne mir zu erklären, um was es eigentlich geht.«

»Guten Tag, Herr Hohl«, sagte Durant, »nehmen Sie doch bitte Platz.«

»Ich denke überhaupt nicht daran! Ich …«

»Setzen Sie sich, bitte!«

Hohl schaute von Durant zu Brandt und wieder zu Durant und setzte sich auf den Stuhl. Durant stellte das Aufnahmegerät sowie die Videokamera an. Sie beobachtete Hohl einen Moment, der sichtlich unruhiger wurde, und selbst die Bräune vermochte kaum noch die Blässe zu verdecken. Er schluckte schwer, schloss die Augen und rieb sich die Hände, als würde er frieren, obwohl es in dem Raum nicht kalt war.

»Sind Sie bereit für ein paar Fragen?«

»Fangen Sie schon an, ich habe nichts zu verbergen«, antwortete er mit aufgesetztem Lachen.

»Das freut mich, denn wenn Sie nichts zu verbergen haben, dann können Sie uns ja die volle Wahrheit erzählen. Ich habe mir noch einmal Ihre sogenannten Alibis durch den Kopf gehen lassen und bin zu dem Schluss gelangt, dass sie nichts wert sind …«

»Aber …«

»Lassen Sie mich ausreden. Sie sind genauso wenig wert wie die von Leslie. Sie kennen doch Leslie Sittler?«

Hohl ließ sich mit der Antwort Zeit, sein Blick wanderte wieder unruhig hin und her, bis er sagte: »Ja, ich kenne sie.«

»Das stimmt mit der Aussage von Frau Sittler überein. Wie war Ihr Verhältnis zueinander? Hatten Sie ein Verhältnis?«

»Hat Les das behauptet?«

»Beantworten Sie meine Frage.«

Hohl zögerte wieder, bevor er nach einer ganzen Weile antwortete: »Was verstehen Sie unter Verhältnis?«

Brandt kam an den Tisch, stützte sich mit beiden Händen auf und sagte: »Na, was glauben Sie, was Frau Durant meint? Sind Sie mit Frau Sittler in die Kiste gesprungen?«

Hohl, der gestern noch einen überaus selbstsicheren Eindruck gemacht hatte, wurde zunehmend unsicherer, wusste er doch nicht, was Leslie bisher gesagt hatte.

»Und wenn?«

»Ja oder nein?«

»Ja, verdammt noch mal! Wir hatten ein Verhältnis, das war aber rein …« Er stoppte mitten im Satz und sah Durant und Brandt mit seltsamem Blick an. »Sie wussten bisher nichts davon, was? Sie haben mich reingelegt!«

»Beruhigen Sie sich mal wieder. Keiner hat Sie reingelegt, wir haben Ihnen nur eine Frage gestellt«, entgegnete Durant. »Es ist alles auf Band, keine Tricks. Aber gut, Sie hatten ein Verhältnis. Wie lange geht das schon?«

Hohl wischte sich den Schweiß von der Stirn und antwortete: »Etwas über zwei Jahre.«

»Haben Sie mir gestern nicht gesagt, es gebe keine Frau, die es jemals mit Laura aufnehmen könne? Das waren doch Ihre Worte, wenn ich mich recht entsinne.«

»Les ist anders, sie hat sehr viel von Laura, aber auch eine sehr eigene charismatische Ausstrahlung.«

»Und warum haben Sie mir das verschwiegen?«

»Weil es Sie nichts angeht.«

»Wie war das am Freitag? Oder nein, ich werde Ihnen sagen, was sich am Freitagabend zugetragen hat. Leslie hat beim Escort-Service angerufen und Ricardo abbestellt. Leslies Stimme klingt nämlich genau wie die ihrer Mutter. Dann sind Sie anstelle von Ricardo zu Corinna Sittler gefahren, und zwar um Punkt neun, wie es abgemacht war. Sie sind groß, braun gebrannt, dunkelhaarig und haben diesen südländischen Touch, auf den die Sittler so gestanden hat. Sie haben ihr ...«

»Hören Sie auf, hören Sie um Himmels willen auf!« Er vergrub das Gesicht in den Händen und weinte still, nur seine Schultern zuckten hin und wieder, und als Brandt etwas sagen wollte, hielt Durant ihn zurück. Es vergingen mehrere Minuten, bis Hohl aufsah und erklärte: »Ja, es war so, wie Sie gesagt haben. Die Sittler hat mich im Schlafzimmer empfangen und gefragt, wo Ricardo sei, woraufhin ich geantwortet habe, er sei krank geworden und ich sei sein Ersatz. Ich würde allerdings wieder gehen, wenn ich ihr nicht gefalle. Sie war fast nackt, aber das wissen Sie ja. Wir tranken etwas Champagner, sie musste noch mal ins Bad, und ich habe ihr die K.-o.-Tropfen ins Glas geschüttet. Sie wurde fast sofort bewusstlos. Leslie hat draußen gewartet, ich habe ihr Bescheid gegeben, dass ihre Mutter schläft und ... Na ja, alles Weitere kennen Sie.«

»Warum haben Sie ihr das Kreuz in den Rücken geritzt und warum den Zettel in den Mund gesteckt?«

»Das war Leslies Idee. Sie hat ihre Mutter gehasst wie keinen andern Menschen, und ich auch. Das hat uns verbunden. Sie hat mir das Wertvollste und Beste in meinem Leben genommen, und dafür sollte sie büßen, genau wie Buchmann und Hoffmann …«

»Wenn ich Sie unterbrechen darf, aber Frau Sittler hat keinen Mord begangen.«

Hohl lachte höhnisch auf. »Nein, sie hat keinen Mord begangen, aber sie und ihre Komplizen haben dafür gesorgt, dass die Mörder ungestraft davongekommen sind. Wo ist da der Unterschied? Wo ist der Unterschied zwischen einem Mörder und einem Staatsanwalt, der wider bessere Erkenntnis einen Mörder laufen lässt, nur weil er ordentlich Kohle dafür kassiert? Für mich ist da keiner. Sie haben den Tod verdient.«

»Warum haben Sie nicht die eigentlichen Mörder bestraft?«

Er zuckte mit den Schultern.

»Oder wären die auch noch drangekommen?«

»Nein, mit Hoffmann war das Kapitel abgeschlossen. Und als ich gestern von Ihnen erfuhr, dass Sie die Mörder festgenommen haben, war der Gerechtigkeit ohnehin Genüge getan. Aber leider waren Sie einen Tick zu spät, genau genommen zehn Jahre zu spät. Ich habe zehn Jahre lang diesen unsäglichen Hass mit mir rumgetragen, er hat mich förmlich zerfressen«, sagte er und sah Durant dabei traurig an. »Ich bin innerlich ganz langsam gestorben – bis ich Leslie traf.«

»Wie haben Sie Leslie kennengelernt?«

»Über Heiko. Er hat mir von ihr erzählt und dass sie die Tochter von der Sittler ist und auch Jura studiert. Les hat sich Heiko gegenüber zu erkennen gegeben und ihm erzählt, unter welchen Umständen sie großgeworden ist, eben ihre ganze Lebensgeschichte. Für Heiko war sie ein bedauernswertes Wesen, das genauso litt wie er.«

»Hatte er keinen Gedanken daran verschwendet, seine Wut an ihr auszulassen?«

»Nein, da kennen Sie Heiko nicht. Er kann wütend sein, zornig, aber nachdem er bei Silke in Therapie war … Er war nach

489

dem Tod von Laura geradezu davon besessen, sich zu rächen, doch Silke hat es ihm in der Therapie ausgeredet. Dann wurden sie ein Paar, und Heiko wurde immer sanfter, weil Silke ihm klargemacht hatte, dass er mit einem Mord aus Rache niemals seinen Frieden finden würde.«

»Aber er hat uns gegenüber erklärt, dass er noch immer diesen Hass mit sich rumträgt.«

»Heiko redet viel, doch er meint es nicht so. Aber um es abzukürzen, Heiko hat mir Leslie vorgestellt, und ich war vom ersten Moment an fasziniert von ihr. Sie hat etwas, das schwer zu beschreiben ist. Sie hatte zu der Zeit schon einen festen Freund, diesen Moderator von FFH, aber sie hat ihn nach Strich und Faden betrogen. Mit mir. Wir hatten den besten Sex aller Zeiten. Und vor etwa einem Jahr hat sie so nebenbei fallenlassen, wie es wohl wäre, wenn … Leslie kann sehr überzeugend sein. Sie hat von ihrem Hass gesprochen, immer und immer wieder, und sie hat damit meinen Hass, der allmählich am Erlöschen war, wieder geschürt. Wir waren wie in Ekstase, wir haben uns wie die Wahnsinnigen geliebt und haben Pläne geschmiedet. Wenn Leslie in meiner Nähe war, dann war ich in einer anderen Welt.«

Durant erinnerte sich an die Worte von Alina Cornelius, die gesagt hatte, dass Leslie perfekt manipulieren könne, was durch die jetzige Aussage von Hohl noch bestätigt wurde.

»Hatten Sie vor, den Rest Ihres Lebens mit ihr zu verbringen?«

»Keine Ahnung, vielleicht.«

»Wie haben Sie Buchmann aus dem Bordell gelockt?«

»Ich war ein paarmal in seinem Nobelpuff und habe ihm am Sonntag zuvor gesagt, dass ich ihm hervorragende Frauen liefern könne. Ich hatte ihn schon darauf vorbereitet, dass ich mich demnächst mit ihm in Verbindung setzen würde, er müsse sich die Frauen allerdings bei mir anschauen. Es war ein Kinderspiel, diesen geilen Sack dort rauszulocken.«

»Und Hoffmann?«

»Er hatte Urlaub, das hat Leslie rausgefunden. Sie hat ihn am Dienstag auf seinem Handy angerufen und gefragt, ob sie sich am Abend treffen könnten. Hoffmann stand auf junge Frauen. Er kannte Leslie vom Gericht, wusste aber nicht, dass sie die Tochter von der alten Sittler ist. Es war alles viel einfacher, als wir gedacht hatten. Wir haben Hoffmann betäubt und in eine leerstehende Werkstatt in Oberrad gebracht. Alles Weitere wissen Sie ja.« Er hielt inne, stand auf, die Hände in den Taschen vergraben, und fuhr fort: »Hoffmann war ein besonderes Kaliber, einer, der Menschen, speziell Frauen nur verachtet hat. Nach außen der ehrenwerte Richter, innen drin eine stinkende Ratte. Ich habe über Heiko erfahren, dass seine Verlobte schon vor Jahren eine Therapiegruppe für misshandelte und missbrauchte Frauen ins Leben gerufen hatte. Von einer weiß ich, dass sie von Hoffmann so schwer misshandelt wurde, dass sie wahrscheinlich nie Kinder wird haben können.«

»Wie bitte? Was in solchen Sitzungen besprochen wird, ist doch alles streng vertraulich.«

»Silke hat's mir erzählt, aber unter dem Siegel der Verschwiegenheit. Sie hat auch nicht den Namen der Frau genannt, ich weiß nur, dass sie noch relativ jung ist. Hoffmann war ein elender Bastard, der den Menschen nur Leid zugefügt hat, und keiner hat's gemerkt. Dafür musste er auch den qualvollsten Tod sterben. Sein Todeskampf hat über zwei Stunden gedauert.«

»Wie stehen Sie jetzt zu Ihren Taten?«

»Was möchten Sie hören? Dass ich sie bereue?« Er zuckte wieder mit den Schultern und meinte: »Ich weiß es nicht, ich weiß es wirklich nicht. Es ist alles wie ein böser Traum oder wie ein Gemälde von Dali oder Bosch. Das war's, mehr habe ich Ihnen nicht zu sagen.«

»Warum haben Sie die Morde begangen, anstatt mit all Ihren Informationen zu uns zu kommen?«

»Wollen Sie mich verarschen?! Wir haben's doch probiert, andere vor uns auch schon, aber gegen die da oben hat man keine Chance. Die halten doch zusammen wie die Kletten. Eine Krähe hackt der andern kein Auge aus. Ich kenne einen Journalisten, der wurde wegen eines Artikels damals in die tiefste Provinz versetzt. Wenn etwas nicht publik gemacht werden darf, dann wird es auch nicht publik gemacht, so sind die Regeln. Scheiße!«

»War Mord wirklich die einzige Lösung?«

»Keine Ahnung, das Ganze hat eine Eigendynamik entwickelt.«

»Welche Rolle hat Herr Kröger gespielt?«

»Keine. Tobias könnte nie jemanden töten. Hassen ja, aber nicht töten. Manche Menschen glauben, es sei nur ein kleiner Schritt vom Hassen zum Töten. Das ist ein Irrtum, es ist ein riesengroßer Schritt.«

»Lieben Sie Leslie?«

»Sie ist eine besondere Frau.« Tobias Hohl lehnte sich zurück, legte den Kopf in den Nacken und schloss die Augen. »Leslie ist eine ganz besondere Frau, ganz anders als ihre Mutter.«

»Das Aufzeichnungsgerät der Überwachungsanlage aus dem Haus von Frau Sittler, wo finden wir das?«

»Weiß ich nicht, Leslie hat es mitgenommen. Kann sein, dass sie es bei ihrer Großmutter versteckt hat, zumindest hatte sie das vor.«

»Wir lassen Sie jetzt allein, ein Beamter wird Ihnen Gesellschaft leisten«, sagte Durant und schaltete die Geräte aus. »Brauchen Sie etwas? Essen, Trinken, Zigaretten?«

»Nein, danke, jetzt nicht. Sagen Sie Les, es tut mir leid.«

»Wollen Sie einen Anwalt verständigen?«

»Nachher.«

Durant und Brandt traten auf den Flur, wo Alina Cornelius auf einem Stuhl saß.

»Warum haben Sie nicht Bescheid gesagt, dass Sie da sind?«, fragte Durant.

»Ich habe durch das Glas beobachtet, was Sie da drin gemacht haben. Das war sehr aufschlussreich. Er hat gestanden, hab ich recht?«

»Können Sie auch von den Lippen lesen?«

»Nein, aber ich kenne die Körpersprache. Er ist fertig mit sich und der Welt. Was kann ich für Sie tun?«

»Ich wollte eigentlich, dass Sie mit Leslie sprechen, aber jetzt möchte ich Sie doch bitten, sich noch einen Augenblick zu gedulden und auch sie zu beobachten. Ich ruf Sie nachher noch rein.«

Leslie Sittler lief im Vernehmungszimmer auf und ab, ohne von dem Beamten, der in der Ecke saß, aus den Augen gelassen zu werden. Als die Tür aufging, blieb sie stehen und sagte: »Na endlich, das wurde ja auch mal Zeit.«

Im Aschenbecher lagen acht Kippen, die Luft war rauchgeschwängert.

»Nehmen Sie bitte Platz.« Durant deutete auf den Stuhl.

»Und wenn nicht?«

»Hinsetzen!«, fuhr Brandt sie an, der wie aus dem Nichts direkt neben ihr stand. Leslie zuckte erschrocken zusammen und folgte der Aufforderung.

Nachdem die Aufnahmegeräte eingeschaltet waren, begann Durant: »Wir waren eben bei Herrn Hohl. Er hat ein umfassendes Geständnis abgelegt.«

»Und was hat er gesagt?«, fragte sie und lehnte sich zurück, die Arme verschränkt.

»Eine Menge, auch über Sie.«

Leslie sah Durant zweifelnd an und schüttelte den Kopf. »Sie können mir viel erzählen, aber auf Ihre Tricks falle ich nicht herein. Lassen Sie sich was Besseres einfallen.«

»Wir haben alles auf Band. Er hat uns von Ihrer ersten Begegnung berichtet, von Ihrer sexuellen Beziehung, wie ähnlich Sie Laura Kröger sind … Soll ich noch mehr ausführen?«

»Dann steht Aussage gegen Aussage. Ich habe nichts getan.«

»Das wird das Gericht anders sehen. Ein Fußballspiel ist zu Ende, wenn der Schiedsrichter abpfeift. Und dieses Spiel ist abgepfiffen. Nur mit dem Unterschied, dass es keinen Sieger, sondern nur Verlierer gibt. Sie hätten mehr aus Ihrem Leben machen können, so intelligent, wie Sie sind.«

Leslie senkte den Blick und lachte, und es klang höhnisch und verächtlich. »Ich und mehr aus meinem Leben machen?! Ich verfluche den Tag, an dem ich geboren wurde. Ich verfluche dieses ganze gottverdammte Leben! Es ist nichts wert, es ist nur ein riesengroßer Haufen stinkende Scheiße. Wissen Sie was, es tut mir nicht so viel leid.« Dabei hielt sie Daumen und Zeigefinger gegeneinander, dass nur noch ein winziger Spalt zu erkennen war. »Nicht so viel. Sperren Sie mich doch für den Rest meines Lebens ein, ich komm schon damit klar. Fuck you!«

»Ist das die Leslie vom Sonntagabend?«

»Es gibt viele Leslies, sehr viele, und nur ich kenne sie alle. Okay, ich habe Dinge getan, die vielleicht nicht ganz richtig waren, aber wer tut das nicht? Ich meine, wer tut schon immer das Richtige? Meine Mutter nicht, Sie nicht, Tobias nicht, Matthias, dieser Schwächling, schon gar nicht.«

»Warum sprechen Sie so abfällig über Ihren Freund?«

»Mein Freund? Sie haben doch keine Ahnung. Matthias ist ein Waschlappen, einer, der im Radio die große Klappe riskiert, aber im richtigen Leben ein Versager ist. Er kann ganz gut ficken, doch längst nicht so gut wie Tobias. Aber ficken ist ja nicht alles, man muss auf einer Wellenlänge funken, und das haben Matthias und ich nie getan. Wie oft hab ich ihn rausgeschmissen, und wie oft kam er wie ein geprügelter Hund winselnd angekrochen, und ich hab ihn immer wieder reingelassen. Fragen Sie ihn, er wird es allerdings nicht zugeben, dazu ist er zu weich. Ein echter Weichspüler.«

»Warum haben Sie die Morde begangen?«, fragte Durant gelassen.

»Weil diese Schweine es nicht anders verdient hatten. Reicht Ihnen diese Antwort?«

»Nein. Aber Sie können jetzt einen Anwalt anrufen und natürlich auch Ihren Freund, er wird sich Sorgen machen.«

Leslie lachte auf und schüttelte den Kopf. »Anwalt ja, Matthias nein. Sie können ihm ja einen netten kleinen Besuch abstatten, er wird sich bestimmt freuen. Und richten Sie ihm aus, dass er mich mal kreuzweise kann. Nein, lassen Sie das Letzte weg, er ist eigentlich ganz in Ordnung, nur ein bisschen weltfremd. Er kapiert einfach nicht, um was es in diesem Leben wirklich geht. Ganz ehrlich, ich konnte dieses Leslie hier und Leslie da schon lange nicht mehr hören.«

»Warum wollen Sie ihn nicht anrufen? Sie waren immerhin drei Jahre zusammen.«

»Okay, okay, okay, wenn Sie es unbedingt wünschen. Noch was?«

»Ich werde jetzt jemanden hereinholen, Sie können sich ungestört unterhalten«, sagte Durant und ging mit Brandt auf den Flur zu Alina Cornelius. »Gehen Sie rein zu ihr und fragen Sie sie, was Ihnen gerade einfällt. Das Band läuft noch, und wir hören hier draußen zu. Ist Ihnen das recht?«

Alina Cornelius nickte und trat in den Raum. Leslie schaute sie mit undefinierbarem Blick an und meinte: »Was willst du denn hier?«

»Sehen, wie's dir geht.«

»Wie soll's mir schon gehen? Hervorragend, das siehst du doch. Und dir?«

»Nicht so besonders. Warum hast du Corinna umgebracht?

Erklär's mir, ich möchte es gerne verstehen. Wir sind doch Freundinnen.«

»Wir sind Freundinnen? O ja, wir sind Freundinnen, und was für welche. Lass mich überlegen, welche Version klingt für dich am plausibelsten, du große Psychologin? Ich war scharf auf ihr Geld, ich hätte schließlich eine Menge geerbt und mir damit ein schönes Leben machen können. Oder ich hab's getan, weil ich mal ausprobieren wollte, wie es sich anfühlt, einen Menschen zu killen. Ich sag dir, es fühlt sich gut an, nein, nicht nur gut, sondern so richtig geil. Du glaubst gar nicht, wie das prickelt. Huh, das ist unbeschreiblich, das muss man selbst erlebt haben, vielleicht vergleichbar mit dem ersten Fick, wenn dieser Stoß kommt und … Oder auch nicht, bei mir war's beim ersten Mal nicht so prickelnd. Aber vielleicht fällt dir ja was ein. Wie war denn dein erstes Mal?«

»Können wir über was anderes sprechen?«

»Über was? Das Wetter? Der April, der April, der macht, was er will. Oder wollen wir über dich und meine Frau Mama sprechen. Wie ist sie denn so im Bett? Ihr beide treibt's doch mit Männern und Frauen. Ist das ein geiles Gefühl, mit einer Frau zu schlafen? Ich hab's noch nicht ausprobiert. Mit dir hätt ich's ganz gerne mal gemacht, ich steh auf Frauen wie dich. Du bist so anders, du bist so unglaublich geil.«

»Leslie, du bist krank …«

»Ah, die Herrin der Psychologie spricht und sagt: Leslie, du bist krank. Und wenn die große Psychologin spricht, dann hat sie natürlich auch recht. Aber sind wir nicht alle ein bisschen gaga? Du doch auch, gib's zu«, sagte Leslie grinsend und kam mit ihrem Gesicht ganz dicht an das von Alina und flüsterte, so dass Durant und Brandt es nicht hören konnten: »Du bist eine gottverdammte Verräterin, denn die Durant wusste sehr viel über mich, und das konnte sie nur von dir haben. Wenn ich das vorher gewusst hätte, hätte ich dich auch noch kaltgemacht, damit du deine verdammte Schnauze hältst.« Und nachdem sie sich wieder von Alina entfernt hatte: »Tja, meine liebe Freundin, das war's. Du kannst mich ja mal im Knast besuchen, ich habe Zeit. Es sei denn, die stecken mich in die Klapse. Was meinst du, wo ich hingehöre, in den Knast oder in die Klapse? Knast oder Klapse, Knast oder Klapse?«

»Leslie, bitte, lass uns doch vernünftig reden.«

»Vernünftig? Was ist das?«, sagte Leslie, mit einem Mal ernst geworden. »Die Vernunft ist doch gestorben, als der Mensch sich die Erde untertan gemacht hat. Also reden wir doch lieber unvernünftig, so wie es alle tun.«

»Es tut mir leid, aber ich dachte, ich könnte dir helfen.«

»Weißt du was, Alina Baby«, spie sie ihr höhnisch entgegen, »verschwinde und lass dich nie wieder blicken. Frauen wie dich braucht die Welt nicht. Hau ab, geh mir aus den Augen.«

Alina sah Leslie noch einmal an, drehte sich um und trat zur Tür, als Leslie mit einem Mal mit leiser Stimme sagte: »Warte, ich hab das nicht so gemeint. Bitte entschuldige.« Sie kam auf Alina zu, legte ihre Arme um sie und schaute ihr lange in die Augen. Dann presste sie ihr Gesicht an das von Alina, bis diese plötzlich aufschrie und Leslie von sich stieß. Sie fasste sich an das blutende Ohr, während Leslie sich vor Lachen krümmte, bis Brandt, der zusammen mit Durant sofort in den Raum gestürzt war, sie packte, ihr die Arme auf den Rücken drehte und Handschellen anlegte. »Das war mein Abschiedsgeschenk, damit du immer an mich denkst, Alina Baby!«

Durant kümmerte sich derweil um Alina. »Was ist passiert?«

»Ist schon gut, sie hat mir ins Ohr gebissen, aber zum Glück nicht wie Mike Tyson. Es blutet nur.«

»Lassen Sie mich mal sehen«, sagte Durant und betrachtete die nicht sehr tiefe Wunde. »Ist halb so wild, sie hat Ihnen das Ohrläppchen nicht abgebissen. Halten Sie ein Taschentuch drauf, das hört gleich auf zu bluten.«

»Leslie ist krank, sehr krank. Es ist aber auch möglich, dass sie nur spielt, was allerdings auch ein Teil des Krankheitsbildes sein kann. Ich bin bei ihr mit meinem Latein am Ende«, meinte Alina.

»Können Sie mir trotzdem etwas über die Beweggründe sagen, warum sie die Morde begangen hat?«

»Was hat Hohl gesagt?«

»Ich kann mich darauf verlassen, dass nichts von dem, was Sie hier gesehen und gehört haben, diese Wände verlässt?«

»Sie haben mein Wort«, erwiderte Alina, als sie an dem Vernehmungszimmer vorbeikamen, in dem Hohl noch immer wartete.

Durant ging hinein und sagte: »Herr Hohl, ich lasse Sie jetzt in Ihre Zelle bringen. Sie werden entweder heute noch, spätestens aber morgen in U-Haft kommen, nachdem Sie dem Haftrichter vorgeführt wurden.« Der Beamte erhob sich, legte Hohl Handschellen an und ging mit ihm zum Zellentrakt. »Ihn hätte ich beinahe vergessen. Wo war ich stehengeblieben?«, fragte Durant.

»Sie wollten mir etwas über Hohl sagen.«

»Ach ja. Hohl und Leslie hatten eine Beziehung. Mir scheint, er war sexuell abhängig von ihr. Er behauptet, Leslie habe ihn an Laura erinnert. Er hat gesagt, die beiden hätten sehr viel gemeinsam gehabt.«

»Das ist Leslie. Sie hat sehr viel von ihrer Mutter, zu viel. Sie hat es verstanden, Hohl so zu manipulieren, dass er ihr aus der Hand gefressen hat. Aber glauben Sie bloß nicht, dass sie ihn liebt oder geliebt hat. Für Leslie gibt es nur Leslie, so wie es für Corinna nur Corinna gab. Eigentlich war ihr, obwohl sie eine Gerechtigkeitsfanatikerin ist, der Fall Guttenhofer/Kröger wurscht. Er hat ihr nur als Vorwand gedient, ihrer Rache und ihrem Hass freien Lauf zu lassen. Aber dazu brauchte sie einen Komplizen, den sie sich so zurechtbiegen konnte, dass er am Ende alles, aber auch wirklich alles für sie getan hätte und auch hat. Sie ist nun mal eine hochintelligente und höchst attraktive junge Frau, die ihre Reize sehr wohl einzusetzen weiß. Aber sie ist krank, das dürfen wir nicht vergessen.«

Durant schüttelte den Kopf. »Wissen Sie, ich habe so meine Probleme mit sogenannten kranken Verbrechern, denn ich habe schon zu viele erlebt, die wie Leslie eine perfekte Show abgeliefert haben. Aber sollen sich unsere Psychologen und Gutachter mit ihr auseinandersetzen. Vielleicht ist sie ja wirklich krank und nur vermindert schuldfähig. Der Fall ist abgeschlossen, und ich will nur noch heim. Die letzten Tage waren sehr aufreibend.«

Brandt hatte sich zu ihnen gesellt und fragte: »Gibt's jetzt noch irgendwas zu tun?«

»Nee. Ich sag nur noch Berger Bescheid und verlasse diese heiligen Hallen. Gehen Sie schon mal vor, ich muss mit Frau Cornelius noch etwas unter vier Augen besprechen.« Sie wartete, bis Brandt außer Sichtweite war. »Leslie hat zwei Dinge gesagt, die mir zu denken geben. Das eine ist, es gibt viele Leslies, und nur sie kennt sie alle. Was hat das zu bedeuten?«

Alina lächelte müde und antwortete: »Nicht das, was Sie vielleicht denken. Sie ist keine multiple Persönlichkeit, sie ist nur zu intelligent für die meisten Menschen. Intelligent und gerissen, eine fatale Kombination. Und was ist das zweite?«

»Die Vernunft ist doch gestorben, als der Mensch sich die Erde untertan gemacht hat. Hat sie das irgendwoher, oder ist das Leslie?«

»Das ist Leslie. Sollte sie es irgendwo gelesen oder gehört haben, so ist es mir nicht bekannt. Ich kann ja mal im Internet nachforschen, ob es diesen Ausspruch gibt, ich lass es Sie dann wissen. Brauchen Sie mich noch?«

»Nein. Danke, dass Sie sich die Mühe gemacht haben und hergekommen sind. Ich weiß das sehr zu schätzen. Was macht Ihr Ohr?«

»Ist schon okay, Leslie hat noch mal Gnade walten lassen.«

»Ich würde Sie gerne mal zum Essen einladen, als kleines Dankeschön.«

»Das Angebot nehme ich an. Meine Nummer haben Sie ja. Machen Sie's gut, und passen Sie auf sich auf, Sie sind nämlich eine ausgezeichnete Polizistin.«

»Auch wenn ich manchmal die falschen Fragen stelle?«

»Stellen wir nicht alle manchmal die falschen Fragen oder geben die falschen Antworten?«

Durant begleitete Alina zum Aufzug, reichte ihr die Hand und sagte: »Ich ruf Sie an.«

»Ich freu mich drauf. Wir sehen uns«, erwiderte sie mit diesem unvergleichlichen Lächeln, das Durant so in den Bann zog und wieder dieses Kribbeln im Bauch auslöste. Sie wartete, bis die Tür sich geschlossen hatte, und begab sich in ihr Büro. Brandt sprach mit Berger, Kullmer und Seidel hörten zu.

»Ich hab das Wesentliche schon berichtet«, sagte Brandt.

»Gut, ich hab nämlich keine Lust mehr, ich hab mir den Mund schon genug fusslig geredet. Peter, Doris, habt ihr noch was vor?«, fragte Durant.

»Nein.«

»Ich will Frank besuchen, kommt ihr mit?«

»Klar doch.«

»Ihr kranker Kollege?«, fragte Brandt.

»Ja.«

»Richten Sie ihm unbekannterweise einen schönen Gruß aus. Ich bin dann auch weg. War nett, mit Ihnen zusammenzuarbeiten.«

»Gleichfalls. Und Sie richten bitte Andrea einen lieben Gruß aus, und sie soll nicht unsern Termin morgen vergessen.«

»Hm«, murmelte er nur und verließ das Büro. Er fuhr ins Präsidium, um Spitzer einen kurzen Abriss der vergangenen Stunden zu geben, telefonierte von unterwegs mit Elvira Klein, die bereits auf seinen Anruf gewartet hatte, und sagte, dass er um zwanzig Uhr bei ihr sei.

Durant bat Berger: »Können Sie alles Weitere in die Wege leiten, Staatsanwalt, Haftprüfungstermin …«

»Frau Durant, machen Sie, dass Sie rauskommen. Und grüßen Sie Hellmer von mir. Richten Sie ihm aber gleichzeitig aus, dass ich ihn erst wieder hier sehen will, wenn er topfit ist.«

»Das werde ich tun, Chef. Ciao, und machen Sie nicht mehr zu lange.«

Donnerstag, 17.40 Uhr

Psychiatrische Abteilung des Klinikums Hofheim, offene Abteilung.

Durant klingelte und wartete, bis ein Pfleger an die Tür kam.

»Wir möchten gerne Herrn Hellmer besuchen«, sagte sie.

»Ich glaub, er ist gerade im Raucherzimmer. Gleich dort vorne links«, erwiderte der klein gewachsene, rundliche Mann freundlich.

»Wie geht es ihm?«

»Och, ich glaub, ganz gut. Aber mehr kann und darf ich Ihnen leider nicht sagen, da müssen Sie ihn schon selbst fragen.«

Hellmer hatte eine Zigarette in der Hand und unterhielt sich mit einem jungen Mann, als die Tür aufging.

»Überraschung«, sagte Durant. »Wir wollten dich mal besuchen kommen. Gibt's hier irgendwo einen Platz, wo wir …«

»Das ist wirklich 'ne Überraschung.« Hellmer drückte seine Zigarette aus, kam auf Julia Durant zu und umarmte erst sie, dann Kullmer und Seidel. »He, das find ich toll von euch. Wir können in mein Zimmer gehen, dort sind wir ungestört.«

Er hatte ein Einzelzimmer, ein Privileg, das ihm als Privatpatient zustand. Nehmt Platz, ich hab aber leider nichts zum Anbieten.«

»Wie geht's dir denn?«, fragte Durant.

»Den Umständen entsprechend gut. Scheiße, um ehrlich zu sein.«

»Körperlich?«

»Insgesamt, aber lassen wir das. Was gibt's bei euch Neues?«

»Eine Menge.«

In den folgenden Minuten erzählten Hellmers Kollegen von dem Fall und wie er gelöst wurde. Hellmer schien nur mit einem Ohr zuzuhören, bis er sagte: »Julia, ich würd dich gerne mal kurz allein sprechen. Gehen wir ins Raucherzimmer, die andern essen gerade.«

»Oh, wir wollten dich nicht vom Essen abhalten.«

»Blödsinn, ich krieg auch nachher noch was.« Und zu Kullmer und Seidel: »Ihr bleibt aber hier, dauert höchstens fünf Minuten.«

Als sie allein waren, sagte Hellmer: »Danke für alles. Ohne dich wär ich jetzt tot, und das ist kein Witz. Mein Gott, in was für eine Scheiße hab ich mich da reingeritten?! Ich begreif's selber noch nicht. Wenn ihr mich nicht gefunden hättet …«

»Wir Bullen finden doch jeden«, erwiderte Durant lachend. »Was ist mit Nadine?«

»Sie war vorhin zwei Stunden hier. Wir kriegen das wieder auf die Reihe, ich liebe sie doch.«

»Und sie dich. Weißt du noch, was du im Hotel gesagt hast, bevor du ins Krankenhaus gekommen bist?«

»Nee, absoluter Filmriss. Was denn?«

»Du hast nach Nadine gefragt und gesagt, dass du sie mehr liebst als alles auf der Welt.«

»Das ist auch die Wahrheit. Ich war ein verdammter Idiot. Du kannst dir gar nicht vorstellen, wie sehr ich mich schäme. Ich könnte im Boden versinken.«

»Brauchst du nicht, so was kann jedem von uns passieren. Die Hauptsache ist doch, dass ihr beide wieder miteinander reden könnt. Nadine hat sich solche Sorgen gemacht, das glaubst du gar nicht.«

»Doch, sie hat's mir ja gesagt. Was ich eigentlich sagen wollte, du bist und bleibst meine beste Freundin. Okay?«

»Okay. Komm, lass dich noch mal umarmen.« Und einige Sekunden später: »Machst du eine Therapie?«

»Weiß nicht. Ich geh am Wochenende nach Hause und glaube, dass dort meine beste Therapie ist.«

»Ich soll dir von Berger ausrichten, du darfst dich erst wieder blickenlassen, wenn du topfit bist. Und lass um Himmels willen die Pfoten vom Alkohol. Was hat denn der Arzt genau gesagt? Oder willst du nicht darüber sprechen?«

»Der Chefarzt hat mich zur Sau gemacht. Er hat gemeint, dass es, sollte ich jemals wieder einen Tropfen anrühren, mein Tod sein könnte. Also werd ich's lassen. Meine Leber hat einen Schaden, aber der würde sich zurückbilden, wenn ich ab sofort abstinent lebe. Also leb ich abstinent, zumindest was den Alkohol angeht.«

»Und Viola?«

»Schluss, aus, vorbei.«

»Ich werd dich dran erinnern, denn ich werde aufpassen wie ein Schießhund. Du hast selbst gesagt, ich bin deine beste Freundin, und beste Freunde passen aufeinander auf. Kleiner Spaß. Es wird alles gut. Ich freu mich jedenfalls, dass du schon fast wieder so aussiehst wie vor ein paar Monaten. Und das mit deiner Leber wird auch wieder. Und jetzt komm, lassen wir Peter und Doris nicht zu lange warten. Ich besuch dich morgen oder übermorgen noch mal allein.«

Sie blieben noch bis neunzehn Uhr, verabschiedeten sich von Hellmer, der sie bis zur Tür begleitete. Als sie weg waren, liefen ihm Tränen übers Gesicht, die zum Glück niemand sah. Er ging in sein Zimmer, setzte sich aufs Bett und wartete, bis er sich einigermaßen beruhigt hatte. Der Besuch hatte ihm gutgetan, und gleichzeitig fühlte er sich miserabel, wussten doch nun alle, was mit ihm los gewesen war. Aber das ist jetzt auch egal, dachte er, besser, als diese ewige Heimlichtuerei. Ich bin ein Versager, nichts als ein elender Versager. Da hab ich alles, was ich mir jemals gewünscht habe, und dann mach ich das kaputt. Er stand wieder auf, stellte sich vor den Spiegel, sah sich an und sagte leise: »Du wirst es schaffen, Frank Hellmer, du wirst es schaffen.«

Donnerstag, 17.45 Uhr

Brandt traf Spitzer an, als dieser gerade nach Hause fahren wollte. Er setzte sich auf den Schreibtisch und sagte: »Was ist mit Möller und Gebhardt?«

»Hallo, ich freu mich auch, dich zu sehen. Wie war dein Tag?«

»Bitte, Bernie, ich will auch heim.«

»Also gut, sie wurden von der Klein und Rückert vernommen. Beide haben die Geständnisse unterschrieben. Sie haben lange mit ihren Anwälten gesprochen, die Väter waren auch da, es war ein Heidentrubel. Und jetzt sind sie endlich dort, wo sie hingehören, nämlich in Weiterstadt. Zufrieden?«

»Hat die Klein noch irgendwas gesagt?«

»Nein. Und wie war's bei dir?«

»Die Tochter der Sittler und der Zahnarzt waren es. Die beiden hatten ein Verhältnis, von dem niemand etwas wusste. Hohl ist als Erster zusammengebrochen. An der Sittler hätten wir uns noch lange die Zähne ausgebissen, die ist so schlau, so was hab ich noch überhaupt nicht erlebt. Und jetzt macht sie einen auf verrückt. Bin gespannt, wie die Seelenklempner das sehen.«

»Fahr heim und schlaf dich aus«, sagte Spitzer und zog seine Jacke über. »Ich hab auch die Schnauze voll. Übrigens, gute Arbeit.«

»Ist mein Job. Die Durant ist aber auch nicht von schlechten Eltern.«

»Hast du deine Meinung über die Frankfurter etwa geändert?«

»Das Leben ist permanenten Veränderungen unterworfen. Ist nicht von mir, sondern von einem Freund. Ciao, mein Lieber, wir sehen uns morgen – oder auch nicht.«

»Morgen!«

»Der Papierkram kann warten. Sollte ich morgen nicht aufkreuzen, dann am Montag, es war eine harte Woche mit wenig Schlaf.«

Sie gingen gemeinsam nach unten, Brandt stieg in seinen Wagen und fuhr nach Hause. Michelle saß mit ihrer Freundin Pauline vor dem Fernseher, auf dem Tisch zwei leere Pizzakartons und eine noch halb volle Flasche Cola, zwischen den Mädchen eine große Tüte Chips.

»Na, ihr? Du bist also Pauline. Nett, dich kennenzulernen.«

»Guten Tag«, erwiderte das schwarzhaarige Mädchen artig und erhob sich.

»Setz dich ruhig wieder hin, ich will auch nicht lange stören, ich muss gleich wieder weg«, sagte er, woraufhin ihn Michelle angrinste.

Er ging ins Bad, duschte und zog sich frische Sachen an, legte etwas Eau de Toilette auf und holte den noch verschlossenen Brief von Andrea Sievers aus der Schublade. Er hielt ihn eine Weile in der Hand, riss ihn auf und nahm die Blätter heraus. Er las die Zeilen, die sie ihm geschrieben hatte, Zeilen, in denen sie ihm mitteilte, dass sie eine Auszeit benötige. Und mehr noch, sie gab ihm indirekt zu verstehen, dass sie keine Zukunft für sich und ihn sah. Eigentlich war es genau das, was er erwartet hatte. Seit zwei Tagen hatten sie keinen Kontakt gehabt, nicht einmal ein Telefonat. Dafür diesen vier Seiten langen Brief, den sie ihm heimlich in den Briefkasten geworfen hatte. Er faltete die Blätter wieder zusammen und steckte sie in den Umschlag, den er zurück in die Schublade legte.

Nach kurzem Nachdenken griff er zum Handy, machte die Tür zu und wählte Andreas Nummer.

»Ja?«, meldete sie sich, als er schon auflegen wollte.

»Ich bin's«, sagte er. »Ich …«

»Hast du meinen Brief gelesen?«, war ihre erste Frage.

»Deshalb ruf ich an. Es ist okay.«

»Was? Einfach so? Okay?«, war ihre Reaktion.

»Ja, du hast recht mit dem, was du geschrieben hast. Ich seh's ein. Bleiben wir trotzdem Freunde?«

»Das war kein Abschiedsbrief«, sagte Andrea, »es war …«

»Andrea, bitte, mach dir und vor allem mir nichts vor, es ist ein Abschiedsbrief. Ich mach dir auch gar keinen Vorwurf, es stimmt alles. Vielleicht findet sich irgendwann mal die Zeit, darüber zu sprechen. Aber nur, wenn du willst. Bin ich wirklich so langweilig?«

»Quatsch, so hab ich das erstens nicht geschrieben und zweitens auch nicht gemeint. Du kennst selber unser Problem, und das wird sich auch nie lösen.«

»Tja, ich bin wohl zu alt, um mich noch zu ändern.«

»Das ist es nicht. Es ist die gesamte Situation, und ich … Wie soll ich es ausdrücken, ich brauche einfach ein bisschen Abstand. Vielleicht …«

»Andrea, du brauchst einen Mann, der frei und ungebunden ist. Und jetzt lass mich ausreden. Ich weiß, dass du so jemanden eigentlich gesucht hast, wir waren uns sympathisch und haben gedacht, es wird schon irgendwie klappen. Aber es ist das irgendwie, denn *irgendwie* klappt nie etwas. Es ist alles okay, ich schaff das. Freunde?«

»Wir hätten vielleicht früher schon mal reden sollen.«

»Was hätte es gebracht? Du hast doch selbst geschrieben, dass wir viel zu verschieden sind. Einverstanden, mir ist das in letzter

506

Zeit auch immer klarer geworden. Und noch was – ich mag vielleicht langweilig sein, aber ich fühl mich wohl.«

»Ich hab nicht gesagt, dass du langweilig bist«, verteidigte sich Andrea.

»Aber du hast es so gemeint, und ich nehm dir das auch gar nicht übel. Jedenfalls, ich habe den Brief gelesen, kam aber bisher nicht dazu, dich anzurufen«, schwindelte er. »Wir hatten diesen schwierigen Fall.«

»Habt ihr ihn gelöst?«, fragte Andrea, die vom Thema wegkommen wollte.

»Haben wir. Aber lass uns jetzt aufhören, ich bin müde und erschossen.«

»Hm. Und du bist nicht böse auf mich?«

»Warum denn? Du kennst mich doch inzwischen gut genug, um zu wissen, dass ich dir nie böse sein könnte. Es hat eben nicht sollen sein. Mach's gut und …«

»Warte«, sagte sie, »ich wollte dir noch sagen, dass ich nicht mit dir gespielt habe.«

»Andrea, das weiß ich doch. Es war für uns vielleicht nur nicht der richtige Zeitpunkt, oder es ist der Altersunterschied. Ist doch auch egal, zu spekulieren bringt eh nichts. Ciao, und wir verlieren uns ja nicht aus den Augen.«

»Ciao, und es tut mir ehrlich leid, ich wollte dir nicht wehtun.«

»Mach dir keine Gedanken mehr, okay? Bis bald mal wieder.«

Brandt drückte auf Aus und steckte das Handy ein. Sie hat irgendwie traurig geklungen, dachte er. Aber besser so, wie wenn irgendwann die Fetzen fliegen. Wir bleiben eben Freunde. Es sei denn, sie wird wütend, wenn sie das mit Elvira erfährt.

Er verabschiedete sich von den Mädchen, stieg um Punkt halb acht in seinen Wagen und fuhr nach Frankfurt. Eine Weile hörte er Radio, schaltete es aber aus, weil ihm nicht nach Musik war.

Tausend Gedanken waren in seinem Kopf. Unter anderem dachte er daran, dass er auch seinen Eltern bald mitteilen würde, dass die Beziehung mit Andrea vorbei war. Für seine Mutter würde es ein Schock sein, hatte sie doch gerade in letzter Zeit des Öfteren von Heirat gesprochen. Sie wird es verkraften. Ich frage mich nur, wie sie es aufnehmen, wenn sie von Elvira erfahren. Egal, ich bin erwachsen.

Er hatte noch kurz an einem Geschäft angehalten und ein paar Flaschen Bier und eine Flasche Rotwein gekauft und stand kurz nach acht vor Elviras Tür. Sie war leger gekleidet, trug ihre Haare wieder offen und war leicht geschminkt. Dennoch machte sie einen müden und erschöpften Eindruck. Und auch er fühlte sich nicht gerade, als könnte er Bäume ausreißen, dazu waren die letzten Tage zu anstrengend gewesen, zu aufregend, zu ereignisreich, sowohl beruflich als auch privat – und er hatte viel zu wenig geschlafen. Aber er hatte bereits angekündigt, dass er morgen vielleicht nicht ins Büro kommen würde, und vielleicht würde es Elvira genauso halten, obwohl sie mit Sicherheit eine Menge zu erledigen hatte, denn alles, was jetzt kam, lag in den Händen der Staatsanwaltschaft.

»Hi«, begrüßte er sie, und es kam ihm vor, als hätte er diese Wohnung schon tausendmal betreten, dabei war es erst zum insgesamt vierten Mal, einmal vor mehr als anderthalb Jahren und nun am dritten Abend in Folge. Und hätte ihm am Dienstag noch jemand gesagt, er und Elvira, er hätte nur den Kopf geschüttelt und demjenigen den Vogel gezeigt. Jede Frau, aber nicht sie. Und dann hatte er mit einem Mal eine Seite an ihr kennengelernt, die ganz anders war als die, die sie im Beruf zeigte. Er hatte keine Ahnung, welche Macht ihre Hände im Spiel hatte, aber das war ihm egal. Und er würde es genießen, solange es ging. Und sollten sie eines Tages feststellen, dass sie doch nicht zusammenpassten, dann würde er auch das akzeptieren.

»Du siehst müde aus«, sagte Elvira und legte ihre Arme um

seinen Hals und ihren Kopf an seine Schulter, obwohl er noch die Tasche mit den Flaschen in der Hand hielt.

»Es waren harte Tage. Und schöne. Darf ich die Tasche abstellen?«

»Was hast du da drin?«

»Nur was zu trinken«, antwortete er und stellte die Tasche auf den Boden.

»Zu trinken? Ich hab alles da, was das Herz begehrt.«

Brandt zuckte mit den Schultern und meinte: »Sorry, aber so genau kenn ich mich hier noch nicht aus. Was machen wir heute Abend?«

»Einfach nur hier sitzen, etwas essen und trinken und nicht allzu viel reden. Es ist schön, dass du da bist, ich hatte wieder Stress mit meinem Vater«, sagte sie, nahm auf der Couch Platz und zog Brandt zu sich. Es gefiel ihm, es war anders als mit seiner Exfrau, anders als mit Andrea, aber es war schön. Sie war überhaupt erst die dritte Frau, mit der er zusammen war, und er lag damit weit unter dem Durchschnitt der deutschen Männer.

»Inwiefern?«

»Was glaubst du wohl, wer Möller den Tipp gegeben hat, er soll behaupten, bei dem Mord an der Kröger unter Drogen- und Alkoholeinfluss gestanden zu haben? Ich hab ihn zur Rede gestellt, und er hat es zugegeben. Weißt du, was seine Antwort war? Möller sei schließlich sein Mandant, und es sei seine Aufgabe als Anwalt, seinem Mandanten die bestmögliche Verteidigung zu bieten. Und wir können Möller weder nachweisen, dass er lügt, noch kann er beweisen, dass er die Wahrheit sagt. Also gilt der Grundsatz ›in dubio pro reo‹, und was das heißt, kannst du dir ausmalen. Da ich mit Möllers Fall nichts zu tun habe, wird mein alter Herr es zusammen mit dem alten Möller schaffen, für Magnus die geringstmögliche Strafe zu erwirken. Oder auszuhandeln oder was auch immer.«

»Es ist ein schmutziges Geschäft, das wusstest du, als du zur Staatsanwaltschaft gegangen bist«, bemerkte Brandt.

»Nein, das wusste ich nicht! Ich war in dem Glauben, dass alles mit rechten Dingen zugeht, dass Recht auch Recht bedeutet, weil ich es von zu Hause so gelernt hatte.«

»Beruhig dich wieder, bitte. Ich bin schon eine ganze Weile länger in dem Geschäft und weiß, wie es läuft. Ich hab schon vor deiner Zeit die wüstesten Sachen erlebt, aber so was natürlich noch nicht. Wir könnten ein paar Informationen an die Presse weiterleiten, die würden sich wie die Hyänen draufstürzen.«

»Nein, auf gar keinen Fall. Ich hab's dir schon mal erklärt, die Deutschen haben doch schon lange kein Vertrauen mehr in unsere Justiz. Wenn sie dann auch noch mit so einer Sache konfrontiert werden … Ich werde es nicht zulassen, nicht wegen meines Vaters, sondern wegen der Menschen da draußen. Wir müssen abwägen, was für alle das Beste ist, und ich denke, so ist es am besten, auch wenn ich persönlich mit dem ganzen Procedere nicht einverstanden bin. Glaub mir, ich bin wirklich überhaupt nicht damit einverstanden, aber es ist besser so. Und es geht auch nicht um meinen Vater, das Thema ist durch. Ich habe ihm allerdings vorhin ein Angebot gemacht. Es betrifft Prof. Kuntze. Er soll sich unentgeltlich seines Falls annehmen und alles dafür tun, dass seine Reputation wiederhergestellt wird, und ihm eine Anstellung als Arzt an einer Klinik verschaffen. Ich habe ihm die Pistole auf die Brust gesetzt, und er hat versprochen, den Fall zu übernehmen.«

»Wow, das hätte ich nun nicht erwartet. Ich sage dir, es wird sehr schwer, Kuntze wieder in Brot und Arbeit zu bringen.«

»Mein Vater schafft das«, entgegnete Elvira selbstsicher. »Er hat doch so einen exzellenten Draht zu allen möglichen Leuten. Es ist seine letzte Chance.«

»Werdet ihr euch wieder vertragen?«

»Was wollen wir uns bestellen?«, wechselte sie das Thema.

»Du hast meine Frage nicht beantwortet.«

»He, das ist eine Sache zwischen meinem Vater und mir. Ich habe keine Ahnung, ob wir je wieder zusammenkommen. Zufrieden?«, sagte sie gereizt.

»Du brauchst nicht gleich an die Decke zu gehen.«

»Ich geh nicht an die Decke, ich brauch nur Zeit, um das alles zu verarbeiten. Es hat nichts mit dir zu tun, und lass uns bitte jetzt nicht mehr darüber reden, ich will den Abend einfach nur genießen. Also, was bestellen wir, ich hab nämlich einen Riesenhunger.«

Brandt musste grinsen, denn für einen kurzen Moment war da wieder die Elvira Klein, die er so gut kannte. Aber sie war wütend, enttäuscht und desillusioniert, was er ihr nicht verübeln konnte. Er wäre es auch gewesen, hätte er jemals herausgefunden, dass sein Vater krumme Geschäfte machte. Aber sein Vater war stets ein integrer Polizist gewesen, der sich nie etwas hatte zuschulden kommen lassen, zumindest war Brandt der festen Überzeugung.

»Keine Ahnung, du kennst dich in Frankfurt besser aus.«

»Sushi?«

»Du meinst diesen japanischen Kram, dieses rohe Fischzeug?!«

»Schmeckt gut, ehrlich, man muss es nur mal probieren. Ich hab beim ersten Mal auch gedacht, ich würde das nicht runterkriegen, aber dann … Und es hat fast keine Kalorien.«

»Und wenn es mir nicht schmeckt?«

»Dann kannst du dir was aus dem Kühlschrank nehmen. Soll ich anrufen und die Bestellung aufgeben? Und zum Nachtisch …«

»Schon gut, schon gut, überredet.«

»Du hast mich gar nicht ausreden lassen, ich meine, was den Nachtisch betrifft«, sagte sie und lehnte sich an seine Schulter.

»Du meinst *den* Nachtisch?«

»Wenn wir denselben meinen.«

»Okay, erst diesen Fischkram und dann das Dessert. Weißt du eigentlich, dass du mir allmählich sympathisch wirst?«, sagte Brandt, ohne eine Miene zu verziehen.

»Was heißt hier allmählich?«, fragte Elvira mit zusammengekniffenen Augen.

»Na ja, ich wollte damit ausdrücken, dass du mir allmählich immer schneller immer sympathischer wirst. Ich meine, so richtig sympathisch, wenn du verstehst, was ich meine, obwohl ich eigentlich meine, dass es mir richtig guttut, in deiner Nähe zu sein. Seit vorgestern. Obwohl du Staatsanwältin bist. Kennst du den Film *Staatsanwälte küsst man nicht?*«

»Ja, das ist doch dieser Wahnsinnsfilm mit Robert Redford, diesem unglaublich gut aussehenden Mann«, entgegnete Elvira mit mädchenhaftem Lächeln. »Warum fragst du?«

»Nur so, ich hab schon mal 'ne Staatsanwältin geküsst. Und jetzt ruf endlich an, ich will rausfinden, ob ich dieses Gekröse runterkriege. Ach ja, bevor ich's vergesse, meine Töchter bestehen darauf, dich kennenzulernen.«

»Du hast ihnen von mir erzählt?«

»Nee, das brauchte ich nicht. Sie haben dein Parfum gerochen, ich war zwei Nächte am Stück nicht zu Hause, eine Frage jagte die nächste, und dann hab ich's zugegeben. Deinen Namen hab ich aber noch nicht genannt, allerdings würden sie dich gerne am Samstag begutachten«, erklärte er grinsend. »Sagen wir um sieben? Du wirst ihnen gefallen, du kannst dich schließlich sehen lassen.«

Ohne auf die letzten Worte zu reagieren, entgegnete sie: »Ich soll am Samstag zu dir kommen, um mich wie eine Kuh begutachten zu lassen?«

»Ich bitte dich, so war das nicht gemeint.«

»So, wie dann?«

»Sie wollen dich einfach kennenlernen, das ist alles.«

»Ist das nicht etwas verfrüht? Du hast doch gerade erst mit Andrea …«

»Es ist nicht zu früh. Diesmal will ich es richtig machen und nicht auf die lange Bank schieben. Und das meine ich ernst.«

»Was heißt hier diesmal willst du es richtig machen?«

»Ach, nichts weiter. Wirst du kommen?«

»Ich habe bisher noch keine Konfrontation gefürchtet, aber das ist doch was anderes.«

»Sarah und Michelle sind ganz normale junge Damen von sechzehn und vierzehn. Die wollen eben wissen, mit wem sich ihr Vater so rumtreibt.«

»He, he, du treibst dich nicht rum, du bist mit mir zusammen«, sagte sie und boxte ihn leicht in die Seite.

»Und genau das sollen sie eben sehen. Samstag um sieben?«, fragte er augenzwinkernd.

»Wenn es dir so ernst ist, dann Samstag um sieben. Darf ich jetzt das Essen bestellen?«

»Nur zu.«

Sie nahm das Telefon und bestellte das Sushi, das nach einer halben Stunde geliefert wurde. Allein bei dem Anblick wurde es Brandt mulmig im Magen. Er verzog den Mund und sagte: »Kann man das wirklich essen?«

»Schau her«, antwortete sie, nahm ein Stück, tunkte es in Soße und steckte es in den Mund, »bin ich jetzt tot? Und nun stell dich nicht so an und greif zu.«

Er tat ihr den Gefallen und aß, obwohl es ihm überhaupt nicht schmeckte. Bei jedem Happen nahm er einen Schluck Wein. »Isst du das öfter?«

»Ach was, ich bevorzuge eigentlich die ganz normale Küche. Du brauchst also keine Angst zu haben, dass ich das regelmäßig esse. Ich brauch das nur ab und zu.«

»Na ja, so übel ist es nun auch wieder nicht«, log er, was sie mit einem Schmunzeln quittierte, ohne etwas darauf zu erwidern.

Sie unterhielten sich, leerten die Flasche Wein, der weitere Abend verlief so, wie Brandt es sich vorgestellt hatte, bis um kurz vor zehn ein Anruf kam und Elvira nach einem Blick auf das Display erst überlegte, ob sie abnehmen sollte, sich dann aber doch meldete.

»Du, Andrea, ich hab im Augenblick überhaupt keine Zeit … Ich kann dich ja verstehen, aber das ist eine Sache zwischen euch … Lass uns ein andermal darüber reden …« Sie legte auf und sagte: »Das war Andrea. Sie hat nicht sehr gut geklungen.«

»Warum?«

»Wegen dir. Sie hat sich nicht gerade so angehört, als ob zwischen euch Schluss wäre. Hast du mich auch nicht angelogen?«

»Nein, sie hat Schluss gemacht, und wenn sie dir jetzt was anderes erzählt, dann …«

Elvira sah Brandt forschend an und sagte: »Es ist noch nicht vorbei.«

»Doch, verdammt noch mal!«, brauste er auf. »Normalerweise rede ich über so was nicht, doch wenn du's unbedingt hören willst. Verlang aber nicht, dass ich schlecht von Andrea spreche, das hat sie nicht verdient. Aber sie hat mir einen vier Seiten langen Brief geschrieben, und ich habe vorhin noch mal mit ihr telefoniert. Es ist vorbei, für mich jedenfalls, und so, wie sie geklungen hat, ist es auch für sie ein für alle Mal vorbei. Und wenn ich einmal eine Entscheidung getroffen habe, dann bleibt es auch dabei.«

»Beruhig dich wieder, ich will es gar nicht hören. Wenn du sagst, es ist vorbei, dann glaub ich dir. Ich will es einfach glauben. Komm, nimm mich in den Arm.«

Donnerstag, 20.30 Uhr _____

Julia Durant war gerade nach Hause gekommen, als ihr Telefon klingelte. Matthias Mahler. Er war völlig aufgelöst, als er fragte: »Stimmt das mit Leslie? Sie hat gesagt, dass sie drei Morde begangen hat.«

»Leider ja. Brauchen Sie Hilfe?«

»Nein, ich bin nur völlig durch den Wind. Aber soll ich Ihnen ganz ehrlich etwas sagen?«

»Bitte.«

»Ich hatte schon lange die Vermutung, dass etwas mit ihr nicht in Ordnung ist. Sie hat sich manchmal so seltsam verhalten, das ist ganz schwer auszudrücken. Trotzdem, einen Mord hätte ich ihr niemals zugetraut. Was hat sie alles gesagt?«

»Darüber darf ich nicht sprechen, die Ermittlungen sind noch nicht abgeschlossen. Nur so viel, Leslie ist krank, sie ist schwer emotional und psychisch gestört. Das ist kein Trost, ich weiß, es ist nur eine Erklärung.«

»Dass sie krank ist, habe ich schon lange geahnt, ich konnte nur nie mit ihr sprechen, weil sie mich nie an sich rangelassen hat, emotional, meine ich. Ich frage mich nur, wie das jetzt alles weitergeht? Die Wohnung und …«

»Herr Mahler, dabei kann ich Ihnen nicht helfen, so gerne ich das täte. Am besten, Sie schalten einen Anwalt ein. Sie können auch gerne noch mal mit Leslie sprechen und sie fragen, ob Sie die Wohnung behalten können, denn ich nehme an, dass sie ihr gehört.«

»Sie gehört ihr. Und wenn ich nicht drinbleiben kann, such ich mir eben was anderes.« Er seufzte auf und fuhr fort: »Ich werde lange brauchen, um das zu begreifen. Und morgen muss ich wieder einen auf witzig machen. Aber ein Matthias Mahler schafft das schon, ich hab ja bisher alles geschafft. Nur, wenn rauskommt, dass ich mit einer Mörderin liiert war, kann ich meine Karriere knicken.«

»Nicht so voreilig. Erstens muss es gar nicht rauskommen, und zweitens, ich gehe mal davon aus, dass Ihre Kollegen im Sender mehr Verständnis aufbringen, als Sie jetzt vielleicht glauben. Ich kann mir vorstellen, wie Sie sich fühlen, aber das geht vorbei. Wenn Sie möchten, komme ich morgen mal zum Sender. So um zehn? Dann können wir auch noch ein bisschen reden, ich bin eine gute Zuhörerin.«

»Danke. Bis morgen.«

Durant ließ sich Wasser ein, setzte in der Zwischenzeit eine Tomatensuppe auf kleiner Flamme auf, machte sich zwei Salamibrote und legte zwei saure Gurken dazu, schielte einmal kurz zu ihrer Tasche, in der noch immer die Schachtel mit den zwei Zigaretten war, und schüttelte den Kopf. Sie holte eine Dose Bier aus dem Kühlschrank und legte sich in die Badewanne, schloss die Augen und dachte nach, obwohl sie eigentlich nicht mehr denken wollte. Sie würde früh zu Bett gehen, auch wenn sie gar nicht müde war. Nein, sie würde erst noch mit ihrem Vater telefonieren und ihm von den vergangenen Tagen berichten. Und hinterher vielleicht doch noch weggehen. In ihre Bar. Oder Alina anrufen und einfach nur mit ihr reden. Und sie einladen. Julia hatte ihr Leben zwar neu eingerichtet, die Wohnung, mehr Sport, keine Zigaretten mehr, und dennoch merkte sie, dass ihr etwas Entscheidendes fehlte, etwas, das sie sich nicht allein geben konnte – Zärtlichkeit. Du spinnst, dachte sie und verwarf den Gedanken wieder, Alina anzurufen. Irgendwann vielleicht. Oder auch nicht. Außerdem hatte sie sich schon seit mehr als einem Monat nicht mehr bei Susanne Tomlin gemeldet. Ich könnte Urlaub nehmen, ich hab sowieso genug Überstunden abzufeiern, dachte sie, und für zwei Wochen zu Susanne fahren. Mal wieder raus hier und frische Seeluft schnuppern. Ja, das werde ich machen, zwei Wochen Südfrankreich. Die Seele baumeln lassen und keinen Gedanken an Frankfurt verschwenden.

Kommissarin Julia Durant ermittelt
Hart, psychologisch, abgrundtief!

Andreas Franz

Das achte Opfer
Roman

Letale Dosis
Roman

Der Jäger
Roman

Das Syndikat der Spinne
Roman

Kaltes Blut
Roman

Das Verlies
Roman

Wenn Sie mehr über unseren Spannungsautor Andreas Franz wissen wollen, besuchen Sie seine Homepage im Internet unter www. andreas-franz.org!

Knaur Taschenbuch Verlag

Knaur Taschenbuch Verlag

Andreas Franz
Tödliches Lachen

Ein Julia-Durant-Krimi

Kommissarin Julia Durant ist höchst beunruhigt: Sie hat einen Umschlag erhalten, in dem sich das Foto einer offensichtlich ermordeten jungen Frau befindet. Ein makabrer Scherz oder grausame Wirklichkeit? Noch während ihrer Recherchen erfährt Julia, dass eine Leiche gefunden wurde – die Frau auf dem Foto! Am Tatort steht mit Blut geschrieben: ›Huren sterben einsam‹. Kurz darauf passiert ein zweiter Frauenmord, und wieder wird Julia ein Foto des Opfers in die Hände gespielt. Der Beginn einer grausamen Serie? Julia ahnt nicht, dass sich der Täter ganz in ihrer Nähe befindet …

»Langeweile ist bei diesem Fall ein Fremdwort.«
Rhein-Neckar-Zeitung

Knaur Taschenbuch Verlag

Andreas Franz
Teuflische Versprechen

Ein Julia-Durant-Krimi

In der Praxis von Psychologin Verena Michel taucht eines Tages eine völlig verängstigte junge Frau aus Moldawien auf: Maria wurde, zusammen mit einigen Schicksalsgenossinnen, als Sexsklavin in einer alten Villa gehalten und konnte ihrem Martyrium nur knapp entkommen. Die Psychologin bringt Maria zu einer befreundeten Anwältin, Rita Hendriks. Diese setzt alle Hebel in Bewegung, um der Frau zu helfen. Kurz darauf ist Rita tot.

Ein Fall für die engagierte Frankfurter Kommissarin Julia Durant, die bei ihren Ermittlungen bald zwei weiteren ungeklärten Morden auf die Spur kommt …

»Andreas Franz hat mit „Teuflische Versprechen" eine brisante Gesellschaftskritik- verpackt in einem Krimi- geschrieben.«
Associated Press

Knaur Taschenbuch Verlag

Andreas Franz
Tod eines Lehrers

Kriminalroman

Als Oberstudienrat Schirner ermordet und grausam verstümmelt aufgefunden wird, reagiert seine Umgebung zunächst fassungslos: Der Lehrer war überall beliebt und führte eine glückliche Ehe. Hauptkommissar Peter Brandt beginnt, gründlicher in Schirners beruflichem Umfeld zu recherchieren. An seiner Seite: die coole Offenbacher Jung-Staatsanwältin Elvira Klein. Bald schon entdecken die beiden, dass an Schirners Gymnasium Dinge vorgingen, die offenbar nicht an die Öffentlichkeit dringen sollten.

»Franz offenbart schonungslos – und ziemlich detailliert –
die Abgründe der menschlichen Seele.
Spannend, gut erzählt und absolut lesenwert.«
Donau Kurier

Knaur Taschenbuch Verlag